Hanny Alders · Der Troubadour

Hanny Alders

Der Troubadour

Roman

Aus dem
Niederländischen
von Mirjam Pressler

EDITION MEYSTER

Titel der niederländischen Originalausgabe: »Marcabru«
erschienen bei Uitgeverij Conserve

Die Übersetzung der Gedichte auf den Seiten 12, 30f., 40, 115, 134ff., 282f., 298ff., 348ff., 352 wurden aus dem Buch:
»Die Trobadors. Leben und Lieder«, Bremen 1942, übernommen.
Alle anderen Gedichte wurden von Mirjam Pressler entsprechend den Regeln der mittelalterlichen Lyrik nachgedichtet.

Umschlaggestaltung: Volkmar Schwengle, BuW, Berlin
unter Verwendung eines Motivs aus der Heidelberger Liederhandschrift,
Archiv für Kunst und Geschichte, Berlin
Satz: ew print & medien-service, Würzburg
Gesetzt aus der 10/12 Punkt Garamond, System Berthold
Druck und Binden: Wiener Verlag, Himberg
Printed in Austria
ISBN 3-485-08232-5

Inhalt

Für Marije Ferguson,
die mir mit ihren Radioprogrammen,
ihren musikalischen Aufführungen und Vorträgen
den Weg zur Musik des Mittelalters wies

TEIL I

Renaud

E MORRAI SI
NO'M
N'ESCLAIRE!

Sterben soll ich,
wenn ich nicht meine Meinung
dazu sage!

I

»Er beißt.«

Es war nicht ganz klar, ob die Vogelscheuche von Hund gemeint war, die am Fuß des Tisches lag, oder die gebogene Gestalt, die sich etwas abseits hingesetzt hatte. Ich schlug die Warnung in den Wind und näherte mich dem Fremden. Der Hund tat nichts. Der Mann hob den Kopf, und zwei dunkelbraune Augen schauten prüfend in meine Richtung.

»Kommst du wegen der Huren?« fragte er mich.

Ich hatte dieses Gesicht schon irgendwo gesehen: diese braune Hautfarbe, das schwarze, leicht gelockte halblange Haar, das schon einen grauen Schimmer zeigte und in der Mitte gescheitelt war. Der Mantel, der um seinen gedrungenen Körper hing, hatte bessere Zeiten gesehen. Das Rot war schmutzig und verschossen, der umgeschlagene Rand mit beinah kahl gewordenem Hermelin verziert. Trotz der gebeugten Haltung und der zerlumpten Kleidung hatte die Gestalt etwas Kantiges; sie wirkte widerborstig wie ein bockiger Esel.

»*Joi, joven* und *proeza* sind zu Tode gebracht worden«, sagte er, meinem Blick folgend, düster.

Freude, Jugend und Mut, übersetzte ich für mich selbst, obwohl ich noch immer nicht ganz vertraut war mit dem Okzitanischen.

»Was meinst du damit?« fragte ich, während ich ihm gegenüber Platz nahm. Angesichts von so viel Unwissenheit zog er nur die Augenbrauen hoch. Er deutete nach oben, als müsse ich die Antwort dort suchen. Knarrende Dielen, raschelndes Stroh, Stöhnen und Schreie machten kein Geheimnis daraus, was dort vor sich ging.

»Wer da hinauf will, hat sein Herz und seinen Verstand unter dem Nabel sitzen. Wo kommst du her?«

»Morbihan.«

»Söldner«, schnauzte er mich an, mit einem Blick auf meine Kleidung. Er richtete sich auf und rief mit lauter Stimme:

Soldaten, so Ihr schätzt die Tugend
nicht wen'ger als die Freud der Jugend,
so hört, der schlechten Weiber List
gleich einer läufgen Hündin ist.
Ein Narr, wer auf die Treu des Weibes bauet,
wird sie ihn doch, so es ihr nützt, verraten;
wer ihrer Huld sich anvertrauet,
wird ernten nur des Spottes Schaden.

Ein Kopf erschien in der Öffnung zum Dachboden.
»Alte Geschichten, Marcabru«, sagte eine Stimme. »Geh und predige woanders!« Ich hörte Lachen, sowohl oben als auch unten. Jemand stellte einen Becher vor den Troubadour. Er nahm einen Zug von dem hellroten Wein - dem Wetzstein, der seine Zunge messerscharf schliff.
»Wenn Liebe käuflich wird, wünsche ich sie zum Teufel!« rief er als Antwort.

Es war fünfzehn, nein, vielleicht sogar zwanzig Jahre her - ich war kaum den Röcken meiner Mutter entwachsen -, als ich ihn zum ersten Mal gesehen hatte: Marcabru, den Troubadour aus der Gascogne, der mit seinem Herrn, Herzog Wilhelm, der kein Jahr später starb, in die Normandie geritten war.
Man hatte mir gesagt, wo ich ihn nun finden würde: in den Schänken und Bordellen von Aquitanien. Hier saß ich ihm nun nach meinem monatelangen Spürzug (denn Aquitanien war, wie man im Norden sagte, ein einziges großes Bordell) gegenüber, und die Worte meines Auftrags fuhren mir kühl durch den Kopf: Die schmähende Zunge Marcabrus mußte zum Schweigen gebracht werden. Wer ihn kannte, wußte, daß dies nur auf eine einzige Art möglich war, die radikalste. Wer den Auftrag gegeben hatte? Ich wußte es selbst nicht, ich hatte ihn von einem Dritten bekommen. Es gab so viele, die den Troubadour in die andere Welt wünschten. Einige wegen einer alten, tief verwurzelten Rache, andere, weil er unlängst auf ihre Seelen getreten war, jedoch erst, nachdem sie mit ihren groben Füßen auf der seinen herumgetrampelt waren. Marcabru schmähte nicht grundlos.

Nun, da ich ihn aufgespürt hatte, war die Hälfte meines Auftrags vollbracht. Der Rest sollte hier stattfinden. Der Plan war einfach: Ich sollte ihn am Reden halten, bis andere genügend Männer herbeigeholt hatten, um in der Schänke einen Streit zu entfachen, der heftig genug wäre, um in einer großen Schlägerei zu enden. Dabei sollte Marcabru den Tod finden, ohne daß jemand daran schuld war.
Vielleicht, weil ich keine Anstalten machte, die wacklige Speichertreppe und wer weiß was noch zu besteigen, schaute er mich etwas weniger streitlustig an.
»Morbihan... Bretagne, nicht wahr?«
»Noch immer.«
»Natürlich bist du wegen der Huren gekommen.«
Ich erinnerte mich, daß ich ihm darauf keine Antwort gegeben hatte.
»Nun, worauf wartest du?«
»Erst noch ein paar Becher Wein.«
Sein Arm schoß wie ein Speer nach vorn und hielt mir seinen Becher unter die Nase. Der Wein spritzte in mein Gesicht.
»Wein nimmt dem die Kraft, der mehr trinkt, als gut für ihn ist. Nur ein Trunkenbold erlebt Freude an der Sünde. Gott verfluche diese Art Liebe.«
»Warum sitzt du eigentlich hier?« fragte ich und schob seine Hand von mir weg. »Eine Art Selbstkasteiung? Oder hegst du noch immer die Illusion, die Welt verbessern zu können?« Ich konnte sehen, daß mein Sarkasmus ins Ziel traf. Er, der eben noch vor Wut von oben auf mich herabgesehen hatte, schaute mich nun aus der Tiefe seines Elends an. Er saß da, weil er nicht anders konnte. Jahrelang war Herzog Wilhelm sein Beschützer gewesen, und er hatte in den höchsten Kreisen verkehrt. Aber er hatte die Welt so lange mit seinen satirischen Versen gequält, bis es fast niemanden mehr gab, an den er sich hätte wenden können, nur noch die Allerniedrigsten, die er am meisten verachtete. Marcabru war zurückgekehrt in den Dreck, aus dem er stammte.

Niemand wußte genau, wo er herstammte. Vielleicht wußte er es selbst nicht einmal. Aus der Gascogne, wurde überall behauptet, wegen des Dialekts, den er sprach, und wegen seines aufbrausenden Temperaments. Einen Vater hatte er nie gekannt. Von seiner Mutter wußte er nur den Namen, oder er hatte ihn sich ausgedacht, als er sie in einem seiner Verse besang:

Marcabru, Sohn Marcabrunas,
wuchs im guten Zeichen Lunas:
kund, wie Liebe schnell verwittert…

War sie eine arabische Kurtisane, die von einem aquitanischen Edelmann nach dem Kampf mit den Sarazenen aus Spanien als Kriegsbeute mitgenommen worden war? Marcabrus Hautfarbe, der er seinen Namen verdankte, ließ viel vermuten, aber er sprach nie darüber.
Er hatte nicht immer so geheißen. Herr Audric von Vilars, in dessen Burg er nach seinen düsteren Kinderjahren zwischen anderem jungem Volk aufgewachsen war, nannte ihn Panperdu, was verlorenes Brot bedeutete. Was Audric eigentlich damit meinte war, daß der Mann, der ihn in jener Mondnacht gezeugt hatte, seinen Samen vergeudet hatte: Der Junge taugte gar nichts. Er war ein einziger Brocken Unwilligkeit, vertrödelte seine Zeit mit wirren Träumereien, dachte sich armselige Verse aus und hing bei den Joglars herum, die die Burg besuchten. Glücklicherweise kamen oft welche, denn Audric genoß das Leben auf eine ungezügelte Art, wie es nur die Menschen aus dem Süden konnten. Von ihm war außer seiner maßlosen Freßsucht bekannt, daß er seine Lüste nicht nur mit Dirnen auslebte, sondern auch mit verheirateten Frauen seines Standes. Er verführte sie mit schmeichlerischen Versen, wie es sich für einen Edelmann schickte, seit der Herzog von Aquitanien dies zur Mode gemacht hatte. Er war durchaus kein schlechter Dichter. Und bei alledem hatte er eine Frau, die nicht nur sehr jung war, sondern auch sehr schön, vor allem in Panperdus Augen. Sie hatte eine reine, weiße Haut, gesunde Zähne, lange, braune Haare und, unter mit Holzkohle betonten Wimpern, dunkle Augen, mit denen sie sinnlich und doch etwas distanziert gelassen in die Welt schaute. Kein Wunder, daß Herr Audric jeden Mann, der in ihre Nähe kam, argwöhnisch beobachtete und sie einschloß und bewachen ließ, wenn er die Burg verließ. Obwohl er Panperdus Aufmerksamkeit für sie und die

Verse, die er für sie sang, eher lächerlich als bedrohlich fand, machten sie ihn doch eifersüchtig. Aus Zeitvertreib ließ er den Nichtsnutz jedoch zum Vergnügen aller in Vilars gewähren, denn wer war dieser einfache Knecht, der nichts besaß und sich keiner besonderen Herkunft rühmen konnte, daß er es wagte, einer Edelfrau den Hof zu machen?

»Panperdu!«
Flüsternd winkten ein paar junge Leute unter dem Gebüsch hervor ihrem Kameraden zu, der etwas weiter weg an einem Bach stand und träumte.

Spür ich des sanften Zephirs mildes Wehen,
den Gottes Gnad von irgendwo geschickt,
erfüllt mein Herze freudig Wohlergehen,
kann mich nicht satt an all den Auen sehen,
die sich mit frischem, süßem Grün geschmückt.

Ich liebe Berge, die mir Schatten spenden,
der Vögel Tschilpen unterm Blätterdach,
wenn zärtlich frohe Lieder sie aussenden,
sich an die eigne Artgenossin wenden,
ins Nest sie locken als ihr Brautgemach.

»Panperdu, komm und schau!«
Noch trunken von den Gedanken, aus denen er gerissen wurde, schlenderte er näher und vergaß, sich zu bücken und im Gebüsch zu verbergen, so wie sie es taten. War es ein Tier, das sie belauerten, oder etwas anderes? Mißmutig, weil sie ihn aus seiner Begeisterung gerissen hatten, schob er ohne jede Vorsicht mit beiden Armen die Zweige auseinander und bückte sich neugierig dazwischen. Erstarrt vor Schreck blieb er einen Augenblick so stehen und stammelte unbeholfen ein paar Worte der Entschuldigung. Vor ihm, ausgestreckt auf dem Moos, lag die Burgfrau von Vilars, die Röcke hochgeschürzt, und zwischen ihren Beinen lag der Sergeant, den Herr Audric ihr zugewiesen hatte,

um sie während seiner Abwesenheit zu bewachen. Was Panperdu am meisten traf, war, daß sie ihn anschaute und ihren Finger auf den lächelnden Mund legte. Der Sergeant ging zu sehr in ihr auf, als daß er etwas bemerkte.
Im nächsten Augenblick wurde er von seinen Freunden dem Schauspiel entrissen und mitgeschleppt, bis sie ihn etwas tiefer in dem frühlingsgrünen Wald losließen. Wie junge Hunde rollten sie sich ausgelassen balgend über den Boden, während Panperdu fassungslos daneben stand.
»Mi dons...« Das Wort kam fast wie ein Schluchzer über seine Lippen. Er hätte am liebsten geweint. »Meine Herrin...« Die Frau, die er fast wie eine Göttin verehrte, die mit ihrem Zauber dem Leben im Schloß von Vilars Farbe gab, für die er seine Verse gesungen hatte und für die er gerade die schönsten Zeilen gedichtet hatte, die je ein Troubadour gefunden hatte, zeigte ihm nur ihre Verachtung und ihre hochmütige Abweisung. Aber das war nicht das Schlimmste: Er hatte sie immer über die anderen Frauen gestellt, weil sie kluge Unterhaltungen über die Sangeskunst und über die Verse seines Meisters und anderer Troubadoure führen konnte. Weil sie über Liebe sprechen konnte, als verstünde sie, daß diese mehr war als nur Wollust oder eheliche Pflicht. Er hatte gehofft, einmal von ihr eine Belohnung zu empfangen, ein Zeichen der Liebe. Nun hatte sie ihm ein Lächeln geschenkt, als sie unter einem anderen lag. Und der war nicht einmal ein Herr von Stand, sondern ein einfacher Waffenknecht!
Einer der jungen Leute hatte sich aufgerichtet und stand nun grinsend vor dem Dichter.
»Komm zurück in die Wirklichkeit, Bursche. Siehst du denn nie etwas? Sie hat mehr Männer gehabt, sogar im Bett von Herrn Audric. Der Burggraf von Carcassonne ist ihr Liebhaber und der Herr von Montpellier und...«
Mit einem gut gezielten Faustschlag, der den anderen mitten ins Gesicht traf, gab Panperdu seiner Empörung Ausdruck.
»Dreckiger Mohr!«
Als Antwort schnaubte er wie ein wildgewordener Stier und fiel den anderen erneut an.

Darauf folgte ein Kampf, an dem der dritte begierig teilnahm und der erst ein Ende fand, als sie mit blutigen Köpfen und kaputten Händen davonzogen.
Panperdu blieb zurück. Verse zogen durch sein von Haß vergiftetes Gehirn. Er würde nicht zur Burg zurückkehren. Nicht bevor er sich auf die Art rächen konnte, die ihm paßte. Er dachte an die beiden Strophen, die er gerade gefunden hatte für sie, über den Lenz, das junge Grün und die Vögel, die ihren Liebesruf unter dem Laub erklingen ließen.

Gestank sich mit dem Duft der Wiesen mischet,
dort paaren Leiber sich im Schattenstrauch,
die Brotverschwender, die ich hab erwischet...

– das war gut, er würde auf diese Art seinen eigenen Namen mit verarbeiten –

der Tugend Wächter, der im Trüben fischet,
sollt wahrn der Dame Unschuld nach dem Brauch.

Der eifersüchtge Gatte ist zufrieden,
indes der Bock zertrampelt sein Geheg.
O nein, dagegen will ich Verse schmieden!
Ein Zecher säuft, so lang es ihm beschieden,
ob Sonne scheint, ob Nachtwind sich beweg.

Wie oft hatte er sie nicht besungen, gepriesen in seinen Versen? Und statt ihn dafür zu belohnen, betrog sie ihn mit einem anderen. Sie war nicht besser als die Bauernmädchen, die sich mit jedem beliebigen Mann im Stroh rollten, nicht besser als die kleinen Huren, die dem Heer folgten, um den Soldaten zu Willen zu sein.

Den Frauen will mein Herz ich nicht mehr geben,
von dieser Torheit sei befreit mein Leben.

Und Herr Audric, der ihn immer so spöttisch anschaute, wenn er seine Verse sang - ob er es wohl wußte? Wußte er, daß seine Frau die Hure spielte und daß er selbst die Katze auf den Speck gebunden hatte? Natürlich wußte er das. Zwischen ihnen wurde ja keine Liebe verschwendet. Es war eine Verschwörung, ein schamloser Bund gegen ihn, Panperdu, der in seinen Versen die wahre Liebe bezeugte, ein Verlangen, das tief aus seinem Herzen kam und das sich mit ihrem bloßen Anblick begnügte. Sie war der Einsatz des Spiels, sie, die sich ihm verweigerte, sich aber von einem schändlichen, gemeinen Wächter nehmen ließ. Er würde wegbleiben, bis Herr Audric zurückgekehrt war. Dann würde er wiederkommen und dieses Frühlingslied singen, um dann für immer wegzugehen. Es war noch nicht fertig, es war noch nicht vollkommen, aber er wußte, daß es das bald sein würde.
Er würde sich einen anderen Namen zulegen. Dreckiger Mohr hatten sie ihn genannt. Er war schon öfter wegen seiner Hautfarbe verhöhnt worden. Das berührte ihn nicht. Im Gegenteil, er wußte, was sie nicht wußten: daß die Mohren, die über den Bergen hinter den christlichen Fürstentümern lebten, wunderbare Verse machten. Das hatte er von Joglars gehört. Mußte er sich also seiner Hautfarbe schämen? Das Dichten lag ihm im Blut, es war das braune Zeichen: Marcabru! So würde er sich nennen. Zur Hölle mit Herrn Audric, zur Hölle mit seiner Frau und deren adligen Liebhabern und den Wächtern, die ihre Schamspalte bewachten!

II

»Du denkst, daß ich nur schimpfen kann«, sagte Marcabru. »Ich kann meine Zunge auch in Honig tauchen, wenn ich das will, aber wer würde mir glauben, was ich sagen will, wenn ich es auf eine schöne Art tue? Deshalb nenne ich die Dinge bei ihrem Namen. Wer es dann noch nicht versteht, der will es einfach nicht.«
»Bist du ein Frauenhasser, wie behauptet wird?« fragte ich ihn geradeheraus. Er schaute mich mit einem gequälten Blick an, weil ich zum zweiten Mal eine alte Wunde aufgerissen hatte. Er schwieg, leerte seinen Becher in wenigen Zügen und hielt ihn einer der Mägde hin. Als sie mit dem Krug zu ihm kam, packte er sie um die Taille, zog sie zu sich und küßte sie mitten auf den Mund. Sie lachte und schenkte ihm wieder ein.
»Ich weiß, wie sie mich nennen«, sagte er und hatte dabei die Augen wieder auf mich gerichtet. »Es gibt solche Frauen und andere. Es gibt eine Liebe und eine andere. Mein Lebenswerk ist es, den Unterschied deutlich zu machen. Aber ich bin der einzige, und man hört nicht auf mich. Damals nicht und heute auch nicht. Ich hasse Frauen, die die edle Liebe verstoßen und umgebracht haben. Aber Männer, die sich daran mitschuldig gemacht haben, hasse ich ebensosehr.«
Ich nickte und deutete auf seinen blaßroten Mantel.
»Ein Geschenk von Herzog Wilhelm.«
»Das muß lange her sein.«
Ein dumpfer, wehmütiger Glanz erschien in seinen Augen, als er murmelte: »Mein Lebenswerk.«

Das Vagabundieren war ein elendes Dasein. Es war zwar Frühjahr, aber die Nächte waren bitterkalt. Geld für Wein, um sich etwas zu erwärmen, hatte Marcabru nicht. Viel Nahrung konnte er sich auch nicht leisten, so daß er meist mit halbleerem Magen reiste. Die ersten Tage hatte er sich noch mit Brot und einem Schinken, den er kurz vor sei-

nem Weggehen aus der Küche von Vilars genommen hatte, über Wasser halten können. Vilars... wie lange schien das her zu sein, obwohl ihm der letzte Tag dort noch so klar vor Augen stand, als wäre es gestern gewesen. Er hatte ein Lied gesungen, als seine größte Wut und seine größte Enttäuschung so weit abgeebbt waren, daß er seine Stimme beherrschen konnte. Herr Audric hatte dabeigesessen wie ein aufgeblasener Frosch und ihn dann beleidigt, indem er höhnisch sagte, Panperdu sei eifersüchtig, woraufhin alle den Sänger auslachten. Sie hatten ihm Buhrufe zugeschrien und ihn des Ehebruchs beschuldigt, weil er, ein junger unbeweibter Mann und noch dazu von niedriger Abkunft, es gewagt hatte, einer verheirateten Edelfrau den Hof zu machen! Sie hatten ihn zum Burgtor geschleppt, ihn an den Schandpfahl gebunden und ihm eine Kappe mit Hörnern über den Kopf gezogen, so daß jeder sehen konnte, daß er ein Betrüger war. Er – ein Betrüger! Nie hatte diese Frau ihm die geringste Belohnung für seine Ehrerbietungen gewährt, nie hatte sie seine Zuneigung mit dem kleinsten Zeichen beantwortet, aber der erbärmliche Wächter und all die anderen, mit denen sie es getrieben hatte, kamen einfach so davon. Mit einem ruhigen Lächeln hatte sie zugehört, als beträfe es sie überhaupt nicht, um sich danach schamlos an der allgemeinen Fröhlichkeit zu beteiligen. Ach, was hätte sein Lied schon ausrichten können, Herr Audric war ja selbst nicht besser. Der war berühmt für seine amourösen Abenteuer. Wer hätte also wem Vorwürfe machen können?
Nun waren Brot und Schinken aufgegessen und somit auch die letzte fühlbare Erinnerung an Vilars, wo Marcabru gelernt hatte, was Liebe war. Eine tierhafte Liebe, die nur auf den Geschlechtsakt gerichtet war. Eine Liebe, in der die Frau nur der Gegenstand war, auf dem der Mann seine Wollust auslebte. Dieses Bild wurde voller Leidenschaft in selbstgemachten Texten besungen, in denen Männer wie Audric sich mit ihren Taten auf dem Liebespfad brüsteten. Gab es denn nicht mehr als das? War Liebe nur das, was der Körper fühlte, ein sinnliches Begehren, ein kurzer Rausch und danach nichts weiter? War es Liebe, wenn eine Edelfrau sich einem Baron hingab, weil sie einem Mann, der einem höheren Stand angehörte, nichts abschlagen durfte? War es Liebe, wenn sie die Werbung eines Edelmanns beantwortete, weil er

sie mit reichen Geschenken überlud, sie also bestach? War sie dann nicht ebenso tief gesunken wie die Huren, die ihren Körper für Geld anboten? War eine Frau nicht mehr als ein Paar Schenkel, gemacht, um die Rute zu empfangen? War sie nicht mehr als eine rossige Stute oder eine brünstige Kuh?

Es gab mehr als das. Der Schmerz und die Leere, die er nach dem Verlust der Frau von Vilars empfand, bewiesen es. Schmerz und Leere hatten den Platz eines anderen Begehrens eingenommen: Es gab eine Liebe, die aus dem Herzen kam. Aber waren die beiden zu unterscheiden? War die Sprache seines Körpers nicht jedesmal überdeutlich, wenn er ihr nahe gewesen war und mit den Augen ihre sinnlichen Bewegungen verfolgt hatte? Nur eine Liebe, die aus Herz und Körper kam, verdiente diesen Namen.

Der eintönige Rhythmus von Marcabrus Schritten auf der Straße, die von Carcassonne westwärts führte, wurde rascher und lebhafter. Sogar sein leerer Magen schien sich durch seine hoffnungsvollen Gedanken zu füllen. Unwillkürlich begann er zu singen.

Bevor er das Dorf erreichte, hatten sich etliche Reisende um ihn geschart. Die Gesellschaft eines Spielmanns war eine willkommene Abwechslung bei den langen Strecken, die man zurücklegen mußte. Und obwohl dieser weder Leier noch Fiedel trug, lockte er sie doch mit seiner Stimme, die warm und rauh war wie ein Sommersturm. Er sang die Verse von Wilhelm dem Jungen, dem vorigen Graf von Poitiers, der ein Jahr zuvor gestorben war, und auch die Lieder anderer Troubadoure. Außerdem Verse, die man noch nie gehört hatte. Nur die Verse Audrics von Vilars sang er nicht.

Je weiter die Reise ging, auf der er Straßen kreuzte, die zu der Wallfahrtsstätte des Grabs des Heiligen Jakobus führten, um so öfter traf er auch andere Spielleute und manchmal einen Troubadour. Sie tauschten Lieder aus, und sie sprachen über die Bedingungen, denen Verse zu entsprechen hatten: komplizierte Reimschemata, Versmaß, Länge und Anzahl der Strophen, die miteinander und mit der Melodie ein Ganzes bildeten. Die große Kunst war es, die geschlossene Form zu finden, und deshalb gab Marcabru dieser Kunst den Namen *trobar clus.* Unaufhörlich summten in seinem Kopf Verse und Melodien, ein

Korb voller Strophen wie Honigwaben, und Worte, die wie Bienen hinaus und herein schwärmten.
Er sprach auch mit ihnen über die Liebe. Audric von Vilars und seine Frau waren wirklich keine Ausnahmen. Die meisten Edlen betrogen ihre Frauen mit der Frau eines anderen Edelmannes, woraufhin die betrogene Gattin ihr Heil bei einem Dritten suchte, der seinerseits wieder betrog und betrogen wurde.
Daß nicht jede Frau glücklich war mit der Wahl, die ihr Vater oder ihr Herr für ihre Heirat getroffen hatte, war verständlich. Sie und ihr Gatte waren ja nur deshalb miteinander verbunden worden, um das Geschlecht fortzuführen: Er mußte Kinder zeugen, und sie mußte seine Kinder gebären. Manchmal entstand daraus eine gewisse Zuneigung oder Kameradschaft, aber oft hatten die beiden einander wenig zu sagen. Weil es in ihrer Ehe keine Liebe gab, wurde ihr ein Geliebter stillschweigend zugestanden. Und sie hatte genug Auswahl, denn die meisten Burgen waren von unverheirateten Männern bevölkert: junge Söhne aus adligen Familien, Schildknappen, Kommandanten der Garnison, Schreiber, Troubadoure und Joglars.
Hier verwirrten sich Marcabrus Gedanken. Warum waren gerade diese Junggesellen, die die Freiheit haben sollten, bei einer Dame höfische Manieren, Geduld und Treue in der Liebe zu lernen, von der Liebe der Edelfrau ausgeschlossen? Die Sitte wollte, daß sie sich nur einem verheirateten Mann ihres eigenen Standes hingeben durfte, und unverheiratete adelige Mädchen wurden so gut beschützt, daß für die Junggesellen nur die Bauernmägde und die Huren übrigblieben, die gar nicht wissen konnten, was Liebe war. Wie sollte die Jugend die reine Liebe kennenlernen, wenn sie ihnen vorenthalten wurde? Im übrigen, wie sollte das möglich sein, wenn die Edelfrau nur darauf aus war, ihre eigene Lust zu stillen, und einer nach dem anderen in ihr Bett sprang? Wenn dieser Verkehr ein so beliebter Zeitvertreib geworden war, daß solche übermäßigen Ausschweifungen inzwischen Formen angenommen hatten, die einem hellen Bach glichen, der zu einem breiten Fluß angeschwollen war, der über die Ufer trat und alles mitriß, was ihm in den Weg kam? Was konnte da anderes von der Liebe übrigbleiben als ein träge dahinfließender Strom, gefüllt mit Schmutz und Moder?

Nach langem Nachdenken kam Marcabru zu der Feststellung, daß es wahre Liebe nur geben konnte, wenn sich eine Edelfrau auf einen Liebhaber beschränkte, dem sie ihr Herz schenkte – nicht aus Unterwerfung, nicht aus Habsucht wegen seiner reichen Geschenke, sondern aus Zuneigung; einem Liebhaber, der durch die Reinheit seiner Leidenschaft bewiesen hatte, daß er ihrer würdig war, dessen Name nicht preisgegeben wurde und der auch ihren Namen in seinem Herzen bewahrte. So hielten sie ihre Liebe vor der Welt verborgen, und sie blieb ihm treu und er ihr. Nur unter diesen Voraussetzungen konnte die wahre Liebe voll erblühen, und nur so würde sie allen Böswilligkeiten eifersüchtiger Ehegatten oder Verleumdungen widerstehen. Wo könnte eine solche Liebe besser wachsen als zwischen einem Troubadour, der nichts besaß als seine Leidenschaft, und einer höfischen Dame?

Wieder dachte Marcabru an Vilars und an sie, die er mit Herz und Seele geliebt und angebetet hatte. In seinem jugendlichen Überschwang hatte er gemeint, daß auch sie nach ihm verlange. Wie grausam war sein Traum zerstört worden, und die Enttäuschung hatte sich wie ein Geschwür in seine Seele gefressen. Daraus reifte nun ein Plan, der größer war als er selbst. Er würde die wahre Liebe suchen, und er würde sie finden. Er würde die Welt verändern! Doch wo sollte er beginnen? An einem großen Hof, an dem die höchsten Damen verkehrten, die ein Vorbild für alle Frauen Aquitaniens waren.

Von diesem Moment an antwortete er, wenn er gefragt wurde, wohin er gehe: »Bordeaux. Sagt dem Herzog, daß Marcabru vor ihm singen wird.«

In seinem Übermut begann er selbst daran zu glauben, auch wenn alles, was er von anderen Reisenden vernahm, diesen Plan als anmaßend erscheinen ließ. Natürlich wußte er, daß es für einen unbekannten Spielmann, der bis dahin nur am Hof von Vilars gesungen hatte, ein Riesenschritt zum Hof von Bordeaux war, wo der berühmteste Prinz des Südens residierte. Es war ein Schritt vom Spatzennest zum Adlerhorst. Doch gerade deshalb war er derjenige, an den Marcabru sich wenden würde. Bei wem konnte er seinen Plan besser ausführen als bei Herzog Wilhelm, der *joi, joven* und *proeza* war? Er würde vor ihm über die Liebe singen, die von anderen Troubadouren besungen wurde, aber er würde anders singen als sie. Er würde allen die Augen öffnen, er würde die Liebe zeigen, wie sie wirklich war: ehebrecherisch, betrügerisch, käuflich und falsch. Denn so hatte sie sich ihm in Vilars gezeigt, und so lernte er sie in den Geschichten kennen, die ihm zwischen Carcassonne und Bordeaux in allen Ausschmückungen erzählt wurden.

Wilhelm, achter Graf von Poitiers und zehnter Herzog von Aquitanien, war alles andere als das Idealbild, das Marcabru sich von ihm gemacht hatte. Er war eher das mißglückte Produkt des Grafengeschlechts von Poitou. Trotz seiner großen Freigebigkeit, seines charmanten Auftretens und seiner eleganten Manieren war er streitsüchtig und dazu verdammt, im Schatten seines Vaters zu leben, dessen Andenken er vergeblich zu entsprechen versuchte. Es fehlte ihm zwar nicht an Mut - Kriegführen war seine größte Leidenschaft -, doch nichts, was er unternahm, brachte er zu einem guten Ende.
Der berühmte Vater, Herzog Wilhelm der Neunte, der noch immer in der Erinnerung als Wilhelm der Junge fortlebte (weil er erst fünfzehn Jahre alt gewesen war, als das Herzogtum und die Grafschaft in seine Hände übergegangen waren), galt hingegen als Vorbild eines höfischen Ritters. Wilhelm der Junge war mutig und intelligent gewesen und der größte Verführer, den es je gegeben hatte. Sogar in Aquitanien, wo man auf dem Gebiet der Sitten einiges gewöhnt war, verblüffte er jeden, als er die Frau des Burggrafen Aymery von Châtellerault entführte. Er brachte die Schöne, die den passenden Beinamen Dangerosa trug, in sein Schloß in Poitiers, wo er sie offen als seine Mätresse einsetzte. Daß er am Ende seines Lebens alles, was er je erobert hatte, wieder verlor, mit Ausnahme von Dangerosa, änderte nichts. Sein größter Verdienst war vielleicht, daß er in Aquitanien nach dem Vorbild der Sarazenen, doch angepaßt an die Sitten und Gebräuche seines eigenen Landes, die höfische Liebe eingeführt hatte. Es war ein galantes, erotisches Spiel, in dem der Edelmann sich den Launen seiner geliebten Dame unterwarf, oder eigentlich der Liebe selbst. Seinen männlichen Stolz und seine aristokratische Arroganz mußte er um

ihretwillen zügeln, er mußte ihr gegenüber höflich und höfisch ihren Untertanen gegenüber sein und sich vor einer groben Sprache hüten. Seine Leidenschaft mußte er im Zaum halten, bis er schließlich ihre gespielte Sprödigkeit bezwang und sie eroberte, so daß sie ihn in ihr Bett ließ, wo die Freude der Tat, die *joi,* seine Belohnung wurde. Vor allem aus diesem Grund lebte Wilhelm der Junge als eine Legende fort, und die frivolen Verse, die er gemacht hatte, wurden in ganz Aquitanien und darüber hinaus von Joglars gesungen.

Ich ehre jene, die mich großgebracht
mit diesem Sinn für männlich Kraft und Macht.
Der Frauen Liebe hab ich stets entfacht,
und siegend spiele ich bei Tag und Nacht
das Liebesspiel;
kein andrer kann's so hart und doch so sacht,
wie sie es will.

Man nennt mich Liebesmeister unerreicht,
und keine einzge Liebesnacht verstreicht,
ohn daß die Liebste einer Hündin gleicht,
ich bin ein Stier;
und morgens dann für Lieb das Brot sie reicht
zum Danke mir.

Doch jüngst, ich will es ehrlich euch gestehn,
geschah's just unter heißem Liebsgestöhn,
mit einer Frau, wie ihr sie nie gesehn:
mein Brunnen lief mir über aus Versehn;
mein stolzes Schwert,
so unbesiegt in Kampf und Sturmeswehn,
war nichts mehr wert.

Und meine Liebste zürnte sehr und sprach:
Ihr warft den Speer, Herr, einer Fliege nach.
Holt ihn nur schnell zurück, sonst droht Euch Schmach;

ein Ritter, der den Kampf aufgibt, ist schwach;
ein Wurm, so klein.
Der Zorn weckt Amors Kräfte in mir wach,
sie wurde mein.

Noch zweimal traf ich sie mit meinem Speer
doch ihr war's nicht genug, sie wollte mehr
und bat mich flehend, daß ich es gewähr.
Ein drittes Mal führt ich zum Kampf das Heer,
auf ins Gefecht;
da endlich war gestillet ihr Begehr
nach Fug und Recht.

Unter der Last dieses Andenkens ging sein Sohn also durch das Leben. Sein Name war fast symbolisch dafür: Wilhelm von Toulouse nannte man ihn. Dort war er geboren worden, während Poitous kurzem Abenteuer im Land von Toulouse, dem Erbe der Herzogin Philippa, Wilhelms Mutter. 1098 fiel Wilhelm der Junge ins Land seiner südlichen Nachbarn ein und stahl es Raymond von Saint-Gilles, dem unrechtmäßigen Eigentümer, der ins Heilige Land gezogen war. Kaum zwei Jahre später verschacherte er es wieder an Raymonds Sohn, um seinen eigenen Kreuzzug finanzieren zu können. Ein Kreuzzug, bei dem er übrigens nicht viel mehr tat, als den Luxus am Hof von Antiochien zu genießen. Sein kurzes Leben lang hegte Wilhelm von Toulouse den Wunsch, sein Geburtsland von Poitou zurückzugewinnen, doch das gelang ihm nicht.
Die Ironie des Schicksals wollte, daß er Aenor von Châtellerault heiraten mußte, Dangerosas Tochter, die ihn jeden Tag an die Frau erinnerte, die seine Mutter dazu getrieben hatte, sich in das Kloster von Fontevrault zurückzuziehen, wo sie nach zwei Jahren des Kummers und Leids gestorben war.
Und dieser Mann, der ständig zwischen Haß und Bewunderung für seinen Vorgänger schwankte, der enttäuscht war über sein eigenes Unvermögen, sollte *joven* und *proeza* verkörpern? *Joven,* das alles enthielt, was zur Jugend gehörte: Wer *joven* besaß, war großzügig, spontan und

gab sich ganz und gar dem Leben und der Liebe hin. *Proeza* bedeutete Heldenmut. Denn für das Bett mußte ein Mann auf dem Kampfplatz seine Männlichkeit bewiesen haben, nur die Mutigsten verdienten es, dort zugelassen zu werden. Und *joi,* der absolute Höhepunkt der Eroberung und des Verlangens in der Liebe - die Tat? Wo sollte Wilhelm von Toulouse die finden? Bei Aenor oder den Frauen, die seine Bastarde trugen?
Wilhelm von Toulouse war siebenundzwanzig Jahre alt, als er zum Sterbebett seines Vaters eilte. Auf seiner Reise wurde er von Graf Vulgrin von Angoulême und Robert von Craon, dem Burgunder, zwei Aasgeiern, begleitet, die hofften, vom Machtwechsel am aquitanischen Hof zu profitieren. Kurz bevor der alte Herzog krank geworden war, hatten beide Herren noch die Schwerter mit ihm gekreuzt. Wilhelms Schwager, der Burggraf Aymery von Thouars, der ihn in Poitiers erwartete, war ebenfalls aus eigenem Interesse anwesend.
Sie mußten sich einen Weg durch die enorme Menge bahnen, die zusammengeströmt war, um den neuen Herzog zu begrüßen. Vor dem Eingang der Abtei von Montierneuf warteten die Geistlichen in vollem Ornat, um ihn und seine Begleiter zu empfangen. In einem feierlichen Zug begab man sich zum Kapitelsaal, wo der inzwischen entschlafene Herzog schon beigesetzt worden war. Beim Anblick des Grabsteins, unter dem sein Vater ruhte, fiel Wilhelm auf die Knie und brach in Tränen aus. Hinter ihm drängten sich die Herren Vulgrin, Robert und Aymery und überboten sich gegenseitig mit trostreichen Worten.
»Tag und Nacht beten Mönche für das Seelenheil des verstorbenen Herzogs, Eures Vaters«, sagte der Kaplan des Klosters mit leiser Stimme.
»In allen Kirchen Ihrer Grafschaft wurden Messen für seine Seele gelesen«, fügte der Bischof von Poitiers hastig hinzu. Man konnte tatsächlich nur beten, daß der Verstorbene mit Hilfe dieser vereinten Kräfte die Himmelspforte passieren dürfe. Neben seinem ohnehin nicht untadeligen Lebenswandel hatte er sich auch nicht viel um die kirchlichen Autoritäten gekümmert. Die leichte Umkehr am Ende seines Lebens würde da wohl nicht viel zur Minderung beitragen.
Der Abt von Montierneuf strich ungeduldig das Pergament glatt, das er

in der Hand hielt. Sobald der Herzog wieder einigermaßen zu sich gekommen war, schob der Geistliche ihm das Dokument unter die Nase mit der Bitte, die Rechte, die das Kloster von seinem Vater empfangen hatte, zu bestätigen und zu erneuern.
Kaum hatte Wilhelm seine Zustimmung gewährt und zum erstenmal ein Dokument mit seinem Kreuz und dem Zusatz »Wilhelm, Herzog von Aquitanien, geboren in Toulouse« gezeichnet, da fiel Ludwig der Dicke von Frankreich mit einem großen Heer in die Auvergne ein, um einen alten Streit zu schlichten, der erneut zwischen dem Bischof von Clermont und dem Grafen der Auvergne aufgeflammt war.
Bevor Wilhelm eingreifen konnte, hatte der französische König Monteferrand gebrandschatzt, fast die ganze Auvergne eingenommen und sich in Clermont verschanzt. Wilhelm stand Auge in Auge mit dem riesigen französischen Lager, und ihm wurde klar, daß ein Angriff zum Scheitern verurteilt wäre. Notgedrungen wählte er eine diplomatische Lösung, die er dem König vorlegte. Danach brachte er Ludwig die Lehenshuldigung dar, wonach dieser kaum anders konnte, als den Kompromiß hinzunehmen und wieder heimzuziehen. Doch es war ein pergamentener Sieg, ein Sieg auf dem Schlachtfeld wäre Wilhelm lieber gewesen.
Wie ein widerspenstiger Jüngling umgab sich der junge Herzog nun mit den Feinden seines Vaters. Als Freund und Vertrauten wählte er den päpstlichen Legaten Girard, Bischof von Angoulême. Schon von früher Jugend an hatte ihn der alte, korrupte Geldwolf beeindruckt, der immer mit Wilhelm dem Jungen in Streit geraten war. Der Stolz des Bischofs war nicht zu groß, um den Sohn mit Schmeicheleien einzuwickeln. Großmütig vergab er ihm all seine Fehltritte, um seine Gunst zu erlangen.
Von Girard angestiftet, schloß Wilhelm sich dem Grafen Vulgrin von Angoulême an, der den Beinamen Eisenfresser trug, und stürzte sich erst mit ihm, dann gegen ihn in eine fast unaufhörliche Reihe von Privatkriegen, die seine Edlen gegeneinander ausfochten.
Doch auch wenn er keinen Anlaß finden konnte, sich auf den Kriegspfad zu begeben, fand der Herzog keine Ruhe. Dann war er ständig auf der Reise, um in seinen Domänen die Huldigungen seiner Vasallen zu

empfangen und die Rechte zu bestätigen, die ihnen von seinem Vater und seinen Vorvätern verliehen worden waren, um sich damit ihrer anhaltenden Treue und ihres Gehorsams zu versichern. Vor allem Bischof Girard, aber auch die Herzogin Aenor, setzten ihm zu, die Kirchen und Klöster von Aquitanien mit Begünstigungen und Privilegien zu überhäufen.
Auch im Frühjahr 1129 begab Wilhelm sich wieder auf den Weg, begleitet von seiner Gattin, seiner siebenjährigen Tochter Alia-Aenor (die andere Aenor), die kurz Aliénor genannt wurde, der zweiten Tochter Aelith, die von allen Petronella gerufen wurde und ungefähr fünf Jahre alt war, und dem Jüngsten, Wilhelm dem Ungestümen. Begleitet von ihrem Gefolge und in ihrem mit Hausrat beladenen Wagen zog die herzogliche Familie im Schrittempo von einer Burg zur anderen.

Marcabru war noch immer auf dem Weg nach Bordeaux, beladen mit den Erfahrungen, die er unterwegs gesammelt hatte. Er hätte die Entfernung innerhalb von zwei Wochen zurücklegen können, doch er brauchte zwei Jahre dafür. Sein Ruhm mußte ihm ja vorauseilen. Wo immer es möglich war, unterbrach er seine Reise, um zu singen: in Schänken, in Pilgerhäusern, vor Kirchen oder auch einfach nur auf den Straßen und in Burgen, wenn er dort eingelassen wurde. Er machte enorme Umwege, ging manchmal auf demselben Weg zurück, auf dem er gekommen war, oder schlug eine entgegengesetzte Richtung ein als die, die er eigentlich hätte nehmen müssen. Manchmal schloß er sich einer Truppe von Spielleuten an und reiste eine Weile mit ihnen. Eines Tages traf er einen Fiedler, der mitten im Lied anfing, ihn zu begleiten. Monatelang zogen sie zusammen weiter.
Schließlich kam Marcabru in Bordeaux an, bettelarm, aber in dem Bewußtsein, daß er sich mit den besten Troubadouren messen konnte. Er war berühmt geworden, um nicht zu sagen, berüchtigt – und zwar wegen seiner unverblümten Kritik, die er an der Zügellosigkeit der Aquitanier übte.
Daß der Herzog nicht dort war, wo er ihn zu treffen hoffte, störte ihn nicht. Er begann einfach, ihm nachzureisen. Seine Lebensumstände

wurden dadurch nicht besser. Überall, wo Wilhelm gewesen war, hatte er Spuren hinterlassen. Mit seiner riesigen, athletischen Gestalt von über einem Meter achtzig besaß er einen entsprechenden Appetit, und die Mahlzeiten, die er allein verzehrte, hätten leicht den Hunger von acht Männern stillen können. Seine Vasallen, von denen erwartet wurde, daß sie ihn pompös empfingen, blieben nach seinem Besuch mit geplünderten Vorratskammern zurück. Für einen armen Spielmann, der einige Tage später beim gleichen Herrn anklopfte, blieb wenig oder gar nichts übrig.
Im Juli dieses Jahres war die Herzogin Aenor in Poitiers, um mit Aliénor und dem kleinen Wilhelm in der Abtei von Montierneuf eine neue Schenkung zu besiegeln. Lachend drückte sie die mit Tinte benetzten Fingerchen ihres Sohnes auf das Pergament, neben den Kreuzchen, die sie und ihre älteste Tochter neben ihre Namen unter dem Text gemalt hatten. Ihr Vater, Aymery von Châtellerault, übernahm die Aufgabe, die Akte zu Wilhelm zu bringen, damit dieser seine Zustimmung zur Schenkung geben konnte.
Am selben Abend saß Marcabru in Poitiers in einer Schänke und trank mit ein paar Söldnern Wein. Es war sein erster Becher seit Monaten. Der Wein tat ihm gut und stimmte ihn zufrieden, fast hoffnungsvoll.
»Du suchst also Herzog Wilhelm«, sagte einer der Söldner. »Warum?«
»Er will vor ihm singen«, erklärte ein anderer, der schon ein wenig angetrunken war. Es waren zwei grobe Kerle. Ihre Gesichter und ihre Hände trugen sichtbare Zeichen alter Verwundungen.
»Ich will vor Herzog Wilhelm singen«, bestätigte Marcabru. »Mein Platz ist am Hof eines großen und mutigen Herrn, der einen guten Troubadour zu schätzen weiß und mit freigebiger Hand belohnt. An einem Hof, der sich weit über das einfache Volk erhebt. An dem die edle Liebe wachsen und aufblühen kann.«
»Was meint er?« fragte der angetrunkene Söldner. Der andere zuckte mit den Schultern.
»Daß Liebe mehr ist als das, was ihr darunter versteht«, sagte Marcabru. Der Spielmann ließ seinen Blick zu den Kumpanen seines Gefährten schweifen, die versuchten, sich ein paar Frauen zu nähern. Diese Versuche wurden mit einer mehr als einladenden Haltung und offen-

sichtlich herausfordernden Bemerkungen beantwortet. Was gesagt wurde, konnte er in dem Lärm nicht verstehen. Und dann hielt eine der Frauen die Hand auf. Ein Soldat gab ihr eine Münze, und sie schüttelte heftig den Kopf. Ungeduldig streckte sie die Hand erneut aus, sie wollte mehr.

»In Paris kostet eine Hure einen halben Pfennig«, sagte der Soldat laut.

»In Paris kostet ein Krug Wein oder ein Leinenhemd auch einen halben Pfennig. Das hier ist Poitiers. Hier sind die Hemden aus Seide, und der Wein ist röter, und die Huren sind besser«, hörte man die schrille Stimme antworten. Schließlich wechselten einige Münzen die Besitzer, und sie verschwanden, die Frauen mit geschürzten Röcken, in einem kaum beleuchteten Teil hinten in der Schänke. Marcabru drehte sich wieder zu dem Soldaten.

»Hast du je darüber nachgedacht, was Liebe ist?«

Der andere schaute ihn verwirrt an.

»Ein hübsches Weib«, begann er, »mit ein paar kräftigen...«

»Ich will dir sagen, aus was eure Liebe besteht«, unterbrach ihn der Spielmann. »Sinnliches Verlangen, wollüstige Träume, von denen nicht einer aus dem Herzen kommt.« Er wies zu dem dämmrigen Teil hinten in der Schänke. »Anfangs haben sie vielleicht noch ein bißchen Sehnsucht und ein bißchen Stolz. Aber wenn sie tausend Liebhaber gehabt haben, stinken sie vor Sittenlosigkeit wie ein faulender Kadaver in der Schlächterei. Sie leimen dich mit süßen Worten, und dann halten sie dich mit ihren Klauen fest, bis dein Geld weg ist. Du bist betrogen. Sie strecken dir die Zunge heraus und nehmen einen anderen.«

»Und der dort?« Der Soldat deutete mit dem Daumen über seine Schulter nach hinten, wo sich ein Edelmann, auf jedem Knie ein Mädchen, hervorragend zu amüsieren schien.

»Der einzige Unterschied ist, daß sie ihn mehr bezahlen lassen. Am Schluß bleibt dasselbe übrig: ein leerer Sack.«

Sogar der betrunkene Söldner erfaßte das Wortspiel und lachte mit dem bösartigen Ton eines Mannes, der gerade einen deftigen Witz gehört hat. Dann hob er unsicher einen vollen Krug hoch. »Nimm noch ein bißchen Wein.«

Marcabru schenkte ihm einen verächtlichen Blick. Es war nicht seine Absicht gewesen, lustig zu sein.
»Worauf es hinausläuft, ist das«, fuhr er fort. »Die Liebe wird verhöhnt. Von oben bis unten wird sie mit Wollust verwechselt, die auch adlige Damen zu Huren macht. Ihr paart euch wie Hunde.«
Der Spielmann bückte sich rechtzeitig vor der Faust, die auf ihn zustieß, und ließ die seine im Magen des anderen landen. Der Söldner kotzte Wein auf den Boden. Sein Kamerad fluchte und sprang mit geballten Fäusten auf, doch Marcabru war schneller und warf ihm den Weinkrug ins Gesicht. Die Hälfte des Inhaltes landete im Nacken des anderen. Innerhalb weniger Sekunden veränderte sich die Schänke in ein Schlachtfeld. Auch die Mädchen beteiligten sich kreischend an dem Kampf, während Marcabru auf den Tisch sprang und schrie:

Liebe zündet gleich dem Funken,
der in Asche tief versunken,
Halm und Hölzer läßt entbrennen
- hört nur, hört! -,
und man weiß nicht, wohin rennen,
wenn die Glut an einem zehrt.

Er wich einem Wurfgeschoß aus und fuhr fort:

Liebe, einst gerecht geartet,
ist heut schief und ausgeschartet;
wo zu beißen ihr mißlungen
- hört nur, hört! -,
leckt sie rauh wie Katzenzungen,
wie's der neue Brauch sie lehrt.

Wer die falsche Liebe brütet,
hat den Teufel eingemietet;
keine Rute fühlt er zucken
- hört nur, hört! -,
schmerzgefeit, wie wer vor Jucken
sich die Haut vom Leibe schert.

Eine Hand griff nach seinen Beinen, um ihn herunterzuholen, doch er sprang auf dem langen Tisch zur Seite.

Liebe täuscht mit ihren Gaben:
trinkt den Honig, läßt die Waben,
schält die bittre Birne schicklich
– hört nur, hört! –,
und gedeiht nur dem erquicklich,
der sich ihres Schwänzchens wehrt!

Jeden, den die Weiber leiten,
stürzt mit Fug in Mißlichkeiten,
wie's die heilgen Schriften künden
– hört nur, hört! –,
euch wird auch das Unheil finden,
so ihr euch nicht schnell belehrt.

In diesem Augenblick wurde er von seinem Podium gezerrt und von groben Händen am Weitersprechen gehindert.
Als er wieder zu sich kam, war Ruhe eingekehrt. Er hörte, daß mit einem Besen Scherben zusammengefegt wurden. Eine weiche Hand tupfte seine Beulen und Schrammen mit einem kühlen, feuchten Tuch ab. Sein Kopf lag in einem Schoß. Er murmelte:

Marcabru, Sohn Marcabrunas,
wuchs im guten Zeichen Lunas:
kund, wie Liebe schnell verwittert
– hört nur, hört! –,
hat er nie nach Fraun gezittert,
ward von keiner je begehrt.

»Du hast recht«, sagten die roten Lippen über ihm, »aber wovon sollen wir dann leben? Wo sollen Söldner sonst ihre Annehmlichkeiten finden? Wenn wir ihnen nicht auf den Feldzügen folgen, dann vergreifen sie sich unterwegs an den Frauen von Bauern und Handwerkern. Dann ist keine Jungfrau mehr sicher.«
Der Spielmann richtete sich auf. Nun konnte er sie besser sehen. Sie

hatte ein rundes Gesicht, das von braunen Haaren umrahmt war, die auf dem Rücken zu einem Zopf geflochten waren. Dazu hatte sie große blaue Augen, was ihr eine ganz eigene Note gab.
»Ich schließe meine Augen nicht vor der Wirklichkeit«, antwortete er, »doch deshalb brauche ich nicht mit ihr einverstanden zu sein. Wer bist du?«
»Mélisanda. Warum kommst du nicht mit uns?«
»Wohin?«
»Nach Anjou.«
»Warum?«
»Weil wir dort sind, wo gekämpft wird. Und wo gekämpft wird, taucht früher oder später der Herzog auf. Du suchst ihn doch?«
»Ja.«
»Er ist immer unterwegs. Ich glaube, jetzt ist er auf der Jagd. Frag mich nicht wo, er zieht von einem Jagdgebiet zum anderen. Nun ist er in den Sümpfen, dann wieder in den Wäldern oder in den Bergen. Wenn du ihn treffen willst, solltest du ihm nicht nachreisen, sondern voraus, so daß er, wohin er kommt, deinen Namen hört.«
Marcabru dachte nach. Tatsächlich hatte er erfahren, daß Herzog Wilhelm für einen gewöhnlichen Sterblichen, der außerdem zu Fuß ging, nicht einzuholen war.
»Und du denkst, daß er nach Anjou gehen wird?«
»Vielleicht. Graf Fulko ist ins Heilige Land gezogen. Sie sagen, daß er König von Jerusalem wird. Sein Sohn Gottfried ist sein Nachfolger. Er ist noch so jung, daß ein paar Edle glauben, das ausnützen zu können. Thibaut von Blazon ist ihr Anführer. Er ist ein Blutsverwandter des Hauses Châtellerault, also haben sich ihm die Edlen von Poitou ebenfalls angeschlossen. Die letzten Berichte sind, daß Herr Gottfried schon dabei ist, ein Heer zusammenzustellen. Die Söldner ziehen morgen los.«
»Kämpfen sie für Blazon und seine Anhänger oder für Graf Gottfried?«
»Das kommt darauf an, wer besser bezahlt. Vielleicht auf beiden Seiten. Du kannst dort mehr verdienen als hier in Poitiers. Und wenn es nicht mit Singen geht, kannst du immer noch am Kampf teilnehmen.«

III

»Also bist du auch Söldner gewesen?«
Marcabru grinste. »Ich mußte wohl, um mein Brot zu verdienen. Die Umstände haben mich öfter gezwungen, als Söldner die Waffen zu ergreifen. Zum Glück scheine ich die Gabe zum Überleben zu haben.«
Die wirst du heute abend noch dringend brauchen, dachte ich. Hinter ihm sah ich einen meiner Handlanger die Schänke betreten, zusammen mit ein paar kräftigen Kerlen, die anscheinend Lust auf einen Becher Wein und eine ordentliche Prügelei hatten.
»Die besten Soldaten kommen aus der Gascogne«, fuhr er mit einigem Stolz fort. Nicht unberechtigt, denn die Gascogner waren als Kampfhähne bekannt. Nur wenn sie als Gruppe Befehlen folgen sollten, waren sie nichts wert, dann kämpften sie mehr miteinander als mit dem Feind. »Die von Anjou waren auch nicht schlecht. Aber es war vor allem Gottfried, der schneller war als alle anderen. Statt Thibaut von Blazon anzugreifen, was jeder erwartet hatte, nahm er sich dessen Handlanger vor. Bevor die Barone so weit waren, ihre eigenen Truppen zu versammeln, hatte er den Grafen von Laval schon zur Übergabe gezwungen. Danach belagerte er die Burg des Herrn von Thouars.«
»Aymery von Thouars, Herzog Wilhelms Schwager?«
»Nein, dessen Sohn Herr Aymery war kurz davor von seinen eigenen Vasallen ermordet worden.«
Ermordet... Ich schaute mich um. Es lief alles genau so, wie es sollte, gleich würden die anderen auch da sein. Und dann wäre Marcabru belagert, eingeschlossen von Feinden, genau wie der Burggraf von Thouars.
»Du hast also nicht für Graf Gottfried gekämpft?«
»Nein. Später schon, als Herzog Wilhelm sein Bundesgenosse geworden war. Aber in diesem Moment hatte ich dort nichts verloren. Nicht daß der Graf kein gebildeter Mann gewesen wäre, im Gegenteil, aber ich hatte schon schnell herausbekommen, daß die von Anjou nicht

viel für einen guten Troubadour übrig hatten. Geizig wie die Pest waren die. Was für ein Volk! Die edlen Herren und Damen benahmen sich so ungezügelt und sittenlos, daß ich sie in meinen Versen mit Mistkäfern verglichen habe, denen es ebenfalls Spaß macht, sich im Dreck zu suhlen.«
Ich brach in Lachen aus. Amüsant, dieser Marcabru. Ich mußte aufpassen, daß er mir nicht zuviel Spaß bereitete. Also beschloß ich, ihn mit folgenden Worten aufzustacheln: »Die von Anjou haben auch wenig mit ihren Nachbarn zu tun. Sie halten die von Poitou noch immer für Trottel. Stolze Angeber, deren Ehrsucht größer ist als ihr Mut.«

Daß sie mit dieser Meinung vielleicht recht haben könnten, bewies der Kampf, den Gottfried von Anjou gegen seine Vasallen und ihre Handlanger aus Poitou führte. Die Belagerten in der Burg von Thouars wagten zwar wiederholt Ausfälle, um die Belagerung zu brechen, erreichten mit ihren Scharmützeln aber nicht viel. Eines Nachts, als die Reiter von Thouars erneut einen Versuch wagten auszubrechen, wurden sie von Anjous Männern in einen Hinterhalt gelockt, und zahllose Aquitanier fanden den Tod. Wer sich retten konnte, floh in die Stadt, doch Anjous Soldaten blieben ihnen auf den Fersen, strömten mit ihnen durch das Tor und setzten die Verfolgung und das Abschlachten fort, während sich der Burggraf in den Schloßturm zurückzog. Dort mußte der Herr von Thouars einsehen, daß der Kampf verloren war. Er übergab sich Gottfried, der den großen Turm der Burg abbrechen ließ. Einen kleinen Rest ließ er stehen, als Beweis seines Sieges und um andere zu entmutigen, die auf die Idee verfallen könnten, ihm in die Quere zu kommen. Der Erfolg blieb nicht aus: Der nächste am Aufstand Beteiligte, gegen den Gottfried nun kämpfen wollte, zog Friedensverhandlungen vor.
Deshalb fand der Graf von Anjou es an der Zeit, den großen Anstifter der Rebellion, seinen Vasallen Thibaut von Blazon, zu vernichten. Er besetzte dessen Schloß, steckte es in Brand und machte die dazugehörigen Gebäude dem Erdboden gleich, während der unglückliche Edelmann bei seinem Schwiegervater, Herrn Wilhelm von Mirebeau, Schutz suchte und sich in dessen Burg verschanzte.

Inzwischen war es Winter. Kälte, Sturm und Regen trotzend, beschloß Gottfried von Anjou, sich rund um die Burg von Mirebeau einzugraben, die durch ihre Lage und ihre Befestigungen fast uneinnehmbar war. Indem er die Ausfallswege durch schwere Bewachung hermetisch abschloß und so die Zufuhr von Nahrungsmitteln verhinderte, brauchte er nur ruhig abzuwarten, bis die ausgehungerten Belagerten sich ergeben würden. Der Herr von Blazon saß in der Falle und mit ihm seine treuen Ritter, seine Schwiegerfamilie, die Garnison und die ganze Lebensgemeinschaft von Mirebeau.
Marcabru, dem es immer besser gelang, den Ereignissen buchstäblich auf dem Fuß zu folgen, entdeckte, daß auch er hinter den Burgmauern und der darum herumgebauten Stadt gefangensaß. Er litt nicht wirklich unter der Belagerung. Die Rationen, die bald eingestellt wurden, waren nicht viel kärglicher als die, an die er sich während seines Vagabundierens gewöhnt hatte. Außerdem gelang es ihm, aus der Not eine Tugend zu machen und sich einen Platz am Hof Wilhelms von Mirebeau zu erobern, wo er den Edlen während der langen Abende in der belagerten Burg Zerstreuung bot.
Nach ein paar Wochen verschlimmerte sich die Lage. Die Garnison wurde ungeduldig, die Ritter waren reizbar, und die Mägen der Bürger knurrten noch lauter als ihr Murren. Thibauts Gattin, Mechthild von Mirebeau, versuchte, den Hauptmann der Garnison zum Liebesspiel zu verführen. Es wurde geflüstert, daß sie schon ein Kind habe, das nicht von Thibaut sei, dieser das aber nicht wisse. Marcabru konnte sich kaum beherrschen, vor den Edlen im Rittersaal ein Lied zu singen, das die ehebrecherische Edelfrau bloßstellen würde. Doch gegen seine Gewohnheit schwieg er, weil er die Herren von Mirebeau und Blazon für seine eigenen Pläne brauchte, die heftig gestört würden, würde er sich mit satirischen Texten die Wut der edlen Herren auf den Hals laden.
Marcabru selbst verkehrte in der Gesellschaft von Mélisanda, die seit Poitiers nicht von seiner Seite wich. Es schien, als habe sich die Hure in den Gascogner verliebt. Sie war nicht dumm, aber sie hatte etwas Sklavisches an sich, das ihn ärgerte. Zugleich konnte sie auch sehr frech sein. Ihr lag nichts an dem edlen Lebensstil, zu dem der Adel, nach

Marcabrus Ansicht, verpflichtet sei. Sie selbst fickte sich, wie sie sagte, quer durch alle Ränge und Stände. Marcabru achtete auf Abstand zu ihr, vor allem deshalb, weil ihm immer klarer wurde, daß er selbst ein Beispiel für das sein mußte, was er vertrat. Dazu paßte kein Verhältnis mit einer Frau wie Mélisanda, damit würde er seine eigenen Verse entkräften.

Als die Belagerung fast drei Wochen gedauert hatte und einige tolldreiste Ausfälle zu nichts geführt hatten, sah Marcabru seine Chancen wachsen. Er trat vor den Burgherrn und bot sich an, Mirebeau heimlich bei Nacht zu verlassen und Herzog Wilhelm zu Hilfe zu rufen, von dem man sagte, er sei in Poitiers. Ein Soldat oder ein Edelmann würde leicht in die Hände des Feindes fallen, aber ein unschuldiger Spielmann würde ungehindert die Außenposten von Gottfrieds Heer passieren können, argumentierte er. Sein Vorschlag wurde dankbar angenommen. Er bekam ein halbes Brot mit und einen Begleiter: einen Joglar, der in Mirebeaus Diensten stand und am Hof von Poitiers bekannt war. Mélisanda mußte unter Bewachung im Schloßturm bleiben, als Garantie, daß Marcabru seinen Auftrag ausführen würde. Erstaunt stellte der Gascogner fest, daß er in den Augen anderer doch auf irgendeine Art mit ihr verbunden war. Und es war tatsächlich so, auch wenn es nur daran lag, daß er nun für ihre Sicherheit verantwortlich war.

Nachdem der Abend gekommen war, wurde das rückwärtige Tor geöffnet, und wie so viele Male zuvor stürmte eine Truppe Reiter hinaus, um den Feind zu zerstreuen. Im Staub ihrer Pferde folgten Marcabru und sein Begleiter. Es war stockfinster. Nur die Fackeln der Reiter, die sich in der Dunkelheit schnell entfernten, zeigten ihnen den Weg. In der Ferne erklang Geschrei. Plötzlich waren Flammen da, die der Erde zu entspringen schienen. Offenbar hatten die Reiter ihre Fackeln in die Gräben geworfen, in denen die Zelte standen. Direkt danach hörte man Waffengeklirr. Der Sänger und sein Joglar rannten in die andere Richtung, weg von dem Weg, quer durch das Feld, wo sie eine Öffnung in dem Kordon der Gräben und Zelte wußten. Dort warfen sie sich auf den Boden und krochen wie Eidechsen vorwärts, wobei die Laute des Joglars wie ein Buckel auf dessen Rücken mithopste.

Erst eine Stunde später wußten sie, daß ihr Plan gelungen war. Um sie herum herrschte nächtliche Stille. Sie konnten ihre Hand nicht vor den Augen sehen, aber sie hatten den Weg gefunden. Sich nach dem Wind richtend, liefen sie nach Süden. Vor ihnen, in der schon leicht erglühenden Landschaft, lag in einer Entfernung von einem Tagesmarsch Poitiers.

Herzog Wilhelm befand sich in dem alten Schloß der Grafen von Poitiers. Er hatte gerade mit seiner Gesellschaft die Mahlzeit beendet und bedeutete mit einer Handbewegung den Spielleuten, daß es nun erlaubt sei zu singen und Gedichte vorzutragen, als Marcabru und sein Joglar den Saal betraten, angekündigt als Kuriere von Mirebeau.
»Mein Herr, Wilhelm von Mirebeau, läßt Euch grüßen«, sagte der Joglar, der vor dem Herzog auf die Knie gesunken war, die Laute im Arm. »Herr Thibaut von Blazon, der mit ihm der Belagerung des Grafen von Anjou trotzt, fleht Euch, Herr, um Hilfe an. Und möge Gott mit Euch und den Euren sein.«
Das waren die Worte, die Mirebeau ihnen zu überbringen befohlen hatte. Der Herzog erkundigte sich nach der Lage, nach dem Umfang von Gottfrieds Heer, den Nahrungs- und Waffenvorräten im Schloß und der Moral der Soldaten. Der Joglar beantwortete alle seine Fragen. Marcabru hatte seinen eigenen Auftrag. Er wartete, zufrieden mit dem, was er sah. Der Herzog, der mit seiner riesigen Gestalt am Ende der Tafel zusätzlich erhöht saß, war, jedenfalls dem Äußeren nach, ein großer Mann. Er trug ein Übergewand aus Goldbrokat, das reich mit Edelsteinen geschmückt war. Es war tief genug eingeschnitten, um den reich bestickten Rand und die gute Qualität seines seidenen Hemdes zu zeigen. Die kurzen Ärmel seines Bliaud ließen auch die Ärmel seines Hemdes sehen, die so eng anlagen, daß sie, wann immer der Herzog sich ankleidete, um seinen Körper genäht wurden. Die feinen seidenen Strümpfe waren so eng geschnitten, daß sie glatt um seine langen Beine lagen, und auch die weichen Lederstiefel umschlossen seine Knöchel so eng, daß man sich fragte, wie er sie an und aus bekam.
Der Joglar erhob sich. Sie hatten kaum Zeit gehabt, sich nach ihrer Wanderung zu reinigen. Mit schwarzen Rändern unter den Nägeln

zupfte er an den Saiten seines Instruments. Marcabru erhob die Stimme, heiser vor Hunger und Müdigkeit.

Ich liebe sie, die trockne Zeit so hell,
wenn vor dem Haus der Brunnen stöhnt und ächzt,
wenn leise flüstern nur noch Wasserfäll,
und dort am Hang versickert ist der Quell,
wenn gelb verdorrtes Gras nach Regen lechzt.

Kein Mensch konnte vermuten, was nach diesem Beginn folgen würde, in dem, wie es die Tradition verlangte, die sommerliche Natur geschildert wurde, die Jahreszeit, die die Liebe symbolisierte. Der Sänger machte eine Viertelumdrehung, so daß er nicht mehr den Herzog anschaute, sondern die Edlen in dessen Gefolgschaft. Ein Stimmengewirr erhob sich, als der Vers plötzlich eine andere Wendung nahm. Sie, die sich zum Ehebruch hinreißen ließen, wurden im Feuer des Bösen verzehrt, sang er. Was für ein bizarres Schauspiel, zu sehen, wie der eine seinen Weg zum Bett eines anderen suchte und jeder sich vergnügte, daß man den neu entdeckten Pfad voller Selbstvertrauen einschlug! Wieviel Frauen, Liebhaber und Ehegatten hatten sich schon an diesem Feuer verbrannt? Wer vernünftig war und klug, wehrte sich gegen das Feuer, von dem er sprach, denn überwand er es nicht, wurde er von ihm überwunden. Verblüfft sei er, Marcabru, daß die anderen Troubadoure ihre Gedanken darüber für sich behielten und er daher nicht die Anerkennung bekomme, die er verdiene. Sicher, auch der Troubadour selbst müsse sich bezähmen. Wenn er es wage, in seinen Versen den Ruhm einer edlen Dame zu besingen und sich um ihre Gunst zu bewerben, würde er aus Furcht, selbst ein Opfer des Ehebruchs zu werden, den er gerade verurteilt hatte, um nichts anderes bitten als um ihre zarte und keusche Freundschaft, so sehr er sie auch begehre.

Aus Angst mein Zügel habe ich gemacht,
geschnitten hab ich sie aus eignem Fleisch
um hengstgleich nicht zu reiten durch die Nacht.
Es hätt mir Hohn und Schande nur gebracht
wenn ich mich hätt gezügelt gar zu weich.

Man reagierte verächtlich auf seine Worte, einige lachten ihn direkt aus, doch Marcabru achtete nicht darauf.

Nur Euch, Ihr Gatten, treffen Schuld und Schmach,
Schwein kommt von Schweine, so will es die Natur;
und wie Ihr selbst der Wollust gabet nach,
so treibens Eure Fraun nun allgemach,
Anjou gibt Euch ein Beispiel mit Bravour.

Bei diesen Worten drehte sich Marcabru wieder zu Herzog Wilhelm, und während die Stimmen um ihn herum verstummten, änderten sich seine Verse ebenso unerwartet wie vorher, und er sang die Schlußstrophen:

Guienne! ruft in Poitou der edle Mann,
doch Herrenehre sinket in Anjou.
Kürt einen Mistkäfer zum Herrn man, dann
wälzt auch das Volk sich nur in Schmutz und Schlamm.
Drum lässet leicht sich sagen in Anjou:
Kürt einen Mistkäfer zum Herrn man, dann
ach, wälzen alle selig sich im Schlamm.

Als Marcabru schließlich schwieg, folgten die Ritter und Edlen seinem Beispiel und stimmten den Kampfruf von Poitou an: »Guienne!«
Der Herzog schlug mit der Faust auf den Tisch zum Zeichen, daß er das Lied würdigte. Er winkte jemandem, der dem Sänger und seinem Joglar einige Münzen zuwarf. Letzterer knöpfte die Geldstücke in seinen Hemdzipfel. Dann brach der Tumult im Saal erst richtig los. Jeder wollte seine Meinung über die Verse sagen und vor allem spekulieren, ob der Feldzug, der vor ihnen lag, Erfolg haben würde.
Es war deutlich, daß der Herzog mit dem Hilferuf aus Mirebeau gerechnet hatte. Er war auf ein Treffen mit Gottfried von Anjou vorbereitet, und obwohl seine Vasallen längst nicht alle seinem Aufruf gefolgt waren (viele bezahlten lieber ihre Kriegspflicht), hatte er doch eine große Zahl Männer versammelt. Nun, da Eile geboten war, zögerte er

keinen Augenblick. Er füllte sein Heer mit Söldnern an, unter ihnen Marcabru, und marschierte nach Mirebeau. Dort schlug er außerhalb der Sichtweite von Anjous Truppen sein Lager auf.
Die Stimmung war trotz der Winterkälte hervorragend. Die Soldaten sangen an den Lagerfeuern schlüpfrige Gassenhauer. Marcabru stand oben auf einem leeren Weinfaß und sang sein Lied, in dem er die Soldaten vor den Huren warnte, die dem Zug folgten, und die Edlen vor dem treulosen Spiel der adligen Damen, die nicht viel besser seien als die Huren.

Meint ihr, ich durchschaut's nicht spielend,
wie die Liebe blind und schielend?
Glatt und süß ist ihre Lüge
– hört nur, hört! –,
doch sie beißt wie eine Fliege,
deren schwer man sich erwehrt.

Die Soldaten sangen unter viel Gelächter jedesmal die beiden letzten Verse im Chor. Es herrschte eine Festtagsfreude, als feiere man bereits den Sieg. Marcabru dachte an Mélisanda, die ihren erzwungenen Verbleib in Mirebeau bestimmt zu ihrem Vorteil wenden konnte.
Im Lager von Anjou herrschte ebenfalls eine große Betriebsamkeit, die jedoch nichts Festliches hatte. Sobald Graf Gottfried zu Ohren kam, daß Wilhelms Heer näherrückte, verstand er, daß nun bald er selbst der Belagerte sein würde, eingeklemmt zwischen denen aus Poitou und denen aus Mirebeau. Nach Beginn der Dämmerung gab er seinen Männern den Auftrag, rund um den Gürtel, den er selbst um die Burg gelegt hatte, einen tiefen, breiten Graben anzulegen und die so herausgehobene Erde zu einem hohen Wall zwischen seinem und Wilhelms Heer aufzuwerfen.
Im grauen Wintermorgen zogen die Ritter von Poitou ihre Rüstungen an, stiegen auf die Pferde und bewegten sich, umringt von ihren Waffenknechten und dem Fußvolk, im Schrittempo auf Mirebeau zu. Es handelte sich nicht um eine geschlossene Formation, eher um eine unzusammenhängende, immer weiter ausufernde Masse. In der ge-

schlängelten Frontlinie liefen die Bogenschützen und Pikeniere. Dazwischen, dahinter und auch davor drängten sich die Reiter.
Als Gottfrieds Erdwall vor ihnen auftauchte, kam der Aufmarsch ins Stocken. Auch Marcabrus Mund stand vor Überraschung offen. Letzte Nacht hatten Kundschafter noch gemeldet, daß die von Anjou auf offenem Feld lagerten, eine leichte Beute sein würden und vermutlich nach dem ersten Angriff bereits die Flucht ergriffen. Mit diesem riesigen Wall als Schutz hatte sich die Lage grundlegend geändert.
Nach einem Augenblick des Zögerns und der Unsicherheit verließ einer der Reiter die Reihen des Fußvolks und stürmte vorwärts. »Guienne!« schrie er. Vor der Frontlinie ritt er einen kleinen Kreis und winkte mit erhobenem Schwert seine Mannschaften nach vorn. Als er sich umwandte, erkannten die Männer die schönen, feinen Gesichtszüge von Raymond, dem Bruder des Herzogs. Als Knabe von kaum sechzehn paarten sich in ihm ein auffallend guter und athletisch gebauter Körper mit dem Mut eines Mannes, der doppelt so alt war wie er selbst. Sofort wurde sein Kampfruf von den anderen übernommen, und Wilhelms Heer setzte sich wieder in Bewegung. Die Reiter trieben die Fußknechte nach vorn, die sich bereitmachten, den Erdwall zu erstürmen, doch sie waren kaum auf halber Höhe, da wurden sie von einem Regen von Pfeilen getroffen. Zahllose Fußknechte und Reiter fielen getroffen zu Boden, während verwundete und in Panik geratene Pferde ein noch größeres Unheil anrichteten. Irgendwo in der Mitte der Vorhut gab Herzog Wilhelm ungeduldig den Befehl, die Bogenschützen nach vorn zu schicken, damit sie die von Anjou angriffen. Es gab mehr Verwundete als Pfeile, die auf die unsichtbaren Feinde abgeschossen wurden. Marcabru und einigen anderen Fußknechten gelang es noch, gedeckt von ihrem Schild den Wall zu erklimmen und mit ihren Streitbeilen und Piken die Soldaten anzugreifen, die ihre behelmten Köpfe ab und zu über den Rand hoben, um einen Blick auf die Lage zu werfen. Viel Erfolg hatten sie mit ihrer Aktion nicht, doch sie entlockte den Zurückgebliebenen bewunderndes Jubeln.
Nach ernstlichen Verlusten und vergeblichen Versuchen, eine Bresche zu schlagen, mußte Wilhelm seine Mannschaften zurückziehen, ohne das feindliche Heer auch nur gesehen zu haben.

Wilhelm von Toulouse hätte Gottfrieds Heer einschließen können. Er hätte in aller Ruhe darauf warten können, daß der Graf sich ergab. Aber es war Winter. In weitem Umkreis waren Proviant und Brennholz geplündert. Für das große Heer aus Poitiers war nichts mehr zu holen. Eine langdauernde Belagerung Mirebeaus war daher ausgeschlossen. Nur eine Blitzaktion hätte zum Erfolg führen können, und diese hatte der schlaue Gottfried zu verhindern gewußt.
Thibaut von Blazon sah mit seinen erschöpften Vorräten und dem durch Wilhelms mißglückten Anfall entmutigten Heer keinen Ausweg mehr. Er machte dem Grafen von Anjou ein Friedensangebot und bat lediglich um Schonung seines eigenen Lebens. Gottfried nahm das Angebot an und ließ die ausgehungerten Bewohner aus der Stadt. Das Schloß und die Stadt fügte er als Kriegsbeute seinem eigenen Besitz zu.
Wilhelm, nicht unzufrieden mit diesem Ablauf, aber schlecht gelaunt, begnügte sich mit Blazons Unterwerfung. Er hatte ebensowenig wie Gottfried selbst ein Bedürfnis nach einem großen Krieg zwischen Poitou und Anjou.
In dem Chaos, das nach dem Abbrechen des Lagers und der Rückkehr der in Mirebeau Eingeschlossenen entstand, ergab es sich nicht, daß Mélisanda und Marcabru sich trafen. Wohl aber geriet der Gascogner fast unter das Pferd Raymonds von Poitier. Der Jüngling schaute auf ihn hinunter und grinste breit.
»Nicht schlecht versucht, Spielmann«, rief er von seinem ungeduldig scharrenden Reittier hinab. »Wir haben auch von deinen Künsten im Lager gehört. Du hast Eindruck gemacht auf Wilhelm, aber noch nicht genug. Gehe nach Ventadour. Herr Ebles wird dir einige Verfeinerungen beibringen.« Er lachte laut und warf dem Spielmann ein Goldstück zu. »Außerdem bist du auch kein schlechter Soldat!« Er gab seinem Pferd die Sporen. Marcabru betrachtete die Münze in seiner Hand. Das sanft glänzende Gold hob sich scharf von den Furchen seiner schmutzigen Handfläche ab.

IV

»Bei Herrn Ebles bin ich nicht lange geblieben«, sagte Marcabru. »Wir lagen einander nicht, das war schon vom ersten Tag an deutlich. Was sollte ich übrigens noch bei ihm lernen?«
Ich schaute ihn erstaunt an. Was er sagte, klang unglaublich arrogant. Sogar jetzt, einige Jahre nach seinem Tod, war der Name von Herrn Ebles noch ein Begriff. Unzählige hatte er an seinem Hof zu Troubadouren erzogen. Edle, aber auch unbedeutende Männer wie Bernard, den Sohn eines Küchenknechts, der jetzt sogar am Hof von Königin Aliénor sang.
»Genau«, sagte Marcabru, »der Junge hätte auch ohne Herrn Ebles seine Verse gefunden. Es hätte vielleicht nur etwas länger gedauert. Was mich ärgert, ist, daß jeder Edelmann glaubt, er sei es seinem Stand schuldig, Troubadour zu werden. Was wird auf diese Art nicht alles gedichtelt und gebröckelt. Und wer das Unglück hat, im Dienst eines solchen Toren zu sein, muß das Zeug auch noch schön finden! Ein Troubadour wird geboren, nicht gemacht.«
»Vielleicht hast du recht.«
»Ach, natürlich habe ich recht.« Eine ungeduldige Handbewegung unterstrich seine Worte. »Was mich am meisten ärgert, ist, daß diese Herren sich ein Urteil über das Werk eines echten Troubadours anmaßen, dessen Beruf es ist, Verse zu machen.«
»Und Herr Ebles selbst?«
»Ein Stümper. Er kannte nicht den Unterschied zwischen der wahren, edlen Liebe und der Liebe aus körperlichem Begehren. Das Urteil eines Narren hatte er, das ich mit dem Urteil der Vernunft bekämpfte. Edle Liebe und fleischliche Liebe gehen nicht zusammen. Die erste heilt, reinigt und erhebt; die zweite krallt sich fest und quält und führt mit ihrem immer gierigeren Verlangen zum Verfall.«
»Du sagst das, als handle es sich um die Pest.«
»So ist es auch.«

»Die Liebe eine Pest?«
»Die sinnliche Liebe.« Er sprach etwas lauter, weil es in der Schänke immer voller wurde. Auf der Leiter nach oben herrschte reger Verkehr. Der Hund hatte seinen Platz gewechselt und lag nun unter dem Tisch, mit seinem warmen Körper halb auf meinen Füßen.
»Ich weiß, wie es mit der Liebe dahingeht«, fuhr Marcabru fort. »All die Jahre habe ich mich in sie vertieft. Aber nie zuvor stand sie mir so hell vor Augen wie damals, als ich mich voller Abscheu vom Hof von Ventadour abwandte. Gut, man lernt dort, wie man vollkommene Verse macht. Vollkommen, was die Form angeht. Denn die findet man dort wichtiger als den Inhalt. Wer gegen die strengen Regeln von Versmaß, Reimschema und dessen Wiederholungen sündigt – auch in der *tornada* –, wird der Geschmacklosigkeit bezichtigt, sogar der Derbheit. Deshalb war ich nicht nach Ventadour gekommen. Ich rechnete mich damals selbst schon zum *trobar clus.* Es mußte einer schon sehr gescheit sein, wollte er mich bei einer Unvollkommenheit erwischen! Mir ging es um die Botschaft, die ich mit meinen Versen weitergeben wollte. Der Inhalt ihrer Verse dagegen war immer derselbe. Genau wie die Liebe, die in ihnen verkündet wurde: ebenso banal wie die des Bauernvolks, das nicht klüger ist.
Gut, ein Edelmann fühlt sich über seine Untergebenen erhaben, und zu Recht. Aber der Unterschied ist nur dann gerechtfertigt, wenn er in allen Facetten seiner Existenz nach seinem Stand lebt, in großem Stil. Er muß für die, die es nicht besser wissen, ein Vorbild sein. Und für Edelfrauen gilt das nicht weniger. Wenn sie also nicht wie Tiere leben wollen, dürfen sie sich auch nicht wie Tiere paaren. Doch inzwischen läßt er sich gutwillig in den Netzen der falschen Liebe fangen, von Frauen, die für Geld jeden lieben, ob rot oder blond oder braun. Dann ist sein süßer, warmer Speer stärker als sein Rückgrat! Und die Edelfrau gibt sich einem Landstreicher hin, so wie sich eine Hündin von einem Bastard decken läßt.
Ach, was wußten sie in Ventadour von der Liebe? Ich habe dort nichts Neues gehört. Nur Verse, wie Wilhelm der Junge sie schon gemacht hatte, ein Haufen Prahlerei über ihr Waffenglück auf dem Kampfplatz der Liebe, mit keinem anderen Ziel vor Augen als dem Bett. Reine

Prahlerei mit der Schönheit ihrer Mätressen, wie dick, verwelkt, alt oder häßlich diese auch in Wirklichkeit waren! Alles Schönfärberei. Und dort sollte ich ›ein bißchen Verfeinerung‹ lernen? Was ist diese Verfeinerung denn anderes als ein bißchen Glasur, die, wenn man sie abkratzt, die alte, ehebrecherische Liebe enthüllt, die Wollust, die sie verschönern sollte? Warum wird die *cortezia* nicht in die Tat umgesetzt?«

Ich ertappte mich dabei, daß ich ihm nur noch mit einem halben Ohr zuhörte. Denn während er weitersprach, fragte ich mich, wer ihm eigentlich nach dem Leben trachtete. War es Audric von Vilars oder jemand aus dem Haus Ventadour, der ihm den Kampf angesagt hatte? Sowohl Herr Audric als auch Herr Ebles waren später von dem Troubadour beleidigt worden.

»Wer die wahre Liebe mißbilligt, führt lästerliche Reden!« hatte er Herrn Ebles in der *tornada* eines seiner Lieder zugerufen. Herrn Audric schien er später wiedergesehen zu haben, und bei der Gelegenheit sollen sie sich Strophen voller Schimpfworte um die Ohren geschlagen haben. Aber war das ein Grund, jemandem das Leben nehmen zu wollen? Natürlich waren andere schon wegen weniger zusammengestochen worden.

Dazu kam, daß man einen Mann wie Herrn Ebles, der in ganz Aquitanien in hohem Ansehen stand, nicht ungestraft beleidigen konnte. Was seine Freigebigkeit und seinen pompösen Lebensstil betraf, war er sogar Herzog Wilhelm dem Jungen gleichgekommen. Wer kannte nicht die Geschichte von dem Edelmann, der eines Tages unangekündigt am Hof des Herzogs erschienen war, kurz bevor die Hauptmahlzeit serviert werden sollte. Herzog Wilhelm, der sich nichts nachsagen lassen wollte, hatte Ebles und dessen Gefolge ein fürstliches Mahl vorsetzen lassen. Es dauerte nicht lange, da hatte sein Küchenpersonal alle Vorbereitungen getroffen, um die unerwartet eingetroffenen Gäste zu bewirten. Beim letzten Becher Wein bemerkte Ebles mit einem guten Gefühl für Humor beiläufig, daß es nicht nötig gewesen wäre, sich mit dem Empfang eines so einfachen Burggrafen wie ihm solche Mühe zu geben.

Der Vorfall hatte allerdings ein Nachspiel, denn Wilhelm der Junge

wußte den Witz wohl zu schätzen. Nicht lange danach meldete sich der Herzog, ebenfalls kurz vor der Essenszeit, bei seinem Vasallen an. Mit mehr als hundert Reitern erreichte er das Schloß Ventadour, und Ebles verstand, daß es ihm heimgezahlt wurde. Er ließ Wasser bringen, so daß seine Gäste ihre Hände waschen konnten. Inzwischen wurde in der Umgebung des Schlosses alles Eßbare geholt, was zu finden war, und in die Küche gebracht, wo sich bald Gemüse, Fleisch und Geflügel stapelten. Innerhalb kürzester Zeit zauberten die Köche von Ventadour ein Festmahl, das eines Königs würdig war. Herr Ebles, der selbst auch keine Ahnung hatte, wollte nachschauen, wie alles klappte, und sah zu seiner Verblüffung, wie vor der Tür seines Saales ein Bauer aus dem Dorf Maumont seinen Ochsenkarren zum Stillstand brachte.
»Kommt und schaut, Ritter des Grafen von Poitou, wie man am Hof des Burggrafen von Ventadour seinem Herrn Wachs bringt«, rief der Bauer. Er stieg auf seinen Karren und begann, mit einem enormen Beil die Fässer aufzuhacken, als handle es sich um Ware von geringem Wert. Dann stieg er wieder auf den Bock und fuhr weg, während die kostbare Ladung, eine große Anzahl Kerzen von allerfeinstem Wachs, auf einem großen Haufen auf dem Platz zurückblieb. Herzog Wilhelm, der mit seinen Rittern zugeschaut hatte, überschlug sich mit Lobesäußerungen an die Adresse seines Gastgebers und pries dessen Höfischkeit und seine Verdienste.
Der treue Bauer wurde später von Herrn Ebles belohnt: Der Edelmann schenkte ihm das Lehngut Maumont.
»Nach Ventadour habe ich die beiden getrennt«, hörte ich Marcabru sagen, und meine Gedanken kehrten zur Gegenwart zurück. »Die reine Liebe habe ich seither *amors* genannt und die sinnliche Liebe *amars.* Oder, um in deiner Sprache zu sprechen, Minne und Sinne. Wer die beiden vermischt, begeht einen unverzeihlichen Irrtum. *Amars* lockt den Verwirrten mit süßen Rufen in einen Hinterhalt, wo er sich die Haut an ihrem treulosen Feuer verbrennt. *Amors* trägt die Medizin in sich, die ihn heilen kann. Wer *amors* aufnimmt und von ihren Gaben lebt, wird durch sie in Achtung, Wert und Würde steigen; Mut und Tugend werden seine Belohnung sein.«
»Für mich sprichst du noch immer in Rätseln«, sagte ich. Ich fand es

allmählich ermüdend, wie er jedesmal auf dasselbe Thema zurückkam. Ob es denen ähnlich gegangen war, die ihn zwanzig Jahre lang darüber hatten singen hören? Und da fragte ich mich, wer Marcabru ermorden wollte? Nach einem Abend mit dem Troubadour hatte ich schon Lust, ihm die Kehle zuzudrücken! Ich grinste über meine eigenen Gedanken, und Marcabru faßte das falsch auf. Er packte meine Hand und zog mich über den Tisch.

Mein Gott, dachte ich, während ich seinen nach Wein stinkenden Atem roch, es hätte die ganze Mühe nicht gebraucht. Er schafft es spielend, ganz alleine einen Krawall zu entfachen.

»Du sollst nicht begehren deines Nächsten Gut, du sollst nicht begehren deines Nächsten Frau, du sollst keine Unkeuschheiten begehen, du sollst nicht stehlen«, schnaubte er mich an.

Du sollst nicht töten, fuhr es mir durch den Kopf. Plötzlich war es ganz still in der Schänke. Alle schauten zu uns herüber. Wir waren von einem Kreis schweigender Männer umgeben, die sich immer dichter um uns drängten.

»Du sollst deinen Nächsten lieben«, sagte ich scherzend. Marcabru ließ mich los. Er begann zu lachen - ein großzügiges, warmes Lachen. Ich lachte entspannt mit. Köpfe wendeten sich ab, Gespräche wurden wieder aufgenommen. Es war noch zu früh.

Schon seit Generationen hatte in Aquitanien einer dem anderen das Licht in den Augen nicht gegönnt, man hatte sich in blutigen Zwistigkeiten gegenseitig Leben und Gut genommen und die Frau des anderen geliebt. Hierin unterschied sich das Land kaum von anderen Landstrichen. Der Unterschied war, daß die Aquitanier das Übertreten der heiligen Gebote zu einer Kunst erhoben hatten, die mit großer Hingabe betrieben wurde. Während Troubadoure die noblen Werte *joven, proeza, honor, pretz* und *valor* (Jugend, Mut, Achtung, Preis und Würde) bejubelten, hielten die Edlen ihren Ruf aufrecht und taten alles, was Gott verboten hatte. Denn alles war erlaubt, solange man es mit Stil tat. Mit einem Stil, der zu dem grünen, von Flüssen durchzogenen und von der Sonne gesegneten üppigen Land paßte: stolz, überschwenglich, leidenschaftlich. Aber dieser Stil bedeutete laut Marca-

bru auch Unterwerfung unter die Gesetze, von denen *mezura, sofrir, largueza* und *joi* (Beherrschung, Geduld, Großzügigkeit und Genuß in vollkommener Harmonie) die wichtigsten waren. Diese Lebenskunst bekam einen Namen, *cortezia* (Höfischkeit), und sie war, wie die Kunst der Troubadoure, in ihren Erscheinungsformen ebenso raffiniert wie hochmütig und schamlos.
Als Marcabru mit der Absicht Vilars verließ, die Welt vom Hof Wilhelms von Aquitanien aus zu verändern, hatten einige dieser Prinzipien noch keinen Namen. Erst später sprach er in seinen Versen von *cortezia* und gab der reinen, edlen Liebe, an die er heilig glaubte und deren feuriger Apostel er war, einen Namen: die *fin amors.*

Im Frühling kehrte Marcabru nach Poitou zurück. Man hatte ihn vergessen. Sein Auftreten in Poitiers, kurz vor dem Fall Mirebeaus, war nicht in Herzog Wilhelms Erinnerung geblieben. Ihm hatte der Kopf nach etwas anderem gestanden: nach Krieg. Später wurde - kurz nach Mirebeau - seine Aufmerksamkeit auf die Nachfolge des Papstes gerichtet, der im Februar des Jahres gestorben war.
Noch bevor der Papst auf seinem Sterbebett den letzten Atemzug getan hatte, schoben zwei einander in blutigen Straßengefechten bekämpfende römische Parteien ihre Kandidaten vor. Fünf Kardinäle sprachen sich für den der Frangipanis aus, der als Innozenz II. den päpstlichen Thron bestieg. Ihre Gegner, die Pierleonis, entfesselten einen Volksaufstand und riefen mit Unterstützung von drei Kardinälen Peter Pierleoni unter dem Namen Anaklet II. zum Gegenpapst aus. Mit roher Gewalt besetzten die Pierleonis dann Sankt Peter, die Lateransbasilika Sankt Johannes und den päpstlichen Palast und vertrieben Innozenz aus Rom, wo Anaklet zum Papst geweiht wurde.
Während die beiden Päpste sich gegenseitig exkommunizierten, war nun die Frage, wer von ihnen durch die weltlichen Fürsten unterstützt würde. Innozenz war in Pisa und dann in Genua untergetaucht und wartete den Lauf der Ereignisse ab. Anaklet suchte inzwischen von Rom aus über diplomatische Kanäle Hilfe, indem er seine Gesandten mit Briefen zum Kaiser des Heiligen Römischen Reiches und zu König Ludwig von Frankreich schickte. In Aquitanien wandte er sich an Wil-

helms Ratgeber, den Bischof Girard von Angoulême. Girard hatte sich anfangs zusammen mit den anderen Bischöfen Aquitaniens für Innozenz ausgesprochen. Aber seine Bitte, die päpstliche Legatur behalten zu dürfen, hatte Innozenz negativ beschieden, weil er wußte, wie bestechlich der Bischof war. Hatte Girard nicht oft von zwei Seiten zugleich Bestechungsgelder angenommen, einmal den Grafen von Anjou exkommuniziert, weil er vom König von England bestochen worden war, und mit seiner Macht gedroht, indem er damit prahlte, daß er als Legat das Recht hatte, Bischöfe ihres Amtes zu entheben, wenn er das wollte? Dieser Mann war so korrupt, daß auf den Straßen Spottlieder darüber gesungen wurden.

Anaklet versprach nun Girard in einem Schreiben, er könne seine Funktion behalten, und bat ihn im Tausch dafür, sich für seine Sache einzusetzen. Girard roch die Chance, sich in eine günstige Position zu bringen, und machte sich hastig an die Arbeit. Er schrieb seinerseits Briefe an den König Heinrich von England, in die Bretagne und zu den Fürsten von Kastilien und León. Nur bei dem englischen König hatte er Erfolg. Und natürlich bei Wilhelm, der zuerst auch Innozenz anerkannt hatte, inzwischen jedoch zweifelte und eher Anaklet zugeneigt war.

Als Ludwig von Frankreich, der sich im unklaren war, welchen der beiden Päpste er anerkennen sollte, ein Konzil in Étampes zusammenrief, um die Sache zu besprechen, hielten sich Wilhelm und Girard bewußt fern, um nicht an einen Spruch gebunden zu sein. Girard blieb in Angoulême, Wilhelm machte sich auf eine Rundreise, um seine aufsässigen Vasallen unter Kontrolle zu halten. Mit seiner Familie und seinem Gefolge zog er herum, wobei er sich mit Jagen und Fischen vergnügte. Als er sich bei einem seiner Vasallen, im Schloß Taillebourg, nicht weit von Saintes und den rührigen Herren von Saintonge, niedergelassen hatte, lieh er dem Sänger, der sich seiner Gunst empfahl, ein geneigtes Ohr. Gut gelaunt, in Ferienstimmung, lud der Herzog Marcabru ein, nach dem Essen die Gesellschaft zu unterhalten.

Und er sang, der Spielmann, der scheinbar aus dem Nichts aufgetaucht war, er sang über die Liebe mit ihrem Feuer und den Hochmut, der die Aquitanier kennzeichnete. Wilhelm, die langen Beine ausgestreckt zwischen seinen Kindern, die vor ihm auf dem Boden saßen, lauschte interessierter, als er es sonst tat. Sein Hof war von Spielleuten aus allen Himmelsrichtungen überlaufen, denn es war bekannt, daß er solchen Zeitvertreib liebte und ihn reich belohnte. Er war damit aufgewachsen. Das war es, was diesen Spielmann von den anderen unterschied: Er war die fleischgewordene Erinnerung an den alten Herzog, Wilhelm den Jungen, der mit Recht den Beinamen Troubadour hatte tragen dürfen. Die Erinnerung an seinen Vater war Wilhelm nicht lieb, doch sie erfüllte ihn noch immer mit Respekt. Nun, nachdem er Ludwig, dessem Konzil und dessem falschen Papst Widerstand geleistet hatte, fühlte er sich wachsen und zum ersten Mal seinem ruhmreichen Vater ebenbürtig, der oftmals die kirchlichen Autoritäten herausgefordert hatte.

Hier stand dieser Spielmann und sang, als ob der Troubadour dort stünde, mit derselben teuflischen Anmaßung, die überhaupt nicht zu seinem Status paßte. Doch anstatt der jovialen Bravour des alten Herzogs lag in dieser Stimme versteckter Spott, wie eine Schlange unter blühendem Gebüsch.

Als jüngst ich mich erging am Haine,
nicht weit entfernt vom Bachesraine,
erfüllt von Freude war mein Sinn;
die Luft erschallt von Vogelsang,
der Liebe süßem Frühlingsklang,
da sah ich eine Hüterin.

Saß dort am Hang, die frische Maide,
ein Bauerndirn nach ihrem Kleide,
mit runden Wangen, rot wie Blut.
»Ach, Mädchen, schau, die Liebe ruft
heut Mensch und Tier mit Lenzesduft,
drum komm zu mir und sei mir gut.«

»Ich sags Euch, Junker, ins Gesichte:
auf meine Tugend nicht verzichte.«

»Wozu«, sprach ich, »ist Tugend gut,
wenn in den Lüften lockt der Mai?«
Sie wehrte sich und sagte frei:
»Und wo sind JUGEND, FREUDE, MUT?

Vergaßet Ihr das Tun der Herren?
Die eignen Frauen sie versperren,
damit kein Fremder sie berührt.
Betrug jedoch ist mittendrin:
Es spielt mit seines Weibes Sinn
wen er zum Schutze ihr gekürt.

Den Herrn als Narren er verlachte,
der Knecht, der ihn zum Hahnrei machte,
voll Spott und hinterlistgem Hohn.
Wohl manchmal es geschehen ist:
Ein Herr ein kleines Knechtlein küßt,
des Glaubens, dieser sei sein Sohn.«

Herzogin Aenor schlug bei den letzten Worten die Augen nieder und spielte wie geistesabwesend mit den Händen des vierjährigen Wilhelm des Ungestümen, des Erben von Aquitanien, der auf ihrem Schoß saß. Wilhelm lachte und schlug sich auf seine unförmigen Schenkel vor Vergnügen. Es störte ihn nicht im geringsten, was der Sänger mit seinem Lied meinte, obwohl zwischen den Kindern zu seinen Füßen neben seinen Töchtern auch seine Bastardsöhne Wilhelm und Josceline saßen.
»Bleib«, sagte Wilhelm. Er reichte dem Spielmann den Zinnbecher, aus dem er gerade selbst getrunken hatte, und rief allen, die sich in seiner Gesellschaft befanden, zu: »Seht hier, mein neuer Troubadour!«
Aliénor hatte die Arme um die hochgezogenen Knie geschlungen und aufmerksam zugehört. Ihr Mund verzog sich zu einem schalkhaften Lächeln. Aenor beugte sich vor und sprach zu Aliénor, deren Lächeln langsam erstarb. Das Mädchen schaute erst seine Mutter an, dann den Sänger und nickte ernst.

Noch etwas unbehaglich saß Marcabru am folgenden Morgen am Ufer des Flusses, der am Schloß vorbeiströmte. Wilhelm war auf der Jagd und auch Aenor war mit ihm ausgeritten mit ihrem Lieblingsfalken auf der linken Hand. Die anderen Vögel wurden von den Falknern vorausgetragen.
Der Troubadour summte vor sich hin und starrte in den strahlend blauen Himmel, nach neuen Ideen und Worten suchend, als er durch das Rascheln von Kleidung in dem hohen Gras aufgeschreckt wurde. Neben ihm stand Aliénor, der wie gewöhnlich Petronella folgte.
»Du sagst häßliche Dinge«, sagte das edle Fräulein.
»Häßliche Dinge«, bestätigte ihre kleine Schwester mit der hohen Kinderstimme und nickte heftig.
Marcabru konnte ein Lächeln nicht unterdrücken. Er stand auf und verbeugte sich vor den beiden Fräuleins, doch dann setzte er sich wieder, weil er sonst auf sie hinuntergeschaut hätte, und antwortete: »Ich sage in meinen Versen, was ich sehe. Und was ich sehe, ist häßlich. Das ist nicht meine Schuld.«
»Und doch ist es häßlich.«
»Ja«, sagte Petronella.
»Ich würde es auch gerne anders sehen. Darum bin ich ja hier.«
»Warum singst du nicht von schönen Dingen?«
»Was sind schöne Dinge?«
Es kam keine Antwort. Petronella schaute abwartend Aliénor an, die mit der Schulter zuckte. Marcabru deutete zum Fluß, wo zwei Schwäne ruhig über das glatte Wasser glitten.
»Schwäne, ja«, stimmte Aliénor zu.
»Schwäne«, sagte Marcabru nachdenklich. »Wißt Ihr, daß sie immer zusammenbleiben, das Schwanenmännchen und seine Frau? Sein Leben lang bleibt er ihr treu. Und sie bleibt ihm treu. Wenn einer von ihnen stirbt, lebt der andere bis zum Ende seiner Tage einsam weiter. Aber der Mensch ist oft wie der Kuckuck: Er legt sein Ei in das Nest eines anderen Vogels, der es ausbrütet und das Küken füttert, als wäre es sein eigenes Kind.«
»Menschen legen keine Eier«, sagte Aliénor mit hocherhobener Nase.

»Es ist nur ein Beispiel. Die Natur ist manchmal auch häßlich. Menschen sollten sich lieber ein Beispiel an den Schwänen nehmen. Deshalb erschuf Gott sie mit weißen Federn, damit wir an ihrer Farbe ihre Reinheit erkennen. Dem Kuckuck jedoch gab er das Federkleid eines Sperbers, damit wir sehen können, daß er, der nur der gemeine Doppelgänger eines edlen Raubvogels ist, ein Beispiel des Bösen sein muß. Ob Schwäne die reine Liebe kennen?«
Marcabru sprach nun mehr zu sich selbst als zu den Mädchen. Aliénor, die seine Frage nicht verstehen konnte, fand einen würdigen Ausweg, durch den sie aber gleichzeitig verriet, wer ihr die ablehnende Haltung gegen den Troubadour eingegeben hatte.
»Das muß ich meine Mutter fragen.« Sie drehte sich um und lief weg, wobei sie Petronella hinter sich herzog.
»Sagt der Herzogin, Eurer Mutter, daß ich gerne mit ihr die Antwort auf diese Frage besprechen würde«, rief ihnen der Troubadour nach. Sein Blick folgte den beiden auf ihrem Weg zurück zum Schloß: Aliénor mit koketten, doch entschlossenen Schritten und Petronella, die ihr langsam hinterher hüpfte.
Es war nicht Aenors Absicht gewesen, Marcabru herauszufordern, im Gegenteil. Hätte sie gewußt, daß Aliénor ihn aufsuchen würde, während sie auf der Jagd war, so hätte sie es verboten. Sie war nicht auf Konfrontation aus, welcher Art auch immer.
Als Tochter der ehrlosen Dangerosa von Châtellerault, der Mätresse von Wilhelm dem Jungen, trug Aenor geduldig das Stigma des Rufs ihrer Mutter und versuchte, noch weniger aufzufallen, als sie es von Natur aus schon tat. Gehorsam war sie ihrer Mutter zum Hof von Poitiers gefolgt, wo sie zusammen mit Wilhelm von Toulouse erzogen worden war. Sie hatte sich mitschuldig gefühlt, als er sich mit seinem Vater überworfen hatte, weil Herzogin Philippa, seine Mutter, durch die Anwesenheit Dangerosas am Hof genötigt war, sich in ein Kloster zurückzuziehen. Sie hatte ihn geheiratet, wie man es von ihr verlangte, gegen seinen Willen und gegen den ihren. Sie hatte seine Mätressen geduldet und seine Kinder geboren. Doch sie hatte sich vorsichtig zur Schirmherrin der Klöster von Aquitanien gemacht. Auf diese Weise hatte sie Anteil an der Regierung, indem sie Wilhelm anspornte, die

Geistlichkeit zu begünstigen. Der Herzog, der nicht sehr entschlußfreudig war und sich gern nach den Ratschlägen anderer richtete, gab ihren Wünschen meist nach. Dennoch war ihr Leben neben Wilhelm von Toulouse nicht einfach. Trotz der Tatsache, daß er sie nach anfänglichem Widerstand gegen den Willen seines Vaters als Gemahlin akzeptierte, war er unbeständig und oft unerreichbar für sie und auch für andere. Daher strebte Aenor nach einem bescheidenen, untadeligen Verhalten und versuchte, einen beruhigenden Einfluß auf den hitzköpfigen Herzog auszuüben.
Dieser Gedanke stand auch hinter der Erziehung, die sie ihren Töchtern gab. Petronella war noch zu jung und stand zu sehr unter dem Einfluß ihrer dominierenden älteren Schwester, um einen deutlich eigenen Charakter zu zeigen. Aliénor hingegen wurde ihrer Großmutter immer ähnlicher. Außerdem zeigte sie neben ihrem eigensinnigen und koketten Verhalten auch dieselbe Aufsässigkeit und Unruhe wie ihr Vater. Grund genug für Aenor, auf Aliénors Interesse an einem Troubadour alarmiert zu reagieren. Lehrte er sie doch Dinge, für die sie noch viel zu jung war.
Aenor ging also nicht auf den Vorschlag des Troubadours ein, mit ihr die Frage zu besprechen, ob Schwäne die wahre Liebe kannten. Doch sie lauschte aufmerksam den Versen, die er sang. Dadurch war sie die erste, die entdeckte, daß sich hinter seinen harten satirischen Texten ein viel gefühlvollerer Mensch verbarg, als die meisten ahnten. Denn auch Herzog Wilhelm lauschte vor allem deshalb, weil er amüsiert werden wollte, und suchte keine tiefere Bedeutung hinter den Worten seines neuen Troubadours.
Ohne dieses wachsende Interesse hätte Aenor Marcabru vielleicht nie in die Frauengemächer eingeladen, als der plötzliche Stimmungswechsel des Herzogs Marcabrus Auftritt auf harte Weise unterbrochen hatte. Erst war der Sänger noch schnell auf ein anderes Lied übergegangen, in der Hoffnung, es gefalle seinem Herrn besser, doch dann hatte er sich geräuschlos und sichtbar enttäuscht aus dem Saal entfernt.
Nicht wissend, was ihn nach seiner ersten Konfrontation mit Wilhelms Anfällen von Schwermut, von denen er oft aus heiterem Himmel ge-

packt wurde, erwartete, stieg Marcabru die zwei Wendeltreppen hinauf und sank vor der Herzogin auf die Knie.
»Ihr sollt Euch die Launen des Herzogs gefallen lassen«, sagte sie. Es war keine Entschuldigung, kein Glattstreichen eines Unrechts, das ihm vom Herzog angetan worden sein mochte, nur das Feststellen einer Tatsache, mit der sie sich ebenfalls abgefunden hatte. Marcabru neigte den Kopf.
»Ich habe gefürchtet, ich sei die Ursache seines Mißvergnügens«, sagte er.
»Ihr tut Euch zuviel Ehre an. Das passiert oft, meist vollkommen unerwartet und grundlos. Wenn Ihr in seiner Gunst bleiben wollt, werdet Ihr Euch davor hüten müssen und dürft ihn nicht merken lassen, wie seine Launen Euch stören.«
Er schaute sie an. Sie sah ihrem Vater ähnlich, zu dem es sie auch mehr hinzog, selbst wenn Dangerosa am Hof noch immer eine herausragende Stellung einnahm.
»Es ist nicht die Verstimmtheit des Herzogs, edle Frau, sondern Eure abweisende Haltung, die mich am tiefsten getroffen hat. Kann ich Euch mit meinen Versen nicht gefallen?«
»Eure Sprache ist grob, und Ihr sprecht böse über die Liebe.«
»Die rauhen Worte sind die Waffen, mit denen ich gegen falsche und verräterische Liebe in den Kampf ziehe. Haben die Kreuzfahrer mit hölzernen Lanzen gekämpft? Nein, die hatten Eisenspitzen.«
Er sah, wie ihre feingeformten Augenbrauen sich erstaunt hoben.
»Ihr vergleicht Euren Kampf gegen die falsche Liebe mit den Kreuzzügen? Ihr seht die wahre Liebe als einen Glauben und Euch selbst als Verteidiger dieses Glaubens?«
»Ich glaube an die edle, reine Liebe, deren Ursprung im Herzen liegt. Wenn zwei Geliebte, zwei Wünsche, sich in einem Verlangen vereinen, voller Vertrauen ineinander, dann ist die wahre Liebe ihre Begleiterin und wird nicht von ihnen weichen, solange sie ihr treu bleiben. Liebe ist nicht das Verschmelzen von zwei Körpern, sondern von zwei Herzen.«
Aenor dachte nach. In ihrer Güte hatte sie ihn nur vor Wilhelms launischen Stimmungen warnen wollen, aus ihrem weiblichen Instinkt her-

aus, Schwächere zu beschützen. Nun war sie in ein Gespräch verwikkelt, das sie hatte vermeiden wollen, weil sie wußte, daß sie ihrer Neugier auf diesen intrigierenden Mann keinen Widerstand bieten konnte. Sie fühlte auch die indiskreten, sensationslüsternen Blicke ihrer Hofdamen. Sie lächelte.

»Aber in Euren Versen herrschen Falschheit und Betrug in der Liebe vor. Hat sie sich denn so verändert? Hat sie eigentlich jemals bestanden?«

Der Troubadour nickte voller Überzeugung. »Es ist nicht die Liebe, die sich verändert hat. Sie ist dieselbe, die sie immer war. Niemand weiß, wie unendlich sie ist in ihrer Erscheinung und ihrem Wert. Es sind die Menschen, die sie erniedrigen und mißbrauchen. Sie sehen die falsche Liebe für die echte an und stellen sie auf die gleiche Ebene. Schlimmer noch: Wenn man die falsche Liebe abweist, beschuldigen sie einen des Verrats.«

»Und mit falscher Liebe meint Ihr...«

»... meine ich die Art Liebe der hohen Herren, für die sie eher ein Zeitvertreib ist. Ihr einziges Ziel ist es, die Frauen zu verführen. Haben sie das erreicht, rühmen sie sich dessen.«

Aenor nickte nachdenklich. Was der Troubadour ihr schilderte, kannte sie nur allzu gut.

»Und die Damen geben sich ihnen hin, weil sie sich durch reiche Geschenke verführen lassen«, fuhr Marcabru fort. Im Feuer seiner Darlegung bemerkte er nicht einmal die empörten Ausrufe der anderen Damen. »Sie geben sich ebenso leicht jedem anderen hin, der ein höheres Angebot macht. Wer selbst betrügt, wird auch betrogen.«

»Mit falscher Liebe meint Ihr also die bezahlte Liebe?«

»Hurerei«, bestätigte er. Ausrufe des Entsetzens waren zu hören. »Und noch viel mehr: Jede Liebe, die keine wirkliche Zuneigung ist, jede Liebe, für die man nicht bereit ist, sich zu binden, zu warten, sich zu beherrschen und zu leiden, ist falsche Liebe. Denn zu der edlen Liebe muß man sich erheben. Die Dame sollte ihre Gunst nicht demjenigen geben, dessen Beutel am reichsten gefüllt ist...« Er wartete einen Moment, bis die bedeutungsvollen Blicke und das Gekicher der Damen aufgehört hatten, dann fuhr er fort: »... sondern dem, dessen Leidenschaft ihr geweiht ist. Jeder Edelmann hat *pretz* und *valors,* er hat sie bei seiner Geburt mitbekommen. Doch die Anbeter niedriger Herkunft, die Jugend, die weder Geld noch Gut besitzt, liebt oft mit einem reineren Herzen. Jeder von ihnen muß *pretz* und *valors* durch seine Liebe erwerben.«

»Eine Dame darf sich doch niemandem unter ihrem Stand hingeben!« widersprach Aenor.

»Doch, wenn sie in der Liebe gleich sind. In seinem Verlangen, sie zu erreichen, wird er sich reinigen und beherrschen, ihr treu sein, Geduld haben, egal, wie hoch die Dame auch über ihm erhoben ist, wie weit sie auch von ihm entfernt zu sein scheint. Das ist *mezura.* Nur durch die Hingabe, durch die Aufopferung, kann er sich zu ihr erheben. *Cortezia,* edle Frau, ist nicht nur ein höfisches Betragen und höfliche Sprache, *cortezia* ist...« er machte eine weite Bewegung mit der Hand »... Lieben.«

Aenor nickte langsam. Dann kam ihre sanfte und melodische Stimme:

»Also ist wahre Liebe eine Liebe, die sich selbst verleugnet?«

Marcabru starrte sie mit angehaltenem Atem sekundenlang an. Dann entfuhr ihm ein Seufzer, und er sprach:

Denn Liebe, die so vielgejagt,
gleich Sardonyx, ist wie Smaragd,
die Freude ist ihr Wurzelschaft,
auch deren bunte Blütenpracht,
die Herrin, deren Übermacht
ein jed Geschöpf auf Erden acht.

Einen Moment blieb es still, während Aenor versuchte, die Gemütsbewegung zu verstehen, die sie in Verwirrung brachte. Er hatte etwas in ihr angerührt, etwas, was sie früher gekannt, aber schon längst vergessen hatte.

»Smaragd«, flüsterte sie, »der Stein, der die Wollust bezwingt, und Sardonyx, der Stein, der Keuschheit und Demut verleiht... wie schön...«

»Geduld und Treue«, sagte Marcabru. »Es ist die Dame, die diese Tugenden in ihrem Liebhaber erweckt. *Joi* ist nicht die Freude der Belohnung, wie man allgemein denkt, sondern die Freude der Sehnsucht, die aus dem Herzen kommt. Diese Freude heißt *amors.*« Seine Stimme klang so warm, daß es schien, als sei sie der Atem der Liebe selbst. Aenor brauchte Zeit, um sich an diese neuen Vorstellungen zu gewöhnen. Sie fühlte sich unbehaglich und traute ihren eigenen Gefühlen nicht mehr.

»Diese *joi* kannst du bekommen, Troubadour: Sehne dich bis ans Ende deiner Tage!« rief eine der Damen, die berühmt war wegen ihrer spitzen Bemerkungen. Aenor drehte sich um und warf ihr einen vernichtenden Blick zu. Dann wandte sie sich wieder zu Marcabru. Sie streckte die Hand aus und wies zur Tür.

»Geht jetzt.«

V

Es war der dreizehnte August des Jahres 1130, der Festtag der heiligen Radegundis. Der Hof von Herzog Wilhelm war zu weit von Poitiers entfernt, so daß die Frauen das Grab der Heiligen in der Krypta der Klosterkirche nicht besuchen konnten. Aenor wußte jedoch von einer kleinen Kapelle am Ufer der Gironde, die dort von Fischern zu Ehren Radegundis' erbaut worden war. Umringt von ihren Damen und Dienstmägden begab sie sich mit ihren Töchtern zu dem hölzernen Kapellchen, das auf dem Kreidefelsen außerhalb des Dorfes wie ein Wächter über die Mündung der Gironde ins Meer hinwegsah. Es war ein warmer Tag. Der heiße Atem des Ostwinds blies die frische Seeluft zurück über das weite Wasser. Langsam und schläfrig rollte die Brandung gegen den Fuß des Felsens. Die Kapelle, in der es ziemlich kühl war, war überfüllt. Marcabru fand nur einen Platz halb draußen im Schatten unter dem gewölbten Eingang, wo über seinem Kopf, zwischen tanzenden Männern und Frauen, die einen Drachen an einem Seil mitzogen, Engel das Lamm Gottes anbeteten.

Der Gottesdienst dauerte nicht lange. Für Aliénor und Petronella war das jedoch eine Ewigkeit. Immer wieder beugten sich die beiden Köpfchen zueinander, und Aliénor flüsterte ihrer Schwester etwas ins Ohr, die dann eifrig nickte. Ein Plan wurde geschmiedet, der ausgeführt wurde, als die Gesellschaft die Kapelle verlassen wollte. Wie zwei Pfeile stoben die Mädchen zwischen den Röcken ihrer Pflegerinnen hindurch. Auch der Troubadour, der im Weg stand, bekam einen kräftigen Stoß ab. Lachend rannten die Mädchen zum Rand des Felsens und kletterten hinunter zu der Stelle, wo die Ebbe einen breiten Sandstreifen bloßgelegt hatte. Dahinter lockte das kühle Wasser.

Mit einem Schrei des Erschreckens trat Aenor hinaus und befahl ihren Mägden, die Kinder sofort zurückzuholen. Der Kaplan und sein Meßdiener falteten die Hände und stimmten mit zum Himmel gewandten Augen ein Gebet an.

Marcabru war schon am Felsen. Er schaute hinunter, wo Aliénor sich zum Rand des Wassers wagte und sich bückte, um ihre Schwester naß zu spritzen. Die Kinder lachten und gingen weiter ins Wasser hinein, bis Aliénors von weichem Leder umschlossenes Füßchen plötzlich bis über den Knöchel einsank. Petronella, die direkt hinter ihr stand, zögerte und schaute sich um. Auf den Klippen sah sie die Damen heftig mit den Armen fuchteln, doch was sie riefen, konnte das Mädchen nicht verstehen. Wohl sah es, wie zwei von ihnen lächerliche Versuche unternahmen, um, von langen Röcken und weit herabfallenden Ärmeln behindert, den Felsen hinabzuklettern. In diesem Moment hörte Petronella Aliénor ihren Namen rufen und drehte sich wieder um zum Meer, wo ihre Schwester mit beiden Füßen im Schlamm steckte und weder vor noch zurück konnte. Das steigende Wasser umspülte ihre Beine.

In seinem kurzen *Bliaud,* dem Überkleid, das bis zu den Knien reichte, und seinen groben Schuhen mit den schweren Sohlen war Marcabru schnell unten. Dort riß er sich hastig Schuhe und Kleidung vom Leib. Nur in seine leinene Hose gekleidet, die er durch einen Gürtel hochgezogen hatte, watete er zu den Kindern.

Petronella hatte er schnell geholt. Weinend ließ sie sich von den Frauen auf den Felsen tragen. Aliénor stand regungslos im Wasser. Während sie, das Kleid hochgehoben, immer tiefer wegsackte, schaute sie unbewegt zu, wie der halbnackte Mann langsam näher kam. Wegen seines Gewichts sank er tiefer ein als sie. Bis über seine Waden reichte ihm der saugende Schlick. Mit großen Augen betrachtete das Mädchen seine Beine, die muskulös waren vom vielen Wandern durch bergige Landschaften, und seinen nackten Oberkörper. Schweiß und Schlammspritzer bedeckten seine hellbraune Haut. Aliénor verzog das Gesicht und rief, sie könne sich selbst retten. Bei ihr angekommen, packte er das strampelnde Fräulein wortlos unter den Achseln und zog sie langsam aus dem Treibsand, der ihm fast bis zu den Knien reichte. Mit einer Hand hielt er ihre fest, die andere hatte er um ihre schmale Schulter gelegt, so kämpften sie sich gemeinsam zurück, bis sie wieder festen Boden unter den Füßen hatten. Dort riß sie sich los. Ohne sich umzuschauen, kletterte sie hinauf, wo sie wohlwollend die freudigen

Ausrufe zum guten Ablauf ihres Abenteuers entgegennahm. Doch bei den ermahnenden Worten, die sie dann zu hören bekam, hob sie das Näschen. Der Kaplan pries die heilige Radegundis für ihre Gnade und ihr Eingreifen, indem sie den Troubadour geschickt hatte.
»Ich war schon da«, sagte Marcabru, der mit seinem Kleiderbündel, das er sich mit den Kreuzbändern seiner Hose um den Hals gehängt hatte, gerade den Kopf über den Felsenrand streckte.
Es sei ein Wunder gewesen, versicherte ihm der Priester. Hatten sie nicht alle gesehen, wie die Heilige ihm vom Himmel die Hand zugestreckt hatte, als er mit der Tochter des Herzogs im Arm bis über die Knie in den Treibsand sackte, um sie beide herauszuziehen? Wie hätten sie es sonst geschafft? Das behauptete er mit einer solchen Festigkeit, da Marcabru selbst fast daran glaubte. Keuchend setzte sich der Troubadour auf einen Stein.
»Radegundis.« Er nickte. Eigentlich war es selbstverständlich, daß sie sich in dem mißlichen Augenblick seiner erbarmt hatte. Schließlich hatte sie die wahre Liebe gekannt, die er verteidigte!
Im Schatten des Kirchenportals wurden die beiden Mädchen von den Dienstmägden versorgt. Der Troubadour wischte sich mit einem Zipfel seines Hemdes, das er hatte bewahren wollen, den Schlick vom Körper. Viel Kleidung besaß er nicht. Es war Aenor, die einer der Frauen ein Handtuch abnahm und es Marcabru reichte.
»Erzähle uns von Radegundis«, sagte sie.
Als er wieder angekleidet war, aber noch immer auf dem Stein saß und seine faltigen Leinenstrümpfe mit den Kreuzbändern einigermaßen in Ordnung gebracht hatte, begann er. Die Frauen hatten sich auf den Boden um ihn geschart. Natürlich kannten sie alle die Geschichte der Heiligen, aber eine solche Geschichte konnte man nicht oft genug hören.
»Radegundis war eine Prinzessin, die in einer Zeit lebte, noch bevor Karl der Große Kaiser war und dessen Nachfolger die Grafen von Poitou zu den Herrschern Aquitaniens machten«, begann der Troubadour. »Sie lebte im fernen Thüringen, einem Land hinter den ewigen weißen Bergen, wo es zahlreiche Wölfe und Bären gibt und im Winter der Schnee in den Tälern liegt. In jenen Tagen geschah es, daß Clota-

rius, König der Franken, das Land mit seinen Truppen überfiel und jeden töten ließ, der sich gegen ihn wehrte. Fast das ganze Fürstenhaus von Thüringen fand dabei den Tod. Nur Radegundis, die noch sehr jung war, und ihr Bruder wurden verschont und nach Frankreich mitgenommen. Dort wurden sie erzogen. Sie bekamen den Unterricht von Königskindern und lernten die lateinische Literatur. So wuchs Radegundis auf zu einer schönen und klugen jungen Frau, die eines Königs würdig war. Auch Clotarius bemerkte, wie sie sich entwickelte. Als sie zwanzig Jahre alt geworden war, zwang er sie, ihn zu heiraten.
Ihre Jugend war eine Gefangenschaft im Haus des Mörders ihrer Eltern gewesen. Ihre Ehe wurde zur Hölle. Der König war ein unbarmherziger, brutaler Mensch, der sie quälte und mit Gewalt nahm. Zehn Jahre lang ertrug sie mit der heiligen Geduld einer Märtyrerin seine Quälereien und seine Zügellosigkeit, bis er eines Tages ihren Bruder ermordete.
Nur mit der Kleidung und den Juwelen, die sie am Leibe trug, floh sie mit zwei Dienerinnen vom Hof. Als der König dies erfuhr, packte ihn Raserei. Er bestieg sein Pferd und jagte ihr nach. Schnell hatte er sie eingeholt, denn sie ging mit ihren Begleiterinnen zu Fuß und kam nur langsam vorwärts. Gerade noch rechtzeitig bemerkte sie, daß er näher kam. Sie floh vom Weg, doch es gab keinen Wald, in dem sie sich hätte verbergen können, nur ein frisch gemähtes Kornfeld. Die harten Stoppeln stachen durch ihr Schuhzeug und verletzten ihre Füße. Und siehe, wo das Blut aus ihren Füßen floß, sprang durch Gottes Gnade Korn aus dem Boden. Die wiegenden goldenen Halme entzogen sie dem Auge des Königs. Totenstill wartete sie geduckt, die Arme um ihre angstvollen Gefährtinnen gelegt, bis Clotarius vorbeigeritten war. Dann setzte sie ihren Weg fort.
Sie wandte sich an den Bischof von Noyon und bat ihn, sie zur Diakonin zu machen. Obwohl der Bischof die Wut des Königs fürchtete, brachte er den Mut auf, ihrer Bitte zu entsprechen. Dann verkaufte sie ihre Juwelen, nahm den Schleier und gründete in Poitiers ein Nonnenkloster. Dort, im Konvent des Heiligen Kreuzes, das so genannt wurde, nachdem Radegundis für das Kloster eine Reliquie vom Kreuz Christi geschenkt bekommen hatte, blieb sie den Rest ihres Lebens.

Dort auch blühte die Liebe zwischen ihr und Fortunatus. Er war ein Dichter-Priester aus Ravenna, der ihr Kaplan wurde, sie tief in seinem Herzen liebte und in seinen Versen besang:

Kein ander Frau auf dieser Erden
könnt so voll Lob besungen werden,
so fromm und treu,
voll edler Scheu,
barmherzig hingegeben;
nur Demut ist ihr Leben.

Auch in ihr brannte die Liebe. Sie nannte ihn ihr Seelenentzücken und brachte ihm feine Speisen und Früchte auf Schalen aus Silber und Kristall. Er pflückte auf den Feldern Veilchen, die er ihr schickte, begleitet von der Hoffnung, daß seine Liebe die Blumen zu Rosen machen würde. Oder er ließ ihr einen Korb mit Kastanien bringen, mit einem am Henkel befestigten Gedicht, gerichtet an seine »von Engeln gepflegte Lilie«. Sogar die bösesten Lästerzungen haben ihre Liebe nie beschmutzen können.

Nach ihrem Tod wurde Radegundis in der Krypta ihrer Klosterkirche begraben, wo Mädchen und junge Frauen bis zum heutigen Tag ein aus Wachs geformtes Herz und eine Kerze vor ihr Grab stellen und sie anflehen, ihre Wünsche zu erfüllen. Wünsche, die tief aus ihrem Herzen kommen, und deren Geheimnis sie nur mit Radegundis teilen...«

Marcabru schwieg und schaute sich im Kreis um. Verträumte Augen schauten ihn an, doch sie sahen das Bild eines anderen. Um einige Münder spielte ein kaum verhohlenes Lächeln. Aenor hingegen schlug die Augen nieder, als er sie anschaute. Mit der Eleganz eines Kranichs erhob sie sich und schritt an dem Troubadour vorbei. Im Vorbeigehen berührte sie mit der Hand seine Schulter, so leicht wie der Flügel eines Vogels. Dann bewegte sie sich zum Rand des Felsens und starrte lange über das weite Wasser. Sie hatte die doppelte Bedeutung seiner Geschichte verstanden. Er hätte die Liebesbeziehung mit Fortunatus, einem Dichter wie er, dem Leben der Heiligen nicht hinzuzufügen brauchen. Warum sonst hätte er es getan, als um ihr zu sagen,

daß er sie bewunderte, mit einer Königstochter gleichstellte, einer Heiligen, die für ihn ebenso unerreichbar war wie Radegundis für Fortunatus, doch ebenso begehrenswert.
»Und was war mit dem Drachen?« erklang plötzlich eine helle Stimme. Marcabru schaute auf. Es war Aliénor, die, einigermaßen in Ordnung gebracht, von Dienerinnen begleitet auf ihn zu kam.
»Du hast den Drachen vergessen«, sprach das Edelfräulein vorwurfsvoll.
»Das ist eine andere Geschichte«, antwortete der Troubadour. »Und außerdem weiß keiner, was an ihr wahr ist.«
»Den Drachen, den Drachen!« rief Petronella, die, von einem Bein aufs andere springend, hinter ihrer Schwester stand. Sie wollte noch eine Geschichte.
»Es gab hier in diesem Land einmal einen Drachen«, erzählte Marcabru, »der Bauern und Reisende überfiel und Fischer auffraß.« Plötzlich beugte er sich vor und fauchte mit entblößten Zähnen die Mädchen an, so daß die beiden zurückwichen. »Eines Tages baten die armen Bewohner Poitiers Radegundis um Hilfe, denn sie war weise und wußte für alles einen Rat. Sie kam, und um den Drachen freundlich zu stimmen, tanzte sie vor ihm. Sie tanzte so schön, daß er sich auf der Stelle in sie verliebte. So sehr, daß er in Ohnmacht fiel. Radegundis nahm sofort ihren Gürtel und band ihm das Maul zu. Die Fischer befestigten ihre Leinen an dem Gürtel und schleppten das Ungeheuer damit zu den Sümpfen, wo sie es töteten und begruben. Wenn das Wasser sehr tief sinkt, kann man seinen schuppigen Rücken aus dem Schlick ragen sehen.« Marcabru zog Petronella zu sich, legte beschützend den Arm um sie und deutete auf die Stelle, wo sie kurz zuvor im Schlick gestanden hatte. »Habt Ihr, edles Fräulein, seine Schuppen unter Euren Füßchen gefühlt?« Sie nickte. Mit einem ängstlichen Gesicht und gekrümmten Zehen stand sie da und schaute zu dem unheimlichen Platz hinunter. Nie mehr würde sie noch einen Fuß über den Felsen setzen.
»Die Fischer haben erst ein Fest gefeiert, dann haben sie zu Ehren Radegundis' eine Kapelle gebaut. Im Bogen unter dem Eingang kann man die Geschichte sehen.«
Aliénor war böse. Sie fand, daß es sich der Troubadour mit dieser Ge-

schichte zu leicht gemacht hatte. Außerdem nahm sie ihm übel, daß er die Legende benutzte, um ihnen Vorhaltungen zu machen. Doch Marcabru sah das nicht. Er sah nur Aenor, die sich am Rand des Felsens zu ihm umdrehte, ein Lachen im Gesicht. Noch am selben Abend ließ sie Marcabru ein neues Hemd aus arabischer Seide bringen.
Von diesem Tag an schien Aenor aufzublühen wie eine Blume, die zu lange verlassen im Schatten gestanden hatte und nun auf einem sonnenüberfluteten Platz sorgfältig gepflegt wird.
Herzog Wilhelm hatte inzwischen einen neuen Anlaß für seine liebste Beschäftigung, das Kriegführen, gefunden. Früher in jenem Jahr hatten sich Ritter mit der Bitte an ihn gewandt, ihnen gegen ihren Herrn, Isembert von Châtelaillon, zu helfen. Wilhelm hatte allen Grund, ihrer Bitte zu entsprechen: Der Herr von Châtelaillon war einer seiner mächtigsten Vasallen, der die ganze Küste von Aunis beherrschte. Dort befanden sich die wichtigsten Häfen für den Handel mit Wein und Salz, eine Kriegsbeute, die nicht zu verachten war.
Anfang des Sommers hatte der Herzog Vorbereitungen getroffen, um Isemberts Schloß, das gut befestigt auf einer Halbinsel lag und mit Waffengewalt nicht einnehmbar war, zu belagern. Am elften August war Wilhelms Heer vor den Mauern erschienen, es schnitt den Belagerten den Zugang zum Fuß des Felsens ab, wo sich die einzige Süßwasserquelle befand, und blockierte alle Zufahrtswege. Schiffe bewachten Châtelaillon von der Seeseite, so daß das Schloß auch über Wasser nicht mit Proviant versorgt werden konnte. Auf beiden Seiten der meterdicken Mauern machte man sich auf eine lange und harte Belagerung gefaßt.
Marcabru richtete seine Aufmerksamkeit auf Isemberts Frau, Aeline von Châtelaillon, die berühmt war für ihre Eskapaden. Eine Belialstochter wurde sie vom Volk genannt. Eine Schlampe, sagte Marcabru. Er dichtete eine Anzahl höhnischer Verse, in denen er sich über Herrn Isembert lustig machte und kund tat, daß der Edelmann Hörner trage, was bedeutete, daß er ein Betrüger in der Liebe sei, aber auch ein betrogener Ehemann. Denn tatsächlich war er um kein Haar besser und hatte Aelines Ehebruch schon so lange zugestanden, daß es in seinem Schloß von Bastarden wimmelte – sowohl von ihm als auch von ihr.

Daß die Ritter dieser Brut nicht Gehorsam leisten wollten, hatten sie mit ihrem Aufstand überdeutlich gezeigt. Bewaffnet mit seinen höhnischen Versen schickte der Troubadour Spielleute des Herzogs in das Land, um auf diese Art am Kampf teilzunehmen.

Im September begab sich Herzog Wilhelm selbst nach Châtelaillon, um sein Heer zu inspizieren, und reiste anschließend zu den Mooren in der Ebene von Poitou, um dort zu jagen, wie er es im Herbst für gewöhnlich tat. Als Ausgangspunkt benutzte er dafür sein Schloß in Talmond, wo seine Jagdpferde standen und wo seine Hunde, seine Falken, Habichte und Sperber zur Jagd abgerichtet und von speziell dafür bestimmten Dienern versorgt wurden. Daher zog der Hof zu diesem Schloß, das auf einem Hügel am Ufer der Payré lag.
Für die Kinder des Herzogs war Talmond ein Paradies. Sie spielten mit den jungen Hunden und den Fohlen und schauten zu, wie die Falkner mit den Vögeln übten. Im Gegenlicht der Sonne folgten sie mit blinzelnden Augen dem Flug der Falken, die hoch hinaufstiegen und schwebten, bis sie eine Beute ausmachten und hinabschossen, um die Klauen in die Beute zu schlagen. Sperber und Habichte, so lernten sie, flogen tiefer und jagten, indem sie ihre Beute auf der Flucht durch Wälder und Hecken in einer geraden Linie verfolgten, doch Sperber waren schwer abzurichten. Der Falkner lehrte sie die Namen der verschiedenen Arten und erklärte ihnen, wie sie sie unterscheiden konnten. Er zeigte ihnen auch, wie bei den wilden, noch ungezähmten Vögeln die Augenlider mit einem dünnen Draht geschlossen wurden.
Wilhelm jagte am liebsten mit einem weißen Gerfalken. Er hatte mehrere. Es waren große Vögel, deren Federkleid mit zunehmendem Alter immer weißer wurde. Sie wurden im fernen kalten Norden gefangen und waren sehr kostbar. Aenors Lieblingsvogel war ein Merlin, ein Zwergfalke, dessen schneller, ungestümer Flug sie immer wieder entzückte. Sie zeigte Marcabru das Tier, das auf seiner Stange im Falkenhaus saß, und streichelte mit zwei Fingern das Köpfchen des Vogels, die schieferblauen Flügel und die weichen Brustfedern, die eine leicht rotbraune Farbe mit dunkelbraunen Flecken zeigten. Die scharfen

Augen folgten ihren Bewegungen, doch sonst blieb der Vogel mit einer Aura von stolzer Unnahbarkeit bewegungslos sitzen.
»Hast du je gesehen, wie der Merlin jagt?« fragte Aenor.
Marcabru mußte dies verneinen.
»Wenn er seine Beute von weitem sieht, schießt er direkt auf sie hinunter. Man muß es einfach gesehen haben, wie schnell und mutig er von großer Höhe nach unten schießt. Wenn das Beutetier ihn entdeckt, ist es schon zu spät. Wie geschickt es auch versucht, ihm zu entfliehen, es schafft es nicht mehr: Der Merlin stürzt auf seine Beute hinunter und greift sie im Flug mit den Klauen. Es ist wirklich ein prachtvoller Anblick.«
»Aber grausam.«
»Grausam? Es ist die Natur. Meist fängt er nur Lerchen, Finken und Grasmücken, aber manchmal auch Rebhühner und Reiher. Er ist ein mutiger Vogel, auch wenn er klein ist. In seiner Raubgier ist er weder dem Gerfalken noch dem Habicht unterlegen. Für uns ist es ein herrliches Spiel, das man mit dem Liebesspiel vergleichen könnte.«
Sie nahm den Merlin auf die Hand. Der Vogel schlug kurz mit den Flügeln und fand dann sein Gleichgewicht, die Klauen fest um ihre Lederhandschuhe geschlagen. Das Köpfchen bewegte sich schnell nach links und nach rechts. Marcabru hatte das Gefühl, als schauten die scharfen Augen durch ihn hindurch.
»Das Liebesspiel ist auch grausam«, sagte er.
»Aber schön, genau wie die Falknerei. Ein edler Vogel, der gezähmt ist wie dieser Merlin, gibt einem das Gefühl, daß man die Schönheit und die Kraft der wilden Natur in den Händen hält, gezähmt durch die Wurfriemen, die ich ihm nie abnehme, und die Leine, die ihn an seine Stange bindet oder mit der ich ihn festhalte.« Sie deutete auf die schmalen Riemen, die um die Füße des Vogels geschlungen waren, und auf den längeren Riemen, der mit einem Ring daran befestigt war.
»Aber wenn ich die Leine abnehme und den Vogel werfe, dann steigt er höher und höher, immer höher, so wie mein Herz sich erhob, als ich Euch über die reine Liebe sprechen hörte, die Ihr *amors* nennt.«
Marcabru dachte an Aeline von Châtelaillon.
»Die falsche Liebe ist wie ein wilder Raubvogel: hungrig, schrill, unge-

zähmt«, bestätigte er. »Die reine Liebe ist eher wie die Lerche; sie will nach oben, wird aber von den Klauen der Begierde gepackt.«
»Ihr findet meinen Vergleich also nicht passend?«
Marcabru betrachtete den krummen Schnabel und die scharfen Krallen des Merlins, den stolzen Kopf. »Man kann in einem edlen Vogel Mut sehen. Aber *proeza* hat das Kleid des edlen Habichts abgelegt, um sich in das des schleichenden Fuchses zu hüllen. Deshalb bediene ich mich lieber eines anderen Bildes: Der Funke der sauberen Liebe entbrennt in der Asche der Begierde, die sich nicht zurückhalten kann und zu einem alles verzehrenden Feuer aufflammt. Wer mit dem Feuer spielt, verbrennt sich Bauch und Schenkel.«
Aenor setzte den Vogel zurück auf seine Stange.
»Ihr habt zu lange zwischen dem Fußvolk verkehrt, um die Sprache des Hofes zu sprechen.«
»Aber dieses Spiel findet man doch gerade an Höfen, wo man es als höfisches Vergnügen betreibt, das jedoch, wie die Jagd, nur zum Ziel hat, Fleisch in die Hände zu bekommen! Wenn ich diejenigen, die sich diesem Spiel ergeben, mit Vögeln vergleichen sollte, denke ich eher an Geier, und wer einen Geier rupft, häutet einen zähen Vogel!«
»Höre ich Verbitterung in Euren Worten?«
»Nein, nein. Ich würde von der Freude und der treuen Liebe singen wollen. Aber falsche Freundschaft und untreue Geliebte erniedrigen amors. Der Tor, der der wahren Liebe schon entfremdet ist, wird immer wieder zum Bösen zurückkehren und so zu stets böseren Taten getrieben werden. Auf einem schlechten Boden wächst ein schlechter Baum, der schlechte Zweige trägt und schlechte Blüten und Früchte.«
»Ich finde es schrecklich, wenn Ihr so mißmutig seid. Natürlich gibt es unbesonnene Menschen, die mit der Liebe Kurzweil treiben. Ich habe es oft genug gesehen. Dennoch weiß ich genau, daß es die treue, reine Liebe, von der Ihr sprecht, gibt und daß Ihr sie eines Tages finden werdet.« Ihre freundlichen Augen lachten ihn an.
»Dann muß ich hoffnungsvoll sein, denn in Ihnen ist kein Betrug.«
Sein Blick ruhte auf dem Merlin, der auf der Stange saß und mit dem Schnabel seine Federn glättete. In Gedanken sah er den Vogel in die Luft steigen, dem Licht entgegen, so wie sich auch seine Hoffnung er-

hob und in scheinbar unerreichbare Höhen stieg. »Nie werde ich glauben, wer es auch behauptet«, sagte der Troubadour, »daß Wein nicht aus der Traube kommt und daß ein Mann, der von Liebe ergriffen ist, davon nicht besser wird.«
Aenor lächelte. »Das klingt schon besser. Ich muß jetzt gehen, aber ich werde Euch erst noch sagen, was für einen Namen ich Euch in meinen Gedanken gegeben habe.« Sie beugte sich vor und flüsterte ihm zu: »Marcabru, der Herold der Liebe.«

Ich mußte mich vorbeugen, um seine letzten Worte zu verstehen. Es schien, als sei seine Kehle zugeschnürt und er habe Mühe, seine Stimme hörbar hindurchzupressen. Sein Gesicht war von den damaligen heftigen Gemütsbewegungen gezeichnet, die er nun erneut erlebte. »Einige Wochen später war sie tot. Sie und auch ihr Jüngster, der kleine Wilhelm, den sie den Ungestümen nannten.«
Ich erschrak, als träfe es eine Verwandte von mir. »Tot? Wie war das möglich?«
»Ich weiß es nicht mehr. Eine Krankheit, die sie kurz nacheinander traf und beide innerhalb von wenigen Tagen von uns riß.« Es dauerte eine Weile, bis er fortfuhr: »Ich hatte davor noch ein Lied für sie gemacht. Für sie allein. In diesen Versen mußte ich mich auch verteidigen, denn sie sagten damals schon, daß ich ein Frauenhasser sei und mich außerdem mehr vom eigenen Geschlecht angezogen fühlte. Vielleicht waren sie neidisch auf die gute Beziehung, die mich mit Herzog Wilhelm verband.« Er legte die Hände an den Kopf und rief: »Mein Gott! Wie hätte ich das tun können? Die unnatürliche Liebe, die einen von der wahren Liebe entfremdet!«
Niedergeschlagen starrten wir beide in unsere leeren Becher, doch wir fühlten kein Bedürfnis, noch einmal nach Wein zu rufen. Ich zögerte, ihm die Frage zu stellen, die mir auf den Lippen brannte, und folgte mit den Fingernägeln dem seltsamen Muster tiefer Kerben, die über die Tischplatte liefen. Dann hob ich den Kopf und sah sein schmerzverzerrtes Gesicht.
»War sie... deine Geliebte?«
Er schwieg lange. Dann hörte ich ihn einige Verszeilen flüstern, die er

vor langer Zeit gemacht haben mußte, denn es gab keinen Menschen, der sich erinnern konnte, daß Marcabru je solche Worte gefunden hätte.

Das Beste, was ich habe, schenk ich dir;
und dennoch zögre ich und wage kaum,
mich laut zu rühmen ihrer Treue Zier,
aus Furcht, ich könnt erwachen aus dem Traum.

Herzogin Aenor war gestorben, wie sie gelebt hatte: bescheiden im Hintergrund, auf dem Jagdschloß des Grafen von Poitiers, in dem unbekannten Nieuil-sur-l'Autise, wo sie Aliénor zur Welt gebracht hatte und wohin sie sich immer gern zurückzog, wenn Wilhelm irgendwelche Kriege führte.

Dort wurde sie auch begraben, an der Stelle, die sie selbst angegeben hatte, in der Kirche der erst sechzig Jahre alten Abtei von Nieuil-sur-l'Autise. Auch politisch gesehen war das eine Lösung, die am wenigsten provozierte. Im Papststreit nahmen die Geistlichen der kleinen Abtei eine neutrale Stellung ein, während die ansehnliche alte Abtei von Maillezais, in der das Haus Poitou seine Toten bestattete, in der Hand von Innozenz war. Dangerosa erbarmte sich der beiden Mädchen Aliénor und Petronella, mit allen Folgen, die dieser Entschluß nach sich zog. Statt Aenors ruhiger Hand, die die Mädchen behutsam auf den rechten Pfad leitete, bekamen sie nun in allen Einzelheiten zu hören, wie Herzog Wilhelm der Junge ihre Großmutter aus Châtellerault entführt hatte, wie sie zusammen in den Wald von Mouliers geflohen waren und wie Wilhelm ihretwegen von der Kirche exkommuniziert worden war, als wäre das eine Ruhmestat. Ihr Onkel Raymond, selbst noch kaum erwachsen, war auch immer bereit, die Kinder mit Geschichten über seine eigenen Abenteuer zu unterhalten.

VI

Im Herbst schloß sich Marcabru dem Herzog und dessen Heer an, das noch immer vor Châtelaillon lag. Nach den Sälen der Edelleute, in denen es nach süßen Räucherwaren und prickelnd duftenden Gewürzen roch, brachte er seine Tage nun an schwelenden Lagerfeuern zu, zwischen dem Geschrei der Fußknechte und Söldner und dem Geruch von Schweiß und Pferden. Er traf einige seiner alten Kameraden wieder, mit denen er vor Mirebeau gekämpft hatte. Wen er ebenfalls traf, war Mélisanda, die, wie üblich, dem Heer des Herzogs gefolgt war. Wie ein Schatten klebte sie vom ersten Tag ihres Wiedersehens an dem Troubadour. Aber so sehr sie auch versuchte, seine Zuneigung zu wekken oder ihn auf sinnliche Weise zu reizen, es war, als schütze er sich mit einem unsichtbaren Schild, das sie abhielt. Sein Herz trauerte um Aenor. Die ganze Welt und das ganze Leben kam ihm so grau vor wie das Meer, das sich Tag für Tag unter grauen Regenwolken vor ihm erstreckte. Seine Verse atmeten die gleiche düstere Traurigkeit.

Des Baumes Blatt sah langsam ich verfärben,
zur Erde sinken wie im Taumeltanz.
Durch wilden Windes Willkür mußt es sterben,
durch rauhes Zerren bracht er ihm Verderben.
Den Winter zieh ich vor des Sommers Glanz,
wenn Eifersucht und Tollheit uns umwerben.

Unermüdlich zog er über die Ritter und Edelleute her, über jene, die heimlich das Bett ihrer Herrin suchten, wie der von Châtelaillon. Er beschimpfte sie, die im Sommer mit heldenhaften Taten prahlten, doch sobald die Kälte eintrat, nicht mehr von ihrem Herdfeuer wichen.

»Der prahlende Feigling zeigt im Sommer die Zähne, jetzt ist sein Stolz gezügelt. Dort sitzt er am Herd, der Feigling mit der scharfen Zunge.

Aber er trägt Speer und Ranzen, und mit beidem verursacht er viel Böses. Damit bringt er, während sie schläft, den Venushügel seiner Dame in Entzücken. So führt er sein Heer und bestiehlt es zugleich. Er weiß seinen Speer zu richten und tut nachts seine Arbeit, bis er einen schönen Sohn gezeugt hat. Aus den Söhnen dieser Schufte werden *joven* gebildet!

Wie sich der junge Storch bückt, auffliegt und wieder zurückfällt, so fällt und steigt, so taumelt auch die Welt. Ich kann nichts dafür, daß es mir nichts ausmacht. Mit Augen, die nichts sehen, erkennt er keinen Flecken, sieht nicht, daß die Damen Huren geworden sind.«

Und als ob Aenor noch lebte, besang er sie als seine geheime Geliebte: »Marcabru schwafelt nicht! Er weiß viel, und seine Geliebte stammt aus einer guten Schule. Sie tut ihr Bestes, ihm Freude zu schenken, und wenn *joi* sich ihm hingibt, dann reicht er jedesmal etwas weiter, als er darf.«

Es war Mélisanda, die sich dadurch direkt angesprochen fühlte. Wie eine läufige Katze schmeichelte sie um den Troubadour herum.

»Ich habe mich jetzt lange genug von anderen Männern ferngehalten. Beweist das nicht, daß meine Liebe echt ist?«

Marcabru lachte sie aus. »Die Liebe ist in deinen Augen schon echt, sobald du in eine Münze gebissen und dich von der Echtheit des Geldes überzeugt hast!«

Sie zog einen Schmollmund. In den vergangenen Wochen hatte sie nur mit Männern geschlafen, wenn sie sicher war, daß Marcabru es nicht wußte, und nicht öfter als unbedingt nötig, um ihren Lebensunterhalt zu verdienen. In ihren Augen war das bereits ein Opfer. Sie hatte den hübschesten Hintern des ganzen Gefolges, und sie konnte sich außerdem so bewegen, daß kein Mann die Finger von ihr lassen konnte. Er mußte doch begreifen, was sie für ihn übrig hatte!

Der Troubadour und die kleine Hure schauten einander an. Die eine fragte sich, was sie tun mußte, um ihn für sich zu gewinnen, der andere, warum sie sich ausgerechnet ihn als Opfer ausgesucht hatte. Geld konnte nicht der Grund sein, das hatte er nicht. Etwas anderes fiel ihm nicht ein. Oder liebte sie ihn etwa wirklich? Doch er liebte sie nicht. Noch immer lebte Aenor in seinen Gedanken, seinem Herzen, seiner

Haut, seinem ... Er bekam, verdammt, noch immer einen Steifen, wenn er an sie dachte! Wie konnte eine Liebe, die so zurückhaltend war, eine Liebe, die sogar über die Kluft zwischen Leben und Tod reichte, so körperlich sein? Doch war es nicht, als sie noch lebte, gerade der unüberbrückbare Abstand zwischen ihnen gewesen, der sein Verlangen noch größer gemacht hatte? Hatte er denn eine scheue Berührung ihrer Hand gebraucht, um sich nach mehr zu sehnen? Nicht nach sehr viel mehr, denn es war gerade die feine Dosierung, das Neigen des Kopfes, dann wieder ein Lächeln, die ihn viel mehr gereizt hatte, als wenn sie sich ihm hingegeben hätte.
Mélisanda betrachtete ihn mit erfahrenem Blick. Reif, urteilte sie. Sie zog den in Gedanken vertieften Troubadour hinter ein Zelt und brachte dort ihre Hand zu seinem Zwickel. Wie eine Fahnenstange ragte sein Glied nach vorn. Danach warf sie ihre Röcke hoch und ruhte nicht eher, bis sie sich schließlich keuchend voneinander lösten.
»Du hast recht«, sagte sie.
»Was?«
»Wenn du von Beherrschung sprichst. Es ist schöner, wenn man es so lange hinausschiebt, bis man nicht mehr zu halten ist.«
»Dummkopf«, sagte Marcabru. Daß er keine schärferen Worte benutzte, lag daran, daß es ihm eigentlich gutgetan hatte. Er hatte etwas von seiner angestauten Energie im Geschlechtsakt verloren und stand wieder mit beiden Beinen auf der Erde.
Die Neuigkeit verbreitete sich im Lager wie ein Lauffeuer: Marcabru hat Mélisanda endlich genommen! Daß die Eroberung eigentlich andersherum stattgefunden hatte, fand niemand wichtig, auch Mélisanda nicht. Sie hatte ihn jetzt. Sie schlief mit ihm, sie aß mit ihm, und was noch wichtiger war: Sie war auch dabei, wenn er vor dem Zelt Herzog Wilhelms für die Edelleute sang. Herzog Wilhelm begann alsbald, eine gesunde Neugier für die Frau zu entwickeln, die sich ständig in der Gesellschaft seines Lieblingstroubadours aufhielt. Mélisanda ließ keine Gelegenheit aus, sich in den Vordergrund zu drängen.

Die Belagerung von Châtelaillon schleppte sich weiter bis tief in den Herbst. Inzwischen war bekannt, daß in Étampes die Wahl auf Papst

Innozenz gefallen war, der daraufhin sofort nach Frankreich reiste. Seine erste Sorge war, tatkräftige Unterstützung in Form von Geld zu bekommen, womit er ein Heer bezahlen könnte, das ihm wieder auf den Thron in Rom helfen sollte. Daneben wollte er die Fürsten überzeugen, die sich noch nicht für ihn ausgesprochen hatten.
Am elften September hatte er in Saint-Gilles seinen Fuß auf französischen Boden gesetzt und war von Bernhard von Clairvaux empfangen worden, dem einflußreichsten Abt der Christenheit. Auch Vertreter des mächtigen Cluny begrüßten den Papst, womit sie ihm ihre absolute Unterstützung bewiesen. Begleitet von diesen Geistlichen, setzte Innozenz seine Reise fort.
Diese Situation beunruhigte Herzog Wilhelm. Es war nicht so, daß ihn sein Gewissen quälte, alles andere als das. Es war die passive Belagerung und das zähe Durchhalten Isemberts von Châtelaillon, die ihn hier festhielten, während ihm ein neuer, viel größerer Kampf bevorstand. Ein Kampf, bei dem er als guter Freund des Bischofs Girard, Legat des Papstes in Rom, viel höheres Ansehen erwerben konnte als in diesem Scharmützel. Doch die Beute war es wert, darauf zu warten. Er selbst besaß nur unbedeutende Häfen an der Küste. Hier lag nun Châtelaillon zum Greifen nahe, und dort, wo die Küste sich in einer weiten Bucht westwärts erstreckte, lag das wichtige La Rochelle, wo Isembert eigene Häuser und Mühlen besaß. In diesem Landstrich wurde außerdem guter Wein angebaut, und zahlreiche Salzpfannen lieferten einen Überfluß an diesem köstlichen und kostbaren Produkt. Ganz zu schweigen von den Hafengeldern und dem Zoll, der beim Transport dieser Güter über die Flüsse und den Landweg erhoben wurde! Und dann erst die ausgedehnten Inseln vor der Küste, Ré und Oléron, die auch zum Besitz des mächtigen Hauses von Châtelaillon gehörten. Das alles geriete unter seinen direkten Einfluß, wenn Isembert geschlagen wäre.
Ungeduldig lief der Herzog etliche Male am Tag den sandigen Küstenstreifen entlang: tiefe Falten zwischen den Augen, die Hände sehnsüchtig auf den Schwertknauf gelegt, den Blick ununterbrochen auf die unbeugsame Bucht gerichtet, gegen die die Wellen ebenso vergeblich anschlugen wie er selbst.

Es war Ende November. Die Nachricht, daß Papst Innozenz in Cluny gewesen war, in Clermont dem Konzil beigewohnt hatte und nun auf dem Weg in den Norden war, erreichte das herzogliche Lager. Dort machte auch das Gerücht die Runde, daß die Bewohner von Châtelaillon, durch die Not der Belagerung zum Äußersten getrieben, nahe daran waren, ihren Herrn zu verraten und die Tore zu öffnen. Herzog Wilhelm machte sich zum Sturm bereit. Er brachte seine Gerätschaften in Stellung, mit denen große Steine und Feuerbälle über die Mauern geschleudert werden konnten, prüfte, ob seine Schiffe ordentlich bemannt und bewaffnet waren, obwohl er sich dessen schon seit drei Monaten täglich versichert hatte, und gab den Befehl, zur Festung vorzurücken.

Diese ganze Machtdemonstration war überflüssig. In der Nacht hatten einige Bürger heimlich einige von Wilhelms Soldaten hineingelassen, so daß sie das Tor für den Herzog öffnen konnten. Wie ein reifer Apfel fiel Châtelaillon in seine Hände. Fast kampflos ergaben sich die Bürger, als die Tore erst einmal weit geöffnet waren, und fast erleichtert holten sie die Belagerer herein. An der Spitze seiner Truppen stieß Wilhelm zum Schloßtor vor, wo er die Brücke eingeholt fand und die Mauern mit schwerbewaffneten Soldaten besetzt.

»Isembert!« brüllte der Herzog. »Deine Stadt ist in meiner Hand. Ergib dich!«

Hinter dem hölzernen Umgang oben auf den Mauern waren undeutliche Bewegungen der Mannschaften zu entdecken, aber der Herr von Châtelaillon erschien nicht.

»Dann zieh deinen Gürtel doch etwas enger, Isembert!« rief Wilhelm am Fuß der Mauern, als ob er die Belagerung, wenn nötig, noch drei Monate andauern lassen würde. Doch Wilhelm hatte keine Geduld mehr, und seine Soldaten noch weniger. Die waren schon dabei, die Stadt zu plündern. Der Herzog ließ bei Nacht ein fahrbares Schilddach in die Stadt bringen. Unter diesem Schutz wurde in den darauffolgenden Tagen eine Brücke angebracht. Danach traf man Vorbereitungen, das Tor zu rammen. Von den Mauern aus wurde das alles mißtrauisch beobachtet. Man bewarf die Soldaten von Poitou bei ihrer Arbeit mit Steinen, schüttete kochendes Öl aus, beschoß sie mit Pfeilen, aber das

Schilddach bot den meisten ausreichend Schutz, und wo doch Soldaten fielen, wurde ihr Platz sofort von anderen eingenommen. Plötzlich ergaben sich zur allgemeinen Überraschung die Soldaten des Schlosses, ohne weiteren Widerstand zu leisten. Als Wilhelm das Schloß betrat, verstand er, warum: Isembert war – vielleicht schon Nächte zuvor – im Schutz der Dunkelheit mit einigen Mitgliedern seines Hofes in einem kleinen Boot geflohen. Und zwar zu seiner Burg auf der Insel Ileau, keine zwei Kilometer entfernt. Dies erzählte der Hauptmann der Garnison dem Herzog. Murrend stieg Wilhelm auf die Mauern und schaute über das Meer. Der Herbststurm riß an seinem Mantel und peitschte ihm Salzwasser in das Gesicht. Dort in der Ferne lag die Burg, ein schwarzer Steinklumpen, umgeben von Sümpfen und gischtigem Meer. Jetzt hatte er zwar Châtelaillon, doch was war das wert, wenn er Isembert nicht hatte? Wilhelm, der Mann aus der Normandie, der die Burg von Ileau befehligte, hatte das Schloß mit Nahrungsmitteln, lebender Habe und Waffen für die Garnison versorgt. Genug für mindestens ein Jahr, wie dem Herzog versichert wurde. Und Isembert hatte nicht vor, sich auszuliefern, wie es seine entmutigten Mannen in Châtelaillon getan hatten. Düster starrte Wilhelm stundenlang über das tosende Wasser, als ob er so seinen mächtigen Vasallen in die Knie zwingen könnte. Er wußte, daß eine Belagerung Ileaus sinnlos war und daß dieser Zug Isemberts ihn den Sieg kosten würde.

Es sollte allerdings noch ein volles Jahr dauern, bis er seinen Plan aufgab und mit Isembert ein Abkommen traf, in dem er sich mit einem Teil von Isemberts Besitzungen begnügte und ihm die Insel Ré ließ, wohin dieser sich zurückzog. Vorläufig schickte Wilhelm einen Teil seiner Truppen nach Ileau, um die Burg zu belagern, ließ die Soldaten von Châtelaillon unter seinem Befehlshaber zurück und zog nach Poitiers. Mélisanda zog triumphierend im herzoglichen Gefolge mit, die Arme fest um Marcabru gelegt, der vor ihr auf einem erbeuteten Pferd saß, das der Herzog seinem Troubadour geschenkt hatte.

»Es gibt kaum eine Frau, die ihre Scham nicht verloren hat!« rief Marcabru. »Falsch ist ihre Freundschaft, sie nehmen ebenso leicht, wie sie sich verweigern. Hier feilschen sie um Liebe, und dort wird sie verkauft. Sterben soll ich, wenn ich nicht meine Meinung dazu sage!«

»Du hast doch gewußt, was für eine Frau Mélisanda war?«
»Natürlich. Das hatte auch nichts mit *fin amors* zu tun. Aber sie konnte einen mit ihren süßen, lieben Worten so gut betrügen, daß es einen ganz verwirrte und man ein unwiderstehliches Verlangen nach ihr empfand. Das haben sie am Hof in Poitiers auch gespürt. Als sie in meinem Gefolge endlich dort eingedrungen war, kühlte ihre Liebe zu mir schnell ab. Sie wickelte die Edelleute um den Finger, und schon bald zog sie in ein hübsches Haus in der Stadt, wo sie ihre Kunden empfing. Ich war ein Tor, daß ich ihr in die Falle gelaufen bin und ihre Freundschaft für echt hielt. Ich war ein Tor, solch einer Liebe zu dienen, die mich mit ihren Lügen rasierte, ohne Wasser! Ich wünsche ihr so viel Schlechtes und verachte sie so sehr, daß mir schon bei der Erinnerung ganz übel wird. Liebe! Einem Mann, der auf Freiersfüßen wandelt, kann man nichts Schlimmeres wünschen. Denn er, der von der Liebe umklammert ist, stirbt an Hunger und Kälte. Wer von der Liebe unterdrückt wird, geht gebückt unter einer unendlich schweren Last. Herrgott, der ist zum Unglück geboren, der aus einer solchen Torheit Freude schöpft.«
Es waren harte Worte, die er sprach, nicht grob, wie es seine Gewohnheit war, sondern bitter. Sie zeigten, wie sehr ihn Mélisanda verletzt hatte, wie sie ihn benutzt hatte, um ihrem Leben als Soldatenhure zu entkommen und in Poitiers eine gutbezahlte Prostituierte zu werden, die ein gewisses Ansehen genoß.
»Ihr Beutel war besser gefüllt als meiner. Ohne Geld kann man sich die Mühe ersparen, einer Frau den Hof zu machen.« Er schüttelte den Kopf. »Anfangs dachte ich wirklich, sie habe sich geändert. Es gelang ihr schnell, sich an die neue Umgebung anzupassen, und sie sprach mit mir über meine Verse, als verstünde sie alles. Ich dachte wahrhaftig, daß der Herzog ihr das Haus in Poitiers geschenkt hatte, wie sie sagte, weil ich selbst ein so hohes Ansehen bei ihm genoß. Bis ich eines Tages von einer Reise zurückkam und, verrückt vor Verlangen, ins Haus stürzte, mir schon an der Tür die Kleider vom Leib riß und, Schwanz voraus, die Treppe hinaufstürmte. Nur um sie mit einem Mann im Bett zu treffen, während zwei andere warteten, an die Reihe zu kommen. Dort standen sie, diese morschen Räuber, jeder ein Hundsfott, und

verlangten von ihr, die sie selbst gerufen hatte, einen Anteil. Wie die Zunge sich immer wieder zu der Schwellung bewegt, die Zahnschmerzen verursacht, so hing sie an dem geilen Abschaum! Wer die Liebe benutzt, um Geld oder Vorteil davon zu haben, der beleidigt sie! So geht die reine Liebe unter und wird schwarz wie Pech. Und ich stand dort und fühlte mich beschämt.«

Ich betrachtete amüsiert den wilden Ausdruck auf seinem Gesicht und lehnte mich zurück, um ihn gemütlich zu beobachten. In Gedanken versuchte ich, ihn mir in dieser albernen Szene vorzustellen.

»Glaubst du, was ich dir erzähle?« rief er plötzlich.

»Was?«

»Diese Geschichte von Mélisanda.«

»Ich ... ja.«

»Kannst du dir vorstellen, daß ich mich wegen einer Hure so aufrege? War sie es wirklich, die dort im Bett lag?« Mit einem forschenden Blick schaute er mich unter seinen dunklen Augenbrauen hervor lange an. Als ich die Schultern hob, fuhr er fort: »Daß Mélisanda mich benutzte, um aufzusteigen, um eine Kurtisane zu werden, stimmt. Ich bin lange in Poitiers gewesen, ich habe viele Frauen gekannt, aber ich werde ihre Namen nie nennen, denn ich bin keine Lästerzunge. In einige war ich verliebt, aber nie, nie ist meine Sehnsucht verstanden worden. Anfangs gaben sie vor, durch meine Bewunderung und Unterwerfung gerührt zu sein. Dann zogen sie mich mit sanfter Verlockung an sich, um mich dann durch endloses Wartenlassen zu peinigen, mit anderen Liebhabern zu quälen, mit denen sie ihre natürlichen Bedürfnisse befriedigten. Statt sich zu der Leidenschaft zu beugen, die sich zu ihnen erhob, zeigten sie sich grausam und unnahbar, erniedrigten mich mit ihrem treulosen Betrug, als ob meine Niedrigkeit noch nicht gereicht hätte.« Er beugte sich vor, die Ellenbogen auf den Tisch gestützt, den Kopf zwischen die Schultern versunken, und schaute mich noch durchdringender an.

»Mélisanda ist für mich nur noch ein Symbol«, knurrte er. »Die Fleischwerdung aller Frauen, die in der Liebe lügen und betrügen. Doch gerade darum habe ich begriffen, was Liebe wirklich ist. Denn es gibt sie, auch wenn sie verachtet und verstoßen wird. Ich bin ihr immer treu geblieben, und ich glaube noch immer an sie. Die Liebe, die von einer edlen Frau ausstrahlt, die Liebe, durch die wir Geringeren uns erheben können, bis wir ihr gleich sind. Aber die Frauen, die ich gekannt habe, waren nicht vollkommen genug, um die Liebe zu erwidern, sie haben es nicht verstanden. Deshalb war meine Liebe immer unglücklich, weil ich etwas verlangte, was unmöglich war. Ich habe nie die Freuden der Liebe erlebt, nur die Freude des Verlangens nach etwas, was unerreichbar war. Denn die einzige Liebe, die nicht betrügt, ist die Liebe für sie, die aus einem edlen Geschlecht geboren wurde, die an einem Ort aufwuchs, wo sie durch dichtes Gestrüpp geschützt war gegen Hitze und Kälte, so daß ein Fremder sie nicht stehlen konnte.« Er seufzte.

»Desirat per desiraire a nom qui'n vol Amor traire«, hörte ich ihn in seiner Dichtersprache sagen. »Begehrt durch den, der begehrt ...«

»Nondum amabam, et amare amabam ... quaerebam quid amarem, amans amare«, antwortete ich. »Ich liebte noch nicht, und doch wollte ich lieben ... ich suchte, was ich lieben könnte, verliebt in die Liebe. Augustinus.«

»Du bist kein Söldner«, sagte Marcabru, ohne Überraschung in der Stimme. Ich war von meinen eigenen Worten erschrocken, und meinem Gesicht war vermutlich anzusehen, daß ich mich ertappt fühlte.

»Du überraschst mich schon die ganze Zeit. Ich habe noch nie so lange mit einem Söldner über dergleichen Dinge sprechen können. Wer bist du?«

»Renaud, von Morbihan.«

»Ja, aber wer bist du?«

Ich zögerte. Konnte ich ihm erzählen, daß ich ein gescheiterter Student war, der sich nun ernährte, indem er schmutzige Handlangerdienste für andere erledigte? Meine Familie gehörte zu dem armen Landadel und brachte die Kosten für ein Studium in Paris nicht auf. Trotzdem hatte ich dort voll guten Mutes begonnen. Wie viele Bücher hatte ich nicht für meine wohlhabenderen Mitstudenten kopiert, um meinen Unterhalt zu bestreiten. Nach den Vorlesungen hatte ich oft bis tief in die Nacht bei Kerzenlicht geschrieben, um mein Zimmer und meine Hungerration bezahlen zu können. Aus meinem eigenen

Studium wurde allerdings nicht viel, doch ich lernte viel von den Texten, die ich abschrieb. Irgendwann gab ich dann auf, aber meiner Familie wagte ich nicht mehr unter die Augen zu treten. Ich verließ mit einer Truppe Söldner die Stadt und vagabundierte mit ihnen durch das Land. In Straßenkämpfen zwischen Studenten und Handwerksgesellen hatte ich genug Erfahrungen gesammelt.
So weit teilte ich dem Troubadour meine Vergangenheit mit. Ich erzählte ihm nicht, wie schnell mir klar wurde, daß ich mich für das rauhe Leben der Söldner nicht eignete und mich mehr in Wirtshäusern aufhielt als auf dem Schlachtfeld. So ging es immer weiter bergab mit mir, und ich nahm alle möglichen Arbeiten an, für die kein anderer zu finden war und die alle das Tageslicht nicht aushielten. Ich hätte mich einer der zahlreichen Räuberbanden anschließen können, doch ich war nun mal aus anderem Holz geschnitzt. Deshalb arbeitete ich allein und verschaffte mir innerhalb kürzester Zeit einen gewissen Ruf. »Den Gelehrten« nannten sie mich, weil ich mir in dieser Welt allein schon durch meine Schreibkünste sofort Respekt verschaffte.
Offenbar war ich durch meinen Umgang mit diesen Kerlen doch noch nicht ganz verludert, denn hier, mit Marcabru, hatte mich meine Bildung und meine Herkunft verraten. Er nickte und murmelte etwas über Paris und die dortigen Frauen.
»Das waren fröhliche Tage«, erzählte ich ihm. »In Gruppen von sechs bis manchmal zwanzig Studenten streunten wir abends durch die Stadt auf der Suche nach Vergnügen – das heißt also, nach Frauen. Je jünger sie waren, um so lieber waren sie uns. Und weil die meisten von uns nichts dafür bezahlen konnten, verführten wir sie mit Gesang – mit Gedichten, die wir selbst auf ihre Schönheit, ihre Lieblichkeit und wer weiß noch was alles sangen! Wenn du sie hören würdest, könntest du glauben, daß jedes Mädchen in Paris eine Venus und jeder Student ein Adonis wäre!«
»Joven«, bestätigte Marcabru, der sich in seinen jungen Jahren mit seinen Freunden in Carcassonne und anderen Städten des Südens nicht anders verhalten hatte. »Was die Leidenschaft der Jugend betrifft, ist jedenfalls kein Unterschied zwischen dem Norden und dem Süden. Aber damit hört die Gleichheit schon auf.«

»Dann kennst du bestimmt die Geschichte von Ignaure nicht.«
»Weshalb?«
»Weil es nicht wahr ist, was du sagst. Ignaure war ein bretonischer Reiter, ein Edelmann aus dem Land, aus dem ich stamme. Seine Geschichte handelt ebenfalls von Liebe, und wenn es wahr ist, was du sagst, daß du alles über Liebe weißt, dann müßtest du sie kennen. Ignaure machte zwölf jungen Damen gleichzeitig den Hof und tat das so diskret, daß keine von der anderen etwas wußte. Eines Tages waren sie jedoch zufällig alle zusammen und spielten ein Spiel, bei dem jede ihren heimlichen Geliebten nennen mußte. Eine von ihnen mußte alle Bekenntnisse der anderen anhören, und sie war es, die merkte, daß der Name des Geliebten, der ihr zugeflüstert wurde, in allen elf Fällen gleich war, der Name ihres eigenen Geliebten: Ignaure. Sie konnte nicht länger schweigen und teilte es den anderen mit, die natürlich erschrocken und wütend reagierten. Sie schmiedeten einen Plan, um den Verrat des jungen Mannes zu demaskieren. Sie überlegten sich eine Falle, in die er ahnungslos hineinging. Doch weil sie ihn alle lieb hatten, waren sie gnädig, allerdings mußte er versprechen, nur eine von ihnen zu lieben und ihr treu zu bleiben.« Ich schaute Marcabru triumphierend an. War das Liebe oder nicht? Doch Marcabru schnaubte verächtlich.
»Du bist ein schlechter Erzähler«, sagte er, »und außerdem hast du die Hälfte vergessen. Die Geschichte endet damit, daß die Ehegatten der Damen die Liebesgeschichte entdecken und grün vor Eifersucht beschließen, den unglücklichen Liebhaber zu strafen. Sie nehmen ihn gefangen und lassen ihn in Ketten in einen Kerker werfen. Die zwölf Frauen sind verzweifelt, und aus Mitleid mit dem Schicksal ihres Liebhabers weigern sie sich zu essen. Keinen Krümel wollen sie zu sich nehmen, bis ihr Ignaure wieder freigelassen wäre. Statt dessen töteten ihn die Ehemänner. Als die zwölf Damen schließlich so ausgehungert waren, daß sie kein Essen mehr abschlagen konnten, wurde ihnen von ihren eifersüchtigen Ehemännern das zubereitete Fleisch des ermordeten Ignaure vorgesetzt.«
»Grauenhaft.«
»Es ist eine bekannte Wendung am Ende einer Erzählung über verbo-

tene Liebe, die von dem eifersüchtigen Gatten gerächt wird. Eine schöne Geschichte - zwölf Liebhaberinnen - aber Liebe? Nein, davon habt ihr im Norden nichts begriffen. Auch die Franzosen wissen nicht, was Liebe ist. Wenn du mit ihnen über Liebe sprichst, werfen sie dir Zitate der Kirchenväter an den Kopf: ›Jede Frau sollte überwältigt werden vor Scham bei dem Gedanken, daß sie eine Frau ist‹, ›Das Königreich des Himmels ist das Haus von Eunuchen‹, und ›Eine Frau gleicht dem Tor zur Hölle‹ - letzteres könnte ich selbst gesagt haben«, fügte er grinsend hinzu, und dann voll Verachtung: »Franzosen und die Liebe! Hach!«
Das ging mir zu weit. Ich erinnerte ihn an die berühmteste Liebesaffäre des letzten halben Jahrhunderts, die er sicher kannte, und rief heftig: »Meister Abélard und seine Geliebte Héloise waren Franzosen, oder etwa nicht?«
»Willst du sagen, daß das, was Abélard für Héloise fühlte, *amors* war? Er hat das Mädchen einfach verführt. Abélard mag ein berühmter Gelehrter gewesen sein, doch er war ein Mann aus Fleisch und Blut. Nichts mit *amors.* Wollust und Begierde. Und sie ... er war ihr Lehrer, ihr überlegen, zu dem sie aufschaute. Natürlich gab sie sich ihm hin, wie hätte sie anders handeln können? Er hat teuer dafür bezahlt. Wenn wir den Kirchenvätern glauben dürfen, ist das Königreich des Himmels jetzt sein Haus.«
Marcabrus respektlose Bemerkung über den Gelehrten machte mich wütend. Trotz der vielen kirchlichen Beschuldigungen und Verurteilungen, die ihm zuteil geworden waren, wurde Abélard nun, gut zehn Jahre nach seinem Tod, noch immer von den Pariser Studenten verehrt, und seine Texte waren die modernsten Schriften, die ich je zu Gesicht bekommen hatte. Die Liebe, die er zu dieser klugen jungen Frau gefaßt hatte, deren Kenntnisse schon in ganz Frankreich gerühmt wurden, bevor er ihr Lehrmeister wurde, war die tragischste Liebe aller Zeiten gewesen.
»Warum sollte die Liebe zwischen Meister Abélard und der verehrungswürdigen Héloise weniger wert gewesen sein als die zwischen deiner Radegundis und ihrem Fortunatus? Es gibt so viele Geistliche, die Liebesbriefe und Gedichte an Nonnen schreiben! Ich werde dir erzählen, was die Franzosen von Liebe verstehen: Héloise weigerte sich,

Abélard zu heiraten, weil sie lieber seine Freundin genannt werden wollte als seine Frau. Als seine Freundin würde sie nur die Liebe an ihn binden, nicht der Zwang des ehelichen Bandes. Du sagst ja selbst, daß Liebe, die in vollkommener Freiheit geschenkt wird, viel reiner ist als die Liebe, auf die man kraft ehelicher Bande einen Anspruch hat. Das ist wirkliche Liebe. Aquitanier und Liebe! Hach!«

»Du beginnst, etwas zu begreifen. Aber das macht ihre Liebe noch nicht zur *fin amors*. Héloise fühlte vielleicht, was reine Liebe ist, doch sie konnte die *mezura,* die Beherrschung, nicht sehen.« Er beugte sich vor und deutete mit dem Zeigefinger auf mich. »Ja, später, als nichts anderes mehr möglich war.«

Es tat mir weh, ihn über die Frau so sprechen zu hören, die sich aus Liebe zu Abélard, den sie »nach Christus ihren einzigen« und sich selbst »seine einzige in Christus« genannt hatte, in ein Kloster zurückgezogen hatte. Und über ihn, der so unmenschlich für seine Liebe hatte leiden müssen, aber noch schwerer unter dem litt, was ihm die Geistlichkeit angetan hatte. Sie hatten seine Schriften als Verirrungen und sogar als Ketzerei abgestempelt und ihn mit Hilfe des mächtigen Bernhard von Clairvaux, der sein größter Gegner gewesen war, verurteilt, ohne daß er sich ordentlich hätte verteidigen können, weil nämlich nicht seine Schriften angegriffen wurden, sondern nur seine rationalistische Art zu argumentieren, die man noch gefährlicher fand. Die verehrungswürdige Héloise lebte noch. Sie war jetzt Äbtissin eines Klosters, das sie an der Stelle gestiftet hatte, wo Abélard sich als Klausner zurückgezogen hatte. Dort ruhte nun sein Leichnam, und dort würde, wenn die Zeit gekommen wäre, auch der ihre neben seinem begraben werden.

»Willst du mir nicht endlich erzählen, was *fin amors* ist, ohne in Rätseln zu sprechen?« Ich war wütend, und meine Stimme verriet es. Ich beging den unverzeihlichen Fehler, mich von ihm in eine Situation mitreißen zu lassen, die ich nicht mehr beherrschte.

»Die *fin amors* ist eine Liebe, die sich über körperliches Begehren erhebt, eine geläuterte Liebe: groß, hochstehend, rein, treu. Eine vollkommene Liebe, die geboren wird und sich aus dem Abstand zwischen den Liebenden nährt.«

»Welchem Abstand?«
»Es kann alles mögliche sein, was sie trennt. Sie kann in einem fernen Ort leben oder von höherer Herkunft sein als ihr Geliebter; sie ist verheiratet, also ist ihr eifersüchtiger Ehemann ein drittes Hindernis, ebenso die Lästermäuler, die sie auseinanderbringen wollen, indem sie ihnen zuflüstern, der andere sei untreu. Es ist die Unerreichbarkeit der Dame, die in ihrem Geliebten das Verlangen weckt, sich zu erheben, um ihrer würdig zu sein, und ständig danach zu streben, sich selbst zu übertreffen, um ihr schließlich ebenbürtig zu werden. Eine erotische Verführung des Geistes, eine gezähmte Leidenschaft, eine sanfte und keusche Freundschaft.«
»Willst du etwa behaupten, daß Troubadoure nie mit den von ihnen angebeteten Frauen ins Bett gehen?«
»So sollte es sein, ja. Aber viele streben danach, und es ist ihnen nicht geglückt, das muß ich zugeben. Alegret war eine von ihnen. Aber sie verkündigten auch nicht die wahre *fin amors.* Nur wenige haben es verstanden und machten Verse nach meinem Vorbild: Cercamon, Herr Jaufre Rudel, Bernard Marti. Radegundis und Fortunatus, das war Liebe...«, beharrte er unerschütterlich. Er hatte ein ehrliches Vergnügen an dieser Art Gespräch.
»Meiner Meinung nach willst du nicht erkennen, daß die Liebe zwischen Abélard und Héloise rein war, weil du ein Vorurteil hegst«, sagte ich gereizt. »Du glaubst, daß die Franzosen nicht lieben können, daß dies eine Art Alleinrecht der Aquitanier wäre. Vielleicht haßt du die Franzosen, so wie du die Frauen haßt.«
»Gewisse Frauen, gewisse Frauen! Die Liebe von Abélard und Héloise *fin amors?* Komm, mein bester Renaud, sie trug ein Kind von ihm! Willst du es noch körperlicher?«
Meine Reaktion auf seine Worte kam wie ein unwillkürlicher Reflex. Ich schlug ein Kreuz – das Zeichen, daß das Fest beginnen konnte. Das Unvermeidliche folgte. Zwei Kerle tauchten hinter dem Troubadour auf, drauf und dran, ihn am Nacken zu packen. Gott! In Gedanken sah ich in ihnen die Männer, die damals Meister Abélard im Auftrag des Kanonikus Fulbert kastrierten, Héloises Onkel. Eine grausame, schändliche Gewalttat, die von ganz Paris beweint wurde. Und ich war

kurz davor, diesen Troubadour für immer zum Schweigen zu bringen, den brillantesten Geist, den ich seit meiner Studentenzeit getroffen hatte. War das nicht ebenso verwerflich?
»Finger weg von ihm! Ich bin noch nicht fertig!« schrie ich, fast in Panik geraten. Und zu ihm: »Ich bin noch nicht fertig mit dir!«
Hinter Marcabrus Rücken entstand einige Verwirrung. Plötzlich begann er zu lachen, gar nicht wissend, welche Gefahr ihn bedrohte.
»Das erinnert mich an ein Gespräch, das ich mal mit Cercamon führte«, sagte er, und seine Gedanken gingen zurück in die Vergangenheit.

VII

»Nein, nein, nein!«
Erregt klopfte Marcabru mit der Faust auf den Tisch. Die Fingerschüsseln, die als einziges Geschirr nach der Mahlzeit noch nicht abgeräumt worden waren, tanzten auf dem Tisch und das fettige Wasser spritzte über den Rand. Wie üblich hatte er am Ende des langen Tisches gesessen, wo ihn nur die Reste der gefüllten Schüsseln erreichten, wo Blasen im Weinkrug trieben und wo das Handtuch naß und schmutzig war, nachdem alle anderen ihre Hände daran getrocknet hatten. Cercamon, mit dem er nun in einen so heftigen Disput verwickelt war, saß sogar noch eine Stufe niedriger hinter ihm am Tisch. Beide Troubadoure betrachteten es jedoch als große Ehre, an dieser Mahlzeit teilzunehmen. Sie waren jahrelang so arm gewesen, daß sie nicht einmal einen eigenen Tisch besessen hatten und Brot, Bohnen und Rüben vom Schoß hatten essen müssen, während ihnen die Hunde die besten Stücke aus den Händen rissen. Am Hof Herzog Wilhelms war das Leben gut. Es gab Fleisch und Fisch und feine Soßen, in die man sein Brot tunken konnte, und statt armseliger Bohnen gab es Erbsen und Früchte und zum Nachtisch süßen Kuchen. Nach der Mahlzeit bis spät am Abend hatten Marcabru und Cercamon ihre Lieder gesungen und Geschichten erzählt. Nun hatte sich der Herzog mit seinem Gefolge zur Ruhe begeben. Im Rittersaal, wo sie allein zurückgeblieben waren, brannten noch ein paar Kerzen. Wie so oft saßen sie zusammen und besprachen miteinander ihre Verse. Meist blieben sie, bis die letzte Kerze abgebrannt war, und manchmal setzten sie ihr Gespräch noch in der Dunkelheit fort.
»Nein!« Marcabru bewegte die Hände, um seine Worte zu unterstreichen. »In der wahren Liebe suchst du nicht, den anderen zu besitzen: Der Genuß verbirgt sich gerade im Nichtbesitz der geliebten Person! Es ist nur die Entfernung, die das Verlangen immer größer werden und die Freude immer länger dauern läßt. Das ist der große Unterschied

zwischen Ehe und Liebe. Zwischen Ehegatten ist diese Liebe nicht möglich.«

»Weil sie einander besitzen?«

»Weil er sie besitzt. Sie ist seine Dienerin, deren Aufgabe es ist, ihm zu gehorchen, seine Kinder zu gebären und sein Haus zu führen. In der Liebe ist es umgekehrt: Der Liebende ist der Diener seiner Dame. Er muß sich erheben, um sie zu erreichen, um ihrer würdig zu sein. Für sie will er besser und reiner sein, durch sie kann er hoch hinaufwachsen.«

»Das heißt also, er erniedrigt sich, nicht nur in Worten, sondern wirklich, vor einer Frau?«

»Er ist der Diener seiner Geliebten, der Vasall ihres Herzens. Es ist eine Erniedrigung, die ihn erhebt. Wenn die Liebe sein Herz betritt, werden dort höfische Werte geboren: *joven, proeza, largueza, pretz, valor.* So kann der niedrigste Mann ihr in der Liebe ebenbürtig werden: wir Troubadoure, die die Jugend versinnbildlichen. Es gab einen Kalifen von Andalusien, der bereits sagte: ›Rügt nicht den König, der sich so für die Liebe erniedrigt, denn in der Liebe ist die Erniedrigung eine Macht und ein zweites Königtum.‹«

»Aha.«

»Wenn ihre Liebe ebenso rein ist und freigebig geschenkt wird, dann kann sein Streben nach Vollkommenheit auch in ihr ein Verlangen wecken, ihn zu erreichen. Wenn er in seinem Verlangen zu ihr aufgestiegen ist, wird sie vor ihm, der vor ihr kniete, auf die Knie fallen wollen.«

»Wir armen Schlucker sollten nach der Liebe einer Dame verlangen? Davon können wir doch nur träumen.«

»Je höher die Dame, je größer der Abstand, um so größer ist das Verlangen. Je unüberwindlicher die Hindernisse, je unerreichbarer die Dame, um so reiner ist die Liebe.«

»Wir werden verspottet und durch den Schmutz gezogen werden.«

»Ich bin schon oft lächerlich gemacht und brüsk abgewiesen worden. Aber ich werde es nie aufgeben, wie grausam ich von einer Dame auch behandelt werde. Ich hege auch keine Hoffnung, daß sie sich mir je hingeben werde. Gott verhüte das! Ihr körperliches Bedürfnis wird ja

schon in ihrer Ehe befriedigt. Wenn sie mir nur zuhört und mich versteht, wird sich ihr Herz öffnen, daß es sich mit dem meinen vereinen kann.«
Der andere verstand schnell. Er hatte während seines Vagabundierens reiche Erfahrungen gesammelt, ein Umstand, dem er auch seinen Namen verdankte: Cercamon - der durch die Welt zieht. In Marcabru hatte er den Troubadour gefunden, von dem er noch etwas lernen konnte.
»Und das ist *joi* - der höchste Grad des Entzückens und des Glücks, der äußerste Genuß: nicht die Tat selbst, sondern das Verlangen danach. Was weckt denn mehr unser Verlangen als das, was wir nicht besitzen können?« Er seufzte.
»Genau, denn was wir haben können, das wollen wir nicht!«
Cercamon griff nach seiner Fiedel, ließ den Bogen über die Saiten gleiten und entlockte dem Instrument eine Reihe melancholischer Klänge. Einen Moment blieben die Töne zitternd in dem verlassenen Saal hängen. Dann erhob der Troubadour seine Stimme:

Die ganze Welt ist eingehüllt in Dunkelheit,
doch wo sie steht, da strahlt des Lichtes Segen.
Oh, könnt ich sie in Liebe doch verstricken,
zu sehen, wie sie abends sich entkleidet.

So fern zu sein ihr, ich ertrag es kaum,
sie nicht zu sehn, zu küssen und zu kosen,
ich möcht in einem tuchverhängten Raum
umarmen sie, die ich von Herzen liebe.

O güt'ger Herr, so bring mich doch zu ihr,
ich möcht so gern an ihrem Busen ruhen.
Sie soll mir geben, was sie mir versprach,
ich möchte ernten meines Werbens Früchte.
Weh dem, der mirs aus Eifersucht mißgönnt.

Marcabru schüttelte den Kopf. Jedoch nicht, weil der Vers noch keinen Reim und keinen Rhythmus besaß: Er wußte, daß es sich lediglich um einen rohen Entwurf handelte.
»Du trauerst, Cercamon, wo du doch jauchzen solltest. Du besingst die Trauer um den Verlust des körperlichen Genusses, des Gegenteils von *joi*. Du vergißt dabei, daß die beiden Extreme untrennbar voneinander sind. *Joi* ist die Freude der Seele, zu vergleichen mit der Kraft, die die Bäume im Obstgarten zum Blühen und die Quelle und den Bach zum Entspringen bringt, die Kraft, die im Frühling die Lerche zum strahlenden Sonnenlicht lockt.«
»Also darum ist die Liebe keine Sünde, wie die Geistlichen behaupten, sondern eine Tugend.«
»Wenn die Liebe wahrhaftig und rein ist, ja. Wenn sie von *cortezia* beherrscht wird.«
»Und was ist *cortezia?*«
»Alles, was edel und wahrhaft ist, also auch das wahre Lieben und Geliebtwerden, ob es sich nun um irdische Liebe oder die Liebe zu Gott handelt: aufrecht gefühlt, ohne Betrug, Berechnung, Habsucht oder Angst. Kurzum: *Cortezia* ist Lieben! Aber es ist auch eine Kunst: die Kunst zu leben!«
»Leben wie am Hof von Poitou?«
»Ja, in einem großen Stil, voller Eleganz, Höfischkeit und ritterlicher Großzügigkeit.«
Cercamon brauchte sich nur umzuschauen, um zu verstehen, was Marcabru meinte. Er legte beide Hände auf seinen gut gefüllten Bauch. »Ritterliche Großzügigkeit«, bestätigte er.
»Vielfraß! Deinen Leib vollstopfen! Vulgäre, irdische Lüste! Wer von *amors* erfüllt ist, spürt weder Hunger noch Durst. Und was dich betrifft: Wenn dich solch eine Liebe erfüllt, dann werden deine Verse fröhlicher. Du mußt dich öffnen, dein ganzes Wesen geben. Denn du kannst durch *fin amors* auserkoren, aber auch verworfen werden. Wenn du sie abweist, kann sie dich zerstören, als wärest du durch Zauberkraft in einen schwachsinnigen alten Toren verwandelt. Sei fröhlich, edel, klug, dann wird sich dein Herz für *joi* öffnen.«
»Warum finde ich dann so wenig Fröhlichkeit in deinen Versen? Du

gehst fast ununterbrochen gegen die Edelleute vor, die Ehre und Liebe erniedrigen. Du scheinst förmlich davon besessen zu sein.«
»Wenn du siehst, wie *fin amors* besudelt wird, dann darfst du schimpfen und kasteien. Ich mache mir auch selbst Vorwürfe, Cercamon, mehr noch als anderen. Wenn du andere einer Missetat beschuldigst, mußt du dich davor hüten, selbst zu einer solchen verführt zu werden. Darum versuche ich, meine Verse zu reinigen, damit niemand mich bei einer Unvollkommenheit ertappen kann. Ich muß mein Herz, mich selbst, mit meinen Versen bändigen. Vielleicht ist es eine Besessenheit, wie du sagst. Es trifft mich tatsächlich in der Tiefe meiner Seele, wenn ich sehe, wie das Böse nicht nur in der Liebe, sondern auf allen nur möglichen Gebieten wuchert.«
»Nun sprichst du für dich selbst. Aber kannst du dir mit Schmähreden weiterhin Gehör verschaffen?«
»Ich singe nicht lauter, um zu gefallen, so wie du und die anderen Troubadoure. Was man zu hören erwartet, interessiert mich nicht. Wenn ich singen müßte, was man gern hört, könnte ich mich mit solchen Versen zufriedengeben, die man auf Ventadour zum Besten gibt. Nein, ich möchte meinen Zuhörern eine Botschaft überbringen, ich will ihnen die Augen für die Falschheit, die sie umgibt, öffnen. Ich will erst die Damen lehren, der Verdorbenheit, die allüberall herrscht, Abscheu entgegenzubringen.
Wenn du eine heilige Überzeugung hast, die du verbreiten willst, dann pfeifst du auf Konventionen. Glaubst du, daß ich den Kaiser des Heiligen Römischen Reiches in meinem letzten Lied nur deshalb angegriffen habe, um dem Herzog zu gefallen? Nein, ich wollte zeigen, daß das Böse überall regiert, daß Betrug, Verrat und Bestechung überall zu Hause sind, nicht nur zwischen Liebenden, sondern überall, bei den höchsten Herren, sogar in Rom. Und die Ursache des ganzen Übels ist, daß der Adel die *fin amors* geringschätzig abweist und daß die Jugend daher degeneriert.
Glaubst du, daß ich den Herzog preisen würde, wenn ich ihn nicht bewunderte und liebte? Mein Herz liegt mir auf der Zunge, ich kann nicht schmeicheln und lügen.«

Beide Troubadoure waren nun schon geraume Zeit im Dienste Wilhelms von Aquitanien, der sie reich belohnte. Sie brachten ihm viel Zuneigung entgegen, obwohl sie sich oft seinen unvorhersehbaren Launen beugen mußten. Wenn er von seinen Anfällen von Schwermut geplagt wurde, waren Marcabru und Cercamon die einzigen, die ihren kunstliebenden Schirmherren etwas aufheitern konnten. Nach Aenors Tod war er noch launenhafter geworden als vorher, obwohl sein Kummer natürlich anderer Art war als der Marcabrus. Schließlich hatte er einen Teil seiner Jugend mit ihr verlebt, und daher war sie ihm eher Schwester gewesen als Gattin. Außerdem hatte er mit ihr seinen einzigen Sohn verloren. Nun war ihm auch sein Bruder genommen worden. Raymond war auf Bitten des englischen Königs, der den jungen Mann mochte, an dessen Hof gezogen. Wilhelm versuchte, die Leere mit ausgelassenen Festen zu füllen, und für Marcabru und Cercamon brachen goldene Zeiten an. Ein unaufhörlicher Strom von Spielleuten zog an ihnen vorbei. Sie trafen die anderen großen Troubadoure wie Alegret, Hugo Catola und Herrn Jaufre von Rudel, denen sie sich ebenbürtig nennen durften. Das Leben hätte nicht schöner sein können. Doch inzwischen verstrickte sich Herzog Wilhelm immer tiefer in die komplizierten Streitigkeiten zwischen den beiden Päpsten. Innozenz hatte sich die vollkommene Unterstützung des französischen Königs gesichert, der zusammen mit seiner Gattin und dem Kronprinz Philip vor dem Kirchenfürsten auf die Knie gesunken war. Bernhard von Clairvaux hatte es sich zur Aufgabe gemacht, die Fürsten dazu zu überreden, Anaklet zu unterstützen. Seine Reise nach England hatte bereits Früchte getragen: König Heinrich war persönlich nach Chartres gereist, um sich dort vor dem Papst auf die Erde zu werfen. Danach begab sich Bernhard nach Poitiers. Sieben Tage lang sprach der wortgewaltige Abt mit dem Herzog und überhäufte ihn so mit Argumenten, daß er sich nicht mehr wehren konnte. Es gelang ihm, so mit Wilhelms ohnehin nicht allzu großer Standfestigkeit zu spielen, daß er am Ende seines Aufenthalts sicher sein konnte, daß sein Plan geglückt war. Voll Vertrauen, daß sich auch der Herzog von Aquitanien bald vor Innozenz beugen würde, las er in Sankt Peter von Poitiers eine Messe und verließ die Stadt.

Er hatte allerdings kaum die Grafschaft hinter sich gelassen, da kam Bischof Girard hastig angereist, der seine Position in Gefahr sah, und der den Herzog nun seinerseits bearbeiten wollte. Von demselben Altar aus, an dem Bernhard eine Messe gelesen hatte, überfiel er nun die Gläubigen mit einer vernichtenden Rede, in der er mit den Gegnern Anaklets den Boden fegte. Seine Worte weckten einen solchen Aufruhr, daß der Dekan der Kathedrale, tief beeindruckt von dem Gesagten, auf der Stelle den von Bernhard »entheiligten« Altar in Stücke schlug.
Das Geschehene hatte eine entscheidende Wirkung auf Herzog Wilhelm. Seine zweifelnde Haltung schlug nun endgültig um, auf die Seite Anaklets und des korrupten Girard. Listig auf die Rachegefühle anspielend, die der Herzog gegen einige seiner Bischöfe hegte, benutzte Girard seine Macht als päpstlicher Legat, um den Widerstand gegen Anaklet zu brechen. Mit Wilhelms Zustimmung verjagte er die Bischöfe von Poitiers und Limoges von ihren Sesseln und setzte Freunde und Verwandte des Herzogs an ihrer Stelle ein. Sowohl der Herzog als auch Girard ignorierten die Tatsache, daß die neuen Bischöfe nicht geweiht werden konnten, weil keiner der Prälaten in Aquitanien sich an dieser Gewalttat beteiligen wollte. Mit derselben Leichtherzigkeit übersahen sie, daß die abgesetzten Bischöfe ihre Nachfolger exkommunizierten. Sie konnten die abgelehnten Bischöfe jedoch nicht davon abhalten, im Land zu bleiben und so gut es ging ihre Aufgaben zu erfüllen und Druck auf die Geistlichen auszuüben, die ihnen treu geblieben waren. Als der deutsche Kaiser Lothar sich im März 1131 zum Bistum Lüttich begab, dort vom Pferd stieg, den Papst begrüßte und dessen Reittier zu Fuß am Zügel weiterführte, woraufhin ihm Innozenz am nächsten Tag die Königskrone aufs Haupt drückte, sprach man am Hof von Aquitanien schlecht darüber. Noch keine sechs Jahre lag die Wahl Lothars zurück, die durch den Einfluß Roms, für den er reich bezahlt hatte, zustande gekommen war. Welche Versprechungen oder Schenkungen hatte er Innozenz nun gegeben, als Tausch für die Krone?
»Die Ehre ist in den Straßenstaub gefallen, denn Rom ist für Geld zu kaufen! Sie, die daran Schuld tragen, sollen kein Vergnügen daran haben!« schimpfte Marcabru in seinen Versen, wobei er der Einfachheit

halber vergaß, daß Girards Loyalität Anaklet gegenüber auf die gleiche Art zustande gekommen war. Und war der einzige andere Fürst, der den Gegenpapst noch unterstützte, nicht Roger von Neapel und Sizilien, ein Kampfhahn aus der Normandie, der von Anaklet den Königstitel bekommen hatte, den Rom ihm nicht hatte geben wollen? Mit feurigen Worten der Bewunderung rühmte Marcabru jedoch den Mut Herzog Wilhelms, der als einziger wagte, zu Anaklet zu stehen: »Feigheit herrscht allüberall und hat den Mut verbannt, denn nirgendwo höre ich ihn preisen, außer in Poitiers.«
Durch seine Isolierung wurde Wilhelm von Toulouse von einer Gewalttat in die andere gezogen. Im Juni desselben Jahres war er so außer sich über die Wahl Hugo von Pons' zum Abt des Klosters Saint-Jean d'Angély, daß er in blinder Wut das Gotteshaus überfiel. Es war der Tag des heiligen Johannes des Täufers, und die Kapelle war voller Pilger, die zahlreiche Opfergaben gebracht hatten. Ohne Ehrerbietung jagte Wilhelm den Abt aus der Kapelle, raffte die kostbaren Opfergaben vom Altar und ritt davon. Sogar Bischof Girard konnte diese Schändung des Heiligtums nicht gutheißen. Er fürchtete, in ganz Aquitanien könnten die Klöster geplündert werden, wenn die Edelleute dem Beispiel ihres Lehnsherren folgen würden, und mußte deshalb den Herzog zurechtweisen, um die Kirchenschätze zu sichern. Seine Macht über Wilhelm war so groß, daß er es sich erlauben konnte, ihn wie einen kleinen Jungen zu behandeln und zu zwingen, öffentlich seine Missetat und die Beraubung der Kapelle zu bereuen.

»Auch in seiner Erniedrigung war er groß«, erzählte Marcabru. »Er konnte stilvoll gewinnen und stilvoll verlieren. Im Beisein von ebensoviel Edlen wie Prälaten kniete er vor Abt Hugo in derselben Kapelle, barfuß, mit Geißelruten in der Hand, und überlud das Kloster mit Geschenken und Privilegien. Einige haben ihn damals verachtet – und das traf mich tief –, aber er schwankte nicht und blieb seinem Grundsatz treu: Was er auch tat, er tat es glanzvoll und mit Hingabe. Das ist der wahre Geist, der *joven* atmet, das ist *cortezia!*«

Die Lage in Poitou war, Marcabrus Begeisterung zum Trotz, immer schlechter geworden und wurde immer verworrener und unerfreulicher. Getrieben von seinem Hunger nach Macht, schaffte es Girard durch allerlei Bestechungen, daß er zum Erzbischof von Bordeaux gewählt wurde. Es gab jedoch keinen Geistlichen, der ihn salben wollte, und die Bischöfe von Poitiers und Limoges konnten es nicht tun, weil sie selbst nicht geweiht waren. Ein einziger unternahm den kühnen Versuch, den Aufstieg des Bischofs zu verhindern, nämlich ein Edelmann von Saintonge, der noch eine alte Rechnung mit ihm zu begleichen hatte und ihn eines Tages überfiel und gefangennahm, bis er ihn aus Mangel an ausreichender Unterstützung wieder freilassen mußte. Auch Peter Venerabilis, der Abt des mächtigen Cluny, unternahm einen erfolglosen Versuch, Herzog Wilhelm umzustimmen. Ein Konzil, das vom französischen König in Reims berufen worden war, exkommunizierte Anaklet, Girard und alle ihre Mitgesellen, den Herzog von Aquitanien nicht ausgenommen.

Der Tiefpunkt wurde im Jahr darauf erreicht, als in Albi Geistliche den Palast des Bischofs abbrachen, weil er Partei für Anaklet ergriff. Inzwischen hatte Herzog Wilhelm seine normalen Beschäftigungen wieder aufgenommen und zog von einem Schloß ins andere, um zu jagen, Feste zu feiern und Streit mit seinen Vasallen zu suchen, wobei Marcabru und Cercamon ihn ständig begleiteten. So verging die Zeit. Ein neues Jahr brach an, ohne daß irgendein Problem gelöst worden war. Die Innozenz anhängenden Mönche von Saint-Maixent vernichteten die Glocke und warfen den Altar um, der gerade von ihrem Priester, einem Anhänger des Antipapstes, errichtet worden war. Es herrschte ein verzweifelter Kampf zwischen beiden Lagern, innerhalb derer wilde Versuche unternommen wurden, den eigenen Einfluß auf Kosten der anderen Seite auszudehnen. Kaiser Lothar zog inzwischen mit seinem Heer nach Rom, wo er im Frühling des Jahres 1133 einfiel, Anaklet vom Heiligen Stuhl jagte, Innozenz daraufsetzte und zur Belohnung die römische Königskrone empfing.

Ungefähr zu dieser Zeit sah Marcabru sich genötigt, den Hof von Poitiers zu verlassen, der nun allzusehr von den mürrischen Launen des Herzogs und der Geistlichen beherrscht wurde, die seine ganze Aufmerksamkeit erforderten. Nachdem der schlaue Girard nach Bordeaux gezogen war, war ein neuer Stern am Himmel erschienen: Gottfried von Lauroux, ein liebenswürdiger, sprachgewandter Kanonikus, der sich in Poitiers niedergelassen hatte, wo er in der Klosterschule unterrichtete. Durch sein einnehmendes Wesen und seine Überredungskünste war er dort innerhalb kürzester Zeit zu einem gefeierten Gelehrten avanciert, für den der Herzog eine große Bewunderung hegte. Während Wilhelm seinem neuen Freund zwei ausgedehnte Domänen schenkte, begann Lauroux, von Bernhard von Clairvaux angestiftet, auf seine schlaue Art im Kopf des Herzogs Zweifel zu säen wegen dessen Unterstützung des Gegenpapstes. Marcabru beschloß, auf Reisen zu gehen, um sich dort sein Brot zu verdienen, wo man auf ihn hören würde. Sogar für sein letztes Lied, das Wilhelm sonst sicher gefallen hätte, hatte dieser nun taube Ohren, und seine Börse blieb geschlossen.

Von einem großen Garten singt mein Lied,
in dem man Büsch und manches Laubwerk sieht,
ein breit Geäst wohl, doch fehlt jeder Segen.
Des Baumes Blüten wecken das Entzücken,
er gleicht dem Apfelbaume frisch vom Regen;
doch will den Lohn man sich, den Apfel, pflücken,
so füllt man Hollerbeeren in den Sack;
im Munde bleibt nur bitterer Geschmack.

Längst ist er tot, der schattenreiche Baum,
es schwankt der neue aus der Wurzeln Saum;
er scheuet noch zurück vor hohem Ziele
und sucht Zerstreuung sich an jedem Orte,
probiert sein Glück bei Narretei und Spiele;
ein Tor, wer sich verläßt auf seine Worte,
und trägt doch Früchte er, so sind sie leer
und schmecken bitter wie die Hollerbeer.

Der Alte, ach, war groß und schattenreich,
wollt Gott nur geben, daß der Sohn ihm gleich.
Doch wie Carlux nur prahlt und auch Cazères,
mag man Toulouse und Montpellier doch preisen.

Der längst Verstorbene war reich an Ehre,
ach, wollt er seinem Sohn ein Beispiel weisen.
Im Garten wuchsen hoch der Bäume Kron,
Holunder fordert jetzt des Höchsten Lohn.

Dem Kühnen drohen nun Gefahr und Blitz,
drum, Gott im Himmel, gnädig ihn beschütz.
Der große Herr im Winde taumelnd wanket,
gleicht einem Weidenbaum im Sturmeswehen;
und also ist das Haupt der Welt erkranket,
mög es nicht in Verwirrung untergehen.
Der Welten Lauf liegt in der Mächt'gen Hand,
ob Glück sie spenden oder ob es Schand.

Die Kritik war scharf, obwohl in Metaphern gehüllt. Noch deutlicher war die Drohung, wegzugehen und sich, notfalls als Söldner, an die Grafen von Toulouse und Montpellier zu wenden, deren Macht er unverblümt mit Wilhelms Macht gleichsetzte, in der Hoffnung, daß sie ihn an ihrem Hof empfangen würden. Trotzdem blieb er Wilhelm treu. In einem nächsten Lied, in dem er sich an König Alfons von Kastilien richtete, beschimpfte er nicht nur den augenblicklichen Papst als »kranken Kopf der Welt«, sondern auch Kaiser Lothar:

Wer Scham und Mäßigung für Gold verliert,
wurd wahrlich nicht nach Gottes Rat gekürt;
durch Habgier und durch seine bösen Triebe
ist er nicht auf sein Seelenheil gerichtet,
erniedrigt er sich selbst zum hündisch Diebe.
Proeza stirbt und Avoleza flüchtet,
auch Joi, die Hehre, niemand anerkennt,
ein Unheil, wenn den Schuft man Kaiser nennt.

»Ich ging zum Grafen von Toulouse«, fuhr Marcabru fort. »Zu Herrn Alfons Jordan, der so genannt wird, weil er im Heiligen Land geboren und in diesem Fluß getauft wurde. Ich wurde von ihm nicht allzu reichlich belohnt, und an seinem Hof fand ich bei den Damen wenig Gehör für meine Verse. Deshalb zog ich weiter, nach Montpellier und Carcassonne, und scheute mich nicht, mich selbst und meine Verse anzupreisen.«

Hört doch, ihr Herren, wie mein Lied
von Vers zu Vers stets besser wird:
durch Huld und Großmut angeschürt
Marcabru Wort zu Worte schnürt,
siegreich das Lied zu Ende führt,
daß allen es gefallen wird.

Während der Troubadour weiter erzählte, wie er in Béziers und Montpellier aus Andalusien geflohene Mozaraben und Juden sowie ihre Musik kennengelernt hatte und anschließend nach Spanien gereist war, wo er den berühmten Hof König Alfons von Kastilien aufsuchen wollte und in seinen Versen schon den Ruhm des Fürsten besang, schweiften meine Gedanken ab. Ich beobachtete die beiden Kraftprotze, die sich zurückgezogen hatten und auf meine Kosten Wein tranken. Vorläufig hatte ich die Gefahr abwenden können. Meine Wut war verschwunden, und in der Schänke war Ruhe eingekehrt. Wie lange würde das dauern? Warum hatte ich den Moment hinauszögern wollen? Nein, es blieb nicht nuı beim Hinauszögern. Ich war drauf und dran, mein Versprechen zurückzunehmen. Aber konnte ich das überhaupt noch? Schließlich hatte ich alles so gut vorbereitet, daß nichts dazwischenkommen konnte. Angenommen, daß Marcabru hier nicht sein Leben ließ, würde er dann sicher sein?
Irritiert schüttelte ich die Gedanken von mir ab. Warum machte ich mir Sorgen um ihn? War es, weil er mich zum Mitwisser seiner Lebensgeschichte gemacht hatte, seiner tiefsten Gedanken? Oder war es, weil er mit seinen Philosophien über die Liebe etwas in mir erweckt hatte, etwas, das ich in den Schriften von Heiden – vielleicht Plato – zusammen mit meinen Studien in Paris zurückgelassen hatte und das nun mein Gewissen anrührte? Oder war es die Kraft seiner Verse, die mich in ihren Bann geschlagen hatten? Es war, als würde bei jedem Wort, das

er sprach, die Tatkraft langsam aus mir wegsickern. Es war nur gut, daß ich es so geregelt hatte, daß ich selbst nicht mehr zu tun hatte, als ihn zu beschäftigen, bis auf mein Zeichen hin andere die Arbeit vollenden würden. Was das betraf, konnte ich sitzen bleiben und mit ihm sprechen, bis ich meine Entscheidung getroffen hatte.

Ach was! Ich machte mir doch nur weis, daß ich das Unabwendbare aufhalten könnte: Versprechungen waren gegeben worden, Belohnungen in Aussicht gestellt. Marcabrus Tod war unausweichlich. Doch vielleicht würde mein Gewissen Ruhe finden, wenn ich wußte, wer es war, der ihm nach dem Leben trachtete, und warum. Obwohl es natürlich sehr die Frage war, ob ich das seiner Geschichte würde entnehmen können, beschloß ich doch, sie mir weiter anzuhören.

VIII

Unter einem stahlblauen Himmel näherte sich das Heer des Alfons von Aragonien, genannt der Streitlustige, der Stadt Fraga, angeführt von Geistlichen, die einen Reliquienschrein trugen, in dem sich ein Stück des echten Kreuzes befand. Das Gold und die Edelsteine, mit denen der Schrein verziert war, flimmerten in der sengenden Hitze. Dahinter staubte die dürre, rote Erde unter Hunderten von Füßen und Pferdehufen und wurde zu einer langgedehnten Wolke, die bis zum Horizont sichtbar war.

Marcabru hatte sich seinen Aufenthalt in Spanien ganz anders vorgestellt. Der Troubadour hatte gehofft, den berühmten Hof des siebten Alfons von Kastilien in Toledo kennenzulernen, der als Lusthof der Künste und Wissenschaften galt. Doch er war von dem erneut entbrannten Kampf gegen die Mauren aufgehalten worden und lief nun in einem Wald von Speeren umher, zwischen nach Schweiß stinkenden gepolsterten Wämsen von Söldnern und nicht minder penetrant riechenden Pferdeleibern. Spanien hatte keine Zeit für Verse.

Während Alfons von Kastilien gegen den Feind zog und sich einen Weg zur Hafenstadt Cadiz im Süden suchte, hatte der andere Alfons die Offensive eröffnet, um das heißbegehrte Tal des Ebro zu erobern. Nach der ruhmreichen Eroberung von Saragossa im Jahr 1118 und dem Feldzug bis Malaga (der ihm Zehntausende von den Arabern verfolgte Christen brachte, mit denen er die eroberten Gebiete bevölkern könnte), würde die Vollendung seines Ziels die Eroberung von Lerida sein. Doch erst mußte er Mequinenza und Fraga in die Hände bekommen, die wichtigsten Befestigungen, die von den Mauren erobert worden waren, als er mit Alfons Jordan von Toulouse einen Streit um die Stadt Bayonne ausgefochten hatte.

Marcabru hustete sich den unangenehmen Staub aus der Kehle. Er hätte gerne gesungen, doch wie konnte man das in diesem dürren Land, in dem die Stimme rauh wurde vor Durst und Erschöpfung. Er hätte gern die Klänge von Fiedeln und Lauten gehört, von Schalmeien und Flöten, aber in seinen Ohren klang nur das Jammern der Bürger von Mequinenza, die alle, Männer, Frauen und Kinder, dem Feind geopfert worden waren, als die Festungsstadt sich Alfons übergeben hatte. Nun war es Fraga, das erobert werden mußte, weil dieser vorgeschobene Posten ein hervorragender Ausfallpunkt an der Grenze zu Aragonien war. Vor Monaten hatten aragonische Truppen die Stadt schon von der Welt abgeschlossen. Die Zeit war reif, und Alfons kam, um das Werk persönlich abzuschließen.

Es war eigentlich nur einen knappen Tagesmarsch von Mequinenza entfernt, doch wegen der Hitze kamen sie nur langsam vorwärts. Erst gegen Abend konnte das Lager aufgeschlagen werden, und auch Marcabru ließ sein Bündel zu Boden fallen. Er zog sich die Schuhe von den brennenden Füßen. Danach richtete er den Blick auf die befestigte Stadt. Er konnte die hellrosa ausgebleichten Häuser wieder rot in der Abendsonne liegen sehen, oben auf dem Hügel und unten am Ufer des Cinca. Er dachte an die grünen Täler von Aquitanien mit den vielen Flüssen, an Herzog Wilhelm und seine Freunde, an den Hof von Poitiers. König Alfons' Heer zählte kaum eine Handvoll Ritter aus Aquitanien. Wohl waren andere Gruppen dabei, die aus dem Land hinter den Bergen stammten: die Herren von Béarn und Bigorre und Aimery von Narbonne mit ihren Männern, der Herr von Miramont und aus dem fernen Norden noch Herr Bertrand von Laon.

Am nächsten Morgen las der Bischof von Lescar die Messe, sprach Gebete für einen baldigen Sieg und segnete Alfons' Heer.

Sein Gebet wurde nicht erhört, und sogar eine Prozession mit dem Reliquienschrein zu den Mauern der Stadt besaß nicht die Macht, Fraga einzunehmen. Nach Tagen des Wartens und ebenso vieler erfolgloser Bemühungen, eine Bresche in die Mauern zu schlagen und die Festung zu erstürmen, brachte ein neuer Tag die Meldung, daß der Sultan von Andalusien ein Hilfsheer schicke, das helfen solle, die Belagerung zu brechen. Ein Gefühl nahenden Unheils beschlich Marcabru. Er fragte sich, wie der Sultan so schnell hatte Truppen schicken können. Noch nicht einmal ein Kurier hätte die Strecke in so kurzer Zeit zurücklegen können.

»Vögel«, sagte jemand. Der Troubadour schaute den Sprecher ungläubig an. Dieser nickte überzeugt. »Sie verwenden Tauben, um Nachrichten zu schicken.«
»Ich kenne eine Legende, in der ein Rabe einem Edelmann die Untreue seiner Frau berichtet und ihn vor nahendem Unheil warnt«, sagte Marcabru, »aber das geschieht nur, wenn Liebe im Spiel ist. Dann kann sogar der Wind Nachrichten überbringen. Ich habe nicht gewußt, das Vögel das wirklich tun können.«
Mißtrauisch schaute er sich um und betrachtete die Hügelkuppen. Nicht viel später sah er dort die Reiter mit ihren Fahnen erscheinen. Mit der Zielsicherheit und der Ruhe eines alten Kriegers hatte Alfons seine Einheiten schon gruppiert. Seine Ruhe verhinderte, daß Panik ausbrach, als die Mauren unter grauenerregendem Geschrei ihre Pferde die Hügel herunterjagten.
Noch nie hatte Marcabru so etwas erlebt. Wie ein Wirbelwind stürzte der Feind über sie her. Entsetzt betrachtete der Troubadour die runden, spitzen Helme und Turbane. Viele der Krieger hatten dunkle Haut, ihre Gesichter waren mit einem Zipfel des Turbans bedeckt, so daß nur ihre Augen sichtbar waren, und sie trugen lange, gezackte Schilde. Fahnenträger führten grellgefärbte Tücher mit einer Schrift, die man nicht lesen konnte. Sogar Helme und Schwerter trügen solche Schriftzüge, berichtete sein Begleiter, ein Soldat aus der Gascogne. »Gott bringt Rettung; der Sieg ist nahe«, stehe darauf. Und: »Niemand ist mutiger als Ali, es gibt kein Schwert wie das seine.« Tatsächlich blitzten krumm gebogene Schwerter um sie herum, die so dünn und geschmeidig waren, daß sie wesentlich leichter zu führen sein mußten als die schweren eisernen Waffen, die die Christen trugen. Die Reiter verwendeten auch Bogen und Speere.
Nach einem kurzen und heftigen Aufeinandertreffen zogen sich die Mauren in die Hügel zurück und ließen Tote und Verwundete auf dem Schlachtfeld zurück. Alfons und die Seinen versorgten und begruben ihre Kameraden. Den feindlichen Verwundeten schnitt man einfach die Kehle durch, die Toten wurden ausgeraubt und in den Fluß geworfen. Marcabru sah zu, wie die Leichen langsam stromabwärts trieben, und zum ersten Mal schämte er sich für seine Hautfarbe, die fast so

dunkel war wie die der Mauren. Er bat Gott, daß er ihn vor diesen Barbaren behüten möge. War dies das Volk, das solch schöne Verse schrieb? War dies das Volk, das in Palästen wohnte, mit denen sich sogar der des Alfons von Toulouse nicht messen konnte?

»Das sind keine Mauren«, erzählte sein Kamerad. »Das ist ein herumziehendes Volk, das vor Jahren aus den Bergen in die Wüste gekommen ist und dann übers Meer, als der König von Sevilla von den Christen bedroht wurde. Gottes Geschworene nennen sie sich: Al-Murâbitûn. Wir nennen sie Almoraviden. Es sind Sarazenen! Sie werden zurückkommen!« Mit diesen Worten schob er ein Krummschwert in seinen Gürtel.

Sie kamen tatsächlich, zahlreicher und verwüstender noch als beim ersten Mal. Marcabru dachte, seine letzte Stunde hätte geschlagen. Doch genauso plötzlich, wie sie gekommen waren, zogen sie sich wieder zurück. Der Bischof von Lescar stimmte sogleich ein Dankgebet an. Erst später stellte sich heraus, daß es nicht das wahre Kreuz war, das ihnen an jenem Tag die Rettung gebracht hatte, sondern Hilfstruppen aus Tarragona unter der Führung von Robert Burdet, einem Mann aus der Normandie, der sich im Kampf um Saragossa schon seine Sporen verdient hatte. Gefolgt von Burdets Männern schlugen sie den Feind in die Flucht, und die Belagerung Fragas wurde sofort mit Hilfe neuer Truppen wieder aufgenommen.

Nicht lange danach sah man, wie eine Anzahl Reiter die befestigte Stadt verließ und langsam zum spanischen Lager herunterkam, wo die Gesandten von Fraga zum Zelt König Alfons' geführt wurden. Im Lager wurde eifrig darüber spekuliert, was drinnen wohl gesprochen wurde, bis sich die Unterhändler nach einer Verhandlungszeit, die zu kurz war, um erfolgreich gewesen zu sein, mit starren Gesichtern und scheinbar leeren Händen auf den Rückweg begaben. Kurz danach erschien der König. Mit einem Ruck am Zelttuch trat er heraus und richtete sich mit einem hochmütigen Blick an die französischen Edelmänner, die versuchten, ihn auf andere Gedanken zu bringen.

»Friedensbedingungen!« höhnte er. »Als wären sie in einer Lage, in der sie Bedingungen stellen könnten. Haben wir dafür wochenlang

Staub gefressen und unsere christlichen Brüder geopfert? Fraga gehört zu Aragonien, bedingungslos!«
Doch die Zeit verstrich, und Fraga gab sich nicht besiegt. Tagelang brannte die Sonne mitleidlos auf das Lager, bis sich in der mittäglichen Hitze eine Staubwolke aus dem Norden näherte. Sofort sprangen alle auf, um zu sehen, was da auf sie zukam. Es waren keine arabischen Pferde, die liefen schneller. Es konnte auch kein Hilfsheer des Grafen von Barcelona sein, denn dieser begehrte selbst das Ebrotal und hatte bereits einmal mit Alfons um Lérida gekämpft. Die Gestalten, die langsam durch den Staub und die flimmernde Hitze sichtbar wurden, waren außerdem zu groß für Reiter. Der König und die anderen Edelleute bewaffneten sich und bestiegen ihre Pferde. Auch das Fußvolk erhielt den Befehl, sich zum Kampf bereit zu machen.
»Kamele!« rief der Soldat aus der Gascogne plötzlich. Auch Marcabru und die anderen konnten es jetzt sehen. Eine lange Karawane bewegte sich langsam über die Ebene zwischen Lérida und Fraga. Die Kamele waren schwer beladen und kamen deshalb nur langsam voran.
»Es sind mindestens hundert!«
Marcabru hielt sich die Hand über die Augen und spähte in die Ferne.
»Mindestens zweihundert«, sagte er. Es war ein unglaubliches Schauspiel. Vollgepackt mit Vorräten und allerlei Kostbarkeiten zog die Karawane in Richtung Stadt und war eine leichte Beute für die gierigen Soldaten. Die Karawane war zwar von einer Eskorte Reiter aus Lérida begleitet, doch diese trieben die Karawane vor sich her. Außerdem war ihre Anzahl wesentlich geringer als die Zahl von Alfons' Rittern, ganz abgesehen von dem Fußvolk. Der König hob schon die Hand, um den Edelleuten das Zeichen zum Angriff zu geben, da wurde er von dem Franzosen Bertrand von Laon zurückgehalten.
»Vielleicht ist es eine Falle, Sire. Warten wir lieber«, riet der Fürst.
»Und lassen die ganzen Reichtümer und den Proviant in die belagerte Stadt? Ihr seid wohl ein bißchen schüchtern, Herr Bertrand!« spottete der König. Er gab seinem Pferd die Sporen und stürmte auf die Kamele los, gefolgt von Edlen, Rittern und Fußknechten, die alle ebenso begierig auf die Beute waren. Die Herren von Béarn, Bigorre, Narbonne und Miramont und ihre Männer folgten ihm. Nur Bertrand von Laon hielt

sich etwas im Hintergrund, weil er der Sache immer noch nicht so recht traute.
Schnell erreichten die ersten Reiter die Karawane und begannen sofort mit der Plünderung. Andere gerieten in ein Gefecht mit der sarazenischen Eskorte, während das Fußvolk, bei dem sich auch Marcabru befand, noch weit entfernt vom Geschehen war. Keuchend rannten sie, die schweren Waffen in der Hand, und hatten Angst, so spät zu kommen, daß die Beute bereits verteilt wäre. In diesem Augenblick hörten sie einen Warnruf von Laon. Marcabru schaute über seine Schulter zurück, und der Gascogner neben ihm blieb auch stehen.
»Almoraviden!«
Sie waren überall: hinter ihnen, vor ihnen, auf den Hängen der Hügel neben ihnen, und bevor sie wußten, was geschah, waren sie auch schon zwischen ihnen. Doch zuerst war der Feind bei der Karawane und schlug auf die plündernden Reiter ein, die vollkommen überrascht wurden und anfangs kaum Widerstand leisten konnten, weil sie die Hände voll hatten und ihre Pferde mit den erbeuteten Waren zu schwer beladen waren. Das Fußvolk unter Anführung des Herrn von Laon wehrte sich noch am besten.
»Gott steh uns bei!« sagte der Gascogner, das Krummschwert in beiden Händen, mit einer rauhen Stimme. Weiter entfernt kämpfte König Alfons, der durch seinen Mantel und das Klirren der Waffen deutlich erkennbar war, aber auch daran, daß sich der Angriff des Feindes vor allem gegen ihn richtete. Irgendwann gelang es ihm, sich aus dem Kampfgewühl zu befreien und seine Edelleute um sich zu versammeln.
»Diese feige Tat wird gerächt werden«, schnauzte er und meinte damit die List des Statthalters von Lérida, »und wenn es das letzte ist, was wir tun. Paßt auf, daß keiner von Euch dem Feind in die Hände fällt und sich so zu Schanden macht. Ich beschwöre Euch, nicht zu sterben, bevor Ihr Euch nicht an dem Feind gerächt habt!« Mit diesen Worten stürzte er sich erneut in den Kampf.
Marcabru und der Gascogner kämpften Rücken an Rücken, der Troubadour mit einem langen Speer, der die Gegner wenigstens in einem gewissen Abstand hielt, so daß ihre Schwerter ihn nicht erreichten.

Um ihn herum war das Stöhnen von Verwundeten zu hören, die zu Dutzenden fielen. Mit dem Mut der Verzweiflung spießte Marcabru gerade einen Reiter aus dem Sattel, als er hinter sich einen Schrei hörte. Er erhielt einen Stoß in den Rücken und stürzte nach vorn auf den Boden, wo er unter dem Körper seines Kameraden, der von der Schulter bis zur Mitte durchgehauen war, begraben wurde. Auch Marcabru war durch den Schwerthieb verwundet worden. Blut und Schweiß rann über seinen Nacken und über sein Gesicht, doch es stammte mehr von dem anderen als von ihm. Er verlor das Bewußtsein.
Als er wieder zu sich kam, war es ruhig geworden, obwohl in der Ferne der Kampf noch wütete. Er wagte sich nicht zu rühren und betrachtete mit halb zugekniffenen Augen vorsichtig den Teil der Welt, der für ihn sichtbar war. Das Schlachtfeld war mit Toten und Verwundeten übersät. Die Almoraviden waren dabei, die Gefangenen zusammenzutreiben. Unter ihnen befand sich der Bischof von Lescar, jedoch keiner der spanischen Herren, auch nicht der Herren, die aus dem Land hinter den Bergen gekommen waren. Ein paar Fußknechte versuchten zu entkommen, doch sie wurden leicht von den Reitern eingeholt und mit dem Schwert niedergemäht. In der Ferne war es einigen französischen Reitern von Laon gelungen, die Hügel zu erreichen, wo sie sich in Sicherheit bringen konnten. Bei ihnen war auch Robert Burdet von Tarragona mit einer kleinen Anzahl Männer. Von den dreihundert Aragoner Reitern war nur eine Handvoll übriggeblieben.
Ein schwarzhaariger Sarazene lief zwischen den gefallenen Fußknechten herum, nicht weit von der Stelle entfernt, wo Marcabru lag. Ein anderer gesellte sich zu ihm. Der Troubadour blieb bewegungslos liegen. Sie kamen näher. Nun sah er sie nur noch bis zur Taille, dann blieben nur die Beine. Sie sprachen in einer unverständlichen Sprache mit vielen Kehllauten miteinander. Als könnten sie im nächsten Moment anfangen zu erbrechen, dachte Marcabru. Ein mit eisernen Metallringen bedecktes Bein kam in seine Richtung und stieß den Gascogner zur Seite. Eine Hand kam nach unten. Dem Troubadour klopfte das Herz in der Kehle. Er hielt die Augen geschlossen und wagte nicht mehr zu atmen, wobei er im Stillen betete, sie sollten ihn für tot halten. Nichts geschah. Sein ledernes Wams war so getränkt von Blut, daß sie

ihn nicht weiter beachteten. Als er es wieder wagte, die Augen zu einem schmalen Schlitz zu öffnen, sah er, wie sie seinem Kameraden das Krummschwert aus den Händen wanden. Dann entfernten sie sich. Die Sonne stand tief am östlichen Himmel, als die letzten Mauren verschwanden und Marcabru endlich wagte, sich zu bewegen. Steifbeinig und schwindlig erhob er sich. Es waren noch andere da, die, genau wie er, sich jetzt erst aufzustehen trauten. Weiter weg, auf dem Platz, wo die Kamelkarawane überfallen worden war, erklang lautes Jammern. Ein Mann kniete neben einem gefallenen Reiter und rang die Hände. Die Tränen zogen eine gewundene Spur durch den Staub und Schmutz seines Gesichts. Marcabru stand auf und stolperte hinüber zu dem trauernden Soldaten.

»Auch ich habe meinen Kameraden verloren«, sagte er, als sei das ein Trost. »Sein Tod war meine Rettung.«

»O weh!« rief der andere. »Die Geißel der Mauren hat das Haus von Béarn erneut getroffen!«

Marcabru blickte auf den Toten. Nun erst sah er, daß dieser die Kleidung und die Rüstung eines Edelmannes trug. Der andere mußte dessen Schildknappe sein. Er war noch sehr jung.

»Erst vor einem Jahr haben wir Herrn Gaston in Saragossa begraben. Meuchlings ermordet von Almoraviden! Heute ist sein Sohn gefallen. Und unser Bischof vom Feind gefangengenommen! Oh, Herr Centullo! Wer soll Béarn nun retten?« Wieder begann er zu weinen, während der Troubadour apathisch zuschaute, zu müde und zu betroffen durch das enorme Schlachten um ihn herum, als daß er irgend etwas hätte tun können. In diesem Moment hörten beide Stimmen in der Ferne. Marcabru deutete zu der Seite des Flusses, von wo unter lautem Wehklagen ein kleiner Haufen Reiter näher kam. Auf einer Tragbahre zwischen den Pferden lag eine Gestalt. Ein Fahnenträger trug ein blaues Banner mit einem weißen Kreuz.

»Es sind die von Aragonien«, sagte Marcabru leise.

»Willst du mir helfen, Soldat?« fragte der Schildknappe, der sich gefaßt hatte, plötzlich. Der Troubadour nickte. »Ich muß bei Herrn Centullo bleiben, bis er begraben werden kann. In Saragossa, neben seinem Vater, hoffe ich. Kannst du reiten?«

»Ja, aber ich habe mein Pferd vor ein paar Wochen verkauft.« Es war Marcabru schwergefallen, sich von dem Reittier zu trennen, das der Herzog ihm geschenkt hatte. Doch der Mensch braucht schließlich was zu essen.
»Du mußt zu der edlen Frau Talèse, der Witwe von Herrn Gaston, um ihr zu sagen, daß ihr Sohn gefallen ist. Sie muß wissen, was die letzten Worte waren, die er mir anvertraut hat. ›Geh nach Morláas, bevor andere die Macht ergreifen, und sage meiner Schwester Guiscarde, daß sie zusammen mit meiner Mutter Béarn und Gavarret verwalten soll, bis mein Sohn alt genug ist, um meine Nachfolge anzutreten.‹ Doch ich muß meinen Herrn begraben. Alle anderen sind umgekommen. Und Eile ist geboten.«
Marcabru schwankte. Was hatte er an einem trauernden Hof zu suchen, was sollte er in Béarn, weit weg vom Hof des Alfons von Kastilien, den er suchte?
»Ich bin kein Soldat. Ich bin der Troubadour Marcabru«, antwortete er. Der andere zeigte kein Zeichen des Erkennens.
»Dann bist du genau derjenige, den ich brauche! Ein Troubadour kann gut Worte behalten, und du sprichst unsere Sprache, wie ich höre.« Tatsächlich hatte der Troubadour in der Sprache seiner Jugend gesprochen, dem Dialekt der Gascogne, der mit dem der angrenzenden Berglandschaft eng verwandt war.
Der kleine Zug war inzwischen näher gekommen. Der Schildknappe stand auf und warf einen Blick auf die Tragbahre.
»Mein Gott, es ist König Alfons!« flüsterte er erschrocken. Die Aragoner blieben stehen und stellten die Bahre mit der größten Vorsicht auf den Boden. Jemand gab dem schwerverwundeten König etwas zu trinken, doch dieser war kaum mehr dazu in der Lage. Mit einer schwachen Handbewegung gab er zu erkennen, daß seine Edelleute näher kommen sollten. Sie beugten sich ehrfürchtig über den Sterbenden.
»Schwört mir«, sprach der König mit einer fast unhörbaren Stimme, »daß Ihr mein Testament ausführt. Schwört es mir beim heiligen Kreuz und beim Grab eurer Väter.«
Die Edlen zögerten nicht zu tun, was der König von ihnen verlangte. Er hatte keine Nachkommen, und sein Bruder Ramiro war Mönch. Des-

halb hatte er zuvor schon festlegen lassen, daß sein Reich unter drei geistliche Orden verteilt werden solle: zwischen den Kanonikern des Heiligen Grabs, den Hospitalrittern und den Templern. Eine sehr ungewöhnliche Entscheidung, die bestimmt angefochten werden würde.

»Kanoniken, Hospitalritter, Templer?« sagte Marcabru ungläubig.

»Der König ist ein sehr frommer Mann«, erklärte der Schildknappe, der mit Herrn Centullo einige Zeit am Hof des Königs verbracht hatte. »Er hat auf alle möglichen Arten versucht, die Hilfe der Templer zu bekommen, die er gern um sich geschart hätte bei seinem Kampf gegen die Mauren. Er versprach ihnen Freistellung von Abgaben und einen großen Teil des Gebiets, das sie mit ihm erobern würden, doch die Templer kamen nicht. Sie konnten neben dem Kampf im Heiligen Land die Heiden nicht auch noch an einer zweiten Front bekämpfen. Nun versucht er sie auf diese Art zu zwingen, sein Land gegen die Mauren zu beschützen. Wie würde sein Reich denn nach seinem Tod sonst verteilt werden? Der König von Kastilien wird Rechte auf sein Gebiet anmelden, ebenso García Ramírez von Navarra, der über eine ungesetzliche Linie aus demselben Geschlecht stammt. Wenn ein Krieg zwischen den Christenfürsten entbrennt, werden die Mauren das nur allzu gerne ausnützen. Wer wird Aragonien dann retten? O weh! Wer wird Béarn beschützen?«

»Wer spricht da?« kam die Stimme des Königs, dessen Geist noch sehr scharf war.

»Ein Schildknappe von Béarn, Herr.«

»Bringt ihn zu mir.« Und als der Schildknappe neben ihm stand, fragte er: »Wie ist es Herrn Centullo im Kampf ergangen?«

»Mein Herr ist an seinen Verwundungen gestorben, Sire. Aber nicht, bevor er mindestens zwanzig Mauren getötet hatte.«

»Gott sei seiner Seele gnädig. Er war ein treuer Vasall. Ist Herr Centullo von Bigorre auch dort?« Der Schildknappe warf einen fragenden Blick auf die anderen, die zustimmend nickten.

»Gefallen«, antwortete er.

»Und Auger von Miramont?«

»Tot, Sire.«

»Aymere von Narbonne?«
Nur ein Kopfnicken beantwortete die Frage. Ein Stöhnen drang über die Lippen des Königs.
»Und der Herr von Laon, Sire, ist auch umgekommen«, fügte ein anderer ungefragt hinzu. Böse Blicke brachten den Sprecher zum Schweigen.
Marcabru folgte dem Gespräch in ehrfurchtsvollem Abstand. Langsam erfaßte er, welches Unglück sich unter den Mauern von Fraga abspielte. Und er verstand, daß er es nicht ablehnen konnte, an Stelle des Schildknappen nach Béarn zu reiten, um der edlen Frau von Talèse die Nachricht zu überbringen. Im selben Moment hörte er den Jüngling um ein Pferd für seinen Kurier bitten. Jemand kam mit einem Reittier auf ihn zu und drückte ihm die Zügel in die Hand. Man erkundigte sich nach seiner Verwundung, und ein anderer verband ihm die Wunde. Wie betäubt ließ er alles über sich ergehen, und dann half man ihm in den Sattel. Ein lauter Schrei brachte ihn wieder zu sich. Er sah, wie die Edelleute zum König eilten, der mit dem Tod kämpfte. Kurz darauf kam der Schildknappe zu ihm.
»Geh nun, bevor der König den letzten Atemzug getan hat. Beeil dich! Das Haus von Béarn wird dich reich belohnen!«

IX

Niemals, ihr Herrn, wird Eifersucht
verstummen gar zu sanftem Schweigen;
und Habsucht, ebenfalls verflucht,
sich niemals satt zufrieden zeigen;
wen Geiz und Eifersucht erfaßt,
trägt lebenslang an dieser Last.

Marcabru war zufrieden. Er hatte sein altes Thema wiedergefunden und es zu Versen geknetet, von denen die Funken sprühten.

Betrogen ward der Ehemann,
ein andrer wars, der da gesäet,
den falschen Sohne kost er dann,
durch treulos Liebe ward geschmähet;
so geht es allerorten zu.
Fürwahr, das sagt euch Marcabru.

Peter von Gavarret lachte. Fast versunken in dem großen Sessel seines Vaters, des verstorbenen Burggrafen von Gavarret, lauschte er den Versen des Troubadours, der auf seinem Schloß zu Gast war. Marcabru gefiel der Junge, der nach dem Tod Centullos nun zugleich Burggraf von Béarn war. Er fühlte sich wohl im Schloß von Morláas zwischen den hohen Bergen, die von zahllosen Schluchten mit schnellströmenden Bächen durchklüftet waren, wo der freundliche Empfang ihn erfreute und Peters funkelnde Augen ihn erwartungsvoll anschauten.

»Das hat man davon«, sagte der Troubadour grinsend, »wenn ein Mann auf Abenteuer ausgeht und sich Geliebter nennt, ohne diesen Namen zu verdienen. Wie dieser Esel, der mit seinem Meister spielen wollte, als er sah, wie dieser sich mit seinen Hunden vergnügte.

Zu weit geht ihr in eurem lüstren Treiben,
wollt Haut an Haut wie tolle Esel reiben.
Wer sich zum Hund macht, der wird hündisch bleiben.«

Der kleine Herr von Gavarret verschluckte sich fast vor Lachen. »Der Vers ist noch nicht fertig«, warnte ihn Marcabru, »es gehört noch eine *tornada* dazu. Die will ich dem Herzog von Aquitanien widmen, doch ich habe die richtigen Worte noch nicht gefunden.«
Es war verständlich, daß der Troubadour Mühe hatte mit seiner *tornada*. Er wollte den Herzog rühmen, hatte aber wenig Grund dafür. Die Berichte, die er aus Aquitanien erhielt, bewiesen, daß die Lage Herzog Wilhelms besorgniserregend war. Zum Teil war das dem Einfluß Gottfried von Lauroux' zuzuschreiben. Von Bernhard von Clairvaux zur Eile getrieben, drängte der geistliche Herr den Herzog unaufhörlich, einem neuen Besuch des Abtes in Poitiers zuzustimmen, einem Besuch, der erfolgreicher sein sollte als ihr voriges Zusammentreffen. Doch Wilhelm blieb stur, die Kluft zwischen ihm und Rom war unüberbrückbar, und allmählich war er deshalb ins Abseits geraten. Das besserte seine Stimmung nicht.
Es wurde Zeit zurückzukehren, doch Marcabru konnte die Reise nach Poitiers nicht antreten, solange nicht die Hoffnung bestand, daß ihn der Herzog mit offenen Armen empfangen würde. Noch am selben Tag brachte ein Kurier neue Berichte aus Spanien.
Nach der Niederlage bei Fraga waren die Dinge nicht so gelaufen, wie Alfons von Aragonien das gewünscht hatte. Weder die Kanoniken des Heiligen Grabs noch die Hospitalritter jubelten bei der Aussicht, ein Drittel Aragoniens beschützen zu müssen. Die Templer, die durch den Grafen von Barcelona bereits ständig mit allen möglichen Lockmitteln bedrängt worden waren (mit Schlössern und Domänen, die ihnen geschenkt werden sollten, sobald sie dieselben von den Mauren erobert haben würden), zögerten noch. García Ramírez verlangte inzwischen die Königsherrschaft über Navarra für sich, während König Alfons von Kastilien und León mit seinem Heer in Saragossa einzog, unter dem Vorwand, die Stadt gegen die Mauren zu schützen. Einmal in der Stadt, machte er seine Rechte auf den Thron geltend und rief sich zum

König von Aragonien aus. Das Gerücht machte die Runde, daß es schließlich die Mauren waren, die, aus Furcht, daß Kastilien zu mächtig würde, Ramiro, den jüngeren Bruder des verstorbenen Königs, aus seinem Kloster entführten und in Jaca zum König ausriefen. Wie ein Schaf, das zufällig zwischen ein Rudel Wölfe geraten war, versuchte der arme Mönch, sich zu behaupten.
Er empfing König Alfons und dessen Gefolge und sagte ihm Saragossa und einen Teil seines Reiches zu, wofür er ihm als Lehnsherren dienen sollte. Danach wich er in die alte Hauptstadt Huesca aus, woraufhin Alfons nach León zog, um die Huldigung des Königs von Navarra zu empfangen und sich selbst zum Kaiser von ganz Spanien auszurufen. In León würden große Feste gefeiert werden, bei denen die Anwesenheit aller Vasallen und Bundesgenossen gefordert wurde.
Es kam auch eine Nachricht von Cercamon, der sich am Hof von Toledo befand und seinem Freund und Lehrmeister riet, sich eilig nach León zu begeben und den Ruhm seines neuen Schirmherrn zu besingen, »Herr Alfons, der die *joi* errungen hat«. Und Marcabru machte sich auf den Weg, voller Erwartung, den berühmten Hof des kastilischen Königs zu sehen.

Du Heil'ge Schrift, halt ihnen alles Böse fern,
gib, daß sie zeigen sich als güt'ge, edle Herrn!
Du warst einst König und kannst Könige erhöhn;
sag, bringt Herr Alfons mir nun endlich Wohlergehn?

Mehr als zweihundert Spielleute mit Fiedeln, Trommeln, Schalmeien, Flöten und Leiern begleiteten den König auf dem Weg zur Kathedrale, wo nach der Osterprozession die Feierlichkeiten stattfinden sollten. Edelleute, die aus allen Himmelsrichtungen gekommen waren, begleiteten ihn in einem pompösen Zug, der von dem Bischof von León und vielen Geistlichen angeführt wurde. In der erlesenen Gesellschaft befanden sich neben dem König von Navarra die Grafen von Barcelona, Toulouse, Foix und Comminges, der Herr von Montpellier und auch der Emir von Rueda, der letzte Sprößling aus dem arabischen Geschlecht, das über Saragossa geherrscht hatte, und der ein persönlicher

Freund und Bundesgenosse von König Alfons war. Eine bunte Menge, bestehend aus spanischen Christen, Franken, Mozaraben, Juden und Sarazenen, war zusammengeströmt, um sich an der Pracht zu ergötzen. Während der Feierlichkeiten konnten sie die Kirche nicht betreten, denn für so viele Gäste war kein Platz. Während der König sich die Kaiserkrone auf den Kopf setzte und die Gläubigen auf dem Vorplatz und den nahen Straßen knieten, wo die Gebete teilweise durch die offenen Kirchentüren gehört werden konnten, entdeckte Marcabru plötzlich seinen Freund Cercamon. Der Hals seiner Fiedel, die in ihrer ledernen Hülle auf seinen Rücken gebunden war, ragte als Erkennungszeichen über seine Schultern.
»Cercamon!« rief Marcabru über das Gemurmel der betenden Menge.
»Marcabru!« antwortete der andere nicht weniger erfreut. Ein Blick auf den kostbaren Mantel genügte, ihm zu zeigen, wie gut es Cercamon am Hof König Alfons' getroffen hatte.
»Glückspilz!« rief Marcabru, mit einer Handbewegung auf die Kleidung des anderen und dann auf seine eigene dürftige deutend. Er bahnte sich einen Weg durch die Menschenmassen, die ihn verwirrt und widerstrebend durchließen. Die beiden Troubadoure umarmten einander.
»Du mußt nach Toledo kommen, Freund! So etwas hast du noch nie gesehen! Es gibt dort Spielleute aus allen nur erdenklichen Ländern. Und Frauen! Der König selbst hat einen Harem, ganz zu schweigen von den Tänzerinnen und Sängerinnen. Du mußt meine neuen Freunde kennenlernen. Wo hast du die ganze Zeit gesteckt?«
»Aragonien«, sagte Marcabru düster, »und Morláas. Aber das hast du ja gewußt.«
»Ich ziehe Toledo vor. Dort ist ein solches Kommen und Gehen, daß du immer alles Neue erfährst. Vor allem über das Wohl und Weh anderer Spielleute und Troubadoure. Ich habe jetzt meinen eigenen Joglar. Er hat eine Stimme wie eine Elster, streicht seine Fiedel, als wäre sie eine Raspel und erhöht mein Ansehen.«
»Glückspilz!« wiederholte Marcabru und stieß den anderen freundschaftlich in die Rippen.
Nach der kirchlichen Zeremonie stürzten sie sich ins Festgetümmel.

Wein gab es im Überfluß, und die großzügige Hand des Königs sorgte dafür, daß keiner zu kurz kam. Überall in der Stadt wurde Musik gemacht, gesungen und getanzt. Es war eine fröhliche Kakophonie, denn es war nicht leicht, alle Instrumente auf einen Ton zu stimmen. Die Troubadoure machten gute Geschäfte, auch wenn die Konkurrenz groß war, vor allem an weiblichen Spielleuten. Noch nie hatte Marcabru so viele auf einem Haufen gesehen. Es gab auch arabische Spielleute, und der Troubadour wunderte sich über ihre Instrumente und über ihre Spielweise. Voller Ehrfurcht beobachtete er, wie ein Schalmeibläser einen ganzen Tanz lang seine Töne hervorbrachte, ohne daß er auch nur ein einziges Mal die Melodie unterbrach, um Luft zu holen. An seinen ständig aufgeblasenen Wangen war nicht zu erkennen, wie er das tat.

Alles ging gut, bis Marcabru, inzwischen reichlich angetrunken, begann, aus voller Brust seine Soldatenlieder zu singen, an einem Ort, an dem er das besser nicht getan hätte: vor dem Haus eines *Maqayyin,* eines Mannes, der mit Kurtisanen handelte. Nach den ersten drei Strophen seines Liedes geriet er bereits in eine Schlägerei mit den Wächtern, die auf ihn losgeschickt worden waren. Cercamon versuchte, dazwischenzugehen.

»Wir müssen hier weg. Hör um Himmels willen auf zu singen!« rief er.

»Das sind keine Huren da drin, das sind *Qiyân*!«

»Was ist der Unterschied?«

»Es sind Mädchen - oder Frauen -, die eine ausgezeichnete Erziehung genossen haben. Sie können alles: lesen, schreiben, sie sind ausgebildet in Künsten und Philosophie, in Geometrie, Astrologie und noch viel mehr.«

»Aber ihre Liebe ist zu kaufen?«

»Das schon, aber was für eine Liebe! Sie sind wahre Künstlerinnen auf dem Gebiet der Liebe!«

»Dann sind sie Huren.«

»Das kannst du nicht sagen, nicht hier!« sagte Cercamon, und zu den Bewachern, die die Tür verstellten: »Nehmt es ihm nicht übel, er ist gerade erst angekommen und kennt eure Bräuche noch nicht.«

»Ich gehe hin. Ich will es sehen.«

»So viel Geld hast du nicht. Sie kosten ein Vermögen.«
»Also teure Huren auch noch.

Ahnin allen Leids ist Liebe,
tötet ohne blutge Hiebe;
Gott schuf keinen Advokaten
- hört nur, hört! -,
die, die in sein Netz geraten,
selbst die Klügsten, so betört.«

»Schweig und komm mit! Du hast zuviel getrunken!«

Einige Zeit danach zogen die Troubadoure nach Saragossa, wo Alfons seine Garnison zurückgelassen hatte, um seine Herrschaft über die Stadt zu bewahren. Es war eine ganz besondere Stadt. Weil sie erst sechzehn Jahre zuvor von den Mauren erobert worden war, bestand die Einwohnerschaft aus einem Gemisch der Kulturen. Marcabru sprach mit Dichtern aus aller Herren Länder, er traf arabische Philosophen und Mathematiker, jüdische Gelehrte und Übersetzer, die sowohl hebräisch als auch arabisch sprachen, neben dem Gemisch aus Arabisch und Römisch, das die Mosaraben benutzten. Es gab fast ebensoviel Mohammedaner wie Christen, und in der Stadt vermischte sich der Ruf des Muezzin von den Minaretten friedlich mit dem Klang der Kirchenglocken.
Unter neuen, noch glanzvolleren Festlichkeiten empfing der Kaiser in dieser Stadt seine Vasallen und Bundesgenossen, einen nach dem anderen. Die Edelleute berührten seine rechte Hand und schworen ihm Treue und Gehorsam. Alfons überlud sie mit Geschenken, die eines Kaisers würdig waren. Raymond Berenguer, dem Grafen von Barcelona, gab er die Stadt Saragossa und die Herrschaft über einige zusätzliche Domänen. Dem Grafen von Toulouse, der mit Barcelona verbündet war, schenkte er eine goldene Vase und viele Pferde und andere Kostbarkeiten. Auch der Herr von Montpellier, der eigentlich Vasall von Raymond Berenguer war, unterwarf sich dem Kaiser und empfing als Dank Juwelen und Gold und Silber, außerdem noch Pferde. Sogar

Edle aus Poitou beugten sich vor ihm. Die beiden Troubadoure mischten sich unter die Horde Spielleute, die bei den Festen aufspielte. Unter Cercamons Leitung hatte Marcabru auch Zugang zu dem Hof des kunstliebenden Fürsten selbst und genoß so ein wenig von dessen Freigebigkeit.

Kurze Zeit später kamen die hohen Herren von Aragonien, Barcelona und den Grafschaften Toulouse, Comminges und Urgell nochmals in Saragossa zusammen, um die Lage zu besprechen, denn trotz ihrer Huldigungen gegenüber dem kastilischen König fürchteten sie, Kastilien könne allzu mächtig werden. Der Graf von Barcelona hegte selbst Pläne, die Mauren anzugreifen und so sein Gebiet nach Westen hin auszubreiten. Unter den anwesenden Edelleuten befanden sich daher auch der Erzbischof von Tarragona, der ein Ratsherr des Grafen von Barcelona war. Sie versammelten sich im Kloster der Benediktiner, einem maurischen Palast, in dem ein Teil von ihnen zu Gast war und den die Mönche nach dem Fall Saragossas bezogen hatten. Das alte Lustschloß, das noch im letzten Jahrhundert von den Mauren erweitert worden war, wurde von den Mönchen den Bedürfnissen eines Klosters angepaßt. Trotzdem atmeten vor allem die Gasträume noch die Atmosphäre arabischer Fürsten, die das Schloß zuvor bewohnt hatten. Mit dem Gefühl, in eine Traumwelt versetzt zu sein, nahm Marcabru auf einer mit bunten Mosaiken eingelegten Bank Platz. Er befand sich in einem Innenhof, umgeben von schlanken Säulen, die durch Bögen miteinander verbunden waren, von denen jeder einzelne auch wieder mit vielen kleinen Bögen geschmückt war. Vor ihm plätscherte ein von Ziersträuchern umgebener Brunnen.

Dem Troubadour schwirrte der Kopf von den vielen Eindrücken, die in den letzten Monaten auf ihn eingestürmt waren. Er sehnte sich nach einem Moment, um zu sich selbst zu kommen, um die Worte zu ordnen, die in ihm auftauchten, die Verszeilen, die darum flehten, in das Muster gebracht zu werden, das er seinen allerersten Liedern gegeben hatte und das er am meisten liebte. Sogar zwei seiner berühmten Soldatenlieder zeigten diese Form. Denselben Rhythmus hatte er hier in den arabischen Versen erkannt, ohne daß er ein Wort davon verstanden hätte. Es waren ein paar maurische Spielleute gewesen, die während ihres Vortrags ihre Texte für ihn ins Okzitanische übersetzen wollten, aber Marcabru hatte sie gebeten, zu schweigen. Denn obwohl die Worte ein unverbrüchliches Ganzes mit Melodie, Reimschema und Versmaß bildeten, waren es doch vor allem die beiden letztgenannten, die einen Rhythmus herstellten, der einen nicht losließ. Es war, als hielte einen der Rhythmus im Zauber der immer wiederkehrenden Versmaße und Reimworte fest.

Warum, frag ich, sollt ich nicht leiden,
da doch mein Herze bei ihr blieb,
als ich Unsel'ger mußte scheiden,
von El-Hakam, die mir so lieb.

Mein Herz blieb dort, das treue, wahre,
den Mond bedeckt freudlose Nacht,
ein Tag dehnt sich, als wärens Jahre,
der Abschied hat mir Leid gebracht.

Es mußte ein Traum sein. Es waren nicht seine Worte, die in seinen Ohren klangen, und doch erkannte er sie, als seien sie ein Teil seiner selbst. Er hatte das Gefühl, schon früher so still zugehört zu haben, und weit weg in seinem Gedächtnis hörte er eine Frau dasselbe singen, in derselben Sprache. War das seine Mutter gewesen? Das Bild verwischte sich und löste sich auf im grauen Nebel der Vergangenheit. Er saß hier, in Saragossa, am Brunnen, und das Mosaik glänzte im Sonnenlicht. Marcabru hob den Kopf und versuchte auszumachen, woher die Stimme kam, über ihm, von irgendwo hinter den vergitterten Fenstern, dort, hinter dem mit arabischen Zeichen und Blumenmotiven verzierten Stuckwerk, das die Wand bedeckte.

Mein Herz klopft nur für sie alleine,
es sucht die Herrin dieser Welt,
die Jahre gehn vorbei im Scheine,
nur sie zu lieben mir gefällt.

Ach, könnte ich sie wiedersehen,
ihr Wangen rot wie Äpfel sind,
die Augen, schwarze Mandeln, flehen,
führn jeden Mann ins Labyrinth.

Vor Lieb ich glüh von Kopf bis Fuße,
o Gott, der Mund so süß und fein,
vergiß den Eid nicht und den Kusse,
und lindre meines Herzens Pein.

Es war eine Frau, die sang. Gott, was für eine Stimme! Er mußte sie sehen. Wo war sie?

Sei treu mir, der ich halt die Treue,
hör auf dein Herz und schweige still;
wer Schlechtes von mir sagt, den scheue,
lausch dem, der Gutes sagen will.

Dies Lied gilt dir, du Liebste meine,
dein Antwort sehne ich herbei;
die Feder schleif aus meinem Beine
mein's Herzens Blut dir Tinte sei.

Totenstill blieb der Troubadour sitzen, um die Stille nach dem Lied nicht zu stören. Er hielt den Kopf noch immer zurückgelehnt, die schwarzen Locken im Nacken, und hielt die Augen geschlossen. Es war eine ernste Stille, in der die Schönheit der Worte noch einen Moment bewahrt blieb. Dann sprang er auf und rannte durch den Irrgarten von Säulen, Gängen, Treppen, Ruhezimmern und Innenhöfe, bis ihm eine verschlossene Tür den Weg versperrte. Dahinter hörte er Frauenstimmen. Es wurde gelacht. Er klopfte.
Hinter der Tür, die einen Spalt breit geöffnet wurde, erschien ein Männerkopf.
»Wer...?«
»Marcabru, Troubadour des Kaisers!« Er schob seine Schultern hinein, drückte einen Fuß zwischen die Tür.

»Hier kommt niemand rein, auch kein Troubadour des Kaisers, selbst wenn er Ibn Guzmân hieße!«
Marcabru erinnerte sich, den Namen schon einmal gehört zu haben: ein berühmter Dichter aus Córdoba in der Zeit, als König Al-Mu'tamid noch über Sevilla herrschte. Das war gewesen, bevor die ungebildeten, verschleierten Männer aus der Wüste, die man Almoraviden nannte, die Macht an sich gerissen hatten und die meisten Künstler und Gelehrten in christliche Fürstentümer geflohen waren. Man sagte, Ibn Guzmân sei nun ein armer Kerl, der wie ein Bettler durch das Land zog und von dem lebte, was freigebige Menschen ihm zuwarfen. Ein solches Leben war dem Troubadour nicht fremd.
»Ich habe eben eine Frau singen gehört. Ist sie hier?« Im Hintergrund war wieder das Lachen von Frauen zu hören. Über die Schulter des Mannes konnte er verschwommen einige Gestalten in zart gefärbten seidenen Gewändern und Schleiern erkennen.
»Du meinst Gahwara. Sie singt schön, aber nicht für dich.«
»Ich muß sie sehen.«
Die schwere Tür wurde mit einem lauten Krachen zugeschlagen. Marcabru war zum Glück vernünftig genug gewesen, rechtzeitig sein Bein zurückzuziehen.
»Gahwara. Das bedeutet Perle«, sagte Cercamon, der lange genug am Hofe Alfons' gelebt hatte, um Arabisch zu verstehen.
»Warum habe ich das Gefühl, daß du nun mein Lehrmeister bist?« fragte Marcabru. Der andere lachte.
»Was macht das schon aus?« sagte er gutmütig.
»Wie kann ich nur zu ihr gelangen?«
»Du bist hartnäckig.«
»Ich kann sie nicht aus dem Kopf bekommen.«
»Vermutlich ist sie eine *Qayna,* eine Sklavin also. Erinnerst du dich an das Haus in León, vor dem wir standen, als du betrunken warst?«
»Ich war nicht betrunken. Ich weiß noch genau, was ich tat und wo ich war.«
»Das waren auch *Qiyân,* Mädchen, die am Hof für Unterhaltung sorgen. Das ist nicht das, was du suchst, Marcabru. Sie sind verdorben durch die Liebe.«

»Unmöglich. Ich erinnere mich, daß du damals kein böses Wort über sie hören wolltest.«
»Natürlich nicht in ihrer Anwesenheit.«
»Jemand, der so singt, kann nicht verdorben sein.«
»Und wer hat vor ihrer Tür gebrüllt, sie seien Huren?«
Marcabru grinste und hob die Schultern hoch. »Die Frage ist: Wie komme ich da hinein?«
»Du kommst nicht hinein. Sie kommt höchstens heraus - für viel Geld.«
Marcabru dachte lange nach. Es reizte ihn. Nicht nur die Stimme, die er gehört hatte, nicht nur das Lied, das sie gesungen hatte, sondern die Sache an sich. In Aquitanien waren nur adlige Damen in Literatur und in schönen Künsten gebildet, und selbst die nicht alle. Die Huren dort, auch die in anderen Landstrichen, wußten von alledem nichts. Sie konnten zwar singen, aber auch nur Straßenlieder. Und schreiben konnten sie ganz bestimmt nicht.
»Es gibt welche, die können mit Waffen jonglieren. Du weißt schon, mit Krummschwertern und so«, sprach Cercamon weiter. Ein Zittern ging über Marcabrus Rücken. »Wenn du sie sehen willst, wirst du sie mieten müssen. Oder wenigstens versuchen, ihren Herrn mit Geschenken günstig zu stimmen.«
»Ich kaufe keine Liebe«, sagte Marcabru.
»Dann bleibt nur noch die Möglichkeit, sie freizukaufen, um auf diese Art ihre Liebe zu gewinnen. Doch sie wird dich als ihren Herrn betrachten.«
»Was kostet das?«
»Wenn sie sehr schön ist und alle Künste gut beherrscht, die der *Maqayyin* sie gelehrt hat, dann kostet sie vielleicht dreißig Pfund in Gold.«
Marcabru sagte nichts mehr. Es war, als habe ihn ein Hammerschlag getroffen.

X

Ich konnte meine Neugier nicht bezwingen.
»Und, hast du sie gesehen?«
Er nickte und lächelte. »Es war Cercamon, der es für mich regelte. Er brachte dem *Maqayyin* ein Geschenk. Ich weiß wahrhaftig nicht, was es war. Dann kam sie.«
»War sie schön?«
»Ja, sie war schön.«
»Wie sah sie aus? Erzähl doch, Mann!«
»Sie war wie eine exotische Blume: verfeinert, zart, eine unwiderstehliche, grausame Schönheit.«
»Warum grausam?«
Er seufzte und schwieg.

Im selben Innenhof, in dem er zum ersten Mal ihre Stimme gehört hatte, wartete er auf sie. Sie würde kommen, hatte Cercamon versprochen. Er scharrte mit den Füßen über die Fliesen, wobei er ungeduldig dem Muster der azurblauen Vögel, der Blumen und des Blattwerks unter der Glasur folgte. Sie war auf seidenen Schuhen lautlos näher gekommen und stand plötzlich neben ihm. Ein feiner Schleier bedeckte ihr Gesicht, ein Paar dunkle Augen, elegant geschminkt mit Holzkohle, schaute ihn an. Ihre Hand bewegte sich zum Schleier, der raschelnd herunterfiel. Ihre Haut war hellbraun. Ein korallenroter Mund flüsterte ihren Namen.
»Ich bin Gahwara. Ihr habt nach mir verlangt, Herr?«
»Eure Erscheinung ist ebenso lieblich wie der Klang Eurer Stimme. Ich hörte Euch singen.«
Ihre schwarzen Augenbrauen tanzten in die Höhe. »Was habe ich gesungen?«
»Das Lied von Al-Hakam.«
»Oh, das. Traurig, nicht wahr?«

»Nein, verzaubernd. Singt Ihr auch über die Freude der Liebe?«
»Ich bin Eure Dienerin, Herr. Aber fröhliche Lieder über die Liebe? Das sind Gassenlieder. Seid Ihr sicher, daß Ihr das hören wollt?« Sie sprach Aragonisch, nur mit einigen arabischen Worten durchsetzt, und Marcabru konnte sie gut verstehen. Er nickte.

Mehr als ein Kleid, o Mutter, brauch ich nicht,
ich zeige meinen Hals, das ist genug;
es wird ihn blenden wie der Sonne Licht,
ihn zu betören brauch ich keinen Schmuck.

»Das ist es nicht, was ich meinte«, sagte Marcabru. Sie lachte neckend.

Ich schenk Euch Liebe, die ist rein wie Gold,
doch diese schenken will ich wirklich nur,
wenn Ihr die Knie mir gütig beugen wollt
auf Ohres Schmucke und auf Perlenschnur.

Marcabru fühlte, wie sein Körper auf ihre Worte reagierte.
»Ich darf nur mit Euch sprechen.« Wieder lachte sie. »Also Ihr wollt mit mir über die Liebe sprechen? Ihr habt euch dafür den passenden Ort ausgesucht, dieser Palast wurde wegen der Liebe erbaut.«
»Ein Lusthof«, bestätigte Marcabru. »Von außen würde man das nicht vermuten. Es ist ihnen hervorragend gelungen, diese Pracht hinter unfreundlichen Mauern und Türmen zu verstecken.«
»Ich versuche mir oft vorzustellen, wie es hier früher gewesen sein muß, als die Mönche noch nicht hier eingezogen waren.« Sie beugte sich zu dem Brunnen mitten im Innenhof und ließ ihre Finger über den Alabaster gleiten. »Früher lagen hier Teppiche aus Seide, und es gab Geschirr aus Gold. Es muß Räume gegeben haben mit Mosaiken aus Korallen und Silber, und die Wände waren mit Perlmutter eingelegt. Wißt ihr, wer es erbaut hat?«
»Vermutlich ein maurischer König.«
»Das sagt man: Aben-Aljafe. Doch nach einer Legende wurde das Schloß hier zwar während seiner Herrschaft erbaut, doch nicht von ihm selbst.«

»Kennt Ihr die Legende?«
»Sicher. Als ich sagte, daß dieses Schloß wegen der Liebe erbaut wurde, meinte ich nicht, daß es der Lusthof eines Königs gewesen sei. Ein andermal werde ich Euch erzählen, was wirklich passiert ist. Nun muß ich gehen. Werde ich Euch wiedersehen, mein *Al-habib*?«
Sie entfernte sich, ohne seine Antwort abzuwarten, und verschwand in einer Tür. Marcabru starrte das geschnitzte Holz an, das sich hinter ihr schloß. Im nächsten Augenblick stand Cercamon neben ihm. Mitleidig betrachtete er den verwirrten Ausdruck auf dem Gesicht seines Kameraden und schüttelte den Kopf.
»Das tun sie immer«, sagte er, als wisse er darüber Bescheid. »Sie machen einen verrückt mit Versprechungen, und dann verschwinden sie, so daß du alles versuchen mußt, sie noch einmal zu treffen. Das ist ihre Aufgabe.«
»Ich wollte sie noch so viel fragen. Sie hat mich nicht verstanden, Cercamon. Ich muß sie noch einmal sehen. Sie nannte mich ihren *Al-habib*. Was bedeutet das?«
»Ihren Geliebten. Paß auf, Marcabru, sie tut und sagt nur, was sie gelernt hat.«
»Dann will ich mit ihr sprechen, ohne daß dafür bezahlt wird. Dann kann sie sagen, was sie selbst möchte.«
»Und wie denkst du das zu tun?«
»Ich überlege mir etwas.«

Es dauerte einige Zeit, bevor der Troubadour den Plan ausführen konnte, den er sich ausgedacht hatte. Erst mußte er das Vertrauen einiger Edelleute gewinnen und sie so weit bekommen, daß sie ihm die Wahl ließen, welche Spielleute er kommen lassen würde, um ihnen ihre Künste zu zeigen. Schließlich gelang es ihm, einige Edelleute, die sich in Saragossa ebensowenig auskannten wie er, dazu zu bewegen, daß sie ihn zu dem *Maqayyin* schickten, um eine Sängerin zu holen. So trafen sie sich zum zweiten Mal. Nachdem sie beide gesungen hatten, war Cercamon an der Reihe, seine Verse zum besten zu geben. Marcabru setzte sich neben sie.
»Ich wußte nicht, daß Ihr ein Troubadour seid.«

»In meinem Land gibt es keinen besseren.«
Sie lachte. »Das sagen alle. Ihr sprecht die Sprache des Nordens, während Eure Hautfarbe vermuten läßt, daß Ihr aus dem Süden kommt. Wo kommt Ihr her?«
»Aus Poitou. Ich habe am Hof Herzog Wilhelms gesungen. Aber ich wurde in der Gascogne geboren. Später kam ich zu Herrn Audric von Vilars, wo ich aufwuchs. Das Lied von Al-Hakam, hat etwas in mir aufgewühlt. Ich muß es früher gehört haben, als ich sehr jung war.«
»Es ist hier sehr bekannt. Ist er ein Freund von Euch?« Sie nickte zu Cercamon hinüber, der mit klagender Stimme seine Verse sang.

Kein ander Frau betörte Mannes Sinne,
die lieblicher und schöngestalter sei;
kein andre ist so weiß wie Hermeline,
so frisch und rein wie eine Ros im Mai.
Sie aber, sie will meine Liebe nicht,
sie will nicht, daß ich werbend sie umkos,
daß ich noch taubenetzet pflück die Ros,
auch wenn vor Trauer mir das Herze bricht.

Ich wollte ihr mein ganzes Lieben geben,
so sie mir schenkte den ersehnten Kuß;

»Er trauert noch immer, der gute Cercamon. Ja, er ist mein Freund, er ist einer der wenigen, die meine Verse wirklich verstehen. Aber er kann die Freude nicht besingen.«
»Ihr könnt es?«
»Ich würde es gern tun, aber ich habe keinen Grund dazu. Es gibt eine Liebe, die jubelt und singt, aber ich habe sie noch nie getroffen.«

gewährte sie mir mehr, welch ein Genuß,
ich würde dienen ihr mein ganzes Leben
und demutsvoll nach ihrem Glücke streben.

Cercamon verbeugte sich vor dem Publikum.
»Liebe ist Leiden«, sagte Gahwara. »Euer Freund hat recht. Sind es

nicht die Qualen der Liebe, die wir am meisten suchen? Das ist die Freude der Liebe: lebendig zu sterben.« Sie stand auf und bewegte sich zur Mitte des kleinen Saals. Ihre Finger zupften an den Saiten ihrer Laute, ihr Fuß tippte den Rhythmus der Verse.

Warum nur willst du, daß ich leiden muß,
bin ich doch dein,
Geliebter mein.
Nicht länger ruht dein Kopf an meiner Brust,
kein Liebesseufzer wecket meine Lust;
ich bin allein,
als hätt ich nie von deiner Gunst gewußt.

Ihr Blick blieb auf Marcabru gerichtet, als sie weitersang. Ihre dunklen Augen schienen Pfeile abzuschicken, die sein Herz durchbohrten und ihn völlig ihrer Gnade auslieferten.

Die Liebe schenkt mir Tod und Leben, beides;
du hast mich gleich beim ersten Mal beglücket,
die Trennung brachte mir die Qual des Leides,
vergehen müßt ich, wärst du mir entrücket.

Sie schwieg. Lächelnd nahm sie die lobenden Ausrufe der aquitanischen Edelleute in Empfang. Danach mischte sie sich unter sie, machte hier eine schmeichelnde Bemerkung, dort eine kokette Handbewegung und unterhielt sich mit ihnen über Themen, von denen die meisten Frauen Aquitaniens, selbst die adligen, keine Ahnung hatten. Marcabru folgte ihren Bewegungen, als habe sich sein Blick an ihr festgesaugt. Sein Herz erhob sich und schien auf Wolken zu schweben, während er innerlich ständig ihre Worte wiederholte: O Liebesfreude! In Euch ist Tod, in Euch ist Leben!
Schließlich kehrte sie zu ihrem Platz zurück.
»Ich erinnere mich, daß ich Euch letztes Mal etwas versprochen habe. Ich schulde Euch noch die Legende von Aben-Aljafe.« Sie winkte ihm, ihr zu folgen. »Wir können jetzt etwas zusammensein.«

Zwischen Lorbeerbüschen, Zitronenbäumen und Zweigen blühenden Jasmins in den Gärten des maurischen Palastes setzte sie sich auf ein steinernes Mäuerchen. Ihre Füße ruhten auf Fliesen, die mit Granatäpfeln verziert waren, ihre schlanken, gepflegten Hände tanzten mit zierlichen Bewegungen durch die Luft, um ihre Geschichte zu unterstreichen.

»Es ist etwa achtzig Jahre her, daß Ahmad Abu Ya'far, der den Beinamen *al-Muqtadir bi-llâh* trug, was ›mächtig dank Gott‹ bedeutet, König der *Taifa* Saragossa war. Er war in der Tat ein mächtiger Fürst, sein Hof prächtiger als alle anderen, nur der von Córdoba kam ihm vielleicht gleich. Er umgab sich mit Künstlern und Menschen, die Wissenschaften studierten, und war selbst ein hervorragender Dichter, Mathematiker und Astronom. Sein zweiter Name war daher auch *Imâd al-dawla,* Pfeiler der Dynastie. Doch ich werde ihn weiter so nennen, wie er im Volk bekannt ist.

Aben-Aljafe träumte schon seit Monaten von einem großen Palast, den er sich auf den grünen Feldern erbauen wollte, die sich vor den Stadtmauern erstreckten, am Ufer des Ebro. Ein Palast mit großen Türmen und starken Mauern, geschmückt mit Stukkatur und Säulen, so schlank und elegant wie die Palmen von Rabat.« Sie hob die Hände mit ausgestreckten Fingern zu einer fächernden Bewegung. »Ein Palast, der sich mit dem Harun-al-Raschids selbst messen konnte!

Leider konnte er seinen Traum nicht verwirklichen, denn das Gold, das er besaß, brauchte er zur Verteidigung seines Reiches gegen die Christen und gegen die von Córdoba. Trotzdem konnte er von der Idee nicht lassen. Seine Sehnsucht nahm sogar solche Formen an, daß sie ihn nicht mehr in Ruhe ließ: Er mußte das Schloß haben, auch wenn er alles dafür geben mußte, sogar seine liebste Sklavin Hanifa. Diesen Gedanken sprach er laut aus, als er eines Abends beim Schein des Mondes am Fluß spazierenging.

Alles um ihn herum war still und verlassen. Das einzige Geräusch kam vom Ebro, der leise gegen seine sandigen Ufer plätscherte. Plötzlich hörte der König seinen Namen nennen. Er drehte sich um und sah einen alten Mann, der auf einem kahlen Felsen saß. Er trug einen blauen Mantel, doch darunter war er nackt. Sein Gesicht war umrahmt von einem weißen Bart, und auf dem Kopf trug er eine Weidenkrone.

›Wer ruft mich?‹ fragte der König.

›Ich‹, antwortete der Greis. ›Ich, der ich Euren Wunsch in Erfüllung gehen lassen kann.‹

›Wer seid Ihr?‹ fragte Aben-Aljafe erstaunt.

›Ich bin der Ebro. Ich habe meinen Palast aus Kristall verlassen, um Euch zu suchen. Auch ich habe einen Wunsch, den ich gerne erfüllt hätte. Solange ich lebe, und das ist länger, als die Menschen sich erinnern können, sehne ich mich danach, etwas zu besitzen: Von meinem Platz unter meiner Strömung habe ich gesehen, wie die Vögel einander mit Gesang begrüßten, die Blumen taten es mit ihren Düften, der Wind mit Seufzern. Liebe war das Wort, das alle sagten. Doch selbst die fernsten Bäche konnten mir das Geschenk nicht bringen. Wie ich auch rief, nie erreichte mich ein Echo dieser Sanftheit. Nun bin ich zu Euch gekommen, um Euch dies zu versprechen: Ich gebe Euch den Palast, nach dem Ihr Euch sehnt, wenn Ihr mir dafür die gebt, die Ihr am meisten liebt.‹

›Gebt mir den Palast, wenn Ihr könnt‹, rief Aben-Aljafe lachend, ›und Hanifa soll die Eure sein.‹ Im selben Moment fiel er in einen tiefen Schlaf.

Als er erwachte, lag er auf einem Diwan. Er richtete sich auf und blickte erstaunt um sich. Das war nicht sein Zimmer, in dem er geschlafen hatte. Die Wände waren aus Perlmutter, eingelegt mit Elfenbein und verziert mit Schnitzereien aus Ebenholz. Auf dem Boden erstreckten sich die prachtvollsten Mosaiken, mit Rosetten aus Korallen und Silber. Auch Trinkschalen aus Gold waren da und kostbare Rüstungen...

Der König glaubte zu träumen. Er stand auf und rannte zu einer Fensternische. Dort unten erstreckten sich die prachtvollsten Gärten bis zu dem Ufer des Ebro. Mit einem Schrei des Erstaunens lief er zu einem anderen Fenster, und dort sah er, wie eine Menge Menschen aus der Stadt, wo sein altes Schloß lag, gekommen war, um das neue Schloß zu bewundern. Noch immer zweifelte er. Er verließ das Zimmer und irrte durch Galerien, Ruheräume und Innenhöfe, und überall sah er kostbar gekleidete Dienerinnen und prächtig bewaffnete Wächter, die ihm fremd waren, ihn jedoch ehrerbietig grüßten. Er kam in einen großen Saal, der so prachtvoll geschmückt war, daß die Wände und Säulen mit ihren fächerartigen Formen wie aus Gold zu sein schienen. Schließlich betrat er den Gebetsraum, wo die Wände und der Fußboden mit Fliesen aus Alabaster bedeckt und mit Abbildungen von Granatäpfeln verziert waren. Über den Bögen mit komplizierten, ineinander verwobenen Stielen und Blättern und Granatäpfeln aus Stuckwerk waren heilige Texte rund um die Kuppel geschrieben, und darüber befand sich eine Galerie, wieder mit einem fein gearbeiteten Geländer, hinter dem das durch die Gitter fallende goldgelbe Sonnenlicht zu sehen war.

Schließlich mußte er es glauben. Seufzend vor Glück und Zufriedenheit setzte er sich an einem der Becken nieder, unter der Wölbung von rankenden Säulen, die sich mit ausstülpenden Bögen einander zuneigten und sich auffächerten wie die Palmen von Rabat.

›Ich nenne dieses Schloß mein Qasr al-Surût, mein Schloß der Freude‹, seufzte er und dichtete sofort ein Lied.

Palast der Freude, goldnen Saales Pracht,
mein ganzes Sehnen wird durch euch gestillet,
besäß ich nichts mehr, auch nicht Königs Macht,
wär doch durch euch mein Herze freuderfüllet.

Doch in der Nacht, in der das Schloß erbaut wurde, verschwand Hanifa, die Sklavin, die er am meisten liebte, aus der Stadt. Keiner wußte, wie, und niemand konnte sagen, wohin sie gezogen war. Man hat sie nie wiedergesehen.«

Gahwara schwieg. Nur das Murmeln des Ebro erklang in der Stille. Marcabru nickte zustimmend. Sie erzählte so gut wie der beste Spielmann.

»Und was will uns diese Geschichte über Liebe sagen?« fragte er.

»Sie stellt uns eine Frage: Wer hatte recht – der König, der seine liebste Sklavin für einen Palast verkauft, oder der Ebro, der sie kauft, weil er die Liebe nicht kennt.«

»Sie irrten sich beide«, antwortete Marcabru, »denn bezahlte Liebe ist keine wahre Liebe. Die Liebe kann man nicht kaufen oder verkaufen.«

Gahwara schaute ihn überrascht an. »Sie hatten beide recht«, protestierte sie. »Der König ließ von seinem liebsten Besitz, ein nobles Opfer! Aber Hanifa war eine Sklavin, der König konnte mit ihr tun, was er wollte. Statt ihrer hatte er wohl noch zwanzig andere Frauen in seinem neuen Palast, und in einer solchen Umgebung wird er sie schnell vergessen haben. Auch der Ebro hat das Schönste gegeben, was er besaß, um das zu bekommen, wonach er sich sehnte und was er jahrhundertelang nur von weitem als Zeuge hatte sehen können.«
»In dieser Geschichte wird die Frau beiden Männern untergeordnet«, hielt Marcabru dagegen, »und das habe ich auch in einigen Eurer Verse gehört, in denen Frauen voller Demut um Liebe flehen, diese jedoch zugleich fürchten. In der Liebe muß sich gerade der Mann der Frau unterwerfen, um sich für sie und durch sie aufzurichten zum Licht und zur Helligkeit der *joi*. Dann erst wird sie sich ihrerseits vor ihm beugen wollen. In der Liebe werden Mann und Frau letztlich gleich sein, durch die Liebe haben sie ihr Wesen erreicht, bis zu einem Überfluß, der ohne die *fin amors* unerreichbar ist.
Wäre Hanifa keine Sklavin, sondern eine hochgestellte Frau gewesen, dann hätte der König recht. Er hätte schließlich auf sie verzichtet, um sich ewig nach ihr zu sehnen, die für ihn unerreichbar geworden wäre. Hätten sie die wahre Liebe gekannt, wäre ein Teil seines Herzens mit ihr verschwunden. Der Ebro hingegen hatte nur ihren Körper, doch die Verschmelzung zweier Herzen ist tausendmal mehr wert als das Verschmelzen zweier Körper.«
»Vielleicht habt Ihr recht. Kommt, wir müssen gehen. Die anderen werden uns vermissen.«

Von diesem Abend an war Marcabru von einer Unruhe erfüllt, die ihn vollkommen beherrschte. Er hatte keinen Appetit, er fühlte auch keinen Durst. Er wurde verzehrt von einem alles beherrschenden Verlangen, sie wiederzusehen, und schien darüber hinaus nichts wahrzunehmen. Cercamon beobachtete das alles amüsiert, jedoch auch mit einer gewissen Sorge. Es war deutlich, daß sein Kamerad nicht der einzige war, der von Gahwaras Reizen so gebannt war. Sie war regelmäßig in den Straßen Saragossas zu sehen, verschleiert und von Bewachern begleitet, auf dem Weg zu einer Adresse, zu der man sie bestellt hatte. Manchmal wurde sie auch von anderen jungen Frauen begleitet. Die würden singen, diskret hinter einer Gardine verborgen, während sie den Edelmann, der sie hatte rufen lassen, erfreute, erzählte Cercamon. Besessen von Eifersucht und Verlangen überlegte Marcabru nun einen dummen Plan nach dem anderen, um sie wiederzusehen; doch die Feste waren vorbei und die Edelleute Aquitaniens und die aus den anderen Grafschaften jenseits der Berge waren nach Hause zurückgekehrt. Auch die spanischen Edlen, die sich in Saragossa versammelten, hatten keinen Bedarf mehr an Unterhaltung. Einige von ihnen waren bereits wieder heimwärts gereist, weil die Beratungen an einer schwierigen Frage ins Stocken gekommen waren. Die Nachfolge Ramiros, des Mönchs, war tatsächlich anfechtbar, solange dieser den Status eines Geistlichen behielt und also nicht heiraten und für einen Nachkommen sorgen konnte. Deshalb waren die Edlen übereingekommen, Ramiro solle so schnell wie möglich eine Frau nehmen, um für die Fortsetzung der Dynastie zu sorgen. Das wäre die einzige Möglichkeit, Alfons von Kastilien zum Einhalten zu bringen. In erster Instanz hatte sich Papst Innozenz geweigert, dem Mönch die dafür nötige Dispens zu geben, und die Ausführung des Testaments gefordert. Doch dann wurde ausgerechnet die Schwester des aufsässigen Wilhelm von Aquitanien als Ramiros zukünftige Gattin genannt: Agnes von Poitou, von Nahestehenden auch Machteld genannt. Der Papst beschloß, seinen Kurs zu ändern. Er versprach, seine Zustimmung zu erwägen, schob aber die Entscheidung vorläufig auf. Mit dieser fetten Beute vor Augen konnte er auch noch Wilhelms Unterstützung erzwingen und Anaklet für immer ausschalten.

Nicht viel später kam eine Nachricht, daß in Poitou eine Veränderung in Aussicht stand. In Niort hatte Herzog Wilhelm eine Akte unterzeichnet, worin er das Kloster von Fontevrault mit reichen Geschenken überhäufte. Dabei hatte er bußfertige Worte gesprochen, die in eben dieser Akte festgelegt worden waren. Bernhard von Clairvaux, der zur Zeit auf dem Weg in die Bretagne war, wo er ein neues Kloster stiften wollte, war von Gottfried von Lauroux über die Unterzeichnung informiert worden, die auf eine mögliche Versöhnung mit dem

Herzog von Aquitanien hinwies. Es sah so aus, daß der Abt, nachdem er seine Mönche in das neue Kloster von Buzay in der Nähe von Nantes geschickt hatte, sich nach Poitiers begeben würde, was zu einem wahren Erdrutsch im politischen Kurs des Herzogs führen könnte.
»Wir müssen zurück«, sagte Cercamon, »wir müssen Herzog Wilhelm unsere Loyalität beweisen.«
Der Name seines Herrn brachte Marcabru wieder in die Wirklichkeit zurück. Er hatte das Gefühl, als würde sein Herz in zwei Teile gerissen: die eine Hälfte gehörte Wilhelm und wollte, daß er sich mit größter Eile nach Poitou begebe, die andere war von Gahwara beherrscht und zwang ihn, hier in Saragossa zu bleiben. Aber wenn es stimmte, daß Wilhelm vielleicht sogar bereit war, Innozenz anzuerkennen, dann wurde auch die Möglichkeit größer, daß diese Zustimmung in einer Ehe zwischen Wilhelms Schwester Agnes und Ramiro von Aragonien enden würde. Und dann würde er bald in den Süden zurückkehren können, um bei der Hochzeit zu singen.
An diesem Abend gelang es ihm, in den ummauerten Innenhof des Hauses zu gelangen, in dem sich Gahwara aufhielt. Er kletterte über die Mauer und verbarg sich hinter den Sträuchern, die den Weg um den Brunnen säumten. Dort rief er leise so lange ihren Namen, bis sie am Fenster erschien.
»Morgen reise ich nach Poitou!« rief er. »Aber ich komme zurück!« Er hörte die anderen Frauen, die sie offenbar ins Vertrauen gezogen hatte, lachen. Er fing das Wort *al-halaq* auf, Betrüger. Dann hörte er sie mit einem Lied antworten:

O Gott, wie muß ich dieses Leben hassen,
in dem es einen dreisten Lügner gibt,
der einer Frau, noch eh er sie geliebt,
schon damit droht, sie wieder zu verlassen.

XI

Es war eine lange Wanderung durch die dürre Ebene von Saragossa über die Berge zu den grünen Tälern von Poitou. Im Sommer erreichten Marcabru und Cercamon die Grafschaft. Dort brodelten die Gerüchte. Der Abt von Clairvaux war im Priorat von Parthenay-le-Vieux angekommen, wo sich auch der vertriebene Bischof von Poitiers aufhielt. Offenbar fürchtete sich Bernhard so sehr vor dem Herzog, daß er es vorzog, nicht nach Poitiers selbst zu reisen, sondern die Gespräche dort zu führen, wo er sich einigermaßen sicher fühlte.
Gottfried von Lauroux war es gelungen, Wilhelm dazu zu bringen, daß er seine Residenz verließ, wo er von Freunden und Familienmitgliedern umgeben war, deren Einfluß im Moment sehr unerwünscht war, vor allem der seines Großonkels Peter von Châtellerault, dem nicht geweihten Bischof von Poitiers. In Parthenay hatte tatsächlich schon einmal ein Treffen stattgefunden, aber nicht zwischen Bernhard und Wilhelm persönlich. Die Gespräche waren von Vertretern der beiden Gegner geführt worden.
Wilhelm hatte sich selbst bei seinem Vasallen, dem Herrn von Parthenay, eingeladen. Er hielt sich in dessen Schloß auf, das sich auf einem Hügel oberhalb einer Biegung des Flusses erhob. Dort gab er ein Zeugnis seines legendären Appetits. Gut gelaunt empfing er seine Troubadoure. »Was bringt ihr mir Neues aus Aragonien? Ich habe vernommen, daß ihr in euren Versen nur Gutes über mich berichtet habt.«
»Wir haben überall Euren Ruhm besungen, Herr«, bestätigte Cercamon. »Die letzten Neuigkeiten, die wir bringen, sind die, daß, als wir Saragossa verließen, das Gespräch über die Thronfolge Aragoniens zwischen den Grafen Toulouse, Comminges und Urgell und dem Erzbischof von Tarragona verschoben wurde. Sie sagen, daß König Alfons seinen Anspruch auf den Thron fallenläßt, wenn Ramiro eine Frau nimmt und einen Nachkommen bekommt. Frau Agnes, Eure Schwester, wird dabei als mögliche Gemahlin genannt.«

Das waren alte Nachrichten. Die Troubadoure waren so langsam vorwärts gekommen, daß die Kuriere des Herzogs ihm schon vor Wochen diese Worte überbracht hatten. Er wäre nicht nach Parthenay gereist, wenn ihn diese Entwicklung nicht dazu verführt hätte.
»Vielleicht werde ich Konzessionen machen müssen, um ihr den Weg zu ebnen«, sagte er.
Der Einfluß, den er dadurch in Aragonien bekommen würde, war ihm das wert. Poitou hatte immer feste Bande mit dem Königshaus von Aragonien unterhalten. Er zuckte mit den Schultern. »Im Prinzip spricht eigentlich nichts dagegen, Innozenz als rechtmäßigen Papst anzuerkennen. Es gibt keinen wichtigen Grund, der mich davon zurückhält. Girard soll sehen, wo er bleibt, ich habe ihn lange genug unterstützt. Innozenz anerkennen, ja, aber nicht mehr als das.«
Er winkte einem Diener und verlangte Wein. »Laßt uns fröhlich sein und auf das Glück Aquitaniens trinken! Kommt, Marcabru und Cercamon, meine Besten, was habt ihr für Verse mitgebracht? Laßt hören.«
Marcabru überließ Cercamon die Ehre, als erster zu singen. Er zögerte noch, welches Lied er zu dieser Gelegenheit wählen sollte. War der Herzog wirklich so fröhlich, oder führte er in Gedanken schon Krieg mit Bernhard von Clairvaux wegen der Forderungen, die dieser stellen würde? Bei seinem vorigen Besuch in Poitou hatte der Abt um sein Leben gefürchtet, und obwohl bei ihrem Treffen damals alles darauf hingewiesen hatte, daß Wilhelm sich mit der Kirche versöhnen wollte, hatte dieser nach Bernhards Weggang sofort das Gegenteil getan. Wilhelm war nur auf seinen eigenen Vorteil bedacht. Er ließ sich nicht von einem Geistlichen an die Kandare nehmen. Was ihn betraf, war dies nur das soundsovielte Scharmützel zwischen einem Herzog von Aquitanien und den kirchlichen Obrigkeiten, die sich besser um andere Dinge kümmern sollten als um seine. Agnes – oder Machteld, wie sie am Hof genannt wurde – war die passende Partie für Ramiro von Aragonien. Sie paßte zu ihm wie der Ritter zur Edelfrau, der Bauernknecht zum Hirtenmädchen und die Hure zum Söldner.
Marcabru trat vor. Er wußte, was er singen würde: eine Pastorella, in der ein Ritter versuchte, eine Hirtin zu verführen. Nur verlief es in seinem Lied etwas anders als üblich: Das Mädchen zahlte es dem Ritter

heim. Er sollte sich lieber an seinen eigenen Stand halten, sagte sie ihm in klarer Sprache. Und was im übrigen ihren Stand betreffe: soweit sie wisse, habe ihre Familie mit Pflug und Sichel den Boden bearbeitet. Wer so hart arbeiten mußte, war adlig!
Marcabru sang, wie er noch nie gesungen hatte. Mit einer hohen Falsettstimme ahmte er die helle Stimme der Hirtin nach, die er sonst immer von einem Joglar darstellen ließ. Und mit einer kräftigen, tiefen Stimme spielte er die Rolle des Ritters, der voller Bravour und Schmeicheleien das Mädchen zu bewegen trachtete, mit ihm ins Gebüsch zu gehen, schließlich jedoch enttäuscht und blamiert das Feld räumen mußte.

Jüngst traf ich am Heckenrande
eine Maid aus niederm Stande,
eine Hirtin war's vom Lande,
doch von offnem, munterm Witze:
wollne Strümpfe an den Beinen,
Hemd und Rock aus grobem Leinen,
drüber Jacke, Pelz und Mütze.

Näher kam ich durch die Heide:
»Kind«, sprach ich, »ich seh's mit Leide,
wie der Frost Euch grimmig schneide.«
»Junker«, sprach die Maid vom Lande,
»Gott und meine Amme ließen
mich gesund und froh ersprießen,
zaust mir auch der Wind am Bande.«

»Mädchen«, sprach ich, »holdes Leben,
meinen Weg verließ ich eben,
Euch Geleit und Schutz zu geben;
denn ein Mädchen sollt's vermeiden,
ohne passenden Gesellen
an so weltverlaßnen Stellen
all das viele Vieh zu weiden.«

*»Herr, so niedrig ich geboren,
scheid ich Kluge doch von Toren;
Euern Schutz geb ich verloren,
Junker«, sprach die Maid vom Lande,
»spart ihn ruhig für die Rechte;
wer Euch sonst zu halten dächte,
kriegte leere Luft zum Pfande.«*

*»Mädchen, Euer hohes Wesen
lehrt, ein Ritter sei's gewesen,
der die Mutter einst erlesen
hier aus ländlich stolzer Gilde;
schöner stets strahlt Ihr den Blicken,
Euer Reiz ist mein Entzücken –
wärt ihr nur ein wenig milde.«*

*»Herr, mein Stamm und meine Sippe
kommt von Schaufel nur und Schippe,
kennt den Pflug nur und die Hippe;
aber«, sprach die Maid vom Lande,
»manchen, die sich Ritter rühmen,
würde gleiche Arbeit ziemen
Tag und Tag im gröbern Stande.«*

*»Kind«, sprach ich, »da Ihr geboren,
gab die Fee Euch auserkoren
Schönheit, rein und unverloren,
jeder Hirtin zu obsiegen;
doch der Glanz wär noch viel höher,
wenn Ihr wolltet nah und näher
Euch in meine Arme schmiegen.«*

*»Herr, Ihr habt mir Lob erwiesen,
daß es reicht, mich zu verdrießen;
drum, da Ihr mich so gepriesen,*

Junker«, sprach die Maid vom Lande,
»kriegt Ihr, wenn Ihr geht am Ende,
nur ein 'Närrchen, patsch die Hände',
und der Tag verrinnt im Sande.«

»Mädchen, ob auch wild und spröde,
Übung zähmt doch eine jede;
und mich lehrt die kurze Rede,
daß man solchem Kind der Heide
sich zu reichstem Glück verbinde,
wo sich Herz zum Herzen finde,
keins sich je vom andern scheide.«

»Herr, wenn einen Tollheit reitet,
schwört und bürgt er, blind verleitet,
gleich, wie Ihr mir Lob bereitet;
aber«, sprach die Maid vom Lande,
»für zwei Groschen Eintritt kehre
nimmer ich die Jungfernehre
in ein Leben voller Schande.«

»Kind, ein jedes Lebewesen
zieht es zum Naturgemäßen;
herrlich wären wir erlesen,
Ihr und ich, ein Paar zu gründen:
längst der Weide im Gehege
gibt es manch geschützte Wege,
sich in süßer Lust zu finden.«

»Herr, gar wohl; doch gleich zum gleichen:
Narr mag hinter Närrin schleichen,
Höfling hinter Höflingsstreichen –
der vom Land lieb auf dem Lande;
denn es spricht die alte Lehre,
wo man Maß und Sitte störe,
sei die Weisheit bald am Rande.«

»Kind, bei solch erlesnen Gliedern
hört ich keine je erwidern
mit so schlimm gewitztem Schnäuzchen.«

»Herr, die einen stehn und gaffen,
während andre Manna raffen:
also weissagt Euch das Käuzchen.«

Herzog Wilhelm brüllte vor Lachen wie früher und ließ Wein für die Troubadoure bringen. »Raffiniert in Form und Inhalt«, lobte er Marcabrus Lied. »Erzähl mir mehr von deinen Erlebnissen in Aragonien. Hast du dort die wahre Liebe gefunden?« In seiner Stimme lag ein neckender Ton.

Marcabru dachte an Gahwara und erzählte dem Herzog die Legende des Palastes von Aben-Aljafe. Als er mitten drin war, betrat Gottfried von Lauroux den Saal, doch weil niemand dem Troubadour ein Zeichen gab, seine Geschichte zu unterbrechen, fuhr er fort. Der Gelehrte lauschte ebenfalls, das spitze Gesicht mit den scharfen Adleraugen ununterbrochen zum Herzog gewendet, um dessen Reaktionen zu beobachten.

»In dieser Welt ist die Sklavin nicht mehr gesehen worden«, schloß Marcabru.

Wilhelm schlug einige Male mit den Fäusten auf die Lehnen, um seine Anerkennung auszudrücken. Die Edelsteine in seinen Ringen funkelten. »An Stelle des Maurenkönigs hätte ich dasselbe getan«, rief er dann. »Der Ebro war alt und töricht!«

Lauroux ließ seine Hand nachdenklich über sein glatt geschorenes Kinn gleiten. »Der alte Ebro war weise«, sprach er langsam. »Er trennte sich von irdischer Pracht und Prahlerei, um die Liebe zu entdecken, die er nicht kannte. Der König war töricht. Wäre es nicht eine heidnische Legende, könnte ich sogar eine göttliche Lektion daraus ziehen. Hätte der Maurenkönig seine geliebte Hanifa auch eingetauscht für einen Palast im Himmel, als Tausch für die Liebe des christlichen Gottes?« Sein Blick wanderte nun zu Marcabru, und auch der Herzog blickte den Troubadour fragend an.

»Ich habe mir erzählen lassen, daß zwischen den Mauren und den Christen tatsächlich Frauen als Geschenk ausgetauscht wurden, dann aber, um ein Bündnis zu bekräftigen«, sagte dieser. Er wußte, daß seine Antwort dem geistlichen Herrn nicht gefallen würde, doch das interessierte ihn nicht. Daß auch adlige Christenfrauen von spanischen Fürsten ihren heidnischen Bundesgenossen geschenkt worden waren, war dem Kanonikus sicher bekannt. Lauroux verriet seine Gedanken nicht.
»Hier geht es natürlich nur um eine heidnische Sklavin«, meinte er.
»Es geht um Liebe«, sagte Marcabru, »und die ist keine käufliche Ware.«
Nur eine Augenbraue hob sich, die andere krümmte sich boshaft über den gescheiten Augen des Geistlichen nach unten. »Seinen kostbarsten Besitz zu geben oder das, was man am meisten schätzt als Tausch für die Liebe, die zu Gott allerdings – das ist zum Heil«, sprach er. »Ich meine damit auch die körperliche Liebe. Bernhard von Clairvaux hat es deutlich gesagt: ›Die natürliche oder fleischliche Liebe ist der Beginn aller Liebe, denn alle Arten Liebe, weltliche oder himmlische, haben ihre tiefsten Wurzeln im Fleisch.‹ Jede andere Liebe beruht auf Eitelkeit und Genußsucht oder dem Hunger nach Macht.«
Wilhelm hatte die Anspielung verstanden. Er brummte etwas, dann rief er verärgert: »Innozenz, ja, den kann er haben. Aber ich weigere mich, Bischöfe und Äbte wieder einzusetzen, die mich grob beleidigt haben! Der Abt von Clairvaux kann, was mich betrifft, in Clairvaux verfaulen, wenn er will, daß ich Peter von Châtellerault das Bistum Poitier wegnehme und Renoul von Nieuil das von Limoges. Der Teufel wird eher ins Kloster gehen, als daß ich mich vor ihm beugen werde.«
Lauroux verzog keine Miene. Er machte eine beruhigende Handbewegung, als wolle er sagen: Ruhig, ich bin Euer Freund, ich werde nicht zuviel verlangen. Er begriff, welche Folgen seine Unbeugsamkeit haben könnte, würde sie doch ihr Werk im Gehirn des Herzog fortsetzen.
»Es wäre ein Beweis des guten Willens, wenn Ihr wenigstens persönlich mit dem Abt sprechen wolltet, ohne daß dabei von Eurer Seite zuvor Zusagen gemacht werden«, sagte er vorsichtig.

Es blieb still. Wilhelm erhob sich langsam aus dem Sessel zu seiner vollen Länge. Seine gute Laune war vorbei. Plötzlich warf er die langen Arme nach vorn, als verjage er eine Schafherde.

»Weg!« brüllte er. »Schlangen! Parasiten! Raus!« Mit diesen Worten jagte er alle aus dem Saal, auch seinen Gastgeber, doch Marcabru und Cercamon hielt er zurück. Dann winkte er ungeduldig nach einem Diener und deutete auf die beiden Troubadoure.

»Gib ihnen so viel zu essen und zu trinken, daß sie zehn Tage lang keinen Schritt mehr machen können. Dann reisen sie wenigstens nicht mehr weg.« Er beugte sich vor zu Marcabru und fügte hinzu: »Du willst zurück nach Saragossa, zu Gahwara, was? Wenn Machteld den guten Mönch Ramiro heiratet, werde ich dich als meinen Gesandten einsetzen, damit du bei dem Fest den Ruhm des Hauses Poitou besingst. Dann kannst du zurückkehren nach Spanien.« Er lehnte sich zurück, und sein Blick ruhte immer noch auf Marcabru in seinem armseligen Kittel, der neben Cercamon stand, dem es offenbar besser ergangen war. Plötzlich begann er laut zu lachen. Er rief den Diener zurück.

»Und gib ihm neue Kleider, diesem Vagabunden! Einen roten Mantel, mit Hermelin besetzt, so daß jeder sehen kann, daß er der Troubadour des Herzogs von Aquitanien ist.«

Marcabrus Stimme erstarb, und seine Hand berührte den verschlissenen Rand seines Mantels. Man sah ihm an, wie viel ihm dieses Kleidungsstück bedeutete.

Jeder in Aquitanien wußte ja, was danach geschehen war. Nun, fast zwanzig Jahre später, konnte man noch jeden beliebigen Menschen auf der Straße nach dem Wunder des Bernhard von Clairvaux fragen, und es wurde einem in allen Einzelheiten erzählt.

Denn auch Bernhard ließ nicht locker. Deshalb beschloß der Herzog zwei Tage später, den berühmten Abt herauszufordern und sich zum Priorat Parthenay-le-Vieux zu begeben und dort offen in der Tür der Klosterkirche zu zeigen. Diese Art eines Treffens war nicht das, was Lauroux vor Augen hatte. Aber Wilhelm wollte keine Besprechung, und noch weniger wollte er verhandeln. Es gab nichts zu verhandeln.

Hatte er nicht geschworen, sich nie mit den abgesetzten Bischöfen zu versöhnen? Sein grenzenloser Stolz hinderte ihn sogar in seinem tiefsten Inneren zuzugeben, daß er sozusagen durch eine magische Kraft dorthin gezogen wurde. Hineingehen durfte er als Exkommunizierter nicht. Das hätte er auch nicht gewollt, denn er erinnerte sich noch sehr genau, wie er während der sieben Tage in Poitiers so in den Bann von Bernhards Persönlichkeit und seiner Redekunst geraten war, daß er schließlich bereit gewesen war, ihm in allem zu gehorchen. Hätte der Geistliche länger bleiben können, hätte er es vielleicht sogar getan! Nun stand er hier in der Mitte der drei Kirchenportale und schaute zu dem gefürchteten Abt hin, der am Ende des dämmrigen Längsschiffs im Licht stand, das durch die Wölbung der Kuppel ins Innere fiel. Er fuhr ruhig fort, die Messe zu lesen, und segnete vor dem Altar Brot und Wein.
Bernhard von Clairvaux wußte, daß Wilhelm da war. Er selbst stand mit dem Rücken zu der offenen Tür, aber er konnte die Anwesenheit des Herzogs fühlen. Er konnte es auch an der gespannten Stille unter den Gläubigen in der Kirche hören und an dem aufgeregten Gemurmel der Menge, die sich draußen vor der Kirche drängte. Er nahm die Hostienschale mit dem ungesäuerten Brot in beide Hände, hob sie hoch, wie er es immer tat, und drehte sich langsam um. Alle Anwesenden hielten den Atem an, erwarteten, daß beim Anblick des Edelmanns, dessen Gewalttätigkeit bekannt und gefürchtet war, ein Zittern über den Körper des Abtes laufen würde. Doch der Geistliche, der durch häufiges und langes Fasten so mager war, daß ihn ein Windstoß wie ein Schilfrohr hätte beugen können, stand wie eine Säule im Mittelpunkt der Kirche und schritt dann zielbewußt zum Portal, wo der Herzog mit seinem kolossalen Umfang die Türöffnung fast völlig verdunkelte.
Wilhelm war bewaffnet. Er ging nie irgendwohin, ohne daß er sein Schwert und seinen Dolch dabei gehabt hätte, das Eisen, das zuverlässiger war als jeder Freund oder Vasall. Doch würde er es wagen, die Waffe gegen den Abt zu erheben? Bernhard war nur noch ein paar Schritte von ihm entfernt. Nun hielt er inne und streckte beide Arme vor, so daß die Hostie in Wilhelms Reichweite war.

»Lange Zeit haben wir gebetet«, erklang seine Stimme laut und deutlich, »aber Ihr habt uns verachtet. Ihr habt auch nicht das Flehen anderer Diener Gottes hören wollen. Nun kommt der Sohn der Heiligen Jungfrau selbst zu Euch, Er, den Ihr verfolgt habt, den Richter, in dessen Namen sich jedes Knie im Himmel und auf Erden beugt! Eure Seele wird endlich in Seine Hände fallen, in die Hände dieses Richters, der Eure Missetaten rächen wird.«
Wilhelm schaute auf diesen zerbrechlichen Mann mit dem blassen, ausgezehrten Gesicht hinab, das durch einen beherrschten Zorn lebendig gemacht wurde. Obwohl er fast einen Kopf größer war als der Abt, der selbst ziemlich groß war, fühlte er sich kleiner. Seine Hände suchten den Knauf seines Schwertes, doch sie tasteten ziellos über seinen Gürtel, als könnten sie die Waffe nicht finden. Er hatte hier seine Unantastbarkeit demonstrieren wollen, er hatte deutlich machen wollen, daß er der Herr und Meister seines Herzogtums war und selbst bestimmte, wer Bischof sein sollte. Statt dessen starrte er den anderen verblüfft und wehrlos an.
Bernhard war ein Meister beim Spielen mit Gefühlen, vor allem, wenn es um Schuld ging. Er wußte genau, welche Worte er benutzen mußte. Die Augen des Geistlichen strahlten ein Licht aus, als sei der Heilige Geist in ihn gefahren, und auch seine Worte klangen, als kämen sie von Gott selbst. Er hielt die Schale mit der Hostie hoch, so daß Wilhelm sie wohl oder übel anschauen mußte.
»Werdet Ihr Ihn auch verachten? Werdet Ihr den Herrn behandeln, wie Ihr Seine Diener behandelt habt?«
Es war totenstill. Die Menge wartete atemlos, was geschehen würde. Einige waren so ergriffen von Schreck und Ehrfurcht beim Betrachten der Hostie, des Leibes Christi, dessen göttliche Macht sich in der Person des Abtes offenbarte, daß ihnen die Tränen über die Wangen liefen. Wilhelm brachte kein Wort heraus. Er begann, am ganzen Körper zu zittern, die Knie gaben unter seinem Gewicht nach. Ohne einen Laut sank er zusammen. Schnell halfen ihm seine Leibwächter hoch, doch er konnte sich nicht aufrecht halten und sank wieder zusammen. In diesem Moment trat Bernhard einen Schritt vor und berührte den Herzog.

»Steh auf«, befahl er mit ruhiger Stimme. Nun richtete sich der Herzog aus eigener Kraft auf. Die Umstehenden schlugen ein Kreuz. Zitternd hörte Wilhelm den Abt an, der sich wieder an ihn richtete: »Ihr werdet Euch mit dem Bischof von Poitiers aussöhnen, den Ihr von seinem Stuhl verjagt habt. Gebt ihm den Friedenskuß als Zeichen des erneuerten Bandes. Danach werdet Ihr ihn selbst in die Kirche führen und ihn mit ebenso vielen Ehren überladen, wie Ihr ihm damals Beleidigungen angetan habt. Ihr werdet diejenigen, die sich durch den Papststreit von der katholischen Einheit abgewandt haben, dazu aufrufen, sich wieder mit der Kirche zu vereinen. Danach sollt Ihr demütig zu Innozenz gehen und ihm Gehorsam geloben und ihn als Papst anerkennen, der durch Gott auf den Stuhl des Heiligen Petrus erhoben wurde.«
Der Herzog nickte folgsam. Sein verwirrter Blick hob sich zum Himmel, und er sah Teufel, die in der Gestalt von Katzen mit spitzen Ohren oben im Portal angebracht waren. Ihn schauderte. Wie ein Schlafwandler wankte er in die Kirche, umarmte den Bischof von Poitiers, den er vertrieben hatte, und küßte ihn. Dann ging er zum Altar und sank auf die Knie. Alle Anwesenden und auch die Menge draußen knieten. Bernhard, der die Hostie, in der sich der Heilige Geist auf wunderbare Weise manifestiert hatte, noch in den Händen hielt, betrachtete ihn zustimmend. Nun blieb ihm nur noch Girard, der abgelehnte Erzbischof von Bordeaux und Legat Anaklets. Sobald Herzog Wilhelm alles ausgeführt hätte, was er ihm aufgetragen hatte, wäre die Stunde gekommen, um auch mit Girard abzurechnen. Er schaute zu Gottfried von Lauroux hinüber. Ja, er mußte den Augustiner belohnen für sein Werk. Wäre Lauroux nicht die geeignete Person, Erzbischof von Bordeaux zu werden? In dieser Position konnte er weiterhin seinen Einfluß auf den Herzog ausüben. Wilhelm hätte sicher keine Einwände dagegen. Der Abt nickte zufrieden und stellte die Schale mit der Hostie auf den Opfertisch. Seine Aufgabe war vollbracht.

An diesem Abend duldete Wilhelm von Toulouse niemanden in seiner Nähe. Allein und schweigend saß er im Saal des Schlosses von Parthenay und starrte düster vor sich hin. Der Wein schmeckte ihm nicht, doch er fuhr fort zu trinken, Becher um Becher. Dann ließ er Marcabru kommen.

Der Troubadour blieb ein paar Schritte entfernt vom Herzog stehen, in der Erwartung, daß dieser ein Lied hören wollte. Wilhelm schüttelte den Kopf. Da saß er vor dem Kaminfeuer, das die abendliche Kälte vertreiben sollte, hatte die langen Beine ausgestreckt und schaute den anderen mit einem mürrischen Blick unter seinen schweren Augenbrauen hervor an.

»Setz dich, Kerl, und trink mit mir.« Er wies den Sänger an, sich neben ihn auf den Boden zu setzen. Marcabru ließ sich schräg vor dem Sessel seines Beschützers nieder und legte die Beine übereinander. Dann nahm er den Becher, den der andere ihm mürrisch reichte.

»Ich bin betrogen worden«, sagte Wilhelm, »sie haben mich reingelegt.«

In der Stille, die folgte, tranken beide Männer.

»Du bist der einzige, dem ich noch vertraue«, fuhr der Edelmann fort. »Du sagst immer die Wahrheit, du windest dich nicht wie die anderen. Sie hassen dich, weißt du das? Sie hassen dich, weil du die Wahrheit sagst.«

»Das kümmert mich nicht. Einmal werden sie wissen, daß ich recht habe.«

»Sie hassen mich auch. Aber mich lachen sie höflich an, weil sie mich brauchen. Sie sind alle Aasgeier. Ich hasse diese Heuchler! Aber du sagst die Wahrheit.«

»Über die Liebe.«

»Die Liebe, ja.« Einen Moment war es still, dann fuhr der Herzog fort: »Bist du auch manchmal allein? Ich meine, wirklich allein?«

»Ihr meint, wie ein Reisender, der vom Abend überfallen wird und sein Lager mitten im Wald oder im kalten offenen Land aufschlagen muß, wo es immer dunkler wird, wo sich der helle Bach in einen stillen, schwarzen Strom wandelt und wo die Wölfe heulen?«

»Mitten zwischen den Teufeln und Dämonen der Nacht«, schloß der Herzog. »Hast du diese Angst kennengelernt?«

»Oft.«

»Aber bist du auch mal allein gewesen, mitten in einer Menge, allein,

auch wenn du dich die ganze Zeit in einer großen Gesellschaft befindest? All die Menschen um dich herum, all die geifernden, grinsenden Gesichter, wie Hunde, die um einen Knochen betteln? Kennst du diese Einsamkeit? Sie ist dunkler als die schwärzeste Nacht.«
Marcabru schwieg und trank. Es hatte keinen Sinn, dem Herzog vorzuhalten, daß er doch gute Freunde und Verwandte hatte, die ihm durch dick und dünn zur Seite standen. Schließlich wurden sie alle durch Eigeninteresse getrieben. Sogar der Troubadour, denn wenn er auch seinem Herrn treu blieb, so mußte er doch an sein Überleben denken und würde Wilhelm, sollten seine Geschenke aufhören, verlassen, wie er es bereits früher getan hatte. Und übrigens: Jeder hatte das Recht, von Zeit zu Zeit in Selbstmitleid zu versinken, warum also Wilhelm nicht auch?
»Krähen fliegen in Schwärmen, ein Adler schwebt allein«, antwortete er und schenkte dem Herzog nochmals ein. Zusammen tranken sie ihre Becher leer. Dann sagte Marcabru: »Ich kenne die Einsamkeit von jemandem, der als einziger ein Ideal verkörpert, eine Überzeugung verkündet, die von anderen nicht gewürdigt wird. Sie lachen über meine Verse, die sie nicht begreifen, sie vergnügen sich, wenn ich grobe Worte benutze, mit denen ich zu ihnen durchdringen will, sie erkennen nicht den Ernst meiner Verse.«
»Über die Liebe«, sagte Wilhelm mit dicker Zunge.
»Ja.«
»Ich bin auch der einzige, der einzige, der Anaclut… Anaclo…, verdammt, den Dingsbums unterstützte. Aber jetzt nicht mehr. Nie mehr. Sie haben mich betrogen, einfach reingelegt. Und ich bin in die Falle getappt.« Er hatte im Moment vergessen, daß Roger von Neapel und Sizilien den Gegenpapst ebenso hartnäckig gestützt hatte wie er, ihn noch immer stützte, um seine Königskrone zu behalten. »Wem kann ich eigentlich noch vertrauen«, fuhr der Edelmann mißmutig fort, »wo soll ich Trost suchen, wenn nicht im Wein?«
»Ihr braucht eine Frau«, sagte Marcabru. »Ihr solltet wieder heiraten. Es ist lange her. Eine neue Herzogin wird dem Hof von Poitiers wieder Farbe und Atmosphäre geben.«
Und bei sich dachte er: Eine Frau mit der Ruhe und der Weisheit Aenors.

Wilhelm schaute seinen Troubadour lange nachdenklich an. Er war nun sechsunddreißig Jahre alt, er hatte nur zwei Töchter, aber noch genug Zeit. Vielleicht hatte Marcabru recht, und es war an der Zeit, nach allen Abenteuern, in die er sich nach Aenors Tod gestürzt hatte, wieder eine Frau zu nehmen, die ihm auf eine andere Art treu war als seine Mätressen. Es wäre sicher gut für Poitou, für Aquitanien. Aber er war zu betrunken, um klar zu denken. Könnte er nur den Teufel besiegen, der immer in seinem Kopf herumspukte und ihn bei allem, was er tat, behinderte, was dann dazu führte, daß die Wut in ihm hochkochte und im unpassendsten Augenblick zum Ausbruch kam.
»Eine Frau...«, murmelte er, »eine Frau und dann einen Sohn, ja. Aber sie selbst will meine Nachfolgerin werden. Weißt du, Marcabru, meine Tochter, die hat einen Kopf! Wie Dangerosa, die alte Füchsin! Wenn ich keinen Sohn bekomme, dann muß sie diesen französischen König heiraten, aber der ist alt und dick. Man sagt... man sagt, daß er keine Frau mehr besteigen kann. Oder mit seinem Sohn. Filips, der wäre was für sie gewesen, aber dieser Kerl ist von seinem Pferd gestürzt. Ein Schwein ist vorbeigelaufen, und er ist erschrocken, gestürzt und... tot. Einfach so.« Er begann unbändig zu lachen. »Jetzt hat er nur noch Ludwig. Dann wird es also Ludwig sein. Hahahaaaa!« Er schien es für einen guten Witz zu halten. Die Tränen liefen ihm über die Wangen vor Lachen. Dann wurde er wieder ernst. »Nein, sie braucht einen Mann, der ihr gewachsen ist, einen mutigen Mann, einen Mann mit Schwung, einen Aquitanier. Aber wen? Oder ich muß einen Sohn machen. Das will sie aber nicht.«
Marcabru wußte nicht, ob Wilhelm nun seine Tochter Aliénor meinte, oder ob Dangerosa diejenige war, die einer Heirat entgegenstand, in der Hoffnung, daß ihre Enkelin Herrscherin über Aquitanien würde.
»Und wie soll das gehen, he, wie soll das gehen?« rief Wilhelm plötzlich drohend und ziemlich laut und beugte den Kopf vor, als sei der Troubadour verantwortlich für die Antwort auf diese Frage. »Wie soll das gehen, wenn sie Recht sprechen muß? Das können Frauen nicht! Und wenn sie ihre Lehnspflicht erfüllen muß, wenn sie die geforderten vierzig Tage im Jahr dienen und an Feldzügen teilnehmen muß, die Truppen von Poitou anführen? Kannst du dir das vorstellen?«

»Sie würde es tatsächlich tun«, antwortete Marcabru.
»Verdammt, sie würde es tatsächlich tun.« Der Herzog sank in seinen Stuhl zurück und ließ den Becher aus der Hand fallen. Er fühlte sich bedrückt. »Es ist der Abt von Clairvaux«, murmelte er, »mit seinen glatten Worten, die einen härter treffen, als hätte er die Rute benutzt. Mir kommt es vor, als hinge er ständig wie ein Schatten über mir.« Plötzlich beugte er sich vor und erbrach über das Feuerholz. Sein enormer Körper bebte und zitterte, das Feuer zischte und begann zu qualmen. Dann richtete er sich auf. »Ich habe dich kommen lassen, weil du die Wahrheit sagst. Soll ich Buße tun, wie Bernhard sagt? Habe ich Schuld? Habe ich – neben meinem Widerstand gegen Innozenz – mit meinen Vasallen zu oft gestritten und zu schnell nach dem Schwert gegriffen?«
»Nicht mehr als jeder andere Herzog, Graf oder König.« Marcabru betrachtete das graue Gesicht des Herzogs. Warum sah er in Gedanken das Gesicht des sterbenden Alfons von Aragonien mit seinen gefallenen Edelleuten vor sich?
Doch Wilhelm schien ruhiger geworden zu sein. »Eine Frau, hast du gesagt, eine Herzogin für Aquitanien, eine Gräfin für Poitou. Du bist der Herold der Liebe, sing für mich. Aber nicht von der Falschheit der Liebe, das würde mich nur entmutigen.«
Und Marcabru sang für seinen Beschützer, allein, ohne Begleitung eines Joglars. Seine warme, etwas rauhe Stimme füllte den Saal von Parthenay, bis der Herzog schnarchend von seinem Stuhl glitt und der Troubadour ihn von den Bedienten ins Bett tragen ließ.

XII

Herzog Wilhelm führte alles aus, wie es ihm Bernhard von Clairvaux aufgetragen hatte. Er kniete vor Innozenz und gelobte Gehorsam, und Bernhard verließ Poitou, beobachtete aber den Herzog durch Gottfried von Lauroux weiterhin genau. Sobald Wilhelm Zeichen zeigte, in sein altes Verhalten zurückzufallen, schickte er ihm Briefe, in denen er ihn anspornte, sich von denen zu trennen, die einen schlechten Einfluß auf ihn hätten.

»Wer hat Euch davon abhalten können, Euer Versprechen zu halten? Er soll gestraft werden, damit der Fluch des Allerhöchsten nicht auf Euch ruhe! Lebt in Frieden mit Euren wahren Freunden.«

Die Hauptdrahtzieher in dem Spiel suchten nach einem Ausweg. Renoul von Nieuil eilte nach Limoges, um zu retten, was noch zu retten war. In seiner Eile fiel er vom Pferd und starb an seinen Verwundungen. Der rechtmäßige Bischof von Limoges, der während der ganzen Zeit öffentlich seine Funktion von der Burg Saint-Martial in der Nähe der Stadt aus erfüllt und Tag für Tag die Glocken hatte läuten lassen, um Renoul an seine Exkommunikation zu erinnern, konnte nun ungehindert seinen Stuhl wieder besteigen.

Peter von Châtellerault zog sich geräuschlos zurück, blieb aber in Wilhelms Umgebung. Schließlich gehörte er zu seiner Familie.

Girard mußte erkennen, daß er das Spiel verloren hatte. Er verließ seinen Erzbischofsitz in Bordeaux und ließ sich wieder als Bischof in Angoulême nieder. Kurze Zeit später wurde er ernstlich krank und starb noch vor dem folgenden Frühjahr.

In Rom wütete der Kampf, bis Anaklet 1138 starb. Nur Roger von Neapel und Sizilien blieb hartnäckig, und es gelang ihm, einen Nachfolger für Anaklet herbeizuschaffen. Sein Widerstand hielt an, bis Rom endlich gezwungen war, ihm den Königstitel zuzuerkennen.

Gottfried von Lauroux profitierte am meisten von der Situation. Als verschiedene Klöster, deren Besitzungen Wilhelm den Kanoniken geschenkt hatte, ihre Eigentumsrechte, gestützt von der kirchlichen Obrigkeit, zurückverlangten, beschloß Wilhelm, daß sein Freund und Vertrauter den Erzbischofsstuhl von Bordeaux verdiente. Er brauchte auf die Kanoniken von Bordeaux nur wenig Druck auszuüben, um die Wahl Lauroux' zu erwirken, die nach Girards Tod endgültig wurde.

»Aber Gahwara?« fragte ich wißbegierig. »Hast du sie je wiedergesehen?«

Der Troubadour schüttelte den Kopf.

»Erst viel später. Ramiro, der Mönch, und Frau Agnes heirateten noch im gleichen Jahr, im Herbst. Cercamon und ich waren dabei, wie es der Herzog versprochen hatte, aber wir mußten sofort danach zurückkehren. Ich habe versucht, Gahwara wiederzusehen, aber die Zeit reichte nicht.«

Ob es nun Herzog Wilhelms Versöhnung mit der Kirche war, die dazu führte, daß sein Ansehen schnell stieg, wußte Marcabru nicht. Auch andere Entwicklungen trugen dazu bei, daß das Glück dem Herzog vorerst zu lachen schien. In Hinblick auf den Kampf gegen die Mauren wandte sich König Alfons von Kastilien an ihn, um ein Bündnis mit dem Haus Poitiers zu erreichen. Auch Graf Gottfried von Anjou war nicht länger sein Feind und sah ihn gern als Bundesgenossen im Kampf gegen seinen Schwiegervater, Heinrich von England, der ihm das Recht auf das Herzogtum Normandie, das Erbe seiner Tochter Mathilda, mit Waffengewalt abnehmen wollte. Außerdem wurde zu Beginn des folgenden Jahres die Akte unterzeichnet, mit der Wilhelm die Herrschaft über die Gascogne Aquitanien hinzufügte, wodurch er nun über die beiden Länder an den Ufern der wichtigen Gironde herrschte. Danach schien die neue Freundschaft mit Anjou schon Früchte zu tragen: Wilhelms Bruder Raymond kehrte aus England zurück und brachte die Nachricht, daß eine Delegation aus dem Osten ihn auf den Rat des Fulko von Anjou, der König von Jerusalem war, ersucht hatte, Constance, die Tochter des verstorbenen Prinzen Bohemond von Antiochien zu ehelichen. Unter dem wehenden Banner von Poitou zog er los, begleitet von vielen Edlen, um in Antiochien ein fürstliches Leben zu führen und das Prinzentum gegen die ständigen Einfälle der Heiden zu beschützen.

»Endlich konnte ich das Lied beenden, das ich in Morláas begonnen hatte«, sagte Marcabru. Er lächelte, als erfüllten ihn die Freude und die Hoffnung der damaligen Zeit auch jetzt wieder mit Vergnügen. Er hatte dem Lied die *tornada* hinzugefügt, die noch gefehlt hatte, und nannte Wilhelm darin den »Herrn der Gironde«.

Man sagt, daß er gewönn an Ehr,
der groß Gironde edler Herr;
doch höher er zu preisen wär,
bekämpfte er der Heiden Heer,
wie's Pflicht des edlen Mannes ist.
Befiehl ihm das, Herr Jesus Christ.

Marcabrus Stimme bebte vor Erregung, einer Erregung, die ihn auch damals bei der Idee erfüllt hatte, seinen Herrn – auf den Spuren seiner Vorväter – in einen Kreuzzug gegen die Mauren ziehen zu sehen. Ein heiliger Kreuzzug über die Berge, in dem er Ruhm und Ehre erwerben würde.
Der Troubadour sprach nicht von seinem eigenen Schicksal, das vielleicht weniger traurig gewesen wäre, wenn Herzog Wilhelm das Kreuz angenommen und in südlicher Richtung gezogen wäre, statt nordwärts, wie er es im darauffolgenden Jahr getan hatte.
»Er wollte wirklich eine Frau nehmen, um für die Fortsetzung des Geschlechts von Poitou zu sorgen«, fuhr der Troubadour mitleidig fort. »Doch es ist alles anders gekommen.«

Wilhelm von Toulouse wollte tatsächlich sein normales Leben wieder aufnehmen und zog, wie gewöhnlich, mit atemberaubender Geschwindigkeit durch sein Herzogtum. Bernhard von Clairvaux war in jenem Jahr auf Rundreise in Poitou und ließ nicht nach, den Herzog an sein Versprechen zu erinnern. Doch auch wenn der Herzog die Klöster mit Geschenken überlud, so war es nie genug: das Schuldgefühl hörte nicht auf, an ihm zu nagen. Ruhelos und launisch war er schon immer gewesen. Nun war er während seiner Anfälle schwermütiger als jemals zuvor. Im Sommer war er in Saint-Jean-d'Angély. Er brauchte Geld und wußte, daß er es von dem reichen Kloster bekommen würde, wenn er ihm bestimmte Freiheiten verlieh. Die einzige Bedingung, die er stellte, war, daß im Heiligsten, wo der Kopf von Johannes dem Täufer aufbewahrt wurde, jedes Jahr eine Messe für seinen verstorbenen Vater gelesen werden sollte.

Der Winter kam, die Abende wurden länger und die Wege unpassierbar, so daß der Herzog sich in sein Schloß in Bordeaux zurückziehen mußte, wo er mit seinen Töchtern, deren Gesellschaft er seit Aenors Tod nicht mehr genossen hatte, zusammentraf, pompöse Feste feierte und große Bankette abhielt. Marcabru hatte ein gutes Leben. Er rühmte die Freigebigkeit seines Beschützers und dessen prachtvollen Lebensstil. Er schimpfte auf die adligen Herren und nannte sie eifersüchtige Geizhälse und ihre Frauen Huren, weil sie sich nicht nur einen Liebhaber nahmen, sondern auch diesen wieder mit einem dritten, einem vierten, einem fünften betrogen... Andere Edelleute griff er mit seinen gnadenlosen Versen an, weil sie unter dem Vorwand der vollkommenen Liebe eben diese Liebe mißbrauchten und ihre gewöhnlichen erotischen Begierden scheinheilig hinter äußerlichen Zurschaustellungen der sogenannten *fin amors* verbargen. In ihren eigenen Versen rühmten sie sich nicht nur ihrer Taten als Liebhaber, sondern auch als Troubadoure und Schwertfechter.

Eines Abends, als der Herzog gut gelaunt war, trug Marcabru ein Spottgedicht vor, in dem er mit beißender Ironie diese Angeber aufs Korn nahm. Es fing schon so an, daß jeder aufgerüttelt wurde:

Preis dir, du großer Gott und Herr,
Preis Sankt Andreas eben sehr,
daß ich ein besser Urteil fäll;
wer andre ehrt,
der ist nichts wert,
warum, erzähl ich auf der Stell.

Jeder erkannte sofort die Form dieses beliebten Genres, das üblicherweise mit Klatschen und begeisterten Schreien begrüßt wurde. Marcabru nickte seinem Joglar zu, der an der Kurbel seiner Leier drehte, und ein schnarrendes Geräusch ertönte, das ebenso spöttisch klang wie die Stimme des Troubadours.

Ein Narr, wer sich im Tone irrt,
und hier vor euch nur schwadroniert.
Denn Stammelei und hohl Getön,
sie schaden viel
in diesem Spiel,
wenn man nichts weiß von dem Geschehn.

An Schläue einem Fuchse gleich,
bin ich gewiß an Klugheit reich,
drum bleibt mein Magen niemals leer.
Eß Narrenbrot
und danke Gott,
weil er gestillet mein Begehr.

Wenn alles hier nach meinem Sinn
und wenn ich selten hungrig bin,
bleib ich bei ihm, der mich ernährt;
doch kehrt er um,
verhält sich krumm,
mir das begehrte Brot verwehrt,

treibt er aus seiner Näh mich fort,
sags frank und frei und geb mein Wort.
Der Irre irrt in seinem Wahn,
doch wer gescheit,
der geht zur Zeit,
bevor ihn jemand schlagen kann.

Egal, mit was, ob Stock ob Speer,
ich mich als irgendeiner wehr,

geschickt und stark und auch geschwind:
wer es nur wag,
aufs Haupt ihn schlag,
daß er nicht Rat noch Hilfe find.

Ich nehm sein frühres Jagdgebiet,
die Blume dort für mich erblüht;
zwei Hunde mein sind wachsam dann,
der dritte steht,
wie ihr hier seht,
sich bald die Beute wählen kann.

Mein Lehngut schützt ein starker Wall,
es nicht in Feindes Hände fall;
doch mir ergibt sich's ohne Wehr;
es ist nur mein,
kommt keiner rein,
wie er auch Einlaß hier begehr.

Mir mangelts nicht an heimlich List,
die stets des Narren Reichtum ist;
so schaff ich es mit leichter Hand:
das Feuer schür
ich und verführ;
ich weiß, wie ich entfach den Brand.

Marcabru hörte auf zu singen. Er winkte dem Joglar, er solle die Kurbel loslassen. Es war totenstill. Die Arme vor der Brust, die Füße etwas gegrätscht und den Kopf herausfordernd gehoben, sang der Troubadour mit höhnischer Stimme die letzte Strophe:

Drum seid auf Vorsicht stets bedacht,
daß Scharfsinn Schaden euch nicht macht
und Spott nicht euer Haus entehrt.
Ein Vogel frei,

ich immer sei,
dieweil der Spatz mein Brut ernährt.

Mit einer eleganten Bewegung, bei der sein roter Mantel elegant durch die Luft schwang, drehte er sich um und verließ unter lautem Jubel seinen Platz in der Mitte des Saales. Cercamon schlug ihm entzückt auf die Schulter.

»Gescheit, Kerl, wirklich! Was für eine Übertreibung und was für eine vollendete Bildersprache! Auf Kosten anderer leben, die Frauen anderer lieben, während man die Tugend des eigenen Liebchens schützt, und dann der Schluß: Ich bin der Vogel, der seine Brut von Spatzen ernähren läßt – die eigenen Bastarde von Familien aufziehen lassen, in die man sich unauffällig hineingedrängt hat – das nenne ich eine gute Arbeit.«

»Ob sie es auch verstehen?« fragte Marcabru und deutete mit dem Daumen über die Schulter auf die Edlen im Saal. Er hatte offenbar keine besonders gute Meinung von ihrer Fähigkeit, seine Verse zu verstehen.

»Ach, das war doch eine allzu deutliche Sprache!«

Marcabru drehte sich um und betrachtete die Gesellschaft. Einige lachten dreckig, Becher wurden gehoben, und hier und da wurde eine zotige Bemerkung gemacht.

»Sie halten es für einen Scherz. Sie verstehen noch nicht einmal, was ich ihnen um die Ohren schlage.«

»Aber du hast Erfolg, das hörst du doch?«

»Ich habe erst dann Erfolg, wenn sie ihr unzüchtiges Verhalten ablegen, wenn sie die Liebe ernst nehmen und sich ihren Gesetzen unterwerfen, statt diese Gesetze nur zu benutzen, um ihre Spielchen spannender zu machen.«

Ein leichtes Tippen auf die Schulter brachte den Troubadour dazu, sich umzuschauen. Hinter ihm stand eine anmutige, etwas dickliche Gestalt, in Rot gekleidet, so wie Cercamon und er.

»Freund Marcabru, mein Lob für dieses vollendete Lied! Ein guter Witz, frech und mutig, das schon. Aber ordentlich verpackt in eine fehlerlose Form.«

»Ach, darum geht es nicht, Catola. Natürlich habe ich diese Form gewählt, es ist ja ein Spottlied. Aber in Wirklichkeit geht es um die Liebe.« Zu Cercamon gewandt, fuhr er fort: »Siehst du, daß sie es nicht begreifen? Sogar meine Berufsbrüder nicht.«
Hugo Catola, ein gefeierter Troubadour, der regelmäßig Wilhelms Hof besuchte, schaute seinen Berufsgenossen mit gerunzelter Stirn an.
»Noch immer so eigensinnig, wie ich höre«, murmelte er herablassend, und lauter fügte er hinzu: »Ich habe deine Worte gut verstanden, scheint mir. Es wundert mich, daß du über Liebe nur Schlechtes zu sagen hast.«
»Über die falsche Liebe«, verbesserte der andere.
»Was immer das ist.«
»Hört!« rief Cercamon den Umstehenden zu. »Das wird ein Disput zwischen den Troubadouren Catola und Marcabru über die Liebe!«
»Lieber ein Lied«, sagte Catola, »ein Lied, das in ganz Aquitanien erklingen wird.« Sein Vorschlag wurde mit lautem Jubel empfangen.
Marcabru war nicht in der Stimmung für ein Spiel.
»Das ist ein ernstes Thema«, sagte er.
»Jamben«, schlug Catola vor, ohne auf die Proteste des anderen zu achten. »Vier pro Strophe. Das sollte nicht zu schwer sein.

Freund Marcabru, laß uns gemeinsam singen,
um Ruhm und Lorbeer wollen wir hier ringen,
und unsre Verse mögen weiterklingen,
wenn du schon längst nach links gingst, ich nach rechts.

Komm, zeig, was deine Großmäuligkeit wert ist! Wagst du es, die Herausforderung anzunehmen?«
Ermutigende Rufe waren zu hören. Auch Herzog Wilhelm merkte, daß etwas geschehen sollte, eine Art Wettstreit, wie es schien. Dafür war er immer zu haben. Er erhob sich aus seinem Sessel und erklärte voller Vertrauen in seinen Troubadour.
»Ich setze ein goldenes Pfund auf Marcabru!«
Sofort begannen die anderen, auf die Kunst beider Dichter zu setzen. Marcabru begriff, daß er diese Herausforderung annehmen mußte. Er

konnte sich einfach nicht weigern, wenn der Herzog Geld auf ihn gesetzt hatte. Schweigend stand er inmitten des Kreises von Höflingen, die sich um ihn drängten, und dachte nach. Das Reimschema, das Catola vorgegeben hatte und in dem er nun antworten mußte, war nicht schwierig, er hatte nur den Nachteil, daß der andere ihm das Gras vor den Füßen schon teilweise abgemäht hatte. Cercamon schaute ihn erwartungsvoll an und hob seine geballte Faust, als wolle er sagen: Komm, zeig, was du kannst!
Marcabru räusperte sich.

Catola, mein ich, hat mich gut verstanden.
Ich klage an der falschen Freundschaft Banden,
und Frauentreu macht Eva einst zuschanden,
als sie befleckt die Ehre des Geschlechts.

Es wurde gelacht. Catola hob die Nase und ergriff das Wort.

Mein guter Freund, es störet mich gar sehre,
wie du der Liebe absprichst alle Ehre;
wenn diese Liebe nicht gewesen wäre,
so hätt ich nie erblickt des Lebens Licht.

Es war ein starker Text, gegen den nichts anzubringen war. Ein beifälliges Gemurmel klang auf. Nur Marcabrus Augenbrauen wölbten sich erstaunt. Er hatte erwartet, daß sich das letzte Wort wieder auf das letzte Wort der beiden vorigen Strophen reimen würde. Catola hatte jedoch beschlossen, den Endreim zu ändern. Also gut. Er würde jedenfalls vorläufig bei den Beispielen aus der Heiligen Schrift bleiben, um seine Gedanken zu unterstreichen.

Catola, ach, wirst du denn nie gescheiter,
bedenk doch Samsons Tod, vermaledeiter,
wie kannst du zu dem Irrtum stehen weiter,
und glauben, was der Lieb du zugedicht.

Catola war ein Dichter aus der Schule Ebles von Ventadour, und Marcabru kannte seine Arbeit und seine Auffassung über die Liebe nur allzu gut. Seine Worte blieben nicht ohne Erfolg. Eine Stille breitete sich aus, die schon bald von allen möglichen Rufen der Edelleute unterbrochen wurde.
»Los, Hugo, denk an mein Geld.«
»Laß hören, was du wert bist.«
»Diesen Vagabunden aus der Gascogne schaffst du doch!«
Catola brachte sie mit seiner folgenden Strophe zum Schweigen.

So höre, Marcabru, kein Dichter glaubet,
daß über Liebe stets das Unheil schnaubet,
auch Samson ward erst seines Haupts beraubet,
als schwach und matt er war, ein armer Mann.

Schwach, dachte Marcabru und antwortete schnell.

Delila erst versprach ihm ewge Treue,
doch dann verliebte sie sich bald aufs neue,
ihn zu betrügen fehlte Scham noch Scheue,
ein andrer wars, der trieb sie dazu an.

»Bravo!« rief Herzog Wilhelm, der auch etwas sagen wollte. Sein Troubadour sprach Worte nach seinem Herzen: kurz und klar und direkt. Marcabru war am Gewinnen, das konnte man deutlich merken. Catola wurde klar, daß er im selben Geist antworten mußte, wenn er gegen den anderen ankommen wollte.

Die Liebe, sagst du, wär mit Trug geschmücket,
sie wär mit Lug und eitlem Wahn gespicket.
O Freund, so wär die Welt ja ganz mißglücket,
und milde Gabe würde gleich zur Schuld.

Triumphierend schaute er sich um. Nun hatte er die Lacher auf seiner Seite. Doch Marcabru hatte seine Antwort schon parat:

Lug ist die Liebe, die er meint, Ihr Herren,
sie würfelt falsch, und falsch ist ihr Begehren.
Doch Salomon und König David lehren:
nicht zweimal fordre man des Würfels Huld.

Nun war Catola wieder an der Reihe.

Freund Marcabru, die Liebe ... die Freundschaft ...

Catola stotterte. Es wurde still, während er mit gebeugtem Kopf sein Gehirn quälte. Die Höflinge begannen ungeduldig das Versmaß zu stampfen: Ta-tam-ta-tam-ta-tam-ta-tam-ta-tam-ta. Auf der Stirn des Troubadours erschienen Schweißtropfen. Plötzlich hob er den Kopf und sprach:

Es ist die Freundschaft, die ein Mann begehret,
die Liebe man als höchstes Glücke ehret,
und voll Verachtung sich mein Herze kehret
wenn einer von der Lieb nur schwadroniert.

Marcabru zog ein mißbilligendes Gesicht. Er fand den Reim schlecht, und die Wortstellung schwach. Sie wich zu sehr ab von den vorigen. In der folgenden Strophe gelang es ihm, die Spur zurück zu finden, und damit schlug das Gleichgewicht zu seinem Vorteil um.

Ovidius schrieb's, ein Mann von großem Wissen,
der Weisheit Lehren diente er beflissen:
Ob rot, ob braun, die Lieb kennt kein Gewissen,
von Laster wird gar schnell sie doch verführt.

Mit einem verbissenen Zug um den Mund dachte Catola über eine Antwort nach. Fünf Strophen hatte jeder von ihnen gefunden. Es blieben nur noch zwei. Er mußte nun zuschlagen, wenn er noch gewinnen wollte. Ein bösartiger Blick erschien in seinen Augen, als er den nächsten Vers skandierte:

Die Lieb, für die du hast nur Spott und Hohne,
wird dich nicht lieben, ein gerechter Lohne,
wird niemals reichen dir die Siegeskrone,
wird jeden Joglar lieber sehn als dich.

Es war ein persönlicher Angriff, ein Schlag unter die Gürtellinie, der von den Umstehenden nicht geschätzt wurde und daher eher zu Catolas Nachteil wirkte. Marcabru wußte das und hätte es ausnützen können, und dennoch fühlte er sich verletzt. Nicht durch die letzte grobe Beleidigung, sondern durch die Wahrheit, die sich in den Worten davor verbarg. Er hatte die vollkommene Liebe, von der er sang, ja noch nicht gefunden. War sie nicht immer geflohen, wenn er ihr zu nahe gekommen war? Aenor... Gahwara... und all die anderen, die ihn abgewiesen hatten. Oft war er der Verzweiflung nahe gewesen, wenn er sich fragte, ob sich *amors* ihm je schenken würde. Namen wie die von Mélisanda, Aeline von Châtelaillon, Machteld von Mirebeau und Audric von Vilars' Frau und viele, viele andere schossen durch seine Gedanken und hinterließen einen bitteren Geschmack in seinem Mund. Seine Stimme klang traurig, als er wieder das Wort ergriff:

Der Liebe Schritt, Catola, doch verharret,
vor der Vollendung sie schon seitwärts paaret
und damit ihre Falschheit offenbaret,
drum wart auf wahre Lieb vergebens ich.

Nun bekam Catola das Gefühl, am Gewinnen zu sein. Schnell und dankbar hakte er in die Stimmung des anderen ein. Seines Sieges sicher, trug er seine letzte Strophe mit lieblicher Stimme vor:

Mein Freund, bin ich mal traurig hin und wieder,
so küßt sie zärtlich mir das Haupt, die Glieder,
legt mich entkleidet auf ihr Lager nieder,
und ich bin drauf genesen und gesund.

Cercamon schaute ängstlich gespannt zu Marcabru und ermutigte ihn mit Klatschen, das von anderen aufgenommen wurde. Gab sich sein Freund schon besiegt, wo doch die letzte Strophe ihm die Möglichkeit offenließ, den Wettstreit noch zu seinen Gunsten zu entscheiden? Cercamons Furcht war unbegründet, seine Unterstützung schon fast überflüssig. Frauen? Marcabrus Niedergeschlagenheit verschwand so schnell, wie sie gekommen war. Frauen? Läufige Hündinnen waren das! Durch den schon allzu erotischen Text von Catolas letzter Strophe, der Wasser auf seine Mühlen war, fand er die Fassung wieder. Er richtete sich zu voller Größe auf und schloß mit den peitschenden Worten:

Die Gier nach frischer Wurst ist's, die sie treibet,
sorgt, daß ihr Pförtchen nicht verschlossen bleibet,
den Tölpel fürsorglich sie gar geleitet.
Kein kluger Mann traut solchem Liebesbund.

Mit einem zufriedenen Grinsen nahm Marcabru den Applaus und die lobenden Ausrufe des Herzogs und seiner Höflinge in Empfang. Cercamon atmete erleichtert auf, und Catola murrte nur kurz, daß zu seinem Sieg nur wenig gefehlt hätte. Dann zog er sich in Begleitung einiger Freunde mißvergnügt zurück.

Marcabru nahm den Becher Wein, den ihm der Schildknappe des Herzogs brachte. Dieser Kraftakt mit Catola hatte ihn erschöpft, sein Kopf fühlte sich an wie eine aufgeblasene Schweinsblase, die mit Luft gefüllt war. Alles war leer. Er ließ das Stimmengewirr der Edlen im Saal an sich vorbeistreifen und hörte noch nicht einmal, was Cercamon zu ihm sagte. Er schloß die Augen, seine Lippen suchten den Rand des Bechers, dann ließ er die köstliche rote Flüssigkeit in langen Zügen durch seine Kehle gleiten.

Als er die Augen öffnete, standen zwei schlanke Gestalten vor ihm. Vier blaue Augen und zwei rot gefärbte Münder lachten ihn an. Die eine war noch keine zwölf Jahre alt, die andere, kaum vierzehnjährig, entwickelte bereits deutlich weibliche Formen, die sie keineswegs versteckte. Mit erhobenem Kopf und herausgestreckten Brüstchen hob

Aliénor beide Hände zum Hals und tat, als ordnete sie den umgeschlagenen Kragen ihres Mantels.
»Freund Marcabru«, sagte sie übertrieben höflich, während sie achtlos ihrer Schwester winkte, »machen wir doch ein höfisches Gedicht. *Die Lieb ist falsch und bringt kein Heil.*«
Petronella schlug die Arme übereinander, verzog das Gesicht und antwortete mit barscher Stimme: *»Sie spricht nicht wahr und sie ist geil.«*
»Wohlfeil«, verbesserte Marcabru, »wohlfeil ist das richtige Wort.« Aenor hätte sie zum Schweigen gebracht, dachte er. Aber statt ihrer Mutter tauchte Dangerosa hinter den Mädchen auf. Ihr Gesicht war so mit Farbe bedeckt, als wäre sie zwanzigjährig, doch die Falten um ihre Augen und an ihrem Hals und vor allem ihre Hände verrieten ihr wirkliches Alter. Es bereitete ihr großes Vergnügen, wenn die Mädchen sich einen Spaß machten, indem sie andere nachmachten. Auch jetzt lachte sie herzlich.
»Also ist Liebe ein Donnerkeil?« fragte Aliénor hochmütig.
»Ein stumpfes Beil!« prustete Petronella los, aus der Rolle fallend.
»Ich finde in ihr Trost und Heil«, fuhr die Ältere unbeirrt fort.
Die beiden edlen Jungfrauen brachen in lautes Gelächter aus.
Marcabru schaute von einer zur anderen. Petronella hatte noch die molligen Formen eines Kindes und ein fröhliches, rundes Gesicht, doch Aliénor war nun schon ebenso groß gewachsen wie er selbst. Vor allem ihr Gesichtsausdruck war auffallend erwachsen. Zum ersten Mal wurde ihm klar, daß sie kein Kind mehr war, sondern eine junge Frau, eine schöne junge Frau. Dem Beispiel ihrer Großmutter folgend, betonte sie ihre Augen mit einem schmalen, schwarzen Strich. Und was für ein Augenaufschlag! Schnell und ehrgeizig wie der eines Raubvogels, dachte er, eines stolzen weißen Gerfalken, Wilhelms Lieblingsvogels, den Aenor ihm in Talmond gezeigt hatte. Sie wollte seine Nachfolge antreten, hatte der Herzog gesagt: Aliénor wollte Herzogin von Aquitanien werden. Sie hatte wahrhaftig das richtige Auftreten dafür!
»Die Liebe wird Euch bald noch einen Streich spielen«, sagte Marcabru.

XIII

»O Gott, wie anders wäre alles gekommen, wäre der Herzog in den Süden gezogen statt in den Norden!« rief der Troubadour plötzlich laut. »Hätte er gegen die Mauren gekämpft statt gegen die Normandie. Dann hätte er diese elende Pilgerreise nicht gemacht. Ludwig, der verfluchte Kreuzzug zum Heiligen Land, alles wäre anders gekommen! Und Aliénor...« Er schüttelte den Kopf, dann brach es aus ihm heraus: »Aliénor, die Hure, Gott im Himmel!«

Ich erstarrte vor Schreck. Aliénor wurde geliebt, das Volk bejubelte sie, auch wenn ihr Verhalten immer wieder die Zungen in Bewegung brachte. Ich sah, wie einige um uns herum sofort mit bösen Blicken auf seinen Ausruf reagierten. Warum mußte er seine Meinung immer laut herausschreien? Und außerdem, wer sagte denn, daß es die Wahrheit war? War es nicht schon schlimm genug, daß meine Handlanger langsam ungeduldig wurden? Und wirklich, sie standen schon neben ihm und packten ihn am Kragen. Ich sprang auf und versuchte, sie von ihm fernzuhalten, rief, daß sie sich nicht einmischen sollten. Auch der Hund unter dem Tisch war aufgeschreckt. Er erhob seinen Körper von meinen Füßen, knurrte verwirrt und legte sich in eine Ecke, ein Stück von dem Gedränge entfernt.

»Sag das noch mal!«

»Daß Aliénor eine Hure ist? Gern.« Marcabru richtete sich auf, schlug die Angreifer von sich und rief: »Sie sind alle Huren, die ganze adlige Gesellschaft: ein großes Hurenhaus!«

»Wieso?«

»Die Liebe haben sie kaputtgemacht. Und ihre Männer, diese Nichtsnutze mit dem Verstand von Ziegenböcken, legen ihnen auch noch die Kissen bereit! Später werden sie von ihren Söhnen ausgelacht, die sie nicht selbst gezeugt haben!«

»Was hat das mit der Herzogin zu tun?«

»Alles. Von wem, glaubst du, ist ihre zweite Tochter? Etwa von Lud-

wig? Oder von Gottfried von Rancon, oder einem anderen aquitanischen Edelmann aus ihrem Gefolge? Sie trieb es auch mit ihrem Onkel Raymond, haben einige Kreuzfahrer erzählt. Ich weiß schon, daß es nur Gerüchte waren, aber wo Rauch ist, ist auch Feuer. Wißt ihr, was im Heiligen Land passiert ist, und dann, als sie auf dem Rückweg war, getrennt vom König, auf einem anderen Schiff? Sie haßte Ludwig schon, als sie in Antiochien ankamen, vermutlich schon viel eher.«
»Was geht uns das an? Ihre Ehe mit dem König ist vom Papst für ungültig erklärt worden.«
»Ungültig, und warum?«
»Weil sie entfernte Verwandte waren«, sagte jemand.
»Weil sie nur Töchter bekamen«, meinte ein anderer.
»Unsinn«, sagte Marcabru, »sie haßten einander. Sie schlief schon mit Hendrik von Anjou, als der in Paris war. Acht Monate, bevor die Scheidung ausgesprochen wurde.«
Seine Behauptung schlug ein. Nun schrien alle durcheinander.
»Na und?«
»Sie wollte einen Kerl, keinen toten Mönch!«
»Da hatte sie doch recht!«
»Gehen wir weg hier«, sagte ich neben seinem Ohr, »komm mit, hinaus, schnell!« Aber er hatte mich in dem Tumult nicht verstanden.
»Verleumder!«
»Lästermaul!«
Ein paar Schläge fielen, aber er wehrte sich gut. In diesem Augenblick waren singende Männerstimmen zu hören. Eine fröhliche Gesellschaft preßte sich durch die schmale Türöffnung. Vaganten waren es, die, müde, staubig und verschwitzt von ihrem Tagesmarsch, beschlossen hatten, hier einzukehren. Ich sandte ein Dankgebet zum Himmel, irgendwo über der Öffnung zum Dachboden, wo nun neugierige Gesichter erschienen. Man brüllte um Wein. Die Mägde rannten eilfertig umher, um alle zu bedienen. Es war ein solches Gedränge, daß einfach nicht mehr gekämpft werden konnte. Marcabrus Angreifer wurden von neuen Gästen, die ebenfalls einen Platz an dem langen Holztisch wollten, zur Seite geschoben. Schon bald waren Marcabru und ich, nebeneinander sitzend, von ihnen eingeklemmt.

»Ach«, seufzte er, als wäre der ganze Streit nicht passiert, »wäre es doch anders gekommen, dann wäre Aquitanien noch Aquitanien und nicht ein Stück Frankreichs oder ein Teil von Anjou, ja sogar von England! Aber wer kann Geschehenes ändern? Früher gab es noch Heilige auf der Welt, die Pilger wieder zum Leben brachten, wenn sie von Ochsenwagen plattgefahren worden waren. Aber diese Zeit scheint vorbei zu sein. Wer tot ist, ist tot.«
»Requiem aeternam dona eis, Domine: et lux perpetua luceat eis«, sagte der Vagant neben ihm und hob seinen Becher. »Auf alle, die tot sind! *Ad fundum.*« Zur Bestätigung seiner Worte schluckte er den Wein in einem Zug hinunter. Dann rülpste er laut und begann, mit dem Becher auf den Tisch zu schlagen, zum Zeichen, daß ihm neu eingeschenkt werden sollte.
»Niemand stirbt vor seiner Zeit«, sagte ich. »Aber warum zog der Herzog nach dem Norden?«
»Der Herzog schloß sich seinem neuen Bundesgenossen an. Er zog mit Gottfried von Anjou in die Normandie, um das Erbe von dessen Frau nach dem Tod ihres Vaters einzufordern.«
König Heinrich von England war im Kastell Lyons-la-Forêt in der Normandie während des Feldzugs gegen seinen rebellischen Vasallen verstorben, der vom Mann seiner Tochter, dem Grafen von Anjou, unterstützt wurde und der sich gegen ihn gewandt hatte. Auf seinem Sterbebett hatte er daher Mathilda enterbt. Für Anjou war das erst recht ein Grund, die Normandie zu erobern.
»Deshalb habe ich dich erkannt, sofort als ich dich sah!« rief ich aus. »Ich habe dich an der Seite des Herzogs reiten sehen, als das Heer durch unser Land zog. Ich war damals noch ein kleiner Kerl, nur ein paar Fuß hoch.«
Ich erinnerte mich an den langen Zug, als wäre es gestern gewesen. Dieses Geschehen hatte auf mich als Kind einen enormen Eindruck gemacht. Vor allem an die enorme Gestalt des Herzogs erinnerte ich mich, in meinen Augen war er ein Riese gewesen. Und hinter seinem Streitroß Marcabru, in seinem roten Mantel, der stolz im Gefolge des Herzogs ritt, nicht wie früher zwischen den Söldnern. Wochenlang mußte man an den Vorbereitungen für den Feldzug gearbeitet haben.

Das neue Leder knarrte, und die Waffen blitzten, die Wagen mit Vorräten quollen über, und in der Nachhut fuhren die Frauen singend und lachend in eigenen Wagen. Ich hatte auch das Heer Anjous vorbeiziehen sehen, mit Graf Gottfried an der Spitze, der einen Ginsterzweig am Hut trug. Man sagte, daß er in seinem Jagdgebiet das Unterholz mit Ginster bedecken ließ, um das Wild zu schützen. Das sei eine solche Manie geworden, daß der Wald buchstäblich gelb wäre, und deshalb hatten sie ihm den Beinamen Plantagenet gegeben, Ginsterstrauch. Als Beweis, daß ihm das gefalle, trage er immer diesen Zweig am Hut.
»Damals war die Stimmung noch ausgezeichnet«, erzählte der Troubadour, »sogar Herzog Wilhelm war fröhlich. Doch das änderte sich bald. Das Wetter wurde schlechter. Je weiter wir in den Norden kamen, desto kälter und nasser wurde es. Tagelang quälten wir uns durch den Schlamm. Zu allem Unglück brach im Heer Durchfall aus. Der Gestank war unerträglich. Der ganze Feldzug wurde zu einer Katastrophe. Als wir schließlich bei Lisieux kämpften, wurde Herr Gottfried von einem Pfeil in den Fuß getroffen. Er hatte große Schmerzen und konnte nicht mehr reiten. Wir waren gezwungen, den Kampf einzustellen und uns zurückzuziehen. Und weil keine Kriegsbeute zu verteilen war, entartete der Abzug in eine wahre Plünderei. Die Söldner benahmen sich wie Tiere und strömten raubend und vergewaltigend durch das Land. Nichts und niemand wurde geschont. Unterwegs sind noch viele unserer Soldaten am Durchfall gestorben, so daß wir mit einem sehr dezimierten Heer nach Poitiers zurückkehrten. Alles in allem waren wir keine zwei Wochen in der Normandie gewesen, doch die Folgen waren katastrophal.«
»Krieg ist das Spiel von Toren«, sagte der Vagant neben Marcabru und hob den Becher. »Auf die Soldaten!«
Sein Trinkspruch wurde von den anderen übernommen. »Auf die Soldaten!« riefen alle, und dann stimmten sie ein Trinklied an.

Im Gasthaus, wo das Trinklied schallt,
da ist mein liebster Aufenthalt;
bei Würfelspiel, Gesang und Wein,
mag als ein Herr ich fröhlich sein.

Ein jeder sucht im Spiel sein Glück,
verliert sein Geld hier, Stück für Stück;
Fortuna ist wie alle Fraun,
nur Narren mögen ihr vertraun.

Marcabru trank nicht. In Gedanken versunken, starrte er vor sich hin. Er sah wieder, wie Herzog Wilhelm bei seiner Rückkehr nach Poitiers von Wut gepackt wurde, als er erfuhr, wie während seiner Abwesenheit Graf Vulgrin von Angoulême, sein früherer Bundesgenosse und nun schon seit Jahren sein eingeschworener Feind, die Burg von Cognac belagert hatte, die Wilhelm vor nicht allzu langer Zeit erobert hatte. Er marschierte mit den Resten seines Heeres und ein paar frischen Kontingenten direkt dorthin. Ein paar hohen Geistlichen gelang es jedoch leicht, ihn zu überreden, daß er mit dem Eisenfresser von Angoulême einen Friedensvertrag schloß. Hatte er denn vergessen, daß Bernhard von Clairvaux ihn beschworen hatte, mit seinen wahren Freunden in Frieden zu leben und nicht länger Streit zu suchen, zu büßen für die Sünden, die er in der Vergangenheit begangen hatte? Und hatte der heilige Jacobus nicht gesagt, daß derjenige, der keine Gnade kenne, beim letzten Gericht keine Gnade empfangen würde? Daraufhin hatte Wilhelm dem Herrn von Cognac sein Lehen zurückgegeben, und auch die anderen Herren der Saintonge, denen er je geschadet hatte, bekamen ihr Recht.

»Ich habe eigentlich nie verstanden, warum er so heftig von Schuldgefühlen gequält wurde«, hörte ich Marcabru sagen. »Sie raubten ihm den Schlaf. Und wenn er schlief, wurde er von Alpträumen geplagt, aus denen er schreiend erwachte. Er wurde krank davon. Sie hatten ihm in den Kopf gehämmert, daß sein Irrtum, seine Unterstützung Ancletus', Ketzerei gewesen sei. In jenem Winter habe ich ihn wiederholt erklären hören, daß er ein neues Leben beginnen wolle, alles wiedergutmachen. Er gab seinen Entschluß bekannt, Emma, die Tochter des Burggrafen von Limoges, zu heiraten. Aber erst würde er sich reinigen, indem er eine Pilgerreise zum Grab des heiligen Jacobus in Galizien unternehme.

Die Verlobung hatte kaum stattgefunden, da entwickelten die Herren von Limoges einen Plan, um die Ehe zu vereiteln. Sie hatten Angst, der Herzog könne in ihrem Gebiet zuviel Einfluß gewinnen. Der rachsüchtige Vulgrin von Angoulême tat sich mit ihnen zusammen und ließ Emma von seinem Sohn entführen, der sie sofort zur Frau nahm. Doch das alles geschah, nachdem Herzog Wilhelm schon weg war. Er hat es nie erfahren.«

Nachdem er sich von ehemaligen Pilgern, die schon dort gewesen waren, über die Reise hatte informieren lassen, verließ Herzog Wilhelm mit seinem Gefolge und begleitet von seinen Töchtern und deren Dienerinnen Poitiers. Auf seinem Weg in den Süden machte er in Blaye halt, wo er in der Basilika des heiligen Romanus betete, in der sich auch das Grab des verehrten Roland, des Paladins Karls des Großen, befand. Anfang März trat er von Bordeaux aus seine Pilgerreise an. Zuvor hatte er alles geregelt, vor allem hatte er, für den Fall, daß er nicht zurückkehren würde, sein Testament gemacht.

»Im Namen der heiligen und unteilbaren Dreieinigkeit, die ein Gott ist! Siehe hier das Testament, das ich mache. Ich, Wilhelm, durch die Gnade Gottes, im Beisein Wilhelms, des Bischofs von Poitiers, zur Ehre des Erlösers, der heiligen Märtyrer und aller Bekenner des Glaubens, der Jungfrauen und vor allem der Jungfrau Maria. Gequält von Schmerzen, verursacht durch die unzähligen Sünden, die ich mit einer unglaublichen Gewalt begann, weil der Teufel sie mir eingegeben hatte; und durchdrungen von der Furcht vor dem Letzten Gericht; weil ich begreife, daß die Besitztümer, die wir hier unten genießen, zwischen unseren Händen verfliegen wie Rauch, der sich in Luft auflöst; weil wir fast keine Stunde verbringen können, ohne zu sündigen; weil unser Leben nur von kurzer Dauer ist; weil die Dinge, die wir zu besitzen glauben, nichts wert und vergänglich sind und uns nur Kummer und Sorgen bereiten; verlasse ich mich auf Gott und übergebe meinen Leib den Händen Christi, dem ich folgen möchte, indem ich alles aufgebe für Seine Liebe. Ich stelle meine Töchter unter den Schutz meines Herrn, des Königs; und was Aliénor angeht, so schenke ich sie ihm zur Ehe, wenn meine Verwandten damit einverstanden sind; und ich hinterlasse ihm Aquitanien und Poitou.«

Seine Töchter ließ er in seinem Schloß Ombrière in Bordeaux unter der Obhut Gottfrieds von Lauroux zurück.
Als der Herzog loszog, trug er einen kurzen Pilgermantel, der gerade über seine Knie reichte, feste Schuhe anstelle der eleganten, eng anliegenden Stiefel aus weichem Córdoba-Leder, die er gewöhnt war, einen breitrandigen Hut, der auf seinem großen Kopf possierlich aussah, eine Tasche über der Schulter und war mit einem Stock bewaffnet, an dessen Knauf, an einem Haken, eine Trinkflasche baumelte.
Allein durch seine ungewöhnliche Körpergröße unterschied er sich von anderen Pilgern. Er wurde von ein paar Getreuen begleitet, die ebenfalls zu Fuß gingen. Unter ihnen befand sich auch Marcabru, der wie kein anderer die Wege, die Gefahren unterwegs und die Menschen jener Landstriche kannte. Ein letzter Segen von Lauroux in seiner Funktion als Erzbischof von Bordeaux sollte sie auf ihrem langen Weg vor allem Unheil bewahren.
Angeregt und erfüllt von der Hoffnung, im Heiligtum von Compostela von allen Sünden befreit zu werden, begab sich die kleine Gesellschaft auf den Weg.
Anfangs verlief die Reise glücklich. Über leicht gewellte Hügel, zwischen kahlgeschnittenen Weinbergen, konnte man leicht wandern. Das Wetter war gut, der nahende Frühling war zu fühlen, die Straßen und Wege waren trocken. Schon bald schlossen sie sich anderen Pilgern an, dann wieder andere ihnen, so daß sich eine immer größer werdende Gruppe bildete. Unterwegs wurden Geschichten erzählt und Lieder gesungen. Nicht die Straßen- und Liebeslieder, die man in der Stadt hörte, sondern Gesänge, die schon seit Dutzenden von Jahren auf dem Weg nach Santiago gesungen wurden.
Der erste Platz, an dem sie rasteten, war Gradignan. Dann führte die Route durch ausgedehnte Wälder mit Pinien und Eichen und über die alte römische Straße zu dem Dorf Belin, wo die Pilger die Gräber der Helden besuchten, die mit Karl dem Großen und Roland gegen die Mauren gekämpft hatten und gefallen waren: Olivier, Gondebald von Friesland, Oger von Dänemark, Arastain von der Bretagne und Herzog Garinus von Lothringen.
Danach ging es weiter durch die Moore und den Treibsand der Landes.

Der Herzog klagte über nasse Füße und Blasen und verfluchte seine schweren Schuhe. Er war es nicht gewöhnt, zu Fuß zu gehen, seine Beine waren zum Reiten gemacht. Er maulte auch über die Mücken, wobei er hätte froh sein sollen, daß sie so früh im Jahr losgezogen waren, nicht im Sommer, wenn alles schwarz war von Hornissen und Wespen. Sie hielten sich an ihre eigenen Vorräte, denn in diesem Teil des Landes konnte man nur Gerste bekommen, und der Herzog mußte sich an die ärmlichen Mahlzeiten gewöhnen, die ihnen in den Herbergen und Pilgergasthäusern vorgesetzt wurden.

»Was für ein gottverlassenes Land!« hörte Marcabru ihn immer wieder sagen. Das schlimmste war noch, daß sie sich notgedrungen länger als nötig in diesem gottverlassenen Land aufhalten mußten. In drei Tagen hätte man die Landes durchqueren können, doch die Blasen des Herzogs zwangen sie zu einem zusätzlichen Nachtlager an einem Ort, an dem gewöhnlich niemand die Reise unterbrach. Es gab keine Unterkunft, außer in einer ärmlichen Bauernwohnung, wo sie zwar freundlich empfangen wurden, jedoch auf dem Stroh schlafen mußten, direkt auf dem Boden. Im selben Raum wurden auch die Mahlzeiten eingenommen, zu denen man auf dem Boden saß, in der Mitte eine Schüssel, in die jeder seine schmutzigen Finger steckte.

»Was für ein gottverlassenes Land!« wiederholte der Herzog. »Wir sind wie Schweine am Trog! Warum haben die Hospitalritter hier keine Gasthäuser gebaut? Warum beschränken sie sich auf das Heilige Land und lassen die Pilger zum Grab des heiligen Jacobus links liegen?«

»Sie kommen nur her, um Geld zu fordern und Soldaten zu rekrutieren«, antwortete Marcabru. »Mit den Tempelherren ist es nicht anders. Wie oft haben die spanischen Fürsten sie nicht angefleht, ihnen im Kampf gegen die Mauren zu helfen. Aber die Antwort war immer die gleiche: Sie würden vom Kampf im Heiligen Land völlig in Beschlag genommen, und dieser gehe über alles. Erst wenn sie die Kontrolle über die Situation wiedergewonnen hätten, könnten sie Zeit, Geld und Kraft aufbringen, den Feind zu bekämpfen, dessen heißen Atem wir im Nacken fühlen.«

Alle waren froh, als sie schließlich die Gascogne erreichten, wo das

Wasser und vor allem der Wein gut waren und sie frisches, weißes Brot bekamen.
Marcabru bedauerte, daß sie die westliche Route gewählt hatten und nicht durch Morláas kamen, denn er hatte gehofft, Peter von Gavarret wiederzusehen. Statt dessen erreichten sie bei Dax die Berge. In diesem hügeligen Gebiet kamen sie nun langsamer vorwärts, auch wenn Wilhelm allmählich an den betreffenden Stellen Schwielen entwickelte. In der Ferne waren die Nordhänge der Berge noch verschneit, die Nächte wurden bitterkalt, der Himmel war bleigrau, und schon bald begann es zu stürmen und zu regnen. Das Wasser rauschte in Strömen vom Himmel und suchte sich hügelabwärts einen Weg zu den breiteren Bächen in den Tälern. Anfangs gelang es ihnen noch, die Flüßchen zu Fuß zu überqueren, indem sie bis zu den Knien durch eiskaltes, brausendes Wasser wateten und die Schuhe und Hosen in der Hand hielten, doch dann hörte der Weg an einem Fluß auf, der zu reißend und zu tief war und daher mit einem Floß überquert werden mußte.
Nicht weit davon entfernt war eine Abtei, in der sie die Nacht verbrachten und wo man sie vor den Fährleuten warnte, die sie am nächsten Tag übersetzen sollten. Es komme regelmäßig vor, erzählte der Mönch, daß sie das Boot, das nicht viel mehr war als ein ausgehöhlter Baumstamm, zu voll luden, so daß es umschlug. Danach fischten die Handlanger der Fährleute die Leichen der Pilger aus einer nicht weit entfernten Bucht des Flusses und raubten alles, was sie bei sich getragen hatten.
Der Herzog lachte düster. Ihm würde das nicht passieren. Wußten sie etwa nicht, wer er war?
Vor Gott sei jeder Pilger gleich, war die Antwort des Mönchs, und vor den Fährleuten war das nicht anders, es sei denn, man bezahle ihnen das Doppelte. Der Herzog schaute Marcabru an.
»Einfach bezahlen«, sagte der Troubadour. Er hatte zu diesem Zweck schon einige Poiteviner Münzen in Geldstücke der Gascogne eingewechselt.
Am nächsten Morgen stand die kleine Gesellschaft am Ufer des Flusses. Herzog Wilhelm betrachtete mißtrauisch das schwankende Fahrzeug, das sie auf die andere Seite bringen sollte.

»Wir bezahlen hinterher«, sagte Marcabru zu dem Fährmann. Er zeigte ihm die Münzen und stieg ohne zu zögern in das Boot. Dann reichte er seinem Beschützer die Hand, und Wilhelm setzte einen Fuß in das Boot. Sofort senkte sich das Fahrzeug zur Seite, so daß der Troubadour ihn ermahnte, schnell auch den anderen Fuß hereinzuholen, damit sie das Gleichgewicht wiederfänden. Der Sergeant, der als Leibwächter mitgekommen war, beeilte sich, hinter ihm ins Boot zu steigen und ihn vor einem Unglück zu bewahren. Der Gascogner grinste und brachte sie sicher zum anderen Ufer, wo er sein Geld in Empfang nehmen wollte.
»Erst noch die anderen«, sagte Marcabru, »sonst kannst du auf dein Geld pfeifen.« Sobald sie alle am anderen Ufer waren, bezahlte Marcabru die geforderte Summe, und sie zogen weiter.
Schon bald erreichten sie Saint-Palais im Tal der Bidouze, wo es einige Gasthäuser gab, weil hier die Straße mit der Pilgerroute aus Vézelay und Le Puy zusammentraf. Es war so voll wie in einer blühenden Hafenstadt. Geldwechsler hatten alle Hände voll zu tun mit dem Wiegen der Münzen, die sie in Geldstücke des Baskenlands und Navarras umtauschten. Okzitanisch war in allen möglichen Dialekten zu hören und mischte sich mit den Sprachen von Pilgern, die von noch weiter her kamen, aus Frankreich, dem deutschen Kaiserreich oder Flandern und sogar aus England.
Wilhelm saß auf einer Steinbank vor dem Tor eines der Gasthäuser und lauschte den Spielleuten, die ihre Künste zum besten gaben. Er genoß die Atmosphäre des kleinen Städtchens. Es war fast, als halte man sich am Hof eines großen Fürsten auf, wo sich Herren Botschafter aller Länder trafen. Nur mit dem Unterschied, daß hier alle in Lumpen gekleidet waren, wie es einem Pilger ziemt.
Unter lautem Gesang und einem Gefühl der Verbrüderung ging es am nächsten Morgen in einer langgezogenen Kolonne weiter in südlicher Richtung. Die Hügel wurden zu Bergen, aus dem Regen wurde Schnee, und dann wurde es wieder trocken. Die Sonne schien auf die beschneiten Bergkuppen am Horizont, und mit jedem Schritt, den sie taten, zeichnete sich ein weißes Dampfwölkchen gegen den strahlend blauen Himmel ab. Nun freute sich der Herzog über seine schweren

Schuhe: Seine Füße blieben trocken, und er fühlte kaum etwas von dem felsigen Boden unter seinen Sohlen. Irgendwann blieb er stehen, betrachtete den Schnee, der unter seinen Schritten schmolz, dann die weiße Decke, die sich über die Bergweiden erstreckte.

»So weiß und ungetrübt wie die Seele eines neugeborenen Kindes«, sagte er. Dann deutete er auf seinen matschigen Fußabdruck. »Und so ungefähr wird meine Seele wohl aussehen.«

»Nicht mehr, wenn Ihr in Compostela gebetet habt, Herr. Dann werdet Ihr von allen Sünden rein sein«, sagte jemand tröstend.

Als sie in dem Dorf Ostabat ankamen, wurden sie von drei bewaffneten baskischen Männern aufgehalten, die ihnen befahlen, Zoll zu zahlen.

»Zoll? Wofür? Wir sind keine Kaufleute, wir führen keine Güter mit. Wir sind arme Pilger auf dem Weg zum Grab des heiligen Jacobus.«

Die Männer schnauzten etwas auf Baskisch, dann hoben sie drohend ihre Speere. Einige Pilger zogen ihre Geldtasche heraus und zählten ihnen ein paar Münzen hin.

»Mehr!« Acht Finger wurden in die Höhe gehoben.

»Acht? Aber das ist doppelt soviel, als woanders verlangt wird!«

Der Herzog betrachtete das Schauspiel über die Schultern und Köpfe seiner Mitreisenden hinweg. Plötzlich bahnte er sich mit seinem großen Körper und mit seinen Ellenbogen einen Weg durch die anderen und trat vor. Seine Begleiter folgten ihm hastig. Er hatte seinen Stab schon mit beiden Händen ergriffen, und als er vor den drei Zöllnern stand, schwenkte er ihn wild hin und her.

»Pilger bezahlen keinen Zoll!« rief er aufgebracht. Es wurde ihm alles zuviel, der erschöpfende Fußmarsch, die Unbequemlichkeiten unterwegs, die Gaunerei der Fährleute, die schlechten Mahlzeiten, die, wenigstens für ihn, viel zu karg waren, und dann auch noch die Forderung, den demütigen Büßer zu spielen, der sich alles gefallen lassen mußte. Seine ganze Enttäuschung brach in einem Wutanfall aus. Er schlug die Speere zur Seite, stieß die Basken mit seinem einfachen Holzstab zu Boden und schüttelte einen nach dem anderen. Der Sergeant half ihm dabei, und die Münzen rollten über den Boden.

Die anderen Pilger schauten einander erst noch verblüfft an, doch dann bückten sie sich schnell, rafften die Münzen auf und verteilten sie untereinander. Danach fuchtelte der Herzog mit dem Arm, als führe er ein Heer an, und ging an der Spitze der Gruppe weiter, während er murmelte: »Zöllner! Gott der Allmächtige, was für eine Reise!«

Am Abend erreichten sie Saint Jean und die Burg des Herrn von Saint Michel am Fuß der Brücke nach Roncevalles, dem Tal, in dem Roland nach dem Verrat Ganelons von den Mauren überfallen und geschlagen worden war. Sie hätten durch das Karlstal gehen können, in dem König Karl sich der Legende folgend mit der Vorhut seines Heeres aufgehalten hatte, als er den letzten, verzweifelten Klang von Rolands Horn gehört hatte, doch die meisten Pilger zogen den Weg über den Paß von Cize nach Roncevalles vor.

Das Bergmassiv lag vor ihnen wie ein gigantischer Riese mit angezogenen Knien, den Kopf in den Wolken verborgen. Auf der anderen Seite lag Spanien und der Weg nach Compostela. Wohlgemut begannen sie den Aufstieg. Mit schwerfälligen Schritten schleppte Herzog Wilhelm, gestützt auf seinen Stab, keuchend und schwitzend seinen enormen Körper den Hang hinauf. Der Triumph und die Freude, die ihm sein Sieg über die falschen Zöllner beschert hatten, waren nur von kurzer Dauer gewesen. Sein Gesicht war verdüstert, und allzu oft hielt er inne, um keuchend ein kurzes Gebet zu sagen.

Ein Pilger verlasse Haus und Herd, Freunde und Familie, um in der Askese Gott zu dienen, hatte Gottfried von Lauroux zu ihm gesagt, als er Bordeaux verließ. Wie lange war das her? Noch nicht einmal zwei Wochen. Ihm kam es wie eine Ewigkeit vor. Angenommen, er schaffte es nicht, angenommen, er stürzte in einen Abgrund? Er schaute hinunter in die Tiefe, aus der er gerade aufgestiegen war, und murmelte sein soundsovieltes Gebet. Angenommen, sie würden von einer Räuberbande überfallen? Der Weg durch das Land der mordlustigen Basken und Navarraner war lebensgefährlich. Für ein paar Geldstücke nur stachen diese Barbaren jemanden über den Haufen. Was würde mit Aquitanien geschehen, wenn er nicht zurückkehrte? Er wagte nicht, daran zu denken. Er mußte weiter, mußte sich von seinen Sünden reinigen, die sehr schwer waren. Ketzerei hatte es Bernhard genannt. Es war ein schlimmes Wort, das sich in seine Seele eingegraben hatte.

Er betrachtete seinen Troubadour, der vor ihm ging und dessen schwarze Locken im Rhythmus seiner leichten Schritte tanzten. Kein schwer gebauter Mann, dieser Marcabru, aber zäh. Seine Wadenmuskeln zeichneten sich durch den Stoff seiner Hose ab. Er hatte es leicht, er war daran gewöhnt, zu laufen und zu klettern. Doch auch er würde sich von einigem zu reinigen haben, dort in Compostela! Was hatte er nicht schon für Worte gebraucht: Schimpfwörter, Lästerungen, Schelte, gerichtet an gottesfürchtige Menschen, Bauern, Edelleute und Geistliche gleichermaßen. Über wen hatte er eigentlich noch nicht gelästert?
Für einen Moment fühlte sich der Herzog etwas besser, im Vergleich zu dem anderen. Aber er mochte den Troubadour, er war wenigstens ehrlich. Und treu. Konnte er das von sich selbst sagen? Hatte er, abgesehen von sich selbst, je etwas um jemanden gegeben? O Gott, was war er schlecht, wie hatte er sich immer in seiner Gier nach Macht gehenlassen. Der Teufel, der in seiner Seele hauste, hatte ihn immer bezwungen. Der mußte daraus verbannt werden, für alle Zeiten!
Schweigend lief der Herzog weiter, gebückt unter der Last seiner düsteren Gedanken, er quälte seinen Körper vorwärts, als wäre er ein willenloses Instrument. So erreichte er die Spitze, ohne es richtig zu merken. Erst als alle vor dem Karlskreuz niederknieten, das von dem großen König errichtet worden war, nachdem dessen Heer sich mit Beilen und Äxten einen Weg nach oben geschlagen hatte, drang es zu Wilhelm durch, daß er es geschafft hatte. Er sank auf die Knie und betete mit den anderen, zum ersten Mal zu Sankt Jacobus, wie es hier üblich war, mit dem Gesicht nach Westen, wo sehr weit weg das Grab des Heiligen lag. Der Himmel war hell. Unter ihm und um die Bergkuppen um ihn herum trieben Wolkenschleier. In der Ferne glitzerte blau das Meer, vor ihm erstreckten sich die spanischen Länder Kastilien und Aragonien, hinter ihm lag die Gascogne. Man hatte das Gefühl, fast im Himmel zu stehen und wie Gott selbst die Welt zu übersehen. Man fühlte sich mächtig und zugleich sehr klein und nichtig. Es war ein seltsam widersprüchliches Gefühl.
Der Abstieg war leichter, auch wenn die Muskeln seiner Waden mit der Zeit ordentlich weh taten. Sie passierten eine Gruppe Pilger, die

einen Gefährten mit sich trugen, der unterwegs nach oben zusammengebrochen und nicht mehr aufgestanden war. Wieder einer, der es nicht schaffen wird, dachte der Herzog. Wie viele Kranke und Tote hatte er unterwegs schon gesehen, die von anderen unter dem Tor eines Hospizes in die speziell zu diesem Zweck angebrachten Nischen gelegt wurden, um später von den Mönchen begraben zu werden? Er hatte selbst daneben gesessen, neben einer stinkenden Leiche, niedergesunken auf eine Steinbank, weil er keinen Fuß mehr vor den anderen hatte setzen können. Wie viele Leichen hatte er in der Normandie gezählt? Wie viele Edelleute und Soldaten hatten dort ihr Leben gelassen? War der Durchfall, der das Heer getroffen hatte, eine Strafe Gottes gewesen? Konnte der heilige Jacobus auch diese Schuld von ihm waschen? Wir machen eine Leiter aus unseren Sünden, wenn wir sie niedertreten, hatte Bernhard gesagt. Würde diese Leiter ihn zum Himmel führen?

Wie weh seine Beine taten, und wie müde war er! Er konnte nicht mehr. Seine Beine zitterten, seine Knie knickten ein. Er setzte sich so unvermutet auf einen Stein, daß derjenige, der hinter ihm ging, gegen ihn stieß und fast über ihn fiel, wobei er einen Kraftausdruck ausstieß. Marcabru drehte sich um und sah das aschgraue Gesicht des Herzogs. Tränen strömten über Wilhelms Wangen. Sein Schildknappe stand neben ihm.

»Es ist nicht mehr sehr weit, Herr«, sagte dieser und deutete nach unten. Tief im Tal, am Fuß des Berges, war das Dach des Hospizes zu sehen und der Turm einer Kirche. Er wollte dem Herzog helfen aufzustehen. Doch Marcabru setzte sich neben ihn, als sei es ganz normal, hier eine Ruhepause einzulegen. Er deutete ins Tal, das sich vor ihnen erstreckte.

»Roncevalles«, sagte er, »das Tal der Dornen, tatsächlich ein Ort, der einen trübsinnig machen kann.« Der Herzog schwieg, und Marcabru fuhr fort: »Hier haben Roland, Olivier und Ogier mit mehr als vierzigtausend Christen, die als Nachhut den Abzug des Heeres von König Karl schützen sollten, gegen die Sarazener gekämpft. In dieser Kirche ist noch der Stein zu sehen, auf dem Roland versuchte, sein Schwert Durendael in Stücke zu hauen, weil er nicht wollte, daß es einem

Fremden in die Hand fallen sollte. Mit drei mächtigen Schlägen mit der Waffe zerhieb er den Stein, doch das Eisen brach nicht, noch verbog es sich.«

Der Herzog starrte abwesend vor sich hin.

»Und hier muß er sterbend in sein Horn geblasen haben, das elfenbeinerne Horn, das wir in Bordeaux in der Basilika des heiligen Severinus gesehen haben, bevor wir uns auf den Weg gemacht haben. Wer sollte hier nicht zu Tränen gerührt sein, wenn er diesen Ort anschaut, an dem Achilles, der Hektor unter Karls Paladinen, gefallen ist!«

XIV

»Ja, was denn nun, Achilles oder Hektor, denn beide geht natürlich nicht«, sagte der Vagant spöttisch.
»Warum nicht?« fragte Marcabru.
Ich stimmte ihm zu. »Beide waren Helden.«
»Sie waren Gegner und außerdem heidnische Helden«, meinte der Vagant. »Warum wählst du nicht den Vergleich mit David, der mit dem Riesen Goliath kämpfte so wie Roland mit Ferragut? Das hätte doch viel nähergelegen, nicht wahr? Schließlich stammte Ferragut aus Goliaths Geschlecht.«
»Ich wollte den Herzog nicht an die Worte eines Geistlichen erinnern, darum vermied ich bewußt eine Geschichte aus der Heiligen Schrift. Ich wollte seine Gedanken von dem Schuldgefühl ablenken, das ihm Bernhard und Lauroux eingeredet hatten. Ich wählte Hektor und Achilles, weil Roland ein Held war wie sie.«
»Aber es war Ferragut, der unverletzbar war wie Achilles, außer diesem einen Fleck, den er in seiner Selbstüberschätzung Roland verriet.«
»Sein Nabel«, sagte ich.
Der Vagant schüttelte mit dem Gestus eines gelehrten Mannes, der sich über die Dummheit eines weniger gelehrten ärgert, den Kopf.
»Du hast ihm also auch nicht erzählt, wie Roland während einer Atempause in dem Titanenstreit versuchte, Ferragut zum christlichen Glauben zu bekehren, und wie der Maure erklärt hat, daß er die Lehre von der Dreieinigkeit nie akzeptieren könnte? Das ist für mich persönlich der schönste Teil der Geschichte, wie Roland mit einem Vergleich das Mysterium der Dreieinigkeit deutlich macht: daß eine Mandel, obschon aus Bast, Schale und Kern zusammengesetzt, auch nur eine einzige Frucht ist.«
Marcabru nickte. »Eine Harfe, die aus Holz, Saiten und Harmonie besteht, ist auch ein einziges Instrument.«

»Und die Sonne hat mit ihrem heißen, hellen Glanz auch eine dreifältige Natur«, fügte ich hinzu. Wir schauten einander an, hoben unsere Becher und brachten einen Trinkspruch aus:
»Auf die Spielleute!«
»Auf die Studenten!«
»Auf die Fahrenden!«
Unsere Rufe wurden auf allen Seiten übernommen, dann wurde ein Trinklied angestimmt.

Die erste Rund das Glas wir heben
auf alle, die noch sind am Leben,
auf jene, die in Kerkern zittern,
auf die, die heute Freiheit wittern.
Der vierte Trunk ist auf die Christen,
fünf dann auf die im Kampf Vermißten,
sechs für den Mann, dem wir vertrauen,
der siebte auf die leichten Frauen.

Droben in der Öffnung zum Dachboden erklang ein Hurra.

Acht auf die schlechten Klosterpatres,
und neun auf weggelaufne Fratres,
zehn, wessen Fuß den Pfad beschreitet,
und elf, wer für die Wahrheit streitet,
zwölf dann auf alle, die bereuen,
dreizehn auf die, die Arbeit scheuen,
auf Papst und König, sie solln leben,
Rechtlose gern ihr Glas nun heben.

»Dagegen kam Ferragut also nicht an«, sagte der Vagant, »er mußte der Dreieinigkeit zustimmen.«
»Aber dann weigerte er sich, an die Auferstehung zu glauben«, sagte ich, »woraufhin Roland von den Löwenwelpen erzählte, die tot geboren werden, doch am dritten Tag lebendig werden beim Gebrüll ihres Vaters oder unter dem warmen Atem ihrer Mutter.«

»Ja, so ist es.« Der Vagant nickte zustimmend. »Aber Ferragut weigerte sich, das zu akzeptieren, und der Kampf wurde wieder aufgenommen.«

»Roland war müde und geschwächt, weil der Kampf schon so lange gedauert hatte«, fuhr Marcabru fort. »Doch als er zusammenzubrechen drohte, hatte er eine Vision. Er sah einen Engel, der ihm den Sieg versprach. Das gab ihm so viel Mut, daß er den Mauren an dessen verletzlichem Fleck verwundete und ihm einen tödlichen Schlag versetzte. Diesen Teil habe ich dem Herzog damals erzählt.«

»Aha, jetzt wird es klar. Dann ist Ferragut doch Achilles und Roland ist Hektor. Doch erst hast du gesagt, daß Roland beides gewesen wäre. Und dann ist Ganelon der Schlaukopf Sinon, dem es mit seinen schönen Reden gelang, das hölzerne Pferd nach Troja hinein zu bekommen. Denn es war Ganelon, der auf dieselbe Art Verrat übte, indem er Karl die glanzvollen Geschenke des Sarazenenkönigs Marcelius brachte und ihm versicherte, daß die Sarazenen ihn nicht mehr angreifen würden. Daraufhin zog Karl sich zurück, ohne zu wissen, daß Marcelius' Heer inzwischen am Paß von Roncevalles die Rückhut unter dem Befehl Rolands überfiel und bis zum letzten Mann abschlachtete. Je länger man über solche Geschehnisse nachdenkt, desto mehr Übereinstimmungen erkennt man.«

»Ich habe Roland nur mit den zwei Heiden wegen ihres Mutes und ihrer Kraft verglichen, Hektor war ein Königssohn, Roland der Sohn des Grafen Milo von Angers, also auch ein Edelmann. Aber es war Achilles, der Hektor tötete, nicht umgekehrt. Achilles war ein Halbgott, das kann man von Ferragut nicht sagen. Und verehren wir Roland nicht als einen heiligen Märtyrer? Haben wir nicht an seinem Grab in Blaye gebetet?«

»Und half es, ich meine, konntest du den Herzog mit dieser Geschichte aufheitern?« erkundigte ich mich.

»Wie kann man jemanden aufheitern, der so gebannt ist von der Tragik seiner Vergangenheit? Man sagt, daß Rolands Geist dort noch immer herumschwebe. Manche behaupten, daß sie ihn auf seinem Pferd Vaillant durch die Dunkelheit haben reiten sehen und daß er in sein Horn geblasen habe. Wenn man den Wind durch den Paß sausen hört, kann

man sich das gut vorstellen! Die Geschichte hat jedenfalls so weit genützt, daß Herzog Wilhelm wieder ein bißchen zu Atem kam, so daß er das letzte Stück des Abstiegs hinter sich bringen konnte.«
»Man sollte denken, daß ein Mann mit einer solchen Statur, der immer gut zu essen hatte und außerdem häufig auf die Jagd ging und sich auch auf andere Art körperlich anstrengte, eisenstark wäre. Eine solche Reise hätte doch kein Problem für ihn sein dürfen, nicht wahr?«
»Herzog Wilhelm war krank in seinem Geist. Er wurde von einem Teufel heimgesucht, der in seinem Kopf herumspukte und sein Denken beeinflußte. Darum war er manchmal plötzlich so streitsüchtig und tat den Menschen weh, die ihm teuer waren. Um diesen Teufel loszuwerden, ging er doch nach Compostela. Am Grab des heiligen Jacobus waren schließlich so viele Wunder passiert. Dann würde alles gut werden, und er könnte darangehen, seine Zukunftspläne auszuführen.«

Wie ein Kind war Herzog Wilhelm an der Hand Marcabrus weiter den Berg hinuntergestiegen bis zu Rolands Hospiz, wo die toten Pilger in das Ossuarium gebracht wurden und die Kranken einen ruhigen Platz zugewiesen bekamen. Die anderen erhielten eine einfache Mahlzeit. Emsige Hände besohlten ihre Schuhe, sie konnten sich waschen und fanden ein Nachtlager. Am nächsten Morgen setzten sie ihren Weg zu dem Dorf Roncevalles fort.
Der Herzog kam langsam wieder zu sich und ließ sich von seinen Begleitern Mut zusprechen. Sie waren in Spanien, fast die Hälfte der Reise hatten sie hinter sich. Noch gute zwei Wochen würde es dauern, vielleicht sogar nur dreizehn Tage, wenn sie sich beeilten, und sie würden Compostela erreichen. Compostela, wo die Vergebung wartete und seine Seele gereinigt würde und das nach Jerusalem die wichtigste Pilgerstätte war. Oder war Rom wichtiger? Das wurde von vielen bestritten, vor allem in Galizien.
Gestärkt durch die Ruhepause und die vielen aufmunternden Worte, trat Wilhelm die zweite Hälfte der Reise an. Anfangs verlief alles gut. Sie ließen das hohe Gebirge hinter sich, kamen in eine hügelige Landschaft, wo sie ordentliches Essen erhielten, und passierten Pamplona, die Hauptstadt des Königreiches Navarra, in der sich das Wunder von

Jericho wiederholt hatte, als Karl der Große zu Gott und dem heiligen Jacobus gebetet hatte, sie mögen ihn bei seiner Belagerung der sarazenischen Festung unterstützen. Sie zogen weiter durch einen dürren Landstrich, überquerten voller Bewunderung die steinerne Brücke, die sich in fünf Bögen über den Fluß Arga zog, und erreichten nach drei Tagen Estella. Dort bekamen sie zum ersten Mal seit Tagen wieder weißes Brot und guten Wein, labten sich an Fleisch und Fisch und setzten dann, wie es üblich war, die Reise zu Pferd fort. Wilhelm lebte sichtbar auf. So fühlte er sich wieder in seinem Element. Er zeigte Interesse für die Umgebung, für die große Verschiedenheit der Pflanzen auf beiden Seiten des Weges und für die seltsamen Felsformationen, die das breite Tal einschlossen. Aufmerksam lauschte er Marcabru, der ihm von dem kleinen Dorf Clavijo erzählte, wo während eines Kampfes zwischen Mauren und Christen, als die Christen zu verlieren drohten, plötzlich ein weißer Reiter erschienen war und ihnen zum Sieg verholfen hatte. Es war der heilige Jacobus in eigener Person gewesen, und seither trug er den Beinamen Matamoros, Maurentöter.
Bei Logroño kamen sie durch ausgedehnte Weinberge. Es war ein laues Frühlingswetter, und fast hätten sie glauben können, zu Hause in Aquitanien zu sein. Auch die Etappe von Nájera, wo das legendäre Gefecht zwischen Roland und Ferragut stattgefunden hatte, nach Burgos wurde zu Pferd zurückgelegt. Unterwegs besuchten sie das Grab des heiligen Dominicus, der einmal die Steinstraße angelegt hatte, über die ihre Reittiere nun liefen. Hinter Burgos öffnete sich endlich das trockene flache Land, und sie gingen zu Fuß weiter.
Es war Ende März, als sie die Stadt Sahagún erreichten und den Wald besichtigten, der dort entstanden war, als die triumphierenden Kämpfer vom Heer Karls des Großen zur Ehre Gottes die Lanzen der Gefallenen in die Erde gesteckt hatten. In Aquitanien, in Saintes, hatte sich dieses Wunder später wiederholt. Auch dort hatten die Franken nach ihrem Sieg über die Mauren ihre Speere in die Erde gesteckt und überrascht gesehen, wie diese Wurzeln schlugen und zu blühenden Laubbäumen aufwuchsen.
Doch Wilhelm lauschte nur mit halbem Ohr auf das, was ihm erzählt wurde. Er begann ungeduldig zu werden. Nach der zweiten Etappe zu

Pferd ging es ihm zu Fuß wieder viel zu langsam. Er war daran gewöhnt, schnell zu reisen und die Umstände nach seinem Geschmack einzurichten. Nun war er wieder den Launen des Wetters ausgesetzt, seinen schweren Schuhen und seinen Begleitern, die alles besser wußten als er selbst und die ihm ständig erzählten, daß er aus diesem Fluß nicht trinken dürfe, daß er jenen Fisch nicht essen solle und daß man in diesem gottverlassenen Land besser überhaupt kein Fleisch zu sich nahm. Wie sollte ein Mensch diese teuflische Reise mit einer derartigen Hungerration durchhalten? Der Besuch bei den Schreinen der heiligen Märtyrer Facundus und Primitivus in Sahagún brachte ihm wenig Trost. Nur der Blick auf die alte Königstadt León, die von Pilgern »die Stadt voller Glückseligkeit« genannt wird und die sich sonnenbeschienen vor seinen Füßen in der fruchtbaren Ebene erstreckte, als er den letzten Hügel erklommen hatte, stimmte ihn etwas fröhlicher. Hier war er wenigstens wieder in der kultivierten Welt. Von weitem konnte er die Basilika von Sankt Isidorus erkennen, wo sie die Reliquien des Heiligen anbeten wollten. Es war der letzte wichtige Andachtsort vor Compostela, das nun noch fünf Tagesreisen entfernt war. Das gab ihm ein Gefühl der Erleichterung, zugleich jedoch versetzte es ihn in gespannte Erwartung. Die Konfrontation mit dem Grab des Jacobus kam näher und somit auch die Stunde, in der Wilhelm hoffte, für sein sündiges und gewalttätiges Leben Vergebung zu finden.

Keiner von ihnen war je westlich von León in dieser trockenen und eintönigen Landschaft gewesen, auch Marcabru nicht. Wieder begann es warm zu werden, vor allem mittags, und der Herzog bekam dicke Füße und litt ständig unter Durst. Seine lederne Trinkflasche war so schnell leer, daß seine Gefährten ihren eigenen Vorrat mit ihm teilen mußten. Trotzdem wurden sie von ihm angeschnauzt, wenn sich herausstellte, daß auch sie keinen Tropfen mehr hatten und er sich bis zum nächsten Fluß zurückhalten müßte. Ab und zu hörten sie ihn vor sich hin murmeln, doch was er sagte, war meist nicht zu verstehen. Es half nichts, daß sie ihm versprachen, hinter den Bergen liege Galizien, in dem es waldreich und kühl sei, und daß sie schon bald die grünen Hügel in der Ferne sehen würden.

Villafranca erfüllte alle Versprechungen. Es lag in einem Tal, in dem

zwei Flüsse zusammenströmten, und dahinter erhoben sich tatsächlich bewaldete Hügel. Es gab verschiedene Klöster und Gasthäuser, die von Cluniazenser Mönchen errichtet worden waren. Sie wurden gastfrei empfangen, und Wilhelm war es für den Augenblick zufrieden.
In dieser Nacht träumte Wilhelm vom heiligen Jacobus. Er sah sich selbst über einen geschlängelten Pfad einen Hügel hinabgehen, als der Apostel ihm plötzlich in Gestalt des weißen Reiters von Clavijo entgegengeritten kam und ihm den Weg versperrte. Sein Speer und sein Schwert blitzten in dem himmlischen Licht, das sie beleuchtete. Eine weiße Taube flatterte über dem Kopf des Heiligen. Doch als Wilhelm den Mund aufmachen wollte, um etwas zu sagen, kam statt eines Geräuschs eine Krähe heraus, die die Taube angriff. Schreiend wachte er auf, fuchtelte wild mit den Armen durch die Luft, um den schwarzen Vogel von der Taube zu verjagen. Es war der Teufel, das wußte er, der seine Seele haben wollte und darum mit dem Heiligen kämpfte. Oder war die Krähe seine sündenbeladene Seele und die Taube die gereinigte Seele, die ihn in Compostela erwartete? Er konnte nicht mehr schlafen. Schwitzend warf er sich von einer Seite auf die andere und wartete darauf, daß ihn das Morgengrauen erlösen würde. In der Dunkelheit tauchte die ausgezehrte Gestalt Bernhards vor ihm auf, der ihm den Hostienteller entgegenhielt, auf dem jedoch kein Brot, sondern eine zusammengerollte Schlange lag. Die gespaltene Zunge zischelte bis dicht vor sein Gesicht. Wieder begann er zu schreien.
»Herr Wilhelm, wacht auf!«
Es war Marcabru, der mit einem feuchten Tuch neben ihm saß und seine nasse Stirn abwischte.
»Möge Gott es dir lohnen«, sprach der Herzog. »Ich schwöre dir, daß es dir an nichts fehlen soll, solange ich lebe.«
Voll ängstlicher Zweifel machte er sich am nächsten Morgen wieder auf den Weg. Sie gingen in nordwestlicher Richtung, über eine Straße, die bergauf führte durch das Tal des Valcarce bis hin zu der Stelle, wo auf der Spitze des Berges Monte Cebrero der Fluß entsprang. Es war ein mühsamer Weg, der Pfad stieg langsam, aber stetig an. Sie kamen an einer alten sarazenischen Burg vorbei, die am nördlichen Ufer des Valcarce ganz oben auf einer hohen Bergkuppe lag.

Der Herzog ermüdete schnell nach der unruhig verbrachten Nacht, deshalb wurde die Reise vorzeitig in einem Kloster auf der Spitze des Berges unterbrochen. Der Gebetsort durfte sich eines noch kleineren Hospizes rühmen, das aus einigen unansehnlichen Hütten mit Strohdächern bestand, wo es aber behaglich warm war. Sonst gab es nichts als wilde Berglandschaft, so weit das Auge reichte, und den Wind, der nachts über die Berggipfel fegte. Nach einem kargen Abendessen schlief Wilhelm wie ein Stein und schnarchte, bis er zur Morgenmesse geweckt wurde.

Nach dem Frühstück begannen sie den Abstieg, dann führte der Weg wieder hinauf auf einen Berg, der El Poyo hieß. Das Gebiet war schwer zugänglich, unwirtlich und verlassen. Nach einiger Zeit erreichten sie Triacastella, wo jedem der Pilger bei der Steingruft am Fuß des Gebirges ein Stück Kalkstein ausgehändigt wurde, das sie mitnehmen konnten bis dicht vor Compostela, wo Kalk gemacht wurde für den Bau einer neuen Basilika. Der Herzog nahm das Stück Stein in Empfang, steckte es in die Tasche mit den kargen Besitztümern, die er über der Schulter trug, und schleppte sich langsam weiter. Noch an diesem Nachmittag blieb er bei einem Fluß stehen, ließ seinen Stab fallen, warf auch die Tasche zu Boden und teilte mit, er habe Hunger. Er deutete auf ein paar einfache Männer, die ein Stück entfernt fischten.

»Frag sie, ob wir was von ihren Fischen bekommen. Sie haben offenbar genug.«

»Aber Sarria ist nicht mehr weit, Herr. Dort ist ein Kloster, in dem wir übernachten können und wo wir sicher eine Mahlzeit erhalten werden.«

»Wieder Brot und Gerste und Bohnen! Und hier gibt es guten Fisch.«

»Es wird abgeraten, Fisch aus den Flüssen Galiziens zu essen. In ganz Spanien übrigens.«

»Wovon leben denn dann die Menschen hier? Warum fangen sie denn Fische, wenn sie sie nicht essen wollen?«

»Es sind Galizier, die sind daran gewöhnt. Fremde werden krank davon und vom Genuß bestimmter Fische kann man sogar sterben, von Karpfen und Aalen zum Beispiel.«

Der Schildknappe deutete in die Ferne. »Das stimmt offenbar nicht, die dort leben!«
»Unsinn. Wer gesund und stark ist, wird nichts davon kriegen. Ich leide schon seit Tagen Hunger. Wie kann ein Mensch auf diese Art die Reise überstehen? Nun, geht jemand zu den Fischern, oder muß ich es selbst tun?«
»Es ist die Woche vor Karfreitag, Herr«, versuchte jemand noch vorsichtig, »sollten wir da nicht fasten?«
»In der Fastenzeit darf man Fisch essen«, antwortete der Herzog gereizt. »Mach lieber ein Feuer.« Er kauerte sich am Ufer des Flusses hin und schöpfte mit beiden Händen Wasser. Er trank es und nickte zufrieden. »Prima Wasser. Hol diesen Fisch.«
Seine Begleiter schauten einander an. Marcabru zuckte mit den Schultern. Er kannte diesen Landstrich nicht und wußte ebensowenig wie die anderen, ob der Fisch aus diesem Fluß eßbar war oder nicht. Vernünftig war es jedenfalls nicht, man konnte nicht vorsichtig genug sein. Schließlich ging der Schildknappe zu den Fischern, die erst heftig den Kopf schüttelten, doch beim Anblick einiger Münzen nachgaben. Er kam zurück und hatte ein Tuch voller silberglänzender, zappelnder Fische. Wilhelms Gesicht hellte sich auf, als sie erst einmal an einem Stock über dem Feuer hingen. Das Wasser lief ihm im Mund zusammen, und er konnte kaum abwarten, daß sie gar waren. Wie ein hungriger Wolf fiel er über sie her und aß, bis er nicht mehr konnte. Die anderen ließen ihn gewähren und nahmen selbst nichts, oder aus Höflichkeit nur ein paar Bissen. Schließlich war es sein Fisch, den er gewollt hatte. Zufrieden lehnte sich der Herzog an einen Baum. Sein Bauch war angespannt.
»Mit einem Becher Wein wäre es vollkommen gewesen«, sagte er.
Nachdem er sich etwas von seiner Schlemmerei erholt hatte, wurde der Weg fortgesetzt, und gerade rechtzeitig, bevor es Nacht wurde, erreichten sie das Kloster Sarria. Beim Abendessen wollte der Herzog von dem Essen, das die Mönche ihm anboten, nichts essen, und niemand brauchte sich zu fragen, warum er im Moment keinen Appetit hatte. Danach wurde gebetet, und man begab sich zur Ruhe.
Marcabru war in seinem ersten Schlaf, als er erschrocken aufwachte.

Er überlegte, wo er sich befand und welches Geräusch ihn geweckt hatte. Dann hörte er den Herzog stöhnen. Er kroch zwischen den anderen hindurch zum Lager des Edelmannes. Im selben Moment tauchte auch der Schildknappe neben seinem Herrn auf. Vor Schmerzen zusammengekrümmt, die Hände um den Bauch geschlungen, lag der Herzog auf dem Lager und schnappte nach Luft. Der Schildknappe und Marcabru warfen sich einen Blick zu, beide dachten, was sie nicht auszusprechen wagten: der Fisch.
»Bringt mich... zum... Lavatorium«, brachte Wilhelm stammelnd heraus.
Zusammen hoben sie ihn hoch und schleppten ihn zum Waschplatz der Mönche, wo sich der Herzog mit hochgezogenem Hemd hinkauerte und sogleich anfing zu erbrechen. Der Gestank von verdorbenem Fisch verbreitete sich im Raum. Mit einem kreideweißen Gesicht schaute der Herzog den Schildknappen und Marcabru an.
»Das kommt durch einen Traum«, sagte er. »Der Teufel tanzte auf meinem Bauch. Er riß mir die Haut auf und fing an, die Eingeweide herauszuziehen.« Er zitterte, beugte sich zur Seite, drückte die Finger gegen die Nasenflügel, rotzte lautstark und spuckte sauren Speichel aus. Der Schildknappe brachte Wasser, damit er sich abspülen konnte. Als er sich endlich aufrichtete, bückte er sich sofort und griff wieder nach seinem Bauch. Es schien, als triebe der Teufel dort noch immer sein Unheil, als würde er auseinandergerissen. Er schlug ein Kreuz und stöhnte: »Heiliger Jacobus, hilf mir! Erlöse mich von den Teufeln in meinem Kopf und in meinem Leib!«
Alle drei machten in dieser Nacht kein Auge mehr zu. Immer wieder halfen Marcabru und der Schildknappe dem Herzog zum Lavatorium und zurück, bis die Morgendämmerung sie von dieser schrecklichen Nacht erlöste. Bei den ersten Sonnenstrahlen richtete sich Marcabru auf und schaute zur Seite. Das Gesicht des Herzogs war aschgrau, seine Augen, grau umrandet und tief in die Höhlen gesunken.
»Wir müssen weiter«, sagte er heiser.
»Vielleicht ist es besser, einen Tag zu ruhen. Zum Grab des Apostels sind es noch zwei Tage. Ihr müßt erst noch ein bißchen zu Kräften kommen. Es sind zwei lange Etappen, und die Straße ist bergig.«

»Ich will vor dem Karfreitag in Compostela sein.«
»Natürlich sind wir am Karfreitag dort. Das schwöre ich Euch beim Bart des heiligen Jacobus.«
Doch der Herzog packte Marcabru am Arm und ließ sich hochhelfen. Als er aufrecht saß, wurde ihm schwindlig.
»Ich muß weiter«, flüsterte er, »ihr müßt mir helfen. Ich muß Buße tun, die Teufel vertreiben, um Vergebung bitten ... ich darf nicht aufgeben, ich bin schon so weit gekommen.«
Die Willenskraft des Herzogs war größer als irgend etwas in der Welt. Er schleppte sich hinaus, nahm dankbar den Kräutertrank in Empfang, den die Mönche in seine Trinkflasche füllten und von dem sie behaupteten, davon würde es ihm bald besser gehen. Er sackte fast zusammen, als er die Tasche mit dem Stein auf die Schulter nehmen wollte, und schaffte es trotzdem, sich in Bewegung zu setzen. Seine Reisegenossen folgten ihm auf dem Fuß und waren bereit, ihn aufzufangen, sollte er zusammenstürzen. Schwankend stieg er den Pfad hinauf, der erst nach oben führte und nach vielen Kurven wieder hinab ins Tal, wo das liebliche Dorf Puertomarin am Ufer des Flusses Miño lag. Um diese Zeit mußte er von zwei Männern gestützt werden, während die anderen die Tasche mit den Steinen trugen. Weiter kamen sie an diesem Tag nicht, Wilhelm sank erschöpft zusammen. Der Kräutertrank hatte nicht viel geholfen, er hatte keinen Tropfen bei sich behalten können. Seine Glieder zitterten, als habe er einen Anfall, und seine Augen zeigten einen ungewöhnlichen Glanz.
»Er hat Fieber«, flüsterte der Schildknappe.
Sie fanden eine Herberge, wo sie für zuviel Geld einen Schlafplatz bekamen.
»Es ist eine Schande, wie sie sich an einem Kranken noch bereichern wollen!« sagte der Schildknappe empört, aber es war nicht zu ändern. Wilhelm wurde hineingetragen und aufs Bett gelegt. Er zitterte und klapperte mit den Zähnen. In der ganzen Nacht wachten sie bei ihm, legten ihm nasse Tücher auf den Kopf und befeuchteten seine Lippen. Manchmal schlief er für kurze Zeit ein, nur um kurz darauf wieder zu erwachen und wirres Zeug von seltsamen Visionen zu erzählen, die ihm in seinem Fiebertraum erschienen waren.

Am Morgen berieten sie, wie es weitergehen sollte. Der Sergeant, der im übrigen die ganze Zeit wenig zu tun gehabt hatte, abgesehen von Navarra, wo Räuberbanden die Wege unsicher machten, war beunruhigt.

»Wenn er in diesem Zustand weiterreist, gebe ich keinen Sou für sein Leben.«

»Das tue ich auch so nicht. Man kann zusehen, wie er wegstirbt.«

»Er will vor Karfreitag in Compostela sein«, sagte Marcabru.

»Das ist in drei Tagen.«

»Aber wir haben schon die halbe Etappe nach Palas del Rey geschafft. Von dort ist es nur noch eine Tagesreise«, sagte der Schildknappe hoffnungsvoll.

»Nicht in diesem Zustand. Wenn wir ihn tragen müssen, brauchen wir sicher zwei Tage dafür.«

»Wer spricht von tragen? Ich gehe keinen Schritt weiter, solange er nicht gesund ist.«

»Wie ist die Landschaft, die wir noch vor uns haben?«

»Hügelig.«

»Wir müssen seinen Wunsch achten«, flehte Marcabru. »Stellt euch vor, daß er in diesem Loch stirbt. Das würde ich mir nie vergeben. Wir müssen versuchen, ihn rechtzeitig zum Grab des heiligen Jacobus zu bringen. Er soll um Vergebung seiner Sünden bitten können, bevor es zu spät ist, falls er auf dieser Reise sterben muß.«

»Was auch geschieht, es ist Gottes Wille«, bestätigte der Schildknappe. »Tun wir, was Marcabru sagt.«

Und so beschlossen sie, eine Tragbahre zu machen und Wilhelm draufzulegen, denn gehen konnte er nicht mehr. Die Tasche mit dem Stein wurde zwischen seine Füße gelegt, und wer die Bahre trug, brauchte seinen eigenen Stein nicht zu schleppen. So machten sie sich auf den Weg und trugen den Herzog zwischen sich, der im Rhythmus ihrer Schritte schwankte und ihnen von Zeit zu Zeit wirres Zeug und Verwünschungen an den Kopf warf.

Auf halber Strecke zwischen Puertomarin und Palas del Rey kamen ihnen aus den Wäldern Huren entgegen, für die diese Strecke bekannt war. Sie versuchten, die Reisenden dazu zu bringen, mit ihnen im

Unterholz zu verschwinden, und hoben ihre Röcke hoch, um sie einen Blick auf das werfen zu lassen, was sie zu bieten hatten. Die Bahre mit Wilhelm darauf entging ihrer unverschämten Neugier nicht.
»Wie groß er ist!«
»Fühlst du dich nicht wohl, Schatz?«
»Komm mal mit mir, dann werde ich dich verwöhnen.«
»Wenn ich dich drannehme, bist du gleich wieder gesund.«
Wilhelm schlug die Augen auf.
»Setzt mich ab, verdammt noch mal, mir wird speiübel von dieser Schaukelei!« erklang seine heisere Stimme. Plötzlich nahm er in dem Nebel, der ihn umgab, eine der Frauen wahr. »Wer bist du?«
Der Sergeant hielt es für seine Pflicht einzugreifen und schob sie zur Seite. »Aus dem Weg, ihr läufigen Schnallen!«
Marcabru fuhren die vielen Verszeilen durch den Kopf, in denen er die adligen Damen Huren genannt hatte, aber er schwieg, weil er im Augenblick mehr unter dem Schicksal des Herzogs litt, der wieder in eine Art Halbbewußtsein wegsackte.
Mittags erreichten sie Palas del Rey, wo sie am Brunnen anhielten und den Kranken erfrischten. Sie verbrachten auch diese Nacht wie die vorhergehende, indem sie abwechselnd bei Wilhelm wachten.
Zwei Tage blieben ihnen noch. Sie konnten es leicht schaffen, sogar mit der Bahre, aber würde Wilhelm es aushalten? Es ging sichtbar bergab mit ihm, auch wenn keiner von ihnen es wahrhaben wollte, daß er so schlimm dran war. Der heilige Jacobus würde ihn doch beschützen. Wie viele Pilger hatten sie unterwegs gesehen, die ebenso laut um die Hilfe des Apostels gebetet und es doch nicht geschafft hatten. Warum hatte der Herzog in Gottes Namen darauf bestanden, mit so wenig Begleitern und ohne Lasttiere zu reisen? Sie hätten die Bahre zwischen zwei Pferden festmachen können und wären viel schneller vorwärts gekommen. Doch es war sinnlos, nun darüber zu sprechen. Der Herzog hätte das übrigens nicht gewollt: Er war fest entschlossen gewesen, als bußfertiger Pilger zu reisen, ohne seinen Status und die damit verbundenen Privilegien zu nutzen. Außer auf der Strecke zwischen Estella und Burgos hatte er kein Pferd besteigen wollen.
Für die Entfernung von Palas del Rey nach Mellid brauchten sie den

ganzen Vormittag. Die schmale Straße war überfüllt, ständig mußten sie mit der Bahre Reitern und Ochsenwagen ausweichen. Mittags kamen sie in Castañeda an, wo sie endlich die Kalksteine loswurden. Hier wurde der Kalk für die neue Basilika von Compostela zubereitet, mit deren Bau man 1078 begonnen hatte und deren Vollendung, wie man sagte, noch einmal sechzig Jahre oder mehr dauern würde.
Wie auf Flügeln liefen sie nun, ohne die zusätzliche Belastung durch die Steine, aber der Zustand des Herzogs machte es ihnen unmöglich, noch viel weiter zu gehen.
In einem Dorf, das Villanova hieß und im Schatten jahrhundertealter Kastanien lag, suchten sie noch einmal einen Platz in einer Herberge. Wilhelm war die ganze Nacht unruhig. Er stammelte von Teufeln und Dämonen und richtete sich manchmal auf, um mit bebenden Händen irgend etwas abzuwehren, das nur in seiner Einbildung bestand. Seine Lippen wurden grindig vom Fieber, und wenn er atmete, röchelte es in seiner Brust. Sie wußten es nun alle: Nur der heilige Jacobus konnte ihn noch retten. Er schien es auch selbst zu begreifen, denn er rief wiederholt den Heiligen an und beschwor jeden, der sich über ihn beugte, ihn in die Stadt zu bringen, wo die Gebeine des Apostels schon so viele Wunder bewirkt hatten, wo Kranke gesund geworden waren und Besessene vom Teufel erlöst wurden.
Bei San Marcos, wo sie am letzten Tag ihrer Reise zum ersten Mal die Türme der Stadt sahen, war sein Geist plötzlich klar. Er bat sie, ihn aufzurichten, so daß er das Panorama der Stadt in der Ferne betrachten konnte, und sie hoben ihn hoch und waren, trotz der Sorge um ihren Herrn, tief bewegt, daß das Ende der Reise so nahe war. Wilhelm sah nur die verschwommenen Umrisse und wollte, daß sie ihn auf die Spitze des Mons Gaudii brachten, von wo aus die Aussicht auf Compostela besser war. Das mußten sie ablehnen. Der Aufstieg würde zu lange dauern und auch für ihn selbst zu ermüdend sein. Als er wieder auf der Trage lag und sie weiterzogen, sahen sie, wie er Gebete murmelte.
Die Sonne stand tief im Westen und begann schon, die schier endlos wogenden Baumgipfel der ausgedehnten Wälder rot zu färben. Sie hatten das Ufer eines Flusses erreicht, wo sich die Pilger normalerwei-

se entkleideten und wuschen, bevor sie zu der heiligen Stadt gingen, die nur noch anderthalb Meilen entfernt war. Es schien, als fühle sich Herzog Wilhelm etwas besser. Er war vollkommen ansprechbar und wollte auch baden. Sie zogen ihm die Kleider aus, wobei sie nur mit Mühe ihr Erschrecken vor ihm verbergen konnten, als sie sahen, wie sehr er in diesen paar Tagen abgemagert war. Er konnte kaum auf den Beinen stehen. Über die Schultern seiner treuen Diener hängend, wankte er mit seinen langen, staksigen Beinen ins Wasser. Sein Blick war nun klarer. Verwundert betrachtete er die anderen Pilger, die mit erigiertem Glied im Fluß standen, und dabei war doch keine Frau in der Nähe. Unten an seinem Bauch, oder besser gesagt der lockeren Hautfalte, die seine herausstehenden Hüftknochen miteinander verband, hing seine Männlichkeit schlaff und nutzlos im kalten Strom.
»Ihre Liebe für den heiligen Jacobus ist so groß, daß sie nun, da sie seinem Grab so nahe sind, vor Aufregung einen Steifen bekommen. Davon hat der Fluß seinen Namen: Lavamentula - wasche den Phallus«, erklärte der Schildknappe, der vor ihrer Reise seine Hausaufgaben gut gemacht hatte. Der Herzog gab keine Antwort. Er rutschte zusammen und mußte in aller Eile über Wasser gehalten werden, sonst wäre er ertrunken. Sie brachten ihn zum Ufer, kleideten ihn an und legten ihn wieder auf die Bahre.
»Was für ein Verlust«, murmelte der Sergeant hinter Marcabrus Rükken, den Blick auf das Wrack gerichtet, das einmal der Stolz von Poitou gewesen war. Der Troubadour drehte sich mit einem Ruck um, seine Faust schoß vor, und plötzlich lag Wilhelms Leibwächter im Fluß. Triefend kletterte er heraus und schien bereit zurückzuschlagen, doch die anderen hielten die beiden Männer fest.
»Warum haben wir diesen Giftpilz da eigentlich mitgenommen?« maulte der Sergeant. »Ich habe gewußt, daß er früher oder später Schwierigkeiten machen würde. In Poitiers kennen wir seinen Ruf nur allzu gut.«
Marcabru versuchte sich loszureißen. Die Bemerkung des Sergeanten brannte in seiner Seele.
»Das ist nicht der Augenblick, sich zu streiten«, wies ihn der Schildknappe zurecht.

»Wenn er sich noch mal so über Herzog Wilhelm ausläßt, schlage ich ihm wieder aufs Maul«, rief Marcabru.
Der Herzog merkte von all dem nichts. Regungslos und leichenblaß lag er auf seiner Bahre und atmete mühsam. Sie hoben ihn hoch und setzten ihren Weg fort. Kurz bevor es dunkel wurde, gelang es ihnen, eine Unterkunft am Rand der Stadt zu finden. Der Zustand des Kranken war besorgniserregend. Die ganze Nacht wurden sie vom Rasseln seines Atmens, das plötzlich stockte und mit quälender Langsamkeit wieder einsetzte und von seinen Schreien, die manchmal plötzlich die Stille durchbrachen, wach gehalten.
»Ist es schon Karfreitag? Bin ich rechtzeitig in Compostela?« wollte er dann wissen.
Marcabru kniete neben seinem Bett und betete aus ganzem Herzen, der heilige Apostel möge am nächsten Tag ein Wunder geschehen lassen, falls es für Wilhelm überhaupt noch ein Morgen gäbe.
Sehr früh begaben sie sich durch die überfüllte Stadt zur Kathedrale. Die Pilger strömten an diesem heiligen Tag massenweise dorthin, und auf dem Platz vor der Nordseite der Kathedrale hatte sich bereits eine große Menge versammelt, die zum Eingang drängte. Die Steinhauer arbeiteten an diesem Tag nicht, aber die Verkäufer in den Ständen auf beiden Seiten der Straße und auf dem Kirchplatz selbst machten gute Geschäfte. Die Jakobsmuscheln, die als Beweis für die vollbrachte Pilgerreise an der Kleidung befestigt wurden, um dann später zu Hause voller Stolz gezeigt zu werden, fanden reißenden Absatz. Aber auch Schuhe, Schuhbänder, Gürtel, Pilgertaschen und alle möglichen Sachen, die nach der langen Reise ersetzt werden mußten, und vor allem auch heilkräftige Kräuter und Wachskerzen. Es wimmelte von Bettlern, von denen einer noch grauenhaftere Verstümmelungen zeigte als der andere und die oft mit Kaninchenblut getränkt waren, um den Vorübergehenden Almosen abzupressen.
Die kleine Gesellschaft, die todmüde war von den ruhelosen Nächten und dem tagelangen abwechselnden Schleppen der Bahre, bahnte sich einen Weg durch das Gedränge. Bei dem berühmten Brunnen am Fuß der Treppe zum Kirchplatz hielten sie kurz an, um sich die Hände und Füße zu waschen. Sie hatten kaum Augen für die Schönheit der glän-

zenden Kupfersäule mit den vier Löwen, aus deren Mäulern das erfrischende Naß in das Becken strömte. Dem Wasser dieses Brunnens wurde eine heilkräftige Wirkung nachgesagt, also wurde auch der Herzog gewaschen. Er reagierte nicht, als das kühle Naß über seine Glieder strömte. Mit halboffenem Mund lag er da, kaum sichtbar atmend, und starrte mit leeren Augen hinauf in den Himmel. Vielleicht war das Wasser nicht kräftig genug, um das Wunder zu bewirken, vielleicht würde es bei den Gebeinen des Heiligen geschehen. Sie hoben die Bahre wieder auf und drängten sich zum Eingang der Kirche. Die riesigen Löwen, die als Wächter zu beiden Seiten der Türen vor der Wand standen, waren noch nicht ganz vollendet. Unter der Bildhauerarbeit, die Christus in Seiner Majestät auf Zions Thron zeigte, umringt durch Seine Apostel, schlugen sie ein Kreuz und falteten Wilhelm die Hände über der Brust. Marcabru hätte gerne gesungen, wie es die anderen Pilger taten, während sie die Basilika betraten, aber er konnte es nicht. Seine Kehle war wie zugeschnürt von der plötzlichen Angst, es könnte zu spät sein. Etwas entfernt sah er den Altar mit dem Schrein des Heiligen unter dem mit Schnitzereien und Malereien reich verzierten Baldachin, der von dem aus fünf darüberliegenden Fenstern fallenden Licht beschienen wurde. Doch der Weg dorthin wurde von einer undurchdringlichen Masse schwitzender Pilger versperrt, die alle versuchten, vorwärts zu kommen. Der Geruch des enormen Weihrauchfasses, das über ihren Köpfen schaukelte, vermochte es nicht, ihren Gestank zu überdecken. Der Sergeant unternahm einen Versuch, einen Weg zu bahnen. Er schob und zog und benutzte sogar seinen hölzernen Pilgerstab, doch er erreichte wenig, außer daß ein paar Schläge fielen. Schließlich rief der Sergeant, so laut er konnte: »Macht Platz für Herrn Wilhelm, den Grafen von Poitou, Herzog von Aquitanien, der todkrank ist.«

Einige reagierten darauf und wollten zurückweichen, andere warfen verächtliche Blicke auf die Bahre und riefen, daß sie aus England oder aus dem Heiligen Römischen Reich gekommen wären und daß er sagen könne, was er wolle, sie hätten ebenso viele Rechte wie er. Mit diesen Worten schoben sie die Gutwilligen wieder an ihren alten Platz. Auch die Tragbahre wurde hin und her gestoßen. Es wurde gekämpft,

und in dem allgemeinen Durcheinander gelang es Wilhelms Getreuen, ein Stück weiter vorwärts zu drängen.
Mein Gott, dachte Marcabru betrübt, muß sein Leben so enden, wie es immer gewesen ist, in Uneinigkeit und Streit?
Inzwischen war der Bischof mit seinen Kanoniken und Meßdienern, begleitet vom Gesang der Mönche, am Altar erschienen, um die Messe zu zelebrieren. Sie knieten im Gebet, während hinter ihnen der Kampf wütete und die Kirche in ein Schlachtfeld zu verwandeln drohte. Einer der Kanoniken drehte sich verwirrt um und spähte durch die Kirche. »Flectamus genua«, ein Satz, den jeder verstand. Folgsam warf sich die Gemeinde auf die Knie und faltete die Hände. Marcabru und die Seinen blieben aufrecht stehen und hoben die Tragbahre, an deren Seiten die Arme des Herzogs schlaff herunterhingen, so hoch sie konnten. Der Sergeant wiederholte seine Ankündigung von vorhin. Die Kanoniken berieten sich flüsternd, dann wurde hastig und geräuschlos ein Weg zu den Altarstufen freigemacht. Der Schildknappe kreuzte Wilhelm noch einmal die Arme über der Brust, und langsam schritten sie nach vorn, während der Bischof das heilige Offizium der Leiden Christi las.
Äußerst vorsichtig hoben sie Wilhelm nun von der Trage und beugten seinen unwilligen Körper, um ihn vor dem Altar hinzulegen. Mit einem langgezogenen Stöhnen sank er zu Boden, unter dem Gesang der Mönche.
»Domine, exaudi orationem meam... Quia defecerunt sicut fumus dies mei.« Herr, erhöre mein Gebet... Denn meine Tage sind wie Rauch verflogen.
Gespannt beobachteten sie den Herzog, ob sich das Wunder nun vollziehen würde. Dieser lag unbeweglich auf den kalten Steinen. Es wurde für die heilige Kirche gebetet, für den Papst, für die Geistlichkeit, für alle Gläubigen – es schien eine Ewigkeit zu dauern –, für alle Christen und auch für alle, die nicht an Christus oder an Gott glaubten und danach für alle, die in Not waren.
»Oremus Deum Patrem omnipotentem... morbos auferat, famem depellat... infirmantibus sanitatem atque morientibus salutem indulgeat.« – Laßt uns Gott, den allmächtigen Vater, bitten... daß Er gefährliche

Krankheiten und Hungersnöte vertreibe... Kranken Genesung schenke und Sterbenden ewiges Heil.
Ein Zittern lief durch den Leib Herzog Wilhelms von Aquitanien, ein Seufzer floh von seinen Lippen. Gleichzeitig beugten sich der Schildknappe und Marcabru über ihn. Warum richtete er sich nicht auf, genesen und erlöst von dem Dämon, der ihn quälte, damit alle Anwesenden Zeugen eines Wunders wurden und Gott und den heiligen Jacobus loben konnten?
»Er ist tot«, brachte der Schildknappe heraus.
Der Troubadour wollte schreien, doch kein Laut kam aus seinem Mund. Das durfte nicht wahr sein! Entgeistert starrte er mit zusammengepreßten Lippen den Leib seines Beschützers an. Das durfte einfach nicht wahr sein! Verzweifelt schaute er sich um. Gesichter starrten ihn an, Gesichter gläubiger Pilger, Gesichter von Mönchen und Meßdienern und von den sieben Kardinälen zu beiden Seiten des Altars. Die steinernen Gesichter von Engeln, Propheten, Aposteln und den acht Tugenden in Frauengestalt oben auf dem Baldachin über dem heiligen Grab, geschnitzt und bemalt in Rot, Blau, Gold. Sie schauten ihn an, und ihm war, als würden sie wie Teufel grinsen.
»Nein!« schrie er. Vor seinen Augen verschwamm alles, und während ihm Tränen in die Augen stiegen, bahnte er sich einen Weg nach draußen.

XV

Mein Klagen ist voll Trauer und voll Schmerz,
dies Lied, o Gott, zerreißt mir fast das Herz;
ich weine um ihn mehr, als ich ertrag,
dem Grafen von Poitier gilt meine Klag;
Gott mög erhören meines Herzens Flehn,
laß ihn ins Reich der Seligen eingehn.

Allmächtiger, wie tief bin ich betrübt,
nahmst du mir doch den Herrn, den ich geliebt,
so wahr du Adam schufst, so mög der Graf
befreit sein von des Höllenfeuers Straf,
auf daß den Weg zu dir, o Herr, er find,
denn diese Welt ist schuld an unsrer Sünd.

Hienieden herrschet kein gerechtes Reich,
verschont doch keinen, alle sind wir gleich;
wer reich ist, stirbt, und sterben muß, wer arm,
daß Gott sich unsrer Seelen doch erbarm.
All meine Freunde sind allmählich fort,
nur ich bin noch gefangen hier am Ort.

Die Normandie mag weinen, wenn sie kann,
selbst der Franzosen König um den Mann,
der hinterließ ihm Töchter und ein Land,
Poitiers dem großen König so verband,
der jetzt, Besitzer übermächt'ger Macht,
sollt ziehn gen Sarazenen in die Schlacht.

Allüberall hört man der Klagen Ton,
in der Gascogne, Spanien, Aragón!

Der Herr der Welt, er reiche ihm den Arm,
Graf Wilhelm büßte, daß es Gott erbarm.
Der heilige Jacobus helfen mag,
zu dessen Füßen er als Pilger lag.

Cercamon, nun brotlos geworden, hatte sein Lied Herrn Ebles von Ventadour gewidmet, in der Hoffnung, daß sich der Edelmann seiner erbarmen würde. In Marcabrus Augen war das, als sei er zum Feind übergelaufen. Cercamon gehörte nun zum Burggrafen von Ventadour, der immer der größte Rivale des Grafen von Poitiers gewesen war, der immer versucht hatte, Wilhelm an Pracht und Reichtum zu übertreffen. Cercamon gehörte nun zu dem Kreis von Troubadouren, zu denen sich auch Catola rechnete und die die *fin amors* mißbrauchten. Sollte er das ruhig tun! Was ihn, Marcabru, betraf, hörte sein Freund damit auf, für ihn zu bestehen. In der Limousin und der Santonge würden wenig Tränen um den Tod des Herzogs geweint werden. Doch Cercamon hatte sich mit seinem Wehklagen selbst übertroffen. Es war ihm besser als seinem Freund gelungen, seine Trauer in Worte zu fassen.

Seid jenem unheilvollen Tag in Compostela hatte Marcabru nicht mehr gesungen. Der Schmerz um den Verlust seines Herrn und Beschützers war zu groß. Anfangs war geplant, er solle sofort nach Bordeaux reiten, weil ein zurückkehrender Troubadour noch den geringsten Argwohn geweckt hätte. Denn niemand durfte wissen, daß der Herzog verstorben war, nur Lauroux, der wußte, was er in einem solchen Fall zu tun hatte. Er würde Kuriere zum König von Frankreich schicken und ihm, in Übereinstimmung mit Wilhelms Testament, als Lehnsherren die Entscheidung überlassen, wem die Hand Aliénors, das heißt also Wilhelms Reich, gegeben werden sollte. Hätten die aquitanischen Barone etwas davon erfahren, hätte einer von ihnen sie vermutlich entführt und geheiratet, bevor Ludwig eine Entscheidung treffen konnte.

Doch Marcabru konnte nicht reiten. Er konnte seine Trauer und seine Verzweiflung nicht verbergen. Also waren der Sergeant und der Schildknappe losgezogen, um sich in Bordeaux heimlich in den Palast des Bischofs zu schleichen. Ihr letztes Geld hatten sie für Pferde und ein paar Esel für die anderen ausgegeben. Marcabru blieb zurück. Er blieb, um Zeuge zu sein, daß Wilhelm in der Kathedrale begraben wurde, vor dem Altar mit dem Grab des heiligen Jacobus. Dann trat er den langen Heimweg zu Fuß an, trauernd und einsam.

Wilhelm war tot. Vorbei waren die Tage ausgelassener Festlichkeiten, vorbei war es mit den vielen jungen Edelleuten, mit denen sich der Herzog umringt hatte. Eine Frau würde über Aquitanien herrschen, und das war es auch, was sie selbst wünschte.

Marcabru durfte nicht sterben, das wußte ich nun sicher. So viel Menschenliebe hatte ich offenbar noch in mir, daß ich in diesem Moment beschloß, mich nicht an diesem brutalen Mord zu beteiligen. Ich sah, was ich zuvor nicht hatte sehen wollen, daß die Opfer meiner Machenschaften nicht Wesen mit lediglich einem Namen waren und vielleicht noch nicht mal das, sondern Menschen, die Freude und Schmerz kannten, die Träume und Ideale hatten und die allein imstande waren, ihre eigene Geschichte zu erzählen, so wie er. Nein, ich würde nicht zulassen, daß der Troubadour ermordet wurde, und sollte jemand es versuchen, so würde ich es zu verhindern wissen. Ich mußte mir etwas überlegen, um ihn hier wegzulocken, aber ich mußte auch herausbekommen, wer der geheimnisvolle Auftraggeber war, denn nur dann konnte ich den Troubadour und mich selbst vor den Folgen meines Entschlusses schützen.

Während Marcabru mit dem Vaganten ein Gespräch führte, ging ich die Reihe noch einmal durch: Audric von Vilars war ein guter Kandidat. Bei ihm war Marcabru aufgewachsen, doch der Sänger war nicht besonders dankbar gewesen für das Dach, das ihm der Edelmann zur Verfügung gestellt hatte. Er hatte ihn und seine Frau beleidigt und war weggegangen. Außerdem hatte er Audric offenbar während eines späteren Treffens noch einmal zum Gegenstand seines sarkastischen Spotts gemacht.

Dann war da Herr Ebles von Ventadour, dessen berühmte »Schule« für Spielleute und Troubadoure von Marcabru verspottet worden war. Sollte ich Mélisanda auch auf die Liste setzen? Natürlich, niemand durfte ausgelassen werden, wenn ich auch bezweifelte, daß sie so umsichtig zu Werke gehen würde, wenn sie Marcabru in die andere Welt befördern wollte. Dann hatte ich noch Herrn Isembert von Châtelaillon und dessen Gemahlin Aeline, die ebensowenig vor seinem Spott verschont geblieben waren. Ah! Hugo Catola, mit dem er ein Duell in Versen geführt hatte. Der singende Edelmann hatte den Streit verloren, er war im Beisein des gesamten herzoglichen Hofes lächerlich gemacht worden.

Und welche Feinde hatte sich Marcabru in Spanien gemacht? Warum hatte er die Herzogin Aliénor so heftig angegriffen, was hatte sie ihm oder er ihr getan?

»Aber das war doch ein Wunder, ich meine, wer in den Armen des heiligen Jacobus stirbt, muß doch gerettet sein, nicht wahr? Der Weg zum Himmel steht ihm offen!« hörte ich den Vaganten sagen.

Es waren mehr als fünfzehn Jahre vergangen, seit Wilhelm von Toulouse in Compostela begraben worden war. War das alles nicht viel zu lange her? Marcabru war nicht der Mann, der sich unterkriegen ließ, und ich wußte natürlich nichts von dem, was er danach alles getan hatte. Aber wie könnte ich mir genug Zeit verschaffen, das alles noch zu erfahren? Konnte ich riskieren, ihn noch länger sprechen zu lassen, oder mußte ich erst dafür sorgen, daß wir hier wegkamen? Nein, hier waren wir vermutlich sicherer als draußen. Sie würden uns verfolgen, und inzwischen war es Abend geworden. Kein Mensch wagte sich nach dem Abendläuten noch außerhalb des Dorfes in den Wald, der dann das Reich von Räubern, Banditen und Mördern war. Auch die Vaganten hatten hier einen Unterschlupf gesucht vor den Gefahren der Dunkelheit.

Die Vaganten! Das brachte mich auf eine Idee. Ich tastete nach meinem Geldbeutel, und es gelang mir, die Aufmerksamkeit des Wirts auf mich zu lenken.

»Wieviel Wein hast du noch im Keller?«

»Genug für ein ganzes Regiment von Söldnern«, versicherte er mir. Nach zwei heißen, viel zu trockenen Sommern, in denen die Trauben an den Weinstöcken verdorrt waren und ganz Aquitanien hatte Bier trinken müssen, war die Ernte dieses Jahr gut gewesen, und es gab wie früher Wein im Überfluß. Ich steckte dem Wirt eine Handvoll Münzen zu und erklärte ihm meine Absicht. Er lachte breit. Das war ein guter Abend für ihn. Kurz darauf hatte er alles nach Wunsch geregelt und alle Becher und Weinkrüge eingesammelt. In einer langen, ungeordneten Reihe standen sie auf dem schmierigen Tisch, in allen möglichen Formen und Maßen: schmal, weit, hoch, niedrig - insgesamt vierundzwanzig, bis zum Rand gefüllt. Ein Schmiedsknecht stand am Kopf des Tischs, und ihm gegenüber, am anderen Ende, der Vagant, der neben uns gesessen hatte. Einige waren auf die Dachbodentreppe geklettert, um das Spektakel besser sehen zu können. Es wurde gewettet, und überall sammelte man Münzen. Marcabru und ich waren aufgestanden, und in dem Gedränge war es mir gelungen, ihn etwas in den Hintergrund zu ziehen. Es wurde gesungen.

Es trinken Mägde, trinken Knechte,
Soldat und Pfaffe gar erst rechte,
es trinken er und sie mal eben,
und Knecht und Dienstmagd um ihr Leben.
Wer schnell ist, trinkt, wer träg, gleichweise,
der Schwarze trinkt und auch der Weiße,
wer treu ist und wem Treue fehlet,
auch wer zu Klugen, Dummen zählet.

Laut ermutigt durch beide Lager, Vaganten und Dorfbewohner, hoben die Rivalen gleichzeitig ihre Becher und tranken sie auf einmal in langen Zügen leer, dann sofort den nächsten. Der Schmiedsknecht, ein einfacher, junger Mann, der aber stark war wie ein Bär, wischte sich mit einer routinierten Bewegung den Mund ab. Seine kleinen schwarzen Augen spähten unter der niedrigen Stirn und den schweren Augenbrauen zu dem Vaganten hin. Ein kräftiges Kinn brachte sein grobes Gesicht ins Gleichgewicht.

»Ich schaffe sie alle vierundzwanzig allein«, schnaubte er.

»Ich habe das *vulgum pecus* in Paris, Orléans, Toulouse, Montpellier, Bologna und was weiß ich wo getrunken«, antwortete der Vagant. »Also erzähl mir nicht, was Trinken ist.« Er stürzte den dritten Becher hinunter. »Obwohl ich sagen muß, daß der Wein in einigen Gegenden besser ist als in anderen.«

Es war unerträglich warm geworden in der Schänke. Der Geruch nach Alkohol war überwältigend und verdrängte sogar den Gestank nach Schweiß und Mist, der die meisten Bauern umgab.
»Ich brauche frische Luft«, sagte ich. Marcabru machte keine Anstalten, mich hinauszubegleiten. Ich wartete, bis noch dreimal zwei leere Becher zur Seite geschoben worden waren. Der Vagant streckte die Hand nach dem nächsten aus und blinzelte seinen Kameraden zu, die die Fortsetzung des Trinklieds zum besten gaben.

Der Arme trinkt und auch der Reiche,
der Fremdling, daß er allen gleiche.
Der Jüngling trinkt so wie die Alten,
Bischöf es auch nicht anders halten.

Es trinkt die Schwester, trinkt der Bruder,
die Oma trinkt so wie die Mutter.
Es trinket jener, trinket diese,
daß Wein durch tausend Kehlen fließe.

Inzwischen war es mir geglückt, uns weiter nach hinten drängen zu lassen. Wir waren nur ein paar Schritte von der Tür entfernt. Neun! schrien alle. Es folgte eine Stille, in der die beiden Rivalen tranken. Dann hörte ich den Schmiedsknecht rülpsen.
»Das macht wieder eins«, rief er fröhlich. Bevor der Wettstreit begann, hatte er schon einiges getrunken und stand nicht mehr allzu fest auf den Beinen. Man machte Platz, daß er sich auf die Bank setzen konnte. Der Vagant, auf der anderen Seite des Tisches, blieb triumphierend stehen. Er betrachtete die restlichen sechs Becher mit einem Anflug von Gleichgültigkeit. »Wirt!« rief er. »Nachfüllen!«
Bis der Wirt es geschafft hatte, sich mit dem Krug durch die Massen zu drängen, hatten wir die Tür schon erreicht, ohne daß jemand, auch Marcabru selbst, es bemerkt hätte. Alle Augen waren auf die beiden Trinker gerichtet, die den zehnten Becher an die Lippen hoben. Meine Hand berührte den Türknopf.
»Und... zeeeehn!« schrien alle.

Im selben Moment machte ich einen Schritt rückwärts, die eine Hand auf der Türklinke, mit der anderen Marcabru unterhakend, um ihn mit hinaus zu ziehen. Ein lautes Jaulen überstimmte das Gebrüll in der Schänke. Ich stand auf der Pfote des Hundes, der offenbar denselben Plan gefaßt hatte. Er biß nach meinem Bein, stürzte sich durch den offenen Türspalt und verschwand in der Dunkelheit. Hinkend drückte ich die Hand an die Wade.
»Verdammter Scheißhund!«
»Das mußt du saubermachen«, sagte Marcabru und deutete auf mein Bein. Er stieß die Tür auf und wollte mich hinausführen, zur Wasserstelle, doch sofort versperrten ihm zwei Männer den Weg. »Laß den Hund laufen«, sagten sie. Sie stellten sich in die Türöffnung und zogen die Tür demonstrativ zu. Alle Augen waren auf uns gerichtet.
»Was soll das? Soll die Wunde etwa anfangen zu eitern? Soll sein ganzes Bein abfaulen?« sagte der Troubadour drohend.
»Laßt ihn durch!« rief der Wirt, der einen guten Grund hatte, auf meiner Seite zu sein.
»Nur über meine Leiche«, sagte einer der Türwächter.
»Laßt ihn doch gehen«, sagte der Vagant gleichgültig. Er winkte seinen Kameraden, sie sollten uns den Weg freimachen. Doch das war gegen die Absicht meiner Handlanger. Einige begannen schon zu kämpfen. Mir war klar, daß mein ganzer Plan einen katastrophalen Verlauf nehmen würde, wenn ich nicht schnell eingriff. Ich bewegte mich zu dem Tisch, nahm einen der übriggebliebenen Becher Wein, zog mein Hosenbein hoch und goß die Flüssigkeit über die Wunde. Der Alkohol brannte unbarmherzig, doch er würde seine reinigende Wirkung tun. Marcabru war neben mir. Mit einer Kameradschaft, die mich erstaunte und beschämte, riß er einen Streifen von seinem Hemd und verband damit die Wunde. Ich verfluchte mich selbst und den Hund: mit unseren Fluchtchancen war es vorbei, und außerdem war nun die Aufmerksamkeit auf uns gerichtet, so daß sich nicht so bald eine neue Möglichkeit auftun würde. Ich mußte versuchen, die Aufmerksamkeit so schnell wie möglich von uns abzuwenden.
»Nun, wer gewinnt hier?« fragte ich mit einem Blick auf den Vaganten und den Schmiedsknecht.

»Du hast einen Becher bei ihm weggenommen«, sagte der Schmiedsknecht mürrisch, »ihr spielt falsch.« Offenbar war er vollkommen betrunken, denn er starrte den leeren Becher in meiner Hand mit wilden, rotunterlaufenen Augen an. Ich nahm noch einen vollen vom Tisch und gab ihn Marcabru.
»So, das ist geregelt. Jetzt sind zwei weg, und die Anzahl ist wieder gleich.«
Der Vagant begann zu lachen.
»Sei klug, wenn du mit Klugen bist, aber stelle dich töricht, bist du bei Toren.« Er hob seinen elften Becher und sang, begleitet von seinen Gefährten:

Wenn du so trinkst, ohn alles Maße,
wirst ärmer du mit jedem Glase,
es füllt dein Herz sich jetzt mit Spaße,
doch morgen bist du arm und blasse.

Auch wenn wir solches öfter hören,
so lassen wir uns doch nicht stören.
Zum Teufel mit den klugen Herren,
die Hölle möge sie verzehren.

Mit unsicherer Hand nahm der Schmiedsknecht seinen Becher. Murrend goß er die köstliche Flüssigkeit in seine Kehle und warf dann das leere Gefäß an die Wand, so daß es zerbrach.
»Los, weiter, du alter Landstreicher!« rief er dem Vaganten streitsüchtig zu.
»Vertraue nicht zu sehr auf dein Geschrei, bester Freund«, antwortete der Vagant.
»Diese Toren«, sagte Marcabru. »Wein macht übermütig. Trinken macht den größten Hasenfuß tapfer, den unbeholfensten Stotterer zu einem guten Redner und die keuscheste Frau willenlos.«
»Zuviel Trinken vernebelt den Geist«, stimmte ich ihm zu. »Der Ungebildete scheint gelehrt, und der Gelehrte spricht die Sprache des Ungebildeten.«

Tatsächlich sank der Konversationspegel des Vaganten langsam zum Niveau des Handwerkers.
»Aber Bacchus besänftigt auch Schmerz und Kummer und bringt Fröhlichkeit«, fügte ich hinzu.
»Bacchus ist ein Betrüger. Wenn die Fröhlichkeit vorbei ist, sind Schmerz und Kummer um so größer.«
So philosophierten wir weiter, während ein Becher nach dem anderen vom Tisch genommen und leer wieder zurückgestellt wurde. Der Schmiedsknecht war schnell so weit hinüber, daß seine Kameraden ihm helfen mußten, sonst hätte er seinen eigenen Mund nicht mehr gefunden. Der Vagant hatte seine Bewegungen noch einigermaßen unter Kontrolle, auch wenn ihm die breiteren Weinkrüge Schwierigkeiten bereiteten. Er stand schwankend auf den Beinen, lehnte es aber halsstarrig ab, sich hinzusetzen. Seine Freunde hatten viel Geld auf ihn gesetzt, und er wollte sie nicht enttäuschen.
Nach seinem sechzehnten Becher unternahm der Schmiedsknecht einen Versuch, sich aufzurichten, und wurde von den anderen von der Bank gehoben. Er war bis zur Kehle abgefüllt, und seine Blase war kurz vorm Platzen. Bevor er das jedoch sagen konnte, hatte sich seine Blase schon geleert. Verblüfft richtete er seinen glasigen Blick nach unten, sah, wie seine Strümpfe naß wurden, und begann zu fluchen, was für große Heiterkeit sorgte. Der Vagant trank noch zwei Becher und mußte dann auch dem Ruf der Natur folgen. Gestützt von seinen Freunden schaffte er es zum Abflußloch in der Küche. Wieder zurück, prüfte er mißtrauisch den Tisch. Er versuchte, die Becher zu zählen, doch das gelang ihm nur schlecht.
»Dreckige Falschspieler«, maulte er, »ich weiß genau, daß weniger draufgestanden hat.« In doppelten Reihen tanzten die Krüge vor seinem benebelten Blick. »Dreckige Betrüger!« Schwankend bahnte er sich einen Weg den Tisch entlang. Dort stand sein Gegner, der von dem, was geschah, kaum mehr etwas mitbekam. Der Vagant hob drohend die Fäuste nach dem Unschuldigen, aber er konnte nicht näher kommen, weil die Dorfleute ihm den Weg versperrten.
»Dreckige Lügner«, sagte er wieder. Er stieg auf den Tisch. Zwischen Weinlachen und Krügen hindurch lavierend, begab er sich zu seinem

Opfer, doch auf halber Strecke überlegte er sich offenbar, daß er einen schönen Tanzboden gefunden hatte, denn er führte ein paar Schritte aus und drehte sich, die Arme über den Kopf erhoben, ohne das Gleichgewicht zu verlieren. Alle jubelten ihm zu. Dann wollte er sich noch auf den Schmiedsknecht stürzen, aber jemand packte ihn an den Knöcheln und hielt ihn zurück. Wie ein Klotz stürzte er nach vorn und blieb zwischen den umgefallenen Bechern liegen.
Der Schmiedsknecht betrachtete abwesend die Gestalt vor ihm auf dem Tisch und sagte: »Ich habe gewonnen.«
Von allen Seiten protestierten die Vaganten. Ihr Mann hatte mehr getrunken. Die Dorfleute behaupteten, daß der Schmiedsknecht am längsten aufrecht geblieben sei, deshalb sei er der Sieger, und gingen mit Fäusten auf jeden los, der das bezweifelte. Und weil sie alle Geld eingesetzt hatten und bereit waren, dafür zu kämpfen, war kein Halten mehr. Sogar die beiden Wächter an der Tür entkamen dem Kampfgewühl nicht. Mir gelang es, Marcabru vom Tisch wegzuzerren, bevor ihm etwas passierte. Doch ich konnte nur die Dachbodentreppe erreichen und zerrte ihn hinauf.
»Also doch zu den Huren, ich hab's ja gewußt«, hörte ich ihn hinter mir rufen, dann fügte er hinzu: »Du hast zuviel getrunken, Mann, du bringst da oben nichts zustande.« Trotz seiner Abwehr folgte er mir doch die abgetretenen Stufen hinauf, denn dort war es sicherer als unten. Wir drängten uns durch die Neugierigen, die die Öffnung zum Dachboden versperrten, und standen zwischen halbnackten Männern und Frauen im Stroh. Es gab keinen Ausgang, nur das Rauchloch im Dach, das viel zu klein war.
»Wer kam eigentlich auf diese unselige Idee mit dem Wettstreit?« erkundigte sich Marcabru.
»Ich«, bekannte ich sofort. »Ich habe sogar den Wein bezahlt.«
»Du bist verrückt!«
»Nein, es hat nur nicht funktioniert.«
»Was hat nicht funktioniert?«
»Ich wollte fliehen.«
»Oh, das war es! Und dafür bist du vom Hund gebissen worden.«
»Ich muß hier weg, du mußt mir dabei helfen.«

Es hatte keinen Sinn, ihm zu sagen, daß er derjenige war, der fliehen mußte. Er würde es nicht glauben, und ihm alles genau zu erklären, würde zu lange dauern. Er schüttelte den Kopf.
»Dann hättest du nicht hier heraufgehen dürfen, hier kommst du nicht raus.«
»Unten noch weniger. Wir sind eingeschlossen.«
»Zwischen den Huren, ja!«
Eingeschlossen in meinen eigenen, klug eingefädelten Mordplan. Ich hatte nur eine Hoffnung, daß die Vaganten den Streit gewinnen würden, doch die Chancen dazu waren gering. Die Schreiberhände vagabundierender, gescheiterter Studenten waren den schwieligen Fäusten von Handwerkern nicht gewachsen, auch wenn letztere mehr getrunken hatten.
Marcabru setzte sich zwischen die warmen Körper in das Stroh. »Dann warten wir eben, bis sich die da unten ausgetobt haben.«
Seine lakonische Reaktion verwunderte mich. Ich hatte ihn nicht für so ruhig und gelassen gehalten. Oder hatte er etwa im Lauf der Jahre gelernt, das Leben so zu akzeptieren, wie es nun mal war? Ich schaute mich um, und mein Blick fiel auf ein zweites Loch im Fußboden, aus dem direkt unter dem Rauchabzug im Dach Rauch aufstieg. Offenbar hatte es den Dachboden nicht immer gegeben, und die Schänke hatte früher aus einem einzigen offenen Raum bestanden. Das Loch im Dach hatte damals gereicht. Nun gab es einen primitiven Schornstein, der nicht weiter reichte als zu einem kleinen steinernen Rand über dem Fußboden. Ich setzte mich daneben. Der Rauch brannte mir in Nase und Augen. Nicht gerade besonders gesund, hier zu arbeiten, dachte ich. Im übrigen hatten sie hier oben langsam alles hinter sich gebracht. Einige waren eingeschlafen. Die anderen kümmerten sich nicht um uns, sie waren neugierig, was unten vor sich ging. Unbemerkt fegte ich etwas Stroh zusammen und ließ es durch das Loch hinunterfallen. Mit den Funken, die bald aufstoben, gelang es mir, neues Stroh zu entzünden, das ich an den Dachrand schob. Der einzige, der mitbekam, was ich tat, war Marcabru, aber er sagte nichts. Erst als sich das Feuer am Dachrand ausbreitete, sprang er auf und schrie: »Feuer!«
Mehr war nicht nötig, um Panik ausbrechen zu lassen. Alle wollten

gleichzeitig die Leiter hinunter, was diese natürlich nicht aushielt. Sie brach. Die vor uns fielen hinunter, wo die Schlacht noch in vollem Gange war. Wir würden springen müssen.
»Fliehe! Ich bin es nicht, sie haben es auf dich abgesehen!« schrie ich in dem Tumult Marcabru zu. Er warf mir einen schnellen Blick zu. Dann stürzten wir hinunter, oben auf die wogende und raufende Masse. Nun war jeder für sich, ich konnte nichts mehr für ihn tun. Während die Flammen schon die Decke ergriffen und Rauch durch die Speicheröffnung herabwogte, sah ich noch kurz seine schwarzen Locken und seinen Mantel neben der Tür. Aber ich sah auch den anderen Mann neben ihm, und ich sah das Messer.
Sonst kann ich mich an nichts erinnern, etwas landete auf meinem Kopf. Die Vaganten trugen mich hinaus, zusammen mit ihrem Anführer, der betrunken auf dem Tisch lag und nichts mitbekommen hatte. Ich bin dann mit ihnen gegangen, hinaus aus der Stadt, hinein in die Welt, um ziellos herumzuvagabundieren, so wie sie. Mit meinem zweifelhaften Beruf von damals will ich nichts mehr zu tun haben.
Ich habe nie erfahren, wer hinter dem Mordanschlag stand, dafür hätte ich den Rest seiner Lebensgeschichte hören müssen. Ich werde den Rest meines Lebens mit meinen Schuldgefühlen leben müssen, eine Last, die ich nicht ablegen kann.

Ich spreche zu mir selber, zornentbrannt:
Was bin ich andres als ein Körnchen Sand,
nichts als ein Blatt, getrieben nur vom Wind?
Ein Haus auf Felsen bauet sich, wer klug;
ich stolpre durch die Welt als hilflos Kind,
ein Schmetterling in seinem Taumelflug.

Von Wogen wild bewegt bin ich ein Schiff,
ohn Steuermann, bedroht von Fels und Riff;
nicht Kette, auch kein Schloß hält mich zurück,
such die Kumpanen ich, verspiel mein Glück.

Der breiten Straße folgt ich schon als Kind,
fernab der Tugend und verstrickt in Sünd.
Mein Sehnen gilt der Lust, nicht Seligkeit,
die Seele starb, der Leib vermaledeit.

TEIL II

Cabra

VA! BEN ES FOLS
QUI S'I FIA!

Ach! Ein Tor, wer
ihr vertraut!

I

Ich nenne dich Cabra, weil du ein Joglar bist, der nicht mehr weiß als ein Ziegenbock. Dann erkennt man auch sofort, für wen du singst: das Wappen der Herren von Cabrera, der Burggrafen von Gerona und Urgell, führt schließlich einen schwarzen Ziegenbock auf goldnem Grund.
Ich kann die Wahrheit nicht verschweigen: Du spielst die Fiedel schlecht, und du singst noch armseliger, von der ersten Zeile deiner Lieder bis zur letzten! Und du hast keine Ahnung, wie du am Ende eines Verses die Stimme senken mußt, wie es die Joglars aus der Bretagne tun.
Wer hat dich eigentlich gelehrt, wie du die Finger auf die Saiten legen und den Bogen führen sollst? Das muß ein schlechter Lehrer gewesen sein!
Tanzen oder Kunststücke zeigen, wie es die Joglars aus der Gascogne tun, kannst du auch nicht.
Ich höre dich nie eine Sirventes *oder eine* Ballade *singen; kein gutes* Estribot *oder* Tenson *kommt über deine Lippen. Und ich glaube fast, daß du noch nie einen neuen Vers der Herren Jaufre von Rudel und Ebles von Ventadour oder von Marcabru gesungen hast.*
Kurzum, du weißt nicht viel, du kennst nicht mal die Legenden des großen Karl und seiner Paladine. Vom Lied von Saisne hast du die Worte und die Melodie vergessen. Von Arthur weißt du nichts. Von Troja hast du – Gott möge dir vergeben – nie gehört! Auch nicht von Pyramos' Leidenschaft für Thisbe auf der anderen Seite der Mauer, und ebensowenig von Paris. Auch nichts von David, Constantin oder Nero. Die geheime Liebe von Tristan und Isolde sagt dir ebenfalls nichts.
Wie sollte es das auch können: Wer nicht viel gereist ist, kann nicht viel wissen. Du mußt in die Welt, um Wissen zu sammeln. Geh, Cabra, du hitziger Bock! Ich kenne dich nur allzugut, seit ich gesehen habe, wie du es mit einem Schaf getrieben hast!

Ich muß ihn in der Tat etwas schafartig angeschaut haben. Ich wußte, dies war ein *Gab,* ein Spottlied, in dem mein Meister meine Dummheit

übertrieb, um sein eigenes Wissen und seine Geschicklichkeit vorführen zu können. Das wußte jeder, der zuhörte. Dabei hatte ich ihn noch ordentlich auf der Fiedel begleitet.
Doch ich hatte auch begriffen, daß die letzte Strophe ernst gemeint war. Er wußte, daß ich die Burggräfin Berengaria von Queralt verführt hatte, daher das Wortspiel, das er vollkommen im Stil seines guten Freundes Marcabru gemacht hatte. Bestand dieser doch immer darauf, daß man in der Liebe bei seinem eigenen Stand bleiben müsse. Ich hörte meinen Meister förmlich denken: Was würde er, der Meister des satirischen Verses, zu deinem Verhalten gesagt haben, Cabra? Er hätte gewußt, was er mit einem wie dir anfangen sollte.
Ja, von wem hatte er denn fast alles gelernt, was er mir jetzt als Unwissenheit vorwarf, die großen Heldensagen und die nicht minder großen Liebesgeschichten aus allen Zeiten und von allen Ländern der Welt? Von Marcabru! Der kannte alle Geschichten von der Bretagne bis zur Gascogne, und sogar die der Mauren. Er konnte von Feldschlachten berichten, von Heldentaten, der Belagerung von Troja und dem Fall von Lérida und Damaskus. Er wußte Verse auf alle Arten zu dichten, die man sich nur vorstellen konnte, in allen bekannten Versmaßen und Reimschemata.
Wie lange ist es her, daß mein Meister und der Troubadour einander zum ersten Mal trafen? Er war auf dem Weg nach Saragossa, wenn ich mich recht erinnere, auf der Suche nach einer Frau, die er dort gekannt hatte, und nach einem Herrn, dem er dienen könnte. Doch vor allem suchte er die Liebe.

Das Schloß von Urgell, das meinem Meister, Guerau III. Pons von Cabrera, gehört und wo er den Troubadour kennenlernte, liegt hoch auf einem Hügel, der das fruchtbare Tal des Segre beherrscht, und im weiten Umkreis sieht man braune Berggipfel, die einen großen Teil des Jahres mit Schnee bedeckt sind. Rundum eingeschlossen von niedrigeren Bergen, ist die Ebene nur nach dem Süden durch eine enge Kluft geöffnet.
Es war Winter, und der Abend hatte sich schon gesenkt, als Marcabru ans Burgtor kam. Er ging zu Fuß und war allein. Er komme aus Frank-

reich, sagte er. Wie er den einsamen Weg durch die Berge überlebt hatte, war ein Rätsel. Um diese Jahreszeit waren Reisende eine lohnende Beute für die hungrigen Wölfe, ganz zu schweigen von Räuberbanden, die die Wege durch die dichtbewachsenen Schluchten unsicher machten.

Seine Ungeduld, seine Wut und seine Verzweiflung hatten ihn zu diesem wagemutigen Schritt getrieben und ihn vielleicht doch stärker erscheinen lassen, als er war. Später habe ich mit eigenen Augen gesehen, daß er mit Waffen ebenso sicher kämpfen konnte wie mit den Versen, die er machte. Ich glaube, daß die Enttäuschungen und Rückschläge, mit denen das Schicksal Marcabru reichlich bedacht hatte, seine Kampflust gesteigert hatten. Doch am meisten getrieben wurde er von seiner Sehnsucht nach Anerkennung des Ideals, das er sich zum Ziel gesetzt hatte, und von seinem Bedürfnis nach Zuneigung.

Am Hof Herzog Wilhelms von Aquitanien, der jahrelang sein Beschützer gewesen war, habe er ein gutes Leben geführt, erzählte er. Man hatte ihn überladen mit Geschenken, und er konnte die Joglars des Edelmanns benutzen, um seine Verse in alle Winde zu verbreiten. Was brauchte ein Troubadour mehr? Seine ganze Welt war durch den Tod Herzog Wilhelms eingestürzt. Es war nicht nur ein gefühlsmäßiger Schock für ihn, sondern zugleich auch ein großer materieller Verlust.

Fast alles, was ich von ihm weiß, hat mir mein Meister erzählt. Den Rest hörte ich von anderen, mit denen ich unterwegs gesprochen habe, oder ich weiß es aus der kurzen Zeit, in der ich selbst mit ihm zusammen war.

Aliénor, Aliénor. Jeder Fußschritt skandierte ihren Namen, den ganzen Weg von Compostela nach Bordeaux. Würde sie ihm an ihrem Hof den gleichen Platz gönnen, den ihr Vater ihm gegeben hatte? Das würde auch von dem Mann abhängen, der sie heiraten würde. Wer wurde wohl der neue Herzog von Aquitanien? Wieder hörte er in Gedanken Wilhelms Stimme: »Sie selbst will meine Nachfolgerin werden!« Nun, damit käme Lauroux wohl zurecht. In Aquitanien sollte sich die Geschichte nicht wiederholen, die sich in Toulouse und England abge-

spielt hatte. Philippa, Wilhelms Mutter, hatte ihr Erbe an ihren Schwager, Raymond von Saint Gilles, verloren, und Mathilda, die Tochter Heinrichs von England, die nun mit Gottfried von Anjou verheiratet war, hatte vor drei Jahren ebenfalls ihren Thron an einen Mann abtreten müssen: an ihren Neffen, Stephan von Blois. Nein, Lauroux war schlauer. Der saß in Bordeaux wie ein Wachhund und hielt von dort aus die Zügel in der Hand, während Wilhelms Bruder Raymond in Antiochien lebte und noch nichts wußte. Die Sache mußte erledigt sein, bevor jemand vom Tod des Herzogs Wind bekam. Aliénor mußte heiraten, und der neue Herzog sollte ein Mann sein, der mächtig genug war, um alle anderen Anwärter auf Abstand zu halten. Wer anders sollte diesen Entschluß fassen als der französische König? Das Testament, das Wilhelm vor seinem Weggang abgefaßt hatte, roch nach dem Einfluß des Geistlichen. Wie hatte Wilhelm dem durchtriebenen Erzbischof nur seine Vollmacht geben können? Lauroux und Bernhard von Clairvaux, das waren vier Hände auf einem Bauch. Und welche Verbindung hatte der Geistliche mit Suger, dem Abt von Saint Denis und zugleich dem mächtigen Ratsherrn und Vertrauten von König Ludwig dem Dicken von Frankreich?
Als Marcabru endlich in Bordeaux ankam, waren Laurouxs Botschafter schon in Paris, oder besser gesagt in dem Jagdschloß in Béthisy, wo sich der König aufhielt. Jagen konnte er dort schon lange nicht mehr. Er war so dick, daß kein Pferd ihn hätte tragen können, selbst wenn es ihm gelungen wäre, es zu besteigen. Außerdem wurde er gerade ernsthaft von Durchfall geplagt. Der Bericht aus Bordeaux brachte den gepeinigten König, der seinen eigenen Gestank kaum aushielt, zum Lächeln. Lauroux hatte seiner Nachricht Vorschläge hinzugefügt, wie man die Macht, die die Herzöge von Aquitanien seit Jahr und Tag auf die Geistlichkeit ausübten, einschränken könne. Das würde Suger bestimmt gefallen. Für den König war die Erfüllung der Wünsche Laurouxs ein geringer Preis im Verhältnis zu der Möglichkeit, die ihm das Testament bot. Darin wurde Aliénor als einzige Erbin des Herzogtums Aquitanien und der Grafschaft Poitou ausgewiesen, ohne daß Raymond oder Petronella auch nur auf einen kleinen Teil Anrecht erheben könnten. Die Aussicht, das reiche Lehngut der französischen

Krone zuzufügen, erfüllte ihn mit Heiterkeit, so weit seine Krankheit das zuließ.
Im geheimen rief er sofort seine Ratsherren zur Beratung zusammen. Dann schickte er Bischof Gottfried von Chartres nach Bordeaux, um den Weg frei zu machen und darauf zu achten, daß kein stürmischer junger aquitanischer Edelmann die Jungfrau inzwischen entführte (auch wenn Lauroux ihm versichert hatte, daß beide Jungfrauen in der Burg Ombrière schwer bewacht wurden). Abt Suger betraute er mit der Aufsicht über alle Vorbereitungen für die Hochzeit: Sein Sohn Ludwig sollte Aliénors Hand bekommen und somit Frankreich Aquitanien und Poitou!
Mitten im Juni machte sich der junge Ludwig mit einem beeindrukkenden Gefolge aus Edelleuten und Geistlichen, zu denen auch Abt Suger selbst gehörte, auf die Reise, gefolgt von einem mächtigen Heer von fünfhundert Rittern und mindestens ebenso vielen Fußknechten, ganz zu schweigen von den Wagen für das Gepäck. Inmitten dieses bunten Zuges ritt der Kronprinz. Er war kaum sechzehn Jahre alt und hatte in seinem Leben nicht viel mehr gesehen als die Innenseite der Mauern, die die Abtei Saint Denis umschlossen. Dort hatte er als Mönch gelebt, bis der Tod seines Bruders Philipp ihn plötzlich für Frankreichs Thron bestimmte. Von Frauen wußte er nicht das geringste.
Am ersten Juli kam Ludwig in Limoges an, wo eine bedeutende Gesellschaft versammelt war, um das Fest des Schutzheiligen der Stadt, des heiligen Martialis zu feiern, der Aquitanien einst christianisiert hatte. Unter ihnen, die dort mit stummem Erstaunen das erste Mal von Wilhelms Tod und der bevorstehenden Hochzeit hörten, war auch Alfons Jordan von Toulouse. Um den Edelmann für sich einzunehmen, lud Suger ihn für das Hochzeitsfest ein. Boten eilten noch am selben Tag in die entferntesten Teile des Herzogtums, um die Nachricht zu verbreiten.
Als der Zug am 11. Juli schließlich Bordeaux erreichte, schlugen die Franzosen ihre Zelte im Norden der Stadt auf, und der Erzbischof Lauroux überquerte die Garonne, um seine Gäste zu begrüßen. Zu diesem Zeitpunkt wußte schon ganz Aquitanien, daß der neue Herzog

nicht Wilhelm heißen würde, wie die Tradition es immer verlangt hatte, sondern Ludwig. Jeder, in dessen Adern adeliges Blut floß, eilte nach Bordeaux, um an den Festlichkeiten teilzunehmen. Auch jeder, der Musik machen konnte, begab sich dorthin.
Zwei Wochen lang bewirtete Aliénor ihre Gäste und ein Bankett folgte dem anderen. Es durfte ihnen an nichts fehlen. Der Überfluß, die prunkvollen Feste, der ganze Pomp und die Pracht sollten beweisen, daß sie die begehrenswerteste Jungfrau und ihr Erbe der reichste Brautschatz war, den ein Fürst sich wünschen konnte.
Auch Marcabru trat an, um die Gesellschaft zu ergötzen. Nachdem die anderen vor ihm die üblichen Verse in leichtsinniger oder romantischer Manier gesungen hatten, stellte er sich mitten im Saal auf, flankiert von Joglars, die ihn auf Fiedeln, Rebecs und Trommeln begleiteten, und sang die Verse, die er für diese Gelegenheit ausgewählt hatte.

Wenn Sonnenlüfte ziehen durch den Wald,
des Abends Eichelhähers Ruf erklingt,
sein spöttisch Lied vom Felsen widerhallt,
und Schatten durch das Blattwerk niedersinkt:
Dann such die Liebe, die nicht lügt,
die edle, die dich nie betrügt,
such eine, die vom Quell der Wahrheit trinkt.

Sich beugen muß der Jugend aufrecht Tun,
zwei starke Mächt bedrohn ihr Seelenheil:
Begehrlichkeit und Habsucht, die nicht ruhn
und spalten Herz und Leber in zwei Teil;
für immerdar bleibt dann die Wund,
kein Macht kann machen sie gesund:
Sie sind und bleiben feig, bequem und geil.

Was nützt's, wenn einer eifersüchtig toll,
wenn Vorsicht ihn doch schnell zur Dummheit führt:
der eigenen Gattin Schutz er Mühe zoll,
indes er selbst des andern Weib berührt.

Wer eine fremde Frau begehrt,
vor allen Männern sie entehrt,
gleichwohl, als hätt zum Markt er sie geführt.

Kein reines Manna hier mein Aug erblickt,
wie's einstens Israel die Rettung bracht.
Wer näher hinsieht, in Gestank sich schickt,
ihn wegzublasen, schaffet keine Macht.
Die Wahrheit aber sagt man nicht,
da man fast immer Lügen spricht,
und Ehrlichkeit wird höhnisch gar verlacht.

Die Tat der Liebe machen sie zum Schwank,
doch der betrogene Betrüger irrt:
Ihr eignes Lieben ist ohn Zier und Dank
und höfisch Leben so zur Posse wird.
Das ist's, was ich euch sagen will,
wer taub ist, nun, der lernt nicht viel,
und töricht noch ins Grab er sinken wird.

Für Marcabrus Verhältnisse war es ein gemäßigtes Lied, zudem hatte er, trotz seiner unverblümten Sprache, ein raffiniertes Reimschema angewandt, doch Ludwig konnte es nicht schätzen. Unbewegt und gerade noch imstande, höflich zu lächeln, saß er neben Aliénor, die Marcabrus Auftritt sichtlich genoß. Sie lachte und zwinkerte ihrer Schwester Petronella zu, mit der sie sich so oft über diesen Troubadour amüsiert hatte.

Abt Suger beobachtete das junge Paar aus einigem Abstand, und eine tiefe Falte bildete sich zwischen seinen Augenbrauen. Aliénor entsprach nicht dem Idealbild, das Ludwig sich von einer Frau gemacht hatte: ein schüchternes, frommes Wesen, dessen einziger und feuriger Wunsch es war, ihrem Mann zu gehorchen und ihm Kinder zu gebären. Was der Abt statt dessen neben seinem Schüler sitzen sah, war eine Frau, die ihr Gesicht herausfordernd anmalte und sich nicht weniger verlockend kleidete, die schamlos mit den jungen Edelleuten in der

Gesellschaft plauderte und offenbar an den erotischen Anspielungen der Spielleute Vergnügen fand. Er würde in den kommenden Monaten, vielleicht sogar Jahren, alle Hände voll zu tun haben, um sie in Zaum zu halten. Und Gott mochte wissen, wie der arglose Ludwig auf ein solch frivoles Geschöpf reagieren würde, wenn er sich erst einmal vom ersten Schreck erholt hatte.
Marcabru richtete sich nach seiner tiefen Verbeugung auf und schaute dem jungen Prinzen direkt ins Gesicht. Was für ein Milchschnabel, dachte er. Blonde Haare umringten ein blasses, spitzes Antlitz, auf dessen Oberlippe ein zarter Flaum sproß. Von den in kostbare, reich gefärbte Stoffe gehüllten Aquitaniern stach er in seiner düsteren Kleidung ab wie ein Kolkrabe gegen Pfaue, deren Prunk seine eigene Farblosigkeit noch betonte. Er war bestimmt einen halben Kopf kleiner als Aliénor, doch sogar wenn er größer gewesen wäre, hätte sie ihn wegen ihres Charakters und ihrer ganzen Erscheinung überragt. In Aliénor brauste das Leben, in Ludwig herrschte die bleischwere Ruhe einer Kapelle. Für ihn hätte man besser Kirchenlieder gesungen. *Joi, joven, proeza,* die konnte man in diesem Jüngling lange suchen. Würde es Aliénor gelingen, einen Mann aus ihm zu machen? Nun wandte sie sich an den Kronprinzen. Voller Bewunderung, fast mit Ehrfurcht, schaute er sie an, während sie mit ihm sprach. Einen Moment schien es, als reagiere sie erstaunt auf seine Antwort. Dann lächelte sie und wandte sich mit einer wegwerfenden Gebärde an den Troubadour. Marcabru zögerte. Hatte er sie richtig verstanden, sollte er sich schon entfernen, nachdem er erst ein einziges Lied gesungen hatte? Er wollte bleiben, aber sein Joglar stieß ihn an und machte eine Kopfbewegung in Richtung Tür, zum Zeichen, daß sie verschwinden mußten.

Zwei Wochen nach Ankunft des französischen Kronprinzen wurde das junge Paar in der Kathedrale von Bordeaux vom Erzbischof Lauroux getraut, und Ludwig konnte seine Braut nach Paris führen. Die Reise nach Poitiers führte in der glühenden Sommerhitze über staubige Wege und dauerte fünf Tage. Man beschloß, nachts und in der Dämmerung zu reisen. Unterwegs wurde in den Burgen treuer Vasallen Rast gehalten. Als sie beim Schloßherrn Gottfried von Rancon in

Taillebourg zu Gaste waren, teilten, dem Gerücht zufolge, Aliénor und Ludwig zum ersten Mal das Bett.

»Sie wird seinen Körper auf dem ihren vielleicht nur dadurch ertragen haben, weil sie dabei an Herrn Gottfried dachte!« sagte Marcabru mürrisch zu seinem Joglar. »Ich habe gesehen, wie die beiden verständnisinnige Blicke wechselten, während Petronella in Bordeaux schon mit einem Edelmann aus Ludwigs Gefolge, Raoul von Vermandois, flirtete.«

Der Troubadour war mit Aliénors Gefolge gereist, in der Hoffnung, sich doch noch einen Platz am Hof von Paris zu verdienen.

In den Tagen, die der Krönung zum Herzog und zur Herzogin von Aquitanien vorausgingen, zeigte sich Aliénor in Poitiers als ausgezeichnete Gastgeberin. Neben einer Reihe erschöpfender Bankette organisierte sie für ihren Gemahl alle möglichen männlichen Unterhaltungen wie Jagdausflüge und Fischen. Ein Ausflug zum Jagdschloß in Talmond führte jedoch fast zur Katastrophe. Wilhelm von Lezay, der widerspenstige Herr von Talmond, der sich dem neuen Herzog nicht unterwerfen wollte, betrachtete das Schloß und die herzoglichen Besitzungen (also auch die prachtvollen Falken, die die Herzogin Aenor Marcabru gezeigt hatte) als sein Eigentum und meinte, von der Situation profitieren zu können. Er wandte eine List an, die er bereits früher erfolgreich benutzt hatte, und wartete, bis die ersten adeligen Gäste gutgläubig durch das Tor die Burg betreten hatten. Als sie drinnen waren, ließ er sie von seinen Rittern überwältigen und verlangte Lösegeld für sie. Beim letztenmal war ihm das gelungen, weil Herzog Wilhelm, der damals gerade Nachfolger seines Vaters geworden war und sich nur in der Begleitung weniger Männer befunden hatte, sich gezwungen sah, seine Edelleute loszukaufen. Nun war die Situation anders. Die französischen Edlen leisteten heftigen Widerstand, und sogar der junge Ludwig griff nach seinem Schwert. Ein heftiger Kampf folgte, in dessen Verlauf viele von Lezays Männern fielen und die übrigen nur dadurch entkamen, daß sie durch einen unterirdischen Gang aus der Burg flohen. Triumphierend kehrte die Gesellschaft nach Poitiers zurück, wo Aliénor die mageren Kampfestaten ihres Gatten zu dem heldenhaften Verhalten aufblies, das sie an einem Mann sehen wollte.

Schon bald sollte sie die Kehrseite seines unsicheren Charakters kennenlernen: Als die Zeit gekommen war, Lezay zu bestrafen, war es Ludwig selbst, der dem Edelmann beide Hände abhackte.
Genau an dem Tag, als das junge Paar in Poitiers die Krone der Herzöge von Aquitanien empfing, erreichte sie aus Paris die Nachricht, daß der alte König, dessen Gesundheit sich durch ein Sommerfieber plötzlich verschlechtert hatte, gestorben war. Aliénor war nun also Königin, sogar noch eher, als sie dies selbst erhofft hatte.
Mit großer Eile wurde die Reise fortgesetzt, und Ende August erreichten sie die Hauptstadt. Mit gemischten Gefühlen betrachteten die Aquitanier das graue, kühle Schloß auf einer Insel der Seine, das in nichts den hellen, reich mit Teppichen geschmückten Palästen des Südens glich.
Es dauerte lange, bis es Aliénor gelang, eine andere Atmosphäre in ihr neues Zuhause zu bringen. Sie scheute weder Kosten noch Mühe, um ihren Privatgemächern mehr Wärme zu geben: Sie ließ die Fensteröffnungen vergrößern und einen Kamin anlegen, und sie brachte ihren Bedienten die höfischen Manieren bei, an die sie gewöhnt war. Sie gab horrende Beträge für Stoffe und andere Kostbarkeiten aus und versuchte, auch die Fröhlichkeit der Aquitanier am Hof von Paris einzuführen, doch die französischen Edelleute rümpften die Nasen über ihre Spielleute und verdarben ihr die Freude am Fest. In ihren langweiligen Kleidern, ungepflegt und mit unrasierten Köpfen, saßen sie dabei wie ein Haufen Bauerntölpel.
Paris war keine Stadt der Vergnügungen wie Poitiers oder Bordeaux, sondern eine Stadt von Kaufleuten und Gelehrten. Hier hörte man Liebeslieder nur von Straßenjungen und Studenten; Spielleute sangen Verse über die blutigen Schlachten Karls des Großen. Die junge Dynastie der wenig glorreichen Kapetinger, die nie gegen die Mauren gekämpft und nicht einmal an mißlungenen Kreuzzügen ins Heilige Land teilgenommen hatten, kannte keine Prinzen, die, wie Aliénors Großvater, von amourösen Abenteuern sangen. Man hörte höchstens Verse, die von Frauen handelten, die demütig hinter ihrem Webstuhl saßen und danach schmachteten, daß ihre Geliebten aus dem Kampf zurückkehren und sie in die Arme schließen mögen. Wohl berichtete

man in allen Details über die verbotene Liebe zwischen Abélard und Héloise, doch die betroffenen Liebenden selbst waren getrennt und vertieften sich in kirchliche Probleme, die den Glauben und das klösterliche Leben betrafen. Héloise war Äbtissin des Klosters Paraklet, das Abélard gestiftet hatte, und kümmerte sich um die Frage, an welche Regeln ihre Nonnen sich halten mußten. Der Gelehrte hingegen war in Paris, wo er auf dem Hügel von Sainte Geneviève als Theologe sein Wissen über das Mysterium der Heiligen Dreieinigkeit lehrte und die umstrittene Auffassung vertrat, daß die Theologie nicht dazu da sei, anhand der Schriften von Kirchenvätern den Glauben zu festigen, sondern sich dem Glauben mit Hilfe von Logik und Dialektik anzunähern. Von nah und fern strömten die Studenten nach Paris, um seinen Vorlesungen beizuwohnen.
Obwohl Aliénor eine gewisse Freiheit im Handeln genoß, soweit es ihre persönliche Umgebung betraf, stand sie wegen ihres jugendlichen Alters unter der Vormundschaft geistlicher Herren, an deren Spitze der mächtige Abt Suger stand, der auch Ludwigs Handeln diktierte. Das selbständige, eigenbestimmte Leben, das sie in Aquitanien geführt hatte, war für immer vorbei. Sie war dazu verdammt, von nun an als Gefangene in Paris zu leben, und schon bald sehnte sie sich zurück in ihr Vaterland. Es gelang ihr zwar innerhalb weniger Wochen, die sauertöpfische Mutter des Königs aus dem Palast zu vertreiben, aber sie hatte angenommen, daß sie neben ihrem Ehemann, den sie selten sah, weil er die meiste Zeit betend in der Kirche von Notre Dame oder kniend in seinen eigenen Gemächern verbrachte, eine wichtigere Rolle spielen werde. Wenn er überhaupt an Aliénors Banketten teilnahm, saß er neben ihr wie eine graue Maus, die am liebsten hinter einen Wandteppich gekrochen wäre, um sich in seine eigene Welt zurückzuziehen. Er bewunderte die Leichtigkeit, mit der sie sich in der ihm fremden, weltlichen Umgebung bewegte, er schaute zu ihr auf, als stünde sie weit über ihm; er betete seine junge Frau an, und mit dieser Bewunderung wuchs seine Eifersucht auf jeden anderen Mann, der sie betrachtete. Zugleich war ihm klar, daß er hier, in seinem eigenen Palast, nicht höflich lächelnd akzeptieren mußte, was seine Gastgeber ihm vorsetzten. Er konnte jeden wegschicken, der ihm nicht paßte,

und er begann mit den Spielleuten. Denn war es nicht Alcuinus, der große Lehrmeister am Hofe Karls des Großen, der gesagt hatte: »Wer Schauspieler, Mimen und Tänzer in sein Haus holt, vergesse nicht die Horde Teufel, die er mit ihnen hereinläßt.« Und nicht nur das: Die Troubadoure sangen schamlose Verse über die Liebe und schauten dabei Aliénor an, als wollten sie sie verführen. Am wenigsten gefiel ihm, daß sie sie auch noch ermutigte, indem sie ihnen zulächelte.
Für Marcabru war das Leben am Pariser Hof nicht einfach. Er gab das Beste, was er hatte, aber man wandte ihm den Rücken zu. Die französischen Edelleute waren plump und hatten schlechte Manieren. Sie verstanden seine Kunst nicht, und er wollte sich nicht in seiner Freiheit einschränken lassen und sich ihrem Geschmack anpassen. Aliénor war anfangs geschmeichelt von den Versen, die er ihr widmete. Sie genoß es, der Mittelpunkt des Interesses zu sein, und belohnte den Troubadour für das, was er sang, doch nach ein paar Wochen war ihr Interesse plötzlich verschwunden. Lag es an dem, was ihr die Geistlichen am Hof einflüsterten, oder wurde er für Ludwig geopfert? Die Eifersucht des Königs auf jeden Mann, der in Aliénors Nähe kam, war fast krankhaft. Er zeigte deutlich seinen Abscheu vor dem Troubadour, und schließlich mußte sie sich ja bemühen, ihrem Gatten zu gefallen. Für Marcabru war es schmerzlich, mitansehen zu müssen, wie Aliénor sich anstrengte, Ludwig zufriedenzustellen, wie sie – oft vergeblich – versuchte, ihn mit ihrer Schönheit zu verführen, weil er so fromm war, daß er glaubte, sogar in der Ehe seine Keuschheit bewahren zu müssen, und sie deshalb nur gelegentlich in ihrem Schlafgemach besuchte. Aliénor war schön. Sie war gut geformt, ihre langen Haare glänzten, und ihre Haut war glatt und weich. Wer würde nicht gerne ihr Liebhaber sein? Das Mädchen, das Marcabru am Ufer der Gironde aus dem Treibsand gerettet hatte, entwickelte sich zu einer jungen Frau, die alles besaß, um ein großes und stürmisches Leben zu führen. Marcabru konnte es nicht ertragen, von ihr verstoßen zu werden. Seiner Trauer um den Verlust des Herzogs folgte nun Aufbegehren. Das Leben war grausam und ungerecht. Das Leben? Der Tod, der Wilhelm von ihm gerissen hatte! Oder sollte er es Gott vorwerfen? Oder lieber Ludwig? In Anwesenheit des Königs schien ihm, als falle ein Schatten

über ihn, als würde er von der Atmosphäre, die der junge König ausstrahlte, erstickt. Er machte ein Lied, von dem er wußte, daß es sein letztes am Pariser Hof sein würde.

Ich kenne einen Baum auf Hügels Gipfel,
sein Schatten aber selten uns erquickt,
so wunderlich verzweiget ist sein Wipfel,
daß er das ganze Land damit erstickt.
Denn wo auch unversehns man hingekommen,
wird man alsbald in Rankenwerk verstrickt,
gar schwerlich ist es, wieder freizukommen.

Des Baumes Zweige in den Himmel zeigen,
geräumig seitwärts übers ganze Land
und weit sich über Frankreichs Grenzen neigen,
bis nach Poitou sie haben sich gewandt.
Dort hat der Baum sich einen Platz gestohlen,
so gut beschützt, wie er noch keinen fand,
und will auch bleiben, ich sag's unverhohlen.

Sein Wurzelwerk krallt fest sich in die Erde,
daß selbst ein Held ihn nicht mehr fällen kann.
Und Jovens edler Geist, der hochverehrte,
durch Malvestatz vertrieben ward sodann.
Nicht nur Joven ist Übermacht gewichen,
auch Joi mußt fliehend fügen sich dem Bann,
und Schlechtigkeit hat sich nun eingeschlichen.

Ein jeder klammert fest sich an dem Baume,
ob's Prinzen, Grafen , Edelleute sind,
so daß man unterm weiten Himmelsraume
gar selten einen freien Mann noch findt.
All jene sind vereint durch Geiz und Giere,
und wer die Seuche nahen sieht, geschwind
sollt fliehen, daß er nicht die Ehr verliere.

Wer floh, war Marcabru. Sogar die Franzosen verstanden diese Bildsprache. Er wurde vom König des Hofes verwiesen. Das kümmerte ihn nicht, sein Abschied war ohnehin unvermeidlich.
Erst wich er aus nach Blois, dann reiste er weiter in den Süden. Doch Aquitanien war, ohne die Höfe von Poitiers oder Bordeaux, nicht mehr das, was es einmal gewesen war. In seinen Versen, die wegen seines Zorns immer schärfer wurden, griff Marcabru die Blüte der aquitanischen Ritterschaft an, die sich bequem der Genußsucht hingab, statt ihren Mut auf dem Kampfplatz zu zeigen.
Er beschloß, nach Spanien zu ziehen. Auf dem Weg dorthin traf er in Carcassonne einen alten Bekannten, Herrn Audric von Vilars. Der Edelmann erkannte ihn sofort, als Marcabru den Saal von Carcassonne betrat, obwohl ihm die schwarzen Locken in nassen Strähnen um das Gesicht hingen, denn es war schlechtes Wetter. Der Regen platschte in Strömen vom Himmel, und der Wind heulte um die Festung, auf deren Mauern die Wächter froren.
War es schon zehn Jahre her, daß Audric dieses Gesicht zum letzten Mal gesehen hatte? Einen Moment war er verblüfft, doch dann fing sein Gehirn fieberhaft zu arbeiten an. Er hatte noch eine alte Rechnung mit dem Troubadour zu begleichen. Damals war ihm keine Widerrede eingefallen auf das Lied, mit dem der junge Mann bei seinem Abschied ihm und seiner Frau noch einen Tritt gegeben hatte, der so schlimm gewesen war wie die gehörnte Kappe und der Schandpfahl. Ein übler Dank! Er würde es ihm mit einem geißelnden Vers heimzahlen, denn auch er war kein schlechter Troubadour. Er hatte damals in seiner Wut ein Lied gemacht, für den Fall, daß er Marcabru noch einmal treffen sollte. Nun versuchte er, sich daran zu erinnern.
Um Zeit zu gewinnen, hielt sich Audric im Hintergrund, damit der Troubadour seine Anwesenheit nicht bemerke. Wie der sich bei dem Burggrafen einschmeichelte und sagte, daß er am Hof von König Ludwig und Königin Aliénor aufgespielt habe und daß er nicht lange bleiben könne. Er sei nur auf der Durchreise, auf dem Weg zum Hof von Kaiser Alfons! Ach, ein paar Lieder könne er an diesem Abend wohl singen, wenn man ihm erst eine gute Mahlzeit anbieten wolle. Wurde er nicht von seinem Joglar begleitet? Nein, den habe er vorausge-

schickt, um an den spanischen Höfen seine Ankunft anzukünden. Man mußte ihn nur hören, diesen Angeber: »Herr, Eure Joglars werden mich gern begleiten; ich wage zu wetten, daß sie alle meine Verse kennen.«
In diesem Moment trat Audric hinter den Höflingen hervor und stand auf einmal vor dem Troubadour, der durch dieses plötzliche Zusammentreffen sichtlich überrascht war.

Hör doch mal zu,
Freund Marcabru,
willst hastig du von dannen eilen?
Oh, geh nicht fort,
Freund, auf ein Wort,
Mezura lasse dich verweilen.

Nein, diesmal nun
wirst du's nicht tun,
kein Abschied mehr in Zank und Streite.
Du bist nicht schlau,
siehst nicht genau,
daß Narrheit treibt dich in die Weite.

Werd endlich klug,
es ist genug,
es schweige deiner Stimme Tone,
die doch kaum singt,
so blechern klingt,
und nie entbehrt des Bösen Hohne.

Marcabru, der sich inzwischen gefaßt hatte, wurde bei diesen Worten weiß vor Wut. Audric, seine Rache genießend, fuhr gelassen fort:

Und wär ich reich,
gäb Geld dir gleich
und Gold und Gaben, was du wolltest.

Nun schenk ich dir
den Besen hier,
mehr geben kann ich nicht statt Goldes.

Die Anwesenden, die sich neugierig um sie drängten, um auch ja alles zu verstehen, lachten herzlich.

Mein Kinderschar
sehr zahlreich war,
ein jedes Jahr gar Stücker viere,
auch wenn's gefällt,
so kostet's Geld,
weit mehr, als es mich amüsiere.

Meinte Audric etwa, daß auch er, Marcabru, ein Ergebnis seiner Abenteuer war? Ein verbissener Zug trat in sein Gesicht. Man hatte ihm immer erzählt, daß er aus der Gascogne stammte, daß er bei dem Herrn von Vilars als Findling ausgesetzt worden war und daß dieser ihn aufgezogen hatte, weil er nicht sicher sein konnte, ob der Knabe nicht von ihm war.
Doch nein, Audric wollte ihn vermutlich nur beleidigen und betonen, daß Marcabru ebensowenig ehelich geboren war wie die Bastarde, gegen die er in seinen Versen polterte. Wie er diesen Mann haßte!
Der Edelmann konnte die Wut auf dem Gesicht des Troubadours sehen. Er lachte und fuhr mit beißendem Spott fort:

Du bist nicht faul
mit deinem Maul,
doch Bellen wird dem Schaf nicht frommen.
ein Weib ist schuld,
nicht Ungeduld,
daß du von Blois hierher gekommen.

Nicht Marcabru,
doch Panperdu,
den heimlich Namen will ich nennen;

es ist nun klar,
daß du, Joglar,
in mir lernst deinen Meister kennen.

Am liebsten hätte er den Edelmann an der Kehle gepackt. Er, der Troubadour Marcabru, der sich am Hofe Herzog Wilhelms Ruhm erworben hatte, ein Joglar! *Mezura!* Das war es, was er nun brauchte, die Beherrschung, um seine Wut zur Faust eines hermetisch geschlossenen Liedes zu ballen. Doch sein Blut kochte, und er hatte Mühe, seine Gedanken auf die Form und das Setzen von Worten zu richten. Er sah, wie sich der andere schon triumphierend im Kreis umschaute: Audric hatte dem Großmaul Marcabru den Rang abgelaufen. Nie! Aus seiner gekränkten Seele zog er schließlich die Inspiration, die er brauchte.

Seigneur Audric,
ihr macht's publik,
an Geld und Gut es Euch gebreche.
Wacht auf und seht,
wie's um Euch steht:
Im Herbst bezahlt Ihr nicht die Zeche.

Wird's Weihnacht dann,
Ihr armer Mann,
könnt Ihr am trocknen Brote nagen.
An Ostern, ja,
ist nichts mehr da,
den Falken müßt Ihr dann befragen.

Steigt er hinauf,
so geht's bergauf,
bekommt Ihr Unterschlupf und Essen;
doch will er nicht,
Ihr armer Wicht,
so hat Euch Sankt Julian vergessen.

Empörtes Gemurmel klang auf. Audric hatte genug Freunde, die den Spott des Troubadours nicht schätzten. Die anderen schwiegen. Marcabru fuhr mitleidlos fort:

Was Ihr hier tut,
das kenn ich gut,
auch Eure, ach, so stolz Maniere.
Ihr freßt Euch voll
und treibt es toll
mit Huren gleich dem brünstgen Stiere.

Ist es geschehn,
so kann sie gehn,
Ihr laßt von Dünkel Euch geleiten.
Ihr giert, o Herr,
verführet mehr,
als Caesar tat's in frühren Zeiten.

Der Herr von Carcassonne lachte, doch keiner sonst wagte, ein Zeichen des Lobs für die Verse des Troubadours zu zeigen. Audric sprach einige Worte mit einem Edelmann, der neben ihm stand, und in dem darauf entstehenden Gemurmel waren die ersten Worte von Marcabrus folgender Strophe nicht zu verstehen. Daher mußte er mitten im Vers die Stimme erheben, was seine Worte noch härter klingen ließ.

Ein Streit, fürwahr,
mit dem Joglar,
verlanget, daß man Waffen trage.
Ein Schnabel dumm,
geschliffen krumm,
führt schnell zu einer Niederlage.

Ja, Euer Maul,
ist stumpf und faul,
bereitet Euch doch nur Blamage.

Alle hielten den Atem an, als die letzten, messerscharfen Worte in der Stille des Saales verklangen. Audric war feuerrot geworden und griff nach seiner Waffe. Auf ein Zeichen des Burggrafen, bei dem der Troubadour schließlich zu Gast war, wurde der Herr von Vilars zurückgehalten. Dann hob der Gastgeber langsam die Hände und begann, leise zu applaudieren. Einige folgten seinem Beispiel. Andere, die ihr Lob nicht allzu sichtbar werden lassen wollten, stampften mit den Füßen auf. Doch es waren auch Buhrufe zu hören.
Am nächsten Morgen ließ Marcabru Carcassonne hinter sich und zog in die Berge, allein mit seinem Kummer, seinem Groll und seinen Idealen.
In dieser Gemütsverfassung drang der Troubadour durch die Schluchten der Aude und über die beschneiten Berge, bis der Herr von Cabrera ihm Gastfreundschaft gewährte.
Marcabru hatte tatsächlich seinen Joglar vorausgeschickt, um seine Stimme in Kastilien, Portugal und Barcelona hören zu lassen, denn er hatte beschlossen, dem Norden den Rücken zu kehren. So kam es, daß sein Lied Urgell schon erreicht hatte, bevor er an jenem Abend ans Tor klopfte und mein Meister erwartungsvoll den Mann empfing, dessen Notschrei schon in seinem Saal erklungen war.

Nach Portugal send ich mein Lied,
Kastilien, Land voll Ehr und Zier,
Gott schütze euch und mich gleich mit.
Da mich Poitou verstoßen hat.
grüß ich Barc'lona, schöne Stadt,
und steh gleich König Arthur hier.

Du findest das hochmütig? Warum sollte Marcabru nicht erklären dürfen, daß Aquitanien ihn, nachdem er nach Wilhelms Tod weggegangen war, noch so vermissen würde wie die Bretagne ihren ruhmreichen König, von dem behauptet wird, er würde irgendwann einmal, in Zeiten der Not, zurückkehren? Marcabru brauchte nicht bescheiden zu sein, er kannte seinen Wert.
Herr Guerau hätte Marcabru gerne länger an seinem Hof behalten,

und Gott weiß, daß er ein vermögender Mann ist, der ihn reich hätte belohnen können. Einen Troubadour wie ihn kann man nicht mit Almosen abspeisen. Wie oft hatte er nicht gegen den Geiz edler Herren getobt, die ihn schlecht belohnt hatten.
Doch er blieb nur kurze Zeit, und dann sah ihn Herr Guerau lange nicht mehr, bis der Troubadour Jahre später zurückkehrte und sein Freund wurde.
Wie lange ist es nun her, daß Marcabru Spanien für immer verließ? Sein Weggehen hat meinen Herrn traurig gemacht. Was hatte er ihm getan? Nichts. Das erste Mal zog Marcabru weiter, weil er auf der Suche nach einer Frau in Saragossa war, und danach wollte er zum Hof des Königs Alfons. Das zweite Mal... das ist eine lange Geschichte. Aber Herr Guerau konnte ihn auch damals nicht halten. Noch immer höre ich die Worte, die er zu mir sprach, als er mich wegschickte, um den Troubadour für ihn zu finden: »Er ist wie ein wilder Vogel, der sich die Füße nicht binden läßt, ein Adler, der seine Schwingen öffnet und die hohe, reine Luft sucht, wo sein Schrei weit über den Gesang der kleinen Vögel hinwegklingt, immer schneller, immer höher. Ich weiß, daß viele ihn lieber mit einer schwarzen Krähe vergleichen, aber sie haben ihn nicht so gut gekannt wie ich, sie haben ihn nicht verstanden. Geh, Cabra, und suche diesen stolzen Vogel, der mir entflogen ist.«

II

Gahwara... Je näher er Saragossa kam, desto heftiger sehnte er sich nach ihr. Er versuchte, sich ihr Bild vor Augen zu holen, die mandelförmigen Augen, die rabenschwarzen Haare, die lichtbraune Haut, die Stimme vor allem und die liebenswürdige Sprache, ein Gemisch aus Aragonisch und Arabisch. Ob sie noch im selben Haus wohnte, bei demselben Herrn, der sie an jeden vermietete, der sie haben wollte? Er erinnerte sich an die Gespräche, die er mit ihr über Liebe geführt hatte. Viel zu kurz hatte er damals mit ihr sprechen können.
Zufrieden lächelnd tastete Marcabru nach dem Sack, den er über der Schulter trug. Er fühlte den Rand des kostbaren Bechers, den ihm Herr Guerau von Cabrera geschenkt hatte. Das würde sicher reichen, Gahwara dem *Maqayyin* zu entreißen, wenigstens für kurze Zeit.
Die Stadt sah noch genauso aus wie damals. Der umwaldete Lusthof von Aben-Aljafe, das nun ein Kloster war, das alte Fort und die Moschee, die von den Christen als Kirche benutzt wurde. Es war, als käme er in diesem fremden Land nach Hause. Trotzdem kostete es ihn Mühe, das Haus zu finden, die engen Straßen sahen alle gleich aus: das Judenviertel, das Viertel der Franken, das Viertel der spanischen Christen und das Viertel der Mozaraben.
Als er endlich vor der richtigen Tür stand, fühlte er, wie ihm das Herz in der Kehle klopfte. Gahwara? Ja, er hatte Glück, sie war noch da, oder besser gesagt: Sie war wieder da. Der *Maqayyin* hatte sie letztes Jahr für ziemlich viel Geld verkauft und sie nach einigen Monaten für einen wesentlich geringeren Betrag zurückgekauft. Eine gewinnbringende Frau! Doch in diesem Moment war sie nicht da, denn es herrschte eine rege Nachfrage nach ihr. Er wollte den Herrn selbst sprechen? Der Knecht betrachtete Marcabru von Kopf bis Füßen. Er hatte ihn für einen Diener gehalten, der von seinem Herrn geschickt worden war. Der *Maqayyin* war bereit zu verhandeln, als er die Goldschmiedearbeit sah, die Marcabru aus Urgell mitgebracht hatte. Nachdem der Fremd-

ling erzählt hatte, daß sein Reiseziel der Hof des Kaisers war, zeigte sich der Händler sogar bereit, ihn in einen Raum zu führen, wo er auf die Rückkehr Gahwaras warten konnte.
Der Troubadour legte seinen Mantel ab und nahm auf dem Ruhelager Platz. Aus einem anderen Teil des Hauses hörte er leisen Gesang, gerade noch laut genug, um seine Gedanken in die gewünschte Richtung zu lenken. Ein Diener brachte ihm einen Becher Wein und eine Schale voll mit süßen Plätzchen, Mandeln mit Zucker und süßen Granatapfelsplittern auf einem Bett aus Blumenblättern. Im Zimmer verbreitete sich ein Duft nach Rosen. Marcabru trank und streckte sich auf dem Diwan aus. Von Müdigkeit übermannt, sank er bald in einen leichten Schlummer, der nicht durch Träume gestört wurde.

»Marhaba!«
Bei diesem arabischen Gruß schreckte er auf. Er erinnerte sich, daß es bedeutete: Gott möge Euren Wohlstand vermehren! Und die Taschen des *Maqayyin,* dachte der Troubadour.
»Sidi Marcabru!« Ihr Gesicht zeigte, wie freudig überrascht sie war, doch sie nannte ihn *Sidi,* Herr, weil er für sie bezahlt hatte und sie daher seine Dienerin war.
Sie hatte ihren Mantel und den Satinschleier, die sie draußen getragen hatte, abgelegt und trug nun einen weiten, mit Seidenstickerei verzierten Taftrock. Über ihren Knöcheln waren gerade noch die Ränder ihrer weiten Satinhose zu sehen. Ihr Oberkörper wurde von einem seidenen Hemd bedeckt, über dem sie eine ebenfalls reich bestickte Jacke trug. Ihre Haare waren in etwa dreißig Zöpfe geflochten. An ihren Handgelenken klirrten Armbänder. Sie duftete nach Rosen und Jasmin.
Marcabru ließ sich von dem Ruhebett gleiten und kniete zu ihren Füßen, hob die Arme und rief, das Gesicht mit den geschlossenen Augen zu ihr erhoben: »Gahwara! Eure Schönheit blendet mich! Drei Jahre habe ich Euch von ferne geliebt. Keine Frau konnte mich für sich gewinnen, denn keine von ihnen kam an das Bild heran, das ich von Euch in meinem Herzen trug. Und nun, da ich Euch endlich sehe, seid Ihr so schön, daß meine Augen es nicht ertragen.«

Sie lächelte, geschmeichelt durch seine Worte.
»Ich hätte nicht erwartet, Euch wiederzusehen.« Sie sprach ihre Verwunderung darüber aus, daß er im Winter über die Berge gekommen war.
»Mein Verlangen nach Euch hat die ganze Welt in Frühlingsfarben getaucht«, sagte er und hatte dabei beide Hände aufs Herz gedrückt. »In den kahlen Bäumen und in den Tälern hörte ich Vögel zwitschern, und auf den beschneiten Hängen sah ich Blumen blühen. Für den Liebenden ist immer Lenz!«
»Wollt Ihr damit sagen, daß Ihr die ganze Zeit an mich gedacht habt?«
»Ich habe an Euch gedacht, von Euch geträumt und Euch im stillen angebetet, ohne mein Geheimnis preiszugeben, wie es die Gesetze der *fin amors* gebieten. In meinen Liedern habe ich Euch besungen, meine Leidenschaft zurückgehalten mit dem Zügel meines Versmaßes, ohne je Euren Namen zu nennen, und keine andere Frau außer Euch habe ich begehrt.«
»Ihr habt meinetwegen Eure Keuschheit bewahrt?« fragte sie ungläubig. »Das ist Selbstkasteiung.«
»Das ist Liebe. Ovidius hat es schon gesagt, daß Liebe ein inneres Leiden sei, die Folge des Anschauens und des Denkens an das andere Geschlecht, denn jeder der Liebenden verlange alle Gesetze der Liebe zu achten in der Umarmung des anderen. So war es immer, als wäre mein Herz in zwei Hälften gespalten, deren einer Teil bei Euch zurückgeblieben war, während der andere bei mir war, um zu Euren Gunsten auf mich zu wirken. Wie gerne würde ich es nun selbst aufschneiden, damit Euer Herz hineintrete, um es dann in meiner Brust zu verschließen.«
»Ihr seid betrunken«, sagte sie neckend. »Trunken vor Liebe, wie Al-Mu'tamid:

Ich leide, denn ich bin getrennt von dir,
betrunken gar von der Begier nach dir,
so ratlos bin ich und verlang nach dir,
mein Augen werden, das versprech ich dir,
sich nicht mehr schließen, bis ich bin bei dir.

»Findet Ihr das schön?« Sie sah, daß Marcabru ihre Worte trank wie Wein. »Er machte dieses Lied auf eine seiner Nebenfrauen. Sie hieß It'imâd und war die Sklavin eines Maultiertreibers. Eines Tages saß sie am Ufer des Guadalquivir und wusch ihre Kleider, da kam der Prinz vorbei. Er war in der Gesellschaft seines Wesirs, und sie dichteten gemeinsam. Der eine machte eine Strophe, auf die der andere mit der nächsten antworten mußte. Al-Mu'tamid war ein Meister im Dichten, und schon bald blieb die Antwort des Wesirs aus. Während er stockte und zögerte, richtete sich It'imâd auf und antwortete dem Prinzen mit einem pikanten Vers. Danach ruhte er nicht, bis er sie von ihrem Herrn freigekauft hatte.«

»Und als er sie hatte«, wollte Marcabru wissen, »was war dann?«

»Sie wurde eine seiner Frauen. Er liebte sie, so wie er die anderen liebte.«

»Also war sie einfach ein Zuwachs für seine Sammlung?«

»So dürft Ihr das nicht sehen. Jede von ihnen hatte eine besondere Eigenschaft. Die eine liebte er, weil sie eine schöne Stimme hatte, eine andere, weil sie so graziös tanzte, und eine dritte wegen ihres wunderbaren Lautespiels. Wieder eine liebte er, weil sie ihm Gesellschaft leistete und, wenn er arbeitete, unaufdringlich für ihn sorgte, ohne ihn zu stören, als wäre sie ein Sonnenstrahl, der in sein Studierzimmer fiel. Und It'imâd schätzte er wegen ihrer Spitzfindigkeit.«

»Das ist doch Sammeln. Das ist keine Liebe.«

Er folgte ihren graziösen Bewegungen, während sie erneut die Blumen richtete, die der Diener gebracht hatte, und Wein und Rosenlimonade einschenkte. Jede ihrer Gebärden war delikat. Sie bewegte sich geschickt durch den Raum, so daß ein Bündel Sonnenstrahlen, das durch das hohe Fenster hereinfiel und durch ihre feinen Gewänder drang, immer wieder die Umrisse ihres Körpers sichtbar machte.

»Wer war dieser Al-Mu'tamid?«

»Der Fürst von Sevilla, ein König und Dichter. Er war es, der Jussuf und seine Almoraviden aus Afrika zu Hilfe rief, weil er sein Reich nicht den Ungläubigen ausliefern wollte, wie er die Christen nannte. Es kam ihn teuer zu stehen. Keine fünf Jahre später kehrte das barbarische Wüstenvolk zurück und machte sich zum Herrn von ganz Al-Andalus.

Da flehte Al-Mu'tamid die Christen um Hilfe an, doch Sevilla wurde von den Almoraviden erobert, und er wurde zusammen mit seiner Frau und seinen Kindern gefangengenommen und nach Afrika verbannt. Man sagt, er habe dort noch jahrelang in Gefangenschaft gelebt, und seine Töchter hätten am Webstuhl arbeiten müssen, um ihn und sich selbst zu ernähren. Die Dichtkunst war sein einziger Trost, und in seinen Versen besang er sein Unglück und sein Elend.«

»Ihr besitzt die Gabe, im richtigen Moment mit einer bezaubernden Geschichte zu antworten. In Eurem Beisein fühle ich mich wie ein ungebildeter Klotz.«

»Dann wißt Ihr vermutlich auch nicht, daß eine der Frauen des alten Königs, des Vaters von Kaiser Alfons, eine Tochter von Al-Mu'tamid war?«

Marcabru schüttelte den Kopf. Seine ohnehin schon große Neugier auf den Hof des Kaisers wurde noch größer.

»Prinzessin Saida.«

»Wieviel Frauen hatte der alte König von Kastilien eigentlich?«

»Sechs. Daneben noch eine Anzahl Konkubinen und unzählige Sängerinnen und Tänzerinnen.«

»Und Kaiser Alfons?«

»Offiziell eine. Im übrigen steht er seinem Vater in nichts nach.«

»Und die Kaiserin?«

»Berengela von Toulouse? Sie kannte die Gewohnheiten und Sitten des Hofes von Toledo, schon lange bevor der König sie heiratete. Die Verbindungen, die Toulouse mit der maurischen Welt hat, sind viel älter als die mit Kastilien. Soll ich für Euch singen oder Laute spielen?«

»Spiel«, sagte Marcabru.

Er schloß die Augen und lauschte den Tönen, die den Raum füllten, während ihre Finger an den Saiten zupften. Als es dann still wurde, schlug er die Augen auf und sah das Lächeln auf ihren korallenroten Lippen.

»Wenn ich nun von hier weggehen müßte, hätte allein diese Musik die Kraft, mich drei Jahre nach einem Wiedersehen schmachten zu lassen.«

»Aber Ihr braucht nicht zu gehen! Ich habe ein Bad für Euch richten

lassen.« Sie stand auf, öffnete die Tür und winkte ihm. *»B'n sidi b'n.«* Kommt, Herr, kommt!
Sie ging ihm voraus, wobei sie sich leicht in den Hüften wiegte. Tanzend zu der Melodie eines Liedes, das sie auf Aragonisch sang, zog sie langsam ein Kleidungsstück nach dem anderen aus und ließ es beim Gehen auf den Boden fallen.

Drei maurischen Fraun wollt den Hof ich einst machen
in Jaén,
o Axa, Fatima und Marién.

Drei maurische Fraun ließ man stets gut bewachen,
doch als sie des Morgens Oliven mal brachen,
entführte ich sie mit gar schmeichelndem Lachen,
in Jaén,
o Axa, Fatima und Marién.

Entführt hatt ich sie bei des Tages Erwachen,
nach Hause sie kehrten mit Knien, so schwachen,
im Ohre noch klang mir ihr Seufzen und Lachen,
in Jaén,
o Axa, Fatima und Marién.

Marcabru hörte Wasser plätschern. Er stand auf und schaute durch die Tür. Dort stand sie, am Rand eines in den Boden eingelassenen Bekkens, das von Mauerwerk umschlossen war. Er sah gerade noch, wie ihr seidenes Hemd zu Boden fiel und sie sich ins Wasser gleiten ließ. Lachend schaute sie ihn an und winkte wieder.
»Ihr verschenkt Euch viel zu leicht«, sagte Marcabru. »Ihr müßt einem Mann Zeit geben, Euch den Hof zu machen. Er muß Euch erst verdienen!«
Sie reagierte erstaunt, auch erschrocken, weil er offenbar nicht zufrieden war, aber sie verstand nicht, warum das so war.
»Wollt Ihr denn nicht erst baden und ruhen nach der langen Reise?«
Das klang vernünftig, so oft badete er nicht. Er betrachtete die

Schlammspritzer auf seiner Hose, seine beschmutzten Schuhe, die rotbraune Spuren auf den glasierten Fliesen hinterließen. Gahwara klatschte in die Hände. Eine Dienerin erschien, die ihm aus den Schuhen half und dann mit einem Tuch kam, um den Fußboden zu reinigen.

Der Troubadour fühlte sich linkisch und unbeholfen. Es lief ganz anders, als er es sich vorgestellt hatte. Hatten sie nicht vieles zu besprechen nach einer Abwesenheit von drei Jahren? Hatte sie auch an ihn gedacht, so wie er in Gedanken so oft bei ihr geweilt hatte? Was fühlte sie für ihn? War ihre Einladung, mit ihm zu baden, ein Zeichen der Liebe, oder gehörte es zu dem, wofür er bezahlt hatte?

Er starrte seine bloßen Füße auf den farbigen Fliesen an. Die Nägel seiner Zehen waren schwarz, die seiner Finger übrigens auch. Vielleicht hatte sie recht, er war schmutzig, und er mußte sich dringend rasieren. Nachdenklich ließ er die Hand über seinen zwei Wochen alten Stoppelbart gleiten. Man sah ihm bestimmt an, daß er den weiten Weg von Frankreich gekommen war.

Wie auf Befehl brachte die Dienerin eine tiefe Kupferschale mit heißem Wasser und ein Messer, das dünner und schärfer war als alle, die Marcabru je gesehen hatte, und das sie so geschickt handhabte, daß das Rasieren, nachdem sie seinen Bart gründlich mit heißem Wasser aufgeweicht hatte, weniger schmerzhaft war als sonst. Während sie dann seine Haare mit einer duftenden Seife wusch, betrachtete Marcabru Gahwara, die auf dem Rand des Beckens saß, ihre Zöpfe einen nach dem anderen öffnete und sich dann mit zärtlichen Bewegungen die Haare kämmte. Sie hatte sich in ein dünnes Tuch gehüllt, das sich wie eine zweite Haut an die gewölbten Teile ihres nassen Körpers schmiegte. Der Ausdruck ihres Gesichts hatte etwas Trauriges.

Dieses Bad war übrigens anders als das, was die Badehäuser in Poitiers und anderen Orten im Norden zu bieten hatten. Dort hatte er oft den Abend verbracht und sich mit einem Freund unterhalten, während sie beide in zwei nebeneinander stehenden Holzzubern saßen. Ohne zu zögern kleidete er sich nun aus und platschte in das lauwarme Wasser. Jetzt lachte sie zum Glück wieder. Sie legte das Tuch ab, ließ sich vom Beckenrand gleiten und verschwand unter Wasser, um gleich darauf vor ihm aufzutauchen, mit Tropfen auf den Wimpern, während die langen Haare wie ein schwarzglänzender Wasserfall über ihre Schultern fielen. Sie ließ ihre Fingerspitzen über sein glattgeschorenes Kinn gleiten.

»Seid Ihr zufrieden, Herr?«

Er mußte zugeben, daß er sich wie neugeboren fühlte. Sein Körper genoß ihre streichelnden Hände, während sie seinen Rücken und seine Schultern mit Rosenseife einrieb. Bei jeder Bewegung glitten ihre Brüste über seine Haut, und wenn er sich nicht ständig gesagt hätte, daß *mezura* auch für ihn gelte, hätte er sie unter Wasser genommen, bevor sie damit fertig war, ihn zu waschen. Doch er verlangte nicht nach einer solchen Befriedigung, wenigstens jetzt noch nicht, solange sein Geist noch nicht befriedigt war. Er wich zurück, als sie ihre Hüften an ihn schmiegte.

Gahwara verstand das nicht.

»Männer sind wie Wölfe«, hatte sie der *Maqayyin* gelehrt, »ihre Freßsucht kennt keine Grenzen. Erst mußt du sie hungrig machen, dann hinhalten. Aber manchmal müssen sie auch gefüttert werden.«

Gut, es war ihr gelungen, die Sinne des berühmten Troubadours zu reizen; er war über die Berge gekommen, um sie zu sehen, noch dazu im Winter, wenn die Wölfe in die Täler kamen. Sie hatte ihn empfangen, wie es sich gehörte, er hatte geruht, sie hatte seinen Durst gestillt, sie hatte ihn mit leichter Konversation und mit Musik unterhalten, sie hatte ihn gebadet. Warum wollte er sie nicht?

»Habe ich Euch enttäuscht?« fragte sie zögernd.

Plötzlich stieg er aus dem Bad und wartete, nackt und tropfend, bis auch sie aus dem Wasser gekommen war.

»Ihr wißt doch«, sagte er, »daß ich kein Edelmann bin, auch wenn ich mich in diesen Kreisen bewege. Ihr müßt aufhören, mich wie einen hochgestellten Kunden zu behandeln. Ich konnte nicht anders hereinkommen, als zu bezahlen. Gut, Ihr wißt, wie man es einem Mann recht macht, aber Ihr wißt auch, daß ich aus einem anderen Grund hergekommen bin. Ihr benehmt Euch wie eine Hure.«

Sie hatte sich in ihr Seidenhemd gehüllt und war ihm vorausgegangen in den angrenzenden Raum, wo neben dem Diwan eine Schüssel mit

Essen bereitstand. Es gab auch neuen Wein, den sie gerade für ihn einschenken wollte, als seine Worte sie erreichten. Sie richtete sich auf, schaute ihn mit Augen wie schwarze Kohlen an und warf ihm den Krug an den Kopf, während sie ihm mit lauter Stimme ein paar arabische Worte zurief, die er zum Glück nicht verstand.
»Ich bin keine Hure, sondern eine Kurtisane, und von allen Kurtisanen Saragossas genieße ich das höchste Ansehen!« rief sie empört.
»Eine teure Hure also.«
»Mein Fach ist eine Kunst, ich bin eine Künstlerin! Huren arbeiten auf der Straße und sind bereit für jeden, der sie will! Ich habe einen festen Kreis von nicht mehr als drei oder vier Männern.«
Marcabru atmete erleichtert. Der Abstand zwischen ihnen war wieder hergestellt, der Kontakt zurückgeführt auf Worte, bei denen er sich zu Hause fühlte, so daß er erneut beginnen konnte.
»Die Liebe ist eine Kunst«, bestätigte er, »die, wenn man sie gut betreiben will, an viele Regeln gebunden ist...«
Die Dienerin, die erschrocken hereingekommen war, beeilte sich, die Scherben wegzuräumen. Ihr ängstlicher Blick war ständig auf die Tür gerichtet, wo jeden Moment der *Maqayyin* auftauchen konnte.
»... aber nicht nur eine Kunst«, fuhr Marcabru beharrlich fort. »Liebe ist nicht etwas, was man lernen kann, wie zum Beispiel Laute spielen. Sie ist etwas, das man fühlen muß.« Er grinste. »Ihr seid wenigstens zu einem Gefühl imstande: Wut. Doch Liebe ist noch mehr als ein Gefühl, es ist die Berührung, die über die Augen zum Geist und dann in den ganzen Körper dringt, bis sie die Seele erschüttert.«
Er wußte, wovon er sprach: Von dieser Erschütterung war er mehrmals gepackt und geschüttelt worden, bei der Frau von Vilars, bei Aenor von Poitou, bei...
Gahwara war stehengeblieben, und plötzlich begann sie zu lachen. Sie deutete auf Marcabru, und auch die Dienerin begann zu lachen. Der Troubadour schaute an sich hinunter. Der Wein, der auf ihn gespritzt war, als er das Wurfgeschoß abgewehrt hatte, tropfte von seinen Brusthaaren abwärts, wo seine soeben noch aufgerichtete Männlichkeit nun schnell an Umfang abnahm. Verwirrt starrte er die beiden Frauen an, die sich nun überschlugen in Entschuldigungen, weil sie ihn ausge-

lacht hatten. Die Dienerin brachte Wasser, Gahwara zeigte ihm ein entwaffnendes Lächeln und streckte ihm die Hand hin.
»Seid Ihr böse?« fragte sie mit einem Schmollmund, und bevor er antworten konnte, fuhr sie fort: »Ich habe versagt, ich bin Eurer nicht würdig.«
Marcabru schüttelte den Kopf. »Ihr kriecht vor einem Mann, Ihr seid nicht mehr wert als Eure Dienerin, die den Rücken krümmt, um die Scherben aufzuheben.«
Mein Fach ist eine Kunst, hatte sie gesagt. Kannte sie die Liebe, über die sie sprach, eigentlich wirklich, oder sprach sie nur nach, was andere gesagt hatten? Wörter, alles leere Wörter! Die Liebe war ihr Beruf, sie sah es als ihre Pflicht an, ihm zu gefallen, es war nichts, was aus ihrem Herzen kam. Vielleicht konnte sie es nicht einmal mehr fühlen. Was hatte Cercamon gesagt? Sie war eine *qayna,* und *qiyân* waren verdorben durch die Liebe.
Marcabru hielt es nicht länger aus, sie so zu sehen, so gekünstelt, so untertänig, so sklavisch. Es war nicht ihre Schuld, daß sie nicht imstande war zu lieben, sie hatte nie ein anderes Leben gekannt als dieses. Und er selbst?
Ich hätte den Becher von Cabrera nie benützen dürfen, dachte er. Er hatte sie gekauft, er hatte für ihre Liebe bezahlt, und dadurch hatte er alles verdorben, aus Eigennutz. Er war nicht hergekommen, um die reine Liebe zu finden, sondern um Trost und Wärme bei ihr zu suchen, genau wie Hugo Catola es gesagt hatte:

Mein Freund, bin ich mal traurig hin und wieder,
so küßt sie zärtlich mir das Haupt, die Glieder,
legt mich entkleidet auf ihr Lager nieder,
und ich bin drauf genesen und gesund.

Er drehte sich um und begab sich zum Baderaum, spülte den Wein von seinem Körper und kleidete sich an. Danach ging er zurück in den Ruheraum. Er nahm Gahwaras schönen Kopf zwischen die Hände und küßte sie. Ein Vers schoß ihm durch den Kopf, den er irgendwo auf seinen Reisen einmal gehört hatte.

»Eine Verbindung des Geistes ist nobler als eine Verbindung des Körpers, tausendmal nobler«, sagte er. »Ali Ibn Hazm von Cordoba.«
Ihre Antwort kam leise und vorwurfsvoll.
»Ihr seid verliebter in die Idee der Liebe als in die Frau selbst...«
Auf dem Weg hinaus fiel sein Blick auf einen Käfig, der in der geräumigen Empfangshalle stand. Hinter dem Gitter saß ein prachtvoller Vogel, mit einem Federkleid, so schön und bunt, wie er es noch nie gesehen hatte. Er hielt inne und betrachtete lange das exotische Tier, das ihn mit seinen kleinen, pechschwarzen Augen neugierig anblinzelte.
»Eine grausame Schönheit«, murmelte er, »eine grausame, eingesperrte Schönheit.«

III

Kastilien führte Krieg. Diesmal nicht mit Navarra, auch nicht mit Aragonien. Sogar die Scharmützel mit Portugal, die fast zehn Jahre gedauert hatten, waren zu einem Ende gekommen. König Alfons VII., der sich Kaiser aller spanischen Länder nannte, hatte mit den anderen christlichen Fürsten Spaniens einen Bund geschlossen, um sich gegen die Mauren wehren zu können, die seine Grenzen bedrohten. Vor allem die Umgebung der Königsstadt Toledo wurde oft von Oreja aus, der Festung südlich von Taag, heimgesucht. Um diesen Angriffen die Stirn zu bieten, hatte der König gegenüber der sarazenischen Festung das Fort Ribas bauen lassen. Auf der Hochebene wütete nun der Kampf zwischen den beiden Burgen, und dieser Kampf wurde immer heftiger, vor allem deshalb, weil angeheuerte Söldner aus Galizien, Katalonien und Italien die Garnison von Oreja verstärkten. Oreja stand unter dem Befehl der Almoraviden, jenen verschleierten Männern auf ihren schnellen Pferden, die vor einem halben Jahrhundert aus der afrikanischen Wüste gekommen waren und, getrieben von einem fanatischen Glaubenseifer, alle Andersdenkenden bekehrten oder ausrotteten.

Die Almoraviden waren Barbaren, hatten kein Auge für die hohe Kultur des Landes, das sie erobert hatten, das reiche und paradiesische Al-Andalus, und waren, obwohl sie sich dem verschwenderischen Lebensstil des Landes angepaßt hatten, wild und unkultiviert geblieben. Ihr Anführer Ali, der Sohn des Jussuf, der seine Horden über die schmale Meeresenge geführt hatte, war ein sehr frommer Mann, der sein ganzes Leben mit Beten, Fasten und Meditieren verbrachte, während seine Hauptleute mit harter Hand das Land regierten. Gelehrte, Philosophen und Dichter waren an den Bettelstab gebracht worden, weil sie ihren Beruf nicht mehr ausüben konnten. Vielen Juden war es gelungen, sich von der Verfolgung freizukaufen, doch die weniger wohlhabenden Mozaraben, Christen, die schon jahrelang unter maurischer Herrschaft lebten und die maurische Kultur übernommen hatten, wurden nach Afrika gebracht und dort als Sklaven verkauft oder ermordet, es sei denn, es war ihnen gelungen, in den Norden zu fliehen. Erst im Jahr zuvor waren Hunderte von Männern, Frauen und Kindern weggebracht worden. Das Volk, das unter dem Joch der Gewaltherrschaft stöhnte, wollte sich gerne mit dem König von Kastilien verbünden, der sich Kaiser nannte, und wollte ihn dafür bezahlen, damit er es befreite.

Dennoch wurde Marcabru, als er im Frühling des Jahres 1138 Toledo erreichte, als willkommener Gast empfangen. Voller Erwartung betrat er den Hof von Toledo, von dem jeder Troubadour träumte und der ein Treffplatz des jungen Adels und ein Zentrum von Kunst und Wissenschaft war. Bischof Raymond und seine Cluniazenser Mönche saßen über Texten, die von jüdischen und arabischen Gelehrten aus dem Griechischen ins Arabische und dann in die Volkssprache übersetzt worden waren und die sie nun ins Lateinische übertrugen. Maurische Mathematiker und Baumeister, die ihrem mohammedanischen Glauben treu geblieben waren, bauten Kirchen und Paläste, und arabische Astrologen waren die Berater des Kaisers. Alfons, der sich gern »der König der Menschen beider Religionen« nennen ließ, empfing neben christlichen Fürsten auch maurische Emire an seinem Hof, und in seinem Reich lebten Christen, Juden und Mohammedaner friedlich nebeneinander.
An diesem Hof sang Marcabru seine Verse, und seine Freude war groß, als sich herausstellte, daß der spanische Adel sein Werk würdigte. Doch König Alfons belohnte ihn nicht so, wie es einem Fürsten ziemte. Nur selten beschenkte er den Troubadour reichlich, öfter jedoch drückte er seine Wertschätzung nicht in großzügigen Geschenken aus, und der Troubadour empfing nur einen kargen Lohn. Marcabru hatte an einem derart glanzvollen Hof eine Freigebigkeit erwartet, die zu der ganzen Pracht und dem Prunk gepaßt hätte. Trotzdem war es für ihn, mit dem Geiz und der abweisenden Haltung König Ludwigs noch im Gedächtnis, ein ungekannter Reichtum, und Marcabru hatte Vertrauen in den spanischen Fürsten. Das Land war dabei, sich mit Mann

und Macht auf einen Angriff vorzubereiten, um die Almoraviden zurückzudrängen. Alles würde sich verändern, wenn der König seinen Feldzug erst vollendet hätte und nach einem glanzvollen Sieg mit Ruhm beladen und mit reicher Beute zurückkehren würde. War es ihm bei Herzog Wilhelm nicht auch so ergangen? Wie schön wäre es, wenn der Herzog noch lebte und sich an die Seite der spanischen Fürsten hätte stellen können, wie es sein Vater, Wilhelm der Junge, getan hatte. Ein glorreicher Feldzug, ein Kreuzzug gegen die Almoraviden! Wenn er von Alfons etwas erwartete, dann mußte er den Kampf des Kaisers nicht nur mit seinen Versen unterstützen, sondern auch mit seinen Händen, mit seinem ganzen Leib, seinem Herzen und seiner Seele.
So schloß sich Marcabru als Söldner dem kastilischen Kriegsvolk an, das Anfang 1138 unter dem Kaiser selbst in schnellem Tempo bis in das Herz Andalusiens vordrang. Es war nun wirklich Frühling, die Kälte der Berge lag hinter ihnen, und am blauen Himmel brannte unbarmherzig die Sonne. Auf der anderen Seite lockten die grünen Täler, in denen glitzernde Flüsse strömten.
»Reial!« klang der Kampfruf Kastiliens aus Kehlen, die heiser waren vor Trockenheit. Die Truppen schwärmten in breitgefächerter Formation aus und plünderten das Land um Andujar. Danach ging es stromaufwärts, durch das fruchtbare Tal des Guadalquivir, zu den Orten Baeza und Ubeda, die ausgeraubt wurden. Um zahllose Gefangene, Vieh und Beute reicher, führte Alfons sein Heer in einem großen Bogen nach Süden und überfiel das Land von Jaén.
Marcabru sah von weitem die prächtige Stadt inmitten von Olivenhainen am Fuß der Berge liegen, die von einem maurischen Schloß hoch oben auf einem Hügel oberhalb der Stadtmauern beherrscht wurde. Er konnte sich die schönen Frauen Axa, Fatima und Marién vorstellen, die dort Oliven pflückten. Doch jetzt war keine Zeit für die Liebe; die Frauen und Mädchen, die den Soldaten in die Hände fielen, wurden einfach vergewaltigt. Marcabru ekelte sich vor diesen tierischen Szenen. Sie erinnerten ihn an den Sieg des Königs von Aragonien und auch an Herzog Wilhelms Feldzug in die Normandie.
Jaén selbst, das eine wichtige Station für die Karawanen, die Waren

von Al-Andalus nach Kastilien brachten, war, konnte nicht eingenommen werden. Immer wieder mußte sich Alfons auf das andere Ufer des Guadalquivir zurückziehen, um von dort aus ohne viele Verluste mit kurzen Blitzaktionen das Land heimzusuchen.
Auch an jenem Tag, als schwere Gewitterwolken plötzlich die Sonne verdüsterten und es in Strömen goß, befand sich das Heer an der sicheren Seite des Flusses. Unaufhörlich spalteten die Blitze den Himmel, Windstöße stürmten über die Ebene und rissen an den Zelten, die in aller Eile aufgeschlagen worden waren. Die Befehle, die von allen Seiten erklangen, und das angstvolle Wiehern der Pferde wurden von Zeit zu Zeit von heftigen Donnerschlägen unterbrochen. Marcabru kümmerte sich um sein Maultier, das Angst hatte und durch die anderen Reittiere, die von Panik erfaßt worden waren, nur noch unruhiger wurde. Marcabru war bis auf die Haut durchnäßt, und das tropfnasse Seil, mit dem er das Tier festzuhalten versuchte, glitt ihm immer wieder aus den Händen. Fast hätte sich das Maultier losgerissen, als der Troubadour ausglitt und der Länge nach in den Schlamm fiel, doch schließlich gelang es ihm, es festzuhalten.
»Mein Gott, was für ein Unwetter«, rief er einem Kameraden zu, der vergebens versuchte, die Seile des Zeltes festzuzurren. Das Zelttuch wurde ihm aus der Hand gerissen, bevor er es festbinden konnte, und er fluchte laut. In diesem Moment zog neben ihnen ein Reiter die Zügel so heftig an, daß sein Pferd mit den Hufen über den Schlamm schlitterte.
»Das Kontingent aus der Extremadura!« schrie der Edelmann von seinem hohen Roß herunter, ohne einen der Männer direkt anzuschauen.
Marcabru zuckte mit den Schultern.
»Wir sind von Kastilien«, rief sein Kamerad, dessen Stimme bei dem Versuch, den Lärm zu übertönen, umschlug. Der Reiter wandte sich dem Sprecher zu. Er machte eine kurze Bewegung, daß sie ihm folgen sollten, und Marcabru stieg auf sein Reittier. Der andere murmelte, er könne sein Zelt nicht im Stich lassen, und blieb, noch immer mit Tuch und Seilen kämpfend, zurück.
»Die Ritter aus der Extremadura! Sie waren am anderen Ufer!« schrie

der Edelmann nun neben dem Troubadour. Es klang sehr beunruhigt. Sie ritten den Fluß entlang, der durch die plötzlichen Regenfälle anschwoll, und fragten nach links und rechts, ob die Ritter inzwischen vielleicht schon zurückgekehrt seien. Der Spanier deutete zur anderen Seite, wo sich das Kontingent in der Gier nach noch mehr Beute am frühen Morgen in das feindliche Gebiet gewagt hatte, während der größte Teil des Heeres den Befehl bekommen hatte, das Lager aufzuschlagen, um sich von den mörderischen Tagesmärschen erholen zu können. Doch mitten am Tag schien es, als wäre die Nacht hereingebrochen, und in der Dunkelheit war kein Lebenszeichen von den Reitern zu entdecken.

»Wir müssen sie warnen!« rief der Edelmann.

Marcabru schüttelte den Kopf und deutete auf das tosende Wasser vor ihnen. Wo sich am Morgen noch eine einigermaßen leicht begehbare Furt befunden hatte, wirbelten jetzt weiße Schaumkronen auf dem wilden Strom.

»Jetzt geht es noch!« rief der andere. Sein Ruf wurde von einem Blitzschlag übertönt, und dann hagelten Körner so groß wie Taubeneier auf sie nieder. Marcabru hob die Arme, um sein Gesicht zu schützen.

»Es hat keinen Sinn, sie müssen selbst für sich sorgen, bis das Unwetter nachgelassen hat«, antwortete er.

Doch der Spanier gab nicht auf. Nachdem er genügend Männer gesammelt hatte, versuchten sie, mit Hilfe von Pferden und Tauen den Fluß zu überqueren. Es war hoffnungslos. Die Pferde konnten sich nicht auf den Beinen halten, sie wurden vom Fluß mitgerissen, und ihre Reiter konnten nur mit Mühe vor dem Ertrinken gerettet werden. Marcabru, der die Peitsche noch in der Hand hielt, mit der er sein Maultier angetrieben hatte, sah die Tiere in dem strudelnden Wasser verschwinden. Er mußte sich fest gegen den Boden stemmen, um nicht von den heftigen Windstößen umgeworfen zu werden, und während der ganzen Zeit rollten unaufhörlich die Donner über die Ebene. Langsam wurde auch ihm klar, in welcher Gefahr sich die Männer aus der Extremadura dort am feindlichen Ufer befanden: Sie waren abgeschnitten vom Heer und nicht in der Lage, sich zurückzuziehen, solange der Fluß so wild toste. Niedergeschlagen kehrte er mit den anderen zum Lager zurück, wo er den Kaiser in der Öffnung seines klappernden Zeltes stehen sah. Mit einem besorgten Gesichtsausdruck hörte Alfons seine Edlen an und schüttelte den Kopf. Man konnte wirklich nichts tun.

Gegen Abend war das Unwetter endlich vorbei, und Stille senkte sich herab; nur der immer weiter herabströmende Regen und das Tosen des Flusses waren noch zu hören. Erst am nächsten Morgen konnte man die Verwüstung übersehen, die der Sturm im Lager angerichtet hatte. Schlimmer war, daß der Guadalquivir über die Ufer getreten war und das Wasser noch weiterhin anstieg. Es würde Wochen, wenn nicht gar Monate, dauern, bis es wieder möglich wäre, den Fluß zu überqueren. Kaiser Alfons ließ Kundschafter ausreiten, die bald darauf berichteten, sie hätten eine Bewegung am anderen Ufer wahrgenommen. Man überlegte noch, Bogenschützen aufzustellen, doch die Entfernung war zu groß, um den Abgeschnittenen Hilfe zu leisten.

Die Ritter aus der Extremadura, die noch in der Nacht versucht hatten, den Fluß zu erreichen, waren dort zum Halten gezwungen worden. Der Feind war ihnen schon auf der Spur, und bald erklangen in der Ferne die gellenden Schreie der Almoraviden. Vor den Augen des Kaisers, der machtlos von der anderen Seite des Guadalquivir zuschauen mußte, wurde das Kontingent bis zum letzten Mann abgeschlachtet. Einige wenige, denen es gelang, den Krummschwertern zu entkommen, ertranken jämmerlich bei dem verzweifelten Versuch, die Freiheit zu erreichen. Noch am selben Tag beschloß Alfons, den Feldzug abzubrechen, und gab den Befehl zur Rückkehr nach Toledo.

»Warum ist niemand bereit, den Kaiser zu unterstützen?« seufzte Marcabru. Er hatte es sich alles viel schöner vorgestellt gehabt, doch außer der reichen Kriegsbeute und zahllosen Gefangenen hatte der Feldzug nicht viel gebracht. Kastilien hatte ihn allein geführt. Wo waren die von Navarra, von Portugal, Barcelona und Aragonien geblieben? Wo waren die Herren der Grafschaften in den Bergen: Béarn, Bigorre, Foix, Comminges; und die von jenseits der Berge: Toulouse und Poitou? Poitou! Das bedeutete: Ludwig von Frankreich. Marcabru ballte die Fäuste, daß sich die Nägel in die Handballen bohrten. Ludwig, dieser

verfluchte Kerl, hatte Poitiers angegriffen. Mit zweihundert Reitern, Bogenschützen und Belagerungsmaschinen war er Hals über Kopf gegen die Stadt in den Kampf gezogen, weil Poitiers es abgelehnt hatte, sich seiner Herrschaft zu unterwerfen, und sich zur freien Stadt mit einer selbständigen Verwaltung erklärt hatte. Die Bewohner von Poitiers, die nicht auf solche groben Geschütze vorbereitet waren, hatten sich ohne Gegenwehr ergeben, doch Ludwig verlangte Genugtuung für die Beleidigung, die ihm und seiner Gemahlin angetan worden war. Den angesehensten Bürgern der Stadt hatte er befohlen, sich mit ihren Söhnen und Töchtern auf dem Platz vor dem gräflichen Palast zu versammeln. Dort sollten die Kinder von den Eltern getrennt und als Geiseln nach Frankreich gebracht werden. Das Weinen und Jammern war schrecklich, bis Abt Suger der Grausamkeit ein Ende machte und Ludwig davon überzeugte, es sei der königlichen Würde zuträglicher und würde dem Volk Respekt abzwingen, schenkte er in diesem Moment den Bürgern Gnade. Das tat Ludwig dann auch.
Wenn er schon Krieg führte, warum marschierte der junge König dann nicht weiter in den Süden, um den wahrhaft heiligen Kampf zu führen: den gegen die Almoraviden? Aber nein, Ludwig und die hohen Herren jenseits der Berge hatten offenbar mehr als genug damit zu tun, ihr eigenes Hab und Gut zu schützen und zu vermehren! Warum mußte der spanische Kaiser immer wieder feststellen, daß er bei dieser mühsamen Aufgabe, die Gott ihm gestellt hatte, allein stand?

Euch, Imperator, will zur Ehr ich singen,
hört Kund von Eurer Größe längst erklingen,
drum bin in Eile ich zu Euch gekommen,
ich weiß, daß JOI Ihr fördert, PRETZ Ihr hegt,
und JOVEN auch, den Mut der Jugend, pflegt,
den Ruhm des Kaisers hab ich längst vernommen.

Für Gottes Sohn ihr kämpft, für seine Rechte,
gen Pharao und seines Sohns Geschlechte;
man rühmet groß Euch drum in diesen Tagen.
Wer immer nur von Glanz und Wohlstand träumt,

dabei vor seiner Tür die Pflicht versäumt,
der Herr der Welt straf ihn mit tausend Plagen.

Jenseits der hohen Berge hört man Schweigen,
kein einzger will den Spaniern Hilfe zeigen,
alleine müßt den Kampf, o Herr, Ihr führen.
Der Sarazen geschlagen fliehen mag,
und laut er sein verloren Ehr beklag,
so wird zum Lohn Euch Gottes Gnad berühren.

Marcabru nickte zufrieden. Das würde dem Kaiser sicher gefallen. Die Zeit für einen neuen Kreuzzug war gekommen, und endlich würde auch Poitou im Kampf gegen die Mauren wieder Ruhm erwerben können, so wie in den Tagen Wilhelms des Jungen - auch wenn es nun unter Ludwig geschehen würde. Seine Verse würden ihn bestimmt erreichen, da er sich nun in der Grafschaft befand, und vielleicht würden sie ihn wachrütteln.

Die Haltung jener stolzen Herrn und Trutzen,
der Christen Feind nur bringt sie Lohn und Nutzen.
Doch hört: Aus Neid und eifersüchtgem Sinne
das Tuch wird weben man, das jenen rügt,
wenn tot dareinst in seinem Grab er liegt,
und in der Nachwelt er kein Ehr gewinne.

Dem Reichen dort gebühret Schimpf und Schande,
verächtlich Faulheit brachte er dem Lande,
des weichen Betts verführerische Tücke.
Treu tun wir das, was Gottes Rat entspricht,
und scheun auch unser eigen Leben nicht;
als Lohn winkt ewig Leben uns im Glücke.

Der Herr dort, dessen Herz von Geiz gekühlet,
nicht Mut und auch kein Fünkchen Scham mehr fühlet,
der glaubet, daß sein Reichtum läg im Prassen,

wird dafür büßen, daß er so geirrt:
Ein baldigs End, ich sags, er finden wird,
er wird auf einer Bahr die Burg verlassen.

Er würde seine Verse im Beisein des Kaisers singen, und es war ihm egal, ob Alfons ihn reich belohnte oder nicht. Er würde seinen Ruhm besingen, denn hier war ein Fürst, bei dem sich Mut mit einem wahrhaft höfischen Lebensstil paarte. Gegen ihn war der knausrige Geizhals Ludwig, der nicht einmal ein Rebec von einer Fiedel unterscheiden konnte, ein Nichts.

Ich singe heut ein Lied, o hört es alle,
wie Reichtum stolze Jugend bringt zu Falle.
Und wenn ihm erst die letzte Stund wird winken,
wird jener, der heut nur ans Raffen denkt,
auch nicht den kleinsten Kürbiskern verschenkt,
nach Geize stinkend in sein Grabe sinken.

Ach, wollte Portugal uns unterstützen,
Navarras König ebenfalls könnt nützen,
wollt dann auch Barcelona noch sich wenden,
und mutig unterstützte Spaniens Heere
'Reial!' im ganzen Land zu hören wäre.
Die Heiden alle wir vertreiben könnten.

Wärn nicht so breit und tief die Flüß und Bäche,
sie hätten längst bezahlt der Schande Zeche,
die so verhaßten heidnisch Sarazenen,
vergeblich hätten sie gehofft auf Glück,
das Heer Kastiliens kehrte bald zurück,
auf Córdoba gerichtet Blick und Sehnen.

Poitou, Berry und der Franzosen Heere,
ihr alle schuldet Gott im Himmel Ehre,
zu Treu verpflichtet dem, des Gnad ihr fühlet.

Denn wozu ist ein König auf der Welt,
wenn er die Lehnspflicht gegen Gott nicht hält,
und seine Christenpflicht er nicht erfüllet.

Er sah es schon vor sich, wie er die letzte Strophe vor dem ganzen Hof ausrufen würde und sich dann direkt an die Edelleute aus Frankreich wenden würde, von denen sich immer ein Dutzend oder mehr an Alfons' Hof befanden, um ihnen mit beißend sarkastischem Ton die letzten zwei Zeilen auf ihre armseligen, langweilig gefärbten Bliauds zu spucken:

Denn wozu ist ein König auf der Welt,
wenn er die Lehnspflicht gegen Gott nicht hält!

Gott gebe, daß sein Lied Ludwig und die anderen Prinzen dazu bewegen könnte, die Sarazenen zu schlagen. Es war zwar mehr als hundert Jahre her, daß die Mauren sogar bis Compostela vorgedrungen waren, aber diese Schmach durfte die christliche Welt nie vergessen. Die Kathedrale selbst war damals zum Glück verschont geblieben, ihre Türen und Glocken waren jedoch auf den Rücken kriegsgefangener Christen nach Córdoba gebracht worden und dort befanden sie sich noch immer. Gott möge verhüten, daß sich so etwas je wiederholte und das Grab des heiligen Jacobus geschändet würde! Ganz zu schweigen vom Grab Herzog Wilhelms, das für Marcabru fast ebenso heilig war wie das von Jacobus selbst. Es war Zeit, die Glocken von Compostela aus Córdoba zurückzuholen.

Marcabrus wütendes Kampflied blieb nicht ohne Lohn. Der Kaiser war voll des Lobes und schenkte dem Troubadour ein Pferd, das zwar ein wenig störrisch war und ihn in die Schenkel biß, als er aufsteigen wollte, doch war es ein fürstliches Geschenk.
Später im Jahr, am Ende des Sommers, unternahm König Alfons von Kastilien mit Unterstützung seines Bundesgenossen, des Grafen von Barcelona, eine neue Offensive. Nach einem langen und blutigen Feldzug war ein Teil des maurischen Heeres in die Flucht geschlagen,

und Alfons belagerte die Festung Coria, die sich im Jahr darauf ergab. Chronikschreiber schrieben das Jahr 1139, als es Alfons gelang, auch die Festung Oreja zu besetzen, wo das ganze Elend begonnen hatte. Siegreich hielt der Fürst einen prächtigen Einzug in Toledo, wo sich dann alle in die tagelang anhaltenden Siegesfeiern stürzten.
Zugleich hatte auch der Graf von Portugal den Kampf gegen die Almoraviden aufgenommen. Obwohl sein Heer in der Minderheit war – nur 13 000 Mann gegen 400 000 auf seiten des Feindes –, gelang es ihm, seinen Mannschaften Mut zu machen. Am Vorabend des entscheidenden Kampfes bei Ourique sprach er zu ihnen. Er habe in der Nacht einen Traum gehabt, sagte er, in dem ihm Christus erschienen sei, am Kreuz, umringt von Engeln und in gleißendes Licht gebadet. Der Erlöser habe zu ihm gesprochen und befohlen, das Heer solle ihn vor dem Kampf zum König von Portugal ausrufen. »Nimm die Würde an, und ergreife als Waffen meine fünf Wunden und die dreißig Silberlinge, für die ich verkauft wurde.« Tief bewegt grüßten die Soldaten ihn als König, setzten ihm eine Krone aus Blättern auf das Haupt und fügten dann den Almoraviden eine vernichtende Niederlage zu.
Damit war aber sofort das Bündnis zwischen Portugal und Kastilien beendet. Alfons weigerte sich, den Grafen als König anzuerkennen, und verlangte, daß dieser als sein Vasall seine Lehnspflicht erfülle. Als Antwort fiel Portugal in Galizien ein, woraufhin Kastilien nach Portugal eindrang. König García von Navarra mischte sich ein und schloß ein Bündnis mit Portugal, gegen den Kaiser, während Barcelona sich für Alfons entschied. Für den Augenblick war die Bedrohung durch die Mauren vergessen, und der Streit zwischen den spanischen Christenfürsten entflammte aufs neue.

IV

»Du wirst dir noch mal ins eigene Fleisch schneiden, wenn du weiter solche Verse singst.«
Marcabru zog eine Grimasse. Er wog seine Geldbörse in der Hand: leicht, viel zu leicht. Er war noch derselbe arme Schlucker, als der er – wie lange war das her, vier Jahre, fünf? – voller Hoffnung und Erwartung nach Toledo gekommen war. Ja, der Kaiser schätzte seine Verse, belohnte ihn aber nicht in gleichem Maße. Ein paarmal hatte Marcabru einen Trinkbecher bekommen, und einmal einen Pelzmantel, den er für gutes Geld verkauft hatte. Alfons von Kastilien war launisch und reizbar. Im einen Moment war er vergnügt, im nächsten konnte er beleidigt sein wegen eines Wortes, das er falsch aufgefaßt hatte, und dann jagte er den Troubadour aus seinem Palast, als wäre er irgendein Joglar! Es gab nur einen Trost: Er, Marcabru, war nicht der einzige, der so behandelt wurde. Neben ihm saß der Troubadour Alegret, der gerade diese warnenden Worte gesprochen hatte und dessen Börse ebenso flach war wie seine.
»Ich mir ins eigene Fleisch schneiden? Wenn es so weitergeht, habe ich bald kein Fleisch mehr übrig!« spottete Marcabru.
Daß Alegret zufrieden war mit dem, was er bekam, war nicht verwunderlich. Der Troubadour machte Verse, die von einer beschämenden Mittelmäßigkeit zeugten. Solche gab es dreizehn auf ein Dutzend! Er besaß nicht die Originalität, die Gewandtheit und den Mut, mit dem Marcabru seine Gedanken direkt und gezielt in Versen auszudrücken wußte.
»Der Kaiser will Verse hören, in denen er gerühmt wird. Wenn du ihn als Geizhals bezeichnest, wirst du seinen Ärger auf dich ziehen«, meinte Alegret.
»Gerühmt! Wie oft habe ich ihn über alle Maßen gepriesen wegen seines Muts, wie oft habe ich seine Taten im Kampf besungen und ihm eine Zukunft voller Ehre und Freude versprochen! Meine Börse müßte

wahrhaftig anders aussehen! Es ist, Gott sei's geklagt, leider so, daß ich es eigentlich bedauern müßte, hergekommen zu sein und ihm meine Treue versprochen zu haben.«

»Du hast ihn mit Versen über Liebe bedrängt, die seine Liebe lächerlich machten.«

»Zu Recht! Er liebt vielleicht in höfischem Stil, doch es ist Wollust, die ihn treibt. Seine Nebenfrauen, seine Konkubinen, die er nach maurischem Stil hält, das alles ist ihm nicht genug. Was bleibt übrig von *mezura,* wenn er daneben auch noch alle möglichen unverbindlichen Abenteuer hat? Und seine Höflinge folgen seinem Vorbild. Sie halten es mit anderen Frauen und sind erstaunt, wenn ihre eigenen Frauen sündigen und ihnen den bösen Trank ausschenken, den sie selbst gebraut haben. *Amors* wird an diesem Hof verhöhnt. Niemand will auf mich hören.«

»Du hast unrecht. Du mußt es als Ehre betrachten, an diesem berühmten Hof singen zu dürfen. Du müßtest stolz darauf sein, daß du Troubadour des Kaisers bist.«

Marcabru murmelte etwas Unverständliches und antwortete dann: »Früher war ich tatsächlich stolz darauf, sein Troubadour zu sein. Aber jetzt ist es umgekehrt! Ich war stolz darauf, seine Feinde anzugreifen und die anzuprangern, die sich nicht um ihn scharten. So etwas hört er gerne, er ist versessen darauf. Und er weiß, daß ich es auch so meine, daß ich genauso wild darauf bin, Feigheit und Bequemlichkeit anzugreifen. Doch wir sind nicht die einzigen, die unter seinem Geiz leiden. Warum, glaubst du, reißen sich die aquitanischen und französischen Barone nicht darum, sich unter sein Banner zu scharen? Er belohnt sie nicht nach ihren Verdiensten, so wie es die Könige vor ihm taten. Die schenkten ihnen Schlösser, Landgüter und Städte, die sie für ihn erobert hatten. Warum gibt es immer mehr Franken, die die Besitzungen, die sie im Kampf gegen die Mauren erobert haben, verkaufen und in ihre Heimat zurückkehren? Weil er ihnen ihre Privilegien abnimmt und sich immer wieder etwas von dem zurückholt, was sie sich mit ihrem Blut verdient haben. Für die Ehre allein wird kein Edelmann kämpfen!« Mit einem streitlustigen Blick forderte er Alegret heraus, darauf zu antworten, doch dieser schwieg.

»Sing du nur des Kaisers Lobgesang, Alegret, aber erwarte dafür keine goldenen Berge. Er ist plötzlich auf dem einen Ohr taub, wenn du an seine Wohltätigkeit appellierst. Dann sitzt er mit zusammengepreßtem Mund da, und kein Lobeswort kommt über seine Lippen.
Was glaubst du denn, woher Großzügigkeit stammt? Die wird aus der *fin amors* geboren! Wie sollte ein Mann freigebig sein, wenn er in seiner Jugend *fin amors* nicht kennengelernt hat, weil keine Dame ihm die Möglichkeit gab, diese kennenzulernen? Wenn ich sie darauf hinweise, wenden sie hochmütig die Köpfe ab. Sie haben den Mund voll von maurischen Sitten und schauen auf die Edelleute anderer Länder hinab, die in ihren Augen barbarisch sind. Aber ihre *cortezia* ist nur etwas Äußerliches.
Nein, er sollte stolz darauf sein, daß ich sein Troubadour bin. Mit Ehre kann ich meinen Magen nicht füllen.«
Alegret legte den Finger auf den Mund und schaute sich beunruhigt um, aus Angst, daß jemand ihr Gespräch belauschen könnte. »Du bist zu hochmütig. Der Sattel paßt dem Esel nicht.«
Doch Marcabru dämpfte seine Stimme nicht. Immer hatte er seine Meinung von den Dächern geschrien, und er hatte nicht vor, das zu ändern.
»Wenn ein Diener um das weint, was sein Herr weggibt, sind das vergeudete Tränen!« rief er. »Und genau das ist es, was ich mit meinem nächsten Lied sagen werde.«
Alegret schüttelte den Kopf angesichts so großer Halsstarrigkeit. »Tu, was du nicht lassen kannst«, sagte er, »dann werde ich deinen Platz einnehmen, wenn der Kaiser dich zur Tür hinausjagt.«
Darauf begann Marcabru zu lachen. »Du willst meinen Platz einnehmen, Alegret? Traust du dir das zu, wo du doch nichts anderes kannst, als mich nachzuahmen? Du, der die *fin amors* benutzt, um zu den Betten der Edelfrauen von Kastilien vorzudringen?« Ein gewisser Neid klang aus diesen Worten. Er wußte sehr wohl, daß es Alegret gelungen war, der höfische Liebhaber einiger edler Damen zu werden, während sie ihn, Marcabru, arrogant und verächtlich betrachteten. »Tu auch du, was du nicht lassen kannst, Alegret, aber irre dich nicht: Es sind ihre liederlichen Launen, die zulassen, daß du in ihre Betten lriechst. Übri-

gens, ich bin noch nicht fort. Ich werde die Kaiserin bitten, meine Fürsprecherin zu sein.«
Berengela war seine letzte Hoffnung. Marcabru wollte den Hof Alfons' eigentlich nicht verlassen. In der ganzen christlichen Welt gab es keinen anderen, der sich mit ihm messen konnte. Aber wenn es nicht anders möglich war, würde er weggehen, denn sein Stolz verbot es ihm, für einen Hungerlohn im Dienst des Kaisers zu bleiben, und er konnte seine Lieder nicht gegen den Wind singen.
Wo sollte er hingehen? Zu Aliénor, der Tochter Herzog Wilhelms, seines Beschützers, um dessen Verlust er noch immer trauerte? Dem Gefühl nach würde er am liebsten in ihre Dienste treten. Man sagte, daß Aliénor, das schmächtige Mädchen, das er als Fünfzehnjährige zuletzt gesehen hatte, zu einer schönen jungen Frau erblüht war, mit der man rechnen mußte. Man sagte auch, daß sie sich an ihrem Hof, trotz Ludwigs Ablehnung, mit Joglars und Troubadouren umgeben habe. Anderen Berichten zufolge mischte sie sich gern in Staatsangelegenheiten. Es sei ihr sogar gelungen, Suger auf den zweiten Platz zu verweisen.
Daß sie einen gehörigen Einfluß auf Ludwig ausübte, hatte sich schon vielfältig gezeigt. So widersetzte er sich der Wahl des neuen Erzbischofs von Bourges und drückte seinen eigenen Kandidaten durch, eine Tat, die ganz in der altbekannten Tradition des Grafenhauses von Poitou stand und die ihm, der gleichen Tradition folgend, die Exkommunikation einbrachte. Er griff Toulouse an, um auch das Erbteil von Aliénors Großmutter zu verlangen, ein tolldreistes Unternehmen, das wegen seines erbärmlichen Ansatzes in einem Fiasko endete. Anschließend setzte es Ludwig durch, daß Aliénors Schwester Petronella, eine verwöhnte, neunzehnjährige Schönheit, den Mann heiraten konnte, an den sie ihr Herz verloren hatte: Raoul, Graf von Vermandois, ein eleganter Fünfzigjähriger, mit dem sie schon geraume Zeit ein Verhältnis gehabt hatte, obwohl er verheiratet war. Sowohl die Ungültigkeitserklärung von Raouls erster Ehe als auch die Einsegnung seiner zweiten durch drei Bischöfe, die allesamt Freunde des Königs waren, wurden schnell erledigt. Dabei hatte man allerdings den mächtigen Grafen von Champagne nicht bedacht, der ein Onkel von Raouls er-

ster Frau war. Dieser legte beim Papst Beschwerde ein, was zu einem erneuten Bann aus Rom führte, der über das jungvermählte Paar und die drei betroffenen Prälaten ausgesprochen wurde.
All diese Ereignisse verrieten, daß Aliénor ihre Hand im Spiel hatte, und sie stand auch ganz und gar hinter Ludwig, als dieser im Januar 1143 ein Heer zusammenstellte und in die Champagne einfiel, um sich an dem Grafen zu rächen. Die kleine Stadt Vitry bekam den ersten Schlag ab. Nachdem das Schloß in Flammen aufgegangen war, drangen Ludwigs Soldaten mordend und brandstiftend in die Stadt ein. Voller Panik flohen die unbewaffneten Bürger in die Kathedrale. Als alle Frauen, Kinder, Kranke und Alte sich im Hause Christi hinter den verriegelten Türen sicher fühlten, erfaßten die Flammen die Kirche, und sie brannte ab, mit allen, die sich in ihr befanden. Ludwig stand unbewegt auf dem Hügel über Vitry und beobachtete ungläubig und überrascht das Schauspiel. War er es, der das zuwege gebracht hatte, er, der ein Mönch hatte sein wollen? Totenblaß und mit gebeugten Schultern, als ginge er gebückt unter einer bleischweren Last, hörte er sich den Bericht seiner Männer an. Mehr als tausend unschuldige Bürger waren in den Flammen umgekommen. Wie ein lebender Leichnam ritt er bis zum Frühjahr in der vordersten Reihe seines Heeres durch die Champagne und säte überall Tod und Verderben. Krank und gebrochen kehrte er nach seinem grausamen Triumph, der ihn überhaupt nicht mit Stolz erfüllte, nach Paris zurück.
Marcabru schüttelte den Kopf. Solche Taten konnte er nicht besingen. Sie waren nicht die Folge von Mut und Männlichkeit, sondern von Engstirnigkeit, Unfähigkeit und Enttäuschung, und sie führten zu ungerechter Grausamkeit. Außerdem hatten weder Ludwig noch Aliénor seinem Aufruf, die Waffen zu ergreifen und gegen die Heiden in Spanien zu kämpfen, Gehör geschenkt. Nein, er hatte in Paris nichts zu suchen, so lieb ihm das Haus von Poitou auch war. Und doch schien es, als ziehe Aliénor ihn mit magischer Kraft aus Spanien fort. Oder war es seine eigene Unruhe, die an ihm nagte, sein Vagabundenblut, das ihn immer weiter trieb, an Orte, an denen alles neuer, besser, schöner zu sein schien und wo er eine Dame finden würde, die ihm die *fin amors* schenken mochte?

Ach, vielleicht waren es nur die kahlen Weiden der kastilischen Hochebene, die ihn allmählich mit ihrer Dürre und ihrer Hitze austrockneten, vielleicht sehnte er sich nur nach den grünen Hügeln, auf denen, statt der ewigen Schafe, honigfarbene Kühe weideten.
»... unter tausend Baronen kenne ich nicht einen ohne einen Mangel, außer dem Herrn, der den Westen regiert«, sagte Alegret hochtrabend, »denn er hat kein verweichlichtes Herz so wie hundert andere Fürsten.«
Das stimmte. Wie kein anderer führte Alfons einen heiligen Krieg gegen die Almoraviden. Er hatte einen zweiten Friedensvertrag mit Navarra und Portugal deshalb geschlossen, um wieder gegen diese Feinde in den Kampf ziehen zu können. Denn im selben Jahr, in dem Ludwig die Champagne brandschatzte, war Alfons von den Almoraviden herausgefordert worden, die die maurische Festung Kalaat-Rawaah eroberten, die vor noch nicht mal zehn Jahren in die Hände Kastiliens gefallen war. Der Gouverneur der Festung, den die Almoraviden gefangengenommen hatten, wurde von dem sarazenischen Heerführer getötet und in Stücke gehackt, dann hängte man die Teile seines Körpers an den höchsten Turm der Festung, um die Macht König Alfons öffentlich zu verspotten. Weniger aus Treue zum Kaiser als aus Geldnot hatte Marcabru sich erneut als Söldner dessen Heer angeschlossen, das wiederum in das Gebiet des Guadalquivir eingezogen war.
»... auf Flügeln steigen seine Verdienste über seine Mängel, zu ihnen, die tapfer sind, weit über allen anderen«, sagte Alegret pathetisch. »Überall sagt man, daß er von allen bekannten Königen der beste ist.«
»Das ist übertrieben«, sagte Marcabru, »der berühmteste aller Könige war Karl, der der Große genannt wurde, und sein Reich war um viele Male größer als das von Alfons. Herrschte er nicht von Sachsen bis an die Südgrenze Aquitaniens, von den Meeren, die im Winter mit Eis bedeckt sind, bis zu den Pyrenäen? Wie viele Siege hat Karl nicht gegen die Sarazenen errungen?«
Alegret schnaubte verächtlich und antwortete: »Du begreifst nicht, wie groß der Kampf gewesen ist, den die spanischen Christen schon jahrhundertelang gegen die Sarazenen geführt haben. Weißt du, daß

der Sieg Karls und der Tod Rolands, ja die ganze Schlacht bei Roncevalles nur unbedeutende Vorfälle sind im Vergleich zu dem, was spanische Edelleute hier gegen die Sarazenen vollbracht haben?«
Einen Moment lang war Marcabru sprachlos. Er sah noch genau vor sich, wie er mit Herzog Wilhelm auf dem Berghang gesessen und über das Tal geschaut hatte, in dem Roland und zahllose Franken gefallen waren. Was Alegret sagte, war fast schon Gotteslästerung.
»Es gab einen spanischen Ritter, der den Mut von zehn Männern wie Roland auf sich vereinte«, erklärte Alegret. »Seine Mutter war die Schwester von König Alfons dem Keuschen von Asturien. Sie war insgeheim mit dem Grafen Saldaña verheiratet. Als der König entdeckte, daß seine Schwester ohne seine Zustimmung geheiratet hatte und ein Kind des Grafen trug, verurteilte er den Grafen zu lebenslangem Kerker. Den Sohn aus der verbotenen Ehe...«
»Ja, wie hieß er denn, dieser Gewaltige?« fragte Marcabru spöttisch.
»Bernardo del Carpio. Der König gewann ihn so lieb, daß er ihn als seinen Nachfolger bestimmen wollte, weil er selbst kinderlos war. Doch gerade in jener Zeit wurde Asturien von den Sarazenen bedroht, und die Lage war so bedrängend, daß Alfons der Keusche um die Hilfe Karls des Großen bitten mußte. Er bot ihm dafür nach seinem Tod den Thron Asturiens.«
»Wie schade für Bernardo. Der hat sich doch sicher dagegen gewehrt?«
»Natürlich. Aber nicht nur er allein. Viele der asturischen Barone schworen, sie würden lieber sterben als im unwürdigen Dienst für die Franken zu leben. Der Protest war so heftig, daß Alfons der Keusche eine Botschaft an Karl schicken mußte, um sein Angebot zurückzuziehen, doch dieser verlangte, daß der König sich ihm als Vasall unterwerfen müsse. So ist Karl also groß geworden! Er zog nach Spanien, um die Lehnspflicht zu erzwingen. Es war Bernardo del Carpio, der den König von Saragossa um Hilfe rief, um Karl zurückzuhalten...«
»Dieser feige Verräter!«
»Die Sarazenen haben so oft an der Seite der Christen gekämpft, und umgekehrt die Christen an der Seite der Sarazener, wenn diese von ihren Glaubensbrüdern bedroht wurden. Jedenfalls fielen die Asturier

mit Hilfe der Sarazenen Karls Heer in den Rücken, als dieser über die Berge zog. Das ist die wahre Geschichte von Roncevalles.«

»Und das nennst du größer als Roland? Wie kannst du so etwas überhaupt aussprechen!«

»Ich bin noch nicht fertig. Karls Rache richtete sich gegen den König von Saragossa, dem er eine vernichtende Niederlage zufügte. Danach machte er sich auf einen Bittgang nach Compostela. Bei seiner Rückkehr nahm er Bernardo mit zu den Franken, wo er Jahre im Dienste von Karls Nachfolgern verbrachte: Ludwigs des Frommen und Lothars. Viel später ist er nach Spanien zurückgekehrt, um das Land gegen die Angriffe der Franken zu beschützen. Berühmt ist sein heldenhafter Kampf mit dem Grafen von Buéso, ein Kampf der Titanen, der in nichts dem Kampf zwischen Roland und Ferragut nachsteht. Bernardos ruhmreiche Taten erstrecken sich über einen Zeitraum, der viel länger ist als der, in dem Roland kämpfte. Er hat noch gegen Kaiser Karl, den dritten dieses Namens, gekämpft, um ihn davon abzuhalten, über die Berge zu ziehen und sich Christen und Sarazenen zu unterwerfen. Das Heer floh, und wieder wurde Bernardo ins Reich der Franken mitgenommen, um später mit reicher Beute beladen wiederzukehren.«

»Es wird eintönig«, sagte Marcabru.

»Inzwischen saß sein Vater, der Graf von Saldaña, noch immer gefangen. Vergeblich hatte Bernardo Alfons den Keuschen gebeten, ihn als Lohn für die Dienste, die er ihm erwiesen hatte, freizulassen. Auch dessen Nachfolger, Alfons der Große, weigerte sich, diesen Wunsch zu erfüllen. Schließlich beschloß Bernardo, die Waffen gegen seinen eigenen Lehnsherren zu ergreifen. Inzwischen hatte er sich einen solchen Ruf erworben, daß der König sich genötigt sah, nachzugeben. Der Graf sollte sofort seine Freiheit bekommen. Kuriere wurden zu dem Schloß geschickt, wo der Edelmann gefangengehalten wurde, um den Befehl des Königs zu überbringen. Als sie an den Hof zurückkehrten, meldeten sie, daß der Graf drei Tage zuvor gestorben war. Der König, der sich vor Bernardos Rache fürchtete, gab den Auftrag, den Körper des Verstorbenen mit Hilfe warmer Bäder wieder biegsam zu machen und ihn, reich geschmückt, auf ein Pferd zu setzen, so daß er seinem

Sohn gezeigt werden konnte, ohne daß dieser etwas Böses vermuten könne. Und so geschah es. Doch als Bernardo seinen Vater, den er noch nie gesehen hatte, erblickte, trat er vor und griff nach seiner Hand, um sie zu küssen. Als er die eiskalte Hand berührte, wußte er, daß er betrogen worden war, und brannte vor Wut. Der König verbannte ihn aus seinem Reich und riet ihm, sich zum Hof Karls des Kahlen zu begeben, ein Rat, den Bernardo nicht befolgte. Er verließ den Hof und lebte als fahrender Ritter, bis er, gerühmt und gefürchtet, in hohem Alter starb.«

Marcabru nickte nachdenklich. »Das Ende macht die Geschichte etwas besser«, meinte er.

»Er ist der Held Asturiens und aller spanischen Länder«, protestierte Alegret, »ruhmreicher als zehn Rolands.«

Marcabru reagierte nicht. Er rechnete, die Finger benutzend, um die Zahlen zu behalten. Plötzlich begann er zu lachen.

»Zehn Rolands«, höhnte er. »Weißt du, wie alt dein Bernardo geworden ist, wenn wir die Geschichte glauben? Über hundert Jahre! Ganz zu schweigen von seinem Vater. Der muß zu dem Zeitpunkt, als er kurz vor seiner Befreiung starb, wirklich ziemlich abgetakelt und senil gewesen sein. Ein wahrer Methusalem! Von wem hast du diese Geschichte eigentlich?«

»Von denen, die die meisten Geschichten kennen: von Joglars, Vaganten, Mönchen - Geschichtenerzählern. Sie muß sehr alt sein.«

»Sehr jung, denke ich. Ich glaube, man hat sich die ganze Mär in Asturien ausgedacht, um König Karl und seinen Paladinen einen eigenen Helden entgegenzusetzen. Diesem Volk konnte man noch nie trauen. Und du bist drauf reingefallen und hast das für wahr genommen? Oder hast du es geglaubt, weil es hier geglaubt wird, am Hofe von Alfons, dessen Stiefel du leckst?«

»Ich lecke lieber seine Stiefel als die irgendeines anderen Fürsten. Sogar in Al-Andalus, wo die Höfe früher glanzvoller waren, gibt es heute keinen einzigen, an dem man sich besser aufhielte als hier.«

Marcabru wußte, daß Alegret recht hatte. Es gab keine Wahl: Alfons von Kastilien erfüllte alle Forderungen, die die *cortezia* an einen Edelmann stellte, und sein Hof war der kunstliebendste der ganzen Chri-

stenheit. Nur seine Freigebigkeit ließ zu wünschen übrig und sein Verständnis für die *fin amors.*
»Alegret«, sagte Marcabru, »du bist ein Blasebalg, mit Luft gefüllt. Aber ich kann nicht vom Wind leben.«
Und das ließ er den Kaiser mit einem Lied wissen, in dem er Galle spuckte, genau wie er es Alegret gegenüber getan hatte.

Wenn, Kaiser, ich die volle Hand entbehr,
so helf mir Gott, dann werde ich nie mehr
die Hand in diesen Fischteich stecken,
und ist's nicht wahr, soll ich verrecken.

Seit ich Euch, Kaiser, damals Treue schwor,
da dient ich Euch, wie keiner je zuvor.
Kein einziger an Treu mir gleiche,
ach, wenn's zum Nutzen mir gereiche.

O Kais'rin, edel, unbestritten,
so wolltet Ihr doch für mich bitten.

Doch selbst der Einfluß Berengelas von Barcelona vermochte nicht, die Börse des Kaisers zu öffnen. Verbittert stellte Marcabru fest, daß ihm nichts anderes übrigblieb, als wegzugehen, doch nicht, bevor er sich an diesem Hof gerächt hatte, wo sein Traum langsam verflogen war und an dem der aufgeblasene Alegret vermutlich versuchen würde, seinen Platz einzunehmen.
Es war Winter, und der Nordwind heulte um die Türme des Palastes, als Marcabru seinen Entschluß faßte, den Mantel fest um sich wickelte, das Pferd sattelte, das Alfons ihm in einem seiner seltenen Anfälle von Großzügigkeit geschenkt hatte, und Toledo mit seinen Stadtmauern und den fast hundert Türmen, den Kirchen, Moscheen und Synagogen und den maurischen Palästen hinter sich ließ. Vor ihm erstreckte sich die mit Reif bedeckte Ebene bis nach Norden weiß und kalt im Morgennebel. Der Troubadour seufzte. Der Dampf seines Atems wurde vom Wind weggeführt und löste sich auf. Er schaute sich nicht um, seine Gedanken waren beim gestrigen Tag.

Neben den Worten, die für Alfons bestimmt waren, hatte er einen Gruß an die Frau übermitteln wollen, die eigentlich mehr verdient hatte, ohne zu sagen, daß dies sein Abschied war. Kaiserin Berengela war die einzige, die seine Enttäuschung verstanden hatte, doch sie hatte es nicht gewagt, ihm zu helfen, da sie die Wut des Kaisers fürchtete.
Ihr war nicht entgangen, daß der Troubadour an jenem Tag bedrückt war. Als es dunkel wurde, bat sie ihn, die Eintönigkeit des langen Abends mit einer Geschichte zu vertreiben, und dankbar ging Marcabru auf diese Bitte ein. Er setzte sich, die Beine auf arabische Art untergeschlagen, der Kaiserin zu Füßen, und die Damen scharten sich um ihn, um keines seiner Worte zu verpassen. Er zögerte einen Augenblick. Für eine fröhliche Geschichte war er nicht in der richtigen Stimmung, und einen Bericht über die Heldentaten des Geschlechts derer von Kastilien gönnte er dem Kaiser und den Höflingen nicht.
»In den Tagen, als hier in Toledo noch der Sarazenenkönig Aygolant herrschte«, begann er, »schlug dieser das Heer König Pippins, des Vaters eines Prinzen, der später Karl der Große genannt werden sollte.« Bei diesen Worten warf er Alegret einen Blick zu und grinste.
»Dem König der Franken gelang es, zu entkommen, doch der junge Prinz Karl und viele andere wurden von den Heiden gefangengenommen und nach Toledo geführt, wo man während der ausgedehnten Siegesfeste die Edelleute und auch den Prinzen dem Volk zeigte. Wenige wissen, wie es Karl in der Gefangenschaft erging, und selten wird erzählt, wie er seine Freiheit wiedererlangte.
Drei Jahre war er gefangen, drei Jahre voller Erniedrigung, und er hatte fast schon die Hoffnung aufgegeben, sein Vaterland je wiederzusehen. So bedrückt war ihm zumute, daß er manchmal wünschte, er wäre tot.
Nun lebte im Land der Franken ein heiliger Mann, Honoratius mit Namen, der als Einsiedler ein Gott geweihtes Leben führte. Er hatte dort schon so lange in aller Einfachheit zwischen seinen Mitbrüdern gelebt, daß niemand mehr wußte, daß er der Sohn von Aygolants Schwester war, und sogar Aygolant hatte die Existenz seines Neffen vergessen. Doch König Pippin gelang es, ihn zu finden, und er bat ihn, seinen Sohn aus den Fängen der Sarazenen zu retten. Ohne zu wissen, wie er das anfangen sollte, zog Honoratius nach Toledo, und vertraute

darauf, daß Gott ihm einen Weg zeigen würde, den Prinzen zu befreien.«
Berengela nickte zufrieden, während der Kaiser gähnte und dem Diener winkte, damit er ihm seinen Becher wieder mit Wein füllte.
»Aygolant hatte eine Tochter«, fuhr Marcabru fort, während die Weinkanne an ihm vorbei verschwand. »Sie hieß Galiéna, war sehr schön und der Augapfel ihres Vaters. Das Mädchen war aber von einem Dämon besessen, der ihr Tag und Nacht keine Ruhe ließ. Alle Weisen des Hofes hatten versucht, sie von dem Dämon zu befreien, aber ob es nun Doktoren, Astrologen, heilige Männer oder Zauberer waren, es gelang ihnen nicht. Schließlich ließ der König im ganzen Reich bekanntgeben, daß derjenige, der es fertigbringen würde, seine Tochter gesund zu machen, Landgüter und Städte bekommen sollte, außerdem alles, was er sich sonst noch wünschen mochte. Dies nun hörte Honoratius. Er ging zum Hof und erklärte, daß er Galiéna gesund machen würde, wenn er allein mit dem Mädchen sprechen dürfe. Daraufhin wurde er vor Aygolant gebracht, der vom Aussehen des Heiligen sehr angerührt war.
›Wenn dieser Mann ein Araber wäre, könnte er mein Neffe sein, so sehr gleicht er meiner Schwester‹, sprach er. Doch Honoratius tat, als erkenne er seinen Onkel nicht, denn er wollte nichts lieber, als zu seiner Klause zurückzukehren und Gott zu dienen. Der König versprach ihm alle Reichtümer, die er sich nur wünschen konnte, wenn es ihm gelänge, Galiéna gesund zu machen.«
Der Troubadour räusperte sich, weil seine Kehle trocken war. Kaiserin Berengela reichte ihm ihren eigenen Becher, und Marcabru löschte dankbar seinen Durst, während der Kaiser mißtrauisch zuschaute.
»Man brachte den Heiligen zu den Gemächern der Prinzessin«, fuhr Marcabru fort, »der sich Salz und reines Wasser bringen ließ. Als sich das Salz im Wasser aufgelöst hatte, segnete er es und bespritzte das Mädchen damit. Ein Wunder geschah: Sobald er das getan hatte, verließ der Dämon kreischend und fluchend den Körper der Prinzessin, die in Ohnmacht fiel.«
Ein Seufzer der Erleichterung war zu hören, und einige schlugen ein Kreuz. Marcabru lächelte.

»Als sie aus der Ohnmacht aufgewacht war, flehte Galiéna den Heiligen an, dafür zu sorgen, daß der Teufel nie wieder Macht über sie erlangen könne. Er antwortete, die Versuchungen des Teufels und die Irrlehre ihres heidnischen Glaubens seien die Ursache der Schmerzen, die sie quälten. Er erzählte ihr von dem christlichen Glauben, von Gottes Geboten, und tröstete sie mit den Worten, daß, wenn sie an Christus glaubte, dieser sie von all ihren Krankheiten erlösen würde. Dann segnete er nochmals das Wasser, taufte sie und gab ihr den Namen Sybilla.

Aygolant war sehr froh über die Genesung seiner Tochter. Er hielt sich an sein Versprechen und bot dem Heiligen Geld, Land, Städte, alles, was er wolle. Dieser zögerte. Es war Sybilla, die ihn ermutigte, seinen größten Wunsch zu nennen. Ihr Vater würde ihm alles geben, was er verlange, versicherte sie ihm.

›Gib mir Prinz Karl und seine Begleiter‹, sagte Honoratius schließlich, ›und gib ihnen freies Geleit, daß sie hingehen können, wohin sie wollen.‹ Sofort willigte der König ein. Außerdem schenkte er Honoratius noch Juwelen, Gold und Pferde. Doch Honoratius gab diese Geschenke an Karl und dessen Männer weiter und versicherte ihnen, sie hätten von den Heiden nichts mehr zu fürchten. Dann nahm er Abschied und zog zurück zu seiner Klause. Sybilla war inzwischen von Liebe zu dem edlen Baudouin, einem von Karls Rittern, erfaßt worden, den sie später auch heiratete.«

Marcabru beugte den Kopf und dankte den Damen, die in die Hände klatschten. Danach ging das Geplapper los. Berengela überlud den Troubadour mit Lobesworten und schenkte ihm von ihrer eigenen Hand einen Ring, der genau auf seinen kleinen Finger paßte.

»Bernardo del Carpio!« höhnte Marcabru später, als er an Alegret vorbeiging, wobei er mit der beringten Hand winkte.

Marcabru zog mißmutig die Schultern hoch, als er daran dachte, wie der Kaiser gegen Ende der Geschichte eingeschlummert war, laut schnarchte und dann, als er aufwachte, hochmütig auf ihn herabschaute, wobei er zum Glück den Ring nicht bemerkte. Er hoffte von Herzen, daß Alfons hellwach sein würde, wenn der Joglar, den er vor sei-

ner Abreise instruiert hatte, sein letztes Lied singen würde, ein Lied, das er nicht selbst zu singen gewagt hatte, weil es voller Anspielungen war, die der Kaiser und die Seinen genau verstehen würden. Zitternd vor Kälte, die durch seine Kleidung biß, hörte er in Gedanken schon seine Worte in dem Saal erklingen. Die Rachegefühle flammten wieder in ihm auf, so stark, daß sie ihn durch ihre Glut fast wärmten.
»Unter tausend Menschen finde ich keine vierzig, die *proeza* lieben, denn sie wird in einem Schloß belagert, wo sie, zusammen mit hundert Freuden, von denen angefallen wird, die sie hassen!« lautete der Inhalt seines Verses. »In der Festung und in der Waffenkammer, die schon eingenommen worden sind, werden *joi* und *joven* zu grausamen Strafen verurteilt. ›Feuer und Flamme!‹ schreit man. ›Schneiden wir *joi* und *joven* die Kehlen durch, und dann töten wir *proeza.*‹ Sie zerren an ihr, schlagen sie und brechen ihr die Knochen und die Zähne. Von Friesland bis Portugal kenne ich niemanden, der sich ihr Verwandter nennen darf.«
Der einsame Reiter grinste mit boshaftem Vergnügen und genoß sichtlich seine Rache.
»Herzöge und Könige haben ihr den Mund verboten. Sie regen sich über Kleinigkeiten auf und schämen sich, etwas wegzugeben, weil sie Angst haben, selbst zu kurz zu kommen! Deshalb sieht man an ihrem Hof keine silbernen Becher und Näpfe, keine Mäntel aus Eichhornfell oder graue Pelze.«
Marcabru schnaubte verächtlich und starrte geradeaus, über die ausgedehnte Ebene. Der Kaiser konnte, was ihn betraf, an seiner Wut ersticken!
»Welcher kriechende Narr preist jenen, der seine Hausgenossen verhungern läßt?«
Das war sowohl an Alfons als auch an Alegret gerichtet. Und ein Vers galt Alegret allein. Marcabru öffnete den Mund, und sein Pferd legte die Ohren an, während die Stimme des Troubadours über das Land schallte und er mit erhobenen Fäusten skandierte:

O Alegret, bist nicht gescheit,
glaubst, daß aus einem feigen Mann

man einen Helden machen kann,
aus einem Hemd ein Unterkleid!

Der Feigling, der Arschkriecher, war das billige Hemd aus Leinen, das war klar, während er, Marcabru, natürlich das Unterkleid aus reiner Seide war.

Bedenke, wie dies möglich sei:
Hebst du das Unterkleide hoch,
auch wenn du's sinken lässest, doch
das Hemde, das ist stets dabei.

Sein Lachen schallte durch die kalte Winterluft.

V

Breit und beständig strömte die Garonne durch das jahrhundertealte Toulouse, das mit seinen Häusern aus Backsteinen wie ein riesiger, rosenroter Edelstein am Lauf des Flusses lag. Das gräfliche Schloß und die Paläste der reichen Bürger und Kaufleute wetteiferten in ihrer Pracht mit den Kirchen, von denen die größte, die Basilika des heiligen Sernin, sich jetzt schon über alles hinaushob, auch wenn der Bau noch nicht vollendet war.

Aus der Nähe glich die Stadt eher einem Ameisenhaufen. Die verschiedenartigsten Geräusche, die alle großen Städte kennzeichneten, drangen aus den schmalen Straßen: durch die offenen Türen der Krämer, Apotheker, Bäcker, Innereienverkäufer, Pastetenbäcker, Weinhändler, Flickschuster, Korbflechter und Sattler. Auf der Straße selbst priesen herumziehende Händler und Hausierer, gebückt unter fremdartigen Packen oder unwillige Esel hinter sich herziehend, lauthals ihre Waren an. Bis zum Rand beladene Handkarren ratterten durch das Gewühl, und Schimpfworte gingen hin und her, wenn dieser oder jener einem anderen den Weg versperrte.

Vor der »Herberge zum Gesalzenen Fleisch«, nicht weit von der alten Brücke über die Garonne, blieb Marcabru stehen. Er stieß die Tür auf und stapfte hinein, die Gerüche und den Lärm der Straße hinter sich lassend. Der nicht allzu große Schankraum war überfüllt, und es war dunstig und warm. An drei langen Tischen saß eine bunte Gesellschaft, von reich geputzten Händlern bis zu einfachen Handwerkern, dazu eine Truppe Vaganten und anderes Volk, das sich auf den Straßen herumtrieb. Es gab auch ärmlich gekleidete und ungepflegte Frauen, die aussahen, als habe man sie aus der Gosse geholt. Nicht für jeden war Platz auf den Holzbänken, so daß auch noch Leute standen, sich über die Schultern der anderen beugten und über ihre Köpfe hin Gebärden machten, um ihre Worte zu unterstreichen. Ein magerer, in Lumpen gekleideter Mann mit einem gegerbten Gesicht war der

Mittelpunkt der Diskussion. Er sprach einen ausländischen Dialekt und hatte eine Stimme, die rauh war vom vielen und lauten Sprechen.
Die Erscheinung des Neuankömmlings ließ das Gespräch einen Augenblick verstummen. Der Troubadour wurde argwöhnisch gemustert, doch sofort stand einer der Männer auf und kam auf ihn zu, um ihn willkommen zu heißen.
»Freunde«, rief der junge Mann und wandte sich an die Gesellschaft, »dies ist mein Freund und Lehrmeister, Marcabru, der berühmte Troubadour, der an allen großen Höfen gesungen hat!«
»Und das ist mein Freund und vielversprechender Schüler Bernard Marti, der mich noch einmal überflügeln wird«, sagte Marcabru, lachte und legte seine Hand auf die Schulter des Jünglings.
Am Tisch wurde ihnen Platz gemacht. Der Troubadour schüttelte Hände und umarmte ein paar alte Bekannte. Er hörte, wie sein Name die Runde machte und zu aufgeregtem und neugierigem Geflüster führte.
»Heinrich«, sagte der Mann am Kopf des Tisches und streckte ihm eine knochige Hand entgegen. »Ihr seid also der Troubadour der Liebe, über den so viel erzählt wird.«
»Der bin ich.«
Marcabru betrachtete die anderen. Mit einem nicht mehr als mäßigen Interesse war er auf Bernard Martis Bitte eingegangen, einen herumreisenden Prediger zu treffen, von dem er vor Jahren in Aquitanien schon gehört hatte. Heinrich von Lausanne war damals ein Nachfolger von Peter de Bruys gewesen, einem verurteilten Ketzer, der einige Zeit zuvor in Saint Gilles Kreuzbilder eingesammelt hatte, um sie zu verbrennen, und von seinen Gegnern in den von ihm selbst angezündeten Scheiterhaufen gestoßen wurde und in den Flammen umkam.
Der Prediger strich sich eine Strähne seiner langen, zusammengebundenen Haare aus dem Gesicht. Seine müden Augen blickten den Troubadour aus tiefen, grauumrandeten Höhlen an.
»Wir hatten gerade einen Disput«, sagte er. »Vielleicht habt Ihr auch etwas dazu zu sagen, oder Ihr könnt etwas erklären. Es geht um Liebe und die Treue in der Liebe. Sagt, welches Band ist für Euch wichtiger,

das zwischen den beiden Eheleuten oder das zwischen den Eheleuten und ihren jeweiligen Geliebten?«
»Das sind zwei vollkommen verschiedene Bande«, antwortete der Troubadour.
»Wie verschieden?«
»Wenn alles richtig ist, ist das letztgenannte ein Band der Leidenschaft und freiwillig; es ist ein Band, das Herzen vereint. Es ist vor allem eine leichte Beute der Eifersucht und der Verleumdung, und deshalb ist es brüchig und kann nur bestehen, wenn es im geheimen beschützt und versteckt wird. Treue ist sein Nährboden, doch sie wird allzu leicht gebrochen. Und von der Leidenschaft bin ich in den meisten Fällen auch nicht überzeugt. Das Band der Ehe hingegen ist ein Band, das durch die Kirche gesegnet ist und daher unverbrüchlich. Es ist ein Band, das die Körper vereinigt, ein Band von Pflicht und Gehorsam.«
Um Heinrichs Mund erschien ein spöttisches Lächeln. »Ihr weicht der Frage aus. Welches Band ist wichtiger, welches bindender?« wollte er wissen.
»Für die Kirche ist es natürlich das Band der Ehe, die vor Gott geschlossen wurde. Aber wenn es um die Liebe geht...«
»Vor Gott? Durch die Kirche? Wer segnet Ehen ein? Ein Priester! Und von dieser Sorte, mein Freund, laufen so viele herum und führen einen schändlichen Lebenswandel, Priester, die also unwürdiger sind als Ihr oder ich, so daß die ganze Einsegnung eine Posse ist. Priester, die ihr Amt gekauft haben, die weltliche Kleidung tragen, die sich ein Schwert umgürten und die den Zölibat nicht befolgen. So ein Band kann nicht den geringsten Wert haben.« Er spuckte auf den Boden, um seine Worte zu bekräftigen.
Marcabru zuckte mit den Schultern. Der andere hatte zweifellos recht, was das sittliche Betragen vieler Priester betraf, die sich in aller Öffentlichkeit Konkubinen hielten. Das machte das Sakrament der Ehe jedoch in seinen Augen nicht weniger heilig.
»Außerdem«, fuhr der Prediger aus Lausanne fort und schien nun ganz in seinem Lieblingsthema aufzugehen, »ist Gott ein geistiges Wesen, das nicht aus Materie besteht. Wie kann man dann in einer Kirche einen Kult ausüben, der nur aus Materie besteht, und mit diesem Kult

ein Band schmieden, das auch materiell ist? Das ist wahrhaftig Gotteslästerung! Nicht die außereheliche Beziehung, sondern die Ehe selbst ist Ehebruch.«
Zustimmendes Gemurmel klang auf, doch auch Proteste waren zu hören.
»Hört nicht auf ihn. Er tut, als wäre er ein Asket, der alle Tage barfuß geht, doch er ist ein Wolf im Schafspelz«, rief einer der Vaganten.
»Das hat Bernhard von Clairvaux selbst gesagt. Ich habe ihn in Montpellier predigen gehört!« bestätigte ein anderer. »Kirchen ohne Gläubige, Gläubige ohne Priester, Priester ohne die schuldige Ehrfurcht, Christen ohne Christus, das hat er gesagt.«
Jemand verteidigte den Prediger.
»Heinrich hat viel Gutes getan, er hat sich sogar der Huren erbarmt. Er hat sie mit jungen Männern verheiratet.«
»Und sie waren innerhalb kürzester Zeit wieder an der Arbeit.«
Einige lachten.
»Gott ist nicht nur geistig.« Marcabru richtete sich direkt an den Prediger. »Gott ist in Christus Materie geworden.« In Gedanken sah er die Opferschale mit Brot und Wein vor sich, die der Abt von Clairvaux Herzog Wilhelm hingehalten hatte. Sein Einwand wurde mit einem Kopfschütteln beantwortet.
»Meister Abélard hat uns gelehrt, wie sich die drei Personen der göttlichen Dreieinigkeit zueinander verhalten. Er hat gezeigt, wie die Kirchenväter einander widersprechen und daß man ihre Worte bezweifeln muß. Drei Personen, also ist Christus nicht Gott und der Heilige Geist ist nicht Christus. Und das Kreuz ist nicht mehr als der Galgen, zu dem er verurteilt wurde, weil er sich Gott nannte.«
»Das hat Meister Abélard nie gesagt.« Wieder meldete sich der Vagant zu Wort. »Er versuchte nur, Klarheit in das Mysterium der Dreieinigkeit zu bringen, ohne die Einheit anzufechten. Er versuchte, durch vernünftige Argumente eine bessere Einsicht in den Glauben zu finden, den er angenommen hat. Seine Behauptungen wurden zu Unrecht verurteilt. Er hat seine Schriften verbrennen müssen, weil das Konzil von Sens unter der Leitung des Abts von Clairvaux ihn nicht verstehen wollte, aus Angst, die eigene Autorität zu verlieren.«

»In der Tat«, antwortete Heinrich, »so hält Rom die Welt unter der Knute. Meister Abélard war ein brillanter Geist, der mit seinem Verstand die alten, eingerosteten Dogmen erhellt und umgestoßen hat. Er hat uns das Licht der Wahrheit gezeigt. Er, der Héloise geliebt hat, wußte, was Liebe ist. Ihr enttäuscht mich, Troubadour, Ihr plappert abgedroschene Konventionen nach, die von der Kirche schon seit Jahren gepredigt werden. Ist es nicht so, daß es die gegenseitige Zustimmung ist, die Mann und Frau aneinander bindet? Daß nur die Liebe als Basis für eine Ehe ausreicht?«
Marcabru nickte zögernd. Die letzten Worte des Predigers klangen nicht so falsch.
»Es wäre schön, aber so ist es leider nicht. Es gibt andere Beweggründe, warum Ehen geschlossen werden, und Liebe gehört meist nicht dazu. Vielleicht ist es so, wenn einfache Bürger oder Bauern die Frau heiraten dürfen, die sie lieben. Aber dann geht es um körperliche Liebe, und das ist nicht die, von der ich singe.«
»Was ist körperlicher als die Liebe?«
»Wollust.« Nun erst fielen Marcabru die beiden Jünglinge auf, die hinter Heinrich standen. Sie waren noch sehr jung, ihre unbehaarten Gesichter wirkten fast mädchenhaft, und sie blickten den Prediger mit einer Schüchternheit und Ehrfurcht an, die man auch bei sehr jung verheirateten Mädchen fand. Ehrfurcht, die an Angst grenzt, dachte der Troubadour. Er sah, wie der Prediger eine Hand nach hinten schob und einem der Jünglinge über das Hinterteil strich.
»Wollust«, wiederholte der Troubadour, »denn es gibt drei Arten Liebe: die schlechte weltliche Liebe, die gute weltliche Liebe und die christliche Nächstenliebe - die Liebe von und für Gott. Die erste ist unzüchtig, zügellos, also fleischlich. Die letzten beiden sind eng miteinander verwandt. Die Liebe von oder zu einer Dame, die reine Liebe, die ich die *fin amors* nenne, weckt die Liebe zu Gott. Die Liebe Gottes reinigt die gute, weltliche Liebe. Es ist eine Wechselwirkung, die zur Vollkommenheit führt.«
Heinrichs Lachen dröhnte durch den Raum. »Es gibt keine geistige Liebe, das ist Unsinn, außer der Liebe Gottes.« Er wandte sich an den Vaganten. »Darum sollte der Bezug zu Gott direkt sein, nicht über ei-

nen Geistlichen, ob das nun ein Priester oder ein Beichtvater ist. Das ganze System der Kirche beruht darauf, daß man den kirchlichen Autoritäten gehorcht. Aber es ist Gott selbst, dem man gehorchen muß, Gott selbst, dem man seine Sünden beichten und den man um Vergebung bitten muß.«

Die letzten Behauptungen klangen Marcabru nicht fremd in den Ohren. In Aquitanien hatte man die Autorität der Kirche nie so ernst genommen, und auch er selbst war nicht gerade das Beispiel eines devoten Christen. Dennoch lag in diesen Worten etwas Gefährliches.

»Gott ist die Liebe«, fuhr der andere fort, »und darum müssen Mann und Frau auch frei sein in der Liebe.« Er schaute sich um und lächelte die Frauen an, die offenbar zum Kreis seiner Anhänger gehörten.

»Gott ist die Liebe«, bestätigte Marcabru. »Doch Gott ist auch die Rache. Und Freiheit in der Liebe bringt eine neue Verantwortlichkeit. Die Liebe hat ihre eigenen Gesetze.«

»Du gibst also zu, daß man Gott liebhaben kann?« fragte der Vagant, der als erster gesprochen hatte.

»Natürlich«, antwortete Heinrich von Lausanne.

»In Bagdad wurde einmal ein Mann gekreuzigt, weil er es gewagt hatte, Gott liebzuhaben«, sagte Marcabru. »Bei den Sarazenen wird es als Gotteslästerung betrachtet, denn wenn einer sagt, daß er Gott liebhat, behauptet er, er habe eine Beziehung mit Ihm, wie sie ein Mann mit seinem Freund hat, eine Beziehung, die im Osten als normal betrachtet wird.« Bei diesen Worten schaute er erst Heinrich und dann den beiden Jünglingen in die Augen. »Wenn man Gott liebhat, stellt man Ihn auf eine Stufe mit einem Menschen, stellt den Schöpfer auf eine Stufe mit Seiner Schöpfung. In ihren Augen ist das Gotteslästerung.«

»Liebe gehört zu Gott«, hakte der Vagant ein. »Sie kommt von Gott und zielt auf Gott. Aber wenn du, wie du sagst, Gott nur als geistiges Wesen betrachtest und leugnest, daß Er Materie geworden ist, dann bedeutet Gott zu lieben vom eigenen Glauben abzufallen. Denn wie kannst du einen Geist lieben? Vielleicht ist Gott deshalb Fleisch geworden. Christus kann man lieben, Gott muß man loben. Hat Bernhard von Clairvaux nicht gesagt, daß alle Liebe mit dem Fleisch beginnt? Denn die weltliche, endliche Liebe ist die Liebe, die der Mensch als erste kennenlernt, sagt er. Daher muß er sie erst erleben, bevor er sich zur unendlichen Liebe, der ewigen, erheben kann, die sich nur an Gott richtet. Darum spricht Bernhard über vier Grade der Liebe, von denen jedoch nur die letzten drei das Göttliche betreffen. Die erste ist also die weltliche Liebe des Menschen zu sich selbst. Die zweite ist die Liebe der Menschen zu Gott, die auf die Menschen zurückfällt: eine Liebe, die belohnt, eine Liebe aus Eigeninteresse. Die dritte ist die selbstlose Liebe des Menschen zu Gott, und die letzte die Nächstenliebe und die Liebe zu Gott, ohne Hintergedanken wie Furcht oder Habsucht, eine Liebe, die wahrhaftig in Gott aufgeht. Und ist das nicht die Liebe, die die drei Göttlichen Personen in der Heiligen Dreieinigkeit vereint?«

Darauf blieb Heinrich von Lausanne die Antwort schuldig.

»Bravo!« rief Marcabru. »Weltliche Liebe ist nie nur geistig. Das heißt nicht, daß Liebe deshalb nur körperlich ist. Sie wird aus drei Elementen gebildet: Herz, Kopf und Haut. Und in dieser Reihenfolge sollte sie ausgeübt werden. Gott ist eine Dreieinigkeit: Vater, Sohn und Heiliger Geist. So ist es mit der Liebe auch: *Joven* ist der Vater der Welt, *fin amors* die Mutter der Welt, und aus ihrer Vereinigung entsteht *proeza.«*

»Das ist wirklich Gotteslästerung«, meinte Heinrich. »Ihr übt die Liebe nicht aus, Ihr beleidigt sie, wenn Ihr an sie glaubt und sie verehrt wie eine Göttin. Die reinste Abgötterei!«

»Laßt Euch von ihm nicht über den Haufen reden«, flüsterte der Vagant Marcabru ins Ohr. »Bernhard von Clairvaux hat ihm während des Konzils von Pisa befohlen, ins Kloster zu gehen, aber er hat den Befehl des Abtes einfach mißachtet. Bernhard nennt ihn ›einen abgefallenen Mönch‹, der zur Unreinheit der Welt zurückgekehrt ist wie ein Hund zu seinem Erbrochenen.«

Doch Marcabru brauchte keine Ermutigung. Sein Gesicht zeigte ein drohendes Gewitter. Er kletterte auf die Bank, auf der er gesessen hatte, fuchtelte mit den Fäusten in Heinrichs Richtung und rief: »Liebe ist keine Abgötterei! Sie ist das höchste Bestreben, sich selbst zu vervollkommnen. Vergleicht sie, wenn Ihr wollt, mit einem Mönch, der sich dadurch vervollkommnen will, daß er Gott dient. Auch die reine Liebe läutert. Wer die Freude der Liebe erlebt, erreicht die höchste Form der

Vervollkommnung, die in seiner Natur verborgen ist. Denn die *joi* der Liebe läutert den Menschen, so daß er schließlich den Mut und die Tugend hat, diese schlechte Welt zu verlassen. Was wißt Ihr von der Liebe! Bleibt bei dem Euren, und laßt mir die Liebe! Die fleischliche Liebe führt nur zur Hölle!«

Heinrich blieb unbeirrt. »In unserer Natur liegt nur das Tierische verborgen, das schwache Fleisch, eine Schöpfung des Gottes der Finsternis. Darum ist eine Verbindlichkeit, die nur auf der körperlichen Vereinigung beruht, des Teufels. Aber der Geist ist die Schöpfung des Gottes des Lichts. Ich habe Verse von Euch gehört, Troubadour, in denen Ihr klagt, daß das Böse gesiegt habe und der Freude den Zwang auferlege.«

»Malvestatz«, antwortete Marcabru, »Sittenlosigkeit, Käuflichkeit, Untreue und Betrug, Verrat für Geld. Die Ursache davon liegt bei den großen Herren, die die *fin amors* geringschätzen.«

Burggrafen, Herzöge, Könige, bei keinem von ihnen, auch nicht bei ihren Damen, hatte er die Anerkennung gefunden, nach der er hungerte, die Anerkennung der Existenz der reinen Liebe, von der er in seinem tiefsten Inneren überzeugt war. Es entmutigte ihn, wenn er daran dachte, wie wenig sein jahrelanger Kampf gebracht hatte - eigentlich nichts. Er ließ sich auf die Bank fallen.

»Ich weiß, was Ihr meint, Ihr wagt es nur nicht, es geradeheraus zu sagen«, rief Heinrich triumphierend. »Ihr habt Angst, Eure Überzeugung offen zu äußern. Aber hier könnt Ihr ruhig Eure Meinung sagen. Es ist nicht der Priester, der die Macht besitzt, Männer und Frauen zu verbinden, es ist die Liebe, die sie vereinigt. Die Kirche schmiedet falsche Bande, die sinnlos und ungesetzlich, nein teuflisch sind.« Bei diesen Worten stand der Prediger auf, hob beschwörend beide Arme und rief: »Gehorcht den Betrügern nicht, die Ringe, Mitra und Hirtenstab tragen, beladen mit Gold und Edelsteinen! Meidet ihre Kirchen, die mit Holz und Stein geschmückt sind.«

Sein Aufruf wurde mit lautem Applaus aufgenommen.

»Lebt in wahrer Liebe, und tut Buße für eure Sünden, Kinder, dann wird euch vergeben und ihr werdet gerettet.«

Viele der Anwesenden knieten vor ihm nieder, um seinen Segen zu

empfangen, die Frauen streckten die Hände nach ihm aus, um ihn berühren zu dürfen.
»Huren!« schrie Marcabru ihnen zu. »Er hat seinen aufgeputzten Speer schon im Anschlag.«
»Ein Waffenträger des Antichristen«, sagte der Vagant neben ihm verächtlich, der den Prediger genauso skeptisch betrachtete wie Marcabru. »So hat Hildebert von Lavardin ihn genannt, einen Teufelsstrick! Der Mann mißbraucht die Worte, die er von dem ehrwürdigen Abélard gehört hat. Er will sich an der Kirche rächen, die ihn verstoßen hat, und spricht aus Verbitterung. Er ist ein Greuel.«
In diesem Augenblick wurde die Tür der Herberge aufgerissen. Eine Truppe bewaffneter Männer stürzte in den Schankraum und packte jeden am Kragen, dem es nicht gelang, sich aus dem Staub zu machen. Die Frauen kreischten, die Jünglinge tauchten wie ängstliche Wiesel in die hinterste Ecke, und die reichen Bürger protestierten lauthals gegen eine derartige Behandlung.
Heinrich von Lausanne versuchte, sie von sich abzuhalten, indem er sich auf den Schutz seines Freundes, des Grafen von Toulouse, Alfons Jordan, berief.
»Der ist nicht mehr dein Freund«, war die barsche Antwort.
Die ganze Gesellschaft, einschließlich des Wirts des »Gesalzenen Fleisches«, der schließlich für die Gäste verantwortlich war, die sich unter seinem Dach aufhielten, wurde hinausgetrieben und bald darauf in die Kerker der Stadt geworfen.
In einem viel zu kleinen Raum zusammengepackt mit dem Vaganten, den Frauen und den übrigen Anhängern Heinrichs, und mit den anderen Gästen, die nicht vermögend genug waren, um sich sofort einen Weg in die Freiheit zu erkaufen, fragte sich Marcabru, wem er dieses Unheil zu verdanken hatte. Bernard Marti war noch viel unglücklicher. Er fühlte sich verantwortlich, weil sein Meister durch seine Schuld in diese mißliche Lage geraten war.
»Mach dir keine Sorgen«, sagte der Vagant, in dem Marcabru bereits einen Mitstreiter gefunden hatte, »es wird wohl ein Geistlicher kommen, um uns zu befragen. Wenn du dich als gläubiger Christ zeigst, hast du nichts zu befürchten.«

Der Troubadour nickte mitleidig. Er hatte nicht vor, sich auf einen Haufen werfen zu lassen mit irgendwelchen Ketzern, mit denen er nichts zu tun hatte, ob es nun Arianen oder Manichäer waren oder wie man sie sonst auch nennen wollte. Er wußte genau, wie so etwas meist endete: Man bekam die Wahl zwischen dem Kreuz oder dem Scheiterhaufen. Wer ersteres wählte, kehrte zurück zum wahren Glauben, wer aber an seinem Irrglauben festhielt, mußte den Martertod erleiden, um vor der ewigen Verdammnis gerettet zu werden.
»Es geht ihnen vermutlich nur um den Prediger«, erklärte der Vagant. »Er hat erst in Frankreich seine Irrlehre verkündet, bis er dort verjagt wurde. Dann hat er in Guyenne seinen Schmutz ausgespuckt, wo er wahrhaftig Gehör fand.«
»Das erstaunt mich nicht«, sagte Marcabru, »bei seinen Ideen über die Ehe und die Liebe. Dort gibt es eine unzüchtige Bande, denen ist das Wasser auf ihren Mühlen.« Der Gedanke daran ließ seine Streitlust wieder aufflammen. Im Vergleich dazu war das, was der Prediger gesagt hatte, doch ziemlich unschuldig.
»Das Böse!« rief er plötzlich aus. »Das ist nicht diese sogenannte Ketzerei, sondern der Glaube der hohen Barone, die die reine Liebe nicht anerkennen wollen.« Impulsiv brach ein Vers aus ihm hervor:

Marcabru in seinem Leben
Böses hat nie anerkannt,
nie sich feige ihm ergeben,
nichts macht seinem Namen Schand.
In Guyenne und Frankereich
falscher Glaub ist allen gleich.

»Ich sehne mich so nach der reinen Liebe«, seufzte Bernard Marti, der zum ersten Mal wieder wagte, den Mund aufzumachen. »Manchmal so sehr, daß ich glaube, mein Leben lang keinen anderen Beruf ausüben zu wollen als den, sie zu besingen, so sehr begehre ich sie. Seit ich geboren wurde, habe ich mich an nichts so sehr binden wollen. Ich sehe keinen anderen Weg.«
Marcabru legte den Arm um die Schultern des jungen Mannes.

Der Vagant sprach sich und den anderen noch immer Mut zu. »Der Abt von Clairvaux hat persönlich eine Predigt in Toulouse gehalten«, sagte er, »um die Gläubigen, die von Heinrich in die Irre geführt worden sind, wieder auf den rechten Weg zurückzuführen. Wir sind nur verirrte Schafe, die in ihren Pferch zurückgebracht werden.«

Tatsächlich hatte der Graf von Toulouse auf Anraten des Abtes von Clairvaux den Prediger von Lausanne, den er erst beschützt hatte, fallengelassen. Der Prediger war direkt nach seiner Verhaftung von seinen Anhängern getrennt und woanders untergebracht worden. Man hörte nie wieder etwas von ihm.

Nach einer kurzen Gefangenschaft wurden die anderen verhört. Marcabru erklärte gegenüber den Geistlichen, nie etwas anderes als das Kreuz verehrt zu haben, und daß er das auch immer tun wolle. Danach wurde er freigelassen, ebenso wie Bernard Marti.

Der Troubadour verließ das Land von Toulouse, auf der Suche nach einem neuen Brotherrn. Der Prediger Heinrich von Lausanne, so hörte er später, sei im Kerker gestorben. Vergiftet, wie man sagte.

VI

»Wenn dort ihr Schloß stünde, würde ich wünschen, es gäbe keine Schiffe, damit ich unmöglich zu ihr kommen könnte.«
Jaufre Rudel, Schloßherr von Blaye und Herr von Pons und Bergerac, schaute traurig über die gelblich gefärbte Gironde, über die breite Trichtermündung, durch die sich der Fluß einen Weg ins Meer suchte. Die Augen des Edelmannes folgten den kleinen Fährbooten, die mit Pilgern beladen durch das träge strömende Wasser zur anderen Seite fuhren. Er seufzte tief.
»Herrlich ist das Verlangen, herrlicher als die Befriedigung«, fuhr er fort. »Sich ewig nach einer Liebe zu sehnen, die vielleicht nie, nein, wirklich nie beantwortet werden wird, so daß die Seele nicht aufhört zu schmachten. Sehnsucht, Leiden, Sterben, das ist Liebe.« Ein Lächeln glitt über sein Gesicht. Der Mann neben ihm beantwortete sein Lächeln und nickte, daß die schwarzen Locken mittanzten.
»Wenn das Verlangen erhört wird, ist die Sehnsucht gestillt, die allerhöchste Freude ist erreicht, was kann es danach noch geben?« fragte er. »Das erste Mal, das größte Entzücken, bedeutet auch zugleich das Ende. Dann kommen Untreue und Betrug. Besteht die Liebe nach diesem Geschenk noch, oder wollen sie dann nur immer mehr, wird das Verlangen zu Begehrlichkeit? Wird dann alles, was zum Herzen und zur Seele gehörte, durch den Körper in Besitz genommen? Denn Frauen sind betrügerisch und falsch. Eine Frau, die treu und keusch ist, habe ich unter allen Frauen, die ich kenne, nie gefunden.«
»Ich habe auch lange darüber nachgedacht«, unterbrach ihn der Herr von Blaye. »Keuschheit und körperliche Liebe, das kann nie zusammengehen. Der Liebesakt vernichtet die edle Liebe.«
»Eine Frau, die unerreichbar ist«, fuhr Marcabru fort, »kann ihren Geliebten nicht zur fleischlichen Liebe verführen, sie kann ihn nicht erniedrigen, nicht mit einem anderen betrügen, denn er sieht es nicht. Deshalb richte ich, ein Troubadour niederer Herkunft, meine Verse an

die allerhöchste Dame, die so weit von mir ist, daß ich sie nie erreiche, so daß sie sich auch nicht vor meinen Augen entehren kann. Je mehr ich mein Herz der Liebe zuwende, desto weiter entfernt sie sich von mir. Ich habe es in meinem *tenson* mit Catola schon gesagt: Nie hat die Liebe einen Schritt in meine Richtung gemacht, ohne daß sie sich nicht ebenso schnell wieder entfernte und sogar noch weiter, und das wird bis zu meinem Tod so bleiben.«
»Die Dame darf also nicht nachgeben, sie muß ihrem Geliebten die Belohnung vorenthalten, auch wenn er ein Edelmann ist, wie Ihr?« Es war Bernard Marti, der von einem zum anderen schaute, während er diese Frage stellte.
»Ja«, antwortete Jaufre, »aber sein Flehen wird sie schwach machen, und von diesem Moment an wird das Begehren wachsen, oder seine Liebesklagen ermüden sie und treiben sie in die Arme eines anderen. So oft wird die Liebe verraten, weil es an *mezura* fehlt. Tatsächlich kann die Liebe nur rein sein, wenn die Geliebte unerreichbar ist.«
»Unerreichbar, weil der eifersüchtige Ehemann sie bewachen läßt, oder unerreichbar, weil Lästerzungen die Liebe bedrohen?«
»Eifersucht und Lästerzungen sind nur die Ingredienzien, um die Erregung des Spiels zu vergrößern.« Es war Marcabru, der nun Martis Frage beantwortete. »Denn die Liebe ist für viele nur ein Spiel! Nicht die Liebe selbst, sondern die Herausforderung des Spiels ist zum Einsatz geworden. Schau, wie sie einander höfisch mit Anspielungen und zweideutigen Bemerkungen aufgeilen! Sie prunken mit ihren reichen Kleidern, färben sich, behängen sich mit Juwelen und hüllen sich in wohlriechende Düfte, bis sie herumlaufen wie Stuten, denen es geil unter dem Schwanz heruntertropft.« Der Troubadour lachte höhnisch. »Und wenn sie des Spiels müde sind, vergreift sich der Edelmann an der Frau eines anderen, und die Gattin lockt den betrogenen Ehemann einer anderen in ihr Bett! Aus ist es mit *fin amors,* und heraus kommt tierische Begierde. Der Edelmann ist wieder der Bauerntölpel, der seinen Samen in die erstbeste Hure loswerden will, und die Edelfrau ist eine Hündin, die sich von jedem Rüden besteigen läßt.«
Ein schmerzlicher Zug erschien auf Jaufres Gesicht. Er machte eine abwehrende Handbewegung und sagte: »Deine Worte tun weh, Mar-

cabru, und zu Recht. Doch sind es nicht deine Worte, sondern es ist meine eigene Schande, die mich schmerzt. Du hast recht, die Liebe ist ein höfisches Vergnügen, zu einem Zeitvertreib herabgesunken, einem... Auch ich war einmal so dumm. Gott, wie habe ich mich je dazu verführen lassen können! Diese Schande, als wir von ihrem Gemahl ertappt wurden!« Der Edelmann verbarg das Gesicht in den Händen, als wolle er die Vergangenheit auslöschen. »Nackt war ich, genau wie sie, zwischen den Laken. Ich höre noch immer das höhnische Lachen und den Spott derer, die mich in die Falle hatten tappen lassen. Denn es war ein Spiel, das sie mit mir spielten und an dem sich sogar die Frau beteiligte.«

Jaufre Rudel hatte keine fröhliche Jugend gehabt. Nachdem Herzog Wilhelm der Junge das Schloß von Blaye, das damals noch seinem Vater gehörte, erobert und dem Erdboden gleichgemacht hatte, war er noch einmal von Vulgrin, dem Eisenfresser aus Angoulême, aus den Ruinen vertrieben worden, als dieser, nach dem Tod des Herzogs, das Schloß dem jungen Wilhelm von Toulouse wieder abnahm. Seines Titels und seines Erbes beraubt, hatte der Prinz von Blaye, wie er sich seither nannte, sein Heil am Hof von Poitiers gesucht, wo er nicht mehr als eine Randfigur zwischen den jugendlichen Freunden des Herzogs war. Dort hatte er später Marcabru und Cercamon kennengelernt, und ihre Verse hatten ihn verändert, hatten ihn zu einem der besten Troubadoure gemacht. Und das war er geblieben, auch nachdem er dank Wilhelms Feind, eben jenes Grafen von Angoulême, dessen Vasall er schließlich geworden war, sein wieder aufgebautes Schloß zurückbekommen hatte.

»Ich war verrückt, mich zu einer solchen Liebe verführen zu lassen und ihr zu dienen«, seufzte er, »doch ich habe mich von ihr abgewandt.«

»Aber wenn die Liebe so trügerisch ist, so treulos, dann... Warum sucht Ihr sie dann noch? Warum quält Ihr Euch, wenn Ihr doch wißt, daß Euch die Liebe immer wieder enttäuscht?«

»Nicht die Liebe, die Frauen!« korrigierte ihn Marcabru. »Was Herr Jaufre hier erzählt, habe ich auch erlebt. Sie spielen dich aus gegen deinen Rivalen und halten dich einfach zum Narren. Grausam und

verräterisch sind die Frauen. Vielleicht verlangen wir zuviel. Vielleicht sind die Frauen von heute nicht vollkommen genug, um unseren hohen Forderungen zu genügen. Vielleicht brauchen sie noch Zeit, um es zu lernen. Deshalb habe ich nie eine Frau geliebt, und nie wird eine Frau mich lieben. Dennoch glaube ich weiterhin an die reine Liebe.«
»Je treuloser die Frauen sind, desto schöner ist es, von einer Liebe zu träumen, die nicht betrügt«, bekräftigte Jaufre. »Nein, ich habe die Antwort jetzt gefunden: Sie muß wirklich unerreichbar sein, auf der anderen Seite des Meeres oder in einem fernen Land. Unsichtbar weit sind die Türme des Schlosses, in dem sie lebt.« Er machte eine Bewegung mit beiden Händen, als wolle er die Festung, die er vor Augen hatte, seinen Begleitern schildern. »Der Weg dorthin muß voller Gefahren sein, so daß man kaum hingelangen kann, nur im Geiste. Denn träumen werde ich von ihr, bis mein Herz meinem Leib entrückt ist und sich mit meinem Traumbild vereinigt hat. Und sollte ich das Land je erreichen, so hoffe ich, daß sie vor mir flieht und daß mein Pferd zu träge sein wird, um sie einzuholen. Die Liebe zu einer fernen Prinzessin, Liebe aus der Ferne, das ist die einzige Antwort.«
Herr Jaufre stand auf und ging zum Rand der Klippe. Die hohen Felsen, die die Gironde einschlossen, bildeten die Kulisse, das Rauschen des Windes und das Kreischen der Möwen waren seine Begleitung, als er seine Stimme erhob und sang:

Nie mehr sei ich der Liebe froh,
find ich die Liebe nicht dort fern;
denn keine Fraue weiß ich wo
gleich schön und hold, nicht nah noch fern.
Ihr Preis steht also unverwandt,
daß tief im Sarazenenland
ich gern um sie gefangen hieß.

Gott, der erschuf, was kommt und geht
und so die Liebe auch dort fern,
erfüll, wonach der Sinn mir steht:
daß ich die Liebe säh dort fern,

doch leibhaft und so wohl bestellt,
daß Kammer oder Laubgezelt
wie ein Palast sich mir erschließ.

Recht hat, wer sagt, ich sei voll Gier
und sänn auf Liebe nur dort fern;
denn nichts erscheint so köstlich mir
wie solcher Liebe Glück dort fern.
Doch was ich sinn, wird mir vergällt,
das Tauflos war mir schlimm gestellt:
ich lieb und bleib doch ungeliebt.

All, was ich sinn, wird mir vergällt;
verflucht, wer mir das Los gestellt!
Ich lieb und bleib doch ungeliebt.

Die traurige Klage der letzten Verszeilen erstarb in dem unermeßlichen Raum über Land und Wasser. Sogar der Wind und die Möwen schwiegen einen Augenblick, als halte die Natur selbst den Atem an vor der Schönheit seines Liedes.
Marcabru, der mit gesenktem Kopf andächtig zugehört hatte, um von den Dingen um ihn herum nicht abgelenkt zu werden, hob nun die Augen. Tränen standen darin. Er hätte den Edelmann am liebsten umarmt, hätte diese großartigen Verse bejubelt, aber er blieb wie versteinert stehen und brachte vor Rührung kein Wort heraus.
Auch Bernard Marti war überwältigt von so viel Schönheit. Er legte die Hand auf die Falten seines Bliauds, unter dem sich seine Männlichkeit aufgerichtet hatte, und aus seiner Kehle kam ein tierisches Knurren. Er zweifelte nicht daran, daß auch die Speere der anderen erhoben waren.
Jaufre selbst starrte wie in Trance noch einige Augenblicke über das weite Wasser, als befinde sich dort, in weiter Ferne, die Geliebte. Dann drehte er sich um und betrachtete die beiden anderen. Er lächelte. Der Ausdruck auf Marcabrus Gesicht sagte ihm mehr, als Worte es hätten tun können. Er ging mit ausgestreckten Armen auf ihn zu, bis seine Hände die des Troubadours ergriffen.

»Mein guter Freund«, sagte Jaufre, »wir verstehen einander. Was du uns mit deinem beißenden Sarkasmus sagst, mit herben Schmähreden, denen an Kraft und Vollkommenheit niemand gleichkommt, sage ich auf meine Art, mit demselben Feuer für die reine Liebe, für *amors!«*
»Herr Jaufre«, antwortete Marcabru, »die ferne Liebe... es ist genial... Wir wissen, daß es sie gibt!«
Doch warum, warum mußte er ständig an Aliénor denken, die er, eine gute Tagesreise meerwärts, unterhalb der Kapelle der heiligen Radegundis, aus dem saugenden Treibsand gerettet hatte? War es, weil Aliénor in diesem Sommer endlich das lang ersehnte Kind zur Welt gebracht hatte, das sie sich so feurig gewünscht hatte? In Aquitanien sagte man, es sei Ludwigs Schuld, daß es ein Mädchen war, denn das Gerücht wollte wissen, daß er nur selten das Bett mit ihr teile. In Frankreich behauptete man natürlich, Aliénor sei dafür verantwortlich. Es lag ja auch eher an den Einmischungen des Bernhard von Clairvaux, daß Ludwig endlich ein Kind gezeugt hatte. Nach den schrecklichen Ereignissen in Vitry und dem nicht minder schrecklichen Feldzug durch die Champagne hatte Bernhard von Clairvaux die Einweihung des neuen Chores der Kathedrale von Saint Denis zum Anlaß genommen, ein paar offene Worte mit der Königin von Frankreich zu sprechen. Weltliche Ereignisse, manchmal sogar tadelnswerte Praktiken, waren dem Geistlichen nicht fremd, wenn sie dem Interesse seines Ordens, den Zisterziensern, nützten. Man flüsterte, er habe angeboten, Gott um Erbarmen anzuflehen, als Tausch für ein Opfer von ihrer Seite: Sie solle sich in Zukunft nicht mehr in Staatsgeschäfte einmischen, sie solle den König nicht länger gegen die Kirche aufstacheln, sondern dazu, einem friedlichen Kurs zu folgen. Tatsächlich war sie kurze Zeit danach schwanger geworden, und Suger kehrte zum Hof zurück und wurde in allen Ehren wieder als Ratgeber des Königs eingesetzt.
Marcabru senkte den Kopf. Vielleicht wurde er auch an Aliénor erinnert, weil Ludwig sich in diesem Moment nicht weit entfernt in der Aunis befand, wo er versuchte, die Unruhen zu beschwichtigen, die nach dem Tod Isemberts von Châtelaillon ausgebrochen waren? Isembert! Marcabrus Gedanken gingen zurück zu jenem Jahr, als Herzog Wilhelm Châtelaillon belagert hatte und Marcabru, trauernd um den

Tod der Herzogin Aenor, seine vernichtenden Verse an die Adresse von Isemberts Gemahlin gerichtet hatte. Die Schlangenbrut, die Bastarde dieser liederlichen Hure, bekämpften nun die Rechte der beiden Erben auf die Besitztümer des Herrn von Châtelaillon, der kurz zuvor in der Verbannung auf der Insel Ré gestorben war.
Damals war es auch Winter gewesen... vor mehr als fünfzehn Jahren. Und seit damals hatte er an den Höfen aller möglicher Prinzen gesungen, vom Hof des Grafen von Anjou bis zu dem von Toulouse, vom Hof des Grafen von Barcelona bis zu dem des Königs von Portugal. Er hatte ihre Taten gerühmt und ihre Frauen gepriesen. Aber der Hof, an dem er am liebsten Schutz finden würde, war ihm verschlossen. Aliénor, in deren Adern das Blut von Herzog Wilhelm floß, war für ihn ebenso unerreichbar wie Herrn Jaufres Geliebte diesem. Natürlich hatten seine Worte sie erreicht, denn alle Joglar kannten seine Verse, und er war sicher, daß sie auch an ihrem Hof in Paris gesungen wurden. Sie liebte die Musik und die Dichtkunst, sie war damit aufgewachsen. Die Verse Wilhelms des Jungen, ihres Großvaters, hatten sie ernährt wie Muttermilch. Und sie waren weiß Gott nicht weniger gewagt als seine eigenen! Warum hatte sie nie reagiert, auch nicht auf seinen letzten Vers, mit dem er versucht hatte, sie zu reizen, als er sagte, daß er, sollte sie ihn weiterhin verschmähen, eine edlere Dame wisse, die ihm sicher zu Willen sein würde.

Wenn Busches Zier sich grün erneut
und Tau die Blütenblätter schmückt,
der Vögel Sang mein Herz erfreut
und meine Seele froh entzückt;
im Laubwerk drin ein Vogel singt,
daß bis zum Himmel es erklingt,
gar lieblich ist's gelungen.

Des Herbstes Kälte hat dem Tier
geraubt des Sommers Heiterkeit,
doch ich sing alle Tage hier,
wohin das Schicksal mich geleit.

Mich kümmert's nicht, ob warm, ob kalt,
tagaus tagein mein Lied erschallt,
Amors und Joi besungen.

Je mehr mein Herz nach Liebe schreit,
je eher schaffet sie die Flucht;
wer klagte nicht um solches Leid,
das meine Seele heimgesucht;
denn da, wo Joi und Traumesglück
geschützt einst waren, blieb zurück
mein bitter Herz, bezwungen.

Vergeblich fleh um Antwort ich
von ihr, nach der mein Herz sich sehnt.
Lud ich denn irgend Schuld auf mich,
daß sie mir ihre Huld mißgönnt?
Erkennt sie meinen Wert nicht mehr?
Ist denn des Unmuts böser Speer,
ins Herze ihr gedrungen?

Es stünd ihr an gleich Schmuck und Zier,
mich zu belohnen frank und frei;
doch wenn die Dame ich verlier,
liegt's nur an ihrer Narretei.
Ein ander Herrin wähl ich dann,
höfisch und zart, von edlem Stamm,
von Lieb und Treu durchdrungen.

Ihr Haus lob ich und ihr Geschick,
und wer sie rühmt, ist teuer mir,
fällt erst auf mich ihr edler Blick,
gehöre ich auf immer ihr.
Ohn Falsch ist meine Lieb und rein,
drum wird sie gnädig zu mir sein,
gibt mehr mir, als bedungen.

Ihr haltet mich für töricht wohl,
daß ich viel mehr erwarten soll,
als ich mir ausbedungen.

Aliénors Antwort war ausgeblieben. Sie befand sich in einer Position, in der sie sich nicht erlauben konnte, ihre Umgebung zu provozieren. Der Friede mit der Champagne war zwar geschlossen worden, aber ihre Schwester Petronella und Raoul von Vermandois waren noch exkommuniziert und lebten zusammen, während ihre Verbindung von der Kirche nicht als gesetzliche Ehe anerkannt war. Und Ludwig ging noch immer gebückt unter der Todsünde des Massenmordes in Vitry. Er hatte die Stadt wieder aufbauen lassen, er fastete und büßte bis zur Erschöpfung, aber nichts reichte aus, seine Schuldgefühle zu besänftigen. Dann gab er zu erkennen, daß er eine Pilgerfahrt zum Heiligen Grab in Jerusalem unternehmen wolle.

Aliénors Herz klopfte schneller. Plötzlich sah die Welt ganz anders aus, und kopflos vor Freude stürzte sie sich in die Vorbereitungen.

Im Dezember des Jahres zuvor hatten die Türken die Stadt Edessa überfallen, und wegen der Unvorsichtigkeit des Grafen Joscelin war es ihnen gelungen, die Stadt zu erobern. Der gefürchtete Türke Zengi, Feldherr des Sultans und *Atabeg* von Aleppo und Mossul, hatte alle Franken ungeachtet ihres weltlichen oder kirchlichen Standes ermordet und hatte sich in dieser Niederlassung der Christen eingenistet. Aliénors Onkel, Raymond von Poitou, Fürst von Antiochien, hatte wiederholt um Hilfe gebeten, weil sein Reich nun von den Türken bedroht wurde. Dann kam aus Jerusalem selbst ein Hilfeschrei, der durch ganz Europa schallte und dessen Echo auch durch den Palast auf der Insel in der Seine klang: der Aufruf zu einem neuen Kreuzzug, um das Heilige Land vor dem Einfall der Türken zu schützen.

»Wenn es Ludwig gelingt, einen Kreuzzug auf die Beine zu bringen, werde auch ich das Kreuz nehmen«, sagte Jaufre Rudel.

Marcabru schreckte aus seinen Gedanken auf. Er hatte nicht gehört, was der Edelmann in der Zwischenzeit alles gesagt hatte, doch offenbar waren ihre Gedanken in die gleiche Richtung gegangen.

»Ihr, ins Heilige Land?« brachte er erstaunt heraus.

»Natürlich. *Proeza,* bester Freund. Wer seinen Mut zeigen will, kann nicht zurückbleiben. Nur Greise, Kranke und Feiglinge bleiben im Vaterland.«
»Aber warum Jerusalem? Warum steht die ganze Christenheit wie ein Mann auf, um Edessa zu befreien, während ganz in der Nähe das Grab des heiligen Jacobus durch die Sarazenen bedroht wird? Hat man vergessen, wie der letzte Kreuzzug ausging? Wie viele Menschenleben hat er gekostet, und dabei hat Herzog Wilhelm der Junge Jerusalem nie erreicht!«
»Der Papst selbst hat seine Zustimmung gegeben und Bernhard von Clairvaux ersucht, für einen neuen Kreuzzug zu predigen. Zahllose aquitanische Edelleute haben Aliénor ihre Unterstützung schon zugesagt.«
»Und Abt Suger?«
»Er ist nicht begeistert, um nicht zu sagen, er ist schlichtweg dagegen. Aber im März kommen alle in Vézelay zusammen, um die Pläne zu besprechen und einen Entschluß zu fassen. Wenn Bernhard sich für den Kreuzzug ausspricht, ist der Streit gewonnen.«
»Offenbar ist es rühmlicher, gegen die Türken zu kämpfen, als die Waffen gegen die Mauren zu ergreifen«, sagte Marcabru verbittert.
»Das Grab Christi ist nun einmal heiliger als das des heiligen Jacobus. Außerdem wird Compostela nicht bedroht.«
Der Troubadour schüttelte den Kopf. »Sogar die Templer haben sich nun in Spanien in den Kampf gestürzt.«
»Die Templer?« Aus Jaufres Stimme klang Ehrfurcht. In der kurzen Zeit ihres Bestehens – es war erst siebzehn Jahre her, daß der Papst diesem Orden kämpfender Mönche seinen Segen gegeben hatte – hatten die Templer eine hervorragende Position am Hof des Königs von Jerusalem erworben, nicht zuletzt durch das Zutun Bernhards von Clairvaux, der sie über alles gelobt hatte. Sie standen im Ruf, besser als alle anderen zu wissen, wie man in einem Wüstenland ums Überleben kämpft; außerdem waren viele von ihnen Veteranen aus den Pyrenäen und wußten auch, wie man sich in den Bergen bewegt und kämpft. In Frankreich, Aquitanien, Toulouse und der Provence konnte man die Ritter in ihren weißen Mänteln manchmal bei besonderen Gottes-

diensten sehen, wo Gelder für den Orden gesammelt und neue Mitglieder geworben wurden.

»Jahrelang hat man versucht, die Ritter für die spanische Sache zu interessieren«, erzählte Marcabru, der die Situation jenseits der Berge besser als jeder andere Aquitanier kannte. »Nachdem König Alfons von Aragonien ihnen auf dem Sterbebett ein Drittel seines Reiches hinterlassen hatte, was sie unmöglich annehmen konnten, waren sie doch die letzten, die ihre Rechte aufgeben wollten. Die Kanoniken des Heiligen Grabes und die Hospitalritter hatten schon längst auf ihren Teil des Erbes verzichtet. Schlösser, Ländereien, Einkünfte, ein Zehntel von allem, was sie von den Mauren erobern würden, das alles war den Templern in Aussicht gestellt. Graf Raymond Berenguer von Barcelona hatte sogar angeboten, mit zehn seiner Ritter ein Jahr lang im weißen Habit dem Orden zu dienen. Nun haben sie endlich zugegriffen, nicht ohne vorher beinharte Verträge mit dem Grafen von Barcelona abgeschlossen zu haben. In Portugal haben sie schon mitgekämpft, und auch Kastilien konnte ihre Unterstützung gewinnen. Ich habe Geschichten darüber gehört...«

»Ich verstehe deinen Eifer, du hast ja selbst dort gekämpft. Doch Jerusalem...«

»Jerusalem!« höhnte Marcabru. »Seit Fulko von Anjou bei der Jagd vom Pferd fiel und sein Kopf unter dem Sattel zerquetscht wurde, ist ein Kind von zwölf Jahren König im Heiligen Land, und seine Mutter, eine halbe Armenierin, sät Zwietracht unter ihrem Gefolge. Denn jeder Edelmann an ihrem Hof ist eifersüchtig auf den anderen, sie werben alle um ihre Hand, und sie ermutigt sie dazu. Außerdem heißt sie auch noch Mélisanda.« Für ihn war der Name das Symbol für Untreue und Verrat. »Frauen! Ob sie nun hoch oder niedrig geboren sind, sie sind Huren.«

»Das Königreich von Jerusalem ist geschwächt, weil es keinen Führer hat«, gab Jaufre zu, »aber du tust Königin Mélisanda mit deinen Vorurteilen unrecht. Sie ist eine vernünftige, bewundernswerte Frau, die es nicht verdient, daß man üble Nachrede über sie verbreitet. Man sagt, daß sie, als sie an dem Ort ankam, wo Fulko den Tod gefunden hatte, sich auf seinen Leichnam warf und ihn dort küßte, wo er am heftigsten

blutete. Dann hat sie voller Trauer, aber mit Mut, Weisheit und Standfestigkeit die Herrschaft des Königreichs übernommen.«
Marcabru brach in Gelächter aus. »Mélisanda hat Fulko nie geliebt. Wißt Ihr nicht, daß sie verliebt war in ihren Jugendfreund, einen französischen Ritter, Hugo genannt? Er war ein Waisenknabe - seine Eltern waren im Heiligen Land gestorben -, der von dem alten König von Jerusalem liebevoll aufgenommen worden war. Dadurch wuchsen Hugo und Mélisanda zusammen auf und wurden unzertrennlich. Das ganze Königreich wurde durch ihre Liebesaffäre in zwei Teile geteilt. Die einen unterstützten den König, die anderen den Liebhaber der Königin. Es war eine unmögliche Situation. Wozu die Liebe nicht imstande ist! Eines bösen Tages stand ein Ritter auf und beschuldigte Hugo einer Verschwörung gegen den König. Er forderte ihn zu einem Duell heraus. Doch statt seine Unschuld zu beweisen, erwies sich der junge Mann als Feigling. Als der Zweikampf stattfinden sollte, tauchte er nicht auf. Fulkos Mitstreiter beschlossen, daß Hugo schuldig sei, und er wurde aus dem Reich verbannt.
Doch das war Fulko nicht genug. Als eifersüchtiger Ehemann plante er einen Mordanschlag auf seinen Rivalen, der fast gelang. Als Hugo kurz vor der Abfahrt seines Schiffes nach Jerusalem kam, um Abschied von Mélisanda zu nehmen, wurde er abends in einer Schänke niedergestochen. Heftig blutend wurde er weggetragen. Man brachte ihn nach Sizilien, wo er nicht viel später starb. Von da an hat Mélisanda ihren Gatten gehaßt.
Es wäre ein wunderbares Beispiel für *fin amors,* wenn die Liebe zwischen Mélisanda und Hugo diskreter gewesen wäre und Hugo sich mutig gezeigt und im Duell gekämpft hätte, um seine Liebe zu beweisen, wie Tristan seine Liebe für Isolde bewies. Tristan starb im Namen der Liebe! Aber Hugo hat sich davongeschlichen wie ein Hund, den Schwanz zwischen die Beine geklemmt.«
»Das sind Dinge, die mit der Situation heute nichts zu tun haben, Marcabru. Der Türke Zengi, der auch der Blutdürstige genannt wird, hat die Heiden zu einem heiligen Krieg aufgerufen. Er bedroht die Grenzen des Heiligen Landes. Wenn Raymond von Antiochien, der Bruder von Herzog Wilhelm - Gott sei seiner Seele gnädig -, uns um Hilfe bit-

tet, muß jeder Edelmann Aquitaniens sich unter seinem Banner sammeln. Außerdem gebietet uns die *fin amors* zu gehen! Sind *pretz* und *valors* nicht die Belohnung, die die *joi* uns gibt? Gibt uns die *joi* der *fin amors* nicht den Heldenmut, der uns befähigt, die Prüfung eines Kreuzzugs durchzustehen?«

Doch Marcabru wollte nicht einsehen, daß der Edelmann recht hatte, und schon gar nicht unter diesen Voraussetzungen. Edessa war eine Grafschaft, die weit von Antiochien und noch viel weiter von Jerusalem entfernt war. Er selbst hatte die Grausamkeit der Almoraviden kennengelernt. Außerdem gab es Gerüchte, daß im Land auf der anderen Seite der Meerenge ein Volksstamm die Macht übernommen hatte, der von blindem Glaubenseifer getrieben wurde. Wenn diese Fanatiker, die sich Almohaden nannten, ihren Brüdern in Al-Andalus zu Hilfe kommen würden, so wie es die Almoraviden getan hatten, fürchtete er um den heiligen Ort, an dem das Grab des Apostels Jacobus und auch das Herzog Wilhelms lag.

»Dann geht, Herr Jaufre!« rief er wütend aus. »Dann geht doch! Man wird noch denken, daß Ihr Eure ferne Geliebte sucht!« Leise fügte er hinzu: »Mélisanda! Gott verhüte es.«

VII

Hoch über dem Hügel außerhalb der Stadt Vézelay, im Flußgebiet der Yonne, erhob sich die Basilika, von der man sagte, daß sich in ihr die Gebeine der heiligen Maria Magdalena befanden. Darum zog ein unaufhörlicher Strom von Pilgern über dieses Heiligtum zum Grab des Jacobus im fernen Galizien. Von der Kirche, die bei einem Brand im Jahre 1120 fast vollkommen verwüstet worden war, war nur das Schiff mit atemberaubender Geschwindigkeit, die fast an ein Wunder grenzte, wieder aufgebaut und gerade fertiggestellt worden, zusammen mit einer riesigen Vorhalle mit drei Portalen. Über dem mittleren Portal thronte ein majestätischer Christus, der seinen Aposteln den Heiligen Geist übertrug.

Unter den strengen Bögen der Seitenschiffe stand eng zusammengedrängt das einfache Pilgervolk und lauschte atemlos der Stimme von Bernhard von Clairvaux. Der berühmte Abt war ihren Blicken durch die Banner und Hüte der Edelleute und durch die Säulen entzogen, auf deren Kapitellen Reliefbilder die Gläubigen an Geschichten aus der Bibel und dem Leben der Heiligen erinnerten, die aber auch von heidnischen Helden wie Achilles und dem schönem Ganymed erzählten, ganz zu schweigen von den grauenhaften Szenen aus der Hölle. Doch allein die Stimme Bernhards reichte, einen gottesfürchtigen Mann erzittern zu lassen.

Wer das Vorrecht hatte, im Schiff selbst zu stehen, das so hoch war wie zwölf erwachsene Männer übereinander, konnte den Abt in voller Glorie betrachten. Dort war daher auch die Blüte des Adels versammelt. Von der Garonne bis zur Rhône und von den Pyrenäen bis zur Ebene der Picardie waren die Edlen nach Burgund gekommen und einem Aufruf ihrer Lehnsherren gefolgt, obwohl die meisten nur wenig Begeisterung für den neuen Kreuzzug aufbrachten. Abt Suger hatte sich mit Gegnern des Kreuzzugs umgeben, in der Hoffnung, diese Katastrophe noch rechtzeitig verhindern zu können. Ludwig war es nicht gelungen, viele Getreue für seine Sache zu gewinnen. Frankreich konnte sich für seine ehrenvollen Pläne nicht erwärmen. Aliénor hingegen wurde von ihren eigenen Vasallen aus Aquitanien begleitet, deren Stolz und Abenteuerlust die Überredungskünste Bernhards kaum benötigten.

Auch die neue Basilika mit ihren enormen Ausmaßen konnte die begeistert zusammengeströmten Massen nicht aufnehmen. Einige Leute waren schon ohnmächtig geworden, andere drohten in dem Gedränge zertrampelt zu werden, während die übrigen, die sich draußen zusammendrängten, versuchten, ebenfalls hineinzukommen, um etwas zu sehen. Schließlich wurde beschlossen, die Zusammenkunft nach draußen zu verlegen. In aller Eile errichteten die Mönche der Abtei eine Tribüne, so daß jeder den Abt von Clairvaux sehen und hören konnte. Dort stand nun der zerbrechliche alte Mann – er war fünfundfünfzig Jahre alt und vollkommen ausgezehrt vom ständigen Fasten – im blassen Frühlingslicht und predigte, daß die Funken flogen. Wie eine Posaune schallte seine Stimme über die unzähligen Köpfe. Wo er diese Lautstärke herbekam, war unbegreiflich. Es schien, als kämen seine Worte vom Himmel selbst, denn aus diesem ausgemergelten Körper konnten sie doch nicht kommen. Er erinnerte die Menge daran, daß der Aufruf nicht nur vom französischen König kam, der sich vorgenommen hatte, eine bewaffnete Pilgerfahrt ins Heilige Land zu unternehmen, sondern daß auch der Papst bereits im Dezember zu einem zweiten Kreuzzug aufgerufen hatte, und dann las er die päpstliche Bulle vor. Konnte man überall das kostbare Kleinod sehen, das der König um den Hals trug, das Kreuz, das der Heilige Vater selbst Ludwig geschickt hatte? Wer das Kreuz annahm, stand bereits mit einem Fuß im Himmel.

»Wenn ihr am Jüngsten Tag vor dem Throne Christi steht, wie könnt ihr dann besser zeigen, daß ihr eure Christenpflicht getan habt?« fragte er die Menge, die voller Ehrfurcht zu ihm aufblickte.

»Nehmt das Zeichen des Kreuzes an, und für alles, was ihr mit reuevollem Herzen beichtet, werdet ihr an diesem Tag Vergebung erlangen! Dies ist eine Gelegenheit, die Gott euch bietet, damit ihr gerettet werdet. Eine zweite werdet ihr so leicht nicht bekommen.«

Die Zuhörer nickten einander zu, und beifälliges Gemurmel bestätigte, daß seine Worte ihr Ziel erreicht hatten.
»Wenn es dem allmächtigen Gott gefällt, sich an die Verdienste der Sünder zu erinnern, aber auch der Mörder, Räuber, Ehebrecher, Meineidigen und Missetäter aller Art, als hätten sie stets das Gute getan, wer kann dann noch zögern! Mißtraut nicht, ihr Sünder, denn der Herr ist gut!« Seine Stimme donnerte über das gläubige Volk hinweg. Und für diejenigen, die dafür nicht empfänglich waren, hatte er noch ein anderes Argument bereit.
»Dem verständigen Kaufmann, dem Mann weltlichen Gewinnes, verspreche ich einen großen Erlös. Seid wachsam, laßt euch diesen nicht entgehen!« Zu allem Überfluß wiederholte er noch den Teil des Textes aus der päpstlichen Bulle, in dem Eugen III. nachdrücklich die Teilnahme von Troubadouren, Jongleuren und anderen Spielleuten und dergleichen Volk am Kreuzzug verbot.
Als Bernhard endlich schwieg, trat unter aller Augen König Ludwig vor, kniete auf der Tribüne nieder und ließ sich, zu Tränen gerührt, vom Abt ein Kreuz auf dem Mantel befestigen. Aufgeregtes Flüstern stieg wie ein Seufzer aus der Menge. Ein Kreuz aus der Hand dieses mageren Mannes zu empfangen, der zu Lebzeiten schon fast ein Heiliger war, das war eine Gelegenheit, die man sich nicht entgehen lassen durfte. In Bann geschlagen von Bernhards Rede, die die Leidenschaften des Volkes angefacht hatte, drängten sich die Herren zur Tribüne, und schon bald wurde der Haufen Stoffstreifen neben dem Geistlichen sichtbar kleiner. Ludwigs Vasallen, die dem ganzen Unternehmen erst so ablehnend gegenübergestanden hatten, wetteiferten, als erste nach dem König auch ein Kreuz zu empfangen: der Bruder und der Onkel des Königs, der Graf von Flandern und Alfons Jordan, Graf von Toulouse, ebenso Bischöfe und viele, viele andere. Als auch Aliénor gefolgt von anderen Damen großer Herren die Tribüne betrat und vor dem Abt niederkniete, geriet die Menge in einen Taumel der Begeisterung.
»Kreuze, gebt uns Kreuze!« klang es von allen Seiten, und »Nach Jerusalem!« Inzwischen war kein Stoff mehr da, und der Abt von Clairvaux peitschte die Gemüter noch auf, indem er sein eigenes Übergewand in

Streifen schnitt, damit jeder das Zeichen auf die Schulter seines Mantels nähen konnte. So zahlreich waren die Gläubigen, die das Kreuz annehmen wollten, daß es bereits dämmerte, als alle versorgt waren. Doch ein solcher Zug konnte nicht nur mit frommen Pilgern und einer Handvoll abenteuerlustiger Ritter unternommen werden. Ein ganzes Heer war nötig, und Geld, viel Geld. Es wurden besondere Steuern erhoben, von denen niemand freigestellt wurde. Im kommenden Frühjahr und Sommer zogen Ludwig und Aliénor von einem Ende ihres Reiches zum anderen, besuchten Abteien und Schlösser und verliehen Rechte und Privilegien im Austausch für finanzielle Unterstützung. Gottfried von Rancon war der erste aquitanische Edelmann, der sich zu ihnen scharte.

Der Stein, der in Vézelay geworfen worden war und Kreise im Meer der Emotionen gezogen hatte, verursachte eine Welle, die sich in stets weiter werdenden Kreisen über ganz Westeuropa ausbreitete. Überall wurde bis in alle immer fanatischer klingenden Einzelheiten erzählt, was in der burgundischen Stadt geschehen war, und die Zahl frommer Bauern und Bürger, die dem Adel folgen wollten, wuchs allmählich zu einem regelrechten Volksheer. Bernhard predigte inzwischen unbeirrbar weiter. Er reiste durch Flandern, Lothringen und das Rheinland, und schließlich machte er es sich zum Ziel, auch den Kaiser des Heiligen Römischen Reiches für die Sache zu gewinnen und so neben dem des französischen Königs ein zweites Heer auf die Beine zu stellen. Er tat seinem Beinamen, wohl tönender Doktor, alle Ehre: selbst der unerschütterliche Konrad von Hohenstaufen ließ sich durch den wortgewaltigen Abt überreden, und schon bald konnte dieser dem Papst vom Gelingen seiner Mission berichten: »Ihr habt befohlen, und ich habe gehorcht«, schrieb er, »und Eure Autorität hat meinen Gehorsam Früchte tragen lassen. Ich habe gesprochen, und die Zahl der Kreuzfahrer hat sich unendlich vervielfacht. Städte und Burgen werden leer, und so viele Frauen sind nun Witwen, während ihre Männer noch unter den Lebenden weilen, daß man auf sieben Frauen nur noch einen Mann findet.«

Es gab einen Mann, der diese Begeisterung nicht teilte, Marcabru, der mit Bedauern zusah, wie Jaufre Rudel sein Wort hielt und das Kreuz

nahm, und der sich fragte, warum mit keinem Wort der Kampf gegen die Heiden in Spanien erwähnt wurde. Selbst der Großmeister der Templer, Everardus von Barrès, hatte seine besten Männer aus Spanien zurückgerufen, um die Kreuzfahrer zu unterstützen. Warum waren alle so blind?
»Gott schütze sie«, seufzte er, »wie viele werden zurückkehren?«
Doch niemand dachte ans Sterben, man hatte viel zuviel mit den Vorbereitungen zu tun. Und als sich der Prinz von Blaye aufmachte, um an dem Zug teilzunehmen, dessen Route noch nicht einmal bestimmt war, nahm Marcabru Abschied von ihm und reiste nach Poitiers, wo Ludwig und Aliénor während ihrer Reise durch das Herzogtum residierten.

Nur mit Mühe erkannte der Troubadour die Umrisse der Stadt wieder. Die Festungsanlagen waren erweitert worden und verbanden nun das gräfliche Schloß mit dem Turm, der am Kloster von Montierneuf stand, und die Mauern waren von diesem Punkt aus sogar noch weiter vorgezogen worden. Die Häuser, die früher dort gestanden hatten, hatten den neuen Stadtwällen weichen müssen.
Eine Lawine von Erinnerungen überfiel Marcabru, als er das Stadttor passierte und durch die schmalen Straßen den Hügel erklomm, bis er Notre Dame la Grande erreichte und schließlich auch das Schloß selbst. Zehn Jahre war es her, daß er dort zum letzten Mal vor Herzog Wilhelm gesungen hatte, und bestimmt fünfzehn seit damals, als Aenor in jenem Saal neben ihm gesessen hatte. Er konnte sich den großen Saal des Palastes noch genau vorstellen: die schmalen Säulen, die reliefartig aus den Wänden traten und die Bögen der Rippengewölbe miteinander verbanden, die sich rund um die Wände endlos wiederholten. Auch dort, wo das Sonnenlicht durch die Fenster fiel und die glutvollen Farben der Bodenfliesen, der Wandteppiche, der Kleidung aufleuchten ließ. Seither war er nicht mehr hiergewesen, außer während des kurzen Aufenthaltes von Ludwig und Aliénor auf ihrer Durchreise nach Paris, direkt nach ihrer Hochzeit. Nun flatterte die Fahne der Kapetinger von den Türmen, und Ludwig saß auf dem Sessel, der einst Wilhelm gehört hatte.

Ganz im Banne trauriger Gefühle suchte Marcabru eine Taverne und ließ sich mit dem guten Wein Aquitaniens vollaufen. Doch auch der schien nicht mehr so gut zu schmecken wie früher. Um ihn herum wurde über den neuen Kreuzzug gesprochen und darüber, wer alles teilnehmen würde.

»Aliénor, Aliénor...«, murmelte er benebelt vor sich hin und hob mit zitternder Hand den Becher. Genau wie an jenem Tag, als er neben dem Jagdschloß von Talmond im Gras am Ufer des Wassers gesessen hatte, sah er zwei Schwäne vor sich. Der eine war stolz und weiß wie frischer Schnee. Stolz war die elegante Wölbung des Halses, die Flügel drohend über den Rücken gehoben, gekrümmt wie die Bögen des Grafensaales. Der andere jedoch war ein häßliches Ungeheuer und hieß Ludwig. Dieser Elende, der ihm aus Eifersucht den Zugang zum Hof Aliénors versperrte, der ihr vorgehalten hatte, daß sie mit ihm den Teufel hereinhole, Ludwig!

Mit einer kräftigen Bewegung warf Marcabru den Becher von sich. Er sprang auf und ging mit kurzen Schritten hin und her, leicht vorgebeugt, den Blick zum Boden gerichtet, und fuchtelte wild mit den Armen im Takt seiner Schritte. Sein ganzer Körper war gespannt, voll angestauter Energie, die bis in seine Hände drängte, bis in seine Fingerspitzen, die sich nervös nach etwas auszustrecken schienen, was sie nur mit höchster Anstrengung erreichen konnten. Wie aus einer nicht zu stillenden Quelle brodelten die Worte aus ihm heraus. Sie waren ungeduldig und ließen sich nur mit Gewalt zähmen und in eine Ordnung zwingen. Er sah nicht, wie die anderen Gäste und die Schankmägde auf ihn deuteten, er hörte nicht, wie sie über sein sonderbares Verhalten lachten. Die Welt um ihn herum bestand nicht mehr, nur das Lied, nach dem er so lange gesucht hatte und das er nun fand, hier in Poitiers. Ein Kreuzfahrerlied sollte es sein, aber keines, wie sie es gewöhnt waren! Leise flüsterten seine Lippen die Worte, hörbar nur für ihn selbst, und ständig wiederholte er die Strophen, die er bereits gemacht hatte, sobald er wieder eine Zeile anfügte.

Genauso plötzlich, wie er aufgestanden war, ließ er sich nach einiger Zeit erschöpft wieder an dem langen Tisch niedersinken. Mit einem Gefühl, als sei die ganze Lebenskraft aus ihm geflossen, zog er einen

Becher zu sich, brüllte nach Wein und trank gierig, bis der letzte Tropfen seine brennende Kehle gelöscht hatte.
Danach wartete er tagelang, während er an seinen Versen feilte, bis Aliénor mit einem kleinen Gefolge den Hügel von Poitiers herunterritt und vor der Kirche der heiligen Radegundis, außerhalb der Stadtmauern, vom Pferd stieg. Marcabru wartete ruhig, bis sie der Messe beigewohnt und ihre Gebete am Grab der Heiligen gesprochen hatte. Aber als sie herauskam, saß er dem Eingang der Kirche gegenüber auf einem Stein, die Drehleier auf dem Schoß, und brachte die Kurbel in Bewegung, sobald er sie erblickte. Er sah, wie sie aus dem Schatten des Kirchenportals in die Sonne trat und den Schritt verlangsamte, als sie die Melodie erkannte, auf die er seine Verse gemacht hatte. Da kam sie, eine schlanke, junge Frau, ruhig und gelassen wie der Schwan, den er in Gedanken über das regungslose Wasser hatte gleiten sehen. Dann blieb sie stehen und lauschte, und Marcabru begann zu singen.

Im Garten, wo der Quell entfließt,
der Rasen grün den Kies umschließt
und schattend breit der Obstbaum sprießt,
dort unterm weißen Blütenflor
voll neuen Sangs nach Brauch und Zeit
sah einsam ich und ohn Geleit,
sie, die mir jeden Scherz verwehrt.

Ein Mädchen war's, gar hold und fein,
des nahen Burgherrn Töchterlein;
zur Freude, dacht ich, lüd sie ein
das frische Grün, der Zwitscherchor,
daß sie in selger Frühlingszeit
auch mich zu hören wär bereit;
doch jäh war ihre Art verkehrt.

Dem Quell saß weinend sie gesellt,
von Seufzern tief die Brust geschwellt:
»Jesus«, so sprach sie, »Herr der Welt,

um dich erwächst mir großes Leid;
daß man dich schmäht, bedrückt auch mich,
da rings die Besten nun für dich
zu Felde ziehn, wie du's begehrt.

Für dich zog auch mein Freund dahin,
schön, edel, stark, von hohem Sinn,
drob ich nun völlig elend bin
vor Sehnsucht und vor Traurigkeit.
Weh, König Ludwig stürz in Not!
Sein Ruf bewirkt's und sein Gebot,
daß solcher Schmerz mein Herz beschwert.«

Während er sang, hatte Marcabru den Blick nicht von Aliénor gelassen, und sie hatte ihm, ohne zu zucken, in die Augen geschaut. Nun drehte sie sich brüsk um und bewegte sich mit wutverzerrtem Gesicht in Richtung auf ihr Reittier.
Die Dame ist beleidigt, dachte Marcabru, aber das hatte er auch gewollt. Er hatte sie erschrecken wollen, wachrütteln aus diesem rauschhaften Wahnsinn. Denn während Ludwig zu diesem Kreuzzug durch einen fast fanatischen Drang zur Buße getrieben wurde und sich erst als Folge davon berufen fühlte, gegen die Türken in den Kampf zu ziehen, hatte es bei ihr nur damit begonnen, daß sie ein Abenteuer suchte und sich vor allem nach einer Unterbrechung ihres farblosen, alltäglichen Lebens in Paris sehnte.
Er sang weiter, mit leicht erhobener Stimme, damit sie ihn noch verstehen konnte, und sah, wie sie in ihrem wütenden Gang stockte und sich halb umdrehte, um zu erfahren, wie das Lied endete.

Dieweil sie klagte so bedrängt,
hatt ich zum Quell den Schritt gelenkt
und sagte: »Schönste Maid, bedenkt,
vom Weinen wird man krank und bleich;
Ihr braucht nicht zu verzweifeln – glaubt,
Er, der die Büsche neu belaubt,
wirkt auch, daß Ihr zu Freuden kehrt.«

»Herr«, sprach das Mädchen, »ich vertrau,
daß in des Jenseits selger Au
ich Gottes ewge Gnade schau
wie andre Sünder wohl zugleich;
doch hier kam ich um meinen Schatz,
und keiner Freude geb ich Platz,
da er so weit von dannen fährt.«

Die letzten klagenden Töne der Drehleier verklangen und ließen eine beklemmende Stille zurück. Aliénor zögerte. Es waren die schönsten Verse, die sie seit langem gehört hatte, und zwar von dem Troubadour, an den sie sich von ihres Vaters Hof noch gut erinnerte. Doch sie konnte unmöglich Marcabrus unverhohlene Kritik an diesem Kreuzzug annehmen, der schließlich auch ihr Kreuzzug war. Kritik? Es war eine Schmähung! Einen Moment stand sie im Zwiespalt, ob sie ihn strafen sollte für diese Unverschämtheit, bis ihr klar wurde, daß sie das nicht konnte. Ein Troubadour war frei, er konnte singen, was er wollte, das war ein ungeschriebenes, von allen geachtetes Gesetz, das auch sie nicht mit Füßen treten konnte, und schon gar nicht in ihrem eigenen Herzogtum, der Wiege der Dichtkunst, die hier fast heilig war. Sie hielt die Wächter zurück, die bereitstanden, den Sänger mit harter Hand abzuführen. Dann stieg sie auf ihr Pferd und ritt davon, ohne ihn noch eines Blickes zu würdigen.
An diesem Abend stand Marcabru im Mittelpunkt des Interesses von Poitiers. Jeder wollte das Lied hören, das Königin Aliénor hatte erblassen lassen, und der Troubadour genoß seinen Erfolg. Nach dem Abendläuten vertagte er seine Aufführung in eine Herberge, die schon bald überfüllt war und wo der Wein reichlich floß, und dort sang er nochmals sein Kreuzfahrerlied vor dem Publikum, das die Sensation genoß. Doch hier klang das Lied nicht mehr so still, so einsam und so ergreifend wie morgens vor der Kirche der heiligen Radegundis. Einige fingen an, bei bestimmten Zeilen mitzubrüllen, was Marcabru zuwider war. Andere unterbrachen seinen Gesang mit Ausrufen und schrien nach einem Becher Wein für den Troubadour. Er hatte sein Ziel erreicht, dieses Lied würde nicht in Vergessenheit geraten, doch

der Schweiß stand ihm auf der Stirn, und seine Stimme wurde heiser. Er griff gerade nach einem vollen Becher, um seine Kehle zu schmieren, als plötzlich die Tür aufgerissen wurde und der Vogt mit seinen Männern auf Befehl des Königs einen nach dem anderen aus der Schänke drängte, um zu dem Troubadour gelangen zu können.
Gott steh mir bei! dachte Marcabru. Er fühlte, wie er am Arm gepackt und zurückgezerrt wurde, während vor seinen Augen die schreienden und kämpfenden Menschen sich zwischen ihn und den Vogt drängten. Er konnte gerade noch seine Drehleier aus dem Gewühl retten.
»Raus!« zischte ihm jemand ins Ohr.
»Wie?«
»Durch die Hintertür!«
Mit großer Mühe drängten sie sich zur Tür, die sich wegen des Menschengewühls kaum öffnen ließ. Draußen atmete Marcabru erleichtert die kalte Nachtluft ein und wollte gerade anfangen zu rennen, als er sich in der Dunkelheit von ein paar Gestalten umringt sah, die er bald als Gardisten der Königin erkannte. Von zwei Reihen Speeren eingeschlossen, wurde er abgeführt.
Er hatte keine Ahnung, wohin sie ihn brachten. Mit halb betrunkenem Kopf protestierte er laut und schaute sich inzwischen suchend nach einer Möglichkeit um, seiner Eskorte zu entkommen. Da blieben sie plötzlich vor einem Haus stehen und klopften laut an die Tür, bis jemand öffnete. Einer packte Marcabru am Kragen und stieß ihn hinein.
»Auf Befehl der Königin!« hörte er die Soldaten sagen. »Sie möchte, daß du sie begleitest und dich den Joglars anschließt, die mit ihr auf den Kreuzzug gehen. Dann kannst du Verse machen, die ihr besser gefallen. Wenn nicht, dann ist dein Platz hier, bei den Huren und Feiglingen.«
Hinter ihm fiel die Tür mit einem lauten Knall ins Schloß. Er entdeckte eine Gestalt, die vor ihm stand, und ein leiser Verdacht beschlich ihn, der kurz darauf vom Licht der Kerze bestätigt wurde.
»Marcabru?«
»Mélisanda!«
Dann verstand er es. Aliénor wußte es also noch, oder es war ihr erzählt worden. Sie hatte ihn aus den Klauen Ludwigs gerettet, der rachsüchti-

ger war als sie, aber sie hatte ihm zugleich diesen Streich gespielt, um ihn für sein aufrührerisches Lied bezahlen zu lassen. Er dachte nicht daran, ihr nach Jerusalem zu folgen, und der Grund dafür war bestimmt nicht das Verbot des Papstes, das ohnehin von allen mißachtet werden würde. Viele Spielleute würden sich um Aliénor scharen, um ihr die lange Reise kurzweiliger zu gestalten.
Er schaute die Hure an. Er hatte sie seit jenem Tag nicht mehr gesehen, an dem er sie bei seiner Rückkehr mit einem Kunden in seinem Bett ertappt hatte. Sie war voller geworden, es ging ihr offenbar gut. Sie lachte ihn mit demselben verführerischen Blinzeln in den Augen an, an das er sich nur allzu gut erinnerte. Der Hauch eines Triumphes lag in ihrem Blick. Marcabru schüttelte den Kopf.
»Nein, Mélisanda«, sagte er. »Liebe, die betrügt, ist schlimmer als käufliche Liebe, sie ist grausam und sticht und brennt wie ein Wespenstich. Was ich suche, wirst du mir nie geben können, und du kannst es nie empfangen.«
Das Lachen erstarb auf ihren Lippen.
»Was suchst du sonst hier, du... du...«
Ihre Hand erhob sich, um ihn zu schlagen, doch er hielt sie am Gelenk fest. Sie sah eigentlich nicht schlecht aus, für das, was sie war...
»Aber bei einer untreuen Frau«, fuhr er ruhig fort, »braucht man nicht auf Ehrbarkeit zu achten. Wenn die dir etwas geben will, dann nimmst du es einfach!« Mit diesen Worten zog er ihre Hände hinter seinen Rücken, so daß ihr Körper an seinen gedrängt wurde und er ihre Brüste fühlen konnte. Er drückte seine Lippen auf ihren Mund. Mélisanda entspannte sich und gab sich ihm hin.

VIII

Wie eine ungeheure, bis zum Horizont reichende Schlange bewegte sich die Karawane vorwärts, unaufhörlich schwankend im Rhythmus tausender Fußstapfen und begleitet von Hufgetrappel. Da war das Knallen einer Peitsche zu hören, das Knarren von Rädern, dort das Fluchen der Reiter auf das Fußvolk, und irgendwo anders der Gesang von Geistlichen und einfachen Pilgern in ihren schwarzen Kutten oder auch das Lied eines Joglars. Es war ein wunderlich zusammengewürfelter Haufen, fast eine Art Volksumzug. Reich und Arm, Bischöfe, Mönche, Laienbrüder und Vagabunden wechselten einander ab, die Edelleute auf ihren Vollblutpferden, gefolgt von ihren Knechten mit den schweren Streitrössern, die geschont wurden. Hochgestellte Damen, umringt von ihren Dienerinnen, ritten auf schlanken Zeltern oder ließen sich auf Sänften tragen, aber auch Waschfrauen und Huren gehörten zu dem Zug. Die Ärmeren und die Pilger ritten auf Maultieren oder Eseln, oder sie gingen zu Fuß, und dann gab es auch noch die schier endlose Karawane mit dem Gepäck, Karren voller Proviant, Wagen mit Zelten, Teppichen, Betten, Matratzen, Töpfen und Pfannen, Geschenken und vor allem viel Hausrat, Kleidung und Toilettenartikel der Edelfrauen.

Nach einer feierlichen Messe in Saint Denis, wo der König das Banner der Kathedrale, das Tuch mit den goldenen Flammen auf rotem Grund, aus der Hand des Papstes empfangen hatte, war man unter einer strahlenden Frühlingssonne aus Paris losgezogen, zum Abschied begleitet vom Abt Suger, der als Regent den König während dessen Abwesenheit ersetzen sollte. Neben dem Abt hatte, als sichtbarer Beweis für Aliénors persönlichen Sieg, Raoul von Vermandois gestanden, der Mann ihrer Schwester, der gemeinsam mit dem Geistlichen die schwere Verantwortung für Ludwigs Reich tragen sollte.

Während des Treffens im Februar jenes Jahres in Étampes war man nach langen Debatten übereingekommen, welche Route man nehmen wollte. Der Kaiser von Byzanz, Manuel Comnenus, und König Roger von Sizilien, die wie üblich miteinander im Krieg lagen, hatten gewetteifert in dem Bemühen, den Kreuzfahrern die Durchreise durch ihre Länder zu gewähren. Dabei ging es Roger, das war eindeutig, eher um die Bezahlung für die Überfahrt mit seinen Schiffen und um die Möglichkeit, sein Ansehen und seine politische Position zu verbessern. Und obwohl die Franzosen dem Byzantiner ebenfalls nicht trauten, so war das Mißtrauen gegenüber dem Normannen, der in Sizilien das Zepter schwang, doch noch größer. Daher war die Wahl schließlich auf den Landweg gefallen, weil man ihn für billiger und sicherer hielt. In jeder Stadt und in jedem Dorf, durch das die Kreuzfahrer fuhren, wuchs ihre Zahl weiter an. Im Juni wollte man sich in Metz treffen, wo das Heer im Kielwasser des deutschen Kaisers weiterziehen wollte. Inzwischen hatte sich die Lage im Heiligen Land verschlechtert. Im Dezember 1146 war der türkische Feldherr Zengi von einem Diener umgebracht worden, aus Rache dafür, daß er den Mann bestraft hatte, weil er aus seinem eigenen Weinglas getrunken hatte. Sein Sohn, der den Namen Nur ed-Din trug, was »Licht des Glaubens« hieß, war ihm als *Atabeg* von Aleppo und Mossul gefolgt. Er war noch kriegslüsterner und fanatischer als sein Vater. Von Aleppo aus suchte er das Land der Eindringlinge aus dem Westen heim, wobei er eine Burg der Christen nach der anderen eroberte. Alle warteten voller Hoffnung auf die Ankunft des Kreuzfahrerheeres.

Marcabru sah den Zug auf seinem Weg nach Metz und mußte zugeben, daß er ein beeindruckendes Schauspiel bot. Der König war von der Blüte des Ritterstands umgeben, seinen mutigsten Vasallen, die ihn bis zum Tod beschützen würden. Aliénor ritt nicht neben ihm, sondern befand sich irgendwo anders im Zug. Sie ließ sich nicht in einer Sänfte tragen, sondern ritt, wie ein Mann im Sattel sitzend, zwischen ihren Aquitaniern und den Spielleuten und Jongleuren, deren Gesellschaft der König verabscheute. Sie wiederum fand nichts an den Reisegesellen des Königs, vor allem an dessem Ratgeber, dem Templer Thierry Galeran, einem Eunuchen, der dem König auf Schritt und Tritt folgte wie ein treuer Hund. Oft genug war er zum Opfer ihres Spottes geworden, besonders wenn Petronella dabei war. Sie ahmte dann seine hohe Stimme und sein Verhalten nach, wohl wissend, daß er das schlecht aushielt und ihm in solchen Situationen das Weinen näher stand als das Lachen. Oft neckten sie ihn so lange, bis er in Schluchzen ausbrach oder einen Wutanfall bekam, der so kindisch war, daß den beiden Frauen vor Lachen Tränen über die Wangen liefen. Aliénor verabscheute diesen Mann, und er sie.

Sie fühlte sich wohl zwischen ihren Getreuen, den eleganten Baronen, zu denen Ebles von Ventadour gehörte, mit dem sie in ihrer eigenen Sprache sprechen konnte und mit dem sie plauderte, flirtete und über die Franzosen witzelte. Sie strahlte vor Begeisterung und freute sich auf alles, was sie auf der langen Reise sehen würde.

Sie bemerkte den Troubadour nicht, der ihr mit einer Art vorwurfsvollem Verlangen nachschaute und sich hinter den Ohren kratzte, als sein Blick über den langsamen Zug glitt, über die viel zu vielen Wagen mit dem Gepäck. Wie wollten sie mit einem solchen Klotz am Bein durch das wilde Bergland kommen und sich gegen die Angriffe der Türken verteidigen, die sich doch bestimmt auf diese reiche Beute stürzen würden? Höhnisch rief er ihnen die *tornada* eines seiner Kreuzfahrerlieder nach:

Das Heer, das christlich edel sich geglaubt,
das Volk, das jede Torheit sich erlaubt,
das sich von Schmutz und Unrat frei geglaubt,
das sich den Jordanfluß als Beute raubt,
das den Gefahren dumm entgegenschnaubt,
es lädt sich Schimpf und Schande auf sein Haupt.

Die meisten Edelleute aus dem Süden, aus Aquitanien und der Provence, wollten erst später zu dem Zug stoßen, sie wollten von Port-Bou aus über den Seeweg das Heilige Land erreichen. Zu ihnen gehörten Alfons Jordan, der Graf von Toulouse, Wilhelm der Eisenfresser, der Graf von Angoulême, und Jaufre Rudel, der Herr von Pons und Bergerac.

Nun hatte Marcabru diesseits der Pyrenäen nicht mehr viel zu suchen. Er beschloß, zum Hof des Raymond Berenguer VI. zu ziehen, des Gra-

fen von Barcelona, der von allen spanischen Fürsten die engsten Bande mit dem Haus Poitou unterhielt.
Aus der Ehe zwischen Ramiro, dem Mönch von Aragonien, und der Schwester Herzog Wilhelms, Agnes von Poitou, deren Ehe damals einer der Gründe gewesen war, daß der Papstkampf in Aquitanien ein Ende gefunden hatte, war eine Tochter hervorgegangen, Petronella genannt. Sowohl der Sohn von Alfons von Kastilien als auch Raymond Berenguer boten sich sofort als zukünftige Ehemänner des Mädchens an. Die aragonischen Edelleute wählten den katalanischen Prinzen, und 1137 wurde die Verlobung zwischen der Zweijährigen und dem Zwanzigjährigen geschlossen. So konnte sich Ramiro ruhigen Herzens in sein Kloster zurückziehen und die Führung seines Reiches, die er als schwierig erlebt und unter der er, nach eigenen Angaben, sehr gelitten hatte, seinem zukünftigen Schwiegersohn überlassen. Agnes war nach Poitou zurückgekehrt und sollte ihr weiteres Leben als Äbtissin eines Klosters verbringen.
Wo anders hätte der Troubadour Zuflucht suchen sollen als dort, wo der nun zwölfjährige Sproß aus dem Geschlecht Poitou aufwuchs, am Hof des Prinzen, der einmal ihr Mann werden sollte? Raymond Berenguer war eine anziehende Persönlichkeit. Er besaß eine edle Gestalt, war mutig und abenteuerlustig, hatte einen guten Geschmack und zeigte sich bescheiden, wenn es notwendig war. Einem Mann, der zehn Jahre lang mit einem Kind verlobt war, nahm keiner übel, wenn er sich mit schönen Frauen umgab und sein Vergnügen bei ihnen suchte, sogar Marcabru nicht. Daneben war der Prinz strebsam, ehrgeizig und ebenso friedlich und freiheitsliebend wie sein Volk, was er später bewies,als er den Königstitel mit der Begründung ablehnte, daß er als Graf zu den bedeutendsten seines Standes gehöre, als König jedoch nur zu den geringeren.

Was danach mit Marcabru geschah, kann ich, Cabra, aus eigener Erfahrung erzählen, denn ich war dabei, oder ich habe es von Herrn Guerau de Cabrera erfahren, der mein Meister ist und der von jenem Augenblick an sein Freund war. Gott weiß, wie die Dinge gelaufen wären, wenn der Troubadour mit den Kreuzfahrern mitgezogen wäre, besser gesagt mit Aliénor. Sicher hätte man ihn am Hof von Antiochien, in einer Umgebung, in die er hingehörte, sehr geschätzt. Mir ist es immer ein Rätsel geblieben, warum er nicht doch diesen Weg gewählt hatte: statt Raymond, der die Nichte von Herzog Wilhelm heiraten sollte, den anderen Raymond, der schließlich dessen Bruder war. Aber Marcabru wurde zerrissen von seiner Treue zum Haus Poitou und dem Haß, den er für Ludwig empfand, und der von diesem erwidert wurde.

Wie dem auch sei, der Troubadour zog wieder in den Süden, wo er einige Zeit am Hof Wilhelms von Montpellier verbrachte. Als dieser von seinem Lehnsherren nach Barcelona gerufen wurde, reiste Marcabru mit, und hoffte, daß Raymond Berenguer, der den Wert eines guten Troubadours schätzte und angemessen belohnte, ihn mit offenen Armen empfangen würde. Hätten die Ereignisse eine andere Wendung genommen, wäre er vielleicht jetzt noch dort.

Denn obwohl weder der Papst noch Bernhard von Clairvaux sich etwas aus dem Schicksal Spaniens machten, sollte der Kreuzzug Ludwigs von Frankreich und Kaiser Konrads dennoch durch einen Zufall dem Kampf gegen die Mauren einen neuen Impuls geben.

Es war Anfang Juni 1147, als ein Kontingent Schiffe mit friesischen, flämischen, norddeutschen und englischen Kreuzfahrern von einem Sturm gezwungen wurde, vor der spanischen Küste, in der Gegend von Oporto, vor Anker zu gehen. Der Bischof von Oporto nutzte die Gelegenheit. Es gelang ihm, die Kreuzfahrer zu überzeugen, daß man das ewige Heil auch erwerben konnte, indem man in seinem Land gegen die Heiden kämpfte. König Alfons Heinrich von Portugal, der im April überraschenderweise die Stadt Santarem eingenommen hatte, wollte nun gegen Lissabon ziehen, und die reiche Kriegsbeute, von der sie einen Teil verlangen könnten, wenn die Stadt in die Hände der Christen fallen würde, lockte die Kreuzfahrer.

So geschah es, daß, als im Osten die beiden Kreuzfahrerheere auf dem Weg nach Konstantinopel waren, Lissabon auf der Landseite vom König von Portugal belagert wurde, während die Kreuzfahrer mit ihren Schiffen den Taag hinauffuhren, um die Stadt vom Meer her abzuriegeln.

Kaiser Alfons von Kastilien konnte bei dieser geballten Macht und dem unzweifelhaft folgenden Sieg nicht zurückstehen. Der letzte Herrscher der Almoraviden war ermordet worden, das maurische Reich war durch innere Kämpfe geschwächt und litt außerdem unter Angriffen von neuen Herrschern aus Afrika, die sich die Almohaden nannten und sich wie Aasgeier auf das Erbe der Almoraviden stürzten. Die Zeit war reif, das maurische Reich an einer dritten Front anzugreifen: an der Ostküste. Sogar die Kirche unterstützte diesen Plan, und es gelang ihr, die Kreuzfahrer dazu zu bewegen, einige Kontingente nach Süden abbiegen zu lassen. Auch die Templer schickten ihre Mannschaften wieder über die Pyrenäen.
Raymond Berenguer, der schon lange begriffen hatte, daß ein Bündnis mit Kastilien größere Vorteile bringen würde als die ewigen Kämpfe seiner Vorgänger mit ihren Nachbarn, schloß sich Alfons an. Dieser wollte Almería erobern und marschierte mit seinen Truppen zu dieser blühenden Hafenstadt, die einem Piratennest glich, das von den Mauren als Hafen für die Kaperschiffe benutzt wurde, mit denen sie das Mittelmeer unsicher machten. Auch die anderen großen Hafenstädte nahmen an dem Kampf teil. Zusammen mit den Truppen aus Barcelona und Aragonien zog der Graf von Montpellier mit seinem Heer über Land nach Almería, und die Schiffe von Barcelona, Pisa und Genua griffen die Stadt vom Meer aus an.
Zum dritten Mal in seinem Leben war Marcabru an einem spanischen Hof gelandet, der sich auf einen Krieg vorbereitete. Es blieb ihm nichts anderes übrig, er schloß sich als Söldner dem barcelonischen Heer an und zog mit dem Fürsten, den er als seinen neuen Beschützer sah. Vermutlich stürzte er sich sogar voller Hingabe in dieses Abenteuer, zu dem er in seinen Versen ja immer aufgerufen hatte.

Noch nie hatte er so etwas gesehen. Die Belagerung von Fraga unter Alfons dem Kampflustigen war ein Kinderspiel dagegen gewesen, der Feldzug von Kaiser Alfons nach Al-Andalus nicht mehr als ein tolldreister Blitzzug. Noch nie zuvor war ein so großes Heer in Spanien zusammengekommen, um den Feind zu schlagen. Fahnen flatterten über einem Meer von Zelten, die rund um die Stadt herum aufgeschlagen waren, Schiffe schaukelten auf den Wellen vor der Küste und machten die Zufuhr von Hilfe und Nahrungsmitteln auch von dieser Seite her unmöglich. Wilhelm von Montpellier führte das Kriegsvolk an, das über die Pyrenäen gekommen war. Alfons, der sich für einen zweiten Karl den Großen hielt, hatte den Befehl über die Soldaten aus Kastilien, León, Navarra, Asturien, Aragonien und Barcelona. Die Templer, die auffallend fest zusammenhielten, gehorchten manchmal den Befehlen des Kaisers, manchmal denen ihres eigenen Kommandanten. Die Belagerung der gut befestigten Stadt war so perfekt, daß nur noch Adler hineinkommen konnten. Alle warteten nun auf ein Zeichen, daß die Garnison und die Bürger so geschwächt wären, daß man zum endgültigen Angriff übergehen könnte.

Aliénor hatte mit ihrer fröhlichen Gesellschaft inzwischen die Grenzen des byzantinischen Reiches überschritten. Nach den endlosen ungarischen Steppen war es eine Erleichterung, durch das grüne Land mit den vielen Flüssen und Seen zu ziehen, durch das Tal der Donau und dann über die Berge nach Konstantinopel, das ihre kühnsten Träume übertreffen sollte. Bis dahin war die Reise zügig vorangegangen, überall hatte es genügend Proviant gegeben, auch wenn die Preise immer höher wurden. Das deutsche Heer, das vor ihnen zog, hatte die Märkte abgegrast, und obwohl Ludwig Plünderungen streng verboten hatte, gelang es ihm nicht, die Disziplin in seinem Heer aufrechtzuerhalten.
Zur großen Enttäuschung der Kreuzfahrer zeigten sich die Griechen als schlechte Gastgeber. Sie hielten ihre Städte vor den Fremden geschlossen und ließen die Waren, für die sie extrem hohe Preise forderten, in Körben von den Stadtmauern herunter, doch reichten sie nicht aus, um ein ganzes Heer satt zu machen. Die Franzosen meinten zu wissen, warum ihre Gastgeber sich so feindlich verhielten: die Deutschen, die sie ohnehin nicht leiden konnten, hatten das Land vor ihnen geplündert. Dieser Vorwurf war nicht ganz unbegründet, denn tatsächlich hatte Konrads Heer auf bestialische Art gehaust. Wenn Ludwigs Vorhut von Zeit zu Zeit mit Nachzüglern aus Konrads Heer in Berührung kam, führte das unvermeidlich zu Blutvergießen. Einige fanden

allerdings auch den Tod, als sie sich, auf der Suche nach Unterhaltung oder einem guten Trank, zu weit von ihren Kameraden entfernten und überfallen und ausgeraubt wurden. Manchmal war der Straßenrand übersät mit Leichen, und die Damen wandten die Köpfe und bedeckten ihre Gesichter mit Schleiern.
Es war am 4. Oktober, fast fünf Monate, nachdem sie Paris verlassen hatte, als Aliénor, stumm vor Staunen, endlich die Schönheit der riesigen Stadt Konstantinopel erblickte. Alles war hier größer, reicher, schöner, als sie es sich hatte vorstellen können. Wieder wurde ihr klar, was sie in den vergangenen Jahren in Paris vermißt hatte.
Während Ludwig und Aliénor zusammen mit den vornehmsten Edelleuten von Kaiser Manuel Comnenus als Gäste aufgenommen wurden, mußte das Heer außerhalb der Stadt lagern und mit kärglichen Rationen auskommen. Schon bald stellte sich heraus, daß der Kaiser nicht vorhatte, sie zu unterstützen, es sei denn, sie würden die Kriegsbeute mit ihm teilen. Er drohte sogar, den Kreuzfahrern keine Vorräte mehr zu liefern, wenn man ihm Länder vorenthalte, die ihm gerechterweise zustünden. Es wurde behauptet, er habe insgeheim ein Bündnis mit den Türken geschlossen, durch deren Land die Kreuzfahrer bald ziehen mußten. Zugleich kam es zu den ersten Scharmützeln zwischen französischen Soldaten und dem byzantinischen Heer. Schließlich gelang es dem Kaiser, seine Gäste loszuwerden, indem er das Gerücht verbreiten ließ, daß die Deutschen, die ihre Armee in zwei Teile aufgeteilt hatten, in Anatolien einen großen Sieg über die Türken errungen hätten. Das war für die Kreuzfahrer Grund genug, nach einem Aufenthalt von drei Wochen in Konstantinopel in aller Eile über den Bosporus zu ziehen, aus Angst, eine reiche Beute könnte ihnen entgehen.

Ach, was soll ich weiter erzählen? Jeder weiß, was dann geschah. Es gab keinen Sieg über die Türken. Die unzuverlässigen Griechen hatten den Teil des deutschen Heeres, der die Route über Dorylaeum genommen hatte, mit zu geringen Vorräten auf den Weg geschickt, und die Führer, die sie sich genommen hatten, ließen sie im wilden Bergland im Stich. Dort irrten sie dann herum, bis sie von den Heiden über-

fallen wurden. Als Ludwig in diesem Gebiet ankam, fand er nicht mehr als ein Zehntel von Konrads ausgehungertem Heer vor, der Rest war von den Heiden abgeschlachtet worden. Der Kaiser selbst hatte sich eine Kopfwunde zugezogen, das Unglück aber überlebt.
Es war am 15. Oktober 1147, als sich dieses Debakel im Osten vollzog. Zwei Tage später erklangen im Westen Jubelschreie: Almería war gefallen! Die Freude war ungeheuer. Wir fielen uns in die Arme und stürzten uns jubelnd in die Stadt, wo uns ein grauenhaftes Schauspiel erwartete. Bis auf den letzten Mann, die letzte Frau waren die Bewohner von den Soldaten ausgerottet worden. Nach diesem Sieg, der mit vereinten Kräften errungen worden war, bezahlte Kaiser Alfons seine Verbündeten zwar, aber die Ehre heimste er allein für sich ein.
Kaum sieben Tage später, nach einer Belagerung von siebzehn Wochen, fiel Lissabon Alfons Heinrich von Portugal in die Hände. Er hatte seinen Männern den Befehl gegeben, die Stadt und ihre Bewohner zu schonen, doch die Flamen und Deutschen plünderten die Häuser, töteten den Bischof und zogen mordend und vergewaltigend durch die Stadt, ohne daß ihnen jemand Einhalt gebieten konnte. Weil die Engländer mutig gekämpft hatten, sich bei solchen Gewalttaten aber abseits hielten, wurde ihnen die große Moschee von Lissabon als Sitz für ihren Bischof angeboten. Den Templern, die König Alfons Heinrich während der ganzen Belagerung zur Seite gestanden hatten, schenkte er die Kirche des heiligen Jacobus.
Stell dir vor, was die Kreuzfahrer gedacht hätten, hätten sie damals von unserem Triumph über die Mauren gehört! Aber die wußten natürlich nichts von uns, und wir wußten nichts von ihnen. Während wir unseren Sieg feierten, waren sie im Land der Türken entlang der Küste unterwegs, um sich dem anderen Teil des deutschen Heeres anzuschließen, das unter dem Befehl des Bruders von Kaiser Konrad stand.
In Ephesus wurde Kaiser Konrad, als Folge seiner Verwundung, so krank, daß er nach Konstantinopel zurückkehren mußte, um dort versorgt zu werden. Manuel Comnenus, der nicht auf eine völlige Vernichtung der Kreuzfahrer aus war, bot Ludwig an, auf seinem Gebiet zu überwintern. Er warnte vor den Türken, die den Weg zum Süden

versperrten. Doch der französische König mißtraute den Griechen ebensosehr wie den Türken und beschloß, weiterzuziehen.
Aliénor ritt in der Vorhut, zusammen mit ihren aquitanischen Edelleuten, unter der Leitung von Gottfried von Rancon und eines Onkels von Ludwig, dem Grafen von Maurienne, der über Italien gereist war und sich ihnen erst in Konstantinopel angeschlossen hatte. Der König selbst ritt in der Nachhut, und dazwischen bewegte sich die endlose Karawane mit all dem Gepäck, ein ungeordneter Haufen, der den Namen Heer schwerlich verdiente. Die Befehle, die der König von der Nachhut aus gab, erreichten die Vorhut nicht oder zu spät. Einmal verirrte er sich sogar, als er mit einer kleineren Eskorte eine Abkürzung suchte, und wurde von Hirten aus den Bergen zurückgebracht.
Es war Weihnachten, und sie befanden sich in dem prachtvollen Tal von Decervion, als sie zum ersten Mal einen größeren Angriff der Türken erlebten. Einer Reihe von Rittern gelang es, den Angriff abzuwehren. Sie verfolgten den Feind sogar bis in sein Lager, wo sie Gold und Waren erbeuteten, und als sie zurückkamen, zeigten sie triumphierend die abgeschlagenen Köpfe einiger Türken.
Am nächsten Tag wurden sie von schlechtem Wetter überrascht. Es stürmte und regnete vier Tage hintereinander, Flüsse traten über die Ufer, und viele Menschen und Tiere wurden von der wilden Strömung mitgerissen.
Sobald das Wetter wieder besser wurde, setzten sie die Reise in die Hafenstadt Antalya fort. Kaum eine Tagesreise weiter trafen sie Otto von Freisingen mit den Resten des zweiten deutschen Heeres. Auch er warnte vor den Türken, die sich in den Bergen verborgen hielten. Diese Heiden hatten sein Heer erst kürzlich überfallen und die Felsen mit dem Blut der Deutschen rot gefärbt. Doch Ludwig hörte nicht auf ihn. Die Vorräte gingen zu Ende, auch für die Pferde gab es zuwenig Futter. Außerdem fürchtete er, daß sich das Wetter erneut ändern könnte, und wenn der Schnee anfing zu schmelzen, würden sie von der Straße nach Antalya völlig abgeschnitten sein.
Es war eine höllische Reise. Immer wieder durchschnitten Schluchten die schmale Küstenstraße, die wegen heruntergefallener Steinbrocken schwer zu begehen war. Auf den Bergen lag Schnee, und es war eisig-

kalt. Wer ausglitt und in den Abgrund stürzte, war verloren. Ludwig versuchte durch unaufhörliches Beten, das Unheil fernzuhalten. Die Leitung der Truppen hatte er seinen Baronen übertragen. Jeden Abend wies er einige von ihnen an, am folgenden Tag den Befehl zu führen, so daß alle an die Reihe kämen und kein Unfrieden entstünde. Die Folge davon war katastrophal, denn in dieser unklaren Situation wußte schließlich keiner mehr, woran er war.

Und so konnte es geschehen - am Tag der Heiligen Drei Könige -, daß die Vorhut unter Leitung des unerschrockenen Gottfried von Rancon über einen Gipfel des Taurusgebirges zog, während der Rest des Heeres sich noch tief unter ihm befand. Seine Einheit, die fast nur aus Reitern bestand und nicht durch das langsame Fußvolk und die Wagen mit Gepäck aufgehalten wurde, kam ziemlich schnell voran. Vom Gipfel des Berges aus übersah er das Land, das sich vor ihm öffnete. Es war gerade Mittag geworden, und Kundschafter meldeten ihm, es gäbe dort irgendwo ein großes Plateau, das man bequem vor dem Abend erreichen konnte, und das ein einladender Platz sei, um das Nachtlager aufzuschlagen. Er beriet sich mit dem Grafen von Maurienne und gab den Befehl, mit dem Abstieg zu beginnen, wußte jedoch nicht, daß der König die Zeit, die man brauchte, um über den Berg zu ziehen, unterschätzt hatte, und ein Teil seines Heeres zurückgefallen war. Zwischen Gottfried von Rancons Einheit und dem Rest des Heeres, das sich noch im Tal bewegte, war ein großes Loch entstanden.

Am Nachmittag, als sich die Gepäckwagen auf dem schmalen Pfad bergan befanden, tauchten hinter dem Bergrücken plötzlich die spitzen Helme von Türken auf. Ein grauenhaftes, gellendes Geschrei durchschnitt die Luft und wurde von den Felsen zurückgeworfen, während immer mehr Türken erschienen und sich auf die entsetzten Christen stürzten.

»Allah akbar!«

Gott war in der Tat groß, doch leider stand Er an jenem Tag auf seiten der Türken. Ein Regen von Pfeilen brachte die Karawane abrupt zum Stillstand, und die lange Reihe geriet sofort durcheinander. Winselnd vor Todesangst flüchteten unbewaffnete Pilger und Soldaten in pani-

schem Schrecken vom Pfad weg. Verängstigte Pferde gingen durch und rutschten auf dem felsigen Hang hinunter in die Schlucht. Mit donnerndem Getöse stürzte der erste Wagen in den Abgrund, riß andere Wagen und auch Pferde und Menschen mit sich. Immer mehr Heiden kamen hinter den Felsen hervor, und nach einem zweiten Pfeilregen stiegen sie herunter. Sie bewegten sich so behende in dem felsigen Gebiet, daß es vor ihren blitzenden Krummschwertern kein Entkommen gab. Die Christen hatten alle Mühe, sich auf dem lockeren Gestein aufrecht zu halten, und wer abrutschte, riß andere mit sich in die gähnende Tiefe. Jeder, der sich auf diesem Hang befand, wurde verfolgt und abgeschlachtet, und in weniger Zeit, als man für zehn Vaterunser brauchte, waren Felsen und Erde rot von Blut.
Der Tumult erreichte auch den König, der von seinem Platz im hinteren Teil des Zuges zum Ort des Unheils eilte. Dort konnte er nur feststellen, daß es kaum mehr zu retten gab als das eigene nackte Leben. Trotzdem gelang es ihm, einige Ordnung zu schaffen, so daß man sich wenigstens verteidigen konnte. Seine eigene Leibwache, die Edelsten Frankreichs, kämpften wie die Löwen und ließen vor seinen Augen ihr Leben, so daß er sich schließlich von Feinden umgeben sah. In diesem Moment brachte Gott Rettung und zeigte dem König einen Baum, der über ihm auf dem Felsen wuchs. Ludwig bewies seine Kaltblütigkeit, als er nach den Wurzeln des Baumes griff und sich auf einen höher gelegenen Felsen zog. Von dort, mit dem Rücken gegen die Felswand, schlug er den Ungläubigen die Köpfe ab, bis das Blut und die untergehende Sonne sein Schwert rot färbten.
Beim Einbruch der Dämmerung zogen sich die Türken zurück. Der König war gerettet, und zwar deshalb, weil er, dem jeder Schmuck zuwider war, eine einfache Soldatenuniform trug, mit einem Panzerhemd, so daß man ihn nicht von seinen Untergebenen unterscheiden konnte.
Die Sicherheit, die ihnen die Dunkelheit bot, war ungewiß, und die Kreuzfahrer befanden sich in Todesängsten. Der König, der nicht wagte, seinen Felsbrocken zu verlassen, wurde von düsteren Gedanken heimgesucht. Sein Gewissen regte sich wieder, und Zweifel nagten an ihm. War dies Gottes Strafe für das Morden in Vitry? Und seine Unsi-

cherheit wuchs mit jedem angstvollen Atemzug: Wo war Aliénor? Wo war seine Königin, die er anbetete?
Langsam kehrte das Leben auf den Berghang zurück. Neben dem Stöhnen der Verwundeten waren Schritte von Menschen zu hören, die nach Angehörigen suchten, nach ihren Herren. Ab und zu durchschnitt ein lautes Klagen die Stille. Frauen weinten, Männer kamen aus ihren Verstecken und suchten Kameraden. Auch der König verließ nun seinen Posten und sammelte ein paar Getreue um sich. Es war fast Mitternacht, als er plötzlich Reiter näher kommen hörte. Kurz darauf konnte er sie auch sehen, sie kamen von der anderen Seite des Berges und trugen Fackeln, die im Tritt ihrer Pferde auf und nieder tanzten. Starr vor Kälte und todmüde stolperte Ludwig den Reitern entgegen, die erstaunt auf ihn und seine zerschundenen Begleiter hinabschauten. Einer der Reiter sprang von seinem Pferd und bot es dem König an.
»Herr Gottfried war beunruhigt, Sire. Er hat uns zurückgeschickt, um zu schauen, was los ist.«
»Gottfried von Rancon?« fragte Ludwig heiser.
»Wir hatten unser Lager schon aufgeschlagen, als wir bemerkten, daß uns niemand über den Berg gefolgt war.«
»Lager... über den Berg?« Ungläubig starrte er den Reiter an. »Der Befehl lautete doch, daß niemand heute über den Berg ziehen sollte.«
Der andere zuckte hilflos mit den Schultern. Plötzlich fiel dem König ein, daß sich Aliénor in der Gesellschaft Gottfrieds befunden hatte.
»Die Königin...?« fragte er vorsichtig.
»Ist auch im Lager, Sire.«
Auch im Lager, als wäre das ganz normal! Ludwigs Angst wich dem Gefühl von Empörung. Auch bei seinen Gefährten entlud sich die Anspannung der vergangenen Stunden in Verwünschungen, die dem Herrn von Rancon galten. Hätte dieser hochmütige Aquitanier den Befehl des Königs nicht ignoriert, hätte diese ganze Katastrophe verhindert werden können.
»Der Graf von Maurienne...«, protestierten die Reiter.
Doch sie wurden von den anderen überstimmt. Unmöglich! Den On-

kel des Königs konnte keine Schuld treffen, es waren diese anmaßenden Aquitanier!
Dieser Ärger herrschte vor, als die Sonne aufging und das Unheil und die Trauer um die unzähligen Toten zu übersehen war. Vergeblich versuchten sie, das Heer wieder neu aufzustellen. Die einzigen, die sich während des Angriffs würdig verhalten hatten, waren die Templer unter ihrem Großmeister Everardus von Barrès. Sie präsentierten sich mit Pferden und voller Ausrüstung und Gepäck in Schlachtordnung vor dem König.
Der Großmeister deutete auf die felsigen Höhen. »Die Türken beherrschen die Berge noch immer, Sire«, meldete er. Was er dachte, behielt er für sich: die schlechte Leitung des Königs, bei der jeder Anführer nur tat, was ihm gerade paßte, die Unwissenheit und Arglosigkeit, mit der sie sich in dieses unwirtliche Gebiet begeben hatten, der Mangel an Vorräten, die wahnsinnige Menge an Gepäck, und nicht zu vergessen die Damen. Statt dessen berichtete er dem König nur, daß er die Männer, die er bei sich hatte, speziell aus den Pyrenäen zusammengerufen hatte, weil sie daran gewöhnt waren, in Gebieten wie diesem zu kämpfen und zu überleben. Sie wußten, wie man Pferde schont und Gepäck bewacht. Er gehörte zu den wenigen, denen von Anfang an klar gewesen war, was sie erwartete. Am Vortag hatten seine Männer mit großem Mut und großer Standhaftigkeit auch die Pferde und die Güter anderer mit ihrem Leben geschützt.
Der König und die Edlen wollten keine Vorwürfe hören. Es war die Schuld der Griechen, denen man nicht trauen konnte. Sie hatten das deutsche Heer ja auch schon mit falschem Rat und Proviant für nur acht Tage auf den Weg geschickt. Und inzwischen waren anderthalb Monate vergangen!
»Wer auf dem Kriegspfad ist«, sagte der Templer, »darf nur sich selbst trauen.«
Doch sie beachteten seinen Einwurf nicht. Manuel Comnenus hatte sie verraten, verkauft an die Türken, mit denen er ein Bündnis geschlossen hatte, einen Teufelsbund! Und natürlich war Gottfried von Rancon der Hauptschuldige am Unheil des vergangenen Tages. Rufe nach seinem Kopf waren zu hören, die französischen Edelleute woll-

ten ihn am höchsten Baum auf diesem verfluchten Berg hängen sehen! Auch die Königin ging nicht frei aus, denn es war ihr Gepäck, das die Nachhut behindert hatte, während sie selbst sicher im Lager bei Rancon saß.

Everardus von Barrès versuchte, die Gemüter zu beruhigen. Es wäre klüger, diese Racheaktionen zu verschieben, bis man in Sicherheit war. Er wies auf die Fehler hin, die sie selbst gemacht hatten, auf die Maßnahmen, die ergriffen werden mußten, wenn man wenigstens Antalya mit heiler Haut erreichen wollte. Er sprach so lange, bis der König ihn verstand und ihn förmlich anflehte, daß er und seine Männer die Kreuzfahrer zu der Hafenstadt führen sollten.

Auf den Rat des Großmeisters sammelte Ludwig seine Edlen um sich und befahl ihnen, dem Beispiel der Templer zu folgen. Führer wurden bestimmt, denen die anderen blindlings zu gehorchen hätten. Edelleute, Soldaten, Frauen und Pilger würden brüderlich vereint diese Prüfungen durchstehen müssen. Von den Pferden, die am Tag zuvor umgekommen waren, wurde Fleisch geschnitten, um die ausgehungerten Menschen satt zu machen. Brot wurde in der Asche der Lagerfeuer gebacken, und aus Mangel an Trinkwasser tranken sie das Blut von Pferden und Eseln. Sogar die verwöhntesten Edelleute fügten sich, ohne zu murren, in diese neuen Gegebenheiten.

So zogen sie unter der ständigen Belagerung der Türken weiter und erreichten schließlich Antalya, wo sie von den Griechen wieder nicht in die Stadt gelassen wurden. Die Edelleute weigerten sich, weiter über Land zu ziehen. Mit dem Schiff konnte man Antiochien in drei Tagen erreichen, und sie hatten keine Lust auf einen Martergang, der vierzig Tage dauern würde. Doch statt der benötigten Anzahl Schiffe kamen gerade so viele, um die Edelleute und ihr Gefolge mitzunehmen. Die niedrigeren Ränge, die Soldaten und die Pilger, welche die Überfahrt von vier Silbermark ohnehin nicht hätten bezahlen können, sollten unter dem Schutz einer Eskorte des Gouverneurs von Antalya die Reise zu Fuß fortsetzen. Doch auch diesmal hatten die treulosen Griechen ein falsches Versprechen gegeben. Als der König mit seinen Schiffen abgefahren war, stellte sich heraus, daß keine Eskorte aus Antalya kommen würde. Das zum größten Teil unbewaffnete Fußvolk

verhungerte vor den Toren der Stadt. Wer trotz des Mangels an Proviant und Führung die weite Reise doch antrat, wurde von Türken ermordet oder mitgeschleppt, um auf den Märkten des Ostens als Sklave verkauft zu werden.
Inzwischen wurde die kleine Flotte mit dem zusammengeschrumpften Gefolge des Königs drei Wochen lang von Stürmen aufgehalten. Am 19. März 1148, gut drei Monate später als vorgesehen, setzte Ludwig in Antiochien den Fuß an Land. Prinz Raymond bereitete seinen Gästen einen fürstlichen Empfang. Von dem einst so stolzen Heer war nicht mehr viel übrig, kaum mehr als ein Haufen armer Landstreicher, und Großmeister Everardus von Barrès zog mit seinen Templern eilig nach Akko, um für den König Geld zu besorgen.

IX

Glaubst du, was von Aliénor behauptet wird, daß sie es mit Gottfried von Rancon trieb und mit Saldebreuil von Sanzay, einem anderen Edelmann aus ihrem Gefolge? Ganz zu schweigen von Raymond von Antiochien! Ja, du glaubst es natürlich, du kommst aus Frankreich, nicht wahr? Marcabru wollte es nicht glauben, doch die Gerüchte wurden immer lauter, so daß er es schließlich glauben mußte.

»Saldebreuil?« rief er. »Wer ist das?« Als hätte das eine Rolle gespielt.

»Einer der niedrigeren Heerführer.«

»Und Raymond von Poitiers...« Er schüttelte verzweifelt den Kopf. Für ihn war der Prinz von Antiochien noch immer der galante Ritter, der ihm vor den Mauern von Mirebeau ein Goldstück zugeworfen hatte. Und er hatte noch immer das Bild vor Augen, wie Aliénor als kleines Mädchen zu dem schönen Jüngling, der ihr Onkel war, aufgeschaut hatte. Sie war nun fünfundzwanzig und er vierunddreißig, und er hatte alles, was sie an einem Mann gern sah und was sie bei Ludwig vermißte.

Nun, da diese Geschehnisse schon Jahre zurückliegen und jeder seine eigene Geschichte davon hat erzählen können, sollten wir eigentlich wissen, ob etwas Wahres daran war. Dennoch weiß noch immer niemand, wie frivol Aliénor sich während des Kreuzzugs wirklich verhalten hat, ob sie Ehebruch beging oder nicht. Damals erfuhren wir die Neuigkeiten von Seeleuten aus Pisa, die sie wiederum von anderen gehört hatten, und natürlich war das Ganze unterwegs kräftig ausgeschmückt worden. Noch nie habe ich ein Gerücht gehört, das sich so schnell verbreitet hatte wie dieses, und sogar wenn man nur die Hälfte glauben wollte, war das noch viel.

Sie erzählten alles mögliche darüber, was sich damals im Winter im Osten abgespielt hatte und wie Aliénor dann in Antiochien von Raymond mit Festen und Banketten empfangen worden war. Es waren so viele aquitanische Edelleute in der Stadt, daß sie sich wie zu Hause ge-

fühlt haben muß. Die leichte Atmosphäre, die Pracht am Hofe Raymonds, an dem ihre Muttersprache gesprochen wurde, die exotischen Gerichte, die marmornen Paläste und die paradiesischen Gärten – das übertraf alles, was ihr erzählt worden war. Sie wusch sich den Schmutz der Reise mit der weichen, duftenden Seife Antiochiens ab, hüllte sich in neue Kleider aus Seide, die feiner war als jede, die sie je besessen hatte, und unterhielt sich auf Jagdausflügen, bei Musik und Tanz.
Hast du mal die Verse des Troubadours gehört, der an Raymonds Hof geblieben war, Richard der Pilger, der die ruhmreichen Taten des ersten Kreuzzugs besang? Das muß sie an ihre frühe Jugend erinnert haben, an die Zeit mit ihrem Großvater, mit Herzog Wilhelm dem Jungen.

Ludwig war nach dem Fiasko der Deutschen und dem seines eigenen Heeres nicht in der Stimmung für solche Unterhaltungen. Mit eifersüchtigen Blicken schaute er zu, wie Raymond und Aliénor sich vergnügten, während er sich abseits hielt und, wenn er nicht gerade betete, die Zeit mit seinen Ratgebern, dem Templer Thierry Galeran, dem Bischof von Langres und seinem Kapellan und Chronikschreiber Eudes von Deuil zubrachte.
Raymond behandelte jedoch auch den König mit größter Rücksicht und gab sich alle Mühe, ihm und seinen Edelleuten den Aufenthalt so angenehm wie möglich zu machen. Es sollte ihnen an nichts fehlen. Was Raymond selbst von seinen Gästen wollte, war klar. Wie kein anderer war er sich der Gefahr bewußt, in der die Christen im Heiligen Land lebten. Schließlich standen die Türken sozusagen vor der Haustür. Nur ed-Din hatte sich das ganze Gebiet östlich des Orontes von Aleppo bis Hama unterworfen und bedrohte nun das Königreich Jerusalem selbst. Wenn Ludwigs Heer genügend ausgeruht war, wäre es noch früh genug, den Feind zu überraschen. Die Nachricht hatte ihn erreicht, daß der Kaiser des Heiligen Römischen Reiches, von seiner Verwundung gesundet, mit dem Schiff nach Jerusalem gekommen war und daß auch der Graf von Toulouse mit seinem Heer aus dem Süden Frankreichs sich inzwischen eingefunden hatte.
Raymond drängte darauf, Nur ed-Dins Macht im Herzen zu treffen: in

Aleppo. Er hatte guten Grund anzunehmen, daß die Türken sehr beeindruckt waren von dem Umfang des Kreuzfahrerheeres, und dies trotz der Verluste, die es unterwegs hatte hinnehmen müssen. Wenn sie sofort zuschlügen, könnten sie möglicherweise sogar Edessa zurückerobern.

Zweimal schon hatte er versucht, den König und seine Edelleute zur Vernunft zu bringen, doch beide Male verteidigte Ludwig hartnäckig seinen Standpunkt: Er sei gekommen, um am Heiligen Grab zu beten. Erst dann könne über einen Krieg gesprochen werden. Und außerdem hatte keiner seiner Männer nach der höchst unangenehmen Erfahrung mit Gottfried von Rancon noch Lust, dem Rat eines Aquitaniers zu folgen.

Raymond und seine Edelleute waren verblüfft über so viel Kurzsichtigkeit. In einer dritten Versammlung, bei der alle Edelleute seines Reiches und die des Königs anwesend waren, erklärte Raymond noch einmal, wie sich die Lage im Moment darstellte und warum sein Plan die beste Chance für einen Sieg bot. Er hätte sich die Mühe sparen können. Die Franzosen waren keinen Argumenten zugänglich, und die Luft war so dick, daß man sie hätte schneiden können. Diesmal war auch Aliénor dabei, und zu Ludwigs großer Enttäuschung ergriff sie die Partei ihres Gastgebers. Sie beging sogar die unverzeihliche Unverschämtheit, gegen ihren königlichen Gatten zu sprechen und feurig den Plan ihres Onkels zu verteidigen. Ihres Onkels? Vermutlich ihres Liebhabers!

In diesem Moment müssen Ludwigs Eifersucht und die Gerüchte, die im französischen Lager die Runde machten, ihren Höhepunkt erreicht haben. Voller Verachtung hatten sie zehn Tage lang zugeschaut, wie dieser Prinz, der, wie man seinen östlichen Gewändern zufolge annehmen konnte, selbst schon zu einem halben Sarazenen geworden war, versucht hatte, sie einzuwickeln. Und was noch schlimmer war: Sie hatten gesehen, daß er Sarazenen Zugang zu seiner Stadt gewährte, daß er sie hier leben und ihren heidnischen Glauben ausüben ließ und sogar Eheschließungen zwischen ihnen und seinen Untertanen erlaubte. Sie, die Kreuzfahrer, hatten mit den Früchten solcher Verbindungen an einem Tisch sitzen müssen!

Wir hier in Spanien, die wir schon so lange in Frieden mit Andersgläubigen zusammengelebt haben, würden so etwas als vollkommen normal betrachten, wir hätten daher nicht verstanden, warum sich die Franzosen so vor den Kopf gestoßen fühlten.
Ludwig und die Seinen hatten jedoch auch gesehen, wie Raymond ihrer Königin den Hof machte. Außerdem meinten sie, die Ausführung von Raymonds Plänen diene lediglich der Vergrößerung aquitanischen Besitzes im Osten, und das war es, was sie vielleicht am wenigsten wollten.
Zu allem Unglück weigerte sich die Königin von Frankreich nun, ihrem Gemahl nach Jerusalem zu folgen, wenn er nicht bereit sei, Antiochien mit seinem Heer zu unterstützen. Strategisch gesehen habe der Prinz einfach recht, sagte sie.
Die strategischen Erkenntnisse der Königin hätten bisher nur Unheil gebracht, entgegneten die französischen Edelleute. Nicht umsonst habe der Abt von Clairvaux sie mundtot gemacht. Und war nicht sie es gewesen, die, zusammen mit dem tolldreisten Irren von Rancon, den Grafen von Maurienne überredet hatte, daß er schließlich seine Zustimmung gab und sie über diesen verfluchten Berg zogen? Nur weil dort irgendwo ein bequemer Platz war, wo sie die Nacht verbringen wollten.
Aliénor blieb hartnäckig. Wenn ihr Herr Gemahl unbedingt erst am Heiligen Grab beten wolle, bevor er seine Soldatenpflicht erfülle, dann solle er ohne sie gehen und ohne ihre aquitanischen Vasallen. Diesen Worten ließ sie Taten folgen, sie stand von ihrem Platz neben dem König auf und stellte sich neben Raymond.
Einen Moment war der König sprachlos, dann drohte er mit seinem Recht als Gatten, das ihm erlaube, sie mit Gewalt zu zwingen, mit ihm zu gehen. Sein Beschluß stand fest, und seine Edlen unterstützten ihn dabei: weg aus Antiochien, so bald wie möglich. Auch ihre aquitanischen Vasallen würden ihm wohl folgen, sobald sie sich daran erinnerten, daß sie einen Kreuzfahrereid geschworen hatten.
Aliénor, die nach einer Ehe von zehn Jahren endlich das Leben genossen hatte, wollte nicht nach zehn Tagen schon wieder darauf verzichten. Außerdem fühlte sie sich in erster Linie als Gräfin von Poitou und

Herzogin von Aquitanien, und erst dann als Königin von Frankreich, und diese Reihenfolge bestimmte ihre Treue und ihre Verantwortlichkeiten. Sie bleibe in Antiochien, das sei alles, was sie zu sagen habe. O ja, noch etwas: Wenn Ludwig meine, sich auf sein Recht als Ehemann berufen zu müssen, solle er doch einmal überlegen, was diese Ehe überhaupt wert sei. Er wisse doch, daß sie im fünften Grad miteinander verwandt seien und daß eine solche Verbindung von der Kirche aus nicht zulässig sei? Wenn Gott ihre Ehe trotzdem gutheiße, warum hätten sie dann nach all den Jahren nur ein einziges Kind, eine Tochter? Sie verlange die Scheidung und sei bereit, die Krone von Frankreich aufzugeben, um ihr Leben weiter als Herzogin von Aquitanien hier in Antiochien zu verbringen.
Ich brauche nicht zu sagen, daß ein enormer Lärm entstand. Raymond war plötzlich nicht mehr der galante Gastgeber, und Ludwig verließ wutschnaubend mit seinen Edelleuten die Versammlung.
In derselben Nacht ließ der König sie aus dem Palast entführen und zog mit einer vor Wut kochenden Aliénor nach Jerusalem.
Sobald er entdeckte, was passiert war, reiste Raymond hinter ihnen her, nicht weniger wütend und entschlossen, für seine Sache einzutreten.

Marcabru hatte es nicht leicht in den Wochen, die darauf folgten. Was blieb vom Haus Poitou übrig, das er so idealisiert hatte? Er konnte das alles nicht glauben und ging wie ein gereizter Löwe auf uns los, als wir ihn fragten, ob Aliénors Eskapaden zur höfischen Liebe gezählt werden könnten. Er war der einzige, der für sie eintrat. Sobald die Soldaten das merkten, fingen auch sie an, ihn damit zu necken. Doch er wollte kein böses Wort über sie hören. Gottfried von Rancon, und weiter? Raymond, von ihm aus. Das waren wenigstens Männer, die wußten, wie man stilvoll lebte und sicherlich auch, wie man ebenso stilvoll liebte! Mußte man ihr das nicht gönnen, an der Seite eines Stockfischs wie Ludwig?
Wir waren auf dem Weg nach Tortosa, das vom Grafen von Barcelona belagert wurde. Der Traum, den Raymond Berenguer schon seit Jahren hegte, schien in Erfüllung zu gehen: die Eroberung der Hafenstadt, die den schiffbaren Unterlauf des Ebro beherrschte. Er hatte den Papst

dazu bewegen können, eine Bulle zu veröffentlichen, in der den Teilnehmern an diesem Feldzug die gleichen Vorrechte verliehen wurden, wie sie auch den Kreuzfahrern zuteil wurden. Von allen Seiten kam die Unterstützung. Genua und Narbonne schickten Schiffe, um die Stadt vom Wasser aus abzuriegeln, und Graf Wilhelm von Montpellier, dem die Stadt vor langer Zeit als Lehen zugesagt worden war und der Tortosa in seinem Testament bereits im voraus seinem Sohn vermacht hatte, schloß sich den Männern von Barcelona an. Zum ersten Mal kämpfte auch ein Kontingent Templer an der Seite des Grafen. Auch Peter von Gavarret, der inzwischen über fünfzehn war und damit alt genug, um seinen Mut im Krieg zu beweisen, kam mit seinen Truppen aus Béarn, um das Heer zu verstärken. Sein Wiedersehen mit Marcabru war herzlich, und der Troubadour und der jugendliche Edelmann kramten gemeinsam in ihren Erinnerungen.
Es wurde ein heißer Sommer um Tortosa. Wir Joglars versuchten, die Moral der Truppen aufrechtzuerhalten und sangen Verse über alte Helden und blutige Schlachten. Zusammen mit den Huren gelang es uns, das lange Warten bis zur Übergabe zu verkürzen, und wenn gekämpft werden mußte, waren wir immer mit von der Partie.
Marcabru unterhielt die hohen Herren, aber seine Gedanken waren oft auf der anderen Seite des Meeres. Würde Ludwig der Vernunft zugänglich sein, nachdem er erst einmal am Heiligen Grab gebetet hatte, und würde es Raymond gelingen, mit Hilfe der Kreuzfahrer doch noch Aleppo anzugreifen? Oder Edessa, denn damit hatte die Idee des Kreuzzugs schließlich begonnen. Und was war mit Aliénors Zügellosigkeit? Ließ sich ihr Auftreten, im Licht höfischer Liebe betrachtet, rechtfertigen? Manchmal mußte er seinen Gedanken einfach Luft machen, dann rief er mir plötzlich zu: »Nein! Einfach drauflos lieben, mal den einen, mal den anderen, das ist keine reine Liebe. Reine Liebe heißt Beherrschung, heißt, daß man sich einem Geliebten ganz gibt, und das weiß sie auch. Ich habe es ihr gesagt, als sie noch so klein war!« Dabei deutete er irgendwo in die Höhe unterhalb seiner Hüften, während sie ihm in Wirklichkeit damals schon bis zur Brust gereicht haben mußte. Dann verfiel er wieder in Grübeleien und murmelte: »Was wird Herr Jaufre davon halten, er ist ja auch dort...«

Später blieben die Nachrichten aus, oder sie erreichten uns in unserem Heerlager bei Tortosa nicht, und Marcabru machte ein Lied, das er seinem Freund, dem Prinzen von Blaye, widmete. Es beinhaltete zur Abwechslung keine der Beschimpfungen, die wir von ihm gewöhnt waren, sondern war ein Lobgesang auf die höfische Liebe.

Ich sing mein Lied auf höfisch Art
für jeden, der des Lauschens harrt.
Nun, da ich mich dazu verpflicht,
will's drehn und drechseln nach der Kunst,
daß finden mög es Huld und Gunst,
will sagen viel mit dem Gedicht.

Cortezia, wer sie macht zuschand,
zu recht er wird ein Lump genannt,
wenn sonst auch Gutes man bericht.
Der weiseste und klügste Mann
noch immer etwas lernen kann,
wenn's ihm an Willen nicht gebricht.

Wer sich Cortezias rühmen mag,
Mezura nie laß außer acht;
wer alles wissen will, der richt
den Blick auf das, was er gesehn,
soll maßvoll wägen das Geschehn,
Beherrschung ist ein hohe Pflicht.

Mezura gilt als edler Mann,
Cortezia höfisch Lieben dann;
wer meiden will der Schand Gericht,
vulgäres Handeln leg er ab,
nicht greife nach der Narrenkapp,
wer weise ist, sich danach richt.

So handle stets der kluge Mann.
Die Dame stolz sich zeigen kann,
der es an Treue nicht gebricht

und einem nur gehören mag,
sonst schwindend Ehre sie beklag,
nur Reue hilft bei dem Gericht.

Solch eine Liebe preis ich an,
die sich in Ehren zeigen kann,
sie stets zu preisen sei mein Pflicht.
Sollt sagen ich ein böses Wort,
mag meiden sie mich immerfort,
mag vorenthalten mir ihr Licht.

Dies Lied hier habe ich gesandt,
Herrn Jaufre dort im Heil'gen Land;
dem Herzen mög es bringen Licht,
wenn trifft es ein französisch Ohr.
Denn wo die Sünde herrschet vor,
winkt treulich Gottes Gnadgericht.

Ob Marcabrus Vers Herrn Jaufre je erreicht hat, weiß ich nicht. Er sollte von diesem Kreuzzug nicht zurückkehren. Aber ich glaube, daß er sich dort, in der Kommandantur der Templer in Tripolis, im Grab umdrehen würde, wenn er wüßte, was die Joglars heutzutage in seiner *Vida* über ihn sagen. Die ferne Liebe, die er in seinen Versen besang, sei die Gräfin von Tripolis gewesen. Er soll auf See schon krank geworden und nach seiner Ankunft in ihren Armen gestorben sein!
Wo Herr Jaufre wirklich umgekommen ist, weiß ich nicht. Vielleicht ist er während des einzigen Feldzugs gestorben, den die Kreuzfahrer im Osten unternommen haben.

Während einer großen Versammlung in Akko, bei der alle am Kreuzzug beteiligten Fürsten, Bischöfe und Edelleute zugegen waren und auch jene aus den östlichen Ländern, außerdem die Tempelherren und die Hospitaliter des heiligen Johannes, wurde vorgeschlagen, Damaskus anzugreifen! Ausgerechnet Damaskus, die Stadt, die den Christen nicht feindlich gesinnt war und wo sie dank vieler Diplomatie in

Frieden mit den Heiden lebten. Raymond von Antiochien erklärte die Anführer für verrückt. Trotz seines heftigen Widerstands und des Protestes der Templer und der Hospitaliter wurde der Entschluß angenommen. Als dann am Ende der Versammlung um Sieg gebetet wurde, flehte Raymond Gott an, den Kreuzfahrern doch noch Weisheit zu schenken.
Wohlgemut zog man Ende Juli zu der Stadt und schlug die Zelte zwischen Olivenbäumen auf. Als die Bürger von Damaskus schon fast bereit waren zu kapitulieren, entstand Uneinigkeit darüber, wer die Herrschaft über die Stadt bekommen sollte, nachdem sie sich ergeben hätte. Mißmutig und gereizt durch die vielen Hindernisse im Gebüsch, verlegte man das Lager auf ein freies Stück Land östlich der Stadt, wo sich die Mauern jedoch als uneinnehmbar erwiesen und wo es weder Nahrung noch Wasser für die Belagerer gab. Als schließlich noch bekannt wurde, daß der schreckliche Nur ed-Din selbst mit Hilfstruppen nach Damaskus unterwegs war, zogen die Kreuzfahrer unverrichteter Dinge ab und gaben die Schuld den östlichen Baronen, die sich dem ganzen Unternehmen widersetzt hatten. Abwechselnd wurden Raymond von Antiochien, Balduin von Jerusalem, die Hospitaliter und die Templer beschuldigt, sie hätten sich vom Gouverneur von Damaskus mit drei Fässern Goldmünzen bestechen lassen! Sie waren es, die darauf gedrungen hatten, das Lager an diesen unseligen Ort zu verlegen, wo nichts für Mensch oder Pferd zu finden war, und auf ihren Rat war der Rückzug angetreten worden. Man ging sogar so weit zu behaupten, daß der gerechte Gott die Verräter gestraft hätte, denn als sie die Fässer öffneten, hätten sie festgestellt, daß sie betrogen worden waren: statt Gold fanden sie nur vergoldetes Kupfer.
Nach dieser schmählichen Niederlage kehrte Kaiser Konrad verbittert nach Hause zurück. Im September reiste er ab, doch Ludwig zögerte, als habe er Angst, seinen Landsleuten unter die Augen zu treten, ganz zu schweigen von Bernhard von Clairvaux. Der hatte doch für den Kreuzzug gepredigt, der nun so jämmerlich mißlungen war. Der Abt wurde schon als »falscher Prophet« bezeichnet, der die Christenheit mit seinen Worten ins Verderben gelockt hatte. Nein, Ludwig wollte erst herausfinden, wem er die Schuld an diesem Mißerfolg zuschieben

konnte, und die Antwort fand er bald: dem Kaiser von Byzanz. Bevor er in sein Land zurückkehrte, würde er den Papst aufsuchen und ihn beschwören, die Griechen für ihren Verrat zu bestrafen.

Erneut war das Heer der Kreuzfahrer dem Spott unserer Soldaten preisgegeben. Was waren das für Helden, die beim ersten Widerstand davonliefen? Da waren wir doch anders! Noch immer befand sich Tortosa in unserem Würgegriff, und wir würden nicht lockerlassen, bis uns die Stadt wie ein reifer Apfel in die Hände fiel. So führte man Krieg! Wir hielten durch, bis der Winter nahte, und als sich herausstellte, daß die Hilfe aus Valencia, auf die die Mauren hofften, nicht kommen würde, gab Graf Raymond den Befehl, die Wurfmaschinen in Stellung zu bringen und mit den Rammböcken die Stadttore aufzustoßen. Es dauerte nicht lange, und die Stadt ergab sich, ohne daß wir sie erstürmen mußten. Es war der erste ruhmreiche Sieg, den sich der Graf persönlich gutschreiben konnte.
Vom meist geneckten Mann wurde Marcabru plötzlich zum meist gefeierten. Hatte er nicht schon lange vor der Abreise der Kreuzfahrer aus Paris den Kreuzzug verurteilt und statt dessen aufgerufen, gegen die Mauren zu kämpfen? Genau! Und das war der einzige Kampf, der sich gelohnt hatte. Bernhard von Clairvaux hatte versagt, hier stand der wahre Prophet! Doch davon wollte der Troubadour nichts hören. Die Kreuzfahrer, die so schreckliche Verluste erlitten hatten, taten ihm leid. Nur für Ludwig konnte er kein Mitleid aufbringen.
Nach dem Sieg über Tortosa versammelten sich die Edelleute in Barcelona. Durch den Verlust so vieler wichtiger Städte waren die Mauren entmutigt: Santarém, Almería, Lissabon, Tortosa – ihr Reich fing an zu bröckeln. Und vor allem konnten sie nun, da ihre wichtigste Hafenstadt in die Hände der Christen gefallen war, keine Verstärkung mehr über das Wasser schicken. Daher beschloß man, in das schon so lange ersehnte Tal des Ebro vorzustoßen.
Das Lager wurde abgebrochen, man trat den Abmarsch an. Marcabru zog mit zu den roten Hügeln von Fraga. Ich sehe ihn noch vor mir, wie wir dort ankamen und er zusammen mit Peter von Gavarret auf einer Hügelkuppe stehenblieb und hinunterschaute auf die Ebene, in der er

vor fünfzehn Jahren König Alfons den Streitlustigen im Kampf gegen die Mauren hatte sterben sehen. Zusammen stiegen sie hinunter zu dem Ort, an dem damals die Schlacht stattgefunden hatte, die den jungen Peter viel zu früh zum Grafen von Béarn und zum Burggrafen von Gavarret gemacht hatte. Dort knieten sie an der Stelle nieder, an der sein Vater gefallen war, und sprachen ein Gebet.

X

Warum willst du immer wissen, ob Marcabru sich in Spanien Feinde gemacht hat? Er ist ein Mann, der das Herz auf der Zunge trägt, das zeigt sich doch wohl aus dem, was ich dir erzählt habe. Daß er im Feuer seiner Empörung und seiner Offenherzigkeit Menschen beleidigt hat, ist anzunehmen. Kaiser Alfons natürlich, den er einen Geizhals genannt hatte, dem er entgegengespuckt hatte, er lasse seine Hausgenossen verhungern. Ein eitler Mann, der Kaiser, dem man besser eine Feder an den Hut steckt, als ihn so zu beleidigen, das ist wahr. Ja, wenn Marcabru in Spanien einen Feind hat, dann ist es zweifellos der Kaiser. Und auch Graf Raymond Berenguer hat Grund genug, Rachegefühle gegen den Troubadour zu hegen, doch das ist eine Geschichte, die sich viel später abspielte, als Fraga und Lérida eingenommen worden waren.
Die Frühlingssonne hatte die Kälte auf die fernen Bergkuppen der Pyrenäen zurückgedrängt, wo sich der Schnee nur noch an den Nordhängen und auf den höchsten Felsen halten konnte. Die Vögel sangen verlockend, und Blumen schmückten die Welt mit ihren bunten Farben. Marcabru sprach von den Maifesten, die nun in allen Dörfern gefeiert werden würden. Er erzählte von den Mädchen, die aus ihren Häusern traten und Lieder sangen, um die Jungen herauszufordern. Singen und tanzen würden sie, mit zweideutigen Wörtern, die sie noch durch die Bewegungen ihrer Körper betonten. Doch nicht nur unverheiratete Mädchen, auch verheiratete Frauen, die sich für einen Tag einen Liebhaber wählen durften, mit dem sie dann tanzten, bis es dunkel wurde. Was danach geschah, könnten wir uns ja denken. Und er sprach von den Jungen, die die Fenster ihrer Liebsten mit Blumenkränzen und Frühlingszweigen schmückten und sie in die Gärten oder den Wald lockten, um unter Farnen zu kosen.

Komm, laß uns kosen dort im Wald,
wo hell der Lerche Lied erschallt,
soll ruhn in meinen Armen sacht
der Liebste, den der Mai mir bracht,
der neue Tag beginnt schon bald.

Er heizte die Soldaten so auf mit seinen Geschichten, daß die Huren davon profitierten, und der Troubadour wieder etwas zu schimpfen hatte.

Wir wußten alle, daß wir den ganzen Frühling und vermutlich auch noch den langen Sommer hier in diesem Grauen Lager verbringen würden, wo sich der Schmutz schon anzuhäufen begann und wo wir bald unsere Toten begraben würden. Wir hatten Fraga verlassen, das durch die Truppen des Grafen vom Rest der Welt abgeschnitten war, ebenso wie Mequinenza, das nach der Eroberung durch Alfons den Streitlustigen wieder in maurische Hände gefallen war und nun erneut belagert wurde.

Wir lagen vor Lérida, der Hauptstadt des Sègretals. Wie ein Dolch, der zwischen die Grafschaft Barcelona und das Königreich Aragonien gesteckt ist, lag die maurische Stadt auf einem Hügel mitten in dem weiten Tal. Jahrelang hatten die Herren von Aragonien, Barcelona und die von Urgell sich gegenseitig das Recht auf die Stadt abgestritten. In den letzten Jahren waren die Herren von Urgell, indem sie die Stadt Balaguer und viele andere wichtige Festungen am nördlichen Ufer des Flusses Sègre eroberten, immer näher an Lérida herangerückt, und während Raymond Berenguer an der Belagerung von Almería teilnahm, hatte Ermengald von Urgell sich weiter darum bemüht, das Sègretal von Sarazenen zu säubern. Nun konnte Raymond Berenguer aufgrund seiner Verlobung und seiner Regentschaft über Aragonien einen doppelten Anspruch auf das maurische Bollwerk erheben. Deshalb hatte er nach dem Fall von Tortosa einen Vertrag mit dem Grafen Ermengald geschlossen, in dem die noch zu erobernde Stadt verteilt wurde. Auch den Templern, die seit kurzem von den Burgen Monzón und Corbins aus Lérida ebenfalls bedrohten, war in diesem Vertrag ein Teil der Stadt zugesagt worden. Nur das Gebiet südlich des Flusses war

noch in den Händen der Mauren. Es handelte sich also um ein wohldurchdachtes und sorgfältig geplantes Unternehmen. Die Belagerung einer Stadt wie Lérida war nur möglich, weil die Eroberung Almerías, der Fall von Tortosa und die Belagerungen von Fraga und Mequinenza jede Hilfsaktion der Mauren oder einen plötzlichen Gegenangriff ihrerseits von vornherein unmöglich gemacht hatten.
Von weitem bot die Stadt einen friedlichen Anblick. Zu festgesetzten Zeiten klang die Stimme eines Muezzin von den Türmen, und die Zahl der Wächter, die sich auf den Mauern zeigten, war nicht höher als üblich. Die Stadt fühlte sich sicher. Doch in den Häusern außerhalb der Mauern, am Fuß des Hügels und in den blühenden Obstgärten bewegte sich kein Mensch. Die Bewohner hatten sich in die Festung zusammen mit allen Tieren und Vorräten zurückgezogen. Nur nachts wagten sie sich durch die Tore. Dann schlichen bewaffnete Mauren durch das Gebüsch und drangen bis hinter unsere Reihen vor, um geräuschlos jede Christenkehle durchzuschneiden, die sie erwischen konnten. Wer Wache halten mußte, hütete sich wohlweislich davor, einzuschlummern.
So schleppte sich die Zeit dahin, ohne daß etwas Interessantes geschah. Dann und wann wagten die Feinde einen Ausfall, der aber nach einigen Scharmützeln sofort wieder beendet war. Der Graf dachte nicht an einen Sturmangriff, und Vorräte hatten wir genug. Aus dem weiten Umkreis wurde Proviant angebracht, lebende Schlachttiere und alles, was wir brauchten. Auch Waffen gab es im Überfluß. Zwischen dem Fall von Tortosa Ende Dezember und dem Beginn der Belagerung von Fraga, Mequinenza und Lérida im April hatte man mit aller Kraft an den Vorbereitungen gearbeitet.
Es schien so, als hätten wir alle Zeit der Welt. Doch die Hitze wurde jeden Tag drückender, bis sie schließlich unerträglich war und die durstigen Mannschaften mehr zu trinken begannen, als gut für sie war. Wir wurden unvorsichtiger. Weil wir tagsüber möglichst schattige Plätze aufsuchten und schliefen, wurde später, wenn es kühler war, bis tief in die Nacht getrunken und gesungen. Die Wachsamkeit ließ nach, bis wir am folgenden Morgen die Leichen zählen mußten. Den Söldnern machte das alles keine Sorgen: Je länger die Belagerung dauerte, um so

mehr Geld würden sie verdienen, aber die Vasallen des Grafen und deren Mannschaften wurden ungeduldig. Bei Fraga und Mequinenza war es nicht anders. Auch dort weigerte sich der Graf, die Mauern zu stürmen. Die Mauren paradierten auf dem Umlauf ihrer Stadtmauern und verspotteten uns von der Höhe herunter. Sie lachten uns aus, und wir schrien zurück, sie sollten ruhig ihre Gürtel etwas enger schnallen, denn Hilfe brauchten sie von niemandem zu erwarten. So versuchten wir uns gegenseitig zu provozieren, damit schließlich jemand den Kopf verliere und zu einem unbeherrschten Angriff übergehe und sich die angehäufte Spannung am Feind entladen konnte.
Unsere Aufgabe war zu verhindern, daß ein Ausfall den Kordon um die Stadt herum durchbrach, was nicht ganz einfach war, weil ein solcher Ausfall von allen Seiten kommen konnte: aus den Toren der ummauerten Stadt selbst oder von der sarazenischen Bastion, die Cuirassa genannt wurde und an der Südwestseite der Stadt lag.
Inzwischen war der Hochsommer gekommen, es war glühend heiß. Lérida lag friedlich in der Mittagshitze, die Stadtmauern flimmerten im Sonnenlicht. Die Trockenheit brannte in unseren Kehlen, und wir fühlten uns so schwer und träge in unseren ledernen Wämsen, daß wir uns kaum mehr rühren konnten. Niemand sagte ein Wort. Ab und zu hob einer die Hand, um die Augen gegen das weiße Licht zu schützen, spähte in die Ferne und wischte sich dann den Schweiß weg, der ihm in den Augen brannte. Es war einfach zu heiß zum Kämpfen. Seit Tagen war nichts passiert, und auch heute würde das wohl nicht anders sein. Marcabru hatte sich mit einigen Kameraden, Söldnern aus der Gascogne, zu uns gesellt und lag auf dem Rücken, im Schatten eines Ölbaums. Er seufzte, richtete sich auf, stützte sich auf die Ellenbogen und schaute zu den Rittern von Cabrera hinüber, von denen einige mit offenem Mund schnarchten. Er brummte etwas Unverständliches und setzte sich hin.
»Seht dort den Ruhm von Cabrera!« rief er plötzlich aus. »Ich werde euch die Geschichte eines spanischen Helden erzählen. Nicht die von Herrn Rodrigo Díaz von Vivar, dem Cid, die ist allzu bekannt, sondern die eines einfachen Ritters aus Avila, der Festung, die am Ufer des Taag das Grenzgebiet Kastiliens bewacht.«

Niemand protestierte, alle waren wach.
»Sein Name war Corraquín Sancho«, sagte Marcabru. Er dehnte die Worte, um uns das Gewicht des Namens zu verdeutlichen. Aber man konnte auch sehen, daß er es tat, weil es eigentlich zu warm zum Sprechen war. Einer seiner Kameraden, der am selben Stamm lehnte, hob die Hand und machte eine achtlose Bewegung.
»Was geht uns dieser Corradingsbums an.«
Der Troubadour ignorierte diesen Mangel an Interesse.
»Eines Tages verließ Corraquín mit ein paar anderen Reitern Avila mit dem Auftrag, einen bestimmten Teil der Grenze zu kontrollieren. Sie waren noch nicht lange unterwegs, als er sich erinnerte, daß er etwas vergessen hatte.«
»Was?«
»Das weiß ich nicht. Es ist auch egal.«
»Komm, Marcabru, laß nichts weg. Entweder die ganze Geschichte oder gar keine.«
»Er hatte vergessen, sich von seiner Liebsten zu verabschieden«, schlug einer vor.
»Ja, er wollte einfach noch mal drauf.« Diese Bemerkung wurde von einer Handbewegung begleitet, die klar machte, was gemeint war. Die anderen grinsten. »Schließlich weiß man nie, wann es das letzte Mal ist«, fuhr der Mann fort.
»Ach, vielleicht hatte er einfach seinen Mundvorrat vergessen oder das Wasser für unterwegs. Es kann dort sehr heiß und trocken sein, noch schlimmer als hier.«
Diese Möglichkeit wurde mit Hohngelächter zur Seite geschoben.
»Also wendete er sein Pferd und ritt zurück in die Stadt«, fuhr Marcabru fort, »um das zu holen, was er brauchte. Sie hatten abgemacht, daß die anderen inzwischen ruhig weiter reiten sollten. Als er einige Zeit später seinem Pferd die Sporen gab, um sie einzuholen, sah er auf einer Hügelkuppe, nicht weit entfernt, sechzig maurische Reiter, die gerade zwanzig Hirten gefangen hatten. Sie waren dabei, die armen Tröpfe, die allesamt Christen waren, zu fesseln. Corraquín überlegte, was er tun sollte. Seine Kameraden waren zu weit weg, er war allein, aber die Mauren hatten ihn nicht gesehen. Er blickte sich um und entdeckte ei-

ne Stelle, wo er sich ihnen unbemerkt nähern könnte. Er stieg von seinem Pferd und führte das Tier nach unten, unter den Felsen entlang, erklomm von der anderen Seite den Hügel und ging dann zum Angriff über. Mit dem Kampfruf: ›Avila, Reiter!‹ stürzte er sich auf die Feinde...«

»Auf alle sechzig gleichzeitig?«

»... die vor lauter Überraschung erst nicht sahen, daß er allein war. Bevor sie wußten, was ihnen geschah, hatte er zwei oder drei getötet und viele andere verwundet.«

»Unglaublich.«

»Er bekam schnell Hilfe. Die Hirten, die noch nicht alle gefesselt waren, machten die anderen los, und dann kämpften alle zusammen mit Corraquín, bis die Mauren geschlagen waren.

›Wer seid Ihr?‹ fragten die Hirten, als der Kampf vorüber war. Corraquín nannte seinen Namen und ging dann seiner Wege. Er gesellte sich wieder zu den anderen Reitern, erzählte aber nicht, was vorgefallen war.«

Einer der Söldner lachte laut.

»Hör lieber zu, was weiter geschah«, sagte Marcabru, »denn als Corraquín später mit seinen Kameraden nach Avila zurückkehrte, kamen die Hirten zur Stadt, und jeder von ihnen hatte drei Schweine dabei. Sie fragten, wo sie den Ritter finden könnten.

›Am Sankt Peterstor. Aber von wem sind all die Schweine?‹

›Die bringen wir Corraquín Sancho‹, war die Antwort der Hirten. So zogen sie durch die Stadt, und jedem, der sie unterwegs fragte, wem die Schweine gehörten, gaben sie dieselbe Antwort, und wenn jemand wissen wollte, warum sie ihm die Schweine brachten, erzählten sie die Geschichte von den Mauren, die sie gefangen hatten, und wie sie durch Corraquíns Mut gerettet worden waren. Endlich kamen sie am Sankt Peterstor an, wo sie Corraquín in Gesellschaft seiner Kameraden fanden. Die Reiter sahen die Hirten mit ihren Schweinen und wollten ebenfalls wissen, wohin sie mit ihren Tieren gingen. Sie sagten ihnen, was sie in der Stadt gesagt hatten: Die Schweine waren ein Geschenk für Corraquín Sancho, der sie gerettet hatte. Und so wurde die Heldentat Corraquín Sanchos, die er selbst aus Bescheidenheit verschwiegen hatte, eine berühmte Geschichte. Noch immer gibt es einen Vers, den die Menschen von Avila singen, wenn sie zusammen sind:

Man singt gar viel von Olivier,
von Roland wird gesungen,
doch nicht, wie weiland Corraquín
die Mauren hat bezwungen.
Von Roland und von Olivier,
da wird gar viel gesungen,
doch niemand singt von Corraquín
der einst den Sieg errungen.

In der Kirche von Avila ist er begraben, und seine Heldentaten und die aller anderen Ritter, die die Stadt gegen die Mauren verteidigt haben, sind in die Steine gehauen, unter denen sie ruhen.«

»Olivier, Roland, Bernardo del Carpio, der Cid und nun noch Corraquín Sancho!« rief einer der Ritter von Cabrera aus. »Warum sind es nie die Helden von Barcelona oder von Urgell, von denen Geschichten erzählt werden?«

»Bernardo del Carpio!« Marcabru zog die Nase hoch. »Es ist an Euch, Herren, daran etwas zu ändern. Wenn Lérida gefallen ist, werden Verse gemacht werden, in denen Euer Mut und Eure Taten besungen werden. Und die Taten des Grafen von Empúries und der Burggrafen von Cardona und Cabrera, von Wilhelm von Cervera und Gambau von Besora und von Raymond von Peralta und Berenguer von Boixadors, und von den vielen, vielen anderen, die hier Ruhm erwerben werden, wenn Lérida von den Mauren erobert wird und das ganze Gebiet der Sègre im Besitz der Grafen von...«

Ein heiserer Schrei unterbrach seine Worte und riß uns aus unserer Trägheit. Marcabru stand auf, und wir schauten alle in die Richtung, in die er wies. Das Licht tat unseren Augen weh. Dort, am Tor von Gardeny, kam etwas über die gerade heruntergelassene Fallbrücke heraus. Keine Reiter, sondern Menschen, die zu Fuß gingen.

Ich war so schnell aufgesprungen, daß es mir einen Moment schwarz vor den Augen wurde. Von allen Seiten erklangen nun Befehle, das

ganze Lager war wie auf einen Donnerschlag in Bewegung gekommen. Sie waren verrückt, in dieser Hitze kämpfen zu wollen!
Die Templer in ihren weißen Mänteln waren als erste auf ihren Pferden und dirigierten ihre Männer in die Richtung der drohenden Gefahr. Mit schweißnassen Händen griffen wir nach Bogen und Pfeilen, nach Keulen und Wurfspießen, drückten uns die Lederkappen auf die Köpfe und schlenderten als einigermaßen geschlossene Gruppe hinter ihnen her. Ritter und Edelleute, die es wie üblich eilig hatten voranzukommen, um als erste ihren Mut zu beweisen, trieben uns mit ihren Pferden wieder auseinander. Herr Guerau von Cabrera war einer von ihnen, und Herr Peter von Gavarret und auch die anderen Edelmänner, die Marcabru genannt hatte. Sollten sie heute ihre Namen zu denen der legendären Helden fügen, damit die Söhne ihrer Söhne noch die Verse hörten, die Joglars noch lange nach ihrem Tod singen würden?
Blindlings rannten wir mit, nicht wissend, was kommen würde, denn was uns vor der Stadt erwartete, wurde unseren Blicken nun durch die Reiter entzogen. Der Boden dröhnte unter Tausenden von Stiefeln und den Hufen der Pferde. In der Ferne waren die ersten Kampfrufe zu hören. Sofort darauf hörten wir Schreie und Stöhnen. Unser Aufmarsch wurde zum Stehen gebracht, und wir bekamen den Befehl, die Bogen zu spannen.
Ich bin nicht so geübt beim Bedienen des Kreuzbogens. Schließlich bin ich ein Joglar und achte daher gut auf meine Hände. Die Söldner waren schneller als wir und hoben ihre Waffen schon hoch. Ein Regen von Pfeilen sauste durch die Luft. Irgendwo außerhalb unseres Blickfelds trafen sie ihr Ziel. Ich stand noch mit beiden Füßen auf dem Bogen, um die Sehne zu spannen, als uns von der Vorhut ein neuer Befehl erreichte.
»Brecht den Angriff ab! Laßt die Bogen ruhen!«
Ich ließ meinen Bogen los und schaute die anderen an. Marcabru, der sich zwischen den Söldnern befand, hatte gerade einen neuen Pfeil aufgelegt, und er und seine Kameraden krümmten schon die Rücken, um die Bogen wieder zu spannen. Den Angriff abbrechen? Für kurze Zeit entstand Verwirrung. Dann hörten wir in der Ferne das Weinen

von Frauen und Kindern. Vor uns trieben die Reiter ihre Pferde nach hinten, und auch wir mußten zurückweichen, während hinter uns das Fußvolk meinte, es müsse zum Stadttor vorrücken. Ließen wir etwa die Mauren einfach durch? Was war los, waren wir vielleicht verrückt geworden?

»Zur Seite! Macht Platz!« Peter von Rueira, Großmeister der Templer von Monzón und Corbins, saß hoch zu Rosse und öffnete mit seiner barschen Stimme einen Gang zwischen der gestauten Menge, als wäre er Moses, der durch das Rote Meer zog. Hinter dem Soldaten Christi folgte, zwischen einem Kordon seiner weißgewandeten Brüder, ein jammernder und schreiender Haufen Männer, Frauen und Kinder, die nach allen Seiten geflohen wären, hätten die Templer sie nicht zusammengehalten, um sie in einer ordentlichen Reihe zu einem sicheren Ort zu führen.

»Es sind Mozaraben! Sie treiben die Mozaraben aus der Stadt!« hörte ich jemanden rufen. Nun verstand ich, warum die Templer sich so bemühten, die Bürger zu begleiten. Es waren Christen, die von den Mauren zu uns geschickt worden waren, um uns abzulenken, damit sie selbst ausbrechen konnten. Außerdem würde man so auch ihre Rationen sparen und unsere Vorräte ordentlich schmälern. Kaum hatte ich mir das klargemacht, da kam der Zug zum Stillstand. Von der anderen Seite, wo sich das Fort Cuirasse befand, schallte ein Geräusch, als komme ein Schwarm Vögel mit enormer Geschwindigkeit auf uns zu. Steine so groß wie der Klangkörper einer Laute regneten auf uns nieder. Einer der Templer wurde mit voller Wucht getroffen. Er zitterte einen Moment im Sattel, dann stürzte er von seinem Pferd und wurde von den Füßen der laut schreienden Menschenmenge zertrampelt. Seine Brüder hatten die größte Mühe, die in Panik geratenen Mozaraben zusammenzuhalten. Eine zweite Steinsalve wurde aus dem maurischen Fort geschleudert. Auch von den Stadtmauern herunter wurde jetzt geworfen. Um mich herum gab es etliche Verwundete, alles Männer von Cabrera so wie ich. Die Söldner hielten stand. Sie hatten den Befehl bekommen, ihre Bogen wieder in Anschlag zu bringen, und ihre Pfeile flogen sowohl in Richtung auf die Bastion als auch zum Tor von Gardeny, wo nun die Mauren herausstürzten. Ich hörte das Knar-

ren von Wagen und Seilen und verstand, daß auch unsere Wurfmaschinen bald benutzt werden würden. Aus der Burg Gardeny, einer Festung, die genau gegenüber dem Hauptportal westlich der Stadt auf einem Hügel lag und wo sich Graf Raymond Berenguer von Barcelona mit seinen Männern verschanzt hatte, flogen schon Steine durch die Luft und landeten mit dumpfem Dröhnen an den Türmen und Mauern.
Die Templer hatten die Kontrolle über die Mozaraben verloren, sie waren wie eine verrückt gewordene Herde Schafe, die blindlings nach allen Seiten stob und jeden umrannte. Die Frauen hatten die kleinsten Kinder auf den Arm genommen, einige rannten verwirrt im Kreis, schleppten an jeder Hand ein Kind mit und hinderten die Soldaten bei ihrer Arbeit. Eine alte Frau stand stocksteif mitten in dem Kriegsgewühl, die Arme hatte sie zum Himmel gestreckt und sie jammerte bei der Leiche ihrer Tochter, deren Kopf von einem Stein zerschmettert worden war.
Die Templer ordneten sich wieder. Peter von Rueira überblickte unseren Teil des Schlachtfeldes und erteilte einer Reihe Fußknechte mit weiten Bewegungen Befehle.
»Ihr«, sagte er, »bringt die Bürger hier weg, mit so vielen Männern, wie ihr dafür braucht. Und dann tötet ihr diejenigen, die kein Vaterunser sagen können und kein Kreuz schlagen wollen.« Den Söldnern befahl er, auf ihren Posten zu bleiben und unaufhörlich auf das Tor zu schießen. Seine Gestalt verschwand zwischen den anderen Reitern auf dem Weg zu den vordersten Reihen.
Es war fast unmöglich, alle Mozaraben in Sicherheit zu bringen. Sie wollten zurück zu ihren eigenen Häusern, die sie verlassen hatten, als sie in die Stadt geflohen waren. Ihr Wohngebiet, Romeu, befand sich im Südwesten der Stadt, und das war gerade die Richtung, in die die Mauren ausbrechen wollten. Doch zwischen Romeu und dem Tor von Gardeny lagen noch eine Reihe von Häusern, die von den Söldnern in Beschlag genommen worden waren und wo sie jetzt Deckung gegen die Gefahr suchten, die aus der Luft kam. In den Gärten zwischen den Bauernhäusern und unter den Obstbäumen hatten unsere Bogenschützen jeden Platz besetzt, jede Türöffnung und jeden Baumstamm,

hinter dem sie sich verschanzten, als handle es sich um die Zinnen einer Festung. Jeder Maure, der es wagte loszulaufen, war zum Tode verurteilt. Und gerade dieses Gebiet bekam daher auch die meisten Steinwürfe ab. Mit donnerndem Getöse stürzte hier ein Dach ein, dort verwandelte ein Treffer eine Scheune in einen Trümmerhaufen. Überall gab es Verwundete, während wir verzweifelt versuchten, die Bürger wegzuschaffen und die Mauren ausfindig zu machen, die sich unter ihnen versteckt hielten. Wenn wir einen Verräter fanden, schnitten wir ihm ohne lange zu zögern die Kehle durch.
Am äußersten Stadtwall kämpften die Ritter von Barcelona und die Templer. Es war klar, daß es den Mauren gelungen war, durch zwei Stadttore zugleich mit einer großen Zahl von Reitern und Fußvolk auszubrechen, und die Kämpfe waren heftig. Eisen klirrte auf Eisen, und Pferdehufe zertrampelten die Unglücklichen, die verwundet auf der Erde lagen.
Ich hatte Marcabru aus den Augen verloren und versuchte, seinen dunklen Kopf zwischen den Söldnern zu entdecken, aber die Lederkappen sahen alle gleich aus. Wie betäubt schaute ich mich um, und die Hitze senkte sich wie eine erstickende Decke über mich. Da ließ plötzlich ein Dröhnen die Erde erzittern, und genau vor meinen Augen klappte ein Haus auseinander, als habe es ein Riese mit der Faust zerschlagen. Mannshohe Flammen brachen auf, und Funken sprühten. Im ersten Augenblick dachte ich wirklich, ich sei in der Hölle. Ich wußte, daß die Sarazenen über Waffen verfügten, mit denen sie Feuer niederregnen lassen konnten und die nicht zu vergleichen waren mit unseren Pfeilen und Wurfspießen mit brennenden Spitzen, und daß sie griechisches Feuer hatten, das sogar in Wasser weiter brannte, doch ich hatte das noch nie mit eigenen Augen gesehen. Mich packte eine solche Angst, daß ich nicht wagte, mich zu rühren, und ich richtete den Blick nach oben, um ein Gebet zum Himmel zu schicken. Das hätte ich besser nicht getan, denn als ich sah, was über mir geschah, erstarrte ich vor Schreck. Es sah aus, als flöge ein Drachen durch die Luft, der nach allen Seiten Feuer spuckte. Meine Nasenflügel zitterten von einem Gestank, den ich nicht einordnen konnte, als wäre es der feuerspeiende Atem des Teufels selbst.

Plötzlich packte mich jemand am Arm, und der Schreck fuhr mir durch den ganzen Körper.
»Was stehst du da rum, Cabra? Wir müssen weg hier! Wir ziehen uns zurück!«
Es war Marcabru. Fast weinend ließ ich mich mitziehen, weg von dem Feuer, das um sich griff und die Haare auf meinen Händen und Armen versengte, weg von dem Rauch, aus dem maurische Reiter auftauchten und jeden mit ihrem Krummschwert niedermetzelten. Dicht vor mir sah ich einen Mann brennend aus einem Haus flüchten, er schrie gellend. Es gab noch andere Söldner und auch Fußknechte und Reiter von Cabrera, die zu entkommen versuchten. Hinter uns hörten wir das Kriegsgeschrei der Sarazenen, und Wurfspieße schossen an uns vorbei. Es war ein Wunder, daß sie uns nicht trafen.
Wir stolperten vorwärts, stiegen über Steinbrocken, abgerissene Gliedmaßen und Leichen von Menschen und Pferden. Verwundete klammerten sich an uns fest und stolperten mit, bis uns auf einmal der Weg von einer Gruppe Reiter versperrt wurde. Hoch über uns saß Wilhelm von Montcada, der Marschall von Raymond Berenguer, auf seinem Pferd. Er wurde von seinen beiden Söhnen begleitet.
»Zurück, ihr Feiglinge!« schrie er. »Bringt mir die Köpfe aller Mauren, die getötet wurden. Wir werden sie mit unseren Wurfmaschinen in die Stadt schleudern. Das wird die heidnischen Hunde entmutigen. Nicht eine sarazenische Ratte soll durch unsere Reihen kommen!«
Zurück? Ich starrte ihn verzweifelt an. Natürlich hatte er das Recht, so zu uns zu sprechen. Auch seine eigenen Kleider waren mit Blut getränkt, und einer seiner Söhne war verwundet worden, aber keiner von ihnen schien den Kampfplatz verlassen zu wollen.
»Ihr werdet bezahlt, um zu kämpfen, nicht um wegzurennen!« schnauzte er die Söldner an. »Angreifen! Für Montcada und Barcelona!«
Ich zitterte vor ihm, aber die Mauren jagten mir noch mehr Angst ein. Dabei war die flimmernde Hitze durch das Feuer noch unerträglicher geworden und machte sogar das Atemholen fast unmöglich. Neben mir trat Marcabru einen Schritt vor. Der Rücken seines Lederwamses war durchweicht, der Schweiß lief ihm in Bächen über das Gesicht.

»Keine Ratte, Herr Montcada«, sagte er und ließ den verwundeten Söldner, den er stützte, von der Schulter gleiten. Dann drehte er sich zu seinen Kameraden um, zog das Kampfbeil aus dem Gürtel und hob es hoch.

»Los, Männer!« rief er. »Sechzig Sarazenen für jeden christlichen Kämpfer! Für Corraquín und Barcelona!«

Schweigend legten die Söldner die Verwundeten zu Füßen des Herrn von Montcada auf den Boden, zogen ihre Waffen und wiederholten den Kampfruf.

»Für Corraquín und Cabrera!« schrien die Ritter und Fußknechte meines Meisters, auch wenn einige nicht verstanden, was Marcabru mit diesem Namen meinte.

Wie betäubt folgte ich ihnen zurück in die Hölle.

XI

Wir hatten den Angriff der Mauren abgewehrt. Unsere geschlossenen Linien hatten sie zurückgeschlagen, die Belagerung war nicht durchbrochen worden. Doch wo gestern noch Bäume gestanden und Bauernhäuser uns Schutz geboten hatten, waren nur noch rauchende Ruinen übrig, und keine Mauer stand mehr.
Marcabru konnte stolz sein, auf sich selbst und auf alle anderen. Er hätte die Siegesfreude mit uns teilen sollen. Doch er saß mit aufgestütztem Kopf da und starrte in die Ferne, wo er Schatten sah, die für keinen anderen sichtbar wurden. Er war so blaß, daß wir erst dachten, er sei ernsthaft verwundet. Doch er hatte nur ein paar Fleischwunden und einige Beulen abbekommen. In der Nacht hatte er nicht geschlafen, obwohl er, wie wir anderen auch, todmüde gewesen sein mußte. Ab und zu hatte ich ihn leise stöhnen hören, als litte er große Schmerzen. Vielleicht war ich der einzige, der verstand, was ihn quälte. Nur konnte sich niemand vorstellen, sogar ich nicht, wie tief er getroffen war.
Alles hatte damit begonnen, daß er am selben Abend noch zum Herrn von Montcada gerufen wurde, der ihn zum Grafen von Barcelona in die Festung Gardeny brachte. Im Saal waren neben den vielen edlen Herren auch die Bischöfe von Barcelona, Urgell und Roda anwesend, die sich seit der ersten Stunde der Belagerung hier aufhielten, um klarzumachen, daß der Krieg, den die Grafen von Barcelona und Urgell führten, ein heiliger Krieg war. Auch sie hatten gehört, wie es dem Troubadour während der Monate der Belagerung gelungen war, die Moral seiner Kameraden hochzuhalten, und wie er es geschafft hatte, sie im kritischsten Moment des Kampfes zu ermutigen.
Die Belagerer hatten standgehalten, doch das sei noch kein Grund zur Freude, sagte der Graf von Barcelona, dessen Gesicht von Erschöpfung gezeichnet war. Es seien viele Tote zu beklagen, sowohl aus den Reihen der Edelleute als auch der Soldaten und der christlichen Bürger, der Mozaraben. Doch die Mauern von Lérida wankten nicht, und

die Mauren würden wieder einen Versuch unternehmen, die Belagerung zu durchbrechen. Auch zu diesem Zeitpunkt sei die Burg von Gardeny noch immer das Ziel feindlicher Wurfgeschosse.
Die Belagerung dauere nun schon gut fünf Monate, was an sich noch nicht lang war, doch die Männer würden ungeduldig. Trotzdem könne er die Stadt nicht erstürmen, so zahlreich sein Heer auch sei: Dies wäre Selbstmord. Wenn es Marcabru gelänge, die Männer mit seinen Versen aufzuheitern, würde er ihn reich belohnen.
Montcada hakte nach und beklagte sich über das Ausbleiben der Bundesgenossen von Barcelona, die früher auch immer auf der Seite Aragoniens gekämpft hatten. Die meisten seien nun aus dem Heiligen Land zurückgekehrt, wo sie nichts ausgerichtet hatten. Wäre es nicht besser für ihr Seelenheil, wenn sie den spanischen Kreuzzug unternähmen und Raymond Berenguer zu Hilfe kämen? Im Kampf gegen die Mauren würden sie sich ebenso von ihren Sünden reinwaschen können wie dort: Jerusalem oder Santiago, das Grab Christ oder des heiligen Jacobus, der Papst hatte dem Apostel ja endlich den Wert zugesprochen, der ihm zukam.
Marcabru spitzte die Ohren. Zurück aus dem Heiligen Land? Er hatte seit Monaten nichts von den Kreuzfahrern gehört. Soweit er wußte, war König Ludwig noch immer dort.
»Ich habe Kuriere an alle Höfe geschickt«, sagte der Graf und schüttelte den Kopf. »Nach Toulouse, Aquitanien, Poitou, ohne Ergebnis. Von König Ludwig erwarte ich auch keine Wunder.«
Ludwig? War er denn zurück? Und Aliénor? Hatte sie nicht erklärt, daß sie sich vom König trennen wollte? War sie nicht zu Raymond von Aquitanien zurückgekehrt?
Raymond Berenguer runzelte die Augenbrauen. Er hatte sich nicht klargemacht, daß der Troubadour noch nichts von der Nachricht wußte, die ihn vor einigen Tagen erreicht hatte.
»Erzähle es ihm«, antwortete er mit einer gleichgültigen Handbewegung.

»Gekapert!« Marcabru stieß ein verächtliches Lachen aus. »Stell dir das vor, Cabra: Ludwig auf dem einen Schiff unterwegs nach Sizilien,

und Aliénor, die weder seine Gesellschaft noch die seiner Vertrauten ertrug, mit ihren Damen auf einem anderen. Gekapert von Byzantinern! Zwei Monate lang waren sie vermißt, zogen über das Meer oder Gott weiß wohin, ohne zu wissen, wie es dem anderen erging. Endlich schienen sie getrennt, um sich in Sizilien wiederzutreffen, er in Kalabrien, noch immer in dem Wahn, daß sie zu ihm kommen würde, um sich mit ihm zu versöhnen, und sie in Palermo, fest entschlossen, ihre Ehe für nichtig erklären zu lassen und nicht mehr zu ihm zurückzukehren. Und jetzt sind sie auf dem Weg nach Tusculum, wo Ludwig den Papst dazu bewegen will, ihr diesen Weg zu versperren, indem er die Ehe für rechtskräftig erklärt.« Er schwieg einen Moment und starrte düster vor sich hin. »Sie ist die Gefangene einer Kirchenratte. Warum ist sein Schiff nicht gesunken, dann wäre sie sofort von ihm erlöst gewesen! Schon mehr als zehn Jahre lang wird ihr Leben von Ludwig, Suger und Bernhard bestimmt. Es wird Zeit, daß sie ihr eigenes Leben führt. Sie, die mit ihrer aufwallenden Persönlichkeit einen Hof führen sollte, der ebenso prunkvoll ist wie der Raymonds von Antiochien. Dann würde auch Aquitanien wieder sich selbst gehören.«
Er stieß einen Schrei voll Schmerz und Trauer aus. Alle, die hier bei Lérida gefallen waren, wurden in den Hintergrund gedrängt, wenn es den Verlust betraf, den Aquitanien erlitten hatte: Raymond von Antiochien war tot. Und Ludwig war der Schuldige. Zusammen hätten sie Nur ed-Din besiegen können, doch Ludwig und mit ihm die anderen Edlen, die Raymonds Rat in den Wind geschlagen hatten, mußten ja unbedingt Damaskus belagern. Ein Fiasko war es geworden. Blind vor Wut war Raymond nach Antiochien zurückgekehrt, um sein Reich gegen die Türken zu verteidigen. Vielleicht hätte er durch einen Vertrag mit Nur ed-Din Antiochien retten können, doch sein Stolz hinderte ihn daran, einen Waffenstillstand mit seinem Feind zu schließen. Allein, mit einem viel zu kleinen Heer, hatte er die Türken Ende Juni bei Ma'aratha angegriffen. Wahnsinn nannte das der Graf von Barcelona, ein impulsiver, unüberlegter Entschluß. Er selbst hätte sich nie zu einem solch fatalen Irrtum verleiten lassen. Doch wie konnte er darüber urteilen, schließlich war er noch nie in einer solchen Situation gewesen.

Es schien, als habe Raymond von Antiochien, blind vor Wut und verzweifelt über den Unverstand seines Rivalen, selbst den Verstand verloren. Er, der einzige noch lebende männliche Erbe des Geschlechts der Poitou, war kein Feigling und wollte sich selbst nicht schonen. Wie ein Löwe hatte er in vorderster Linie gekämpft, mit dem Mut, für den das Haus Poitou berühmt war, bis er schließlich auch körperlich vollkommen erschöpft zusammenbrach und ein Schwertschlag ihn tötete.
»Sie haben seinen Kopf und seinen Schwertarm abgehackt und zu Nur el-Din gebracht. Der türkische Feldherr hat den Kopf in einer silbernen Kiste an den Kalifen von Bagdad geschickt, als Beweis, daß Allahs größter Feind wirklich geschlagen war«, stöhnte Marcabru. »Ich sehe sein Gesicht noch vor mir: ein schöner Jüngling, stolz, mutig. Er warf mir ein Goldstück zu ... Ach, *proeza, joi, joven,* sie sind durch das Böse umgebracht worden!« Er hob die Hände, wühlte sich die Haare und schüttelte den Kopf immer heftiger hin und her, bis sein ganzer Körper mitschwang. Ich wußte nicht, was ich sagen sollte, ich schaute tief beeindruckt zu. Plötzlich saß er still, seine dunklen Augen bohrten sich in die meinen.
»Es ist Ludwig«, knurrte er, »immer wieder Ludwig. Er und Bernhard von Clairvaux haben das Geschlecht Poitou getreten und vernichtet. Erst Herzog Wilhelm, dann haben sie Aliénor mundtot gemacht, und jetzt Raymond ... Hast du gehört, daß sie den Abt einen Antichristen nennen? Sie und ihr schöner Kreuzzug!«
Danach sank er plötzlich zusammen und stöhnte: »Und mich haben sie ruiniert. Wie kann ich je wieder Verse machen? O Gott, was soll jetzt aus mir werden!«
»Du windest dich in Selbstmitleid«, warf ich ihm vor. »Du hast dir die Wertschätzung des Grafen von Barcelona erworben. Hat er nicht gerade die Kraft deiner Worte erkannt? *Proeza, joi, joven,* sie sind nicht tot, sie haben sich in ihm vereint. Das ist deine große Chance.«
»Graf Raymond Berenguer ... ich soll ein Kampflied für ihn machen? Mein Gott, wie kann ich ein Kampflied machen, während Herzog Wilhelm hier in Compostela in seinem Grab liegt, und sein Bruder Raymond dort irgendwo ...«
Mit einem Ruck drehte er sich um und schaute hinüber zu den Tür-

men von Lérida. Dort, wo gestern noch Blut, Feuer und Rauch die Köpfe der Mauren, die über die Mauer geschleudert worden waren, rot gefärbt hatten, schien nun die Sonne. Er, Marcabru, hatte sie mit eigenen Händen umgebracht, genau wie der dort in Ma'aratha. Er schlug die Augen nieder und starrte auf seine zitternden Finger. Er dachte an die Toten, die vor den Mauern von Damaskus gefallen waren, weil die großen Anführer des Kreuzzugs es so gewollt hatten.

»Wird er denn je die Ruhe des Grabes finden?« fragte er mit rauher Stimme. Doch auf diese Frage konnte ihm niemand eine Antwort geben.

An jenem Tag habe ich nicht gesehen, daß Marcabru irgend etwas gegessen hätte, und in der Nacht schlief er wieder nicht, soweit ich das feststellen konnte. Er saß da und starrte vor sich hin, und manchmal schüttelte er den Kopf und behauptete zum soundsovielten Mal, daß er nie mehr einen Vers machen könne, es sei aus mit ihm. Der Graf hatte ihn um ein Lied gebeten, was Chance war , sich einen Platz am Hof von Barcelona zu verdienen, aber er konnte es nicht. Seine Gedanken gingen im Kreis: Wilhelm, Raymond, Aliénor - Bernhard, Ludwig, Suger... Was hatte Herzog Wilhelm dazu bewogen, in seinem Testament dem alten französischen König die Entscheidung über die Hand seiner Tochter Aliénor anzuvertrauen? Wer hatte ihm das eingeflüstert? War es Gottfried von Lauroux gewesen, der im Auftrag Bernhards handelte und seinerseits die Angelegenheit mit Suger ausgeheckt hatte? Ja, er sah die Linie plötzlich ganz deutlich, alles hing zusammen. Es war eine große Verschwörung gegen das Haus Poitou, das sich immer wieder gegen die wachsende Macht der Kirche gewehrt hatte. Eine große Verschwörung war es, um die Macht und den Einfluß der französischen Krone und der Kirche zu vergrößern.

Marcabru sprang auf und ging hin und her wie zu einem bestimmten Versmaß, einem Rhythmus, und hatte dabei die Augen auf die Mauern von Lérida gerichtet. Ein paarmal hörte ich ihn leise summen, eine großartige Melodie. Als ich ihn danach fragte, antwortete er, das sei eine Melodie aus der Kirche von Limoges, ein Lied, daß man in ganz Aquitanien kenne.

Viele Menschen sind zu nichts fähig, wenn sie von Trauer oder Unheil geschlagen werden. Steuerlos lassen sie sich auf dem Meer ihrer Gefühle treiben, bis andere sie herausholen. Doch Marcabru war am besten, wenn ihn das Leben schwer prüfte. Dann wuchs er über sich selbst hinaus. Seine schönsten Verse wurden aus bitterem Leid und tiefer Enttäuschung geboren. Das Lied, das mich am tiefsten gerührt hat, machte er an jenem Tag vor Lérida. Es kam direkt aus seinem Herzen, und man konnte das Schluchzen seiner Trauer, aber auch das Grauen seiner Anklage, den Schrei seiner Kampfeslust, das Feuer seines Glaubens hören.

Pax in nomine Domini:
von Marcabru ist Ton und Wort.-
Betrachtet, wie
der Herr des Himmels voller Gnad
und Milde uns in aller Näh
erschuf ein großes Sühnebad,
wie's keines gibt als über See
im heilgen Tag gen Josaphat:
des mahn ich jetzt euch alle hier.

Nach Recht gebührt, daß immerdar,
so früh wie spät, wir baden dort:
das nehmt für wahr.
Zeit ist's für jeden, daß er naht,
solang er noch gesund und heil,
und schreitet hin ans Sühnebad:
nur dort wird uns Arznei zuteil;
gehn ungesühnt zu Grabe wir,
wird drunten uns, nicht droben Statt.

Doch Geiz und Unverläßlichkeit
reißt Jugend aus der Reihe fort.
O hartes Leid,
sieht man die meisten auf dem Pfad,
wo man die Hölle nur erkiest!

Denn eilt ihr nicht ans Sühnebad,
eh Lippen ihr und Augen schließt,
ist keiner solchen Hochmuts satt,
der nicht im Tod des Stärkern spür.

Denn Gott, der weiß, was ist und war,
und weiß, was sein wird hier und dort,
verhieß uns klar
in Kaisers Namen Lehn und Grad.
Und Schönheit wird – wißt ihr das nicht? –
den Wallern nach dem Sühnebad;
nie schien der Morgenstern so licht.
Rächt zu Damaskus nur und hier,
die Schmach, die Gott erlitten hat!

Gar viele gibt's von Kains Geschlecht,
der einst vergoß das erste Blut,
die so erfrecht,
daß keiner Gott in Ehrfurcht naht;
laßt sehn, wes Herz ihm treu und rein.
Denn also wirkt's, das Sühnebad,
daß Jesus allen uns gemein:
drum werft die Rotte überquer,
die nach Gestirn und Zeichen gafft.

Die geilen Herren Ruf-nach-Wein
und Eil-zu-Tisch, Blas-in-die-Glut
und Hock-am-Rain
verbleiben tief in Schmach und Schad.
Nur an dem Tapfern, treu und still,
erprobt der Herr sein Sühnebad;
doch wer sein Eigen hüten will,
bei dem stößt Kraft auf Gegenkraft:
ich jag sie schmählich vor mir her.

So Spanien wie des Grafen Mark
und Salomonis Tempelhut
erleiden arg
der Heiden Stolz und Übeltat:
drob steht die Jugend ehrberaubt;
allein der Ruf zum Sühnebad
trifft auf der mächtgen Fürsten Haupt,
die elend, feig, bar aller Ehr
zu Fahrt und Lust zu sehr erschlafft.

Frankreich verkehrt die rechte Bahn,
wenn's nichts für Gottes Sache tut,
wie ich's gemahn. –
Antiochia, hör: Um Ruhm und Rat
weint heut Guiana und Poitou:
Herrgott, in deinem Sühnebad
leg unsres Grafen Seel zur Ruh;
Christ, der erstand aus Grabes Haft,
beschütz Niort in treuer Wehr.

Ich bin stolz darauf, daß ich ihn beim ersten Mal habe begleiten dürfen. Seine Stimme war heiser vor Übermüdung, als er begann, wurde aber beim Singen stärker. Jeder, der dabei war, wurde von dem Lied mitgerissen und tief beeindruckt. Aus welchen Gründen wir auch hergekommen waren – die Grafen, um ihr Gebiet zu vergrößern, die Edelleute, um die Beute zu teilen, die Geistlichen, um die Position der spanischen Kirche zu stärken und das heidnische Volk zu christianisieren, die Söldner für das Geld, die hörigen Fußknechte, weil sie keine Wahl hatten, und ich, der ich nicht mal wußte, warum ich mich auf dieses Abenteuer eingelassen hatte, sondern einfach meinem Meister gefolgt war –, wir fühlten eine Gleichgesinntheit, die sonst nur die Templer kannten, die jedoch unter uns nie bestanden hatte. Eine größere Belohnung erwartete uns, wenn der Kampf zu Ende war! Das bedeutete leider nicht sofort das Ende der Belagerung, die noch weitere zwei Monate dauern sollte und Unzählige das Leben kostete.

Am 24. Oktober 1149 klang dann von der großen Moschee von Lérida zum letzten Mal die Stimme des Muezzin, die wir als Symbol des Stolzes der Sarazenen hassen gelernt hatten. Nach seinen Gebeten schritt der gefürchtete Gouverneur Al-Modáffar in seinem reichsten Staatsgewand durch das Tor und bot Graf Raymond Berenguer die Übergabe der Stadt an, ohne daß wir ihre Mauern erstürmen mußten. Es kam nicht zu Plünderungen oder zu einem großen Morden, sondern zu einer ordentlichen Verteilung der Gebäude und Besitztümer unter die Edelleute, die am Kampf teilgenommen hatten. Am selben Tag kapitulierten auch Fraga und Mequinenza nach einer Belagerung von sieben Monaten.
Am Anfang des neuen Jahres kamen die kampfmüden Männer noch einmal in dem maurischen Schloß innerhalb der Stadtmauern zusammen und unterzeichneten die Akte, die der Schreiber im Auftrag des Grafen von Barcelona und des Grafen Ermengald von Urgell aufgesetzt hatte. Die Templer erhielten das Fünftel der Stadt, das sie sich ausbedungen hatten, und die Festung Gardeny. Die Sarazenen zogen in die Niederlassungen außerhalb der Stadt, die Mozaraben tauschten Romeu gegen die ehemaligen maurischen Häuser innerhalb der Mauern, und die Juden erhielten den ummauerten Teil der Festung Cuirassa zugewiesen. Die Moschee wurde von Wilhelm Peter von Ravidats, dem Bischof von Roda, in Gebrauch genommen, der sofort begann, den Bau einer Kathedrale zu planen.
Graf Raymond Berenguer hatte sein Ziel erreicht. Er war der unangefochtene Herrscher über das ganze Sègretal und fügte seinem Namen den Titel Marquis von Lérida hinzu.

XII

»Süßes Vöglein, morgen frühe
kehr zum Haus des Liebsten hin:
künd ihm dann in treuer Mühe,
wie ich ganz die Seine bin.« –
Vöglein kehrt
unbeschwert
langersehnterweise;
voll des Geists
lobt und preists
seine selge Reise.

Der Joglar beendete sein Lied und verbeugte sich tief, um sich für den Applaus der Zuhörer zu bedanken.
»Eine Nachtigall«, höhnte Marcabru, »wer hat sich denn das um Gottes willen ausgedacht?«
Herr Guerau von Cabrera, der von allen Edelleuten der Gesellschaft am besten informiert war, zuckte mit den Schultern.
»Das Lied ist von Peire von Auvergne. Aber so lange ich mich erinnern kann, war die Nachtigall bereits der Kurier der Liebe. Es gibt aber auch Verse, in denen Schwalben und Tauben ...«
»Alles Blödsinn«, tobte Marcabru, »seht Ihr sie schon fliegen, die Nachtigallen, die Schwalben, die Täubchen, um den Damen zu erzählen, wie sehr Ihr Euch nach ihr sehnt? Um zu fragen, ob sie Euch inzwischen nicht untreu geworden ist? Und dann bringen sie auch noch brav die Antwort: Natürlich bin ich dir nicht untreu, mein edler Geliebter! Ich werde Euch sagen, wer der Botschafter der Liebe ist: ein dummer, kreischender Vogel in einem getupften Federkleid, der Spatz!«
Der arme Peire von Auvergne wußte nicht, was er mit seinem Lied, mit dem er seit kurzem als Neuling an den Höfen auftrat, angerichtet hatte. Marcabru war wieder in seinem Element. Am Hof des Grafen Ray-

mond Berenguer fühlte er sich wie ein Fisch im Wasser. Vergessen war die Selbstbesinnung seines Kreuzfahrerliedes. Dieser Vers lieferte ihm einen Anlaß, Galle zu spucken über die falsche Liebe, und er nahm ihn dankbar wahr. Er kletterte auf die Estrade, wo der Graf saß, winkte mit einem Kopfnicken seinem Joglar, der die Fiedel an die Schulter legte und den Bogen über die Saiten gleiten ließ, und begann zu singen:

Sperling, spreiz die Flügel graue,
fliege gleich vor Tau und Tag
such die Schönste mein, die Fraue,
deren Untreu ich beklag.
Such sie schnell
auf der Stell,
frag sie, daß ichs wisse.
Eile dann,
künd mir an,
sag, was ich vermisse.

Ich bewunderte diese Gabe, diese wahre Meisterschaft, mit der er in der ersten Strophe gleich den Ton angab, so daß jeder verstand, was kommen würde, und womit er alle Aufmerksamkeit sofort auf sich zog.

... als ich nachts mal bei euch lag,
auf und ab,
nur nicht schlapp,
tat mir nicht genügen.
Ja, ich schwör
bei der Ehr:
ewig wollt ich siegen.

Schon bald hatte er die Lacher auf seiner Seite. Ein bißchen zögernd zwar, denn die meisten Edlen rümpften ihre Nase bei den groben Worten seiner Verse. Er setzte sich nun auf den Rand der Balustrade, und seine Zuhörer standen um ihn herum. Einige pfiffen. Die meinten, er wolle sie nur ein wenig amüsieren mit einem anstößigen Vers, doch das Beste sollte noch kommen. Er schwieg und ließ den Joglar seine Virtuosität auf der Fiedel vorführen, um die Spannung noch einen Moment lang zu steigern. Ganz gelassen betrachtete er die Edelleute einen nach dem anderen, die Arme vor die Brust gekreuzt, als hätte er alle Zeit der Welt, bevor er den nächsten Vers beginnen würde. Ekelhaft, dachte er, sie schlucken Verse wie die von Peire von Auvergne, als wäre es eingetunktes Brot, sie genießen sie richtig.

Schön ist sie, du wirst es sehen,
schlau auch gleich dem Fuchs sie ist.
In der Kälte mußt ich stehen,
warten unbestimmte Frist.
Ohne Klag,
Spatz ich frag:
Prüfe mit Verstande,
auf ein Wort,
liegt sie dort
nackt als im Gewande?

Marcabru grinste seine Zuhörer an. Auf wen war die Satire eigentlich gemünzt? Auf den Grafen, der die Ellenbogen auf die Lehne seines Sessels und die Fäuste unters Kinn gestützt hatte und aufmerksam zuhörte? Auf Herrn Guerau von Cabrera vielleicht? Ja, auf den bestimmt, aber was war mit den anderen? Perlen vor die Säue! Das hatte der Bischof von Roda zu ihm gesagt, als er ihm seine Würdigung des Kreuzfahrerlieds ausgesprochen hatte. Ja, damit waren die spanischen Geistlichen sehr zufrieden gewesen, vor allem, weil er das Grab des heiligen Jacobus neben dem Grab Christi genannt hatte, ohne das Grab des heiligen Petrus überhaupt zu erwähnen. Die Konkurrenz von Compostela war in Rom nicht sehr erwünscht, dort bestritt man in den höchsten Tönen, daß beide Gräber im Wert gleich seien.
Man solle das Heilige nicht den Hunden geben, noch werfe man Perlen vor die Säue, das habe Christus selbst gesagt, hatte ihm der Prälat in verschwörerischem Ton gesagt, als wären sie zwei Männer, die einan-

der verstanden. »Auf daß sie sie nicht mit den Füßen zertrampeln, sich dann umdrehen und Euch zerreißen!«

Von Geburt ein schönes Kinde,
labend süß wie edler Wein,
mannigfache Lieb sie finde,
schließet nie ihr Pförtchen klein.
Doch wer will
mehr als Spiel,
Marcabru es saget,
wischt sie weg,
Fliegendreck,
von der Schwell ihn jaget.

Sie waren in reiche Stoffe gekleidet, einige sogar in luftige Gewänder von maurischem Schnitt, sie tranken guten, unverdünnten Wein, aßen saftige Batzen Fleisch, die zuvor in Essig, Senf und Knoblauch mariniert worden waren, doch in der Liebe benahmen sie sich nicht anders als Bauern und Handwerker, die Innereien und grauen Erbsenbrei aßen und sich in einer Taverne betranken. Und wie sie ihre aristokratischen Nasen hoben und auf ihn hinabschauten, weil er ihre Sprache nicht benutzte, weil er diesen Vers von der verhüllenden Schicht befreit hatte, mit der andere Troubadoure ihre zweideutigen Worte überzogen und polierten, und ihnen die wahre Absicht dieser Verse zeigte! Weil er die Wollust demaskierte, die sich nicht verleugnen ließ, den Hunger nach Fleisch, der nicht zu stillen war. Höfische Liebe! Sie war nichts anderes als ein Deckmantel, um ihr Spiel der Verführung zu verbergen! All die Verse waren nur darauf gerichtet, eine Dame zu erobern, die sich herabließ, eine Hure zu werden. Wie lange würde es noch dauern, bis sie endlich begriffen, was er meinte?

Fin amors, vor Kälte blaue,
stünde ihr gut zu Gesicht,
Huren gleich ist sie doch graue,
daß ich sah dergleichen nicht.

Bei ihr, weh,
Saint Privé,
Abt, den ich verfluchte.
Stand ich müd,
Haupt und Glied,
Amors er sich suchte.

Herr Guerau betrachtete den Troubadour mit erstaunt hochgezogenen Augenbrauen. Was meinte er? Welche Frau und welchen Abt hatte er vor Augen? Auch Graf Raymond musterte den Sänger mit einem mißtrauischen Gesichtsausdruck. Welche giftige Otter hatte der Troubadour in seinem Lied versteckt?

...
Ach, die dort
wahr kein Wort.
Gern wär ich ihr eigen.
Ihr im Arm
läg ich warm,
wollt sie Treue zeigen.

Marcabrus neuer Vers erntete mäßige Begeisterung. Dann begann das Tuscheln. Er wußte etwas, da war jeder sicher, aber er nannte niemanden. Marcabru spielte mit dem Feuer, wenn er auf Raymond Berenguers Ausschweifungen anspielte, die vielfältig waren, trotz der Tatsache, daß vor kurzem seine Ehe mit der nun fünfzehnjährigen Petronella geschlossen worden war. Der brütende Blick des Grafen bedeutete nichts Gutes.
»Bringt der Vogel die Antwort der Dame?« erkundigte er sich.
»Sicher, Herr Graf.«
Raymond Berenguer schaute den Troubadour mit gerunzelten Brauen an. »Dann hoffe ich, daß er ihre Ehre verteidigt und das Mißtrauen ihres Liebhabers vertreibt.«
Doch er forderte den Troubadour nicht auf, den nächsten Vers zu singen. Er rief nach anderen Joglars, und Marcabru trat zurück.

»Was meinst du in Gottes Namen? Ich kenne keinen Abt von Saint Privé«, fragte flüsternd Herr von Cabrera, als Marcabru zu uns trat.
»Ich auch nicht«, antwortete der Troubadour seelenruhig, »das ist nur ein Name, zu dem man sich alles mögliche denken kann. Aber macht es was aus, wie das Vieh heißt? Überall gibt es Geistliche, die sich nicht nach dem Zölibat richten, die sich eine oder sogar mehrere Konkubinen halten. Wenn eine Frau es mit einem geistlichen Herren treibt, ist der Skandal um so größer.«
»Warum tust du das?«
»Was denn?«
»So einen Vers singen. Ich meine, du sagst viel und eigentlich doch nichts. Du läßt uns raten, und das führt zu den wildesten Gerüchten. Sogar der Graf glaubt, daß du jemanden beschuldigst.«
»Genau.«
Herr Guerau schüttelte den Kopf. Die Satire spielte also auf niemanden im besonderen an, und der Abt war eine ausgedachte Person, die das ehebrecherische Verhalten der Frau im allgemeinen betonen sollte.
»Was willst du damit erreichen?«
»Daß sie nachdenken. Wie lange mache ich nun schon Verse über die *fin amors,* Herr Cabrera? Schon über zwanzig Jahre. Anfangs benutzte ich diesen Namen noch nicht, aber das Ideal, die reine Liebe, stand mir auch damals schon klar vor Augen. Und was habe ich erreicht nach der ganzen Zeit?«
Herr Guerau schaute ihn gespannt an, wartete auf die große Enthüllung.
»Nichts, überhaupt nichts. Und jetzt tauchen überall so junge Grünschnäbel auf, die denken, daß sie alles genau wissen. Sie machen Verse über die höfische Liebe, in dem Wahn, sie wären Nachfolger Marcabrus. Aber Marcabru ist noch nicht zu Ende! Sie tun doch nichts anderes, als was Herzog Wilhelm der Junge schon Jahre vor mir getan hat: Frauen verführen. Nur der Stil wurde verfeinert und perfektioniert, und die Sprache der Liebe wird immer verbreiteter. Doch inzwischen verlieren sie die Reinheit der Liebe aus den Augen, das Ziel wird dem Mittel geopfert. Sie machen ein verfeinertes, höfisches Spiel aus dem

Fhebruch! Schüler von Ventadour sind es! Cercamon, Jaufre Rudel, die haben mich wenigstens verstanden, und Bernard Marti, obwohl er kein besonders begabter Troubadour war...«
»Was ist denn falsch an der Schule von Ventadour?«
»Herr Ebles von Ventadour hat sich selbst überlebt. Sein Stil und seine Auffassungen sind mit ihm durchgegangen, und wenn es so weitergeht, laufen sie sich tot. Die höfische Liebe! Keine Nachtigallen und Täubchen, Herr Cabrera, sondern ein Sperling! Ich will ihre nackte Gestalt zeigen. Die reine Liebe, die ich besungen habe, findet man darin nicht. Nur Wollust und Begierde!«
»Warum machst du es dir selbst so schwer und paßt dich nicht dem an, was man gern hören möchte?«
»Ein Prinzip, das sich selbst respektiert, muß auf sich achten, auf die eigene Reinheit. Würde ich mich dem Geschmack des Publikums anpassen, würde ich meine eigenen Prinzipien verleugnen. Das habe ich nie getan und werde es auch nie tun, egal, welchen Preis ich dafür bezahlen muß. Das ist die wahre Meisterschaft.«
»Sogar wenn du siehst, daß der Herr Graf die anderen höher schätzt?«
»Wenn der edle Herr Graf den Unterschied nicht kennt und ich tatsächlich meine Perlen vor die Säue geworfen habe, so hören die Perlen dadurch nicht auf, Perlen zu sein.«
Marcabru konnte so dickköpfig sein, so unglaublich eigensinnig.
Am nächsten Tag setzte er sich wieder auf die Estrade und fing einen Vers an, in dem er den Sperling die Antwort der Dame bringen ließ. Ich sah, wie sich die Edelleute vergnügt die Hände rieben. Sie waren nur auf die Aufregung aus, die sein Vers auslösen würde.

Kleiner Spatz flog ohne Zagen,
als er den Befehl erhielt,
wollte kaum zu atmen wagen,
zu der Liebsten hin er zielt.
Eilet los,
sucht sie bloß,
bis er sie gefunden.
Er beginnt,

wollt geschwind
Herres Wort bekunden.

Graf Raymond Berenguer lehnte sich in seinem Sessel zurück und lauschte mit einer deutlich zur Schau getragenen Gleichgültigkeit. Wer ihn jedoch genau beobachtete, dem konnte nicht entgehen, daß er mit der linken Hand unaufhörlich auf die Armlehne trommelte, ungeduldig und gegen den Takt des Liedes.

In Lérida ists geschehen,
seine Lieb war zügellos,
gegen Euch gabs kein Bestehen,
Euren listenreichen Schoß.
Tausendfach,
mehr noch, ach,
traf Euch dann sein Speere.
Nur durch Euch,
es mir deucht,
litt des Herren Ehre.

Der Graf blieb ungerührt, er zog nur die Augenbrauen boshaft nach unten. Marcabru wich seinem forschenden Blick aus und sang weiter.

Fälschlich werde ich bezichtet,
diesem nicht mein Herz gehört.
Bin zu Lieb ihm nicht verpflichtet,
werbend hat er mich betört.
Bin nicht dumm,
sage drum:
Künd ihm meine Liebe.
Er gewinnt
und geschwind
ich den Abt vertriebe.

Das Gesicht des Grafen entspannte sich. Hatte er wirklich befürchtet, Marcabru würde ihn im Beisein seines Hofes anprangern? Lérida ... Es war leicht möglich, daß Raymond Berenguer dort eine Geliebte gehabt hatte oder immer noch hatte. Zum Glück hatte Marcabru so viel Verstand, daß er die Ehre der Dame unangetastet ließ, jedenfalls wenn der Rest des Liedes...

Sein bin ich mein ganzes Leben,
Treue schwor ich liebestoll.
Gerne würd ich mich ihm geben,
Liebeslohn er holen soll.
Flieg, mein Spatz,
sag dem Schatz:
Fort sei der Rivale,
denn sein Speer
nützt nichts mehr,
für die Schmach er zahle.

Höchstes Glück will ich ihm zeigen,
so er meine Lieb genießt.
Mit dem Kuß beginnt der Reigen,
Hochgenuß ihn dann beschließt.
Bitte sehr,
bring ihn her,
unter Haines Fichten,
damit wir,
er auf mir
unsern Streit dann schlichten.

Es war grob, aber genial. Er ließ kein Fünkchen Keuschheit und Demut an der Edelfrau, und er machte sich lustig über ihre Treue. »Eine Belohnung!« hörte ich ihn in Gedanken schimpfen, »all die Anstrengungen für einen Ring von ihrer Hand oder einen Kuß auf die Stirn! Glaubst du, daß es wirklich darum geht? Laß dich nicht zum Narren halten, Cabra! *Mezura,* nur um das Feuerchen besser anzufachen!«

Sperling flog schnell wie der Winde,
kam zurück zu seinem Herrn,
Nachricht er sogleich verkünde:
Herr, sie hat Euch ja so gern.
In dem Spiel
wagt' sie viel,
doch es war vergebens.
Wenn kein Glück
kommt zurück,
fehlt der Sinn des Lebens.

Willst du mit der Liebsten weilen,
sprach alsbald der kleine Spatz,
mußt, o Herre, dich beeilen,
eh ein andrer raubt den Platz.
Viel Plaisir
gönn ich ihr,
spielen eure Glieder.
Sie hat Mut,
kann es gut,
du liegst matt darnieder.

Die Parodie war vortrefflich. Ungnädig hatte er seinen Spott im höfischen Stil des Peire von Auvergne vorgetragen, hatte mit dessen Versen abgerechnet, mit Hilfe eines Liedes, das in Form und Inhalt gleich war.
Es waren die letzten Verse, die Marcabru dort gemacht hat. Graf Raymond von Berenguer konnte den Spaß nicht würdigen und zeigte es deutlich, vielleicht auch deshalb, weil er mehr wußte. Von diesem Moment an behandelte er den Troubadour so schlecht, daß dieser aus Mangel an Geld seinen Joglar wegschicken mußte. Der Graf beschäftigte sich inzwischen mit anderen Dingen. Er machte sich auf, um die letzten maurischen Bollwerke in den Bergen zwischen Tortosa und Lérida, die Festungen Miravet und Siurana, zu erobern. Vielleicht hätte er die Waffendienste des Troubadours noch angenommen, doch

diesem war die Lust vergangen, sein Leben für die spanischen Herren zu wagen. Lérida hatte ihm, neben dem Platz am Hof, den er nun verspielt hatte, nichts eingebracht. Die Edelleute waren mit Häusern und Domänen belohnt worden, ein Söldner aber bekam nur seinen Sold, und bei einem Troubadour wurde keine Ausnahme gemacht.
Verbittert verließ Marcabru Barcelona. Mein Meister, Herr Guerau von Cabrera, versuchte noch, ihn zurückzuhalten, und bot ihm einen festen Platz an seinem Hof an. Aber der Troubadour hatte die Nase voll von allem, was spanisch war. Er schickte Herrn Guerau einen Vers, in dem er deutlich machte, warum er nicht bleiben wollte. Er tobte gegen den Geiz und Betrug und natürlich gegen die falsche Liebe. Und wieder blieb es ein Rätsel, wen er meinte.
»Möge Gott ihm nie vergeben, daß er Freudenmädchen ehrt und ihnen dient, Frauen, die schlechter sind, als ich es ausdrücken kann!« schimpfte er rachsüchtig. Meinte er etwa doch den Grafen von Barcelona? »Sie finden es so großartig, den Schlüssel ins Schloß zu stecken, daß sie nicht darauf achten, ob dieses gerade oder krumm ist, es zählt allein, wer es am besten zu stürmen weiß. Wer durch die Liebe geläutert wird und Frauen liebt, hütet sich vor ihnen, denn sie geben einem Betrüger viel mehr. Ich könnte es beweisen, mit Frau Fest-Arsch, aber ich will sie nicht bekannt machen.«
Das war wieder bezeichnend für ihn: Statt sich einen schönen *senhal* auszudenken, einen Decknamen, um die Identität der Dame und der geheimen Liebe nicht preiszugeben, lieferte er mit einem groben Ausdruck einen Hinweis auf die Frau, die in seinen Augen eine Betrügerin und eine Hure war. Herr Guerau war erschrocken, und dies um so mehr, da er ihm das Lied gewidmet hatte:

Ich bitte Euch, Kurier, so wortgewandt:
Eilt nach Urgell, das Euch gar wohl bekannt,
und gebt dies Lied Herrn Guerau in die Hand,
auf daß es seiner Achtung sicher sei.
Und saget ihm ohn jede Prahlerei,
daß ich mein Schicksal endlich dahin wend,
wo hoffentlich den Weg ich leichter fänd.

XIII

»Tot?«

Mein Gesicht wurde starr, ich blickte Renaud ungläubig an. »Aber wie denn, wann?«

Der Student oder, besser gesagt, der Vagant, mit dem ich so viele Vertraulichkeiten ausgetauscht hatte, daß wir fast wie alte Freunde waren, begann unzusammenhängend zu stammeln.

»Niedergestochen, verbrannt... Ich weiß es nicht mehr. Ich war dabei, aber ich habe es nicht gesehen, nur den Mann mit dem Messer... Am nächsten Tag haben sie seine Leiche auf der Schwelle der Schänke gefunden, genau wo ich ihn zum letzten Mal gesehen hatte, verkohlt, unkenntlich, gehüllt in die Reste seines roten Mantels, und das Messer stak in seiner Kehle.«

Renauds Gesicht war verzerrt vor Schmerz, als habe ihn ein persönlicher Verlust getroffen, und vielleicht war das auch so, ebenso wie es für mich und wahrscheinlich auch für Herrn Guerau ein schwerer Schlag war. Ich durfte nicht daran denken, daß ich ihm die Nachricht überbringen mußte. Ich schluckte und konnte einen Augenblick lang nicht sprechen.

»Tot«, flüsterte ich dann erschüttert.

»Dein Meister«, sagte Renaud plötzlich, »der Herr von Cabrera, an den er den letzten Vers schickte, war der sehr beleidigt?«

»Beleidigt? Das ist nicht das richtige Wort. Entsetzt, denke ich, ja, das eher. Er kannte Marcabru zu gut, besser als ich. Ich weiß noch, was er sagte: ›Ein wilder Vogel, der sich die Füße nicht binden läßt, ein Adler, der seine Schwingen öffnet und die hohe, reine Luft sucht, wo sein Schrei weit über den Gesang der kleinen Vögel hinwegklingt.‹ Seit Monaten haben wir nichts mehr von ihm gehört, bis...«

»Er wurde ermordet«, sagte Renaud düster.

»Was? Woher weißt du das?«

Es dauerte eine ganze Weile, bis er seine seltsame Geschichte erzählte, aber er war so lange mit Schuldgefühlen herumgelaufen, daß er sie einfach einmal loswerden mußte. Dafür wählte er lieber mich aus, als daß er zu einem Geistlichen ging, um zu beichten, vielleicht weil er dachte, daß ich verstehen würde, was er fühlte.

»Aber wer...?« fragte ich atemlos.

»Alles ist möglich«, antwortete Renaud. »Nach dem, was du mir erzählt hast, denke ich in erster Linie an den Grafen von Barcelona. Er war der letzte, den er beleidigt hat.«

Ich schüttelte heftig den Kopf.

»Raymond Berenguer ist kein Mann, der seine Energie und sein Geld an einen Racheakt verschwendet. Er ist ein Mann, der vor allem vorausplant. Gerade deshalb hat er ja so große Erfolge gehabt und den Frieden mit Kaiser Alfons wahren können. Die Zukunft Barcelonas ist noch nie so vielversprechend gewesen, bald werden seine Nachkommen auch noch den Königstitel von Aragonien tragen und über die Provence herrschen. Glaubst du, daß er seinen Titel verspielt, indem er sich mit einem Troubadour beschäftigt, nur weil der zufällig eine scharfe Zunge hat? Solche Dinge interessieren ihn nicht.«

»Und Kaiser Alfons?«

»Warum suchst du den Mörder immer in Spanien? Hast du mich deshalb alles erzählen lassen? Ich dachte, du wolltest aus Interesse oder vielleicht aus Liebe zu Marcabru alles wissen so wie mein Meister und ich. Aber du hast mich ausgehorcht, nur weil du dein schlechtes Gewissen beruhigen willst.«

Wäre ich ein gewalttätiger Mann so wie er, wäre ich ihm schon längst an die Kehle geflogen, oder ich hätte ihm ein Messer zwischen die Rippen gejagt für das, was er getan hatte. Aber ich taugte schon nicht zum Soldaten, ich bin ein Joglar, Blutvergießen ist nichts für mich.

»Gut«, sagte ich, »wenn du die Schuld so gern auf einen anderen schieben willst: Hast du schon mal an Herzogin Aliénor gedacht, an König Ludwig, den Troubadour Alegret oder, von mir aus, auch an Bernhard von Clairvaux? Jeder könnte den Auftrag gegeben haben. Wer eigentlich nicht?«

Langsam stand Renaud auf. Mit seinen kühlen Augen schaute er durch mich hindurch. Er packte mich am Kragen und zog mich zu sich.

»Aus Liebe zu Marcabru, hast du gesagt?« fauchte er. »Aus Habsucht meinst du wohl! Du und dein Meister, ihr wolltet ihn einfach für euch selbst behalten. Das edle Völkchen ist so daran gewöhnt, daß alles nach seiner Pfeife tanzt. Nun, du hast recht: Dieser Mann gehörte niemandem, nur sich selbst, wie der stolze Adler, von dem du sprachst. Die Worte und Taten deines Meisters widersprechen sich, Cabra! Marcabru entscheidet selbst, für wen er singt.« Er ließ mich los und fügte leise hinzu: »Für wen er sang.«
»Was spielt es für eine Rolle, wer es getan hat«, sagte ich, »dank dir ist alles vorbei, wir haben nur noch seine Verse.« Ich gab mir Mühe, meine Stimme vorwurfsvoll klingen zu lassen, um meine eigenen Schuldgefühle dahinter verbergen zu können, denn er hatte recht.
»Ist das nicht das Wichtigste für euch?« bellte Renaud zurück.
Ich mußte lange darüber nachdenken.
»Vielleicht schon.«
»Für mich nicht. Ich bin der letzte, der mit ihm gesprochen hat. Ich habe gehört und gesehen, wie er dran war. Sie haben ihn zerbrochen, er war nichts mehr. Die ganze Intrige wäre nicht nötig gewesen, auch ohne diesen Mord war er schon zum Schweigen gebracht.«
Nur noch seine Verse... Meine Gedanken gingen zurück zu dem letzten Vers, den er Herrn Guerau gewidmet hatte. Renaud hatte recht: noch nie hatte er so düster geklungen.

Wohin auch meinen Schritt ich wende,
die Höfischkeit ich nirgends fände,
die Würde auch und Preis und Ehr
regiern, gleich Freude, nirgends mehr.

»Übrigens«, hörte ich Renaud sagen, »war das nicht sein letztes Lied, welches er Cabrera geschickt hat.«
»Nein?«
»Seinen letzten Vers hat er in Angers gesungen.«

Der Papst hatte Aliénor befohlen, mit Ludwig das Bett zu teilen. Es hätte nur noch gefehlt, daß er dabeigeblieben wäre, um aufzupassen,

daß sie auch wirklich die Ehe, die er gerade für gültig erklärt hatte, in die Tat umsetzte. Und das Unwahrscheinliche war geschehen: Nach einer Ehe von dreizehn Jahren, in der er nur sporadisch das Bett mit ihr geteilt hatte, war es Ludwig gelungen, sie zum zweiten Mal zu schwängern. Gott verhüte, daß es ein Sohn sein würde, dann waren ihre Chancen auf eine Scheidung für immer vorbei, und sie wäre für ihr ganzes Leben an Ludwig gekettet. In ihrer Verzweiflung betete Aliénor um eine Fehlgeburt. Doch ihre Schwangerschaft verlief gut, und im Sommer des Jahres 1150 brachte sie das Kind zur Welt. Eine Tochter! Im Wochenbett jubelte Aliénor im stillen. War das nicht der beste Beweis, daß Gottes Segen nicht auf ihrer Ehe ruhte, dem Papst zum Trotz? Ihr Gehirn begann fieberhaft zu planen und sich in Gedanken auf den Tag vorzubereiten, an dem die Scheidung stattfinden würde, denn das war nun nur noch eine Frage der Zeit, das wußte sie. Sogar die französischen Edelleute fingen bereits an, beim König auf eine Scheidung zu drängen, und diesem wurde allmählich klar, daß er die Frau, die er trotz allem noch immer anbetete, für eine andere opfern mußte, die ihm einen Thronfolger schenken könnte. Frei von Ludwig, frei von dem ekelhaften Thierry Galeran, frei auch von Suger, dem alten Abt von Saint Denis, der im ersten Monat dieses Jahres gestorben war, womit ein weiteres Hindernis für die Scheidung aus dem Weg geräumt war – Aliénor träumte von dem Moment, in dem ihr geliebtes Aquitanien wieder von Frankreich befreit wäre, allerdings nicht für lange, denn Aquitanien und sie selbst würden erst dann sicher sein, wenn sie wieder verheiratet war.
Sie ließ alle mächtigen Herren, die dafür in Betracht kamen, vor ihren Augen vorbeiziehen. Es gab nicht viele, die ihren Forderungen entsprochen hätten. Eigentlich war das nur einer, doch das verstand sie erst, als er im August 1151 das Palais La Cité betrat.

Graf Gottfried von Anjou, der einen Ginsterzweig elegant an den Hut gesteckt hatte, stapfte resolut in den großen Saal des königlichen Palastes. Er war neununddreißig Jahre alt und noch immer eine gute Erscheinung. Den Kopf herausfordernd in Richtung des Königs und des Abtes von Clairvaux erhoben, der an dessen Seite stand, hielt er inne.

Neben ihm blieb auch sein Sohn Heinrich stehen, ein Jüngling von erst siebzehn Jahren, der ziemlich gedrungen und so kräftig gebaut war, daß eine enorme Kraft von ihm ausstrahlte. Es schien ihm wenig auszumachen, daß die Edelleute ihn ziemlich hochmütig betrachteten, weil er einen unansehnlichen kurzen Mantel um die muskulösen Schultern trug, der nicht der herrschenden Mode entsprach. Rötlichblonde Haare, ein viereckiges Kinn, rauhe, schwielige Hände und eine blühende Gesichtsfarbe verrieten, daß er sich viel in der frischen Luft aufhielt, und verliehen ihm ein ausgesprochen männliches Aussehen. Er hatte Mühe stillzustehen und lief nun unruhig zwischen seinem Vater und dem Gefangenen, den sie in Ketten mit sich führten, hin und her.

Während Ludwig und Bernhard von Clairvaux die beiden Edelleute empört betrachteten, und dann wieder voller Mitleid den unglücklichen Giraud Berlai musterten, der Marschall des Königs in Poitou war und von ihnen geführt wurde, als sei er irgendein Landstreicher, musterte Aliénor den jungen Zweig des Hauses von Anjou. Heinrich trug den Titel Herzog der Normandie, seit sein Vater ihm vor zwei Jahren das Herzogtum übertragen hatte, doch er hatte sich nicht herabgelassen, dem französischen König die verlangte Lehnspflicht zu leisten. Aus diesem Grund war er nach Paris entboten worden, ebenso wie Graf Gottfried, der zugleich deshalb hier war, weil er kurzen Prozeß mit Giraud Berlai gemacht hatte, der jahrelang von seinem Schloß Montreuil-Bellay aus das Land von Anjou heimgesucht hatte, bis Gottfried das Schloß belagerte, es eroberte und Berlai und seine Familie gefangennahm.

Aliénors Augen wanderten von Heinrichs Gesicht zu dem von Ludwig, das spitz und blaß aussah. Zweimal war er mit seinem Heer zur Grenze der Normandie gezogen, um Heinrich anzugreifen und dann unverrichteter Dinge wieder abzuziehen - das erste Mal, weil Suger Einspruch erhoben hatte, das zweite Mal, weil er selbst krank geworden war, was man ihm noch immer ansah.

Mit einer dünnen Stimme gebot der französische König Gottfried, sich für seine Taten zu verantworten. Aliénors Blick wanderte wieder zu dem jungen Herzog, der starr vor sich hinschaute, während sein Vater

dem König antwortete, und ihr Herz klopfte schneller. Er glich Ludwig in nichts, was ihr außerordentlich gut gefiel.
»Sire«, sprach Gottfried von Anjou, »Euer Marschall hat wiederholt meine Grenzen verletzt und die Besitztümer meiner Lehnsherren geplündert. Ich hätte Berlai sofort aufgehängt, wäret Ihr nicht auf dem Kreuzzug gewesen und hätte mich deshalb der Gottesfriede nicht davon abgehalten.«
Der König sprach seine Empörung aus, konnte aber wenig gegen Gottfried sagen. Seine Einwände waren so kraftlos, daß ihm Bernhard von Clairvaux, der durch den Hochmut des Grafen, den er ohnehin nicht mochte, gereizt war, zu Hilfe kam.
»Ihr habt, trotz des Gottesfriedens, die Hand an einen Vetreter des Königs gelegt. Wir haben wegen dieser ungebührlichen Handlungsweise bereits den Bann der Exkommunikation über Euch ausgesprochen. Es wäre besser für Euer Seelenheil, wenn Ihr etwas mehr Demut zeigtet.«
»Ich stehe zu meinem Recht, Herr Abt.«
Aber auch der Abt ließ sich nicht von seinem Standpunkt abbringen.
»Wenn Ihr zustimmt, den Herrn von Berlai und die Seinen freizulassen, biete ich Euch die Aufhebung des Bannes«, sagte er in beschwörendem Ton.
Gottfried beugte sich zu seinem Sohn und beriet sich kurz mit ihm. Heinrich lachte verächtlich. Seine etwas heisere, knarrende Stimme brachte in Aliénor etwas zum Klingen, das sie lange nicht mehr gefühlt hatte. Als merke sie, daß sie heimlich beobachtet wurde, schaute sie schnell zu ihrer Schwester Petronella hinüber, die ihren Blick mit einem Blinzeln beantwortete.
»Herr Abt, wenn die Kirche meint, daß es eine Missetat ist, wenn ein Mann seine Grenzen gegen das Einfallen eines Raubritters wie Berlai schützt, wenn sie es eine Sünde nennt, wenn der Mann den Plünderer gefangenhält, dann möchte ich nicht, daß diese Kirche mir vergibt«, erklärte Gottfried.
Ein Lächeln glitt über das Gesicht der Königin. Sie dachte an ihren Vater und an ihren Großvater, die beide mit der gleichen Tollkühnheit der Macht der Kirche getrotzt hatten. Doch Bernhard war nicht aus dem Feld geschlagen.

»Graf von Anjou«, erklang seine Stimme streng, als wäre es Gott selbst, der den Edelmann ermahnte, »seid auf der Hut, denn mit dem Maß, mit dem Ihr meßt, werdet Ihr selbst gemessen werden. Ihr tätet besser daran, Euch mit der Kirche zu versöhnen, bevor es zu spät ist. Ihr wißt nicht, wann es dem Herrn behagen wird, Euch zu sich zu rufen. Ihr seid zwar noch in der Blüte Eurer Jahre, aber es könnte gut sein, daß Ihr eines frühen, plötzlichen Todes sterbt. Ich sage Euch voraus, daß Euch ein unerwarteter Tod innerhalb eines Monats treffen wird.«

Alle zitterten, nur die beiden Edlen aus Anjou nicht, auf die Bernhards Drohung keinen Eindruck machte.

Herzogin der Normandie, dachte Aliénor, Gräfin von Anjou und Maine, und vielleicht nach einiger Zeit Königin von England.

In jenem Land herrschten Chaos und Hungersnot, und eine Regierung gab es kaum. Nach jahrelangem Kampf um die Nachfolge zwischen der Tochter des verstorbenen Königs, Heinrichs Mutter Mathilda, und Stephan von Blois, dem Neffen des verstorbenen Fürsten, war man des Gezerres müde und bereit, Heinrich nach dem unfähigen Stephan als Nachfolger anzuerkennen. Gottfried selbst hatte die Krone, auf die seine ehrgeizige Frau Anspruch erhob, nie angestrebt. Er haßte Mathilda, und ihm war alles recht, wenn er sich nur nicht in ihrer Gesellschaft aufhalten mußte.

In den folgenden Tagen herrschte unter dem Siegel tiefster Verschwiegenheit ein reger Verkehr zwischen dem Aufenthaltsort der beiden edlen Herren aus Anjou und dem der Königin von Frankreich. Nach einer Woche traten Gottfried und Heinrich wieder vor den König und erklärten zu dessen Erstaunen und Erleichterung, daß Gottfried bereit war, Berlai und dessen Angehörige in Frieden gehen zu lassen, und daß Heinrich dem König einen Teil des Vexin und die Stadt Gisors anbiete als Tausch für die Anerkennung seines herzoglichen Titels. Ein zufriedenes Lächeln glitt über das verlebte Gesicht Bernhards von Clairvaux. Ludwig beugte sich feierlich vor, so daß Heinrich seine gefalteten Hände zwischen die seinen legen konnte, und empfing die Lehnshuld. Danach gab er ihm den Friedenskuß und war zutiefst dankbar, daß der treue Abt wieder einmal für ein Wunder gesorgt und

die Angelegenheit zur Zufriedenheit aller gelöst hatte. Doch am zufriedensten war Aliénor. Ein Lächeln spielte um ihre Lippen, während sie einen verstohlenen Blick auf Heinrich warf, gerade als dieser seine groben Fäuste aus den weichen, fast weiblichen Händen ihres Ehemannes befreite.
Einige Tage später erreichte sie die Nachricht, daß sich Gottfried, nachdem er auf dem Rückweg zu seiner Grafschaft mit seinem Sohn in der Loire geschwommen war, um sich nach dem Ritt in der Sommerhitze zu erfrischen, eine Erkältung zugezogen hatte und innerhalb von drei Tagen gestorben war. Mit erneuter Heftigkeit drängte sie Ludwig zu einer Scheidung, der sich nun auch Bernhard von Clairvaux nicht widersetzte.
Im Herbst unternahmen Ludwig und Aliénor ihre letzte gemeinsame Rundreise durch Aquitanien, wobei allmählich alle französischen Garnisonen aus dem Herzogtum zurückgezogen wurden. Der König wurde von dem Templer Thierry Galeran begleitet, und die Königin von Gottfried von Rancon und Saldebreuil von Sanzay, ihrem ergebenen Diener, den sie ihren Marschall nannte. Von beiden Herren wurde behauptet, sie seien ihre Liebhaber. Ende Februar kehrte Ludwig nach Paris zurück, Aliénor blieb in Poitiers. Am 21. März reiste sie noch einmal zu ihm in das königliche Schloß von Beaugency, um sich die Nichtigkeitserklärung ihrer Ehe anzuhören. Ihre Töchter, die zu gesetzlichen Nachkommen des Königs erklärt wurden und darum ihm zugesprochen wurden, mußte sie zurücklassen.
Nur vier Wochen gingen vorbei, vier nervenaufreibende Wochen, in denen die begehrenswerte junge Herzogin zweimal fast von heiratslustigen Edelleuten entführt wurde (einer von ihnen war Heinrichs jüngerer Bruder) und in denen Kuriere zwischen Poitiers und Angers hin und her eilten. Dann erschien Heinrich von Anjou im Schloß der Grafen von Poitou. Nur in Anwesenheit einiger enger Verwandter und Getreuer fand in einer einfachen Zeremonie seine Eheschließung mit Aliénor statt.
Ludwig war außer sich vor Wut. Aliénor verheiratet mit seinem Erzfeind Heinrich von Anjou, dessen Blutsverwandtschaft mit ihr noch enger war als die seine! Ohne ihn, ihren Lehnsherren, um Zustim-

mung zu dieser Ehe gefragt zu haben! Beleidigt und verbittert suchte er eine Annäherung an die Feinde Heinrichs und Aliénors und zog zu den Grenzen der Normandie, um sie dort zu treffen, wo sie ihn vielleicht am wenigsten erwarteten. Doch Heinrich handelte schneller und vor allem schlauer. Er ließ es nicht auf ein Zusammentreffen mit dem Heer Ludwigs und dessen Bundesgenossen ankommen, sondern zog zum Vexin, der fruchtbaren Landschaft zwischen Seine und Oise, die er innerhalb weniger Tage durchquerte. Dann plünderte er das Land Roberts von Dreux, des Bruders des Königs. Anschließend nahm er die drei Schlösser ein, die das armselige Erbe seines eigenen Bruders bildeten, der sich nach seinem mißglückten Entführungsversuch Aliénors Ludwig angeschlossen hatte, und machte sich wohlgemut daran, die Besitzungen des nächsten Handlangers zu verwüsten. Nach sechs Wochen gab Ludwig den Kampf auf und zog sich krank und verzweifelt in seinen Palast La Cité zurück.
Es war August 1125. Endlich konnte das jungvermählte Paar die Rundreise durch Aquitanien beginnen, um die Lehnshuld der Vasallen in Empfang zu nehmen und Rechte und Privilegien zu erneuern.

»Das muß ungefähr die Zeit gewesen sein, als Marcabru Barcelona verließ und nordwärts reiste. Denn das Frühlingslied, das er deinem Meister schickte, Cabra, spielte weder auf ihn an noch auf den Grafen von Barcelona.«
Ich blickte ihn abwartend an, ich verstand nicht, von wo Renaud diese Weisheit plötzlich hatte.
»Es ist doch klar, wen er meinte, als er sang, ›er, der heiße Huren ehrt und ihnen dient‹?«
»Du glaubst also, daß Marcabru auf diese verkappte Art Herrn Guerau hatte sagen wollen, wo er sich befand, um ihm die Illusion zu nehmen, daß er je zu ihm zurückkehren würde?«
»Gott weiß, was er damit sagen wollte. Aber ich bin sicher, daß er Heinrich meinte. Er war so gewöhnt daran, in seinen Versen jeden anzugreifen, der die Gesetze der reinen Liebe übertrat, daß er nicht zögerte, auch Aliénors neuen Gemahl sofort durchzuhecheln. Heinrich von Anjou war in Aquitanien nicht beliebt, die Bewohner von Angers und

von Poitou waren schon immer Erzfeinde gewesen. Marcabru muß sich an Graf Gottfried, einen berüchtigten Frauenjäger, noch aus seinen ersten Jahren bei Herzog Wilhelm erinnert haben. Mistkäfer hatte er die von Anjou genannt, die sich in ihrem eigenen Dreck wälzten. Es wurde geflüstert, Gottfried sei während des Kreuzzugs ebenfalls Aliénors Liebhaber gewesen. Und sein Sohn stand ihm in nichts nach: Als Heinrich Aliénor heiratete, war er noch keine zwanzig Jahre alt und hatte schon zwei Bastarde, die am Hof von Angers aufgezogen wurden. Und in Paris wurde behauptet, er habe bereits in dem Sommer, als er und sein Vater in La Cité mit Ludwig den Streit um Giraud Berlai ausfochten, heimlich mit Aliénor geschlafen. Ich weiß nicht, was davon wahr ist. In Frankreich beschimpfte man sie nur allzu gern als Hure.«
»Ob es Heinrich war, der Marcabru...?«
Renaud zuckte mit den Schultern. »Er ist nicht dumm. Wenn er den Vers je gehört hat, wird er die Anspielung verstanden haben. Er wäre dazu imstande, das wohl. Aber Troubadoure sind ihm egal, er hält das alles für Zeitverschwendung. Glaub mir, Cabra, ich habe alle Möglichkeiten erwogen, aber ich kann das Rätsel nicht entwirren.«
»Auch nicht nach dem, was ich dir erzählt habe?«
»Nein. Und es läßt mich nicht ruhen.«

Noch einmal richtete Marcabru seine Hoffnung auf Aliénor. Nun, da Ludwig ihm nicht mehr im Weg stand, wäre sie möglicherweise bereit, ihn an ihrem Hof zu empfangen.
Er erreichte sie, als sie ihre Zelte bei Limoges aufgeschlagen hatten, und gesellte sich zu den Joglars und Troubadouren, die während der Mahlzeit aufspielen sollten.
Es war ein milder Herbsttag, die Sonne stand an einem blauen Himmel und machte glauben, es wäre noch Sommer. Im Lager herrschte eine eifrige Betriebsamkeit, um alles für das abendliche Mahl vorzubereiten, doch irgend etwas schien nicht zu klappen. Mit hochrotem Kopf lief der oberste Koch gereizt zwischen Töpfen und Pfannen und den Schneidetischen im Küchenzelt hin und her.
»Das geht nicht, das geht absolut nicht!« rief er wiederholt und fuchtel-

te mit beiden Armen. Schließlich beschloß er, der Herzogin sein Problem darzulegen.
»Edle Frau«, sagte er, als er vor ihr stand und verbeugte sich, daß er mit seiner Nase fast die Knie berührte, »die Vorräte reichen nicht aus, der beste Koch kann nicht mehr daraus machen, als es ist.«
»Wie ist das möglich?«
»Es ist nichts gebracht worden aus der Stadt. Ich habe den ganzen Morgen vergeblich auf die Fuhre gewartet, ich habe meinen Gehilfen hingeschickt, um zu fragen, wo die Sachen bleiben, aber es ist noch immer nichts gekommen.«
»Wieso nicht?« Es war Heinrich, der gerade vom Pferd stieg und sich in das Gespräch mischte.
»Irgend etwas klappt nicht mit der Proviantlieferung aus der Stadt.«
»Das hat aber zu klappen!« Heinrich brüllte einen Befehl, und spornstreichs verschwand ein Schildknappe in Richtung Tor, um sich in Limoges zu erkundigen. Kurze Zeit später kehrte er zurück, kniete vor Heinrich nieder, der ungeduldig im herzoglichen Zelt hin und her lief, während der Koch in ehrfurchtsvoller Entfernung wartete, und brachte die Antwort, die der Abt von Saint Martial ihm anvertraut hatte.
»Die Stadt ist nur verpflichtet, den Herrn Grafen und sein Gefolge mit Proviant zu versehen, wenn sich der Herr Graf innerhalb der Stadtmauern aufhält.«
»Sag das noch mal!« brüllte Heinrich mit heiserer Stimme.
Der Schildknappe wiederholte die Mitteilung, wobei er ängstlich das Gesicht seines Herrn betrachtete, das rot anlief. Aliénor war sprachlos. Die Bürger der Stadt hatten ihnen morgens bei ihrer Ankunft doch laut zugejubelt. Sie wußte, daß ihre Landsleute für ihren Ehemann aus Anjou nicht viel übrig hatten, sie hatten in den vergangenen Wochen keine Gelegenheit verstreichen lassen, das zu zeigen, doch dies ging zu weit. Sie fürchtete sich zu Recht vor Heinrichs Reaktion auf diese Beleidigung, aber selbst sie erschrak, als sie seine blutunterlaufenen Augen sah.
»Bei Gottes Augen!« schrie er. »Der Teufel hole den Abt von Saint Martial.« Er spuckte noch eine Reihe Verwünschungen aus, die auf die Verantwortlichen in Limoges gemünzt waren, bis seine Worte immer

unzusammenhängender wurden und er schließlich nur noch ein unverständliches Gebrüll von sich gab. Er zog sein Schwert und schwang es nach dem Schildknappen, der jedoch gescheit genug gewesen war und sich schon außer seiner Reichweite befand. Nach ein paar unkontrollierten Bewegungen fiel der junge Herzog von Aquitanien mit Schaum auf den Lippen zu Boden, und trat und schlug mit zuckenden Bewegungen um sich, bis er endlich ruhig wurde und man ihm die Zähne in ein Büschel Stroh geschlagen hatte. Er stand langsam auf, stützte sich auf den Arm eines hastig herbeigeeilten Dieners und keuchte: »Gib den Befehl, die Mauern von Limoges dem Erdboden gleich zu machen, und zerstöre die Brücke, so daß der Abt von Saint Martial und die Herren von Limoges sie in Zukunft nicht mehr als Ausflucht dafür verwenden können, ihrem Herzog vorzuenthalten, was ihm zusteht.«
Seine Laune wurde den Rest des Tages nicht besser. Er jagte am Abend alle Joglars von seinem Tisch, vor allem den Troubadour, von dem man ihm erzählt hatte, er habe den Herzog einen Hurenläufer genannt.
»Für wen und was er singt, interessiert mich nicht«, verkündete er mürrisch, »aber es wird nicht an meinem Tisch sein.«

Heinrich mochte an den Versen der Troubadoure nicht interessiert sein, aber er hinderte seine zehn Jahre ältere Frau nicht, sich mit Spielleuten, Joglars und Troubadouren zu umgeben, deren Zahl, je länger ihre Rundreise dauerte, zu einer ansehnlichen Gesellschaft anwuchs. Aliénor war kritisch bei ihrer Wahl, nicht jeder konnte sich einfach zu denen gesellen, die sie sorgsam ausgewählt hatte. Einer von ihnen war Bernard von Ventadour.
Marcabru irrte inzwischen ziellos durch Aquitanien und konnte sich nur mühevoll ernähren. Er machte sich bei den Edelleuten nicht gerade beliebt mit seinen üblichen Schimpfkanonaden über Untreue in der Liebe, Geiz und Betrug.
Das Leben war in jenem Jahr für jeden schwer. Nach dem langen, heißen Sommer, in dem die Ernte auf dem Land verbrannt war, wurde die Nahrung immer knapper, je näher der Winter kam. Auch die Wein-

ernte war zum zweiten Mal hintereinander mißlungen. In einigen Landstrichen drohte eine Hungersnot. Sogar in Aquitanien wurde Bier oder Met getrunken.
Die ersten Zeichen des Frühjahrs kündeten sich an, die Sonne streifte die Hügel von Anjou, und der schmelzende Schnee stürzte sich in schnellen Bächen hinunter in die Täler. Aliénor war schwanger, sie wußte es nun genau: bestimmt drei Monate oder mehr. Sie fühlte sich glücklich in ihrer neuen Umgebung, wo sie von treuen Gefährten umringt war, unter ihnen Gottfried von Rancon, Saldebreuil von Sanzay, ihre beiden Bastardbrüder Wilhelm und Joscelin, ihre Schwester Petronella und Raoul von Vermandois. Es herrschte eine heitere, ausgelassene Atmosphäre, als sie Marcabru an ihrem Hof zuließ.
Herzogin Aliénor hatte für diesen Tag eine Art Wettstreit angekündigt, in dem die Troubadoure ihre Kräfte messen sollten, und alle, die davon gehört hatten, waren zum Hof gekommen, um ihr Bestes zu geben.
Marcabru trat im großen Saal des gräflichen Schlosses vor sie hin. Einen Moment lang schauten sie sich schweigend an – sie eine strahlende, nun etwas reifere Frau mit hohen Erwartungen darauf, was die Zukunft ihr bringen würde: vielleicht einen Sohn, die Krone von England, ein Reich, das sich von Schottland bis zu den Pyrenäen erstreckte; er ein Vagabund, gezeichnet von einem turbulenten Leben voller Enttäuschungen, abgerissen und mager, aber noch immer erfüllt von einem Ideal, das er nie aufgeben würde.
»Pax«, sagte Aliénor.
Der Troubadour schaute sie fragend an.
»In nomine Domini«, sagte Petronella. Beide Frauen lachten.
»Warum hast du jenes Lied nicht für mich gemacht, Marcabru?« fragte Aliénor.
»Ich habe es zum Gedächtnis an Euren Vater und Euren Onkel gemacht, Gott sei ihren Seelen gnädig, und aus Liebe für Euer Land. Die Ereignisse haben mir recht gegeben.«
»Dir recht?« Ihr Mund wurde hart, doch sie ging nicht weiter darauf ein, sie wollte nicht länger an die Vergangenheit erinnert werden. »Was bringst du mit? Wieder ein Lied über Falschheit und Betrug in der Liebe?«

»Gesteht mir zu, daß ich es Euch hören lasse, wenn einer Eurer Joglars mich begleiten will.«
Aliénor winkte einen Joglar näher, und Marcabru gab ihm einige kurze Instruktionen. Der Mann nickte und hob die Fiedel. Marcabrus Stimme, durch die Jahre tiefer und rauher geworden, füllte den Saal.

Ein Lied will ich Euch heute singen,
auf eine Weise, wohlbekannt,
den Worten mag die Kunst gelingen,
zu sagen, was mein Auge fand.
Ihr kluger Geist wird hochgepriesen,
obwohl er niemals mir genützt,
nie hat mich ihre Hand beschützt,
kein Hort ward mir je zugewiesen.
Ihr Hof blieb immer mir verschlossen.

Den folgenden drei Strophen, die das Böse beklagten, war auch die Klage über sein eigenes Schicksal deutlich zu entnehmen. Die wachsende Verrohung, die Zügellosigkeit und Falschheit machten ihn wahrhaft nicht fröhlicher, rief er verbittert, noch würde er es von diesem Korbgeld werden! Beim Letzten Gericht sollten sie, sofern sie Reue zeigten, wohl Gnade finden.
Aliénor schüttelte langsam den Kopf. Sie wollte keine Verse über Beherrschung in der Liebe hören. Fünfzehn Jahre lang hatte sie es mit dem frommen, keuschen Ludwig aushalten müssen. Nun wollte sie das Leben und die Liebe genießen, sich mit Musik und Tanz umgeben, mit leichtsinniger Fröhlichkeit. Sie wollte Verse hören, wie Bernard von Ventadour sie machte, wohlklingende Verse von Sehnsucht und Leidenschaft. Sie wollte LEBEN! Aliénor schaute zu Petronella hinüber, die eine Grimasse zog. Marcabru sang unverdrossen weiter, bis sein Lied in der fünften Strophe plötzlich einen anderen Ton annahm:

Ob Dank, ob Undank mir zum Lohne,
gesteh es frei und zögre nicht:
Der wahren Liebe höchste Krone,
die ist's, woran es ihr gebricht.

Sie höret stets nur Heucheleien,
umgeben ist von Lug und Trug,
Amors jedoch straft den mit Fug,
der sich der Wahrheit nicht will weihen:
Der Gute wird von Ehr umflossen.

Laut und giftig hatte er gesungen, doch nun senkte er seine Stimme zu einem warmen Ton.

Die Dame hoch zu schätzen wäre,
der alles übel Denken fremd,
die außer des Geliebten Ehre,
nur Fröhlichkeit und Güte kennt.
Die Lästermäuler mögen krähen,
und wer auch Böses von ihr spricht.
Ich seh sie bald von Angesicht,
die Liebste, deren Ruf sie schmähen,
gelass'nen Sinnes, unverdrossen.

Wer ohne Falsch und ohne Scheuen
der Liebe sichren Hort gewährt,
sich höfisch möge an ihr freuen,
zum Danke sei er reich geehrt;
viel Ruhm und Lohn werd ihm zuteile
in Überfluß und reicher Füll,
doch blinde Wut und geifernd Will,
die lehn er ab, zum Seelenheile;
der Sünde sei sein Herz verschlossen.

Doch wenn die Liebe hold erblühet,
mit Macht sie strebt zum Tageslicht,
es ihn zu seiner Einzgen ziehet,
an Mute groß und Zuversicht.
Wird auch die Treue nicht gebrochen,
dann sei er durch die Lieb geehrt,
ein gutes Leben ihm gewährt.

Wer nicht der Liebe widersprochen,
hat sich zum rechten Weg entschlossen.

Der harte Zug um Aliénors Mund war etwas weicher geworden. War das der Marcabru, den sie kannte? War dies der boshafte Satiriker, der nicht gezögert hatte, ihren vorigen Ehemann durch den Schmutz zu zerren, der sich auch nicht gescheut hatte, den Kreuzzug, an den sie heilig geglaubt hatte, in seinen Versen lächerlich zu machen? Ja, er sang wieder über das Böse und alle Untugenden, die er schon immer durchgehechelt hatte, aber er sang auch über die Liebe mit einer Wärme, die sie fast hinschmelzen ließ. Argwöhnisch musterte sie das vom Leben gezeichnete Gesicht des Troubadours, verwittert und gebräunt vom Vagabundenleben, von vielen Falten durchzogen, die jede ihre eigene Geschichte erzählte. Doch am meisten sagten noch seine Augen, die nicht flehten und betrogen wie andere. Der dunkle, verzehrende Blick, der sie festhielt, war stolz und unbeugsam. Sie schrak auf, als seine Stimme durch den Saal schallte und er die nächste Strophe herausschleuderte:

Joven in sanftem Schlummer lieget,
man wecke sie nicht gar so schnell;
doch dann hat sie ihn bald besieget,
den ewig geilen Daucadel,
der stets dasselbe Spiel anfänget,
streckt vor die warme, süße Haut,
die Schlechtheit ist's, ich sag es laut,
die baumelnd an ihm runterhänget,
des Narren Sinnen nur entsprossen.

Aliénor seufzte. Sie hatte sich geirrt, nichts war anders geworden, noch immer hielt er es für nötig, seinen Zuhörern mit einer groben Sprache seine Botschaft um die Ohren zu schlagen.
Doch wieder erstaunte sie seine Stimme, so gequält, so leidenschaftlich klangen seine nächsten Worte:

Doch Leid und Kummer und Verdrusse,
sie rütteln mich so dann und wann,
ist es ein Wunder, wenn zum Schlusse
mich keine einzge mögen kann?
Wo Schlechtes wuchert unverfroren,
wird Joi zu einem Weinstock so...

Er zögerte. Der Reim stimmte nicht, und er konnte den richtigen nicht finden, so sehr wurde er von seinem Lied und von seinem feurigen Verlangen mitgerissen, sich einen Platz am Hof Aliénors zu erobern. Nein, einen Platz in ihrem Herzen. Gott, wie schön war sie, schön und unnahbar, eine Herrscherin über Land und Liebe. Noch nie hatte ihn eine Frau so verwirrt. Wie auch ihre Antwort ausfallen würde, wie hart sie ihn auch erniedrigen oder quälen würde, sollte sie ihn auch abweisen wie die letzen Male, er würde ihr gehören.

... daß man sich kaum erwehren kann.
So oft er schlägt uns um die Ohren:
Das Streben bleibe unverdrossen.

Erst als nach diesen letzten Zeilen die Tornada folgte, hatte er sich wieder in der Gewalt. Er straffte den Rücken und sang mit tiefer, kräftiger Stimme:

Alleine, aber fest entschlossen,
der Rede Kraft dem Zorn entsprossen
zürnt Marcabru des Fluchs Genossen.

Marcabru ließ den Joglar die Melodie langsam ausspielen und verbeugte sich vor seinem Publikum, das ihn nur mäßig belohnte. Aliénor schaute sich um und schätzte die Stimmung unter ihren Edlen ein, vor allem unter den Damen. Wenn es an ihnen lag, würden sie ihn fortschicken. Sie zögerte. Er war zweifellos der beste Troubadour, den Aquitanien je gehabt hatte, das war nicht zu leugnen. Mußte sie ihn behalten, weil ihr Vater sein Beschützer gewesen war? Aber sie war nicht wie ihr Vater, sie war eine Frau, sie zog einen anderen Stil den anzüglichen, rauhen Liedern vor, die jener immer gern gehört hatte. Ja, ein zartbesaiteter Sänger wie Bernard von Ventadour, der war nach ihrem Geschmack. Seine Verse waren wie zarte Blumen, die ihren Hof mit hauchfeinen Farben und Düften überzogen und die Atmosphäre schufen, die sie sich wünschte. Mit einem Rabauken wie Marcabru, der eine grobe Sprache anschlug und nur gelegentlich schöne Worte für die Liebe fand, wollte sie ihren Hof nicht schmücken, und doch... Weit weg in ihrer Erinnerung sah sie einen halbnackten Mann auf sich zukommen, im Treibsand, vor der Kapelle der heiligen Radegundis. Er war jung und stark, und seine muskulösen Arme hoben sie hoch. Sie hörte sich selbst schreien, nicht weil sie Angst vor ihm hatte - sie hatte seine Berührung insgeheim genossen -, sondern weil ihr Stolz gekränkt war. Sie sah ihn mit ihrem Vater abreisen, auf dem Weg zum Grab des heiligen Jacobus. Sie sah den jungen Troubadour, der bei ihrer Hochzeit mit Ludwig die Gäste unterhalten hatte, das heißt, eigentlich noch mehr die Gastgeber. Damals hätte sie ihn gern an ihrem Hof behalten, doch sie konnte es nicht, weil Ludwig und Suger es unterbunden hatten. Und sie sah den Sänger, der vor dem Portal der Kirche von der heiligen Radegundis in Poitiers das Lied der trauernden Frau sang, deren Geliebter mit den Kreuzfahrern gezogen war... Er hatte ein Kreuzfahrerlied für sie gemacht, aber was für eines!

»Nein!« sagte Aliénor plötzlich entschieden. »Deine Anwesenheit weckt in mir zu viele Erinnerungen an Ludwig. Ich will dich nie mehr sehen!«

»Sie hat ihn zerbrochen«, sagte Renaud, »und die Edelleute von Aquitanien gaben ihm den Rest, denn bei keinem fand er Unterschlupf, nachdem ihre Herzogin ihn verstoßen hatte, weil sie ihre eigene Vergangenheit vergessen wollte. Eigentlich sind sie es, die ihn ermordet haben. Sie haßten ihn, weil er ihnen die Wahrheit ins Gesicht spuckte. Ja, geh zu deinem Meister, Cabra, und sage ihm, daß die Herren von Guyenne ihn ermordet haben. Langsam, aber sicher haben sie ihn zu dem Abgrund getrieben, in den ich ihn an jenem Abend stieß. Du hast ihn nicht gesehen, Cabra, aber ich. Ich werde es nie vergessen können... Das ist meine Strafe.«

Dann gingen wir auseinander, und wir haben uns nie wiedergesehen. Jahrelang habe ich Marcabrus Lieder noch von Joglars singen hören. Sie erzählen nun auch seine *Vida* dazu, seine Lebensgeschichte, die sie folgendermaßen enden ließen:

... sein böse Zung hat viel gewagt,
so daß die Burgherrn von Guyenne
den er gar Übles nachgesagt,
ihn haben umgebracht.

Die Burgherren von Guyenne? Seltsam, wie solch eine Geschichte aufkommt. Ich habe es nie irgend jemandem erzählt. Vielleicht hat Renaud das Gerücht selbst in die Welt gesetzt, weil er sich freisprechen wollte.

Tornada

CYST AURAN
GUAZANH
IFERNAU

Sie alle sollen
in der Hölle ihren Lohn
erhalten

Der Abt von Silos beugte sich im Hospital seines Klosters über das Bett des Kranken.
»Wie lange ist er hier?« fragte er den Mönch, der neben ihm stand, die Schüssel mit Wasser in der Hand, in der er gerade die Füße des Armseligen gewaschen hatte.
»Ein paar Wochen, ehrwürdiger Vater.«
»So lange schon? Was fehlt ihm?«
»Brand- und Stichwunden. Er scheint von der Gascogne hierhergekommen zu sein. Es ist ein Wunder, daß er in diesem Zustand den Weg über die Berge bis zu uns geschafft hat. Er war vollkommen erschöpft.«
»Hat er die Sakramente empfangen?«
»Sicher, ehrwürdiger Vater, aber er will nicht sterben.«
»Warum hast du mich dann kommen lassen?«
Der Mönch zögerte, dann nahm er seinen ganzen Mut zusammen und sagte: »Er ist vom Teufel besessen.«
Der Abt richtete sich auf und wich ein paar Schritte zurück. »Das ist eine ernste Sache«, antwortete er mit gerunzelter Stirn. »Wie besessen genau?«
Einen Moment herrschte Stille, der Mönch stellte die Schüssel ab und legte das Handtuch zur Seite, um mit ausladenden Bewegungen die Sache zu verdeutlichen.
»Er ist ein Kampfhahn«, erklärte er, »die Wunden stammen von Messerstichen. Er flucht im Schlaf und spricht alle möglichen seltsamen Sprachen, es ist eine Schande.« Er schlug die Decke weg und zeigte die verletzte Haut des nackten Mannes.
»Es ist unsere Pflicht, alle Kinder Gottes aufzunehmen«, sagte der Abt, doch er konnte seinen Abscheu nicht verbergen.
»Er ist ein Maure«, flüsterte der Mönch.
Doch der Abt schüttelte den Kopf.
»Jetzt hast du ihn geweckt«, meinte der Krankenbruder vorwurfsvoll.

Er kam etwas näher und beugte sich vor, um die von der Krankheit geschwächte Stimme zu verstehen.
»... der Garten ist bedeckt mit Blumen, und die Lilie blühet schon, an Baches Rand mag ruhn, wer will...«
Der Kopf mit den grauschwarzen Locken, naß vom Fieberschweiß, drehte sich auf den Kissen hin und her. »... ich denk an alle möglich Dinge, die natürlich unnatürlich sind...«
Die Augenlider wurden aufgeschlagen, und dunkelbraune Augen starrten ins Leere, ohne den Abt wahrzunehmen, der sich über das Bett gebeugt hatte. »Ich hör die Menschen murmeln.« Der Kranke hob die verbundenen Hände zum Kopf, bedeckte die Augen und stöhnte mit schmerzverzerrtem Gesicht: »Der eine Hornträger verleitet den anderen.«
»Seht Ihr, der Teufel!« flüsterte der Mönch dem Abt zu. Er wagte das Wort kaum auszusprechen, ganz zu schweigen, daß ihm der Name Satans über die Lippen gekommen wäre. Er schlug ein Kreuz und blieb in sicherem Abstand stehen, mißtrauisch betrachtete er die Schüssel, in der er die Füße des Mannes gewaschen hatte, als könnten plötzlich ein paar Hufe daraus zum Vorschein kommen.
Plötzlich richtete sich der Kranke mühsam auf, hob eine Hand und deutete vor sich. Der Abt wich zurück, doch nicht so weit wie zuvor. »Laßt sie nur gehn und kommen!« rief die heisere Stimme. »Wem macht es was, wer will wissen, wessen Kopf sich als erster zeigt? Ich gebe keine zwei Dinare, um ihre Kämpfe beizulegen.« Dann sank er in die Kissen zurück und murmelte: »Ich kann nicht allein das Feuer aller eitlen Weiber löschen. Sie sind noch schlimmer, als ich es zu sagen wagte.«
Nachdenklich blieb der Abt noch eine Weile am Bett stehen, während der Mönch das Wasser weggoß, bei den anderen Kranken vorbeiging, die Pflege benötigten, und schließlich wieder zurückkam.
»Seht Ihr es selbst, ehrwürdiger Vater?« sagte er, auf den Kranken deutend. In diesem Moment streckte dieser den Arm aus und packte das Handgelenk des Mönchs, der einen erschrockenen Schrei ausstieß.
»Ich sehe hier so viele mit falschen Schlüsseln«, grollte die Stimme aus dem Bett, »daß es kaum eine Futt gibt, die nicht in der Mitte aufgebrochen wird, sondern verschlossen bleibt.«

Tief erschrocken riß der Mönch seine Hand aus dem schwachen Griff des Kranken, schlug drei Kreuze und murmelte hastig ein Gebet. Der Abt grinste.
»Pflege diesen Mann gut«, sagte er, »und mach dir keine Sorgen, Bruder, der Teufel ist noch weit von ihm.«
Mit unendlicher Geduld und immer neuen, mit heilkräftigen Kräutern getränkten Wickeln wurde Marcabru gepflegt, bis er eines Tages die Füße vor das Bett setzen und mit Hilfe der Mönche ein paar Schritte durch den Saal tun konnte. Zum ersten Mal sah er die anderen, die hinter den Vorhängen ihrer Betten ihren eigenen Leidensweg durchmachten, manche zu zweit oder zu dritt in den breiten Betten. Er sah die Sterbenden, er roch den Gestank von Krankheit und Verderben, und er hörte das Stöhnen, das ihm in all den Wochen die seltsamsten Träume beschert hatte. Und er pries Gott, daß er einer der wenigen war, die hier lebend hinausgehen würden.
Ein paar Tage später besuchte ihn der Abt.
»Ich habe so eine Ahnung, wer Ihr seid«, sagte der Geistliche. »Aber den Berichten zufolge seid Ihr tot.«
Marcabru legte die verbundene Hand auf die Lippen.
»Das bin ich auch«, antwortete er.
»Aha, also...«
»Ich will hier weg, ich werde hier noch kränker, als ich bin.«
»Dann seid Ihr wieder gesund. Kommt, ich will Euch etwas zeigen.«
Auf den Arm des Abtes gestützt, ging der Troubadour den Gang zwischen den langen Reihen von Betten entlang, ohne nach links oder rechts zu schauen. Als die Tür hinter ihnen zufiel, atmete er dankbar den Duft des Frühlings ein. Seine Augen blinzelten im hellen Sonnenlicht.
»Also Ihr seid Mar...«
»Ja, ja, aber ich beschwöre Euch, schweigt. Wenn sie hören, daß ich noch am Leben bin, werden sie mir wieder auf die Spur kommen. Es war ein Mordanschlag, dem ich mit knapper Not entronnen bin. Meinen kostbarsten Besitz, meinen Mantel, der ein Geschenk von Herzog Wilhelm war, habe ich dort zurücklassen müssen, um sie auf die falsche Fährte zu locken. Ich bitte Euch, schweigt, bis der Tag gekommen

ist, an dem ich den Mörder demaskieren kann. Laßt Marcabru seine Rache.«

Der Abt ging kopfschüttelnd weiter, öffnete eine Tür, und sie betraten das eigentliche Klostergebäude. Das Scharren von Füßen auf den Fliesen war das einzige Geräusch, das die Stille störte. Sie gingen durch eine weitere Tür und stiegen vorsichtig zwei Stufen hinunter. Marcabru hob den Kopf und schaute sich um. Links und rechts von ihm erstreckte sich der Kreuzgang, der den Klosterhof einschloß, eine vollkommene, harmonische Einheit, gebildet aus Säulenreihen und Bögen, dazwischen die reich mit Pflanzen- und Tierfiguren und Bibelszenen geschmückten Kapitelle.

»Eine Schönheit, wie man sie selten trifft, nicht wahr?« sagte der Abt. »Der obere Klostergang ist gerade fertig geworden.«

Marcabru nickte und betrachtete im Weitergehen die Reliefe in den Bodenfliesen. Sie erinnerten ihn an ein Haus in Saragossa, das er gekannt hatte... Neben ihm schoben sich die Säulen langsam vorbei, die meisten paarweise, aber in bestimmten Abständen wurden zwei Bögen durch eine Gruppe von vier dicht nebeneinander stehenden Säulen verbunden. Plötzlich blieb Marcabru stehen.

»Dieser Kreuzgang hat die Schönheit eines Verses«, sagte er, »die Geschlossenheit von Reim und Versmaß, von Klang und Melodie, die *trobar clus,* die ich in der Harmonie der Bögen und Säulen, der Bildhauerei und dem Licht finde, das hereinfällt. Doch dies...« Er deutete auf ein Bündel von vier Säulen, die nicht wie die anderen senkrecht nach oben strebten, um in einem viereckigen Kapitell zu münden. Es schien, als habe die Hand eines Riesen die vier Säulen gepackt und gedreht, so daß jede in dem Kapitell endete, in dem eigentlich die benachbarte hätte enden müssen.

»Eine Ausschweifung des Baumeisters, der seine Kunst zeigen wollte«, sagte der Abt. »Man könnte es einen Witz nennen.«

»Es ist eine Mißbildung, die die Harmonie stört«, sagte Marcabru. »Wenn diese Säule das Symbol von irgend etwas sein soll, würde ich die falsche Liebe in ihr sehen, gegen die ich mein Leben lang angekämpft habe.«

Er begann zu husten und setzte sich auf das steinerne Mäuerchen, das den Klosterhof abgrenzte. »Ich habe gegen die Stümper gefochten, die die Liebe als unzüchtiges Spiel betrachteten und aus der ehebrecherischen Liebe einen Handel machten. Sie haben *pretz* und *joven* vernichtet.«

»Vielleicht habt Ihr Euch gar nicht klargemacht, wie nahe Ihr mit dieser Ansicht der Kirche steht. Auch wir haben Unzucht immer scharf verurteilt.«

Marcabru schüttelte düster den Kopf.

»Ich habe mich nur zu meinem eigenen Nachteil bemüht. Die anderen machten sich nichts aus meiner Wut. Ich habe meine Mahnungen auf Felsen gesät, wo ich weder Kraut noch Blumen wachsen sehe.«

»Es muß ein außerordentlich trauriges Gefühl sein, auf sein Leben zurückzuschauen und festzustellen, daß man seine Zeit vergeudet hat«, sagte der Abt streng. »Aber es ist noch Zeit. Durch Eure Genesung hat Gott Euch eine zweite Chance geschenkt.«

Vergeudet? Der Troubadour schüttelte den Kopf.

»Sie wollten mich nicht hören, sie haben mich verhungern lassen. Wie kann man dieser Welt vertrauen, die fällt und wieder aufsteht wie ein kranker Vogel?«

»Man soll nicht dieser Welt, sondern Gott vertrauen. Kommt, dies ist es nicht, was ich Euch zeigen wollte. Folgt mir.«

Marcabru ging hinter dem Abt her, starrte mürrisch auf seine Hände und murmelte, daß er nie mehr die Drehleier würde spielen können. Sie verließen den Kreuzgang durch eine der vielen Türen und betraten das Scriptorium des Klosters, wo zwischen den Lese- und Schreibpulten der Mönche eine absolute Ruhe herrschte. Nur das Kratzen eines Messerchens auf Pergament durchbrach dann und wann die Stille, wenn ein Fehler korrigiert werden mußte, und das Rascheln, wenn ein Blatt umgeschlagen wurde. Der Abt ging zu einem Pult und schlug ein Buch auf, das offenbar für ihn da hingelegt worden war. Er deutete auf die erste Seite, die mit einer großen Abbildung geschmückt war. Marcabru beugte sich über das Pergament. Er konnte die Buchstaben nicht lesen, die unter der Figur standen, aber das Bild sprach für sich. Teufel waren es, die innerhalb einer von Linien umringten Fläche, die offenbar die Hölle darstellte, menschliche Figuren mit Speeren und

Widerhaken angriffen. In der Mitte des Raums saß ein Mann, der ängstlich zwei Geldsäcke festhielt, einen großen Ballen Gold zwischen die Knie geklemmt hatte.

»Geiz«, stellte Marcabru fest. Er grinste über die grauenhaften Käfer, die an den Zehen des Reichen nagten, und über die Schlangen, die ihn in Kopf und Schultern bissen.

»Reichtum«, bestätigte der Abt.

Marcabrus Blick fiel auf einen Mann, der außerhalb des Feldes stand und eine Waagschale in der Hand hielt. Er neigte den Kopf zur Seite, um die schräg über das Blatt gemalte Figur besser sehen zu können.

»Das ist der Erzengel Michael, der die Seelen der Verstorbenen wiegt«, sagte der Klostervater. »Er entscheidet, wer in die Hölle geworfen wird. Seht Ihr hier, wie der Teufel mit seinem Finger eine der Schalen nach unten zu ziehen sucht? Der Satan ist ständig darauf aus, weitere Seelen unter seine Herrschaft zu bekommen. Das wollte ich Euch zeigen. Dieses Buch ist ein Kommentar zur Offenbarung des Johannes. Es ist vor gar nicht langer Zeit hier geschrieben worden.« Seine Hände bewegten sich liebevoll über das Pergament, ruhten bei jedem Namen, der neben den Teufeln geschrieben stand.

»Stinkende, ekelerregende Teufel«, murmelte er, während seine Hand weiterwanderte. »Sieben Übel kommen aus dieser Gier nach Geld: Betrug, Verrat, Falschheit, Unruhe, Gewalt, Unmenschlichkeit, Meineid.«

Der Troubadour grinste und bewegte den Kopf noch weiter nach rechts, bis sein Ohr fast die Schulter berührte.

Dort war ein Bett gemalt, in dem sich zwei Menschen, teilweise unter Decken verborgen, umarmten. Über ihnen kauerte ein Teufel, der die Hand nach dem Liebespaar ausstreckte, um das Kissen unter ihnen herauszuziehen – oder schob er es ihnen unter? Zwischen den Beinen des Teufels hingen deutlich sichtbar seine Geschlechtsteile, die so grotesk waren, daß Marcabru in Gelächter ausbrach.

»Er hat einen grünen Schwanz!« rief er aus. Die Mönche um sie herum schauten erschrocken hoch, irgendwo fiel eine Feder zu Boden.

»Achtet auf Eure Worte!« flüsterte der Abt ermahnend.

Das Gesicht des Troubadours war vollkommen heiter. »Ehebruch«, sagte er, auf das Buch deutend. »So müßte es eigentlich sein, er müßte grün werden, wenn man untreu ist. Ja! Dann würde halb Aquitanien mit einem grünen Schwanz herumlaufen!« Er lachte ausgelassen und mußte sich an dem Lesepult festhalten, um nicht in die Knie zu sinken, während Tränen über seine Wangen liefen. Neben und hinter ihm war unterdrücktes Kichern zu hören. Das waren die Mönche, die ihre Arbeit unterbrochen hatten.

Der Abt legte den Arm um Marcabrus Schultern und führte ihn mit sanftem Druck zur Tür.

»In der Apocalypse wird die Hure Jezebel, eine falsche Prophetin, in ein Bett geworfen, und sie, die mit ihr Ehebruch begangen haben, in große Not gebracht, wenn sie sich nicht bekehren. Doch vermutlich hat der Mönch, der das Bild gemalt hat, in Gedanken das getan, wogegen Ihr in Euren Versen kämpftet. Ich wußte, daß Euch das guttun würde.«

Marcabru lachte noch immer. »Eine bessere Medizin gibt es nicht«, sagte er.

»Bleibt doch, Ihr seid mein Gast. Wir haben trotz unserer Bedenken in Hinblick auf Eure Wortwahl einen großen Teil Eurer Arbeit bewundert. Vor allem das Lied, in dem Ihr zum Kampf gegen die Mauren aufrieft. Wir haben es ›Das Lied des Brunnens‹ genannt, es hat tiefen Eindruck auf uns gemacht. Ihr habt gestrebt nach *joi,* der höchsten Form des Liebesglücks.«

Marcabru hatte sich inzwischen beruhigt.

»Ich hatte einen Traum«, bestätigte er, »einen schönen, reinen Traum. Ich habe mich nach der geläuterten, reinen Liebe gesehnt, die ich gepredigt und für die ich gekämpft habe, doch ich habe sie nicht gefunden. Die Edelfrauen, bei denen ich sie suchte, bei denen sie hätte geboren werden können, wollten nichts von ihr wissen und zogen die Unzucht vor, an die sie gewöhnt waren. So ist es auch meinen Freunden ergangen. Alle haben sie schließlich entmutigt einen anderen Weg gesucht. Alegret hat ihr bald den Rücken gekehrt. Cercamon glaubte, daß die Welt durch das Böse bald untergehen würde, er wußte nicht mehr, wie er die gute Liebe verteidigen sollte. Bernard Marti will kein guter Liebender mehr sein, er nimmt die Frauen nun, wie sie sind. Ich höre ihn noch rufen: ›Also los, betrügen wir eben alle!‹ Herr Jaufre Rudel gab die weltliche Liebe auf für die Sehnsucht nach einem Traumbild, für die mystische Liebe. Und ich... ich muß verzweifeln: Vielleicht ist es unmöglich, diese Welt zu verändern.«

»In Eurer Lehre von der Liebe steckt eine große Gefahr: Ihr habt sie fast zu einem Abgott gemacht. Liebe und Treue gehören in die Ehe, nicht nach draußen. Alles, was außerhalb geschieht, ist Unzucht.«

»Das ist der Punkt, wo unsere Meinungen auseinandergehen.« Marcabrus Antwort kam ohne die übliche Schärfe. »Was Ihr vertretet, ist nicht möglich. Es gibt keine Liebe in der Ehe, mit dem Mann, dem die Frau ihren Körper geben muß. Liebe gibt es nur mit dem Liebenden, den die Dame neben der Ehe hat: ein einziger, dem sie ihr Herz schenkt. Es sei denn, wenn das möglich wäre, daß eine Ehe in Gleichheit geschlossen werden könnte, aus Zuneigung und Liebe. Ja, dann könnte ich Euch zustimmen. Vielleicht ist das auch die einzige Möglichkeit, mein Ideal zu erreichen, doch dann müßte noch so viel mehr verändert werden! Es sind ja immer ganz andere Interessen, warum Menschen miteinander verbunden werden.« Er deutete mit dem Daumen über die Schulter, zurück zum Scriptorium, das sie gerade verlassen hatten. »Reichtum, Habsucht, Eigennutz. Wie hießen die sieben Übel auch wieder?« Er schwieg und schaute traurig vor sich hin. »Ich habe gedacht, ich hätte alles, was über die Liebe gesagt werden kann, gesagt, auf alle Arten, in allen Versformen. In allen Metra und Reimschemata hätte ich sie besungen. Doch das ist erst der Anfang. Bernard, der von Ventadour kommt, macht Verse über die edle Liebe, und vielleicht ist er der einzige, der auf dem richtigen Weg ist. Vielleicht wird er sie finden – für mich ist es zu spät. Es sieht so aus, als habe er die alte Lehre von Ventadour abgeschüttelt. Peire von Auvergne will es noch schöner und besser machen. Aber alle anderen Troubadoure bleiben dabei, die alte, ehebrecherische Liebe zu einem endlosen, raffinierten, erotischen Spiel zu erhöhen. *Proeza* besteht nicht mehr, *amors* ist getötet worden, und *joi* ist verbannt.« Er fühlte sich nun wieder ebenso bedrückt wie vor seinem Besuch des Scriptoriums.

»Es gibt noch eine andere Liebe: die Liebe, die von Gott kommt«, erklang die tröstende Stimme des Abtes. »Wer liebt, ist aus Gott geboren

und kennt Gott. Wer nicht liebt, kennt Gott nicht. Es gibt einen höchsten Grad von Glück, die Kontemplation. Ein aktives Leben, gefolgt von stiller Einkehr. Stellt Eure Gaben in den Dienst der Kirche, die Zeit dazu ist gekommen.«
Marcabru schaute den Abt nachdenklich an. Er konnte sich nicht vorstellen, was der Geistliche meinte.
»Vielleicht ist ein Leben in Stille und Gebet zuviel verlangt von Euch, aber Ihr besitzt die Gabe, Dinge klar und unverhohlen zu sagen, in einer Sprache, die das Volk versteht. Ihr habt Euer Leben lang die reine, treue Liebe gepredigt, Ihr könntet nun Gottes Liebe predigen, unter der Leitung eines Geistlichen natürlich.«
Der Abt hatte sich auf einer steinernen Bank im Klostergang niedergelassen und lud Marcabru ein, neben ihm Platz zu nehmen. Dankbar setzte sich der Troubadour hin. Die Niedergeschlagenheit, die ihn während der letzten Monate gequält hatte und die durch seine Verwundung noch verstärkt worden war, überwältigte ihn erneut. In solchen Momenten war er so verzweifelt, daß er keinen Ausweg mehr wußte.
»Ich übergebe mich Gott«, sprach er ruhig, »auch wenn meine Reue vielleicht etwas spät kommt.« In diesem Augenblick erschrak er vor seinen eigenen Worten. »Ich weiß es nicht«, fügte er zögernd hinzu. In Wirklichkeit wußte er sehr gut, daß er nicht daran dachte, den Vorschlag des Abtes anzunehmen, doch er konnte die Gastfreiheit und die Fürsorge des Klosters nicht mit einer brüsken Weigerung beantworten.
»Gebt mir etwas Zeit zum Nachdenken.«
»Selbstverständlich. Ihr sollt nichts übereilen. Nehmt Euch Zeit, alles zu bedenken, es ist ein sehr wichtiger Schritt, den Ihr vorhabt. Morgen reise ich nach Burgos, um den französischen König zu begrüßen, der den Wunsch geäußert hat, König Alfons' Tochter Constanze zu ehelichen. Der Fürst macht einen Pilgerzug zum Grab des heiligen Jacobus, wo er beten will, bevor er vor den Traualtar tritt. Wenn ich von meiner Reise zurück bin, treffen wir uns hier wieder.«
Marcabru reagierte kaum auf diese Nachricht.
»Das Grab des heiligen Jacobus«, flüsterte er. »Wie lange das her ist.«

Langsam bewegte sich der Zug singender Geistlicher am Hospital für die armen Pilger vorbei zum Kirchplatz am nördlichen Portal der Kathedrale des heiligen Jacobus. Unauffällig hatte Ludwig von Frankreich sich unter sie gemischt, in seinem Büßergewand, barhäuptig, die Hände gefaltet, die Augen strahlend vom heiligen Feuer, das ihn beseelte. Er sang mit den Mönchen, die ihn umgaben. Es war undenkbar für ihn, eine zweite Ehe einzugehen und den heiligen Apostel, den er als seinen Meister betrachtete, um seinen Segen zu bitten, bevor er seine Seele nicht gereinigt hatte. Wie könnte er sonst je hoffen, daß der Schoß seiner neuen Braut, der jungen Constanze von Kastilien, Frucht tragen und ihm einen Sohn und Thronfolger schenken würde? Doch nun waren seine Gedanken ganz auf den Augenblick gerichtet, an dem er das Grab des Heiligen betreten und sich vor ihm in den Staub werfen sollte.

Gelassen trat er die neun Stufen hinunter, die von der Straße zum Kirchplatz mit dem berühmten Brunnen führten, wo vier Löwen auf einer enormen, mit Kupfer beschlagenen Säule thronten. Die Prozession kam zum Stehen, und der König zog seine Schuhe aus, um sich mit dem Wasser zu reinigen, das aus den vier Mäulern der Löwen strömte und in einer riesigen Muschel aufgefangen wurde. Während er schweigend und ehrfürchtig damit beschäftigt war, erklang plötzlich eine Stimme aus der Höhe. Der König richtete sich auf und hob den Kopf. Dort oben stand ein Mann in der Nische über dem Portal, über dem Bild Christi, der auf Seinem Thron saß und die rechte Hand segnend über die Gläubigen ausstreckte. Er sang, als wäre er ein Engel, schwebend über dem Herrn der Himmel. Doch er war alles andere als das. Er trug ein schwarze Kutte, die Kappe hatte er sich tief ins Gesicht gezogen. Was er hören ließ, war bestimmt kein Engelsgesang. Ludwig waren die ersten Worte entgangen, aber jetzt, da er aufmerksam zuhörte und auch das Gemurmel um ihn herum verstummte, konnte er etwas verstehen:

Wen FIN AMORS hat auserküret,
dem sei ein edler Hof beschert;
hat sie ihn aber nicht berühret,

so bleib das Glück ihm abgekehrt.
Wer FIN AMORS zuschanden mache,
sie Feuer unterm Arsch entfache:
Auf ewig möge er dann brennen!

Ludwig hörte nur Fetzen. Etwas unsicher blieb er vor dem Brunnen stehen. War das der Mönch, der auf ihn wartete und der nach ihm geschickt hatte, um ihn zurechtzuweisen, um ihn zu mahnen, damit er seine Sünden überdachte, bevor er das Heiligtum betrat? Doch wovon sprach der Mann?

Und trifft sie falsche Richter, laue,
ohn Treu und Ehr, mit falschem Schwur,
gepacket von der Falschheit Klaue,
gar lästerliche Kreatur,
auch geile Huren, die nur streben,
sich andern Männern hinzugeben:
Im Höllenfeuer solln sie brennen!

Der König schlug ein Kreuz und murmelte ein Gebet. Mit erhobenem Kopf und geschlossenen Augen wartete er, bis der Mönch geendet hatte. Einen Moment blieb es still. In der Meinung, das Lied sei zu Ende, hob Ludwig die Augen und sah, wie der Mann auf die Balustrade kletterte, plötzlich seine Kappe zurückwarf und mit ausgestrecktem Arm auf den König zeigte. Und dann kam seine Stimme wie ein Schlag:

Und Mörder!

Ludwig erzitterte. Er dachte an das Blutbad von Vitry und die Verwüstungen in der Champagne. Tränen traten ihm in die Augen, und wieder sagte er ein Gebet. Doch auch der geheimnisvolle Mann dort oben schien einen Moment zu zittern. Dann donnerte seine Stimme wieder über die Köpfe der erstaunten Zuhörer:

Und Mörder, Diebe und Verräter,
auch Priester voller Dreck und Schmutz,
wie Zaubrer, geile Übeltäter,
und Wucherer mit sündgem Nutz,
wer prediget den falschen Glauben,
und Hexen, die Gesundheit rauben:
Im Höllenfeuer solln sie schmoren!

Auch Trinker, Memmen, Ehebrecher
und geile Priester, welch ein Graus,
das Feuer ist bestimmt zum Rächer,
das sagt euch Marcabru voraus.
Dort haben alle sichre Plätze,
der Teufel schon das Messer wetze.
Denn so hat's FIN AMORS geschworen.

Es dauerte eine Weile, bis es zu allen durchgedrungen war, aber nachdem er seinen Namen genannt hatte, entstand eine große Aufregung auf dem Kirchplatz. Der König wurde totenbleich. Er wandte sich zu dem Templer Thierry Galeran, der ihn, wie gewöhnlich, begleitete.
»Ich dachte, daß ... Sie hatten ihn doch ...«, stammelte er, und dann zischte er bebend vor Wut:
»Reißt dem elenden Troubadour die Zunge raus, schneidet sie ihm ab, laßt ihn vom Erdboden verschwinden.«
Sein eingeschworener Diener, ein Eunuche, der ihm hündisch gehorsam war, winkte die Leibwache des Königs näher, die in ehrerbietigem Abstand der Prozession folgte.

Ja, FIN AMORS, du Born der Güte,
in dir erstrahlt des Lichtes Glanz.
Ich fleh dich an nun: Ach, behüte
mich vor des Feuers Höllentanz.
Durch Treue fest an dich gekettet,
vertrau ich drauf, ich werd errettet;
du mögest sicher mich geleiten!

Marcabrus Stimme gab nach. Übermannt von Gefühlen, aber auch von Angst, bekam er keinen Ton mehr heraus.
»Ketzerei!« schrie einer, und der Schrei wurde von Hunderten von Kehlen wiederholt. Marcabru schaute von seinem hochgelegenen Platz aus hinunter. Wenn der König Bogenschützen dabei hatte, war er verloren, das wußte er. Niemand konnte ihn hier erreichen, aber ihre Pfeile würden es schaffen. Er streckte die Hand nach den Säulen aus, die das Gewölbe stützten. Er fühlte, wie ihm schwindlig wurde, der Platz mit all den Menschen begann sich vor seinen Augen zu drehen.

Auch mich bezwinge ich mit Worten,
mir selbst ein strenger Richter bin.
Wer Recht will künden allerorten,
flieh Unrecht stets im eignen Sinn.

Er fühlte, wie die Beine fast unter ihm nachgaben, und griff mit beiden Händen nach den glatten Pfeilern neben ihm. Die Reise nach Compostela war zu schwer für ihn gewesen. Er reagierte noch nicht einmal, als einige Leute begannen, mit Steinen nach ihm zu werfen, die an den Reliefen unter ihm landeten. Daraufhin schrien andere, man müsse vor allem die Bildhauerarbeit schonen. Worte schossen durch seinen Kopf, Reimworte, Versformen, Versmaße, eine Sturzflut von Klängen, die anschwollen zu einem gigantischen Tumult.

Nur der darf über andre richten
und Gutes auch von Bösem schlichten,
der sich nicht selber läßt verführen.

Er schüttelte den Kopf. Etwas stimmte nicht, das wußte er. Dabei war der Vers so vollendet gewesen. Ganz weit weg hörte er Befehle aufklingen. Seine Hände glitten von den Pfeilern. Er merkte es nicht.

Doch der ist wahrlich auserkoren,
dem rechte Worte eingeboren
und dem mein Lied nicht geht verloren.

Dann fiel er.

ANHANG

Erklärung einiger Begriffe der Troubadour-Lyrik

Avoleza - Feigheit.

Cortezia - Höfischkeit: im weiteren Sinn ein zugleich sozialer, psychologischer, geistiger und literarischer Verhaltenskodex, eine Lebenskunst; in engerer Bedeutung eine Form des Liebens, die einer Elite vorbehalten und einer gewissen Disziplin unterworfen ist. In Marcabrus Versen bedeutet Cortezia jedoch Liebe in einer fast platonischen Weise.

Fin amors - höfische Liebe: eine erhobene Liebe, die aus der Unerreichbarkeit der geliebten Dame herrührt und von ihr lebt; diese Unerreichbarkeit wird durch eine Reihe von Einschränkungen bestimmt (der konkrete körperliche Abstand zwischen den Liebenden und die Distanz, die auf der hohen Abstammung der Dame beruht) und schafft bei dem Anbeter ein feuriges Verlangen, sich selbst zu übertreffen, um seiner Dame würdig zu sein.

Joi - genau übersetzt Freude, aber in der Lyrik der Troubadoure viel mehr als das: die oberste Stufe von Glück, von unaussprechlichem Entzücken, das keine Grenze kennt, von Harmonie und innerlicher Vollkommenheit, die eine Folge der geistigen Vereinigung mit der Geliebten ist; als Symbol der *fin amors* ist es die Summe der Effekte der Liebe, sowohl körperlich als auch geistig (Sehnsucht, Hoffnung, Schmerz und Freude).

Joven - Jugend: ein Begriff, der das jugendliche Alter der jungen Männer im allgemeinen und ihre besonderen Eigenschaften (Freigebigkeit, Freude, Spontaneität ohne Gehemmtsein durch Berechnung, vollständige Hingabe an das Leben und die Liebe) umfaßt; die Dynamik der Jugend ist als einzige imstande, das höfische Ideal zu verwirklichen.

Largueza - Freigebigkeit; aristokratische Großzügigkeit in puncto Gaben und Gunstbeweise; Freigebigkeit ist der Beweis ritterlicher Macht, wird aber, wie *pretz,* von *fin amors* gespeist. Die Ursache von Geiz ist demzufolge, daß die Dame nicht für die Liebe offen ist. Die Troubadoure erwarten diese *largueza* von ihren Beschützern. Die weibliche Form der *largueza* ist die Belohnung, die die Dame ihrem Anbeter für dessen Treue schenkt.

Malvestatz - Schlechtigkeit, das Gegenteil aller Tugenden; das Böse ist die Mutter der Feigheit, des Geizes, der üblen Nachrede und der Eifersucht.

Mezura - Selbstbeherrschung, das Gleichgewicht zwischen Gefühl und Verstand, die Mäßigung in Taten und Benehmen des vollkommenen Ritters; in der höfischen Liebe bedeutet das die Unterwerfung unter die Gesetze der Liebe, sowohl für den Ritter als auch für die Dame: Mäßigung in der Leidenschaft, Geduld, Demut und Diskretion. *Mezura* und *largueza* bilden zusammen den Verhaltenskodex sowohl der feudalen Gesellschaft als auch der *fin amors.*

Pretz - Preis: jene Qualität der Dame, durch die sie sich von allen anderen Damen unterscheidet und sich das Licht der Liebe zufügt; dieser Ruhm wird vom Troubadour in seinen Versen besungen. *Pretz* ist zugleich der Wert des Anbeters, der durch seine Liebe zu der Dame erhöht wird.

Proeza - Mut.

Senhal - Die Liebe muß, sofern dies möglich ist, geheim bleiben, um Eifersucht und üble Nachrede zu vermeiden, doch die Liebe zu der Dame muß in den Versen des Dichters ausgedrückt werden; deshalb gibt er der Dame einen Decknamen, den *senhal,* so daß er sie rühmen kann, ohne ihre wahre Identität zu enthüllen.

Sofrir - leiden: das Gegenteil von *joi,* verursacht durch die Verweigerung der Belohnung durch die Dame, Trauer über die Entfernung zur fernen Geliebten, Zweifel, Unsicherheit und die vergebliche Sehnsucht; doch das Leiden erhöht die *joi,* ist die notwendige Voraussetzung für *joi* und wird durch sie geheilt.

Tornada - besser bekannt unter dem französischen Namen *envoi,* die letzte Strophe eines Liedes, mit der es einem Beschützer/einer Beschützerin oder der Geliebten gewidmet wird.

Valor - Wert: die Summe aller höfischen Werte, aber auch im konkreten Sinn die Besitzungen der Dame, ihre Schlösser, ihr Ansehen und ihre Schönheit (oder die des besungenen Schutzherren).

Namensregister

Aeline von Châtelaillon - Gemahlin von Isembert von Châtelaillon

Aelith - siehe Petronella

Aenor von Châtellerault - Gräfin von Poitou und Herzogin von Aquitanien, Gemahlin von Wilhelm »von Toulouse« und Tochter von Aymery und Dangerosa von Châtellerault

Agnes von Poitou (Mechthild) - Schwester von Wilhelm »von Toulouse«, Gemahlin von Aymery von Thouars, später verheiratet mit König Ramiro von Aragonien, schließlich Äbtissin

Alegret - Troubadour, Schüler Marcabrus

Alfons Heinrich - König von Portugal

Alfons »Jordan« - Graf von Toulouse, Sohn von Raymond von Saint Gilles

Alfons I. »der Streitlustige« - König von Aragonien

Alfons VII. - König von Kastilien und León, nannte sich Kaiser von ganz Spanien

Aliénor - älteste Tochter von Graf Wilhelm »von Toulouse«, zuerst mit König Ludwig VII. von Frankreich verheiratet, dann mit König Heinrich II. von England, Graf von Anjou und Maine und Herzog der Normandie

Al-Modáffar - Gouverneur von Lérida

Anaklet II. (Peter Pierleoni) - Gegenpapst (Kandidat der Pierleonis)

Audric von Vilars - Herr von Vilars

Auger von Miramont - Herr von Miramont

Aymery von Châtellerault - Burggraf von Châtellerault

Aymery von Thouars - Burggraf von Thouars, erster Ehemann von Agnes von Poitou

idem - ihr Sohn

Aymery von Narbonne - Burggraf von Narbonne

Berengaria von Queralt - Burggräfin von Cabrera, Gemahlin von Guerau Pons III.

Berengela von Barcelona - Königin von Kastilien und León, »Kaiserin« von Spanien, Gemahlin von Alfons VII.

Bernard von Ventadour - Troubadour aus der Generation nach Marcabru

Bernard Marti - Troubadour, Schüler des Marcabru

Bernhard von Clairvaux - Abt des Klosters von Clairvaux, im Jahre 1174 zum Heiligen erklärt

Bertrand von Laon - französischer Edelmann

Cabra - Joglar von Guerau Pons III. von Cabrera

Centullo von Béarn - Burggraf von Béarn, Sohn von Gaston
Centullo von Bigorre - Graf von Bigorre
Cercamon - Troubadour, Schüler von Marcabru
Dangerosa - Gemahlin von Aymery von Châtellerault, Mätresse von Wilhelm dem Jungen
Ebles von Ventadour - Burggraf von Ventadour, Troubadour
Ermengald von Urgell - Graf von Urgell
Eudes von Deuil - Kaplan und Chronist von Ludwig VII.
Everardus von Barrès - Großmeister der französischen Templer
Fulko von Anjou - Graf von Anjou, König von Jerusalem
Gahwara - *qayna* in Saragossa
García Ramirez - König von Navarra
Gaston von Béarn - Burggraf von Béarn
Girard, Bischof von Angoulême - päpstlicher Legat, der nicht geweihte Erzbischof von Bordeaux, Vertrauter Wilhelms »von Toulouse«
Giraud Berlai - Marschall Ludwigs VII. für Poitou
Gottfried »Plantagenet« von Anjou - Graf von Anjou, Sohn von Graf Fulko
Gottfried von Lauroux - Augustiner Kanonike zu Poitier, später Erzbischof von Bordeaux, Vertrauter von Wilhelm »von Toulouse«
Gottfried von Rancon - Burgherr von Taillebourg
Guerau Pons III. von Cabrera - spanischer Edelmann, Herr von Cabrera
Guiscarde von Béarn - Tochter von Gaston von Béarn, Witwe des Burggrafen von Gavarret
Heinrich I. - König von England und Herzog der Normandie
Heinrich von Anjou - Herzog der Normandie, Graf von Anjou und Maine, König von England (Heinrich II.), Sohn von Gottfried von Anjou und zweiter Gemahl von Aliénor von Aquitanien
Heinrich von Lausanne - Prediger
Hugo Catola - Troubadour
Innozenz II. - Papst (Kandidat der Frangipanis)
Isembert von Châtelaillon - Edelmann von Aquitanien
Jaufre Rudel »Prinz von Blaye« - Herr von Pons und Bergerac, Troubadour
Konrad III. von Hohenstaufen - Kaiser des Heiligen Römischen Reiches
Joscelin - illegitimer Sohn von Wilhelm »von Toulouse«
Joscelin - Graf von Edessa
Ludwig VI. »der Dicke« - König von Frankreich
Ludwig VII. - König von Frankreich, Sohn Ludwigs VI., erster Gemahl von Aliénor von Aquitanien und Poitou
Lothar - Kaiser des Heiligen Römischen Reiches
Mechthild - siehe Agnes von Poitou
Mechthild von Mirebeau - Gemah-

lin von Thibaut von Blazon, Tochter Wilhelms von Mirebeau
Manuel Comnenus - Kaiser von Byzanz
Marcabru (Panperdu) - Troubadour, Söldner
Mathilda - Tochter von Heinrich I. von England und dessen Erbin, Gemahlin von Gottfried von Anjou
Mélisanda - Tochter von König Balduin II. von Jerusalem, verheiratet mit Fulko von Anjou, König von Jerusalem
Mélisanda - Frau aus dem Volk
Nur ed-Din - Sohn von Zengi, nach seines Vaters Tod *atabeg* von Aleppo und Mossul
Otto von Freisingen - Bruder von Kaiser Konrad
Panperdu - siehe Marcabru
Peire von Auvergne - Troubadour aus der Generation nach Marcabru
Peter Pierleoni - siehe Anaklet II.
Peter von Châtellerault - Großonkel von Wilhelm »von Toulouse«, nicht geweihter Bischof von Poitiers
Peter von Gavarret - Graf von Béarn und Burggraf von Gavarret, Sohn von Guiscarde von Béarn
Peter von Rueira - Templer, Großmeister von Monzón und Corbins
Peter Venerabilis - Abt des Klosters von Cluny
Petronella (Aelith) - jüngste Tochter von Wilhelm »von Toulouse«, verheiratet mit Raoul von Vermandois
Petronella von Aragonien - Tochter von Ramiro »dem Mönch« und Agnes (Mechthild) von Poitou, verheiratet mit Raymond Berenguer IV., Graf von Barcelona
Philippa von Toulouse - Gräfin von Poitou, Herzogin von Aquitanien, zweite Gemahlin von Wilhelm dem Jungen und Mutter von Wilhelm »von Toulouse«
Ramiro »der Mönch« - jüngerer Bruder von König Alfons von Aragonien, später König von Aragonien, danach Abt und Bischof
Raoul von Vermandois - Graf von Vermandois, verheiratet mit Petronella (Aelith)
Raymond Bérenguer IV. - Graf von Barcelona, verheiratet mit Petronella von Aragonien
Raymond von Poitou - jüngerer Bruder von Wilhelm »von Toulouse«, Prinz von Antiochien
Raymond von St. Gilles - Graf von Toulouse
Renaud von Morbihan - bretonischer Student
Renoul von Nieuil - nicht geweihter Bischof von Limoges
Robert Burdet »Prinz von Tarragona« - normannischer Edelmann
Robert von Craon »der Burgunder« - aquitanischer Edelmann, Handlanger von Vulgrin von Angoulême
Roger - König von Neapel und Sizilien
Saldebreuil von Sanzay - Heerführer, »Marschall« von Aliénor
Stephan von Blois - englischer Thronanwärter, Neffe Heinrichs I.

Suger - Abt von Saint Denis, Berater Ludwigs VI. und Ludwig VII.
Talèse - Witwe von Gaston von Béarn
Thierry Galeran - Templer, Berater Ludwigs VII.
Thibaut von Blazon - Edelmann von Anjou
Vulgrin »der Eisenfresser« - Graf von Angoulême
Wilhelm - illegitimer Sohn von Wilhelm »von Toulouse«
Wilhelm »der Junge« - siebter Graf von Poitou, neunter Herzog von Aquitanien
Wilhelm »der Normanne« - Vogt des Schlosses Ileau
Wilhelm »der Ungestüme« - Sohn von Wilhelm »von Toulouse«
Wilhelm »der Eisenfresser« - Graf von Angoulême
Wilhelm von Lezay - Burgherr des Jagdschlosses Talmond
Wilhelm von Mirebeau - Burggraf von Mirebeau, Schwiegervater von Thibaut von Blazon
Wilhelm von Montpellier - Graf von Montpellier
Wilhelm Raymond von Montcada - Marschall von Graf Raymond Berenguer von Barcelona
Wilhelm Peter von Ravidats - Bischof von Roda, später Bischof von Lérida
Wilhelm »von Toulouse« - achter Graf von Poitou, zehnter Herzog von Aquitanien, Sohn von Wilhelm dem Jungen
Zengi, Imad ed-Din - türkischer Feldherr von Aleppo und Mossul

Mit der Bezeichnung »Türken« sind nicht die Bewohner der heutigen Türkei gemeint, sondern alle Völker nördlich und nordöstlich des Verbreitungsgebiets des Islam, während »Sarazenen« im Mittelalter die allgemeine Bezeichnung für Mohammedaner war und mit »Mauren« die Mohammedaner gemeint waren, die auf der Iberischen Halbinsel lebten. »Mozaraben« waren Christen, die unter maurischer Herrschaft lebten und die arabischen Bräuche übernommen hatten. Die Bezeichnung »Franken« wurde für alle Christen im Westen benutzt, damit waren also auch Deutsche und Briten gemeint. Wenn das Wort »Franzosen« verwendet wird, ist die Rede von Untertanen des Königs von Frankreich, der über ein Gebiet herrschte, das beträchtlich kleiner war als das heutige Frankreich.

Eine turbulente Detektivgeschichte vor einer prachtvollen Kulisse – Bagdad im 12. Jahrhundert

Slugi, Untersuchungsrichter von Bagdad, steht vor seinem schwersten Fall. Wie konnte der Kalif in einem von allen Seiten bewachten Palast und in einem von innen verriegelten Raum ermordet werden?
Die Nacht des Kalifen ist historischer Roman und Detektivgeschichte zugleich, kenntnisreich und mit Humor erzählt und nicht ohne feine parodistische Anspielungen.

edition meyster